Weitere Titel der Autorin

Das helle Licht der Sehnsucht
Wenn tausend Sterne fallen
Wo das Glück zu Hause ist
Im zarten Glanz der Morgenröte
Der Wind trägt dein Lächeln
Wo die Hoffnung blüht
Mein Herz war nie fort
In der Ferne ein Lied
Bis dein Herz mich findet
Durch stürmische Zeiten
Denn dunkel ist dein Herz
Schatten der Erinnerung
Echo glücklicher Tage
Doch du wirst nie vergessen
Der Zauber eines frühen Morgens
Als wir Freundinnen waren
Am Horizont ein helles Licht
Das Geheimnis von Carlisle

Über die Autorin

Die gefühlvollen Romane von Lesley Pearse sind in England und in vielen weiteren Ländern regelmäßig große Bestseller und haben sich weltweit bereits über zehn Millionen Mal verkauft. Neben dem Schreiben engagiert Lesley Pearse sich im Britischen Kinderschutzbund intensiv für die Bedürfnisse von Frauen und Kindern. Sie lebt in der Nähe von Bristol, liebt ihren Garten und ist stolze Großmutter.

LESLEY PEARSE

Das Mädchen aus Somerset

Roman

Aus dem Englischen von
Britta Evert

BASTEI LÜBBE
TASCHENBUCH

BASTEI LÜBBE TASCHENBUCH
Band 17535

Vollständige Taschenbuchausgabe

Deutsche Erstausgabe

Für die Originalausgabe:
Copyright © 2015 by Lesley Pearse
Titel der englischen Originalausgabe: »Without a Trace«
Originalverlag: Michael Joseph, Penguin Books Ltd.
Dieses Werk wurde vermittelt durch die Literarische Agentur
Thomas Schlück GmbH, 30827 Garbsen

Für die deutschsprachige Ausgabe:
Copyright © 2017 by Bastei Lübbe AG, Köln
Textredaktion: Dr. Ulrike Strerath-Bolz, Friedberg
Titelillustration: © shutterstock/bbofdon; © Arcangel/Judy Kennamer;
© Flora Press/FocusOnGarden/Becker
Umschlaggestaltung: Manuela Städele-Monverde
Satz: two-up, Düsseldorf
Gesetzt aus der Garamond
Druck und Verarbeitung: CPI books GmbH, Leck – Germany
Printed in Germany
ISBN 978-3-404-17535-2

1 3 5 7 6 4 2

Sie finden uns im Internet unter www.luebbe.de
Bitte beachten Sie auch: www.lesejury.de

Ein verlagsneues Buch kostet in Deutschland und Österreich jeweils überall dasselbe.
Damit die kulturelle Vielfalt erhalten und für die Leser bezahlbar bleibt, gibt es
die gesetzliche Buchpreisbindung. Ob im Internet, in der Großbuchhandlung,
beim lokalen Buchhändler, im Dorf oder in der Großstadt – überall bekommen
Sie Ihre verlagsneuen Bücher zum selben Preis.

KAPITEL 1

2. Juni 1953

»Wo um alles in der Welt stecken Cassie und Petal denn bloß?« Im Gemeindesaal war es so laut, dass Molly Heywood schreien musste, damit Brenda Percy, die Wirtin des *Pied Horse*, sie hören konnte.

Heute sollte Elizabeth II. in der Westminster Abbey in London zur Königin gekrönt werden, und leider war das seit Langem geplante und mit großer Vorfreude erwartete Straßenfest wegen des starken Regens in letzter Minute in den Gemeindesaal verlegt worden. Molly und Brenda kämpften sich gerade die lange Tischreihe entlang und verteilten Sandwichs an all die aufgeregten Kinder.

Brenda blieb stehen, um einen kleinen Jungen, der das Mädchen neben sich mit Orangensaft bespritzen wollte, zur Ordnung zu rufen. »Tja, wahrscheinlich hat der Regen Cassie abgeschreckt«, antwortete sie, nachdem sie dem Jungen mitgeteilt hatte, dass er knapp davor war, mit Schimpf und Schande nach Hause geschickt zu werden. »Ich glaube, ich wäre auch nicht gekommen, wenn ich nicht gleich gegenüber wohnen würde.«

»Aber so ist Cassie nicht, und sie hat für Petal ein ganz tolles Kostüm geschneidert«, rief Molly zurück.

Brenda, der die Nervosität in der Stimme der jungen Frau nicht entging, hätte ihr am liebsten an den Kopf geworfen, sie solle endlich aufhören, sich um andere Leute Sorgen zu machen, und sich gefälligst amüsieren. Aber Molly Heywood nahm sich die Probleme anderer gern zu Herzen und versuchte ständig, ihren Mitmenschen zu helfen, was sie angesichts ihres eigenen freudlosen Lebens praktisch zu einer Heiligen machte.

Molly hatte an der von der Gemeinde Sawbridge organisierten Busfahrt nach London teilnehmen wollen, um sich den Krönungszug anzuschauen, aber ihr Vater hatte es strikt verboten. Die meisten Leute, dachte Brenda bei sich, wären sicher der Meinung, eine junge Frau von fünfundzwanzig Jahren sollte ihren Vater schlicht und einfach ignorieren und trotzdem fahren, aber Jack Heywood war kein Mann, dem man sich gern widersetzte. Er hatte ein bösartiges Wesen und würde es Molly bitter büßen lassen, wenn sie seinen Wünschen zuwiderhandelte.

Brenda war seit zwanzig Jahren Wirtin des *Pied Horse*, und da Jack, der im Ort ein Lebensmittelgeschäft führte, jeden Tag in die Kneipe kam, wusste sie genau, wie streitsüchtig, eigensinnig und boshaft er sein konnte. Es war allgemein bekannt, dass Emily, seine ältere Tochter, nach einer Tracht Prügel ihr Elternhaus Knall auf Fall verlassen hatte, um es nie wieder zu betreten. Jacks Frau Mary war eine sanftmütige Person, die alle gern hatten, aber sie war furchtbar nervös und viel zu schwach, um sich gegen einen solchen Despoten zu behaupten.

Abgesehen von den Männern, die im Krieg zum Militär eingezogen worden waren, hatten sich die meisten Einwohner von Sawbridge, einem kleinen Dorf in Somerset, in ihrem ganzen Leben kaum mehr als zehn Meilen von ihrem Heimatort entfernt. Selbst eine Fahrt nach Bristol oder Bath erschien ihnen wie ein großes Abenteuer. Daher neigten sie zu einem beschränkten und engstirnigen Denken.

Von Molly glaubten sie, sie wäre genauso schwach wie ihre Mutter und so etwas wie ein Prügelknabe, aber das stimmte nicht. Mollys Fehler – wenn es denn einer war – bestand darin, dass sie viel zu weichherzig war. Sie lehnte sich nicht gegen ihren Vater auf, um ihrer Mutter Kummer zu ersparen. Sie half gern anderen und war ausgesprochen tatkräftig, und als ihr die Fahrt nach London verwehrt wurde, übernahm sie es, ein Straßenfest zu organisieren. Sie wollte etwas ganz Besonderes auf die Beine stellen, damit sich jedes Kind im Dorf für den Rest seines Lebens an den Krönungstag erinnerte.

Molly gebührte großes Lob für ihre Bemühungen. Die High Street war mit bunten Wimpeln geschmückt, von denen sie einen Großteil selbst auf der Nähmaschine angefertigt hatte. Sie brachte nicht nur praktisch jede Hausfrau im Dorf dazu, Kuchen, belegte Brötchen oder Konfitüren beizusteuern, sondern plante noch dazu Wettläufe auf dem Cricketplatz, eine Schatzsuche und einen Kostümwettbewerb. Als dann der Tag mit starken Schauern begann und nichts auf eine Besserung der Wetterlage hindeutete, blieb ihnen nichts anderes übrig, als sämtliche Klappstühle und Tische von der Straße hereinzuholen und rasch den Gemeindesaal zu schmücken. Jemand machte den Vorschlag, als Dekoration die am Vortag aufgehängten Wimpel zu verwenden, aber die waren tropfnass und ließen sich nur schwer abnehmen.

Obwohl die neuen Dekorationen für den Saal geliehen waren, eigentlich hauptsächlich aus Weihnachtsschmuck bestanden und etliche Sachen ihre besten Tage längst hinter sich hatten, war der Gesamteindruck fröhlich und bunt. Nach all der Mühe, die Molly sich gegeben hatte, fand Brenda es ziemlich unhöflich von den Erwachsenen, einfach daheim zu bleiben und nur ihre Kinder in den Gemeindesaal zu Molly und allen anderen zu schicken, die gutmütig genug waren, um zu helfen.

Aber diese Leute verpassten den Anblick von fünfundvierzig Kindern im Alter zwischen zwei und vierzehn Jahren, die mit großen Augen all die Herrlichkeiten anstarrten, die vor ihnen ausgebreitet wurden. Nach der Lebensmittelknappheit im Krieg und in den darauffolgenden Jahren hatte die Regierung anlässlich der Krönung jedem Bürger eine höchst willkommene größere Zuckerration zugestanden, und die Frauen im Dorf hatten sämtliche Register gezogen, um ihr Können im Kuchenbacken unter Beweis zu stellen. Die meisten der jüngeren Kinder, die während des Kriegs und in der Zeit danach geboren waren, hätten sich nie träumen lassen, welche Wunderwerke ihre Mütter zustande brachten.

Der Kostümwettbewerb hatte fast genauso viel Aufregung und Ehrgeiz geweckt. Wenn Brenda sich im Saal umschaute, sah sie mehrere Königinnen, König Artus, den Papst, einen Pearly King, dessen Kostüm traditionell über und über mit Perlmuttknöpfen besetzt war, und eine Herzdame. Für Letztere war es nicht ganz leicht, in ihrem Spielkartenkostüm aus steifem Pappkarton ein Sandwich zu essen, und Brenda sah voraus, dass das Kostüm in Kürze zu Bruch gehen würde.

Außerdem gab es Preise für besonders schön geschmückte Schaufenster im Dorf. Eigentlich hätte der erste Preis Molly für ihre Leistung beim Lebensmittelladen zugestanden, aber da der Wettbewerb ihre Idee gewesen war, konnte sie natürlich nicht die Siegerin sein.

Verdient hätte ihr Werk den Preis aber durchaus. Das Mittelstück war eine große Kuh aus Gips, die sie in einem Schuppen aufgestöbert hatte. Molly hatte sie weiß angemalt und ihr aus Pappe eine Krone gemacht, sie mit Flitterkram verziert und mit Edelsteinen aus Weingummi besetzt und der Kuh einen purpurroten Krönungsmantel umgelegt. Den Boden des Schaufensters hatte sie dick mit Stroh bestreut und darin verschiedene britische Nahrungsmittel gefällig arrangiert: ein großes Stück Cheddar, Körbe mit Eiern, Obststeigen mit Erdbeeren, Steingutkrüge mit Cider und Gläser mit Marmelade, Chutney und Honig.

Aber im Moment sah Molly ganz und gar nicht glücklich aus. Sie mochte für das Strahlen auf den Kindergesichtern verantwortlich sein, aber sie machte sich Sorgen um das eine Kind, das fehlte.

»Lass gut sein, Molly«, meinte Brenda und legte einen Arm um das Mädchen. »Du weißt doch, dass Cassie ihren eigenen Kopf hat – wahrscheinlich ist sie mit Petal woandershin gefahren, wo vielleicht mehr los ist als hier. Sie ist eine zu gute Mutter, um einfach in der Stube zu hocken und nach draußen auf den Regen zu starren.«

Brenda hatte Molly schon immer gern gehabt. Ihr freundliches, mädchenhaftes Gesicht, die rosigen Wangen, die sanften blauen Augen und das liebenswerte Lächeln erhellten jeden Tag. Das Mädchen war der Hauptgrund, warum in Heywoods Laden immer so viel Betrieb war. Jack Heywood bildete sich ein, das Geschäft ginge seinetwegen so gut, aber tatsächlich würde er über Nacht einen Großteil seiner Kunden verlieren, wenn Molly ihre Arbeit dort einmal aufgab.

»Das würde sie nicht machen, Brenda.« Molly schüttelte den Kopf. »Sie hat tagelang an Petals Kostüm gearbeitet, und außerdem wäre sie bestimmt gekommen, um mir zu helfen.«

Brenda konnte sich noch gut erinnern, wie alle im Dorf über Cassandra March geklatscht hatten, als sie vor zwei Jahren nach Sawbridge gekommen war. Die Bewohner hatten die üppige Rothaarige mit tiefstem Misstrauen beäugt. Sie trug keinen Ehering und hatte ein vierjähriges Mischlingskind im Schlepptau, ein kleines Mädchen. Dass die Kleine Petal, also Blütenblatt, hieß, rief weiteres Getuschel und scheele Blicke hervor. Welcher normale Mensch würde seinem Kind schon einen solchen Namen geben?

»Dürfte eine Nutte sein«, meinte Jack Heywood damals eines Abends im *Pied Horse*, und obwohl Brenda der festen Überzeugung war, man solle keinen Menschen verurteilen, solange man ihn nicht kannte, musste auch sie zugeben, dass das flammend rote Haar der Frau, der enge Rock, der knappe Pulli, die hohen Absätze und das starke Make-up das Bild einer leichtfertigen Person heraufbeschworen.

Niemand glaubte daran, dass Cassandra March sich in Sawbridge häuslich niederlassen wollte; man ging davon aus, dass sie gekommen war, um sich hier mit jemandem zu treffen, und dass sie danach wieder verschwinden würde. Aber zur allgemeinen Überraschung sah sie sich nach einem Häuschen um, das sie mieten konnte.

Es war nicht weiter verwunderlich, dass Molly sich mit ihr anfreundete – schon als kleines Mädchen hatte sie sich um Kinder gekümmert, von denen sonst niemand etwas wissen wollte. Aber bald entdeckte auch Brenda etliche liebenswerte Eigenschaften an der geheimnisvollen jungen Frau, die sich keinen Pfifferling darum zu scheren schien, was die Leute über sie dachten. Und Petal mit ihren großen Augen, der karamellbraunen Haut und den glänzenden Locken war ein bezauberndes kleines Ding, ein richtiges kleines Püppchen. Selbst die Frauen, die Petals Mutter am heftigsten kritisierten, gaben Spielzeug und Kleider, aus denen ihre eigenen Kinder herausgewachsen waren, an sie weiter.

Irgendwie und gegen alle Erwartungen schaffte Cassie es, den streitbaren alten Enoch Flowers zu überreden, ihr sein kleines Cottage im Wald zu vermieten. Im Dorf wurde gemunkelt, sie hätte ihm als Gegenleistung ihren Körper angeboten, und vielleicht hatte sie das tatsächlich. Aber Brenda hielt es für weit wahrscheinlicher, dass der alte Mann ihr das Haus überlassen hatte, weil er die Vorstellung, ein Mädchen aus der Stadt könnte damit fertig werden, in völliger Abgeschiedenheit zu leben, auf offenem Feuer zu kochen und ein Außenklo zu benutzen, genauso komisch fand wie die meisten anderen Dorfbewohner.

Aber wer glaubte, Cassie käme mit dem rauen Landleben nicht zurecht, sah sich getäuscht. Sie machte aus dem kleinen Cottage ein Zuhause, und sie blieb. Die hochhackigen Schuhe und engen Röcke wurden nur noch für Ausflüge nach Bristol aus dem Schrank geholt, aber Cassie schaffte es, selbst in Baumwollkittel, Gummistiefeln und Kopftuch wie ein Pin-up-Girl auszusehen.

»Langsam mache ich mir wirklich Sorgen«, gestand Molly Brenda ein. »Ich habe Cassie gestern noch gesehen; sie hat mir als Beitrag zum Fest ein paar Flaschen Orangeade gebracht. Da hat sie fest zugesagt, heute zu kommen, und mir erzählt, dass Petal ihr Kostüm schon an die hundertmal anprobiert hätte. Cassie hat sich extra ein neues Kleid gekauft. Warum also sind die beiden nicht hier? Was, wenn eine von ihnen krank geworden ist oder einen Unfall gehabt hat?«

»Ach was, so schlimm wird's schon nicht sein.« Brenda tätschelte liebevoll Mollys Wange. »Wahrscheinlich ist ihr bei dem Gedanken, durch den Matsch zu laufen, die Lust vergangen. Oder vielleicht sind die zwei heute Morgen irgendjemanden besuchen gegangen, um sich die Krönung im Fernsehen anzuschauen, und haben sich entschieden dortzubleiben. Mach dir keine Gedanken! Hier gibt's genug zu tun, um uns ordentlich auf Trab zu halten.«

Da hatte sie vollkommen recht: Zwei sechsjährige Jungen schmierten einander gerade Kuchen ins Gesicht, und Brenda stürzte sofort los, um dazwischenzugehen.

Molly machte sich daran, Würstchen im Schlafrock zu verteilen, wobei sie insgeheim staunte, wie blitzschnell das riesige Tablett leer war. Aber in Gedanken war sie bei ihrer Freundin. Cassie war im Allgemeinen nicht sonderlich wild darauf, sich an dörflichen Ereignissen zu beteiligen, weil ihr auch nach zwei Jahren viele Leute immer noch mit Argwohn begegneten. Aber heute hätte sie Petal zuliebe den Anfeindungen getrotzt. Das kleine Mädchen war überglücklich gewesen, sich als Britannia verkleiden zu dürfen, und Cassie hatte sämtliche Läden in Bristol durchstöbert, bis sie einen geeigneten Helm fand. Das Kleid hatte sie mit der Hand selbst genäht.

Regen und Matsch hätten die beiden nie vom Kommen abgehalten. Cassie hätte das Kostüm einfach in eine Tüte gesteckt und Petal erst im Dorf umgezogen. Und dass sie bei irgendjemandem fernsahen ... wer sollte das sein? Die wenigen Leute, die ein Fernsehgerät besaßen – Mollys Eltern gehörten zu den Auserwählten –, würden bestimmt nicht jemanden wie Cassie einladen, mit ihnen die Krönungsfeierlichkeiten anzuschauen. Auch Molly hatte nur die eigentliche Krönung in Westminster Abbey gesehen, weil die Vorbereitungen für die Party sie zu stark in Anspruch genommen hatten.

Sie fasste Brenda am Arm. »Hör mal, ich muss nach Cassie schauen, um mich zu vergewissern, dass mit ihr und Petal alles in Ordnung ist«, sagte sie. »Ich nehme das Rad, es wird also nicht lange dauern.«

Brenda schürzte die Lippen. »Wenn du dir solche Sorgen machst, bleibt dir wohl nichts anderes übrig. Aber du wirst bis auf die Haut durchnässt werden«, sagte sie und betrachtete sorgenvoll Mollys neues blaues Gingham-Kleid mit dem weiten Rock und die weißen Riemchensandalen.

»Ich habe mein Regencape und meine Gummistiefel dabei«, beruhigte Molly sie. »Ich bin wieder da, bevor wir mit den Spielen anfangen, und kann sie dann unbeschwert genießen.«

Nachdem sie sich mit einem letzten Blick auf den überfüllten Gemeindesaal überzeugt hatte, dass genug Mütter anwesend waren, um auszuhelfen, packte Molly einige Sandwichs, Würstchen im Schlafrock und Kuchenstücke in einen Pappkarton, fügte einen übrig gebliebenen Party-Hut, einen Wimpel und eine Tröte hinzu und sauste los, um in Regencape und Gummistiefel zu schlüpfen.

Es war mühsam, bei strömendem Regen Platt's Hill hinaufzuradeln. Der Wind blies ihr Cape immer wieder auseinander, sodass ihr Kleid bald triefend nass war, aber Molly tröstete sich mit dem Gedanken, dass es auf dem Rückweg bergab und sehr viel schneller gehen würde. Sie strampelte ständig diesen Hügel hinauf, um Lebensmittel auszuliefern, aber der schmale, von Furchen durchzogene Weg, der zu Cassies Cottage führte, zweigte fast ganz oben auf der Kuppe ab, weit weg von den letzten Häusern des Dorfes. Dahinter gab es nur noch Felder und Wälder.

Als Molly den schmalen Weg erreichte und feststellte, dass der Boden zu schlammig zum Radfahren war, ließ sie ihr Fahrrad stehen, nahm die Schachtel und ging zu Fuß weiter.

Im Sonnenschein wirkten Stone Cottage und das Wäldchen, in dem es lag, ausgesprochen malerisch: ein idyllischer Ort voller Ruhe und Frieden. Mehr als einmal hatte Cassie gemeint, dass ihr jeden Morgen beim Aufwachen das Herz im Leibe lachte. Anscheinend hatte sie früher an einem recht tristen Ort gelebt, aber darüber ließ sie sich nie näher aus. Cassie neigte nicht zu vertraulichen Geständnissen. Molly hatte sich oft gefragt, ob Cassies Vater vielleicht genauso ein Despot wie ihr eigener war und seine Tochter vor die Tür gesetzt hatte, als er entdeckte, dass sie schwanger war. So etwas zuzugeben musste sehr schwerfallen, wenn man so stolz war wie Cassie.

Aber wie auch immer, Stone Cottage war selbst im Regen schön, wenn auch ein bisschen beklemmend, weil das Vogelgezwitscher verstummt war und die Bäume jetzt an unheimliche Gestalten aus dem Märchenreich erinnerten.

Molly trat auf die Lichtung. Stone Cottage lag links von ihr. Die Rückseite war an soliden Fels gebaut; das Dach begann dort, wo das Gestein endete. Vermutlich war es vor hundert oder mehr Jahren, als das Häuschen errichtet worden war, durchaus sinnvoll gewesen, die Felsen als Rückwand zu nutzen. Im Laufe der Jahre hatten sich Efeu und andere Kletterpflanzen rund um das Cottage und über das Dach gerankt und verbargen es, sodass ein Fremder, der oberhalb des kleinen Hauses aus dem Wald kam, es erst bemerken würde, wenn er auf das Dach trat. Cassie hatte häufig erwähnt, wie oft sie nachts Dachse und andere Waldtiere um ihr Haus herumschleichen hörte.

Es war ein sehr schlichter kleiner Bau, ein Raum unten, einer oben, dazu die Treppe, eigentlich nur eine bessere Leiter, und vier Fenster, zwei in jedem Stockwerk, unten links und rechts der Tür, vor der sich eine morsche, von Rosenranken überwucherte Holzveranda befand. Auf einer Hausseite gab es eine zweite Tür, daneben die Pumpe und den Trampelpfad zum Außenklosett, das sich ebenfalls an die Felswand duckte. Diese Seitentür war unverkennbar immer der beliebteste Ein- und Ausgang gewesen. Cassie hatte es aufgegeben, die Vordertür zu benutzen, weil sich das Schloss im Laufe der Zeit stark verzogen hatte und praktisch unbrauchbar war.

»Cassie!«, rief Molly und trat näher. »Wo bist du?«

Niemand antwortete, aber Molly fiel auf, dass die Seitentür nicht richtig geschlossen, sondern nur zugezogen war, so als wäre jemand im Haus oder hätte es nur auf einen Sprung verlassen.

Molly war dazu erzogen worden, das Zuhause anderer Menschen zu respektieren. Nie hätte sie unaufgefordert ein Haus betreten, wenn sie Lebensmittel auslieferte. Cassie hatte sie oft damit aufgezogen, wie sie stets zögernd auf der Schwelle stehenblieb, selbst wenn die Tür weit offen stand, und erst eintrat, wenn sie hereingebeten wurde. Da es aber unwahrscheinlich schien, dass Cassie bei diesem Regen unterwegs war, und Molly noch dazu ein ungutes Gefühl hatte, stieß sie die Tür ein Stück weiter auf und rief erneut nach ihrer Freundin, diesmal lauter.

Keine Antwort. Molly hörte nur den rauschenden Regen und den Wind in den Bäumen. Durch die nur teilweise geöffnete Tür konnte sie kaum etwas sehen, da ein altes Sofa, auf dem eine bunte Häkeldecke lag, den Blick auf den Küchenbereich versperrte. Auf einmal fiel ihr ein, dass Cassie nie das Haus verließ, ohne hinter sich abzuschließen, auch wenn die meisten anderen Dorfbewohner ihre Türen unverschlossen ließen. Aber schließlich stammte Cassie aus London, und dort waren die Leute angeblich anders.

Weil sie die Sachen, die sie für Petal von der Party mitgebracht hatte, ins Trockene bringen wollte, schob Molly ihre üblichen Bedenken beiseite, ging hinein und stellte den Karton auf den Tisch.

Das Erste, was ihr auffiel, war Petals Britannia-Kostüm, das auf einem Bügel an einem Haken bei der Treppe hing, darüber der hell leuchtende silberne Helm. Auf dem Tisch standen ein Teller voller Krümel, eine Teekanne und zwei benutzte Tassen. Anscheinend hatte irgendetwas oder jemand Cassie gestört, bevor sie abräumen konnte.

Als Molly an dem Sofa vorbeiging, sah sie Cassie auf dem Boden liegen und schrie unwillkürlich auf. Cassie lag, ein Bein leicht angewinkelt, flach auf dem Rücken. Ihr Kopf ruhte auf der Kamineinfassung, und von dort war ihr Blut auf die Dielenbretter gelaufen und hatte eine glänzende dunkelrote Lache gebildet.

Molly presste beide Hände auf ihren Mund, um einen zweiten Aufschrei zu ersticken, und starrte mit weit aufgerissenen Augen auf ihre Freundin. Ihr Verstand weigerte sich zu glauben, was sie sah. So etwas passierte in Filmen, nicht im wirklichen Leben. Und obwohl sie noch nie zuvor eine Leiche gesehen hatte, war sie absolut sicher, dass Cassie tot war.

Sie hatte das alte geblümte Kleid an, das sie meistens trug, und in ihrem roten Haar waren noch ein paar Lockenwickler, als wäre Cassie gerade im Begriff gewesen, sie herauszunehmen. Ihre Arme waren ausgebreitet, ihre blauen Augen standen weit offen.

»Cassie, Cassie, was ist denn nur passiert?« Molly sank auf die Knie und fasste nach dem Handgelenk ihrer Freundin, um den Puls zu ertasten. Tränen strömten unaufhaltsam über ihre Wangen, als sie nichts spürte. Cassies Haut fühlte sich sehr kalt an, also musste das, was geschehen war, schon eine Weile zurückliegen. Molly wusste, dass sie die Polizei verständigen sollte, aber sie war wie gelähmt vor Entsetzen.

Wie oft hatten sie beide in diesem Cottage gelacht, wie viele vertrauliche Gespräche geführt! Durch Cassie hatte sie so viel über die Welt außerhalb des Dorfes gelernt – über Leute, Bücher, Kunst und Musik. An wie vielen Abenden hatte Petal auf ihrem Schoß gesessen und Molly hatte ihr vorgelesen oder mit ihr Brettspiele gespielt! Cassie war mit Sicherheit die beste Freundin, die Molly je gehabt hatte, aber darüber hinaus auch Lehrerin, Vertraute und Seelengefährtin.

Petal.

Wo war das Mädchen?

Petal war ein schüchternes Kind und Menschen gegenüber sehr scheu, bis sie sie besser kannte. Molly hatte noch nie erlebt, dass sie sich weit von der Seite ihrer Mutter entfernte. Aber wenn sie gesehen hätte, wie ihre Mutter stürzte und all das Blut floss, wäre sie dann nicht losgelaufen, um Hilfe zu holen?

»Petal!«, rief sie. »Ich bin's, Tante Molly. Jetzt bin ich hier bei dir.«

Als keine Antwort erfolgte, nicht einmal ein leises Wimmern, schoss Molly ein furchtbarer Gedanke durch den Kopf. War Cassie überfallen worden und Petal so sehr erschrocken, dass sie weggelaufen war und sich irgendwo versteckte?

Molly zwang sich zu handeln, die schmale Treppe hinaufzulaufen und ins Schlafzimmer zu schauen, obwohl sie in Panik und fast blind vor Tränen war und sich mit jeder Faser ihres Leibes danach sehnte, diesen Ort zu verlassen. Es war einfach zu viel!

An einer Wand des Zimmers stand ein Doppelbett, an der anderen ein schmales Einzelbett. Beide waren ordentlich gemacht, und Cassies neues rot-weißes Kleid lag auf dem großen Bett und schien darauf zu warten, dass sie es anzog. Von Petal selbst fehlte jede Spur. Molly spähte unter das Bett, den einzigen Platz, an dem Petal sich hätte verstecken können. Nichts.

Sie lief die Treppe wieder hinunter, überzeugte sich, dass das Kind weder im Holzschuppen noch in der Toilette war, und rief immer wieder Petals Namen, obwohl ihre Stimme schon vor Kummer brach. Nichts regte sich, nicht einmal das Rascheln von Blättern oder Knacksen von Zweigen durchbrach die Stille des Waldes.

Auf einmal rebellierte Mollys Magen. Sie erbrach sich wiederholt ins Unterholz. Nichts in ihrem Leben hatte sie auf etwas so Grauenhaftes vorbereitet, und dass es an einem Tag geschehen war, an dem das ganze Land die Krönung der neuen Königin feierte, schien alles noch viel, viel schlimmer zu machen.

»Die Polizei«, sagte sie laut, während sie sich mühsam aufrichtete und die Tränen mit dem Handrücken wegwischte. »Ich darf keine Zeit verlieren.« Taumelnd lief sie im strömenden Regen, der sich auf ihren Wangen mit ihren Tränen vermischte, den schlammigen Pfad zu ihrem Fahrrad zurück.

KAPITEL 2

Molly floh zur Straße. Es war mühsam, auf dem schlammigen Pfad voranzukommen, deshalb kletterte sie auf die Böschung und kämpfte sich durch das Gestrüpp. Sowie sie bei ihrem Rad angelangt war, sprang sie auf und raste, fast blind vor Tränen, ins Dorf hinunter.

Die High Street war menschenleer, aber sie konnte die Kinder im Gemeindesaal »The Farmer's in His Den« singen hören. Vor der Wachstube schleuderte sie ihr Fahrrad auf den Boden und rannte hinein.

Police Constable Walsh war der diensthabende Polizeibeamte.

»Was in aller Welt …!«, rief er aus, als er Molly sah. Sie war völlig durchnässt, die Haare hingen ihr wirr ins Gesicht, und sie weinte. Er kam hinter dem Schalter hervor, eilte zu ihr und nahm sie in die Arme. »Bist du überfallen worden, Molly?«

Sie hatten seit dem sechsten Lebensjahr zusammen die Schule besucht, und George gehörte derselben Theatergruppe an wie Molly. Sie mochte ihn sehr, nicht nur, weil er mit seinen grauen Augen und braunen Locken ausgesprochen gut aussah, sondern weil er sie immer zum Lachen bringen konnte und weil er sensibel war.

»Ich habe gerade Cassie gefunden. Sie ist tot!«, brach es aus ihr heraus. »Und Petal ist weg! Ich konnte sie nirgendwo finden!«

George fasste sie an den Ellbogen und schob sie ein Stück von sich weg, um ihr ins Gesicht zu sehen. Seine Augen waren riesengroß vor Schreck. »Cassandra? Tot? Wo hast du sie gefunden?«

Schluchzend stieß Molly hervor, was sie gesehen hatte. George legte wieder die Arme um sie und drückte sie an seine Schulter. »Das muss ich sofort dem Sergeant melden, und er muss den Detective Inspector verständigen. Durch die Krönung und das ganze Trara sind wir ziemlich knapp besetzt. Kommst du ein paar Minuten allein zurecht?«

»Ja, natürlich. Gott sei Dank hast du Dienst und nicht irgendjemand, den ich gar nicht kenne«, sagte Molly, während sie versuchte, sich die Tränen aus dem Gesicht zu wischen. »Werdet ihr Petal suchen? Sie ist doch noch so klein!«

»Sowie ich Meldung gemacht habe, wird eine Suche gestartet. Aber jetzt hole ich dir erst mal eine Tasse Tee.« George ging wieder hinter den Schalter und verschwand durch eine Tür.

Als Molly sich auf die Bank setzte, kam ihr der Gedanke, dass die meisten Mädchen ihres Alters in einer derartigen Situation zu ihren Eltern laufen würden, um bei ihnen Trost und Zuspruch zu finden.

Heywoods Lebensmittelladen befand sich direkt gegenüber dem Polizeirevier. Vom Wohnzimmer aus, das direkt über dem Laden lag, hätten ihre Eltern sehen können, wie Molly in die Wachstube lief. Oder sie hätten ihr Fahrrad auf der Erde liegen sehen. Aber nicht einmal in diesem Fall wären sie herübergekommen. Ihre Mutter hätte es sicher gewollt, aber ihr Vater hätte nur geschnaubt und gemeint: »Wenn sie in der Patsche sitzt, kann sie sich selbst raushelfen.«

Von seiner Seite war kaum Mitgefühl zu erwarten, wenn er erfuhr, dass sie Cassie tot aufgefunden hatte. Er missbilligte Cassie in jeder Hinsicht. Ein uneheliches Kind zu haben, noch dazu ein farbiges, war seiner bigotten Anschauung nach völlig inakzeptabel, und dass Cassie nicht den Kopf hängen ließ und mit Trauermiene herumschlich, war für ihn Beweis genug, dass sie keine anständige Person war. Er bezeichnete sie gern als »diese rothaarige Schlampe«, was Molly furchtbar ärgerte, weil es absolut unwahr und sehr hässlich war. Wahrscheinlich würde er sich sogar über Cassies Tod freuen und sich auch keinerlei Sorgen um Petal machen. Molly hatte oft den Eindruck, dass ihrem Vater jener Teil im Gehirn, der bei anderen Menschen für Mitleid und Anteilnahme zuständig war, völlig fehlte. Ihre Mutter teilte die Ansichten ihres Ehemanns nicht, aber sie hatte Angst vor ihm und würde nie wagen, etwas zu tun oder zu sagen, was ihm missfallen könnte.

Molly stemmte die Ellbogen auf die Knie, stützte den Kopf auf beide Hände und fing wieder an zu weinen, diesmal wegen der bedrückenden Atmosphäre daheim. Ihr Vater war ein Tyrann; er nahm allem und jedem die Freude und wurde mit jedem Jahr unerträglicher. Sie blieb nur ihrer Mutter zuliebe.

Im Nachhinein gesehen hätte sie, genau wie ihre Schwester Emily es getan hatte, mit sechzehn von daheim weggehen sollen, selbst wenn sie dadurch gezwungen gewesen wäre, ein oder zwei Jahre in einem Heim für junge Mädchen zu wohnen oder als Haushaltshilfe bei einer Familie einzuziehen. Aber Molly hatte geplant, mit achtzehn eine Schauspielschule oder Kunstakademie zu besuchen, und war dumm genug gewesen zu glauben, sie könnte das nötige Geld zusammensparen, indem sie zu Hause wohnte und im Laden ihrer Eltern arbeitete.

Tatsächlich hatte ihr Vater ihr nie einen angemessenen Lohn gezahlt. Sie bekam höchstens hier und da eine Halfcrown als Taschengeld, und wenn sie Geld für ein neues Kleid oder Schuhe brauchte, musste sie darum betteln. Ihre Absicht, auf eine Schauspielschule zu gehen, tat ihr Vater voller Verachtung ab und erklärte, es wäre ihre Pflicht, im Geschäft zu helfen und sich um ihre Mutter zu kümmern.

Nichts hätte Molly weniger reizen können, als tagein, tagaus hinter der Ladentheke zu stehen, um Speck aufzuschneiden und Regale zu füllen, aber an ihrer Mutter, einer sanften, scheuen Frau, hing sie mit inniger Liebe. Sie hatte ein Nervenleiden, dessen Auswirkungen manchmal so stark waren, dass sie kaum Luft bekam und im Bett bleiben musste, bis die Attacke vorüber war. Sie brauchte viel Ruhe, Liebe und Zuwendung, um sich von diesen Zuständen zu erholen. Und von ihrem Mann war derlei nicht zu erwarten.

Emily war wesentlich beherzter als Molly. Sie hatte ihr Elternhaus verlassen, nachdem ihr Vater ihr eine Tracht Prügel verabreicht hatte, weil sie sich mit einem Jungen traf, der in seinen Augen ein Rowdy war. Er brach ihr zwei Rippen und schlug ihr einen Vorderzahn aus, und als sie ging, schwor sie, nie wieder zurückzukommen. Sie war ihrem Wort treu geblieben. Gelegentlich kamen Briefe von ihr, die ihr Vater sofort zerriss, wenn er sie sah. In einem dieser Briefe, der unbemerkt an ihrem Vater vorbeigelangte, schrieb Emily, dass sie einen Job als Sekretärin bei einem Anwalt bekommen habe. Molly und ihre Mutter hatten sofort zurückgeschrieben und ihr mitgeteilt, dies wäre seit Monaten der erste Brief, den sie von ihr bekommen hätten, und Emily gebeten, ihnen eine Telefonnummer zu geben oder ihrerseits nach acht Uhr abends daheim anzurufen, wenn ihr Vater im Pub war. Aber sie gab ihnen weder eine Nummer, noch rief sie je an, und da der frostige Ton ihrer seltenen, kurzen Briefe den Gedanken nahelegte, dass ihrer Meinung nach ihre Mutter und Molly genauso schlimm waren wie ihr Vater, waren die beiden unsicher, wie sie sich verhalten sollten. In den letzten zwei Jahren waren gar keine Briefe mehr gekommen. Sie wussten nicht einmal, ob Emily noch unter derselben Adresse lebte.

Jetzt schmiss praktisch Molly mit ihren mittlerweile fünfundzwanzig Jahren den Laden. Ihr Vater hockte den ganzen Tag im Hinterzimmer, löste Kreuzworträtsel und rauchte Pfeife, und Molly erntete nie ein Wort des Danks von ihm, nur Beschimpfungen und Hohn.

Es war schlimm, den eigenen Vater zu hassen und zu fürchten, aber genau das tat sie. Er war ein brutaler Despot und ein bigotter Heuchler, und sie ertappte sich immer wieder bei dem Wunsch, er möge einen Herzinfarkt bekommen und sterben. Vielleicht könnte ihre Mutter dann wieder lernen zu lachen, statt jedes Mal vor Furcht zu erzittern, wenn dieser Ausdruck von Verachtung auf Jack Heywoods Gesicht trat.

George kam zurück. »Sergeant Bailey ist schon unterwegs. Wahrscheinlich hast du gehört, wie er weggefahren ist. Ich hab mit dem Chef telefoniert, er wird oben bei Stone Cottage zum Sergeant stoßen. Er hat gesagt, ich soll deine Aussage aufnehmen. Und nachher, wenn er zurückkommt, möchte er noch mit dir reden.«

George hielt ihr die Klappe beim Schalter auf und ging in den hinteren Bereich der Wachstube voran. »Jetzt mache ich dir erst mal einen Tee«, sagte er. »Du bist ja weiß wie die Wand. Setz dich einfach schon mal hin.«

Molly ließ sich kraftlos auf den Stuhl sinken. Sie fühlte sich wirklich sehr schwach und zittrig.

Es dauerte nicht lange, bis George mit einem Teetablett zurückkam. »Zum Glück hatte der Sergeant den Kessel aufgesetzt, und seine Frau hat uns Plätzchen gebracht. Komm, wir setzen uns ins Verhörzimmer.«

Der Raum, in den er sie brachte, hatte schmuddelige grüne Wände und roch nach abgestandenem Zigarettenrauch. Als George auffiel, dass Molly leicht zusammenzuckte, machte er das Fenster auf.

»Tut mir leid«, sagte er. »Du und ich sind wahrscheinlich die

Einzigen im Dorf, die nicht rauchen, und manchmal nervt es ganz schön, sich in diesem Mief aufzuhalten.«

»Normalerweise stört es mich nicht sonderlich, aber mir ist ziemlich flau im Magen, seit ich Cassie gefunden habe.«

»Ist ja auch kein Wunder«, meinte er, während er ihr bedeutete, sich ihm gegenüber an den Tisch zu setzen. »Du hast einen furchtbaren Schock erlitten. Wenn du dich ein bisschen erholt hast, nehme ich deine Aussage zu Protokoll.«

Der Tee und Georges ruhige Art halfen ihr, sich ein wenig zu beruhigen. Hätte sie mit einem der anderen Beamten reden müssen, wäre ihr alles über den Kopf gewachsen.

»Was für ein Mistwetter für die Krönung«, bemerkte George, wahrscheinlich, um sie ein bisschen abzulenken. »Wie es aussieht, war es doch kein Unglück, dass wir nicht mit dem Bus nach London gefahren sind, um uns alles anzuschauen.«

Trotz ihres Kummers erinnerte Molly sich daran, dass es sie ein wenig über das Verbot ihres Vaters hinweggetröstet hatte, als George sagte, er hätte am Krönungstag Dienst und könne nicht mitfahren. Er hatte sogar ein bisschen gescherzt, wie enttäuscht er sei, dass er während der Busfahrt nicht neben ihr sitzen könne. Das war ihr ein paar Tage lang nicht mehr aus dem Kopf gegangen, und sie hatte sogar schon überlegt, wie sie es anstellen könnte, mal irgendwo mit ihm allein zu sein. Aber dass ihr Treffen hier auf dem Polizeirevier stattfinden könnte, daran hätte sie nicht im Traum gedacht.

»Tja, Molly«, sagte er, als er den Eindruck hatte, sie hätte sich ein bisschen erholt. »Wir fangen einfach mal mit deinem Namen, Alter und Beruf an, was ich natürlich alles weiß, aber das gehört nun mal zu einer offiziellen Aussage. Und dann erzählst du mir, warum du zum Stone Cottage gefahren bist.«

Molly berichtete getreulich, und George schrieb mit.

»Um wie viel Uhr hast du Cassie gefunden?«, fragte er.

»Na ja, die Teeparty für die Kinder hat gegen drei angefangen ... Ich denke, es war gegen Viertel nach drei, als ich anfing, mir Sorgen zu machen, weil Petal nicht da war. Ich habe mit Brenda Percy darüber gesprochen und bin kurz danach aufgebrochen. Es muss mindestens fünfundzwanzig Minuten gedauert haben, bis ich beim Cottage war, also war es wohl zehn vor vier, als ich Cassie fand.«

»Hast du irgendwas angefasst?«

»Nein. Also, abgesehen von der Tür ... vielleicht das Treppengeländer. Ich bin nach oben gegangen, um Petal zu suchen, und ich habe auch im Schuppen und auf der Toilette nachgeschaut.«

»Was hat dich auf den Gedanken gebracht, Cassie könnte tot sein?«

Molly stiegen erneut Tränen in die Augen. »Da war so viel Blut ... und ihre Augen waren offen. Aber ich habe auch nach ihrem Puls getastet und konnte keinen fühlen.«

»Nachdem du Petal gesucht hattest, bist du gleich von dort weg und hierhergekommen?«

Molly nickte und wischte sich die Augen.

»Hast du auf dem Hin- oder Rückweg irgendjemanden gesehen?«

»Nein, keine Menschenseele«, sagte sie.

»Wann hast du Cassie zum letzten Mal lebend gesehen?«, fragte er. »Heute?«

»Nein.« Molly schüttelte den Kopf. »Gestern Nachmittag nach der Schule. Sie war im Laden, um Tee und Speck zu kaufen. Petal war schon ganz aufgeregt wegen der Party.«

Und das war noch stark untertrieben. Mit leuchtenden Augen war Petal in den Laden gestürzt gekommen, hatte beide Arme um Mollys Taille geschlungen und so schnell drauflosgeplappert, dass Molly kaum verstehen konnte, wovon die Rede war.

»Langsam, meine Süße«, sagte sie, während sie Petal an den Armen fasste und sie ein kleines Stück von sich wegschob.

Die Kleine trug ihre blau-weiß karierte Schuluniform; ihre dunklen Locken umrahmten ihr hübsches Gesichtchen wie ein Heiligenschein, und ihre Zähne hoben sich strahlend weiß von ihrer dunklen Haut ab.

»Mummy hat mir ein Britannia-Kostüm gemacht«, sprudelte sie hervor, immer noch überstürzt, aber ein bisschen deutlicher als vorher. »Sie hat mir aus einem alten Laken ein Gewand genäht, das wie eine römische Toga aussieht. Aber das Beste ist der Helm, ganz silbern und glänzend. Bestimmt gewinne ich den Preis für das schönste Kostüm!«

Molly umarmte Petal. Sie liebte die Kleine sehr. »Verlass dich lieber nicht allzu sehr darauf«, warnte sie das Mädchen. »Ein paar von den anderen Müttern können auch tolle Kostüme nähen, und unser Pfarrer ist der Preisrichter, der kann manchmal ganz schön altmodisch sein.«

»So geht es schon seit Tagen«, sagte Cassie, die vor Stolz auf ihre hübsche Tochter strahlte. »Hör mal, Molly, ich bin keine große Kuchenbäckerin. Wie wär's, wenn ich vier Flaschen Orangeade bezahle und als meinen Beitrag zur Party stifte?«

»Kannst du dir das denn leisten?«, fragte Molly. Sie wusste, wie wenig Geld Cassie zum Leben hatte.

»Na klar! Ich will nicht, dass diese scheinheiligen Tanten behaupten, mein Beitrag wäre knickerig oder ›mehr konnte man ja nicht erwarten‹.«

Ihr Lachen bewies, dass alles, was über sie geredet wurde, wirkungslos an ihr abprallte. »Ich werde mich ganz toll in Schale werfen und mit jedem Mann flirten, der auch nur in meine Richtung schaut«, fuhr sie fort. »Dann haben alle was zu lästern, wenn ich mit Petal wieder nach Hause gehe.«

Molly bewunderte Cassie grenzenlos für ihre Einstellung. Wenn sie doch auch so viel Mumm hätte!

Als sie jetzt an das letzte Gespräch dachte, das sie mit ihrer Freundin geführt hatte, wünschte sie sich, sie hätte ihr gesagt, was für große Stücke sie auf sie hielt.

»Ich habe das Geld für den Saft genommen und ihr versprochen, die Flaschen mitzunehmen, damit sie sie nicht erst nach Hause und heute wieder zurückschleppen musste«, sagte sie zu George. »Dann habe ich sie noch einmal daran erinnert, dass die Party um drei anfängt, und gemeint, dass wir danach vielleicht noch ein bisschen zusammensitzen und plaudern könnten.«

George nickte. »Fällt dir irgendjemand ein, den Cassie heute besucht haben könnte, Freunde oder Verwandte? Vielleicht hat sie Petal dort gelassen.«

»Cassie hat hier in der Gegend keine Verwandten, und sie hätte Petal nicht bei Freunden gelassen. Nicht, wenn im Dorf eine Party stattfindet.« Molly hielt inne und sah George eindringlich an. »Cassie ist getötet worden, nicht wahr? Ich meine, es war nicht einfach ein Unfall.«

»Das lässt sich jetzt noch nicht sagen«, antwortete er und sah sie ziemlich bekümmert an. »Darüber haben die ermittelnden Beamten und der Untersuchungsrichter zu entscheiden. Also, um Zeit zu sparen, was kannst du mir über Cassies Bekannte erzählen? Männliche und weibliche.«

»Du weißt doch, dass sie außer mir hier im Dorf keine richtigen Freunde hatte«, sagte Molly. »Die Leute waren gemein zu ihr. Sie haben hässliche Sachen über sie gesagt, weil sie Petal allein großzog und weil Petal nicht weiß ist.«

»Das ist mir bewusst.« Er seufzte. »Dorfbewohner neigen nun mal zu Engstirnigkeit. Aber weißt du vielleicht, ob irgendjemand besonders gemein war? Sie bedroht hat? Ungebeten beim Cottage aufgetaucht ist? Jemand, der sie belästigt hat?«

»Cassie hat oft gesagt, sie hätte sich schon so sehr daran gewöhnt, im Bus oder vor der Schule die kalte Schulter gezeigt zu bekommen, dass es ihr kaum noch auffiel. Aber wenn jemand mehr als das getan hätte, hätte sie es mir gegenüber erwähnt, denke ich.«

»Ihr wart eng befreundet?«, fragte er.

Molly runzelte die Stirn. Sie wusste nicht recht, wie sie darauf antworten sollte. »Cassie war nicht unbedingt der Typ für sehr enge Freundschaften oder Nähe. Ich weiß, dass sie mich mochte und froh war, weil ich viel netter zu ihr war als alle anderen. Trotzdem konnte ich nicht einfach nach Lust und Laune bei ihr hereinschneien. Sie blieb immer ein bisschen reserviert, wenn du verstehst, was ich meine.«

George lächelte schwach. »Sehr gut sogar«, sagte er. »Ich bin ihr kürzlich zufällig begegnet und hatte den Eindruck, dass sie im Gespräch mit einem Polizisten noch mehr auf der Hut war als die meisten anderen. Erst als ich erwähnte, dass du und ich zusammen zur Schule gegangen sind, taute sie auf. Für mich war sonnenklar, dass sie dich sehr gern hatte. Was weißt du über ihre Familie?«

»Dieses Thema hat sie eher ausgeklammert«, sagte Molly. »Ich hatte irgendwie das Gefühl, dass sie sich praktisch selbst großgezogen hat, weil ihre Mutter es nicht schaffte. Früher dachte ich, ihr Vater könnte ein bisschen wie meiner gewesen sein, aber da lag ich falsch, weil sie mir vor Kurzem erzählt hat, dass er im Krieg gefallen ist.«

»Wo hat sie ihre Kindheit verbracht?«

Molly hob hilflos die Schultern. »Keine Ahnung. Es kommt dir bestimmt komisch vor, dass wir gute Freundinnen waren und ich trotzdem kaum etwas über sie weiß, aber bei ihr ging es immer um das Hier und Jetzt, als wäre die Vergangenheit ohne jede Bedeutung. Den Eindruck, dass ihre Mutter ziemlich versagt hat, bekam ich, weil sie einmal zu mir sagte, Petal sollte die Sicherheit und Stabilität im Leben bekommen, die sie selbst nie gehabt hatte. Und das hat Cassie auch geschafft. Sie war eine tolle Mutter und Hausfrau. Das Cottage war grauenvoll, als sie einzog, aber sie hat ein gemütliches Zuhause daraus gemacht.«

»Wann hast du sie das letzte Mal gesehen, bevor du heute zum Cottage gegangen bist? Und erzähl mir, was du über ihre Männerbekanntschaften weißt«, fügte George hinzu.

Molly widerstrebte es, etwas von den Dingen, die Cassie ihr über die Männer in ihrem Leben anvertraut hatte, zu wiederholen, aber da einer von ihnen möglicherweise etwas mit dem Tod der Freundin zu tun hatte, durfte sie nichts verschweigen.

»Zum letzten Mal war ich vergangenen Samstag dort«, antwortete sie. »Ich hatte eine Lieferung für die Middletons oben auf Platt's Hill und habe nachher auf einen Sprung bei Cassie reingeschaut.«

Sie hielt inne und dachte an jenen Tag zurück.

Es war sonnig und sehr warm gewesen, und als sie gegen elf Uhr morgens auf ihrem Rad über den Pfad zum Stone Cottage holperte, drängte sich ihr der Gedanke auf, wie malerisch das kleine Haus aussah. Efeu schmiegte sich an die blassgolden schimmernden Steinmauern, und die rosa Rosen, die sich um die Veranda rankten, waren eine wahre Pracht.

Petal steckte in den verwaschenen roten Shorts, die sie immer trug, wenn sie nicht zur Schule musste, und spielte draußen mit ihrer Puppe. Für eine Sechsjährige war sie klein, aber gut gepolstert, was diejenigen Lügen strafte, die behaupteten, ihre Mutter würde sie hungern lassen. Ihre hellbraune Haut schimmerte, und bis auf ihre riesigen, ausdrucksvollen Augen waren ihre Gesichtszüge fein und zart. Molly hatte in ihrem Leben höchstens drei, vier Schwarze gesehen, und das nur im Vorbeigehen in Bristol, aber sie wusste, dass ihr Haar eher kraus und drahtig war. Bei Petal war es anders. Ihr Haar war lockig, aber es fühlte sich weich und seidig an und ließ sich mühelos bürsten. Normalerweise flocht Cassie es zu strammen kleinen Zöpfen. An diesem Tag war es offen und ungekämmt und bauschte sich wie eine dunkle Wolke um Petals Gesicht. Einer ihrer Vorderzähne fehlte, was ihrem strahlenden Lächeln eine leicht verwackelte Note verlieh.

Sie krähte vor Freude, als sie Molly sah, und lief ihr entgegen. Molly stieg vom Rad, umarmte das Kind, hob Petal dann auf den Fahrradsattel und schob sie zum Haus.

»Samstage mag ich am allerliebsten, weil ich da nicht zur Schule muss«, verkündete Petal. »Und heute ist der beste Samstag von allen, weil du da bist.«

Cassie schien Petal gehört zu haben, denn sie trat aus dem Haus. Sie war barfuß und trug ein weites geblümtes Hängekleid, das sie oft anzog, wenn sie ihre Hausarbeit erledigte. Es sah wie ein Umstandskleid aus, aber Cassie meinte, es wäre einfach nur luftig und bequem.

»Schön, dich zu sehen!« Sie strahlte. »Gerade eben hat Petal noch gesagt, wie schön es wäre, wenn du uns heute besuchen kämst. Magst du ein Ingwerbier? Ich habe es selbst gemacht, und es ist wirklich gut.«

»Gern«, antwortete Molly, bevor sie Petal vom Sattel hob, ihr Rad auf die Erde legte und sich auf eine alte Bank setzte.

Cassie verschwand im Haus. Petal kletterte auf Mollys Schoß und lehnte sich an ihre Schulter. »Du kommst nicht oft genug her«, sagte sie.

»Öfter kann ich nicht kommen. Ich muss im Laden arbeiten und mich um meine Mutter kümmern«, erklärte Molly.

»Ja, weiß ich. Mummy sagt, dass dir jeder was aufhalst. Ich weiß nicht, was sie damit meint, aber wahrscheinlich heißt es, dass du sehr nett bist. Ich möchte, dass du öfter zu uns kommst.«

Molly lachte in sich hinein, weil Petal so ein altkluges kleines Ding war. Dann unterhielten sie sich über die Schule und über das Lesen. Petal konnte sehr gut lesen; anscheinend hatte Cassie es ihr beigebracht, noch bevor sie eingeschult wurde. Bald kam Cassie mit dem Ingwerbier und erzählte Molly, wie sie es zubereitet hatte. Offenbar war es eine ziemlich aufwändige und langwierige Prozedur, bei der Hefe und Zucker verwendet wurden.

Im Lauf ihrer Freundschaft war Molly dahintergekommen, dass Cassie immer wieder den Trick anwandte, lang und breit über irgendein beliebiges Thema zu reden, statt über persönliche Dinge. Meistens bedeutete das, dass sie Probleme hatte.

Zu Mollys Überraschung erwies sich Cassie als gute Hausfrau. Das Cottage bot keinerlei modernen Komfort, aber sie hatte es mit Fundstücken vom Trödelmarkt und einigen geschenkten Sachen gemütlich eingerichtet. Ein alter Schrank war von Cassie verschönt worden, indem sie ihn weiß strich und mit Blümchen bemalte. Die Stühle rund um den sauber gescheuerten Holztisch waren in sämtlichen Grundfarben gestrichen, eine bunte Decke verhüllte das schäbige Sofa, und an den Wänden hingen Bilder, die Petal und sie gemalt hatten.

Draußen hatte sie eine karierte Tischdecke wie einen Sonnenschutz über Gartentisch und Stühle gespannt; auf dem Tisch stand eine Vase mit Wildblumen, auf den Stühlen lagen Kissen. Cassie buk ihr Brot selbst, kochte aus dem Gemüse, das sie zog, köstliche Suppen, und im Winter köchelte auf dem Herd stets ein Topf mit einem deftigen, schmackhaften Eintopf.

»Komm schon, raus damit«, befahl Molly. »Was ist los? Langweiligen Kram wie die Herstellung von Ingwerbier erzählst du mir nur, wenn dir was auf der Seele liegt.«

Cassie seufzte. »Ach, eigentlich ist es nicht so schlimm, bloß dieser Mistkerl Gerry, von dem ich dir erzählt habe. Er war gestern ziemlich hässlich zu mir. Er glaubt, dass ich mich mit jemand anderem treffe.«

»Und tust du das?«, fragte Molly.

»Ja, klar, ich habe dir doch gesagt, dass ich an verschiedenen Männern verschiedene Dinge mag. Gerry ist gut im Bett, aber ansonsten ist er ein mieser Typ. Brian ist langweilig, aber er ist total nett zu Petal. Mit Mike kann man wirklich Spaß haben, und er ist auch großzügig, aber leider so launenhaft wie das Wetter. Ich weiß nie, wann er sich mal wieder blicken lässt.«

»Hast du Gerry gegenüber zugegeben, dass du dich mit anderen Männern triffst?«

»Ja. Natürlich habe ich keine Namen genannt und außerdem behauptet, sie wären bloß gute Freunde, keine Liebhaber. Aber Gerry ist trotzdem total ausgerastet. Er hat mich eine Schlampe genannt und noch einiges mehr, was ich lieber nicht wiederholen möchte.«

»Hat Petal das alles mitbekommen?«

»Nein, das glaube ich nicht. Wir waren draußen. Sie war im Bett und schlief schon, als er kam, und ist auch nicht aufgewacht, glaube ich.«

»Wie bist du mit ihm verblieben?«, fragte Molly.

Cassie zuckte die Achseln. »Ich hab ihm gesagt, dass er kein Recht hat, mir vorzuschreiben, wen ich sehen darf und wen nicht, und dass er sich ruhig vom Acker machen kann, wenn ihm das nicht passt. Oder so ähnlich jedenfalls. Stell dir vor, da kommt der doch glatt einen Schritt auf mich zu, als ob er mich schlagen wollte! Ich hab mir sofort eine Flasche geschnappt, damit er weiß, mit wem er es zu tun hat, und da hat er sich verzogen.«

Cassie wechselte das Thema, indem sie über die Gemüsesorten sprach, die sie angepflanzt hatte, und kurz darauf fuhr Molly zurück zum Geschäft ihrer Eltern.

Ihr war klar, dass sie George davon berichten musste, aber sie wusste nicht, wie sie das anstellen sollte. Cassie war der einzige Mensch, den sie kannte, der frank und frei über Sex sprach; andere Mädchen erwähnten das Thema entweder überhaupt nicht oder verwendeten irgendwelche beschönigenden Ausdrücke. Wenn sie wiederholte, was Cassie ihr erzählt hatte, würden George und die anderen Polizisten ihre Freundin für ein gewöhnliches Flittchen halten, und Molly konnte den Gedanken nicht ertragen, dass die Männer über sie witzeln und anzügliche Bemerkungen machen könnten.

»Ich bin nur ungefähr eine halbe Stunde geblieben«, sagte sie zögernd und überlegte, wie sie George sagen sollte, was sie wusste. Aber noch während sie darüber nachdachte, ging die Tür auf, und Sergeant Bailey kam herein. Er war ein stämmiger Mann um die fünfzig und seit Molly sich erinnern konnte im Polizeirevier von Sawbridge stationiert.

»Kommst du klar, Molly?«, fragte er, beugte sich über ihren Stuhl und sah sie mitleidig an. »Muss ein schlimmer Schock gewesen sein, etwas so Furchtbares zu sehen. Du hast recht, Miss March ist tot, und so leid es mir tut, dir das sagen zu müssen, wir gehen davon aus, dass sie ermordet worden ist.«

»Nein!«, schrie Molly entsetzt auf. Es war eine Sache, an diese Möglichkeit zu denken, eine ganz andere aber, ihre Vermutung bestätigt zu sehen. »Warum sollte jemand so etwas tun? Und wo ist Petal? Ist sie auch umgebracht worden?«

»Nichts im Cottage weist darauf hin, dass Petal etwas zugestoßen ist. Wir haben rasch die nähere Umgebung durchkämmt, aber keine Spur von ihr gefunden. Ich habe ein paar meiner Männer kommen lassen und Verstärkung aus Bristol angefordert, um eine gründliche Suche zu starten, aber ich glaube nicht, dass sie heute noch kommen werden. Was deine Frage angeht, warum jemand das Miss March antun sollte ... nun, genau das müssen wir herausfinden. Und du kannst uns dabei helfen, indem du uns alles erzählst, was du über sie weißt.«

»Aber alle Ihre Männer sollten sofort Petal suchen«, brach es aus ihr heraus. »Sie ist erst sechs, und sie muss außer sich vor Angst sein und noch dazu völlig durchnässt und halb erfroren. Sie können sie nicht bis morgen da draußen herumirren lassen.«

Sergeant Bailey und George wechselten einen Blick. »Molly war gerade dabei, mir von ihrem letzten Besuch bei Miss March zu erzählen«, sagte George. »Aber wenn Sie wollen, kann ich jetzt gleich zum Stone Cottage gehen und anfangen zu suchen.«

Der Sergeant sah von George zu Molly und klopfte ihr auf die Schulter. »Sprich du nur weiter mit PC Walsh. Ich muss mich mit dem CID in Bristol in Verbindung setzen und bei den Nachbarn herumfragen, ob irgendjemandem etwas Ungewöhnliches aufgefallen ist. Hätten keinen schlimmeren Tag für ein Verbrechen erwischen können – die halbe Truppe hat Urlaub, und der Regen wird sämtliche Beweise wegspülen. Aber wir versuchen, noch heute eine Suche zu starten, das verspreche ich dir.«

Molly fand immer noch, dass ein vermisstes Kind wichtiger sein sollte als die Befragung der Dorfbewohner, mochte aber Sergeant Bailey nicht widersprechen.

George tippte kurz an ihren Ellbogen, als Bailey den Raum verließ. »Kurz bevor der Sergeant kam, hatte ich das Gefühl, dass du mir etwas über Cassie sagen wolltest«, sagte er. »Habe ich recht? Ging es um einen Freund?«

Molly war noch Jungfrau, und das wollte sie auch bleiben, bis sie heiratete, deshalb wand sie sich innerlich vor Verlegenheit, weil sie George mitteilen musste, was Cassie ihr erzählt hatte. Aber sie durfte es nicht verschweigen; immerhin konnte einer dieser Männer der Mörder sein.

Mit niedergeschlagenem Blick berichtete sie, was Cassie ihr über die Männer in ihrem Leben erzählt hatte.

»Sie hat gesagt, dass Gerry ›gut im Bett‹, aber ansonsten ein mieser Kerl ist«, brachte sie heraus, wobei ihr nicht ganz klar war, was der erste Teil des Satzes eigentlich bedeutete.

Von sechzehn bis achtzehn war sie mit Raymond Weizer befreundet gewesen. Sie gingen manchmal ins Kino, meistens aber machten sie nur gemeinsame Spaziergänge, und als er seinen Wehrdienst leisten musste, verlief das Ganze im Sand. Und wie sie Cassie einmal anvertraut hatte, war ihre Beziehung auch nicht sonderlich aufregend gewesen. Zu mehr als einem gelegentlichen Kuss war es nie gekommen. Ihre Eltern hatten Raymond gebilligt, weil seine Eltern Bauern waren und er irgendwann einmal den Hof übernehmen würde. Sechs Monate nach seiner Entlassung aus der Armee heiratete Raymond Susan Sadler, und mittlerweile hatten sie drei Kinder. Molly war seither mit verschiedenen jungen Männern ins Kino oder zu Tanzveranstaltungen gegangen, aber über Küssen war es nie hinausgegangen, und mit einer einzigen Ausnahme hatte sie keinen der Männer attraktiv genug gefunden, um sich zu wünschen, er würde weitergehen.

Weil ihr aber bewusst war, wie wichtig für die Untersuchung von Cassies Tod Informationen über die Männer in ihrem Leben waren, erzählte sie George, was Cassie ihr anvertraut hatte, auch wenn sie dabei rot wurde und gelegentlich ins Stammeln geriet.

Auch George wirkte ein bisschen verlegen.

»Es ist nicht leicht, etwas weiterzuerzählen, was einem im Vertrauen gesagt worden ist«, gestand Molly, als sie fertig war. »Vor allem, weil ich manchmal gar nicht genau gewusst habe, was sie meint. Aber ich wollte sie auch nicht bitten, es näher zu erklären.«

»Das hast du sehr gut gemacht«, sagte er, und ihr fiel auf, dass er ein kleines Grübchen im Kinn hatte, wenn er lächelte. »Ich nehme an, du weißt nicht, wie diese Männer mit Nachnamen heißen oder wo sie wohnen«, fügte er hinzu.

»Nein, aber es kann nicht sehr weit weg sein, wenn sie einfach nach Lust und Laune bei ihr hereinschneien konnten«, sagte Molly. »Habt ihr schon nachgeschaut, ob Cassie ein Adressbuch hatte? Ich habe sie häufig in der Telefonzelle gesehen. Vielleicht hat sie mit einem von ihnen telefoniert.«

George warf ihr einen Blick zu, der deutlich besagte: »Du musst der Polizei nicht sagen, wie sie ihre Arbeit zu machen hat.«

»Entschuldigung«, sagte sie. »Das war ziemlich besserwisserisch.«

»Schon gut. Lieber so, als gar nichts zu sagen. Weißt du vielleicht, was Petal heute angehabt hat?«

»Nein. Gestern trug sie ihr blau kariertes Schulkleid, aber das durfte sie nur an Schultagen anziehen. Wahrscheinlich hat sie ihre roten Shorts an. Ich könnte dir mehr sagen, wenn ich einen Blick ins Schlafzimmer werfen dürfte. Dann wüsste ich, was fehlt.«

»Hat Cassandra je erwähnt, dass sie belästigt worden ist?«, fragte George. »Jemand, der bei ihr auftauchte und ihr Ärger gemacht hat – vielleicht jemand aus ihrer Vergangenheit?«

»Erwähnt hat sie so etwas nie – na ja, abgesehen von diesem Gerry«, antwortete Molly. »Aber sie konnte knallhart sein, George! Wenn ihr jemand lästig gefallen wäre, hätte sie den Betreffenden im Handumdrehen zum Teufel geschickt. Sie hat sich nichts gefallen lassen.« Fast hätte sie hinzugefügt: »Im Gegensatz zu mir.« Schließlich ließ sie sich schon seit Jahren gefallen, dass ihr Vater die größten Gemeinheiten zu ihr sagte und sie manchmal sogar schlug. Cassie hatte kein Hehl aus ihrer Meinung gemacht, dass Mollys Vater ein Rohling und ihre Mutter, die tatenlos zusah, kaum besser war. Ihrer Meinung nach hätte Molly die beiden umgehend verlassen sollen.

»Hat sie dir erzählt, wo sie gelebt hat, bevor sie nach Sawbridge gezogen ist?«, unterbrach George ihre Gedanken.

Molly dachte nach. Genau diese Frage hatte sie sich selbst oft gestellt. »Ich kann dir darauf keine richtige Antwort geben, weil Cassie nie darüber gesprochen hat, aber ich glaube, sie hat einen großen Teil ihres Lebens in London oder in der Nähe von London verbracht. Sie hat oft Kunstgalerien und Theater erwähnt, und zwar auf eine Weise, als wäre ihr so was total vertraut. Manchmal hat sie auch Devon, Glastonbury, Wells und andere Orte genannt, aber ich hatte den Eindruck, dass sie einfach nur eine Weile herumgezogen ist, um einen Ort zu suchen, an dem sie Petal großziehen kann. Und als sie nach Sawbridge kam, glaubte sie, den richtigen Platz gefunden zu haben. Sie hat mir einmal erzählt, dass sie schon seit Jahren von einem Zuhause wie Stone Cottage geträumt hat.«

Auf einmal fühlte sich Molly todmüde, als wäre alle Energie aus ihrem Körper gewichen. Sie wollte nicht mehr reden; außerdem hatte sie ohnehin nichts mehr zu sagen.

»Wenn du das hier unterschrieben hast, kannst du nach Hause gehen«, sagte George, als könnte er spüren, wie ihr zumute war. »Du siehst total erledigt aus – kein Wunder nach allem, was du mitgemacht hast –, und ich weiß, dass du seit sieben Uhr morgens auf den Beinen bist. Als ich meinen Dienst antrat, habe ich gesehen, wie du haufenweise Zeug zum Gemeindesaal geschleppt hast.«

»Ich habe das Gefühl, dass nach dem heutigen Tag nichts mehr so sein wird, wie es einmal war«, erwiderte Molly bedrückt, als sie sich mühsam hochrappelte. »Ist das dumm von mir?«

PC Walsh nahm ihre Hände in seine und sah sie an. »Wir kennen uns schon sehr lange, Molly«, sagte er. »Vielleicht wird wirklich nichts mehr so sein, wie es war, aber das heißt nicht unbedingt, dass es schlechter wird. Manchmal muss etwas Schlimmes passieren, damit wir erkennen, wohin wir wollen und mit wem.«

Molly lächelte matt. Sie hätte gern geglaubt, dass er damit Interesse an ihr zeigen wollte, aber nach allem, was passiert war, gehörte es sich nicht, ausgerechnet heute an so etwas zu denken.

»Wir sehen uns morgen, Molly«, sagte er. »Falls dir noch irgendetwas einfällt, das für unsere Ermittlungen von Wert sein könnte, schreib es lieber auf, damit du es nicht vergisst.«

KAPITEL 3

Als Molly kurz nach sieben das Polizeirevier verließ, regnete es immer noch. Aus dem *Pied Horse* dröhnte laute Musik, und Molly blieb mitten auf der Straße stehen. Sie wusste, dass die Percys für heute Abend eine kleine Band engagiert hatten. Bei schönem Wetter hätten die Musiker draußen auf der Straße gespielt und Molly hätte beim Servieren geholfen.

Unerhört, dass die Percys die Band nicht in dem Moment abbestellt hatten, als Sergeant Bailey ihnen Cassies Tod mitteilte, fand Molly. Es war nicht richtig, fröhlich weiterzufeiern, wenn gerade eine junge Frau ermordet worden war und von ihrem Kind jede Spur fehlte.

Zorn brodelte in ihr, als sie an die Menschen dachte, die in so einem Moment lachen, reden und trinken konnten, und heiße Tränen stiegen ihr in die Augen. Ständig stand ihr das Bild vor Augen, wie Petal durch den Wald irrte, hungrig und nass bis auf die Haut und nach dem gewaltsamen Tod ihrer Mutter viel zu verängstigt, um zu irgendwelchen Nachbarn zu laufen.

Aber auf einmal drohte ein noch schlimmeres Bild das vorige zu verdrängen – Petals schmächtiger Körper, der hastig im Gestrüpp versteckt worden war, ermordet, damit sie den Mörder ihrer Mutter nicht identifizieren konnte.

Molly verlor ihre angeborene Scheu. Zielstrebig marschierte sie zum Pub, riss die Tür weit auf und ließ eine bittere Schimpfkanonade los. »Ihr solltet heute Abend wirklich nicht mehr feiern und trinken!«, brüllte sie aus voller Kehle.

Die Band hörte auf zu spielen, und alle drehten sich zu ihr

um. Die verständnislosen Mienen der Leute stachelten ihren Zorn noch mehr an.

»Ihr wisst doch sicher alle, dass Cassandra March heute tot in ihrem Haus aufgefunden wurde und dass ihre sechs Jahre alte Tochter verschwunden ist? Vielleicht ist die kleine Petal genauso ermordet worden wie ihre Mutter. Aber vielleicht ist sie auch bloß vor dem Mann weggelaufen, der ihre Mutter umgebracht hat. Und ihr bringt es fertig, euch hier zu amüsieren, während eine verängstigte Sechsjährige sich bei diesem Wetter irgendwo im Wald versteckt?« Sie ließ ihre Frage ein paar Sekunden einsickern. »Also, wer kommt mit und hilft mir suchen? Heute Abend wird es erst gegen zehn Uhr dunkel, uns bleiben also noch drei Stunden, um Petal zu finden.«

Leises Getuschel hob an. Normalerweise wären kaum weibliche Gäste im Pub gewesen, aber weil es ein besonderer Anlass war, hielten sich an diesem Abend um die zwanzig Frauen hier auf. Allerdings wirkten gerade die, von denen Molly erwartet hätte, dass sie ihre Männer sofort losschicken würden, regelrecht indigniert.

»Kommt schon!«, rief Molly, wobei sie sich insgeheim fragte, woher sie den Mut dazu nahm. »Stellt euch vor, euer kleines Mädchen wäre da draußen in den Wäldern!«

Die ersten beiden Männer, die vortraten, waren um die fünfzig, John Sutherland und Alec Carpenter, beide Landarbeiter.

»Danke«, sagte Molly. »Ihr seid wahre Gentlemen. Na, wer macht noch mit?«

Es dauerte eine Weile und erforderte einige geraunte Debatten, aber allmählich stellten sich noch ein paar andere Männer zu John und Alec. Am Ende waren es insgesamt achtzehn.

Drei machten sofort einen Rückzieher, als ihnen klar wurde, dass sie den Hügel hinaufsteigen mussten, und auf halbem Weg machten vier weitere kehrt und gingen zurück ins Dorf.

»Ein Bier ist euch also wichtiger als das Leben eines Kindes, was?«, rief Molly ihnen verächtlich nach.

Als die verbliebenen elf Männer den Weg erreichten, der zum Stone Cottage führte, blieben sie stehen und starrten betroffen auf den Schlamm.

»Ich würde sie gern suchen gehen, aber dafür bin ich nicht ausgerüstet«, gestand Ted Swift mit einem Blick auf seine blitzblank polierten Lederhalbschuhe. »Bei diesem Matsch bräuchte man Gummistiefel.«

»Ich hab gehört, dass die Polizei morgen eine große Suchaktion startet«, warf Jim Cready, der örtliche Fensterputzer ein. »Das sollten wir erst mal abwarten, Molly. Keiner von uns ist richtig dafür angezogen, in Matsch und Regen rumzulaufen.«

Wie Schafe drehten sie sich um und trabten hinter Jim den Hügel hinunter.

»Was bedeuten schon ein bisschen Regen und Matsch, wenn es darum geht, ein kleines Kind zu retten?«, brüllte Molly, als einer nach dem anderen verschwand, und brach gleich darauf in Tränen aus.

Wild entschlossen marschierte sie zum Cottage und folgte dem schmalen Trampelpfad, der im Lauf der Zeit unter Cassies und Petals Füßen entstanden war und in den Wald führte. Aber schon nach ungefähr zweihundert Metern verlor sich der Pfad; weiter waren Mutter und Tochter offenbar kaum jemals gegangen.

Molly rief im Gehen immer wieder nach Petal, aber irgendwann kam ihr der Gedanke, dass kein Kind in der Nähe eines Ortes bleiben würde, an dem etwas so Schreckliches passiert war. Vielmehr würde es irgendwohin laufen, wo es sich sicher fühlte – zur Schule oder zur Kirche oder zu einem Lieblingsgeschäft –, und deshalb schien es nicht sehr sinnvoll, durch einen

Wald zu stolpern, in dem das Unterholz so dicht wucherte, dass man kaum vorankam.

Widerstrebend kehrte sie um und schlug vom Cottage aus den Weg zur Straße ein. Jetzt genierte sie sich, weil sie erfolglos versucht hatte, einen Suchtrupp auf die Beine zu stellen. Sie wollte noch in der Kirche und auf dem Schulhof und hinter der kleinen Ladenzeile nachschauen, aber vielleicht sollte sie wirklich lieber auf die Suchaktion der Polizei am nächsten Tag warten. Immerhin waren Beamte aus Bath und Bristol angefordert worden.

In der Kirche war es düster, und in den üblichen Geruch von Möbelpolitur und feuchtem Mauerwerk mischte sich ein Hauch von Rosenduft aus den beiden großen Vasen links und rechts vom Altar.

Molly sah überall nach, auch in der Sakristei, und rief Petals Namen, aber vergeblich. Einem Impuls folgend, kniete sie vor den Altarschranken nieder und betete, Petal möge heil und unversehrt wiedergefunden werden.

Als sie aufstand, fiel ihr ein, wann sie Gott das letzte Mal um etwas gebeten hatte. Es war an dem Tag gewesen, als Emily verkündete, sie würde nach der Tracht Prügel, die ihr Vater ihr verabreicht hatte, ihr Elternhaus verlassen. Sie hatten in ihrem Zimmer gesessen. Emily schluchzte, ihr Gesicht war rot und verschwollen von den Ohrfeigen ihres Vaters, aber das waren noch ihre geringsten Verletzungen. Immer wieder hatte er mit einem Stock auf ihren Rücken eingedroschen. Da sie nur eine dünne Bluse anhatte, war ihr Rücken eine einzige Masse von Blutergüssen und Striemen, von denen einige bluteten.

»Ich hasse ihn!«, stieß Emily schluchzend hervor. »Ich gehe, und ich komme nie mehr zurück, und außerdem werde ich die Einnahmen dieser Woche einstecken. Das wird ihm eine Lehre sein!«

Molly hatte immer zu ihrer großen Schwester aufgeblickt, weil sie ihrem Vater regelmäßig die Stirn bot und sich unzählige Male für Molly starkgemacht hatte. Diese Tracht Prügel hatte es nicht nur gesetzt, weil Emily sich weiterhin mit Bevan Coombes, diesem »Rowdy«, wie ihr Vater ihn nannte, getroffen hatte, sondern weil sie es gewagt hatte, Jack Heywood vorzuwerfen, er wäre ein gemeingefährlicher Irrer, der in die Klapsmühle gehörte.

Molly tat in jener Nacht, was sie konnte, um Emilys Wunden zu pflegen, indem sie behutsam Heilsalbe auftrug, ihre Schwester liebevoll an sich drückte und ein bisschen vom Brandy ihres Vaters stibitzte, damit Emily einschlafen konnte. Später kniete sie sich hin und betete um ein Wunder: Jack Heywood möge am nächsten Morgen als neuer Mensch aufwachen und Emily bitten, daheim zu bleiben. Natürlich geschah nichts dergleichen; ihr Vater war am nächsten Morgen dasselbe Ekel wie zuvor. Emily wartete ab, bis er wie immer am Samstagabend ins Pub ging. Dann öffnete sie Jacks Safe und klaute die Einnahmen der letzten Woche, schnappte sich ihren Koffer und marschierte los, um den letzten Bus nach Bristol zu erwischen.

Sie teilte weder Molly noch ihrer Mutter mit, wann sie das Haus verlassen würde oder dass sie die Kombination herausgefunden hatte, mit der sich das Schloss vom Safe öffnen ließ. Jack fand darin einen Zettel mit einer Nachricht für ihn: »Wenn man Leute schlecht behandelt, handeln sie schlecht. Du hast das und noch viel mehr verdient.«

Dieses letzte Bravourstück ihrer Schwester beeindruckte Molly nach wie vor. Immer wieder wünschte sie sich, sie hätte Emilys Mumm. Als sie jetzt von der Kirche nach Hause ging, dachte sie über das Gebet nach, das sie gerade vor dem Altar gesprochen hatte. Es handelte sich um die schlichte Bitte, Gott möge nicht zulassen, dass Petal etwas zustieß. Sie hatte nicht darum gebetet, ihr Vater möge nett und freundlich sein, wenn sie heimkam, denn das war völlig ausgeschlossen, das wusste sie.

Neuigkeiten verbreiteten sich schnell im Dorf, und mittlerweile würden auch die Leute, die nicht im Gemeindesaal oder im Pub gewesen waren, wissen, was passiert war. Vielleicht hatten ihre Eltern sogar vom Fenster aus beobachtet, wie Molly mit den Männern, die bei der Suche nach Petal helfen sollten, am Laden vorbeiging.

Molly betrat das Haus durch die Seitentür und lief den Flur hinunter, hinter dessen Türen sich die Lagerräume und die Treppe zur Wohnung befanden. Sie war stark versucht, direkt in ihr Zimmer zu gehen statt ins Wohnzimmer, wo sich ihre Eltern aufhielten. Aber wenn sie das tat, würde ihr Vater zu ihr kommen und fragen, was der Unsinn sollte. Ihr blieb nichts anderes übrig, als zu ihnen zu gehen und es hinter sich zu bringen.

Als sie die Wohnzimmertür aufmachte, fand sie ihre Eltern vor wie immer. Ihr Vater saß in dem Lehnsessel rechts vom Kamin und direkt vor dem neuen kleinen Fernsehgerät, das auf einem Tisch in der Wandnische stand. Ihre Mutter saß auf der linken Seite, mit dem Rücken zu dem Fenster, von dem man auf die High Street sah. Ihr Sessel war kleiner und schmaler und ziemlich hart, aber sie behauptete, er täte ihrem Rücken gut. Keiner von ihnen saß jemals auf der Couch, deren Zierkissen präzise ausgerichtet waren.

Jack wandte den Kopf, als Molly hereinkam, und verzog den Mund zu einem hämischen Grinsen.

»Hab schon immer gewusst, dass es mit der kleinen Schlampe ein schlimmes Ende nehmen würde«, sagte er in seinem breiten Somerset-Dialekt. »Weg mit Schaden, kann ich da nur sagen.«

Seine gehässige Bemerkung trieb Molly brennende Tränen in

die Augen. Sie hatte von ihm kein Mitleid mit Cassie erwartet, aber über ihren Tod zu feixen, das war widerwärtig.

»Was du da sagst, ist sehr grausam, Dad«, gab sie zurück, wobei sie sich wünschte, sie brächte den Mut für eine schroffere Entgegnung auf. Aber sie sah das boshafte Glitzern in seinen Augen und das Zucken um seine Mundwinkel, das ihr verriet, dass er zu diesem Thema noch einiges mehr auf Lager hatte und ein falsches Wort von ihr das Pulverfass entzünden könnte. Immer wieder schwor sie sich, ihm beim nächsten Mal zu sagen, was sie von ihm hielt, aber in Wirklichkeit fürchtete sie sich viel zu sehr vor ihm. So sehr, dass sie normalerweise sofort die Flucht ergriff, wenn es so aussah, als könnte er handgreiflich werden.

Mary, ihre Mutter, legte warnend einen Finger an die Lippen. In dem Licht, das durchs Fenster fiel, sah sie jünger aus als fünfundfünfzig, aber das lag nur daran, dass sie ihr braunes Haar vor Kurzem frisch gewellt hatte, ein hellblaues Twinset trug, dessen Farbe ihr schmeichelte, und zu Ehren des feierlichen Anlasses ein wenig Puder und Lippenstift aufgetragen hatte. Aus der Nähe betrachtet, war ihr Gesicht von unzähligen dünnen Falten durchzogen, und in ihren Augen lag eine tiefe Traurigkeit, die sie sehr viel älter machte.

Jack Heywood war sechzig. Von seinem ehemals guten Aussehen, das alte Fotografien belegten, war aufgrund seiner verbitterten Gesichtszüge, schlechter Zähne, eines Schmerbauchs und seines grauen Teints nichts geblieben.

Molly hatte ein schlechtes Gewissen, weil sie ihn nicht mochte, aber er war auch nie ein guter Vater gewesen. Nie hatte er mit Emily und ihr gespielt, nie Interesse für ihre Schularbeiten oder Hobbys gezeigt. Immer hatte er ihnen nur Verachtung und Ablehnung gezeigt. Vielleicht wäre er anders gewesen, wenn er einen Sohn gehabt hätte, aber Frauen waren für ihn minderwertige Geschöpfe, die man ausnutzen und misshandeln durfte.

Sogar die Ausstattung der Wohnung über dem Laden war ein sichtbarer Beweis für seine Trägheit und sein Desinteresse an seinem Zuhause.

Farben und Tapeten waren in der Nachkriegszeit nur schwer zu bekommen, und der Großteil der arbeitenden Bevölkerung konnte es sich nicht leisten, Geld für Dinge auszugeben, die nicht unbedingt notwendig waren. Wohlhabendere Leute bemühten sich freilich schon, ihre Häuser und Geschäftsräume so bald wie möglich zu verschönern. Jack Heywood tat das nicht, obwohl es finanziell für ihn kein Problem gewesen wäre.

Die Ladenzeile, in der sich sein Geschäft befand, war um 1850 herum errichtet worden, und im Jahr 1910 hatte der Vorbesitzer, ein gewisser Mr. Greville, seine Räumlichkeiten um den Nachbarladen und die Wohnung darüber erweitert. Die älteren Bewohner von Sawbridge sprachen heute noch voller Bewunderung davon. Der Einbau eines Badezimmers und einer großen Küche sowie weitere Renovierungen im Wohnbereich machten es zu einem hübschen und geräumigen Zuhause. Aber seit damals war nichts mehr im Haus gemacht worden. Die edwardianische Tapete, so schön sie einmal gewesen sein mochte, war mittlerweile verblasst und voller Flecken, und die Möbel, eine Mischung aus abgelegten Stücken und Gebrauchsgegenständen aus der Kriegszeit, hatten unverkennbar bessere Tage gesehen.

»Grausam? Ich zeig dir gleich, was grausam ist«, knurrte Jack und erhob sich halb aus seinem Sessel, als wollte er sie schlagen. »Jeder außer dir hat gewusst, dass das Mädchen Dreck am Stecken hatte. Du bist einfach zu dumm, um so was mitzukriegen.«

»Ja, wahrscheinlich bin ich wirklich dumm«, sagte sie lahm,

weil sie daran denken musste, wie dumm es von ihr war, so hart für ihn zu arbeiten, ohne Geld dafür zu bekommen. Sie zog sich vorsichtshalber aus seiner Reichweite zurück. »Aber auch wenn du Cassie nicht gemocht hast, musst du dir doch Sorgen um Petal machen. Sie ist verschwunden, weißt du, und es ist durchaus möglich, dass sie tot ist.«

»Petal!«, blaffte er. »Was ist das denn für ein Name für ein Kind!«

Molly wusste selbst, dass es ein ungewöhnlicher Name war, aber ihrer Meinung nach hatte noch nie ein Name besser zu einem Kind gepasst. Zorn regte sich in ihr, weil ihr Vater nicht einmal angesichts dieser Tragödie ein wenig Anteilnahme für ein in Not geratenes Kind aufbrachte.

»Der Name passt ganz wunderbar zu ihr«, sagte sie mit fester Stimme. »Ich fasse es nicht, dass du nicht einfach zugeben kannst, wie furchtbar es ist, dass eine junge Frau hier bei uns im Dorf ermordet worden ist, und dass du hoffst, dass man Petal bald findet.«

Sie machte auf dem Absatz kehrt und eilte hinaus, ohne auf seine Bemerkung zu achten, er kenne die Menschen und Cassie habe ihren Tod vermutlich selbst verschuldet. Dann ging sie in die Küche und hielt einen Moment inne, um tief durchzuatmen.

Die Küche war ein großer, freundlicher Raum mit verglasten Hängeschränken, die ihre Mutter makellos sauber hielt und mit ihrem besten Porzellan und ihren schönsten Gläsern bestückt hatte. Auf dem Küchentisch in der Mitte stand die festliche Torte, die Mary extra für den heutigen Anlass gebacken hatte. Ein winziges Modell der Krönungskutsche stand auf der weißen Zuckergussschicht, aber weil die Glasur zu weich war, waren die Räder zur Hälfte eingesunken. Auf der Anrichte im Wohnzimmer standen Platten mit gefüllten Blätterteigpasteten, Käsegebäck und anderen Häppchen; die Torte hatte vermutlich als prunkvolles Mittelstück dienen sollen. Aber da sie nicht angeschnitten war, hatte ihr Vater wahrscheinlich derart vernichtende Kommentare zu der missglückten Verzierung abgegeben, dass ihre Mutter die Torte in die Küche gestellt hatte, um sie vor etwaigen Besuchern zu verbergen.

Als Molly einfiel, dass sie den ganzen Tag praktisch noch nichts gegessen hatte, schnitt sie sich ein Stück ab. Wie alle Kuchen ihrer Mutter war auch diese Torte mit ihrem lockeren, flaumigen Teig und der köstlichen Obstfüllung absolut perfekt. Molly stand eine Weile da, während sie aß, und dachte darüber nach, wie viele Leute im Ort Mary Heywood wirklich gernhatten. Bevor ihr Nervenleiden sich verschlimmerte, hatte sie bei allem und jedem mitgemacht, vom Chorsingen bis zur Mothers' Union, wo sie eine leitende Position einnahm. Jack hatte keine richtigen Freunde, nur Leute, die ihm um den Bart gingen, weil er Geschäftsinhaber und Mitglied des Kirchengemeinderats war und es daher von Nutzen sein konnte, sich gut mit ihm zu stellen. Einige von ihnen mussten an diesem Nachmittag hier gewesen sein; so hatte er wahrscheinlich auch von Cassies Tod erfahren.

Molly setzte gerade den Kessel auf, um Tee zu kochen, als ihre Mutter hereinkam und sorgsam die Tür hinter sich schloss.

»Es tut mir schrecklich leid wegen deiner Freundin«, sagte sie, sowie sie in der Küche war. »Und es tut mir leid, dass dein Vater so hässliche Bemerkungen darüber gemacht hat.«

Molly ließ sich von ihrer Mutter in die Arme schließen. Sie musste an eine Bemerkung von Emily denken, kurz bevor diese nach London gegangen war. Ihre Schwester hatte gemeint, es wäre schockierend, dass ihre Mutter sie nicht einmal streicheln oder umarmen konnte, wenn ihr Vater in der Nähe war. Ein Mann, der etwas dagegen hatte, wenn seinen eigenen Töchtern

Zuneigung bewiesen wurde, war alles andere als normal, fand sie.

»Ach, Dad ist eben ein Griesgram«, meinte Molly leichthin, um ihre Mutter nicht noch mehr zu beunruhigen. »Bestimmt meint er es nicht so. Du, ich bin wirklich todmüde und würde jetzt lieber zu Bett gehen. Es macht dir doch nichts aus?«

»Du bist ein gutes Kind«, sagte Mary und drückte ihre Tochter noch fester an sich. Ihre Stimme klang, als würde sie gleich in Tränen ausbrechen. »Ich könnte es dir nicht verübeln, wenn du von daheim fort wolltest wie Emily. Ich weiß, dass das hier kein Leben für dich ist.«

»Wie könnte ich dich verlassen?«, gab Molly zurück und zwang sich zu einem Lachen, als hätte sie nie an etwas Derartiges gedacht.

»Geh ruhig zu Bett«, sagte ihre Mutter. »Wie ich sehe, hast du ein bisschen Torte gegessen, aber ich bringe dir nachher noch Tee, dann kannst du mir alles erzählen. John und Sonia Burridge waren hier und haben uns erzählt, dass du Cassie tot aufgefunden hast und auf dem Polizeirevier warst, um eine Aussage zu machen. Sie hatten es von Brenda Percy gehört. Dann hat Mrs. Pratt angerufen und erzählt, wie du versucht hast, im Pub einen Suchtrupp auf die Beine zu stellen. Dein Vater hat sich natürlich darüber lustig gemacht, aber ich finde das sehr anerkennenswert. Die arme kleine Petal, hoffentlich findet man sie bald.«

Molly ging in ihr Zimmer, zog sich aus und schlüpfte in ihr Nachthemd. Sie wollte sich gerade hinlegen, als ihre Mutter hereinkam. Mary setzte sich ans Fußende des Betts, und Molly erzählte ihr die ganze Geschichte, ließ allerdings aus, was sie bei der Polizei über die Männer in Cassies Leben ausgesagt hatte. Sie wusste, dass so etwas nicht für die Ohren ihrer Mutter geeignet war.

»Cassie wurde ermordet«, schloss sie. »Zuerst dachte ich, es wäre ein Unfall gewesen, aber mir wurde bald klar, dass sie dann nicht rücklings auf die Kaminumfassung gefallen wäre, sondern mit dem Gesicht nach unten. Und wenn Petal gesehen hätte, wie ihre Mutter stürzt, hätte sie doch Hilfe geholt, oder?«

»Ja, das sollte man meinen«, sagte Mary gedankenvoll.

»Deshalb kann man davon ausgehen, dass der Täter, wer auch immer es war, Petal mitgenommen hat, damit sie ihn nicht identifizieren kann.«

Mary rückte ein Stück näher und nahm Mollys Hand in ihre. »Dein Vater glaubt, dass Cassie eine Hure war und mit einem ihrer Kunden Ärger gekriegt hat.«

»Sieht ihm ähnlich, so was zu denken«, sagte Molly empört und schob die Hand ihrer Mutter weg. Es ärgerte sie, dass Mary sich lieber die Meinung ihres Mannes zu eigen machte, als selbst zu denken. »Die Menschen sind so engstirnig und dumm, allen voran Dad. Nur weil Cassie eine ledige Mutter und ein bisschen unkonventionell war, muss sie noch lange keine Kriminelle oder Prostituierte gewesen sein. Sie war Petal eine gute Mutter; sie hat ihr Lesen beigebracht, noch bevor sie zur Schule ging. Ich habe nie ein fröhlicheres Kind kennengelernt.«

»Nach allem, was ich von ihr weiß, würde ich dir zustimmen«, sagte Mary und schlang nervös ihre Hände ineinander, wie immer, wenn sie sich aufregte.

Molly wurde weich. Sie nahm die Hände ihrer Mutter und hielt sie fest. »Es gibt nichts, worüber du dir Sorgen machen müsstest, Mum«, sagte sie. »Aber ich werde mich gleich morgen früh auf die Suche nach Petal machen. Um den Laden kann Dad sich verdammt noch mal allein kümmern.«

»Nicht fluchen, Liebes! Und dein Vater war nicht immer so«, sagte Mary gepresst. Eine Träne lief ihr die Wange hinunter. »Seit dem Überfall ist er einfach nicht mehr derselbe.«

Molly hatte schon hundertmal die Geschichte gehört, wie ihr Vater mit einer Eisenstange einen Schlag auf den Schädel bekommen hatte und ausgeraubt worden war. Als es passierte, im Jahr 1930, war sie erst vier Jahre alt gewesen. Ihr Vater war mit den Wocheneinnahmen aus dem Möbelgeschäft in Bristol, in dem er arbeitete, auf dem Weg zur Bank gewesen. Er wurde schwer verletzt, und seine Kopfwunde musste mit etlichen Stichen genäht werden, aber trotzdem hielt sich hartnäckig das Gerücht, er hätte mit dem Räuber unter einer Decke gesteckt. Das erwies sich später, als der Schuldige gefasst wurde, zwar als unwahr, aber mittlerweile hatte Jack nicht nur seinen Job, sondern auch seinen guten Ruf verloren.

»Wir hatten über ein Jahr lang eine wirklich schwere Zeit«, fuhr Mary fort. »Dein Vater hatte starke Schmerzen von seiner Verletzung, er konnte keine neue Stellung finden, und unser Vermieter setzte uns vor die Tür, weil wir die Miete nicht bezahlen konnten. Wir wären wer weiß wo gelandet, wenn es Jack nicht gelungen wäre, hier draußen auf einem Bauernhof Arbeit und dazu ein kleines Cottage für uns alle zu finden. Ich weiß, wie gut es Emily und dir auf dem Hof gefallen hat, aber für euren Vater und mich war es Sklavenarbeit. Er musste von vier Uhr morgens bis spät am Abend arbeiten, schwer arbeiten, wohlgemerkt, und ich musste ihm helfen, die Kühe zu melken und den Stall auszumisten, und noch dazu auf euch Kinder aufpassen.«

»Ja, das weiß ich alles, und es war bestimmt schlimm für euch«, sagte Molly ungeduldig. »Aber Dad hat von Dawson, dem Besitzer des Möbelgeschäfts, eine offizielle Entschuldigung bekommen, oder? Und noch dazu Schadenersatz. Genug, um diesen Laden hier zu kaufen.«

»Aber du verstehst nicht, wie sehr er gelitten hat. Und auch für mich war es hart. Es ist nicht leicht, über so etwas hinwegzukommen.« Die Augen ihrer Mutter füllten sich mit Tränen.

»Aber das ist zwanzig Jahre her, Mum! Höchste Zeit, dass Dad aufhört, ewig darüber zu jammern. Er sollte sich lieber im Klaren sein, dass er Glück gehabt hat, genau wie damals, als er sich im Ersten Weltkrieg freiwillig gemeldet hat und abgelehnt wurde. Wenn man ihn hört, könnte man glauben, ihm wäre etwas vorenthalten worden. Welcher vernünftige Mensch würde sich darüber ärgern, nicht in den Krieg ziehen zu müssen?«

»Er sagt, er hat es gehasst, wie ihn die Leute angestarrt haben, weil er keine Uniform trug.«

Molly schüttelte ungläubig den Kopf. »Hätte er denn lieber einen Arm oder ein Bein oder sein Augenlicht verloren? Obwohl er dann natürlich wirklich einen Grund zum Jammern gehabt hätte. Aber um auf den Überfall zurückzukommen: Wenn das nicht passiert wäre, hätte er nie die nötigen Mittel für ein eigenes Geschäft aufgebracht. Warum also ist er immer noch so aufgebracht und lässt seinen Ärger an uns aus?«

Mary ließ den Kopf hängen. »Ich glaube, es hat seine Persönlichkeit verändert, und ich war in den letzten Jahren als Ehefrau auch nicht viel wert. Das ist nicht besonders hilfreich.«

Zorn regte sich in Molly. »Ich würde sagen, er ist die Ursache deiner Probleme«, entgegnete sie scharf. »Hättest du ihm bloß schon vor Jahren die Stirn geboten! Dann würde er jetzt vielleicht nicht unser aller Leben ruinieren.«

Molly lag noch lange wach, nachdem ihre Mutter ins Wohnzimmer zurückgegangen war. Sie hatte ein schlechtes Gewissen, weil sie ihre Mutter getadelt hatte; schließlich war Jack Heywood ein Mann, vor dem man sich wirklich fürchten konnte. Aber im Moment war der Vater ihre geringste Sorge. Der Gedanke an Petal, die vielleicht irgendwo da draußen frierend und durchnässt und verängstigt durch den Wald irrte, lag ihr schwer auf der Seele.

Es schien unfassbar, Cassie auf so schreckliche Art und Weise verloren zu haben, und als sie die Augen schloss, sah sie ständig ihre Freundin in ihrem Blut auf dem Boden liegen.

Niemand konnte auch nur annähernd ahnen, wie viel Licht Cassie in Mollys Leben gebracht hatte. Molly hatte das Gefühl, sie hätte wie ein Pferd Scheuklappen getragen und nur gesehen, was direkt vor ihr lag, bevor Cassie nach Sawbridge kam. Wie eng und begrenzt war doch ihr Leben gewesen. Alles, was sie kannte, waren ihre Arbeit im Laden, kleine Rollen in der Laienspielgruppe und der Kirchenchor. Nie fuhr sie irgendwohin; selbst Bristol, Bath und Wells schienen ferne Länder zu sein. Stundenlang träumte sie davon, den idealen Ehemann zu finden, der sie in ihr eigenes Zuhause brachte, wo sie nie wieder Speck aufschneiden oder Lebensmittel würde ausliefern müssen.

Aber falls wirklich jemals durch einen glücklichen Zufall ein netter, unverheirateter Mann in den Laden kommen und sich für sie interessieren sollte, würde ihr Vater sämtliche Register ziehen, um ihr jede Chance zu vermasseln, das wusste Molly. Im Lauf der Jahre hatte er bereits mehrere potenzielle Verehrer durch sein aggressives Auftreten in die Flucht geschlagen. Mittlerweile war sein Ruf überall bekannt, und Molly hatte das Gefühl, kein junger Mann aus der Umgebung würde jemals den Versuch wagen, sie um ein Rendezvous zu bitten.

Cassie war der erste Mensch, den sie kannte, der über das graue Einerlei des Alltags hinausblickte. Sie war der Meinung gewesen, Molly solle nicht von einem Mann träumen, der daherkam, um ihr Leben zu ändern, sondern ihr Schicksal gefälligst selbst in die Hand nehmen, so wie es ihre Schwester Emily getan hatte. Aber auch wenn Molly der Mut fehlte, aus ihrem Dasein auszubrechen, hatte Cassie auf jeden Fall ihren Horizont erweitert, weil sie so viel mehr wusste als andere Leute. Nicht nur über Nachrichten aus aller Welt, Filme, Bücher oder

Musik, sondern auch über Bräuche in fremden Ländern, verschiedene Religionen, Naturwissenschaften, Geschichte und alle möglichen anderen Sachen. Und obwohl sie intelligent und belesen war, war es immer lustig und wirklich interessant, mit ihr zusammen zu sein. Eine Stunde in ihrer Gesellschaft verging wie im Flug.

Und sie erteilte gute Ratschläge. Immer wieder hatte sie Molly dringend ans Herz gelegt, ihr Elternhaus zu verlassen. Wenn sie in Sawbridge bliebe, würde sie entweder den ersten Mann heiraten, der sie um ihre Hand bat, nur um zu einem eigenen Zuhause zu kommen, oder als edelmütige alte Jungfer enden, die sich um ihre Eltern kümmerte und alles andere im Leben verpasste, meinte Cassie.

Molly hatte sich oft gefragt, ob Cassies Verständnis für ihre Lage daher stammte, dass sie selbst ähnliche Erfahrungen gemacht hatte. Ihr Vater war im Krieg gefallen, aber vielleicht war er ein Despot gewesen, oder es hatte einen tyrannischen Großvater gegeben. Möglich wäre natürlich auch, dass ihre Mutter sie schlecht behandelt hatte und Cassie deshalb nicht über ihre Vergangenheit sprechen wollte.

Im Übrigen hatte Cassie immer wieder darauf hingewiesen, wie viele Talente Molly besaß: Sie war genial als Schaufensterdekorateurin und eine gute Schauspielerin mit einer schönen Stimme. Außerdem war sie imstande, den Laden ihrer Eltern ganz allein zu schmeißen, wenn es sein musste. »Du siehst das Gesamtbild nicht, weil du zu nah dran bist«, hatte Cassie bei mehr als einer Gelegenheit gesagt. »Dein Vater macht dich ständig fertig und gibt dir das Gefühl, nichts wert zu sein. Tatsächlich bist du sehr vielseitig begabt. Ich glaube, du könntest alles machen, was du dir in den Kopf setzt. Aber wenn du noch lange für dieses Scheusal arbeitest, wirst du genauso ein Häufchen Elend wie deine Mutter.«

Molly gefiel es nicht, dass Cassie ihre Mutter als Häufchen Elend bezeichnete, obwohl sie wusste, dass ihre Freundin nicht ganz unrecht hatte. Aber was konnte sie schon tun? Welche Tochter würde einfach gehen und ihre Mutter bei einem Mann wie Jack zurücklassen?

Sie hoffte inständig, dass die Polizei Petal schon gefunden hatte und die morgige Suchaktion unnötig wäre, aber damit wäre nur ein Problem gelöst. Petal musste immer noch den Tod ihrer Mutter bewältigen, und falls keine nahen Verwandten gefunden wurden, die bereit waren, sie aufzunehmen, würde sie in ein Waisenhaus kommen. Molly erinnerte sich noch gut an Cassies Ansichten über derartige Einrichtungen und daran, wie bei diesem Thema ihre Augen blitzten und ihr Gesicht sich verdüsterte. Molly wünschte, sie wäre in der Lage, für Petal zu sorgen. Sie konnte den Gedanken nicht ertragen, welch schlimme Zeiten dem kleinen Mädchen bevorstanden.

Um halb sechs am nächsten Morgen hatten sich ungefähr vierzig Personen vor dem Polizeirevier eingefunden, um sich an der Suche nach Petal zu beteiligen. Es regnete nach wie vor, und die Kälte machte allen eindringlich bewusst, wie wichtig es war, Petal zu finden. Molly trug Regenmantel, Südwester und Gummistiefel. Es war eine unerträgliche Vorstellung, wie es dem kleinen Mädchen, das nur mit Shorts und Bluse bekleidet war, bei diesem Wetter gehen mochte.

Molly kannte jeden der Anwesenden. Hauptsächlich waren es Männer, unter anderem drei oder vier von denen, die sich am Vorabend ihrer Suche angeschlossen hatten, aber auch an die zehn Frauen waren gekommen. Mehr als die Hälfte setzte sich aus jenen Leuten zusammen, die immer zur Stelle waren, wenn sie gebraucht wurden, sei es, um beim Dorffest zu helfen, den Kirchhof zu kehren oder Spenden zu sammeln. Die

Übrigen waren jünger, Ende zwanzig bis Anfang dreißig, und Molly wusste, dass sie fast alle selbst kleine Kinder hatten. Normalerweise würde eine solche Schar von Freiwilligen reden und lachen, aber diesmal war es nicht so. Der Ernst der Lage stand jedem Einzelnen ins Gesicht geschrieben; sie wechselten kaum ein Wort miteinander.

Ein Polizeibeamter, den Molly nicht kannte, kam aus der Wachstube. Er war groß und schlank, hatte ein pockennarbiges Gesicht und eine leicht schiefe Nase.

»Ich bin Detective Inspector Girling«, stellte er sich mit lauter, klarer Stimme vor. »Danke an alle, die heute Morgen hier erschienen sind. Ich muss Ihnen sicher nicht sagen, wie wichtig es ist, das kleine Mädchen zu finden. Eine Hälfte von Ihnen wird hier im Dorf mit der Suche beginnen und sich bis zum Stone Cottage vorarbeiten. Die andere Hälfte wird mit dem Bus dorthin gefahren und wird den Wald rund um das Cottage durchsuchen. Sie werden nicht nur nach Petal Ausschau halten«, erklärte er, wobei er jedem ins Gesicht sah, »sondern auch nach Kleidungsstücken, Schuhen, Haarbändern – kurz, nach allem, was nicht in den Wald gehört und in irgendeiner Weise Ihre Aufmerksamkeit erregt. Sollten Sie etwas finden, fassen Sie es bitte nicht an, sondern bleiben Sie, wo Sie sind, und rufen nach den Beamten, die mit Ihnen suchen. Noch Fragen?«

Die einzige Frage kam von einem Mann, der wissen wollte, wie lange es dauern würde, da er später am Vormittag zur Arbeit müsse. Darauf erhob sich ein Stimmengewirr, und einige Leute verkündeten, sie würden suchen, bis Petal gefunden wäre, egal, wie lange es dauerte.

Molly hatte belegte Brote, Wasser und einen Apfel in ihren kleinen Rucksack gepackt, und ihr fiel auf, dass sich die meisten Leute ebenfalls mit Proviant versorgt hatten. Sie hatte kaum geschlafen, weil sie ständig Petal vor sich sah, die allein und verängstigt durch die Dunkelheit irrte, aber dieses Bild war der Vorstellung, sie irgendwo tot im Unterholz zu entdecken, bei Weitem vorzuziehen.

Ein grün-weißer Bus fuhr vor, und Molly erhielt die Anweisung, zusammen mit ungefähr zwanzig weiteren Personen und einigen fremden Polizisten aus Bristol einzusteigen. Auch Hundeführer waren dabei, aber sie benutzten ihren eigenen Wagen, um mit ihren Hunden zum Cottage zu fahren.

Der Bus musste sie bei dem Pfad absetzen, der zum Cottage führte, weil der Weg danach zu schmal wurde. Das Vorankommen war noch mühsamer als am Vortag, weil all die Fahrzeuge, die zu dem Haus und wieder zurück gefahren waren, den Schlamm aufgewühlt und tiefe Furchen hinterlassen hatten.

Molly wurde der Gruppe zugeteilt, die direkt nach Norden, hinter das Cottage, gehen sollte. In ihrer Gruppe befand sich ein Mann, der erst vor ein paar Monaten ins Dorf gezogen war. Die Kunden im Laden hatten über ihn geredet; es hieß, er wäre Schriftsteller und unverheiratet. Sein Aussehen war schon Grund genug, ihn zu einem Gesprächsthema für die weibliche Bevölkerung zu machen, denn er war groß und attraktiv, hatte einen dichten Schopf brauner Locken und schöne dunkelgraue Augen. Zu jedem anderen Zeitpunkt hätte Molly die Gelegenheit begrüßt, ihn kennenzulernen, aber unter so traurigen Umständen schien es ihr falsch, ihn auch nur anzulächeln.

Der Polizeibeamte von der Hundestaffel, der ihre Gruppe anführte, erklärte, dass zwischen den einzelnen Suchenden ein Abstand von einem Meter achtzig eingehalten werden müsse, um das Gebiet sorgfältig zu durchkämmen.

»Nur keine Eile! Suchen Sie den Boden nach ungewöhnlichen Gegenständen ab. Ziehen Sie Ihre Stöcke durchs Unterholz«, sagte er. »Aufgewühlter Boden, ein Schuh, ein Taschentuch, alles Mögliche könnte uns helfen festzustellen, was hier passiert ist. Schreien Sie laut, wenn Sie etwas entdecken, aber heben Sie nichts auf.«

Wie viele andere hatte auch Molly von daheim einen Wanderstock mitgenommen. Ein Wanderer hatte ihn irgendwann im Laden vergessen; der Stock war schlank, leicht und hatte am unteren Ende einen Metalldorn, um auf rutschigem Boden Halt zu geben.

Sie setzten sich sofort in Bewegung. Der Neue ging rechts von ihr, links Maureen French, eine pferdegesichtige Frau in mittleren Jahren, die mit Molly im Kirchenchor sang.

Zuerst war der Hund sehr eifrig unterwegs, lief hierhin und dorthin und schnüffelte aufgeregt. Wahrscheinlich, weil Petal immer in der Nähe des Hauses gespielt hatte und er ihren Geruch hier stark wahrnahm, dachte Molly. Aber sie waren kaum hundert Meter in den Wald hineingegangen, als der Hund die Fährte zu verlieren schien. Das war nicht weiter erstaunlich, weil Cassie Petal angewiesen hatte, immer in Blickweite von Stone Cottage zu bleiben. Und da das Unterholz sehr dicht war – stellenweise nahezu undurchdringlich –, konnte Molly sich nicht vorstellen, wie ein kleines Mädchen mit nackten Beinen durch dieses Gestrüpp laufen sollte.

»Schwieriges Gelände, was?«, bemerkte der Schriftsteller nach ungefähr einer Stunde. »Ich glaube, Sie kennen Petal gut. Halten Sie es für möglich, dass sie hier durchgekommen ist?«

»Nicht, wenn sie allein war, aber wenn jemand sie mitgenommen hat, könnte sie getragen worden sein«, erwiderte Molly. »Die Polizei wird schon wissen, was sie tut. Übrigens, ich bin Molly Heywood. Ich glaube, wir sind uns noch nicht begegnet.«

»Ich habe Sie im Lebensmittelladen gesehen«, sagte er, hielt einen Moment inne und stützte sich auf den kräftigen Stock, den er bei sich hatte. »Ich bin Simon Fairweather.«

Um neun wurde auf einem Feld kurz Rast gemacht. Mr. Henderson, ein pensionierter Lehrer, der in der Nähe wohnte, verkündete, dass sie zwei Meilen zurückgelegt hatten. Er verfügte über einen Schrittmesser und hatte die Entfernung gemessen. »Mir kommt es viel länger vor«, sagte Molly erstaunt. Sie kannte die Gegend ziemlich gut, aber sie war noch nie direkt durch den Wald gegangen, um zu der Stelle zu kommen, an der sie jetzt waren. »Aber es war auch eine anstrengende Strecke, mal rauf, dann wieder runter, und dann noch durch all das Gestrüpp und Buschwerk.«

»Für mich sieht es so aus, als wäre hier seit Monaten niemand mehr durchgegangen«, stellte Mr. Henderson fest. »Keine abgebrochenen Zweige, keine niedergetrampelten Stellen auf dem Boden. Ich habe ein paar Spuren bemerkt, die von kleinen Tieren stammen, aber nichts, was auf Menschen hinweist.«

»Sie haben wohl unter Häuptling Sitting Bull Spurenlesen gelernt«, scherzte Simon.

Mr. Henderson lachte gutmütig. »Na ja, anscheinend habe ich aus all den Cowboy- und Indianerfilmen, die ich mir als Kind angeschaut habe, doch etwas gelernt«, sagte er.

»Cassie ist häufig mit Petal in den Wald gegangen, um Feuerholz zu suchen«, sagte Molly. »Sie haben sich immer an die Pfade der Waldtiere gehalten. Ich war ein paar Mal dabei. Petal hasste es, überall zerkratzt und zerstochen zu werden. Ich glaube nicht, dass sie ins dichte Unterholz fliehen würde, selbst wenn sie noch so viel Angst hätte. Sie wäre zur Straße gelaufen.«

»Ich bin ganz Ihrer Meinung«, pflichtete Simon ihr bei. »So wie ich Petal kenne, liegen Sie damit richtig.«

»Dann haben Sie Cassie und Petal gekannt?«, fragte Molly.

Simon nickte. »Ich gehe gern spazieren, und oft drehe ich eine große Runde und komme dann auf dem Rückweg am

Stone Cottage vorbei. Cassie hat sich immer mit mir unterhalten und mir etwas zu trinken angeboten. Einmal bin ich zum Abendessen geblieben.«

Molly fand es ein bisschen eigenartig, dass Cassie ihn nie erwähnt hatte. Simon Fairweather war eindeutig ein Mann, von dem jede Frau gern erzählen würde. »Waren Sie bei der Polizei, um das auszusagen?«

Seine grauen Augen weiteten sich, und er starrte sie erschrocken an. »Nein. Ich meine, warum sollte ich? Ich hatte keine Beziehung zu Cassie, wir haben nur hin und wieder miteinander geplaudert.«

»Aber Sie müssen sich doch eine Meinung über sie gebildet haben. Und vielleicht haben Sie hier und da etwas aufgeschnappt, was der Polizei weiterhelfen könnte!«

Er wirkte skeptisch, und Molly kam der Gedanke, er könnte vielleicht etwas mit Cassie gehabt haben. Cassie war sehr frei und unbefangen gewesen, was Sex anging. Erst vor ein paar Monaten hatte sie fröhlich zugegeben, auf einem Feld mit einem Mann geschlafen zu haben, den sie erst eine Stunde zuvor in der Bibliothek kennengelernt hatte. »Keine Sorge, es war ein einmaliger Ausrutscher«, hatte sie gesagt und über den schockierten Gesichtsausdruck ihrer Freundin gelacht. »Er hatte von nichts eine Ahnung, und ich fand ihn nicht attraktiv genug, um ihm zu zeigen, wo's langgeht.«

Ob sie der Polizei davon erzählen sollte? Molly wollte ihre Freundin nicht in ein schlechtes Licht rücken, aber der Mann könnte der Mörder sein.

»Ich denke, Sie sollten mit der Polizei sprechen, Simon«, sagte sie. »Mir fallen ständig irgendwelche Kleinigkeiten ein, die von Bedeutung sein könnten oder auch nicht. Etwas, an das ich mich gerade eben erinnert habe, ist ein bisschen peinlich, aber ich denke, ich sollte es weitergeben.«

»Geht es um jemanden, mit dem Cassie geschlafen hat?«, fragte er.

»Äh ...« Molly senkte den Kopf.

»Ich habe nicht mit ihr geschlafen«, sagte Simon. »Ich mochte sie gern, aber mehr war da nicht.«

Molly stellte fest, dass sie ihm glaubte. »Worüber haben Sie sich denn mit ihr unterhalten?«

Simon lächelte. Seine Augen zwinkerten vergnügt, und ihr fiel auf, dass er schöne, volle Lippen hatte. »Hauptsächlich über Bücher. Ich schreibe selbst, wissen Sie. Letztes Jahr ist mein erstes Buch veröffentlicht worden, und Cassie wollte alles darüber wissen.«

Jetzt fiel es Molly wieder ein: Cassie hatte ihr tatsächlich von einem Mann erzählt, der Bücher schrieb. Aus irgendeinem Grund hatte Molly angenommen, der Mann wäre schon älter; jedenfalls hätte sie nie gedacht, es könnte der Schriftsteller sein, über den so viele Frauen im Dorf redeten. »Erzählen Sie mir mehr. Was für ein Buch ist es?«

»Ein Thriller mit dem Titel *Schatten*. Er hat nicht gerade wie eine Bombe eingeschlagen, aber vielleicht gelingt das meinem zweiten Roman, den ich gerade überarbeite.«

Molly gefiel die Art, wie er über seine Arbeit sprach. Er schien sich selbst nicht allzu wichtig zu nehmen.

Die Suche wurde wieder aufgenommen und eine gute Stunde fortgesetzt, sodass sie kurz nach eins beim Stone Cottage eintrafen. Die anderen Suchtrupps trafen wenig später ein, und alle sahen sehr nass und müde aus. DI Girling winkte die Leute zu sich.

»Wir haben heute Morgen ein sehr großes Gebiet durchkämmt, eine weit längere Strecke, als eine Sechsjährige zu Fuß laufen könnte, und wir haben keinen Hinweis darauf gefunden, dass Petal in diesem Bereich gewesen ist. Herzlichen Dank für

Ihre Hilfe. Ich weiß, dass viele von Ihnen weitersuchen wollten, bis Petal gefunden ist, aber einstweilen sollten wir aufhören und weitere Schritte überlegen. Wir melden uns bei Ihnen, falls noch eine Suchaktion durchgeführt werden muss.«

Simon sah Molly an und zuckte mit den Schultern. »Er hat recht. Sie kann unmöglich über das Gebiet, das wir abgesucht haben, hinausgegangen sein.«

»Das heißt, dass sie mitgenommen worden ist.« Molly traten unwillkürlich Tränen in die Augen. »Wenn ich bloß irgendetwas tun könnte!«

Simon legte mitfühlend seine Hand auf ihren Arm. »Ich würde auch gern mehr tun«, stimmte er zu. »Könnten Sie mich zu einem der Polizisten bringen, die Sie kennen, damit ich aussagen kann, dass ich Cassie ein bisschen gekannt habe?«

»Ich bringe Sie zu George Walsh«, erwiderte sie. »Er hat gestern Abend meine Aussage zu Protokoll genommen, und er ist ein netter Kerl.«

George Walsh war in einer anderen Gruppe gewesen. Als Molly zu ihm lief, nahm er seinen Helm ab und wischte sich mit einem Taschentuch den Schweiß von der Stirn. Molly stellte Simon vor und erklärte, dass er Cassie gekannt hatte.

»Ich glaube, ihr könntet genau die Leute sein, die Inspector Girling braucht«, sagte George. »Wartet bitte hier, während ich mit ihm rede. Ich weiß, die anderen werden jetzt mit dem Bus ins Dorf zurückgebracht, aber irgendjemand fährt euch nachher nach Hause.«

»Was wissen wir, was dem Inspector weiterhelfen könnte?«, fragte Simon Molly, als PC Walsh wegging.

»Einfach Sachen, die Cassie uns erzählt hat, nehme ich an, aber im Augenblick könnte ich für eine Tasse Tee morden. Hoffentlich hält er uns nicht lange auf«, gab sie zurück.

Nachdem er mit DI Girling gesprochen hatte, ging George

mit den anderen zum wartenden Bus. DI Girling kam zu Molly und Simon.

»Ich höre, dass Sie beide Cassie gut gekannt haben und auch gelegentlich bei ihr im Haus waren. PC Walsh meint, Sie könnten uns helfen, indem Sie sich dort umschauen und nachsehen, ob etwas fehlt oder etwas da ist, was nicht dorthin gehört, oder ob irgendetwas anders ist als sonst. Miss Heywood, ich glaube, Sie haben Miss March und ihrer Tochter sehr nahegestanden. Vielleicht können Sie uns sagen, ob Kleidungsstücke oder Spielsachen verschwunden sind.«

Molly war sehr nervös, als sie über die Schwelle von Stone Cottage trat. Cassies Leichnam war fortgebracht worden, aber der Blutfleck beim Kamin war immer noch da und rief schlagartig den Schock, die Angst und das Entsetzen wieder wach, das sie empfunden hatte, als sie Cassie am Vortag fand.

Simon und DI Girling blieben unten, Molly ging nach oben. Zuerst zog sie die Schubladen der Kommode neben Petals Bett auf.

Da weder Cassie noch Petal viel Kleidung besaßen, dauerte es nicht lange, die Sachen durchzusehen. Molly schaute auch in den Wäschekorb, um sich zu vergewissern, dass sich nichts von den Dingen darin befand, die in der Kommode fehlten.

»Ich würde sagen, etwas Unterwäsche, Socken und eine rote Strickjacke sind nicht mehr da«, sagte Molly zu DI Girling, als sie wieder nach unten kam. »Außerdem ein rot-weiß getupftes Kleid mit kurzen Ärmeln. Ich kann Petals rote Shorts nirgendwo sehen, also hat sie die wahrscheinlich angehabt. Sind ihr gelber Regenmantel und ihre Gummistiefel noch da?«

»Ich habe sie nicht gesehen«, antwortete der Polizeibeamte. »An dem Haken neben der Hintertür hängt ein abgetragener grau-weißer Regenmantel für Erwachsene. Gehört der Miss March?«

»Ja, und Petals Regenmantel hängt normalerweise daneben. Das heißt ja dann wohl, dass sie ihn anhat. Sieht nicht so aus, als wäre Petal in Panik aus dem Haus gelaufen, oder? Keine Sechsjährige würde Wäsche zum Wechseln mitnehmen. Ich glaube nicht mal, dass Petal daran gedacht hätte, in ihren Mantel zu schlüpfen.«

»Hm, da dürften Sie recht haben«, erwiderte DI Girling nachdenklich. Er zückte ein Notizbuch und trug die Kleidungsstücke ein, die nach Mollys Angaben fehlten. »Fällt Ihnen sonst noch etwas auf, was fehlt?«

»Ich kann ihren Stoffhund nirgendwo sehen. Er war braun-weiß und ganz weich und knuddelig, und sie hat ihn gern an sich gedrückt, wenn sie müde war oder wenn ihr jemand vorgelesen hat. Cassie hat ihr nie erlaubt, ihn zum Einkaufen oder so mitzunehmen; er musste auf dem Bett bleiben.«

Simon trat zu Molly. »Haben Sie Cassies Tagebuch gesehen?«

»Nein, es war nicht da«, sagte sie.

Simon sah DI Girling an. »Hat die Polizei es bereits gefunden und sichergestellt?«

DI Girling wirkte auf einmal hellwach. »Von einem Tagebuch war bisher nie die Rede. Wie sieht es aus?«

»Groß, Format fünfundzwanzig mal zwanzig Zentimeter, würde ich sagen, mit dunkelblauem Ledereinband und einer Metallschließe. Es war so eine Art Kalender für fünf Jahre, und Cassie hat gesagt, dass sie jeden Tag etwas hineinschreibt.«

»Wo hat sie es aufbewahrt?«, wollte DI Girling wissen.

»Als ich einmal abends zum Essen kam, hatte sie es auf dem Tisch liegen«, sagte Simon.

»Meistens lag es auf der Kommode«, warf Molly ein, während sie hinlief und in der Schublade nachschaute. »Cassie meinte, sie würde es eines Tages vielleicht als Grundlage für ein Buch benutzen.«

»Das hat sie mir auch erzählt«, nickte Simon. »Wir haben viel übers Schreiben geredet. Sie wollte von mir wissen, wie man bei einem Buch anfangen soll und ob es besser ist, in der ersten oder dritten Person zu schreiben.«

»Hat sie Ihnen das Tagebuch zum Lesen gegeben?«, fragte Girling Simon.

»Oh nein. Sie hasste die Vorstellung, jemand könnte es lesen«, sagte Simon entschieden. »Auf mich machte sie den Eindruck, ein eher zurückhaltender Mensch zu sein. Einmal sagte sie zu mir, falls sie je ein Buch schreiben sollte, wäre es für sie am schlimmsten, es jemand anderen lesen zu lassen und sich eine Kritik anzuhören.«

DI Girling wandte sich zu Molly um. »Hat Sie Ihnen etwas über ihr Tagebuch erzählt?«

»Nur, dass es ihr hilft, Dinge aus der Distanz zu betrachten, wenn sie alles aufschreibt. Sie hat zum Beispiel darüber geschrieben, wenn Leute gemein zu ihr waren, weil sie eine ledige Mutter mit einem Mischlingskind war. Es auf Papier zu sehen hat ihr klargemacht, dass solche Menschen einfach ignorant und bigott sind und bemitleidet werden sollten, hat sie gesagt. Und sie hat behauptet, dass es dann nicht mehr so wehtut.«

DI Girling wirkte leicht verwirrt. »Indem sie hierherzog, in einen Ort, wo nur Weiße leben, hat sie praktisch ihren Kopf auf den Hackblock gelegt, oder?«, sagte er. »Wäre sie nach Bristol gezogen, hätte kein Mensch Aufhebens darum gemacht. Hat sie je erwähnt, warum sie hierhergekommen ist?«

»Mir kam es so vor, als wollte sie sich verstecken«, entgegnete Simon. »Hatten Sie auch diesen Eindruck, Molly?«

Molly nickte. »Ja, sie lebte ein bisschen wie ein Einsiedler. Einmal in der Woche fuhr sie mit dem Bus nach Bristol, und in den Schulferien machte sie mit Petal Ausflüge nach Wells oder Bath, aber die restliche Zeit war sie immer hier im Cottage. Sie baute Gemüse an, sie kochte, strickte und las. Sie hatte nicht mal ein Radio.«

»Wovon hat sie gelebt? Hat sie darüber etwas gesagt?«

»Kaum«, antwortete Molly. »Sie musste jeden Penny zweimal umdrehen. Einmal in der Woche, immer am Donnerstag, ist sie nach Bristol gefahren und hat dort als Putzfrau gearbeitet. Wenn sie zurückkam, kaufte sie meistens bei uns im Geschäft Lebensmittel ein.«

»Hat sie Ihnen gesagt, für wen sie arbeitet?«

»Nein, und ich habe sie auch nie danach gefragt«, sagte Molly. »Ich fand es allerdings komisch, dass sie sich dafür immer so herausgeputzt hat.«

»Herausgeputzt?«

»Na ja, sie sah richtig schick aus: enger Rock, hochgestecktes Haar, hochhackige Schuhe. Wenn ich irgendwo putzen müsste, würde ich meine ältesten Klamotten anziehen.«

»Haben Sie sie danach gefragt?«

»Nein, ich hab sie bloß damit aufgezogen«, gestand Molly. »Ich habe gesagt, sie wäre die eleganteste Putzfrau, die ich je gesehen hätte. Cassie lachte bloß und sagte, sie hätte einen Kittel und Turnschuhe dabei, aber sie würde sich gern ausmalen, dass sie irgendwohin fährt, wo es richtig fein ist.«

»Sie hätte also auch lügen und sich in Wirklichkeit mit einem Liebhaber treffen können, der ihr Geld gab?«

Molly furchte die Stirn. »Ja, wahrscheinlich, aber sie sah immer furchtbar müde aus, wenn sie zurückkam. Außerdem hätte sie es mir, glaube ich, gesagt, wenn es da einen Mann gegeben hätte. Von den anderen Männern in ihrem Leben hat sie mir ja auch erzählt.«

DI Girling sah Molly einen Moment lang eindringlich an, als wollte er abwägen, ob sie die Wahrheit sagte. »Um auf das Tagebuch zurückzukommen – es ist seltsam, dass es verschwunden ist«, bemerkte er, während er die Kissen und die bunte Häkeldecke vom Sofa zog, um darunter zu schauen. »Meiner Meinung nach deutet das darauf hin, dass derjenige, der Petal mitnahm, glaubte, darin könnte etwas stehen, was ihn belastet. Vielleicht ein Verwandter. Oder Petals Vater?«

»Ich glaube nicht, dass Cassie Familie hatte«, sagte Molly. »Was Petals Vater angeht, so war es laut Cassie eine kurze Affäre, die vorbei war, noch bevor sie wusste, dass sie ein Kind erwartet. Sie hat ihn nie wiedergesehen. Sie hat es aber auch nie bereut, weil Petal das Beste war, was ihr je passiert ist, hat sie gesagt. Und wenn ein Schwarzer ins Dorf gekommen wäre, hätte ihn doch bestimmt jemand bemerkt, oder?«

DI Girling schwieg. Er stand einfach nur da und starrte ins Leere. Simon zwinkerte Molly aufmunternd zu.

»Es war ein Fünf-Jahres-Tagebuch, sagen Sie?«, meldete sich DI Girling nach einer Weile wieder zu Wort. »Menschen, die regelmäßig Tagebuch führen, haben meistens irgendwo einen Stapel mit älteren Aufzeichnungen herumliegen. War das bei Cassie auch so?«

Molly zuckte mit den Schultern. »Das weiß ich nicht. Erwähnt hat sie es nie.«

»Mir gegenüber auch nicht«, sagte Simon. »Sagen Sie, Inspector, war Cassies Tod eindeutig Mord?«

DI Girling stieß einen tiefen Seufzer aus. »Wir sind uns nicht ganz sicher – es könnte auch Totschlag gewesen sein, ein Handgemenge, das außer Kontrolle geriet. Ich habe heute Morgen vom Pathologen gehört, dass es Anzeichen für einen erbitterten Kampf gegeben hat – blaue Flecken und Blutergüsse an Armen, Hals und Gesicht. Er glaubt nicht, dass der Sturz auf die Kamineinfassung zum Tod führen konnte, es sei denn, der Kopf wäre sehr fest oder wiederholt darauf aufgeschlagen. Und das Verschwinden ihrer Tochter und die Tatsache, dass Kleidungsstücke von der Kleinen fehlen, eröffnet eine weitere Perspektive. Wer vorhat, ein Kind zu töten, macht sich nicht die Mühe, Kleidung oder ein Spielzeug mitzunehmen. Für mich sieht es so aus, als wäre es um Petal gegangen.«

»Sie meinen, dieser Jemand hatte es auf Petal abgesehen? Und Cassie wollte es verhindern und ist bei dem Versuch getötet worden?«, fragte Molly.

»So könnte es gewesen sein, aber eigentlich sollte ich gar nicht mit Ihnen darüber reden. Ich muss Sie bitten, Stillschweigen zu bewahren.«

Molly berichtete DI Girling von dem Mann, den Cassie in der Bücherei getroffen hatte, und Simon erzählte noch ein bisschen mehr darüber, wie er sie kennengelernt hatte. »Was ist mit Fingerabdrücken?«, fragte Simon. »Konnten Sie hier drinnen welche finden?«

»Dazu darf ich mich nicht äußern«, antwortete DI Girling. »Aber ich möchte Sie bitten, jetzt gleich zur Wache zu gehen und Ihre Fingerabdrücke abnehmen zu lassen, damit wir sie mit denen, die wir gefunden haben, vergleichen können. Im Übrigen verlasse ich mich darauf, dass keiner von Ihnen das Dorf verlässt, sondern sich für weitere Fragen zur Verfügung hält.«

Simon und Molly lehnten das Angebot, mit ihm ins Dorf zurückzufahren, dankend ab, weil beide lieber zu Fuß gehen wollten. Molly wollte so lange wie möglich die Arbeit und die Begegnung mit ihrem Vater hinausschieben; Simon nannte keinen Grund.

»Ich habe nicht den Eindruck, dass sich die Polizei besonders ins Zeug legen wird, um diesen Fall zu klären«, meinte Simon nachdenklich, als sie auf dem schlammigen Pfad zur Straße gingen. »Er hat mich nicht mal gefragt, wo ich zum Zeitpunkt von Cassies Tod war.«

»Nein, hat er nicht«, sagte Molly. »Seltsam! Eigentlich hätte er Sie auf der Wache befragen sollen, statt bloß ein bisschen mit uns zu plaudern.«

»Genau! Das kann man wohl kaum vorbildliche Ermittlungsarbeit nennen. Aber zufällig habe ich ein bombensicheres Alibi. Ich war vor dem Krönungstag zwei Tage bei Freunden, einem Arzt und seiner Frau, und habe die Feierlichkeiten bei ihnen im Fernsehen angeschaut. Ich bin erst um fünf Uhr nachmittags dort aufgebrochen und habe das mit Cassie gestern Abend im *Pied Horse* erfahren.«

»Tja, damit wären Sie aus dem Schneider«, sagte sie.

»Ja, aber ist es nicht ein schrecklicher Gedanke, dass die Vorurteile, die zu Cassies Lebzeiten gegen sie geherrscht haben, immer noch vorhanden sind und die Untersuchung deshalb nur halbherzig geführt wird?«

Daran hatte Molly noch gar nicht gedacht. Sie war überzeugt gewesen, die Polizei würde jeden Fall mit der gleichen Sorgfalt bearbeiten.

»Vielleicht können wir die Leute im Dorf zu etwas mehr Anteilnahme motivieren, wenn nicht für Cassie, so doch wenigstens für Petal«, schlug Molly vor. »Die meisten hatten sie ganz gern. Bestimmt wollen sie wissen, was aus ihr geworden ist.«

Simon schnitt ein Gesicht. »Ich habe das Gefühl, Molly, wir zwei sind die Einzigen, denen etwas an den beiden liegt. Ich würde mich liebend gern eines Besseren belehren lassen, aber da sehe ich schwarz.«

KAPITEL 4

Zwei Wochen waren seit dem Krönungstag vergangen. Molly und ihre Mutter verstauten im Lagerraum hinter dem Laden eine Lieferung Konservendosen in den Regalen und unterhielten sich dabei über die Ermittlungen zu Cassies Tod und Petals Verschwinden, die anscheinend im Sande verlaufen waren.

»Vielleicht ergibt sich bei der gerichtlichen Untersuchung ja noch etwas«, meinte Molly.

»Vielleicht, und hoffentlich wird Cassie danach endlich zur Beerdigung freigegeben«, erwiderte Mary. »Dem Himmel sei Dank, dass der Pfarrer erklärt hat, die Kosten der Bestattung würden von der Kirche übernommen, weil Cassie, soweit man weiß, keine näheren Angehörigen hatte.«

In der ersten Woche nach dem tragischen Vorfall gab es im Dorf kein anderes Gesprächsthema; selbst die Krönung, das technische Wunder Fernsehen oder Edmund Hillarys Besteigung des Mount Everest wurden auf die hinteren Plätze abgedrängt. Die meisten Leute verdächtigten Petals Vater. Ohne das Geringste über ihn zu wissen – woher er kam oder womit er seinen Lebensunterhalt verdiente –, machte man ihn zum Mörder und Kindesentführer.

In der ersten Woche wimmelte es im Ort von Polizei. In einem Radius von zehn Meilen um Sawbridge wurden Hausbefragungen durchgeführt, und jeder, der Cassie auch noch so flüchtig kannte, wurde verhört. Anscheinend hatte Simon sich geirrt, als er sagte, seiner Meinung nach würde sich die Polizei nicht übermäßig anstrengen, um das Verbrechen aufzuklären.

Der Fall war landesweit von sämtlichen Zeitungen aufgegriffen worden. Bilder wurden veröffentlicht, und die Leser wurden aufgefordert, sich sofort zu melden, falls jemand Petal gesehen hatte oder irgendetwas über Cassie wusste.

Dann verloren schlagartig, als wäre ein Licht ausgeknipst worden, alle das Interesse. Die Journalisten, die an sämtliche Türen geklopft hatten, um Informationen zu erhalten, verschwanden ebenso von der Bildfläche wie die Polizeibeamten, die von Bristol angefordert worden waren.

Molly, die immer noch um ihre Freundin trauerte, empfand das als Skandal. Nachts bekam sie vor lauter Sorge um Petal kaum ein Auge zu, und es war ihr unbegreiflich, wie alle anderen ein kleines Kind in einer derartigen Notlage einfach vergessen konnten.

Mehr als alles andere empörte sie die Gleichgültigkeit der Eltern jener Kinder, die zusammen mit Petal zur Schule gegangen waren. Sie fand, wenigstens diese Leute sollten doch um die Sicherheit ihrer eigenen Kinder bangen.

»Nicht einmal die örtliche Polizei scheint es noch sonderlich zu interessieren«, sagte sie bitter. »George schon, aber er ist zu jung und viel zu kurz dabei, um seine dienstälteren Kollegen beeinflussen zu können. Er hat mir erzählt, dass anhand der Bilder in den Zeitungen nicht ein einziger Hinweis auf Cassie eingegangen ist. Was Petal angeht, erwiesen sich sämtliche Meldungen als falsch. Aber irgendjemand muss sie gesehen haben, sie ist doch leicht zu erkennen! Man sollte überall Plakate mit ihrem Bild aufhängen und die Sache erneut in die Zeitungen bringen, um das Interesse der Leute wieder zu wecken.«

Auf einmal stand ihr Vater in der Tür, das Gesicht rot vor Zorn. »Wenn ich noch ein einziges Wort über das tote Flittchen und ihren schwarzen Balg höre, drehe ich dir den Hals um!«, brüllte er.

Molly bebte. Normalerweise hätte sie nichts gesagt, sondern um des lieben Friedens willen geschwiegen, aber diesmal musste sie sprechen. »Cassie war meine Freundin, und ich habe Petal sehr lieb gehabt«, sagte sie, wobei sie versuchte, sich nicht anmerken zu lassen, wie sehr sie sich vor ihrem Vater fürchtete. »Außerdem habe ich mit Mum gesprochen, nicht mit dir.«

»Was fällt dir ein!«, schrie er sie an, trat einen Schritt vor und versetzte ihr eine schallende Ohrfeige. »Du hast dich viel zu lange mit dieser eingebildeten Schlampe abgegeben, und jetzt bist du schon genau wie sie!«

Molly taumelte und tat, was sie immer tat, wenn ihr Vater sie schlug: Sie hielt sich die Arme vors Gesicht, um sich zu schützen, und sah sich panisch nach einem Fluchtweg um. Aber als sie zu der Tür am Ende des Lagers blickte, die zur äußeren Seitentür führte, streifte ihr Blick ihre Mutter, die sich zitternd vor Angst an die Regale duckte.

Mollys Wange brannte, und sie wusste, dass weitere Schläge folgen würden, aber sie konnte ihre Mutter nicht im Stich lassen. Also verbiss sie sich die Tränen. »Kein Vater sollte seine Tochter schlagen, nur weil sie ihre Meinung sagt«, sagte sie mit bebender Stimme. »Wenn du dich nicht auf der Stelle entschuldigst, gehe ich. Und zwar endgültig.«

»Du gehst nie von hier weg«, höhnte er. »Du hältst doch keinen Tag durch, ohne dich von deiner Mutter verhätscheln zu lassen. Du bist genauso erbärmlich und schwach wie sie.«

In diesem Moment rastete etwas in Molly aus. Ihr ganzes Leben lang hatte sie mit seinem Sarkasmus, seiner Brutalität, seiner Gehässigkeit gelebt. Sie hatte mehr Schläge von ihm bekommen, als sie zählen konnte, aber genug war genug. Er hatte kein Recht, sie und ihre Mutter so zu behandeln.

»Mutters einzige Schwäche besteht darin, dass sie all die Jahre bei dir geblieben ist«, sagte sie und richtete sich auf, um ihrem

Vater direkt ins Gesicht zu sehen. »Aber sie hat es getan, weil sie aufrichtig daran glaubt, dass man in einer Ehe in guten wie in schlechten Zeiten zusammenhalten soll. Und schlechte Zeiten hat sie bei dir reichlich gehabt, nicht wahr? Du bist ein fauler, zänkischer Despot ohne jede Lebensfreude, und ich schäme mich, deine Tochter zu sein.«

Ihr Vater starrte sie mit offenem Mund an, und als er sich abwandte, dachte sie, er würde mit eingezogenem Schwanz davonschleichen und sich in den Schmollwinkel verziehen.

Doch weit gefehlt. Ihr Vater griff nach dem langen Metallhaken, den sie benutzten, um an Sachen auf den oberen Regalen heranzukommen, und hieb ihn ihr mit voller Wucht auf den Kopf, bevor sie sich auch nur rühren konnte.

»Was fällt dir ein, so mit mir zu sprechen!«, brüllte er und drosch weiter auf sie ein. »Ich bin hier der Herr im Haus, und du tust gefälligst, was ich sage!«

Dem ersten Schlag, der sich anfühlte, als wäre sie mit einem glühend heißen Schürhaken gebrandmarkt worden, folgten weitere, und Molly schrie aus vollem Hals.

»Jack! Hör sofort auf!«, rief Mary Heywood und versuchte ihn am Arm zu packen, aber er stieß sie so grob weg, dass sie in ein Regal krachte und stürzte.

»Das reicht, Mr. Heywood!«

Die tiefe Männerstimme kam für alle unerwartet, und als sie sich umwandten, sahen sie PC George Walsh in dem schmalen Gang stehen, der zum Laden führte. Er war in Zivil und offensichtlich nur gekommen, um etwas einzukaufen, hatte dann aber den Lärm aus dem Lager gehört und beschlossen, der Sache nachzugehen. Für Mary und Molly kam er gerade rechtzeitig, und noch bevor Jack Heywood etwas sagen oder tun konnte, ging er einen Schritt auf den Ladenbesitzer zu, packte ihn am Arm und schüttelte ihn, bis er seine Waffe fallenließ.

»Eigentlich sollte ich Sie eine Dosis Ihrer eigenen Medizin kosten lassen«, knurrte er, während er Jack an die hintere Wand des Raums schubste. »Männer, die Frauen schlagen, widern mich an.«

»Sie wissen ja nicht, was sie zu mir gesagt hat«, wandte Jack ein, aber schon jetzt schrumpfte er unter dem verächtlichen Blick des jungen Polizisten in sich zusammen. Außerdem war Walsh mit ihm umgesprungen, als wäre er imstande, ihm ernsthaften Schaden zuzufügen.

»Auch wenn Sie mir erzählen würden, dass sie die Einnahmen einer ganzen Woche gestohlen oder Ihr Geschäft in Brand gesteckt hat, wäre es mir egal; für keinen Mann gibt es eine Rechtfertigung, eine Frau zu schlagen.« George ging zu Mary, die immer noch auf dem Boden lag, und half ihr auf, bevor er zu Molly trat und schützend einen Arm um sie legte. »Du kommst jetzt mit mir«, sagte er. »Während ich deine Verletzungen versorge, reden wir über eine Anzeige.«

Molly wäre nur zu gern mit ihm gegangen. Besser aufgehoben als bei George könnte sie sich nirgendwo fühlen, das wusste sie, und sie hatte große Schmerzen, aber sie konnte ihre Mutter nicht allein hier zurücklassen.

»Danke für das Angebot, George, aber ich kann Mum nicht allein lassen«, sagte sie, wobei Tränen über ihre Wangen liefen. »Aber sowie Dad uns auch nur einen Schritt zu nahe kommt, rufe ich auf dem Revier an, das verspreche ich dir.«

Alle Blicke richteten sich auf Jack. Er hatte sich auf einen Stuhl in der Ecke fallen lassen und hielt sich den Kopf, als wäre ihm bewusst, dass er zu weit gegangen war.

»Jetzt tut es ihm vielleicht leid, aber ich werde trotzdem melden, was ich gerade mit angesehen habe«, sagte George mit fester Stimme. Er ging zu Jack und stupste ihn an. »Wenn Sie jemals wieder Ihre Hand gegen eine der beiden Frauen erheben, sorge ich dafür, dass Sie hinter Schloss und Riegel kommen. Wie gesagt, ich werde den Vorfall umgehend melden.«

»Ich wollte ihr nicht wehtun, aber sie hat mich einfach zur Weißglut gebracht«, jammerte Jack. »Sie haben ja keine Ahnung, was ich mir alles gefallen lassen muss.«

»Sie sollten Ihrem Schöpfer auf Knien für eine derart treu ergebene Ehefrau danken und auch für eine Tochter, die Ihren Laden so erfolgreich führt.« George verzog verächtlich die Lippen. »Wenn Molly ein bisschen Verstand hätte, würde sie noch heute dieses Haus verlassen. Sie hat wirklich etwas sehr viel Besseres als das hier verdient.«

Damit ging George und knallte die Tür so heftig hinter sich zu, dass die Ladenglocke wie verrückt bimmelte. Jack schlurfte in den Laden, ohne seiner Frau oder Tochter auch nur einen Blick zu gönnen. Mary und Molly wechselten einen beunruhigten Blick. »Bestimmt hängt er jetzt das ›Geschlossen‹-Schild in die Tür und geht ins Pub«, wisperte Mary. »Ich mag mir gar nicht ausmalen, in welcher Stimmung er zurückkommt. Vielleicht hättest du doch lieber mit George gehen sollen.«

Molly war schwindelig und schlecht, und von den Schlägen ihres Vaters tat ihr alles weh, aber Georges Eingreifen hatte ihre Ängste zerstreut. »Was ich gesagt habe, war mein Ernst, Mum: Wenn er uns noch einmal zu nahe kommt, rufe ich die Polizei, und ich werde Anzeige gegen ihn erstatten. Er ist schon viel zu lange ungeschoren davongekommen. Wir müssen uns zur Wehr setzen. Und jetzt gehen wir nach oben. Meinetwegen kann er sich aufhängen.«

Oben nötigte Mary ihre Tochter, sich hinzusetzen, und legte eine kalte Kompresse auf die roten Striemen an Kopf und Nacken. Ein Schlag hatte eine Seite ihres Gesichts getroffen und ihre Wange aufgerissen, und die Haut um ihr Auge verfärbte sich bereits und schwoll an.

»Morgen wirst du ein richtiges Veilchen haben«, murmelte Mary, und als Molly aufblickte, sah sie, dass ihre Mutter weinte.

»Bitte nicht, Mum, ich ertrage es nicht, dich weinen zu sehen!«, rief sie.

Mary drückte ihre Tochter fest an sich. »Ach, mein Liebling. Ich glaube, George hat recht – du solltest fortgehen. Das ist kein Leben für dich, und ich kann dir nicht mal versprechen, dass es in Zukunft besser wird.«

»Ich würde gehen, wenn du mitkommst.« Molly hob leicht den Kopf. »Wir könnten uns in Bristol eine kleine Wohnung mieten, und ich könnte in einem der großen Geschäfte arbeiten. Du würdest bestimmt auch eine Teilzeitarbeit finden.«

Mary schüttelte den Kopf. »Das geht nicht. Dann wäre ich von dir abhängig, und das wäre dir gegenüber nicht fair. Du kannst nicht für uns beide sorgen, und ich möchte nicht einmal, dass du es versuchst. Ich würde dein Leben zerstören.«

Das war das Traurigste, was sie je gehört hatte, dachte Molly. Wie konnte ihre Mutter glauben, sie würde das Leben ihrer Tochter zerstören?

»Ich kann dich nicht hier bei Dad lassen. Du bist jetzt schon ein Nervenbündel. Selbst wenn er dich nicht schlägt, wird er dir all die Arbeit aufhalsen, die ich jetzt mache, und ständig auf dir herumhacken.«

»Dann mache ich einfach nicht mit«, erwiderte Mary. »Ich werde ihn ignorieren. Er wird jemanden einstellen müssen, sonst geht der Laden vor die Hunde. Vielleicht kann ich ihn überreden, das Geschäft zu verkaufen und in den Ruhestand zu gehen.«

Der Ruhestand könnte für ihre Mutter noch schlimmer aussehen, fand Molly. Ihr Vater hätte den ganzen Tag nichts mehr zu tun und würde noch mehr murren, fordern und bekritteln.

Aber das konnte sie nicht laut aussprechen. Ihre arme Mutter brauchte einen kleinen Hoffnungsschimmer für die Zukunft.

Mary Heywood wusste, was ihrer Tochter durch den Kopf ging. Molly hatte recht, wenn sie annahm, dass Jack sich nicht ändern würde; das konnte er nicht, er war zu festgefahren in seinen Gewohnheiten. Aber sie musste ihre Tochter irgendwie zu der Einsicht bringen, dass sie für ihre Eltern keine Verantwortung trug und das Recht hatte, ihr Leben selbst in die Hand zu nehmen.

Natürlich war Mary klar, dass sie zum Teil selbst schuld am Stand der Dinge war. Sie hätte schon vor langer Zeit, bei den ersten Anzeichen von Gewalttätigkeit und Gemeinheit, Jack die Stirn bieten müssen, statt ständig nachzugeben und ihm alles durchgehen zu lassen. Vielleicht wäre er zur Besinnung gekommen, wenn sie schon vor Jahren damit gedroht hätte, ihn zu verlassen. Vielleicht hätte er erkannt, was er aufs Spiel setzte. Stattdessen hatte sie geschwiegen und ihm dadurch alles noch leichter gemacht.

Es mochte zu spät sein, Jack zu ändern, aber es war noch nicht zu spät für Molly, einen neuen Anfang zu machen. Emily hatte mit ihrem Elternhaus gebrochen und Sawbridge verlassen; das konnte Molly auch. Mary wusste, dass sie jetzt endlich eine gute Mutter sein und ihr Kind schützen musste, welchen Preis sie dafür auch zu zahlen hatte.

Sie ließ Molly los, rückte ein Stück weg und legte ihre Hände an das Gesicht ihrer Tochter, um es leicht anzuheben. So ein liebes Gesicht mit sehnsüchtigen blauen Augen, einer niedlichen Stupsnase und vollen Lippen. Molly würde nie eine Schönheitskönigin sein, aber die Wärme, die sie ausstrahlte, und die Art, wie ihr andere Menschen am Herzen lagen, würden immer bewirken, dass sie geschätzt und bewundert wurde. Mary hoffte, ihre Tochter würde bald einen Mann finden, der sie wirklich verdient hatte.

»Jetzt hör mal gut zu«, sagte sie. »Du *wirst* von hier weggehen, Molly. Nicht heute oder morgen, aber sobald wir alle Vorkehrungen getroffen haben, ohne dass dein Vater etwas mitbekommt. Ich werde nicht länger tatenlos mit ansehen, wie du dich ohne gerechte Bezahlung oder Anerkennung abrackerst. Ich möchte, dass du Spaß hast, neue Freunde findest und glücklich wirst. Widersprich also bitte nicht!«

»Aber ich werde Geld brauchen …«

Mary legte einen Finger auf die Lippen ihrer Tochter. »Das Geld beschaffe ich schon, und in den nächsten Tagen überlegen wir beide uns, wohin du gehst. Und jetzt schlage ich vor, du legst dich ein bisschen hin. Du hast einen schlimmen Schock erlitten.«

Nach zwei Tagen im Bett, in denen sie ihre Wunden pflegte und angestrengt darüber nachdachte, wohin sie gehen sollte, beschloss Molly, Simon zu besuchen. Sie kannte ihn zwar kaum, aber er schien sehr weltgewandt zu sein. Sicher konnte er ihr einen guten Rat geben.

Sie überschminkte ihr blaues Auge und hoffte, es würde Simon nicht auffallen, packte als kleines Mitbringsel einen Topf Honig und Plätzchen ein, die ihre Mutter gebacken hatte, und schlenderte die High Street hinunter zu seiner Wohnung, die sich, wie sie wusste, über der Werkstatt des Bestattungsunternehmers Weston befand.

Simons Wohnung erreichte man über eine Betontreppe an der Rückseite des Gebäudes. Molly erinnerte sich, wie sie und ihre Freundin Christine, als sie ungefähr sieben waren, hierhergeschlichen waren, um nachzuschauen, wo Mr. Weston die Toten aufbewahrte. Er hatte sie erwischt, als sie gerade versuchten, in einem der Nebengebäude durch ein Fenster zu spähen. Dann hatte er sie am Ohr gepackt und zu Heywoods Lebensmittelladen zurückgeschleift.

»Sie sollten Ihrem Kind Achtung vor den Toten beibringen«, hatte er zu ihrer Mutter gesagt. »Der Tod ist keine Jahrmarktsattraktion, über die man kichert und lacht.«

Zum Glück war ihr Vater an jenem Tag nicht da, und er bekam auch nie etwas von dieser Eskapade zu hören. Aber sie und Christine hatten sich nie wieder in die Nähe des Bestattungsunternehmens getraut.

Als Molly jetzt die Treppe hinaufeilte, hoffte sie, dass Mr. Weston sie nicht gesehen hatte. Ihrem Vater sollte von dieser Sache auch nichts zu Ohren kommen.

»Molly!«, rief Simon, als er die Tür aufmachte. »Was für eine angenehme Überraschung. Kommen Sie rein. Ich habe mich sowieso beim Schreiben ziemlich gelangweilt und wollte mir gerade Tee machen. Wie schön, dass Sie mir bei einer Tasse Gesellschaft leisten!«

Molly reichte ihm die Plätzchen und den Honig. »Ein kleines Geschenk für gute Ratschläge«, sagte sie.

Sie fand Simons vornehme Aussprache toll, und noch dazu sah er in dem Hemd, das am Kragen offenstand, und der grauen Flanellhose, barfuß und mit zerstrubbeltem Haar, richtig gut aus.

Seine Wohnung bestand aus einem Schlafzimmer und einem Wohnzimmer, Küche und Bad. Alles sah ziemlich schäbig und unordentlich aus. Als sie durch die offene Tür einen Blick ins Schlafzimmer warf und das ungemachte Bett sah, dachte sie bei sich, dass Simon es wahrscheinlich nie machte.

»Ja, ich weiß, ich lebe im Chaos!«, lachte Simon, der offenbar erraten hatte, was ihr durch den Kopf ging. »Ich sollte mir wirklich eine Putzfrau nehmen; was Hausarbeit angeht, bin ich eine komplette Null.«

»Das würde ich Ihnen gerne abnehmen«, sagte Molly. »Aber ich bezweifle, dass mein Vater begeistert wäre.«

»Stammt das von ihm?« Simon zeigte auf ihr blaues Auge.

Molly zögerte. Sie hätte sich denken können, dass die Schminke niemanden täuschen würde. Sie hätte es gern geleugnet, aber vermutlich hatte Simon schon gehört, was für ein brutaler Despot ihr Vater war. »Ja, und genau deshalb brauche ich einen Rat. Ich will weg von daheim.«

»Tja, ich weiß nicht, ob ich der Richtige bin, um gute Ratschläge zu geben, aber ich werde mein Bestes tun«, erwiderte er.

»Natürlich kann ich nicht gleich weg; ich muss abwarten, ob ich als Zeugin bei der gerichtlichen Untersuchung von Cassies Tod aussagen muss. Wenn die sich damit allerdings so viel Zeit lassen wie mit der Suche nach Petal, bin ich Weihnachten wohl immer noch hier.«

Sie setzten sich an den Küchentisch, den Simon hastig von Büchern und schmutzigem Geschirr leerräumte, und unterhielten sich bei Tee und Milchbrötchen über die schleppenden Bemühungen der Polizei, Petal aufzuspüren. Wie Molly war auch Simon der Meinung, dass nicht besonders viel Druck gemacht wurde.

Molly erzählte ihm von ihrer Idee, Plakate mit Petals Bild drucken zu lassen und in Postämtern, Bahnhöfen und an anderen öffentlichen Orten aufzuhängen.

»Das wäre wirklich nicht schlecht«, meinte Simon. »Eine Sechsjährige ist nicht so leicht zu verstecken. Irgendjemand muss sie gesehen haben – es sei denn, natürlich, sie wurde kurz nach Cassie getötet und irgendwo verscharrt.«

»Aber wenn der Mörder das vorhatte, hätte er sie dann nicht gleichzeitig mit Cassie getötet?«, gab Molly zu bedenken. »Es wäre ein großes Risiko gewesen, das Kind mitzunehmen, um es woanders umzubringen. Deshalb glaube ich, dass sie noch lebt.«

»Dann können wir davon ausgehen, dass Cassies Mörder jemand ist, dem etwas an Petal liegt, zum Beispiel ihr Vater. Wenn wir nur wüssten, wer er ist und was zwischen ihm und Cassie vorgefallen ist! Wenn er der Grund war, warum sie hierhergezogen ist und wie eine Einsiedlerin gelebt hat, dann muss er ein wirklich übler Typ gewesen sein«, sagte Simon.

Molly nickte zustimmend. »Hat die Polizei schon ihr Tagebuch gefunden? Oder die Person, für die Cassie donnerstags gearbeitet hat? Wie ich es sehe, gibt es einige Anhaltspunkte, denen man nachgehen könnte, aber anscheinend spart sich die Polizei diese Mühe. Ich wette, wenn Petal das Kind eines Polizisten oder Lehrers wäre, hätten sie nicht so schnell aufgegeben.«

»Was sagt denn Ihr Freund Constable Walsh dazu?«

»Ich hatte noch keine Gelegenheit, mit ihm darüber zu reden, und außerdem würde er wahrscheinlich bloß sagen, dass es Sache der Polizei ist. Aber er ist neulich eingeschritten, als mein Vater das da gemacht hat.« Sie zeigte auf ihr Gesicht. »Er hat Dad gewarnt, dass er den Vorfall melden würde, und ihn auch ein bisschen eingeschüchtert, glaube ich. Jedenfalls ist Dad seitdem nicht mehr ganz so gemein. Das blaue Auge ist übrigens auch der Grund, warum ich hier bin. Ich weiß, dass es Zeit wird, mein Zuhause zu verlassen.«

Simon nickte. »Allerdings. Da draußen wartet die große, weite Welt auf Sie. Sawbridge ist schön und gut für jemanden wie mich, der in Ruhe schreiben will, aber nicht für ein hübsches junges Mädchen.«

»Ich bin nicht hübsch«, sagte sie.

»Wenn Sie das glauben, stimmt mit Ihrem Spiegel etwas

nicht«, gab er zurück. Er beugte sich vor und berührte leicht ihre Wange. »Außerdem sind Sie gescheit, freundlich und vielseitig begabt. Ich weiß, dass Mädchen heute immer noch so erzogen werden, als wären Ehe und Kinder das höchste der Gefühle, aber so ist es nicht. Seit Kriegsende gibt es für Frauen viel mehr Möglichkeiten als früher. Jeder weiß, wie gut die Frauen zurechtgekommen sind, als die Männer an der Front waren, und ich glaube nicht, dass ein vernünftiger Mensch euch alle wieder in die Küche verbannen würde.«

»Sie klingen wie Cassie«, sagte Molly.

»Sie hat mir Dinge bewusst gemacht, über die ich früher nie nachgedacht habe«, gab er zu. »Bis ich ihr begegnet bin, war mir nicht einmal klar, dass sich das Verhältnis zwischen Frauen und Männern verändert hat. Ich fürchte, ich habe wie jeder andere Mann in dem Glauben gelebt, Frauen wären dazu da, uns zu bedienen.«

»Ja, Cassie war ziemlich kämpferisch. Sie konnte sich furchtbar darüber aufregen, dass Frauen für dieselbe Arbeit weniger Lohn bekommen als Männer. Ich habe mir nie Gedanken darüber gemacht, wie ungerecht das ist – ich habe es einfach so hingenommen.«

»Ich hatte den Eindruck, dass sie ganz schön herumgeschubst worden ist und deshalb so wurde. Vielleicht hatte sie eine schlimme Kindheit, vielleicht lag es auch an den Erfahrungen, die sie seit Petals Geburt gemacht hatte. Sie wissen ja selbst, dass sie Fragen nach ihrer Vergangenheit immer ausgewichen ist. Ich hätte alles darum gegeben, die ganze Wahrheit über sie zu erfahren. Hat sie Ihnen mehr erzählt?«

Molly schüttelte den Kopf. »Nein, und sie hat sich auch nie aushorchen lassen. Als ich sie einmal fragte, wo sie Petals Vater kennengelernt hatte, sagte sie mir kurz und bündig, dass sie darüber nicht sprechen will.«

Simon schmunzelte. »Sie konnte einen mit wenigen Worten zur Schnecke machen, was? Aber wahrscheinlich hat sie einiges dafür eingesteckt, die Mutter eines Mischlingskindes zu sein. Keine Ahnung, warum die Leute daran Anstoß nehmen. Ich glaube, mir wäre ein schwarzes Baby lieber – die sind doch viel niedlicher als weiße.«

Molly musste lachen. Sie hatte Petal auch immer viel hübscher gefunden als jedes andere Kind ihres Alters, das sie kannte. »Die Leute scheinen alles abzulehnen, was irgendwie anders ist. Neulich habe ich gehört, wie sich ein paar Frauen im Laden über jemanden unterhalten haben, der in Italien Urlaub machen wollte. ›Ich würde diesen ausländischen Fraß nicht anrühren‹, sagte eine, und eine andere meinte, sie hätte Angst, sie würde sich eine ansteckende Krankheit holen. Das kann einem in Weston-super-Mare doch genauso passieren, oder?«

Simon grinste. »Während meiner Zeit beim Militär hatten viele Burschen geradezu panische Angst davor, etwas zu essen, das anders war als die Mahlzeiten, die sie von daheim kannten.«

»Ich kann Sie mir in der Armee gar nicht vorstellen«, bemerkte Molly mit einem Lächeln. »Dafür scheinen Sie irgendwie nicht der Typ zu sein.«

»Weil ich wie ein Milchbart aussehe, meinen Sie wohl?«

»Nein, natürlich nicht«, entgegnete sie. »Weil man da mit Gewehren rumhantiert und ziemlich fit sein muss, meine ich.«

Er lachte. »Ich bin kräftiger, als man mir ansieht, und nur zu Ihrer Information, ich habe mit elf gelernt, mit einer Schrotflinte umzugehen, und Wildenten und Kaninchen geschossen. Und wenn Sie die Jungs gesehen hätten, die zur gleichen Zeit eingezogen wurden wie ich, hätten Sie keinem von uns zugetraut, dass er das Zeug zum Soldaten hat. Es war genauso wie im Ersten Weltkrieg – Landarbeiter, Bankangestellte, Tischler und Klempner, keine Kämpfer. Kaum jemand zog voller Begeisterung ins Feld, aber da uns nichts anderes übrig blieb, haben wir uns gefügt und das Beste daraus gemacht.«

»Die Angst, ums Leben zu kommen, muss schrecklich gewesen sein.«

»Ich habe mich bemüht, einfach nicht an diese Möglichkeit zu denken. Die Armee hat mich reifen lassen. Ich wurde selbstsicherer und lernte alles, was für England steht, zu achten und zu lieben, und meinen Eltern dankbar zu sein, weil sie mir einen guten Start ins Leben ermöglicht hatten. Wenn Sie nur das Leid all der Flüchtlinge in Deutschland bei Kriegsende gesehen hätten! Sie hatten alles verloren – Heim, Familie, Gesundheit – und schlugen sich mühsam durch. Wissen Sie, Molly, das hat mir bewusst gemacht, wie glücklich ich mich schätzen konnte, weil in England ein Zuhause und eine Familie auf mich warteten.«

Seine Offenheit rührte sie. »Das kann ich mir vorstellen. Cassie hat oft über Zeitungsartikel geredet, in denen die Zustände auf dem Kontinent beschrieben wurden – all die Vertriebenen, all die zerbombten Städte. Haben Sie sich darüber mit ihr unterhalten?«

»Ja, ich habe ihr von den Überlebenden der Konzentrationslager und all den Gräueln erzählt, die wir dort gesehen haben. Es hat mir gutgetan, mir das von der Seele zu reden. Cassie war unglaublich gut informiert, weiß der Himmel, woher.«

»Sie ging oft in die Bücherei und las dort die Zeitungen, wenn sie Petal zur Schule gebracht hatte. Einmal habe ich sie gefragt, warum sie nicht auf die Universität gegangen ist. Intelligent genug war sie auf jeden Fall. Aber sie hat bloß gelacht.«

»Ich nehme an, sie stammte aus einer Familie der gehobenen Mittelschicht, wo es nicht üblich ist, dass Frauen arbeiten«, sagte er. »Sie hat nie darüber gesprochen, aber sie hatte sehr geschliffene Umgangsformen, finden Sie nicht?«

Molly dachte nach. »Da könnten Sie recht haben, auch wenn ich sagen würde, dass sie sich große Mühe gegeben hat, es zu verbergen. Sie war wirklich ein Rätsel.«

Simon lächelte sie an. »Das sind Sie auch. Ich verstehe einfach nicht, warum Sie nicht schon längst unter der Haube sind und einen Stall voller Kinder haben.«

»Mein Vater schlägt jeden potenziellen Verehrer in die Flucht.« Molly lachte. »Ein weiterer Grund, mein Elternhaus zu verlassen. Genau deshalb bin ich hier.«

»Geht es darum, was Sie machen oder wohin Sie wollen?«, fragte er.

»Um beides, glaube ich.« Molly wurde rot, weil ihr klar war, wie lahm das klingen musste. »Ich habe nie etwas anderes gemacht als die Arbeit in Dads Laden, und jetzt habe ich keine Ahnung, wie ich auf die Schnelle nicht nur einen Job, sondern auch eine Unterkunft finden soll.«

»Zuerst kümmern Sie sich um den Job«, sagte er. »Mit Ihrer Berufserfahrung könnten Sie sich bei einem der großen Kaufhäuser wie *Selfridges* oder *Harrods* bewerben – oder sogar bei *Fortnum & Mason*, dem Nobelladen für Delikatessen. Wenn Sie erst mal Arbeit haben, suchen Sie sich ein Zimmer in einem Heim für junge Mädchen.«

»So wie Sie das sagen, klingt es ganz leicht«, sagte sie.

Er lächelte. »Schwer ist bloß, eine Entscheidung zu treffen und daran festzuhalten. Wenn Sie erst mal wissen, was Sie wollen, ergibt sich alles andere wie von selbst.«

Plötzlich fiel ihr auf, dass sie schon über eine Stunde da war. Sie stand auf. »Ich muss jetzt los, Simon, aber danke für das Gespräch und den guten Rat. Sowie die gerichtliche Untersuchung stattgefunden hat, bin ich weg.«

»Sie können jederzeit herkommen und mit mir reden, wenn Ihnen das irgendwie hilft«, sagte er.

Auf dem Heimweg wurde Molly klar, dass das Gespräch mit Simon eine ähnliche Wirkung gehabt hatte wie ihre Gespräche mit Cassie. Beide ermöglichten ihr, ihr Leben und den Weg, der vor ihr lag, ein bisschen deutlicher zu sehen. Simon war ein so netter Mann, allerdings ein bisschen zu vornehm und gebildet für sie – aber träumen durfte man schließlich, oder?

Die gerichtliche Untersuchung fand eine Woche später in Bristol statt. Molly musste erscheinen, um auszusagen, wie sie Cassies Leiche gefunden hatte. George nahm sie im Polizeiwagen mit. Er brauchte zwar keine Aussage zu machen, hatte aber auf dem Polizeirevier Bridewell in Bristol Papiere abzuliefern.

Bei der Untersuchung bestätigte der Pathologe, der die Autopsie vorgenommen hatte, dass Cassies Kopf mit beträchtlicher Wucht auf die steinerne Kamineinfassung geschlagen worden war, sodass sie an einem Schädelbruch gestorben war. Blutergüsse an Hals, Armen und Gesicht wiesen darauf hin, dass es vorher zu einem heftigen Kampf gekommen war.

Molly musste Datum und Zeitpunkt des Auffindens bestätigen und einige Fragen zu Cassies Privatleben beantworten. Da sie nie einen von Cassies Bekannten kennengelernt hatte, konnte sie auch keine Angaben zu ihnen machen. Alles, was sie beitragen konnte, war ihre Einschätzung des Charakters ihrer Freundin.

Als Resultat der Untersuchung wurde schließlich auf »Mord durch eine unbekannte Person« erkannt. Molly war froh darüber, weil sie annahm, jetzt wäre die Polizei gezwungen, den Fall erneut aufzunehmen, aber als sie sich später mit George auf eine Tasse Tee in einem Café in der Nähe des Gerichtsgebäudes traf, wirkte er eher skeptisch.

»Es besteht die Möglichkeit, dass der Mörder, falls er Petal noch festhält, durch den Urteilsspruch in Panik gerät und sie freilässt, damit er sich aus dem Staub machen kann«, erklärte er. »Aber genauso groß ist die Wahrscheinlichkeit, dass er glaubt, auch sie töten zu müssen.«

»Sag doch nicht so was!«, rief Molly.

»Ich hoffe inständig, dass es nicht dazu kommt«, erwiderte George. »Alles an Cassie und diesem Fall ist äußerst mysteriös. Ich weiß, du denkst, dass die Polizei überhaupt nichts unternommen hat, aber das stimmt nicht. Wir finden einfach nichts über sie heraus, weder die standesamtliche Eintragung über ihre Geburt noch einen Hinweis auf ihre Eltern oder wo Petal geboren wurde – nichts. Wir glauben nicht, dass Cassandra March ihr richtiger Name war, aber wenn wir ein Foto in die Presse geben und um Informationen bitten, meldet sich normalerweise irgendjemand. Und genau das hat niemand getan – abgesehen von den vier Männern, die Cassie kennengelernt hat, nachdem sie nach Sawbridge gezogen war.«

»Waren es die, von denen ich dir erzählt habe? Ihre Liebhaber?«, wollte Molly wissen.

»Ja. Sie hatten alle eine Beziehung zu ihr, wussten aber praktisch nichts über sie. Sie haben sich freiwillig bei uns gemeldet, und da sie alle hieb- und stichfeste Alibis für den Zeitpunkt des Mordes beibringen konnten, mussten wir sie als Verdächtige streichen. Offenbar neigte Cassie nicht dazu, über sich und ihre Vergangenheit zu reden. Auf jeden Fall hat sie auch keinem der Männer erzählt, wer Petals Vater ist oder warum sie nicht mehr mit ihm zusammen ist. Jeder der Männer hat ausgesagt, dass sie warmherzig und lustig war und das Leben nicht allzu ernst nahm. Und sexy war sie wohl auch, denke ich mal.«

Molly errötete. Sie hatte das Gefühl, dass den Männern in Cassies Leben mehr an Sex als an irgendetwas anderem gelegen gewesen war.

»Wir alle – du, ich, das ganze Dorf – nehmen an, dass es

Petals Vater war, der sie mitgenommen hat. Aber was, wenn wir auf dem Holzweg sind?«

»Für uns ist er jedenfalls derjenige, der am ehesten in Frage kommt. Mit Sicherheit hatte Cassie Angst vor ihm, sonst hätte sie sich nicht in Stone Cottage vor ihm versteckt.«

»Aber wir wissen doch gar nicht, vor wem sie sich versteckt hat! Petals Vater könnte einfach ein Mann sein, mit dem sie einmal Sex hatte und den sie danach nie wiedergesehen hat. Vielleicht ist es bei dem Mord um etwas ganz anderes gegangen. Sie könnte vor dem Mörder weggelaufen sein, sein Geld gestohlen haben, ihn erpresst haben oder seiner Frau wilde Geschichten erzählt haben. Alles ist möglich!«

»Ja, das ist ein guter Einwand. Aber kannst du mir sagen, Molly, warum der Mörder Petal mitnehmen sollte, wenn er nicht ihr Vater ist? Sie muss ihm seine Flucht erheblich erschwert haben, und wie du selbst gesagt hast, wäre es für ihn sehr viel weniger riskant gewesen, sie da oben beim Cottage zu töten als irgendwo anders.«

»Na schön, wenn es also Petals Dad war, wie, glaubst du, hat sein Plan ausgesehen?«

»Ich glaube nicht einmal, dass er einen hatte. Vermutlich war es reiner Instinkt, sie mitzunehmen.«

»Er hat aber daran gedacht, ihre Kleidung und ihr Stofftier mitzunehmen.«

»Na ja, das schon. Und natürlich gibt es für Schwarze Orte, wo sie nicht weiter auffallen – hier in Bristol zum Beispiel in St. Pauls«, sagte George. »Und Petal wäre einfach das Kind irgendwelcher Einwanderer. Der Mann könnte behaupten, die Mutter wäre gestorben oder weggelaufen. Dort kommen und gehen so viele Menschen, dass sich niemand etwas dabei denkt. Und keiner dort würde irgendwas weitererzählen oder melden.«

St. Pauls war ein Viertel von Bristol, das nicht weit vom Gerichtsgebäude entfernt lag. Durch seine Nähe zum Stadtzentrum und den Docks und mit den eleganten georgianischen Häusern war es früher einmal eine begehrte Wohngegend gewesen. Aber in den Dreißigerjahren wurde vielen Hausbesitzern die Erhaltung der Gebäude zu kostspielig, und sie verkauften sie an Leute, die die Häuser in Wohnungen aufteilten und vermieteten. Wegen der Docks hatte es in Bristol immer einen hohen Anteil an Schwarzen unter der Bevölkerung gegeben, und viele von ihnen zog es zu den billigen Wohnmöglichkeiten nach St. Pauls.

Durch die schweren Bombenschäden während des Kriegs war Wohnraum in Bristol knapp geworden. Die Stadt konzentrierte sich darauf, neue Wohnhäuser am Stadtrand zu bauen, und ignorierte innerstädtische Viertel wie St. Pauls. Gleichzeitig überfluteten Einwanderer aus Westindien England, angelockt von der Aussicht auf Arbeit als Krankenschwestern, Busfahrer oder Taxifahrer. Da sie in den besseren Wohngegenden von Bristol keine Unterkunft fanden, siedelten auch sie sich in St. Pauls an, und es gab genug skrupellose Hausbesitzer, die ihre Lage ausnutzten.

Jetzt war St. Pauls ein Ghetto. Den ärmeren Mietern blieb nichts anderes übrig, als ihre Bleibe mit anderen zu teilen, um die Miete aufzubringen. Die daraus resultierende Überfüllung und die miserablen hygienischen Bedingungen waren eine Schande.

»Und vermutlich gibt es auch keine genauen Angaben über die Menschen, die dort leben?«, fragte Molly.

George zuckte mit den Schultern. »Es ist praktisch ausgeschlossen, alle amtlich zu registrieren. Wir gehen davon aus, dass viele Babys nach der Ankunft ihrer Eltern in England dort zur Welt gekommen sind und nie gemeldet wurden, hauptsächlich aus Unwissenheit. Die Leute kommen her, wohnen eine Weile bei Verwandten und ziehen irgendwann weiter. Die Kinder besuchen vielleicht ein Jahr die Schule, dann sind sie weg. Es ist einfach unmöglich, den Überblick zu behalten. Ich hoffe nur, dass derjenige, der Petal hat – wenn es diesen Jemand gibt –, sich gut um sie kümmert. Natürlich könnte er auch mit ihr nach London, Birmingham oder Cardiff gegangen sein, eben in jede Stadt mit einem relativ hohen Anteil an Immigranten. Und sie dort aufzuspüren käme der sprichwörtlichen Suche nach der Nadel im Heuhaufen gleich.«

»Aber Petal war ein sehr aufgewecktes kleines Mädchen. Ich kann mir nicht vorstellen, dass sie nicht irgendjemandem von ihrer Mutter erzählen würde. Und wenn sie gesehen hat, was Cassie passiert ist, muss sie völlig verstört sein«, sagte Molly.

»Der Gedanke ist mir auch schon gekommen«, sagte George. Er sah Molly eindringlich an und fixierte ihr verblasstes, aber noch deutlich sichtbares blaues Auge. »Außerdem kommt mir allmählich der Gedanke, dass du einem Gespräch über deinen gewalttätigen Vater ausweichst.«

Molly war verlegen. »Ich will von daheim weg, sowie ich einen Job finde. Aber ich wollte die gerichtliche Untersuchung abwarten, bevor ich mich irgendwo bewerbe, und jetzt kommt noch die Beerdigung. Sobald das vorbei ist, bin ich weg. Aber erzähl das bitte nicht weiter, sonst kommt es bloß Dad zu Ohren, und er dreht durch.«

»Ich dachte, du wartest vielleicht darauf, dich von deinem schnieken Freund, dem Schriftsteller, in den siebten Himmel entführen zu lassen.«

Molly starrte ihn an. Hatte jemand beobachtet, wie sie in Simons Wohnung gegangen war? Ihr fiel kein anderer Grund ein, warum George so etwas sagen sollte. »Simon ist nur ein Bekannter«, sagte sie entrüstet. »Du überraschst mich, George. Ich hätte nie gedacht, dass du anderen hinterherschnüffelst.«

»Hab ich auch nicht, aber ich gebe zu, dass ich wegen des Mordes und auch wegen deines Dads ein Auge auf dich gehabt habe.«

»Sehr freundlich, aber unnötig. Dank dir gibt Dad Ruhe. Ich mag Simon, und es tut mir gut, mit ihm zu reden, weil er außer mir der Einzige im Dorf ist, der Cassie gernhatte. Aber falls du weiterhin ein Auge auf jemanden haben willst, wenn ich nicht mehr da bin, könntest du dann vielleicht ein bisschen auf meine Mum aufpassen? Das wäre wirklich toll.«

George legte seine Hand auf ihre. »Klar mach ich das, und wenn du mir deine Adresse schickst, schreibe ich dir und erzähle dir den ganzen Dorfklatsch. Ich glaube, es ist für dich am besten so, Molly, aber du wirst mir trotzdem fehlen. Hast du dich schon entschieden, wohin du willst?«

Molly betrachtete seine große Hand, die auf ihrer ruhte, und dachte bei sich, wie schön sich das anfühlte. »London scheint mir die beste Wahl zu sein«, antwortete sie. »Vielleicht finde ich ja in einem der großen Kaufhäuser Arbeit. Ich glaube, *Selfridges* und *Harrods* sind beide etwas ganz Besonderes.«

»Für mich bist *du* immer etwas ganz Besonderes gewesen«, platzte George heraus und wurde im nächsten Moment rot.

Molly war erstaunt, aber auch gerührt. »Wie komme ich zu diesem Kompliment?«, fragte sie.

Er zuckte mit den Schultern. »Mir ist auf einmal klar geworden, wie sehr ich dich vermissen werde. Falls du manchmal herkommen möchtest, um deine Mum zu besuchen, und deinem Dad nicht über den Weg laufen willst, kannst du bei meiner Familie absteigen. Meine Leute werden dich mit offenen Armen aufnehmen.«

»Das ist wirklich lieb von dir«, sagte Molly. Wie nett von George, daran zu denken! Sie hatte sich schon gefragt, wie sie ihre Mutter sehen konnte, ohne ihrem Vater zu begegnen. »Gut möglich, dass ich auf dein Angebot zurückkomme.«

George lächelte. »Das hoffe ich.«

»Nicht viele Leute hier, was?«, raunte George, als er und Molly bei Cassies Beerdigung auf einer der Kirchenbänke Platz nahmen.

Molly schaute sich um und stellte fest, dass insgesamt gerade zwölf Trauergäste gekommen waren, einschließlich Simon und Enoch Flowers, Cassies Vermieter.

»Ich bin froh, dass es nicht noch weniger sind«, flüsterte sie zurück. »Ich dachte schon, vielleicht kommen nur wir zwei und Simon, noch dazu, wo es so stark regnet.«

Mehrere Tage lang war es warm und trocken gewesen, aber heute um sieben Uhr morgens hatte der Himmel sämtliche Schleusen geöffnet, und seither regnete es unablässig.

In Mollys Kopf ging es seit ihrem Gespräch mit Simon drunter und drüber. Einen Moment konnte sie an nichts anderes denken als an London und das schicke Kaufhaus, in dem sie arbeiten würde. Im nächsten Augenblick versank sie wieder in Trauer um Cassie und sorgte sich verzweifelt um Petal. Es fiel ihr schwer, sich mit derselben Aufmerksamkeit wie früher um die Kunden im Laden zu kümmern, und häufig vergaß sie, Waren zu bestellen, die knapp geworden waren. Noch dazu verfiel sie immer wieder in kleine romantische Phantasien über Simon.

Er war so viel reifer und gewandter als die Jungs, mit denen sie aufgewachsen war. Die meisten von ihnen konnten nicht einmal einen zusammenhängenden Satz bilden, geschweige denn über so etwas wie die Situation auf dem Kontinent oder die Gleichberechtigung der Frau reden. Ihr war natürlich klar, dass Simon ihr gegenüber nur so nett und aufmerksam war, weil er ein Gentleman war, aber sie hätte sich einfach zu gern eingebildet, es wäre mehr.

Als sie jetzt über den Mittelgang hinweg zu ihm schaute, fiel ihr sofort auf, wie attraktiv er in seinem gut geschnittenen dunklen Anzug aussah. Sie fragte sich, wie es wäre, von ihm geküsst zu werden oder sogar nackt mit ihm unter der Bettdecke zu liegen, seinen schlanken Körper an ihrem zu spüren ...

Gewaltsam riss sie sich von dieser verlockenden Vorstellung los. So etwas war in einer Kirche mehr als unangemessen. Verstohlen spähte sie zu George, der neben ihr saß, als fürchtete sie, er hätte ihre Gedanken gelesen, aber er saß einfach da und starrte ins Leere. Ob ihm wohl manchmal auch solche Gedanken kamen, wenn er sie ansah?

Die Orgel knarrte und stöhnte, bevor eines von Bachs Präludien erklang. Reverend Masters hatte Molly gefragt, welche Musik Cassie gefallen hätte, aber auch diese Frage konnte sie nicht beantworten. Da Cassie nicht einmal ein Radio besaß, war dieses Thema nie zur Sprache gekommen. Schließlich hatte Molly als Choral »Alle Dinge dieser Welt« gewählt, weil sie einmal gehört hatte, wie Petal dieses Lied sang, und auch wenn Cassie behauptet hatte, Agnostikerin zu sein, würde ihr dieses Lied einfach wegen ihrer Tochter gefallen.

Die Antworten auf die Gebete klangen gedämpft, das Kirchenlied ertönte kaum lauter als das Stimmengemurmel, und Reverend Masters' Trauerrede hätte sich im Grunde fast für jede durchschnittliche Hausfrau geeignet. Er sprach über Cassies Liebe zu Büchern und zur Gartenarbeit, nicht aber über ihren unbeugsamen Geist, ihren Sinn für Humor oder ihre Intelligenz, obwohl Molly ihn auf diese Eigenschaften ausdrücklich hingewiesen hatte. Dass Petal noch immer vermisst wurde, erwähnte er nur nebenbei und bat die Trauergemeinde nicht einmal, nützliche Hinweise der Polizei zu melden.

Es war genau die Art Beerdigung, die Molly erwartet hatte. Und dennoch hatte sie gehofft, sie würde angenehm überrascht und irgendwie auch getröstet werden. So allerdings hatte sie wieder einmal das Gefühl, knallhart mit der Tatsache konfrontiert zu werden, dass außer Simon und ihr sich niemand etwas aus Cassie gemacht hatte. Selbst George hatte sie kaum gekannt. Und die anderen Leute waren, Enoch Flowers ausgenommen, vermutlich nur gekommen, um gut dazustehen.

In dem Moment, als Cassies Sarg in die Erde gesenkt wurde und das letzte Gebet verstummt war, eilten alle davon. Auch Simon ging, aber vielleicht hatte er gesehen, dass Molly mit George gekommen war, und wollte bloß nicht aufdringlich sein.

Molly stand still im Regen, starrte auf den Sarg, der, wie sie wusste, mit Kirchenmitteln bezahlt worden war, und weinte. Es war nicht richtig, dass eine so interessante und faszinierende Frau derart beiläufig verabschiedet wurde.

George hielt seinen Schirm über sie und ließ sie eine Weile weinen, ohne ein Wort zu sagen. Schließlich tippte er an ihre Schulter. »Komm, wir gehen was trinken. Nicht hier, sonst gibt es bloß wieder Gerede, sondern in Midsomer Norton.«

Molly lächelte matt. Anscheinend spürte George, dass sie wirklich irgendjemanden oder etwas brauchte, um ihre Heimkehr hinauszuzögern. Es war schlimm genug, endgültig von Cassie Abschied zu nehmen, aber fast noch mehr fürchtete sie den Spott und Hohn, mit dem ihr Vater sie daheim empfangen würde.

Seit er sie an jenem Tag im Lagerraum so übel zugerichtet hatte, herrschte eine angespannte Atmosphäre im Haus. Ihr Vater hatte sich nicht bei ihr entschuldigt, obwohl ihr Auge schwarzblau verfärbt und dick angeschwollen war und sich hässliche rote Striemen auf Gesicht und Hals abzeichneten, aber er hatte erlaubt, dass sie oben in ihrem Zimmer blieb, bis die Schwellung zurückging, und keine hässlichen Bemerkungen mehr gemacht. Fast hätte man glauben können, es täte ihm leid, sie geschlagen zu haben, denn als sie wieder zur Arbeit kam, füllte er die Regale im Laden auf, eine Aufgabe, die er normalerweise ihr überließ, und packte auch mehrere Lieferungen aus. Er tadelte sie nicht einmal, weil sie einige Bestellungen vergessen hatte. Aber höchstwahrscheinlich schmollte er nur und lauerte auf einen Vorwand, um wieder zuzuschlagen.

»Ich habe mir Dads Wagen geborgt«, sagte George und zeigte auf einen grünen Austin A40 Devon, der vor der Friedhofsmauer stand. »Er hat gesagt, wenn er auch nur einen Kratzer bekommt, dreht er mir den Hals um.«

Molly lächelte. Bisher gab es im Dorf nur wenige Autos, und ihr waren schon oft die bewundernden Blicke aufgefallen, die auf Mr. Walshs Wagen ruhten, wenn er vor dem Pub oder der Post parkte. Sie empfand es als Ehre, darin mitfahren zu dürfen.

»Ich denke, wir essen im Pub zu Mittag«, verkündete George, während er von der High Street abbog. »Ich finde immer, nach einem bedrückenden Erlebnis braucht man etwas zu essen, um die Stimmung zu heben.«

Molly lächelte schwach. George machte oft so komische Bemerkungen, und sie wusste fast nie, wie sie darauf reagieren sollte. »Du hast das Begräbnis also bedrückend gefunden?«, fragte sie.

»Vor allem, weil keine Angehörigen dabei waren, die um Cassie getrauert haben«, sagte er. »Im Gegensatz zu dir kannte ich sie kaum, aber es *ist* tragisch, wenn jemand, der so jung und lebenslustig ist, auf so furchtbare Weise ums Leben kommt. Und was Petals geheimnisvolles Verschwinden angeht, das geht mir wirklich an die Nieren. Ich weiß, du glaubst, wir unternehmen nicht genug, aber ich verspreche dir, dafür zu sorgen, dass sie nicht in Vergessenheit gerät.«

»Und wie willst du das anstellen?«

»Na ja, ich habe mir gedacht, ich könnte auf jeden Fall versuchen, Cassies richtigen Namen herauszufinden. Ich habe schon mit Miss Goddard, der Schuldirektorin, gesprochen, und sie gefragt, ob sie Petals Geburtsurkunde gesehen hat, als sie zur Schule angemeldet wurde. Hat sie leider nicht. Sie hat Cassie zwar gebeten, die Urkunde nachzureichen, aber die war angeblich verlorengegangen. Ich würde sagen, Cassie hat sich ihren Namen ausgedacht, und so was macht man nur, wenn man vor etwas oder jemand auf der Flucht ist.«

»Was meinst du damit? Etwas Ungesetzliches?«

»Möglich. Vielleicht ist sie aber auch bloß in schlechte Gesellschaft geraten und hat Sachen mitbekommen, die sie nicht hätte wissen sollen. Aber es sind noch andere Fragen offen. Wovon hat sie gelebt? Weißt du es?«

»Nein. Sie könnte natürlich Sozialhilfe bezogen haben, aber ich hatte immer den Eindruck, dass sie dafür zu stolz ist. Außerdem war sie ein Mensch, der mit sehr wenig ausgekommen ist.«

George warf ihr einen Blick zu. »So sparsam sie auch gewesen sein mag, ein bisschen Geld hat sie gebraucht. Ich glaube, sie hat es bei ihren wöchentlichen Fahrten nach Bristol bekommen.«

»Von der Bank, meinst du?«

»Nein, Molly, durch irgendeine Art von Arbeit. Aber bei welchem Job muss man nur einmal in der Woche auftauchen?«

»Sie hat als Putzfrau gearbeitet.«

»Ich kann mir nicht vorstellen, dass sie damit genug verdient hat, um Petal und sich selbst durchzubringen.«

»Und was glaubst du, was sie gemacht hat?«

»Prostitution?«

Molly war schockiert. »Nein, ganz bestimmt nicht«, sagte sie empört.

»Du bist ein bisschen unlogisch, um nicht zu sagen naiv«, bemerkte er achselzuckend. »Du hast mir von Cassies Liebhabern erzählt und dass sie im Vergleich zu den meisten anderen Frauen sehr liberale Ideen hatte. Du hast sogar gesagt, dass sie Sex mit einem Mann hatte, den sie erst kurz davor in der Bücherei kennengelernt hatte.«

»Ja, aber doch nicht für Geld!«

»Warum denn nicht?«

Molly dachte kurz nach. Sie hatte noch nie eine Prostituierte gesehen, aber sie hatte sich darunter immer verlebte, stark geschminkte Frauen in engen Kleidern vorgestellt, die in heruntergekommenen Großstadtvierteln an Straßenecken herumlungerten.

»Dafür war Cassie einfach nicht der Typ«, sagte sie schließlich.

George schmunzelte. »Molly, im Laufe der Geschichte haben alle möglichen Frauen darauf zurückgegriffen, wenn sie kein Geld hatten und ihre Kinder durchbringen mussten«, sagte er. »Es ist das älteste Gewerbe der Welt, wie du sicher weißt. Aber vielleicht hatte Cassie ja auch nur einen einzigen Mann, der sie bezahlte, und ist jeden Donnerstag zu ihm gefahren. Ist das denn ein so großer Unterschied zu einem Liebhaber, der verheiratet ist und dir gelegentlich ein Kleid kauft oder Schmuck schenkt?«

»So gesehen wohl nicht«, sagte Molly widerstrebend. »Aber Cassie war so unabhängig.«

»Es ist für jede Frau schwer, wirklich unabhängig zu sein«, meinte George. »Sie bekommen nicht dasselbe bezahlt wie Männer, viele haben Probleme mit der Betreuung ihrer Kinder, und ledige Mütter stoßen auf wenig Sympathie.«

»Was für eine moderne Einstellung du hast«, sagte Molly leicht sarkastisch. »Ich hätte nicht erwartet, dass ein Junge, mit dem ich in Sawbridge zur Schule gegangen bin, Verständnis für Frauenprobleme hat.«

Er grinste. »Leider bin ich nicht mutig genug, meine Ansichten auch im Pub laut auszusprechen, also bin ich wohl nur ein Ritter in einer rostigen Rüstung.«

Nach der deprimierenden Beerdigung und der schlechten Stimmung daheim tat es Molly gut, all das beiseitezuschieben und es einfach nur zu genießen, mit George zusammen zu sein und sich mit ihm zu unterhalten. Obwohl sie ihn schon ihr Leben lang kannte, war ihr nie bewusst gewesen, dass er in Deutschland an Kampfhandlungen beteiligt gewesen war, nachdem man ihn 1944 zum Militär eingezogen hatte. Natürlich erinnerte sie sich, wie er zusammen mit ein paar anderen Jungs aus dem Dorf in den Zug zum Ausbildungslager gestiegen war. Aber aus irgendeinem Grund hatte sie angenommen, er hätte seinen Militärdienst bei der Versorgung oder beim Nachschub abgeleistet, weil er nach seiner Rückkehr nie über seine Erfahrungen gesprochen hatte. Es gefiel ihr, dass er so bescheiden war und nicht versuchte, sich als Kriegsheld aufzuspielen. Offenbar hatte sie ihren alten Schulfreund unterschätzt.

»Nachdem ich aus dem Militär entlassen wurde, ging ich zur Polizei«, erzählte er. »Dein Freund Simon, dieser Schnösel, hat gemeint, das hätte ich getan, weil ich es gewohnt war, Befehle zu befolgen. Also wirklich, als wäre ich ein Volltrottel! Wenigstens mache ich was Vernünftiges und hocke nicht nur am Schreibtisch und schreibe irgendwas zusammen.«

»Der hat dich aber gewaltig auf dem verkehrten Fuß erwischt«, meinte Molly lächelnd. »Erzähl mir nicht, du wärst wie so viele Leute hier in der Gegend misstrauisch gegen Fremde geworden!«

»Ich hab nichts gegen Fremde und auch nichts gegen Schriftsteller, aber der Typ ist ein richtiger Angeber«, erwiderte George. »Im Pub hat er sich ewig darüber ausgelassen, wie er in der Normandie verwundet wurde und dann nach seiner Genesung nach Indien gegangen ist, um Englisch zu unterrichten. Er hat sich so angehört, als hätte keiner von uns irgendwas gemacht oder wäre schon mal woanders gewesen.«

»So kenne ich ihn gar nicht«, sagte sie, musste sich aber eingestehen, dass Simon manchen Dorfbewohnern gegenüber ein bisschen herablassend war. »Und du hast nie etwas davon erzählt, dass du in Deutschland warst. Das wusste ich gar nicht.«

»Im Krieg hat jeder irgendwas gemacht«, sagte er. »Ich glaube, die meisten Leute hatten keine Ahnung, wie es ihren alten Freunden ergangen ist.«

»Wenn ich das gewusst hätte, hätte ich dir geschrieben«, sagte sie. »Ich dachte, du sitzt in Aldershot oder so fest.«

George grinste. »Am Abend, bevor ich abfuhr, gab es im Dorf ein Tanzfest. Du warst den ganzen Abend mit John Partridge zusammen – nicht ein einziges Mal hab ich mit dir tanzen können. Ich dachte, wenn ich zurückkomme, seid ihr zwei längst verheiratet.«

»John Partridge!«, rief Molly. »Der hatte doch vorstehende Zähne und Segelohren! Ich hab an dem Abend nur mit ihm getanzt, weil er mir leidtat. Und ich bin froh darüber, denn der arme Kerl kam Anfang vierundvierzig in London bei einem Bombenangriff ums Leben. Dabei war er nur dort, weil er sich für einen Platz an einem College bewerben wollte.«

Georges Lächeln verblasste. »Mensch, stimmt! Das hatte ich total vergessen. Was für ein Pech! Meine Mutter hat es mir damals geschrieben. Er wollte Geistlicher werden, stimmt's?«

»Ja, genau, aber er war sowohl in Oxford als auch in Cambridge abgelehnt worden. Deshalb wollte er es bei einem weniger renommierten College versuchen.«

»Das Schicksal ist schon eine seltsame Sache«, meinte George nachdenklich. »Wir könnten heute Nachmittag auf dem Heimweg nach Sawbridge bei einem Verkehrsunfall ums Leben kommen. Ich könnte heute Abend, wenn ich auf Streife gehe, von irgendeinem Strolch abgeknallt werden. Man weiß einfach nie, was einen erwartet.«

»Ein erhebender Gedanke«, sagte Molly. »Aber wenn ich nicht bald nach Hause komme, weiß ich genau, was mich erwartet: Dad auf dem Kriegspfad!«

KAPITEL 5

Vier Tage nach der Beerdigung kam Enoch Flowers in den Laden. Es hatte Molly überrascht, ihn bei Cassies Beerdigung zu sehen. Er hatte dort nicht mit ihr gesprochen, ihr nicht einmal zugenickt, aber da er für seine Wortkargheit bekannt war, schien das nicht weiter verwunderlich.

Molly fand, dass er wie ein Gnom aussah: kurz und untersetzt, der Kopf ein bisschen zu groß und das Gesicht von tiefen Falten durchzogen – wie ein Apfel, der zu lange gelagert worden war. Niemand wusste genau, wie alt er war, aber er musste um die siebzig sein. Trotzdem führte er seine Landwirtschaft ganz allein und hatte noch über dreißig Kühe, die täglich gemolken werden mussten.

Wie gewöhnlich trug er ein abgewetztes altes Tweedjackett mit Lederflicken an den Ellbogen, derbe Drillichhosen, darüber an den Knöcheln Gamaschen und um den Hals ein schmuddeliges Tuch von unbestimmbarer Farbe. Er brachte den Geruch von Stall und Dung mit in den Laden, und Mrs. Parsons, die sich gerade von Molly Speck aufschneiden ließ, rümpfte angewidert die Nase.

»Schön, Sie zu sehen, Mr. Flowers«, begrüßte Molly ihn. »Ich bin gleich für Sie da.«

Mrs. Parsons blieb nach dem Bezahlen gern noch ein Weilchen zum Tratschen, aber Enochs Geruch erwies sich als zu viel für sie, und sie eilte hastig davon.

»Ich wollte bloß fragen, ob du oben im Stone Cottage mal gucken willst, ob du ein paar Sachen von dem jungen Ding haben möchtest«, brummelte Mr. Flowers in seinem breiten Somerset-Dialekt.

Molly hätte ihn am liebsten gebeten, das noch einmal zu sagen. Sie musste sich wohl verhört haben!

»Das ist sehr freundlich von Ihnen«, antwortete sie vorsichtig, während sie sich fragte, ob irgendein Haken an der Sache war.

»Na ja, du warst die einzige Freundin, die sie hatte, und ich weiß, wie viel ihr das bedeutet hat. Ist nichts von Wert dabei, aber ich dachte, du freust dich vielleicht über ein Andenken.«

Molly staunte, dass er so sensibel sein konnte und anscheinend eine Schwäche für Cassie gehabt hatte. »Ja, das stimmt. Ich vermisse sie sehr«, sagte sie. »Und vielleicht nehme ich auch gleich Petals Sachen mit für den Fall, dass die Polizei sie doch noch findet.«

»Da mache ich mir keine großen Hoffnungen«, meinte er. »War ein hübsches kleines Ding, ihre Ma konnte stolz auf sie sein. Mir fehlen sie beide. Waren oft bei mir, um Milch und Eier zu kaufen. Hat immer gestrahlt, die Kleine. Und ihre Mutter war 'ne feine Frau. Hätte 'ne gute Bäuerin abgegeben.«

Derart herzliche Worte von einem Mann zu hören, dessen Konversation sich normalerweise auf kurze Grunzlaute beschränkte, war erstaunlich. Molly wurde ganz warm ums Herz.

»Ich wünschte, jeder im Dorf würde so denken wie Sie. Es ist wirklich traurig, dass die Leute nicht einmal jetzt, wo Cassie tot ist, etwas Nettes über sie sagen können oder auch nur das geringste Interesse an Petal zeigen.«

»So sind die Menschen nun mal«, sagte er. »Über mich ist auch schon einiges geredet worden. Wie dem auch sei, Miss March ist hergekommen, weil sie sich vor jemandem verstecken wollte. Wahrscheinlich hat derjenige sie aufgespürt. Bestimmt hat er die kleine Petal inzwischen auch umgebracht und irgendwo verscharrt.«

»Ich hoffe inständig, dass es nicht so ist.«

Flowers verzog das Gesicht. »Schätze, er hatte keine Ahnung, dass sie ein Kind hat, bis er beim Cottage war. Was hätte er sonst mit der Kleinen machen sollen? Man kann nicht ein Kind mit sich rumschleppen, wenn man grad die Mutter abgemurkst hat.«

»Cassie hat mir nie erzählt, dass sie sich vor jemandem versteckt«, sagte Molly.

»Mir auch nicht, aber ich bin schließlich nicht von gestern und weiß, wie der Hase läuft. Na ja, ich muss wieder los. Ich hab den Schlüssel unter einen Stein bei der Pumpe gelegt. Nimm mit, was du willst; um den Rest kümmere ich mich.«

Nachdem er gegangen war, lief Molly nach draußen, um das Obst und Gemüse netter zu arrangieren und den Geruch, den Mr. Flowers hinterlassen hatte, zur offenen Tür hinauswehen zu lassen. Sie überlegte, was ein schönes Andenken an ihre Freundin wäre. Soweit sie sich erinnern konnte, hatte Cassie nichts Bemerkenswertes besessen.

Sie beugte sich gerade über das Gemüse und zupfte die Sachen heraus, die nicht mehr ganz taufrisch aussahen, als ihr Vater aus dem Laden kam. Er blieb in der Tür stehen, rauchte seine Pfeife und beobachtete sie. »Aus dem Zeug kann deine Mutter eine Suppe machen«, bemerkte er kurz und warf einen Blick auf den Korb, in den sie das aussortierte Gemüse gelegt hatte.

»Okay«, sagte sie, obwohl im Grunde keine Antwort nötig war, da ihre Mutter aus allen Gemüseresten Suppe kochte.

»Warst du gestern nach der Beerdigung mit diesem Schriftsteller unterwegs?«, fragte er.

»Nein«, antwortete sie. »Warum fragst du?«

»Lass dich von dem nicht für dumm verkaufen«, sagte er. »Der ist verheiratet.«

Das war Molly neu. Simon hatte angedeutet, dass er Junggeselle war. Wie ähnlich es ihrem Vater doch sah, sie zu demütigen! Wahrscheinlich hatte er im Dorf Gerede über Simon und sie gehört und daraufhin beschlossen, der Sache einen Riegel vorzuschieben. Am meisten irritierte sie jedoch, wie weh seine Bemerkung tat. Sie hatte sich ein bisschen in Simon verknallt, und obwohl sie wusste, dass sie nicht unbedingt sein Typ war, hätte sie wohl Ja gesagt, wenn er sie gebeten hätte, mit ihm auszugehen.

»Ich lasse mich von keinem Mann für dumm verkaufen«, gab sie scharf zurück. »Dafür habe ich zu viel Selbstachtung.«

»Ich wollte dich bloß warnen. Ich hab gestern Abend im Pub gehört, dass seine Frau aufgetaucht ist. Anscheinend hat er sie sitzen lassen.«

»Na so was«, sagte sie und griff nach dem Korb mit Gemüse. »Entschuldige bitte, ich will das schnell Mum bringen.«

Aber sie lief nicht nach oben, sondern ging in den Hinterhof und setzte sich auf der Bank in die Sonne, um sich ein wenig zu sammeln. Im Grunde konnte es ihr egal sein, ob Simon verheiratet war und ob er seine Frau im Stich gelassen hatte. Abgesehen von ein paar rein freundschaftlichen Gesprächen war nichts zwischen ihnen vorgefallen, was auch immer ihr Vater denken mochte. Simon musste gute Gründe gehabt haben, seine Frau zu verlassen – und sie wusste besser als jeder andere, dass niemand ahnen konnte, was sich hinter verschlossenen Türen abspielte.

Aber diese Neuigkeit hatte ihr erneut bewusst gemacht, wie furchtbar dumm sie war, was Männer anging, und dass sie vermutlich Wachs in Simons Händen gewesen wäre, wenn er mehr von ihr gewollt hätte – genau wie bei Andy Soames.

Andy war Maurer und beim Bau eines neuen Hauses am Dorfrand beschäftigt gewesen. Eines Tages kam er zu ihnen in den Laden. Damals war sie neunzehn, er fünfundzwanzig: groß, blond, blauäugig und in ihren Augen vollkommen. Während er eine Fleischpastete und ein paar Äpfel erstand, hatte er ein bisschen mit ihr geflirtet.

An jenem Nachmittag hatte sie ihren Ladenkittel ausgezogen, sich frisch frisiert und Lippenstift aufgetragen. Am Morgen war bei der Lieferung für Mrs. Rawlings versehentlich ein Viertelpfund Tee vergessen worden, und Molly sagte ihrer Mutter, sie würde es vorbeibringen. Wie es der Zufall wollte, lag das Haus, an dem Andy arbeitete, in derselben Richtung wie das der Familie Rawlings.

Andy stand auf einem Gerüst. Weil es ein warmer Tag war, hatte er sein Hemd ausgezogen, und Molly bekam ganz weiche Knie, als sie seine gebräunte, muskulöse Brust sah.

»Ein kleiner Spaziergang?«, rief er ihr zu, während er sich ans Geländer lehnte und sie anlächelte.

»Nein, eine Lieferung für eine Kundin«, rief sie zurück und schwenkte das Päckchen Tee. »Das Wetter ist aber auch viel zu schön, um den ganzen Nachmittag im Laden zu stehen.«

Auf einmal kam er in Bewegung. Er packte eine der Längsstangen und rutschte blitzschnell hinunter.

»Sehr beeindruckend«, sagte sie. »Man konnte nicht mal sehen, dass du dich festhältst.«

»Alter Trick aus meiner Branche«, lachte er und zeigte dabei unwahrscheinlich weiße Zähne. Schon in dem Moment hätte sie wissen müssen, dass er in einer anderen Liga spielte als sie. Männer mit seinem Aussehen interessierten sich nicht für Mädchen wie sie. Aber als er sagte, er würde sie begleiten und vielleicht ein bisschen mit ihr über die Wiesen bummeln, war sie dumm genug, sich einzubilden, er wäre hingerissen von ihr.

Er küsste sie, sowie sie auf der ersten Wiese waren, und versuchte sie zu überreden, sich mit ihm ins Gras zu legen. Sein Kuss war atemberaubend gewesen, und wenn sie nicht gewusst hätte, dass ihr Vater im Laden auf sie wartete, hätte sie vielleicht nachgegeben. Aber nach drei, vier weiteren derartigen Vorfällen dämmerte ihr allmählich, dass er nur Sex wollte. Nie wollte er nach der Arbeit, wenn er gewaschen, frisch rasiert und gut angezogen war, mit ihr ausgehen, weder ins Kino noch zu einem Tanzabend. Alles, was er anbot, waren Spaziergänge am Tag, wenn er schmutzig war und nach Schweiß roch. Dennoch war sie bei jedem Treffen gefährlich nahe dran, ihre Jungfräulichkeit zu verlieren.

Es war ausschließlich die Angst vor einer Schwangerschaft, die sie davon abhielt, aufs Ganze zu gehen. Ihr Vater würde sie sofort rausschmeißen, wenn sie schwanger wurde, das wusste sie. Und sie hatte erlebt, wie Mädchen, mit denen sie zur Schule gegangen war, entweder den Kindsvater heiraten mussten oder gezwungen wurden, ihr Baby zur Adoption freizugeben.

Aber sie hatte sich wirklich danach gesehnt. Allein bei dem Gedanken an seine Küsse bekam sie zittrige Knie und Schmetterlinge im Bauch. Drei Wochen später war seine Arbeit im Dorf beendet, und er kam nicht einmal vorbei, um sich zu verabschieden.

Es war eine harte Lektion. Wochenlang weinte sie sich abends in den Schlaf, fühlte sich ausgenutzt und billig. Aber vielleicht hatte sie etwas daraus gelernt, denn seither ließ sie sich so etwas von keinem Mann oder jungen Burschen mehr gefallen. Cassie hatte natürlich gefunden, es wäre nichts dabei, vor der Ehe Sex zu haben, vorausgesetzt, der Mann benutzte ein Kondom. Da Molly sich beim besten Willen nicht vorstellen konnte, jemals den Mut aufzubringen, einen Mann zu fragen, ob er so etwas dabeihatte, würde es wohl nie so weit kommen. Trotzdem hatte sie bei Cassies Beerdigung erotische Gedanken über Simon gehabt. Wäre sie schwach geworden, wenn er einen Annäherungsversuch gemacht hätte? Höchstwahrscheinlich, gestand sie sich beschämt ein.

Etwas später an diesem Morgen kam ihre Mutter in den Laden, und Molly erzählte ihr von Enoch Flowers.

»Na, das ist ja ein Ding!«, rief ihre Mutter. »Sonst schert er sich doch nie um andere.«

»Er ist ein bisschen ein Außenseiter – vielleicht verstand er Cassie deshalb«, sagte Molly. »Wenn wir heute Abend dichtmachen, laufe ich schnell zum Cottage und schaue mich um.«

Mary machte ein ängstliches Gesicht. »Der Gedanke, dass du allein da oben bist, gefällt mir gar nicht«, sagte sie.

»Sei nicht albern, Mum. Derjenige, der Cassie getötet und Petal mitgenommen hat, lungert bestimmt nicht beim Cottage herum, um weiteren Opfern aufzulauern.«

»Wahrscheinlich nicht, aber geh trotzdem lieber jetzt gleich und bring's hinter dich.«

Molly, die sich freute, an die frische Luft zu kommen, schwang sich auf ihr Fahrrad. Seit sie beschlossen hatte, nach London zu gehen, schienen die Tage im Laden kein Ende zu nehmen. Erst gestern Abend hatte ihre Mutter ihr gesagt, dass sie von ihrem Postsparbuch ein bisschen Geld für Molly abgehoben hatte, damit sie bald aus Sawbridge wegkonnte. Molly hatte vor, sich bei *Bourne & Hollingsworth,* einem Kaufhaus in der Oxford Street in London, schriftlich um eine Stelle zu bewerben. Auf diese Idee war sie gekommen, weil sie von Margaret, einer alten Schulfreundin, wusste, dass das Kaufhaus ein Wohnheim für die Angestellten betrieb. Margaret hatte bis zu ihrer Hochzeit im Vorjahr bei *Bourne & Hollingsworth* gearbeitet und sich dort sehr wohlgefühlt.

Die Sträucher und Büsche, die entlang des Wegs zum Cottage wuchsen, schienen dichter zu stehen als beim letzten Mal und sich nach Kräften zu bemühen, den schmalen Pfad verschwinden zu lassen. Noch dazu herrschte eine bedrückende Stille. Molly war ein bisschen nervös und schaute sich in alle Richtungen um, als sie am Cottage war.

»Sei nicht albern«, sagte sie sich laut. »Hier gibt es nichts, was dir gefährlich werden könnte.« Trotzdem beeilte sie sich, den Schlüssel aus seinem Versteck an der Pumpe zu holen, und schloss hastig die Tür auf.

Als sie sich im Haus umschaute, entdeckte sie in einer Schublade einen bunten Seidenschal, den sie an Cassie immer bewundert hatte, und legte ihn zur Seite. Außerdem gab es noch ein hübsches kleines, in Gold und Weiß bemaltes Holzpferd, das, wenn sie sich recht erinnerte, laut Cassie aus Indien stammte. Unter Petals Sachen fand sie eine blaue Jacke, die Cassie für ihre Tochter gestrickt und vorne mit Gänseblümchen bestickt hatte, sowie das Buch *Ameliaranne und der grüne Regenschirm*, das Petal heiß und innig geliebt hatte.

In einer kleinen Lederschachtel fanden sich einige Bernsteinperlen, ein silberner Armreif und ein goldener Ring mit roten Steinen. Molly hatte keine Ahnung, ob der Ring wertvoll war, aber falls Petal je gefunden wurde, würde sie sich freuen, etwas von ihrer Mutter zu bekommen, also stellte Molly die Schachtel zu den anderen Sachen.

Mehr schien es nicht zu geben, aber Molly zog trotzdem sämtliche Schubladen auf, spähte hinter Schränke und betrachtete die Bücher im Regal. Cassie hatte in puncto Literatur einen guten Geschmack gehabt – Charles Dickens, Thomas Hardy, Jane Austen und Ernest Hemingway –, aber sie hatte auch A.J. Cronin gemocht und Molly empfohlen, *Die Zitadelle* zu lesen.

Molly fiel *Der Tyrann* auf, das vom selben Autor stammte,

und sie zog es hervor, um es später daheim zu lesen. Als das Buch aus dem Regal glitt, flatterte ein Brief auf den Boden. Ein Umschlag war nicht dabei, nur ein einzelnes Blatt Papier, auf dessen oberem Rand eine Adresse in London vermerkt war, allerdings kein Datum. Es ließ sich also nicht sagen, ob Cassie den Brief hier bekommen oder nach Sawbridge mitgebracht hatte. Molly setzte sich hin und las.

Liebste Cassie,
ich war so froh, endlich von Dir zu hören. Ich habe mir schreckliche Sorgen um Dich gemacht und für Dich gebetet.
Ich verstehe, warum Du fort wolltest – das East End ist kein guter Ort, um ein Kind großzuziehen. Du hast gesagt, Du hättest das Gefühl, in Gefahr zu schweben. Ich wünschte, Du hättest mir mehr darüber gesagt. Sicher hätten wir zu zweit eine Lösung für Deine Probleme gefunden, worum es auch gegangen sein mag. Ich kann nur hoffen, dass Du jetzt bei guten Menschen bist, die nett zu Euch beiden sind. Ich vermisse Euch, und Du weißt hoffentlich, dass hier immer Platz für Euch ist, falls es dort, wo Ihr jetzt seid, nicht so gut läuft.
Du bist ein außergewöhnlicher Mensch, Cassie. Du hast so viel durchgemacht und es trotzdem geschafft, Dir Dein Mitgefühl für andere und Deinen Sinn für Humor zu erhalten. Die meisten anderen wären daran zerbrochen oder verbittert.
Ich wünschte, ich könnte Dir mehr helfen. Alles, was ich Dir geben kann, sind meine Zuneigung, ein offenes Ohr und die Zuversicht, dass Gott mit Dir ist.
Gib Petal einen Kuss von mir und schreib bald zurück.
In Liebe,
Deine Freundin Constance

Molly hätte am liebsten vor Freude laut jubiliert, weil sie endlich etwas gefunden hatte, das einen Hinweis auf Cassies Vergangenheit liefern konnte. Hastig nahm sie alle anderen Bücher vom Regal und schüttelte sie aus, um zu sehen, ob sich in ihnen weitere Briefe verbargen, aber sie fand nichts mehr.

Ein paar Minuten stand sie einfach da und dachte an Cassie. Sie sah ihre Freundin, das rote Haar im Licht der Öllampe schimmernd, der Länge nach ausgestreckt auf der Couch liegen und hörte ihr Lachen, wenn sie etwas Lustiges erzählte, das sie zufällig gehört oder in der Zeitung gelesen hatte. Die knallbunte Häkeldecke, in die sie Petal gepackt hatte, wenn sich die Kleine nicht wohlfühlte, hing über der Rückenlehne der Couch, und auf dem Beistelltisch stand ein Bleistiftbecher aus einer alten Konservendose, die Petal mit Stoff beklebt und mit Spitze besetzt hatte. Alles im Haus trug Cassies Handschrift, und der Gedanke, dass das alles weggeworfen und die Erinnerung an diese starke, liebenswerte Frau ausgelöscht werden würde, tat weh.

Was würde die Polizei mit dem Brief von Constance anfangen? Würde man Beamte zu ihr schicken und versuchen, mehr über Cassie zu erfahren? Ja, vielleicht, aber wahrscheinlich würden sie plump und ungeschickt vorgehen und Constance, die nach dem Brief zu urteilen sehr sensibel war, so sehr vor den Kopf stoßen, dass sie überhaupt nichts sagte.

Vielleicht wäre es besser, die Sache selbst in die Hand zu nehmen. Falls Constance etwas Interessantes über Cassie wusste, könnte sie ihren Namen und ihre Adresse an die Polizei weitergeben und alles Weitere den zuständigen Behörden überlassen.

Da es im Haus nichts mehr zu entdecken gab, nahm Molly die wenigen Dinge, die sie ausgesucht hatte, und ging. Nachdem sie die Tür abgeschlossen und den Schlüssel wieder an der Pumpe deponiert hatte, fuhr sie auf ihrem Rad nach Hause.

Nach dem Abendessen schrieb sie zuerst an *Bourne & Hollingsworth* und danach an Constance. Der erste Brief enthielt eine Beschreibung ihrer Berufserfahrung im Geschäft ihres Vaters und die Bitte um ein Bewerbungsgespräch. In dem Brief an Constance erklärte sie, wie sie zu ihrer Adresse gekommen war, und dass Cassie tot und Petal verschwunden war.

Für mich steht fest, dass Sie Cassie und Petal gernhaben, und diesen Brief von einer Fremden zu bekommen, muss ein großer Schock für Sie sein, schrieb sie. *Auch ich habe Cassie und Petal sehr gemocht, und ich wünsche mir sehr, mit Ihnen zu sprechen und mehr zu erfahren. Ich hoffe, demnächst eine Stelle in London anzutreten, und wenn es Ihnen recht ist, komme ich Sie bei Gelegenheit besuchen.*
Mit herzlichen Grüßen,
Molly Heywood

Gegen neun Uhr war sie fertig und beschloss, beide Schreiben rasch einzuwerfen und anschließend zu Simon zu gehen, um ihm den Brief von Constance zu zeigen. Falls seine Frau ihn überredet hatte, mit ihr nach Hause zurückzukehren, traf sie ihn vielleicht gar nicht mehr in seiner Wohnung an. Vielleicht war seine Frau sogar bei ihm, aber Molly wollte unbedingt seine Meinung zu dem Brief hören und sich nebenbei selbst beweisen, dass er nicht mehr als nur ein Bekannter war, von dem sie sich verabschieden wollte, falls er tatsächlich vorhatte, Sawbridge zu verlassen.

Sie hatte geglaubt, ihr Vater säße im Wohnzimmer vor dem Fernseher, aber als sie unten gerade die Hintertür öffnen wollte, tauchte er aus dem Lagerraum auf.

»Wem hast du geschrieben?«, fragte er, als er die Briefe in ihrer Hand sah.

Molly sank der Mut. »Bloß einer Freundin«, log sie.

»Du hast doch gar keine«, sagte er verächtlich. »Los, lass mich mal schauen.«

»Ach, Dad! Der eine ist an Margaret Goodie, mittlerweile Mrs. Blake. Ich kann mich noch gut erinnern, dass du sie nie leiden konntest«, improvisierte Molly, wobei sie sich bemühte, völlig unbefangen zu klingen. »Der andere ist an Susan Eaggers. Du weißt bestimmt noch, dass sie und ihre Familie letztes Jahr weggezogen sind.«

Er musterte sie aus schmalen, argwöhnischen Augen. »Und warum hast du es so eilig, sie in den Briefkasten zu werfen? Der wird doch sowieso nicht vor neun Uhr morgens geleert.«

»Ich wollte einfach noch ein bisschen an die frische Luft«, sagte sie.

»Aber es wird bald dunkel.«

»Es gibt Straßenlaternen, Dad«, sagte sie. »Es ist so ein schöner Tag, und ich war den ganzen Tag im Haus eingesperrt.«

Sie wartete. Jetzt würde er sie bestimmt darauf hinweisen, dass sie am Nachmittag eine Stunde unterwegs gewesen war. Aber anscheinend wusste er das nicht. »Sieh zu, dass du nicht an irgendwelchen Straßenecken herumlungerst« war alles, was ihm einfiel.

Molly hielt den Atem an, bis sie zur Tür hinaus und durch den Hinterhof gelaufen war. Sie traute ihrem Vater durchaus zu, ihr nachzulaufen und ihr die Briefe abzunehmen, um sich zu überzeugen, ob sie die Wahrheit sagte. Aber zu ihrer Erleichterung tat er nichts dergleichen. Sie lief zum Briefkasten und warf die beiden Briefe ein.

Vor den Stufen, die zu Simons Wohnung führten, zögerte sie einen Moment, weil sie unsicher war, ob er sich über ihren Besuch freuen oder ärgern würde. Schließlich holte sie tief Luft, lief die Treppe hinauf und klopfte an die Tür.

»Na, das ist ja eine Überraschung!«, rief Simon, als er die Tür aufmachte und sie sah. »Da sitze ich gerade und bade in Selbstmitleid, und dann kommen Sie daher, um mich aufzuheitern. Hereinspaziert!«

»Ich habe heute tatsächlich ein bisschen Gerede über Sie gehört«, sagte sie vorsichtig und trat ein. »Aber das ist nicht der Grund, warum ich hier bin, denn das ist Ihre Privatangelegenheit. Ich möchte Ihnen etwas zeigen, und ich brauche Ihren Rat.«

Simon schnitt eine Grimasse. »Ich bin sicher, das ganze Dorf ist in Aufruhr und reimt sich allen möglichen Blödsinn zusammen«, sagte er. »Tatsache ist, dass meine Frau und ich uns schon vor Jahren getrennt haben. Sie war heute nur hier, um über die Scheidung zu sprechen. Dummerweise konnte sie meine Wohnung nicht finden und ging ausgerechnet in das überfüllte Geschäft Ihres Vaters, um nach dem Weg zu fragen. Mir war nicht klar, dass es ein Schwerverbrechen ist, wenn man der Welt verschweigt, dass man verheiratet ist!«

»Sie wissen doch, wie sehr die Leute hier Skandale lieben«, erwiderte Molly leichthin. Es überraschte sie ein wenig, dass sich ein so weltläufiger Mann wie Simon von ein bisschen Klatsch und Tratsch aus der Fassung bringen ließ. »Ich wette, jetzt sind alle schwer enttäuscht, weil Sie nicht noch einmal geheiratet haben und in Bigamie leben oder ein junges Ding erst in Schwierigkeiten gebracht haben und es dann nicht heiraten konnten.«

»Eine Scheidung ist doch heutzutage keine große Sache mehr«, seufzte er. »Aber lassen wir das. Setzen Sie sich und erzählen Sie mir, inwiefern Sie meinen Rat brauchen.«

Molly setzte sich an den Tisch und erklärte, wie Enoch ihr vorgeschlagen hatte, sich im Cottage ein paar Andenken an Cassie auszusuchen. »Und da habe ich das hier gefunden –

es fiel aus einem Buch«, sagte sie und reichte Simon den Brief.

Er las ihn, äußerte sich aber nicht dazu, sondern rieb sich nur nachdenklich das Kinn. »Eigentlich sollte ich Ihnen dringend raten, den Brief umgehend zur Polizei zu bringen«, sagte er. »Diese Constance weiß eindeutig etwas über Cassies Vergangenheit, und offenbar ist sie eine anständige Person und noch dazu religiös. Aber Polizisten sind nicht unbedingt für ihre Feinfühligkeit bekannt, und ich glaube, Sie könnten auf eigene Faust mehr herauskriegen als die Polizei.«

»Aber wäre das nicht ein Zurückhalten von Beweismitteln?«, fragte Molly. Im Grunde hatte sie längst entschieden, was sie tun würde, aber sie hätte gern eine Bestätigung erhalten.

»Dazu kann ich nur sagen, wenn die Polizei von Anfang an ordentliche Arbeit geleistet hätte, wäre sie selbst auf den Brief gestoßen. Ich sage nicht, dass Sie ihn nicht weitergeben sollen, wenn Sie erst einmal mit dieser Constance gesprochen haben, Molly. Aber mal ganz ehrlich, von überragendem kriminalistischem Einsatz ist mir hier bis jetzt noch nichts aufgefallen.«

»Nein, wirklich nicht«, stimmte Molly zu. »Aber woher wollen wir wissen, ob mir diese Frau überhaupt etwas erzählt?«

»Sie klingt nach einer sehr netten Person, die sich aufrichtig um Cassie gesorgt hat, und deshalb wird sie bestimmt mit Ihnen reden wollen. So etwas tun Menschen gern, wenn sie um jemanden trauern.«

Molly erzählte ihm von ihrem Bewerbungsschreiben an *Bourne & Hollingsworth*. »Die haben ein Wohnheim für ihre weiblichen Angestellten«, berichtete sie. »Bis ich mich ein bisschen in London auskenne, ist das ganz günstig für mich, glaube ich.«

»Klingt gut. Man kann sich in London leicht einsam fühlen,

aber in einem Wohnheim werden Sie Ihre Kolleginnen gut kennenlernen und neue Freundschaften schließen.«

»Ob ich die Stellung wohl bekomme?«, fragte sie. »Vielleicht denken die sich nach einem Blick auf mich: Meine Güte, was für eine Landpomeranze!«

»Ich glaube, wenn die Sie sehen mit Ihrem glänzenden Haar, den rosigen Wangen und dem freundlichen Lächeln, werden Sie sofort eingestellt.«

Molly lachte. »Sie Schmeichler! Sagen Sie, was halten Sie von der Dame, die den Brief geschrieben hat?«

Simon warf erneut einen Blick auf das Schreiben. »Etwas daran scheint widersprüchlich. Handschrift und Stil weisen darauf hin, dass sie eine gute Erziehung genossen hat, aber es ist merkwürdig, dass so eine Person in Whitechapel lebt.«

Molly starrte ihn verständnislos an.

»Whitechapel befindet sich im East End von London und ist eine ziemlich üble Gegend. Außerdem wurde es während des Blitzkriegs stark bombardiert.«

»Na ja, vielleicht ist sie die Frau eines Pfarrers oder arbeitet für irgendeine Wohltätigkeitsorganisation.«

»Könnte sein«, nickte Simon. »Hoffentlich schreibt sie bald zurück. Wie steht es denn bei Ihnen daheim?«

Molly zuckte die Achseln. »Dad ist so mürrisch wie eh und je. Er hat mich vorhin gesehen und wollte wissen, an wen die Briefe sind. Ich habe ihn belogen, aber ich hatte richtig Angst, er würde sie mir aus der Hand reißen. Ich kann es kaum erwarten, von hier wegzukommen, obwohl ich mir schreckliche Sorgen um meine Mutter mache. Wenn keiner mehr da ist, der ihr beisteht, ist sie ihm auf Gedeih und Verderb ausgeliefert.«

»Ihr Freund, der Polizist, wird ein Auge auf sie haben. Sie sind nicht für Ihre Eltern verantwortlich, Molly, sondern vor allem sich selbst verpflichtet.«

»Da bin ich mir nicht so sicher. Die Welt wäre ein schlimmer Ort, wenn jeder nur an sich selbst dächte.«

Simon lächelte. »Es sollte ein gewisses Gleichgewicht geben, da bin ich Ihrer Meinung, aber Sie, meine Liebe, haben zugelassen, dass Ihr Leben gänzlich von den Wünschen Ihrer Eltern bestimmt wird. In Ihrem Alter sollten Sie ausgehen und Spaß haben, sich verlieben, unternehmungslustig und unvernünftig sein. Wenn Sie noch länger daheimbleiben, wird aus Ihnen noch die typische alte Jungfer.«

»Na ja, indem ich Sie hier besucht habe, war ich für einen Abend unternehmungslustig genug«, meinte Molly mit einem Lächeln. »Und weil mich mein Dad sofort einsperrt, wenn ihm das zu Ohren kommt, mache ich mich jetzt lieber auf den Weg. Ich melde mich, sobald ich etwas von dieser Constance höre.«

Simon begleitete sie zur Tür. »Nur Mut, meine Liebe«, sagte er, als er die Tür aufmachte. »Glauben Sie an sich selbst. Sie sind etwas ganz Besonderes.«

KAPITEL 6

Molly winkte aus dem Zugfenster, bis sie George, der auf dem Bahnsteig der Temple Meads Station in Bristol stand, nicht mehr sehen konnte. Als sie sich setzte, wurde ihr schwer ums Herz.

Auf der Fahrt zum Bahnhof hatte sie sich wegen ihres zweitägigen Aufenthalts in London keine Sorgen gemacht. Aber hier im Abteil, mit drei wildfremden Leuten, wurde ihr bewusst, dass es in der Stadt absolut niemanden gab, an den sie sich wenden konnte, falls sie Hilfe brauchte.

George hatte ihr in einer kleinen Pension ein Zimmer besorgt, wo er schon ein paar Mal abgestiegen war, wenn er in London vor Gericht aussagen musste. Die Pension lag nicht weit von Paddington Station, und er hatte sogar eine kleine Skizze gezeichnet, damit Molly den Weg fand.

Morgen Vormittag um elf hatte sie ihr Vorstellungsgespräch bei *Bourne & Hollingsworth*. Danach musste sie irgendwie von der Oxford Street nach Whitechapel finden, um Constance zu besuchen, und dann in ihre Pension zurückkehren.

Was so leicht geklungen hatte, als sie mit George darüber sprach, schien auf einmal sehr beängstigend. Wenn sie sich nun verirrte? Es hieß, London wäre gefährlich. Angenommen, jemand klaute ihre Handtasche mit all ihrem Geld und der Fahrkarte?

Molly war noch nie in London gewesen; tatsächlich war sie nie weiter als bis Weston-super-Mare gekommen. Sie erinnerte sich, wie enttäuscht sie über das Verbot ihres Vaters gewesen war, zur Krönung nach London zu fahren. Wenn er jetzt mitbekam, dass sie sich dieses Mal einfach ohne seine Erlaubnis davongemacht hatte, würde er explodieren!

Bei dem Gedanken lächelte sie in sich hinein. Ihr Vater hasste es, wenn er übergangen wurde, und er war schlau genug, um zu durchschauen, dass Molly diesen Ausflug seit Tagen geplant haben musste. Natürlich würde sie es büßen müssen, wenn sie heimkam, aber dann würde sie hoffentlich in der Lage sein, ihm mitzuteilen, dass er ihr in Zukunft nichts mehr zu sagen hatte, weil man ihr bei *Bourne & Hollingsworth* einen Job angeboten hatte.

Es hatte sich wie eine Ewigkeit angefühlt, bis die Antworten auf ihre Briefe eintrafen. Fast jeden Tag hatte sie darauf achten müssen, im Laden zu sein, wenn der Briefträger kam. Schließlich musste sie die Post persönlich entgegennehmen. In dem Schreiben von *Bourne & Hollingsworth*, das zuerst kam, wurde ihr als Termin für ein Vorstellungsgespräch der 12. August vorgeschlagen. Inzwischen war Molly überzeugt, nie etwas von Constance zu hören. Aber sie irrte sich. Der sehnlichst erwartete Brief traf wenige Tage später ein.

Molly zog den Brief aus ihrer Handtasche, um ihn noch einmal zu studieren. Jedes Mal, wenn sie ihn las, fand sie Trost bei dem Gedanken, dass Constance ebenso viel an Cassie und Petal lag wie ihr selbst.

Liebe Miss Heywood,
verzeihen Sie mir bitte, dass meine Antwort so lange auf sich warten ließ, aber der Inhalt Ihres Schreibens war derart bestürzend, dass ich kaum wusste, was ich dazu sagen sollte. Ich bin zutiefst entsetzt und erschüttert über Cassies Tod und absolut fassungslos, dass der Mörder die kleine Petal anscheinend mitgenommen hat.

Der Gedanke an das liebe Kind, das jetzt um seine Mutter weint, ist mehr, als ich ertragen kann, und ich bete darum, dass ihr Entführer sie gut behandelt, wo immer sie auch sein mag.
Bitte besuchen Sie mich, wenn Sie in London sind. Vielleicht können wir einander in unserem Kummer und unserer Sorge beistehen und trösten.
Mit freundlichen Grüßen,
Constance

Molly hatte sie gestern angerufen, und zu ihrer Überraschung hatte die Stimme am anderen Ende der Leitung sehr schwach und gebrechlich geklungen. Nicht einen Moment lang hatte sie geglaubt, Cassies Bekannte könnte eine alte Frau sein! Wie auch immer, Constance schien sich zu freuen, dass Molly sie schon am nächsten Nachmittag besuchen wollte.

George hatte ihr, kurz bevor sie in den Zug stieg, eine Fünf-Pfund-Note in die Hand gedrückt. »Für unvorhergesehene Ausgaben«, sagte er und tat ihre Einwände mit einer lässigen Handbewegung ab. »Damit du Geld für ein Taxi hast, falls du dich verläufst oder dich bedroht fühlst. Betrachte es einfach als Notgroschen.«

Molly versprach, ihm das Geld zurückzugeben, wenn kein Notfall eintrat, aber George lachte nur, küsste sie auf die Wange und meinte: »Hauptsache, du kommst gesund und munter zurück.«

Molly hätte gern gewusst, was er tatsächlich für sie empfand. George gehörte zu ihrem Leben, seit sie fünf war, und sie hatte immer angenommen, er sähe in ihr nur so etwas wie eine Schwester. Aber es schien doch mehr dahinterzustecken, denn warum wäre er sonst so schlecht auf Simon zu sprechen gewesen? War er etwa eifersüchtig?

Georges wahre Gefühle für sie mochten ein Rätsel bleiben,

aber eins stand fest: Einen besseren Freund hätte sie sich nicht wünschen können. Er hatte bei der Pension in London angerufen und ein Zimmer für sie gebucht, sie zum Bahnhof gebracht und ihr die Ermutigung mit auf den Weg gegeben, die sie für diesen entscheidenden Schritt brauchte. Sie hatte nicht zugegeben, dass sie sich davor fürchtete, in einer Pension zu übernachten, weil sie so etwas noch nie gemacht hatte, oder dass ihr davor graute, mit der U-Bahn zu fahren. Und sie hatte erst recht nicht erwähnt, dass sie nicht wusste, wovon sie sich während der zwei Tage in London ernähren sollte. Um allein in ein Café zu gehen, war sie viel zu schüchtern.

Ging es jedem so, der zum ersten Mal im Leben in die Großstadt fuhr? Oder war sie einfach nur albern?

Das rhythmische Rattern des Zugs wirkte so beruhigend, dass Molly in eine Art Halbschlaf verfiel, in dem ihr alles Mögliche durch den Kopf ging.

George hatte sie davor gewarnt, dass die Frühstückspension, das *Braemar Guest House*, ein bisschen schäbig wäre und wie überhaupt ganz London ziemlich in Mitleidenschaft gezogen war. Die Stadt würde noch eine Weile brauchen, um sich von den Kriegsschäden zu erholen.

Auch in Bristol waren viele Bombentrichter zu sehen; fast das ganze mittelalterliche Viertel um die High Street und Wine Street war während des »Blitzkriegs« zerstört worden. Molly konnte sich an das dumpfe Dröhnen der Bombeneinschläge Ende 1940 und im Winter 1941 erinnern und auch an den Himmel, der von den brennenden Gebäuden rot leuchtete. Das Entsetzen über das, was in der Stadt geschah, verstärkte sich, als überall Menschen mit Kinderwagen auftauchten, in denen sich nicht nur Kleinkinder, sondern auch die letzten Habseligkeiten befanden. Die Leute wollten sich auf dem Land in Sicherheit bringen. Sie marschierten meilenweit zu Fuß und übernachteten trotz der bitteren Kälte unter freiem Himmel, weil sie um ihr Leben fürchteten, wenn sie zu Hause blieben.

Molly war damals zwölf gewesen, alt genug, um eine klare Vorstellung zu haben, was Krieg bedeutete. Sie begriff auch, warum Lebensmittelrationierungen notwendig waren und welche furchtbaren Auswirkungen Bombenangriffe hatten. Sie erinnerte sich, wie die anderen Kinder in der Schule von ihren Vätern und älteren Brüdern gesprochen hatten, die eingezogen worden waren. Sie hatte diese Kinder beneidet, weil ihre Väter weg waren; damals hatte sie noch nicht gewusst, dass viele von ihnen nette, liebevolle und fürsorgliche Männer waren.

Vor ein paar Wochen hatte sie zufällig George getroffen, als sie gerade Lebensmittel auslieferte. Es war ein warmer Nachmittag gewesen, und sie hatten zusammen einen kurzen Spaziergang gemacht, da George es mit der Rückkehr zum Revier genauso wenig eilte wie Molly mit der Zustellung ihrer Waren. Er hatte sie gefragt, worüber sie vor ein paar Tagen mit Peter Hayes geredet hatte, der im Dorf als Angeber und Weiberheld galt. Molly hatte ziemlich schroff reagiert und abfällige Bemerkungen über Männer gemacht, die sich sonst was einbildeten.

»Vielleicht wirst du den Richtigen nie treffen, weil du glaubst, alle Männer sind Grobiane wie dein Vater, und keinem die Chance gibst, das Gegenteil zu beweisen«, hatte George gesagt.

»Ich glaube sowieso niemandem!«, gab sie hitzig zurück. Von Peter hielt sie wirklich nicht viel; tatsächlich hatte sie ihn nur angesprochen, um ihn daran zu erinnern, dass im Laden noch einige Rechnungen offen waren. Aber das würde sie George nicht auf die Nase binden. Es wäre nicht nett, so etwas herumzuerzählen. »Wenn du es genau wissen willst, George, es ist genau umgekehrt. Ich bin nicht ›sitzengeblieben‹, weil ich Angst vor Männern habe, sondern weil mein Vater es mir unmöglich macht, einen Freund zu finden.«

Tatsächlich war abgesehen von Andy, von dem Jack Heywood nie etwas erfahren hatte, jeder potenzielle Bewerber in die Flucht geschlagen worden. Molly hatte immer wieder versucht zu verhindern, dass sie bei Verabredungen zu Hause abgeholt wurde, aber für höfliche junge Burschen war das selbstverständlich. Bei den meisten reichte eine einzige Begegnung mit ihrem Vater. Sein Sarkasmus und die Art, wie er andere herabsetzte, waren schwer zu verdauen. Einige Jungs hatten versucht, sich davon nicht entmutigen zu lassen, aber wer wollte es ihnen verübeln, wenn sie lieber mit einem Mädchen ausgingen, dessen Eltern umgänglicher waren?

Alle alten Schulfreundinnen von Molly hatten Jungen zum Tee oder Sonntagsessen einladen dürfen; manchmal gingen ihre Väter sogar mit ihnen zu einem Fußballspiel oder ins Pub. Wo eine freundliche Atmosphäre, Vertrauen und echtes Interesse vorhanden waren, konnte junges Glück aufblühen, das wusste Molly, denn all diese Mädchen waren inzwischen verheiratet und hatten mindestens zwei Kinder.

Molly sehnte sich nach Liebe. Einen Mann und ein eigenes Heim zu haben, erschien ihr als Paradies auf Erden. Sie malte sich gern aus, welche Tapeten und Vorhänge sie in ihrem Haus hätte und welche Mahlzeiten sie kochen würde und wie es wäre, abends in den Armen ihres Mannes einzuschlafen.

Aber von allen Männern, die sie je kennengelernt hatte, war George der Einzige, der sich je gegen Jack Heywood behauptet hatte. Er hatte sich großartig verhalten, als er an jenem Tag im Laden auftauchte, ihren Vater zur Rede stellte und ihm die Holzstange abnahm. Andererseits schien er kein Interesse daran zu haben, dass Molly seine feste Freundin wurde, also schreckte vielleicht auch ihn der Gedanke an ihren Vater ab.

Molly wusste, dass sie, wenn sie in Sawbridge bliebe, irgendwann wahrscheinlich den Erstbesten nehmen würde, nur um ihrem Elternhaus zu entkommen. Sie musste weg von hier und neue Leute kennenlernen, die in ihr nicht eine Art Aschenbrödel sahen, sondern ein tüchtiges junges Mädchen mit vielen Fähigkeiten.

Diese zwei Tage in London waren der erste Schritt in ein neues Leben. Sie würde den Personalchef bei *Bourne & Hollingsworth* mit ihrem Charme bestricken und die Stelle bekommen; sie würde sich mit dem U-Bahn-System vertraut machen, die Furcht, allein ein Café zu betreten, überwinden und auf Constance so sympathisch wirken, dass sie ihr alles über Cassie erzählte, was sie wusste.

Molly hatte die Trauer um Cassie und die Sorge, was aus Petal geworden war, wegen ihrer eigenen Probleme zeitweilig verdrängt, aber keineswegs vergessen. Sie brannte darauf, Antworten zu bekommen, und wenn sie welche erhielt, würde sie sofort zur Polizei gehen und verlangen, dass sie ihre Arbeit zu Ende brachten und Cassies Mörder seiner gerechten Strafe zuführten.

Molly hatte George am Vortag zu Hause besucht, um nachzufragen, ob er sie wirklich nach Bristol zum Bahnhof bringen konnte. Mrs. Walsh hatte sie herzlich begrüßt und zu Tee und Kuchen eingeladen, während sie auf George wartete, und Molly hatte ein schlechtes Gewissen bekommen, weil sie ihm nichts von dem Brief und von Constance erzählt hatte.

Ungefähr zwanzig Minuten später kam George nach Hause. Er entschuldigte sich für die Verspätung und erzählte ihr, er wäre losgeschickt worden, um ein paar Schafe von der Straße zu scheuchen. Kaum hatte er sie aufs Feld zurückgebracht, als der Rest der Herde beschloss, ebenfalls einen kleinen Ausflug zu machen.

»Zum Glück kam der alte Enoch mit seinem Hund vorbei und hat sie für mich zusammengetrieben«, berichtete George.

»Als ich ihm erzählte, dass du morgen wegen eines Bewerbungsgesprächs nach London fahren willst, hat er gesagt, er wünscht dir Glück. ›Ist ein nettes Ding‹, hat er gemeint. ›London wird ihr guttun.‹ Keine Ahnung, wie er darauf kommt – ich kann mir nicht vorstellen, dass er selbst schon mal dort war.«

»Na ja, George, man muss London nicht kennen, um zu wissen, dass es mehr zu bieten hat als Sawbridge«, bemerkte Mrs. Walsh mit leisem Tadel. »Außerdem war Enoch im Ersten Weltkrieg an der Front, und sicher ist er von London aus nach Frankreich verschickt worden. Du musst nicht immer denken, dass ältere Menschen nie etwas gesehen oder erlebt haben.«

George lachte gutmütig. »Das Bewerbungsgespräch ist bestimmt ein Klacks für Molly«, sagte er. »Sie ist die beste Verkäuferin, die ich kenne. Sie schafft es jedes Mal, dass ich mehr kaufe, als ich eigentlich wollte.«

»Hoffentlich stecken sie dich in die Modeabteilung«, sagte Mrs. Walsh, als ob Molly die Stellung bereits in der Tasche hätte. »Ich sehe schon richtig vor mir, wie du eleganten Damen schicke Abendkleider verkaufst.«

»Das wäre toll, aber ich bin mir ziemlich sicher, dass man so etwas lieber älteren Frauen mit mehr Erfahrung überlässt«, sagte Molly. »Ich wäre eigentlich am liebsten in der Abteilung für Kinderbekleidung.«

Mrs. Walsh ging aus dem Zimmer, um frischen Tee zu kochen.

»Du weißt schon, dass die uns in London ›Steckrüben‹ nennen, oder?«, sagte George, als seine Mutter weg war. »Sie machen sich über unseren West-Country-Akzent lustig. Als ich mal auf einem Seminar dort war, haben die mich ständig veräppelt. Ich fand die Londoner ziemlich eingebildet.«

»Sag doch nicht so was!«, flehte sie ihn an. »Sonst traue ich mich ja nicht einmal, den Mund aufzumachen! Am Anfang ist es bestimmt sehr ungewohnt. Vielleicht gefällt es mir ja auch kein bisschen, und ich komme zurück und suche mir etwas in Bristol. Aber was auch passiert, hier im Dorf bleibe ich bestimmt nicht, jedenfalls nicht, solange Dad auch hier ist.«

Sie war sich nicht ganz sicher, hatte aber den Eindruck, dass George ein bisschen bekümmert aussah. »Natürlich bleibe ich mit dir in Verbindung, George!«

Er lächelte. »Und mit dem Schreiberling auch?«, fragte er.

»Nein, eher nicht«, antwortete sie und freute sich insgeheim, dass er Simon anscheinend als Konkurrenz betrachtete. »Er ist nur ein flüchtiger Bekannter und wird wohl auch bald weiterziehen. Mit dir bleibe ich in Verbindung, weil du ein ganz besonders guter Freund bist. Ich kenne dich mein Leben lang. Eigentlich komisch, dass du mich nie gefragt hast, ob wir mal zusammen ins Kino gehen oder so.«

Es überraschte sie selbst, dass sie ihn so unbefangen darauf ansprach.

»Hättest du denn Ja gesagt?«, fragte er und sah dabei so verlegen und jungenhaft aus, dass Mollys Herz einen kleinen Satz machte.

»Möglicherweise.« Sie beugte sich vor und tätschelte liebevoll seine Wange. »Meine Hand hast du zum letzten Mal vor elf Jahren gehalten, als wir die Schule verließen. An dem Tag dachte ich, du würdest mich endlich bitten, mit dir auszugehen, aber das hast du nicht getan. Die Geduld eines Mädchens ist nicht unerschöpflich.«

Er wurde rot. »Ich wollte ja, aber ich hatte Angst, du würdest Nein sagen. Und dann wusste ich auch nicht, woher ich die Zeit nehmen sollte; ich hatte so viel zu tun, weil Dad doch im Krieg war. Mum hat mich im Gemüsegarten eingesetzt und bei den Hühnern und auch noch auf Kaninchenjagd geschickt.«

»Nur zu, schieb ruhig mir die Schuld in die Schuhe«, rief

Mrs. Walsh aus der Küche. »Ich bin die böse Mutter, die ihren Kleinen nicht vom Rockzipfel lässt! Also wirklich! Allerdings gebe ich zu, ich habe ihn gewarnt, dass ihm dein Vater bei lebendigem Leib das Fell abziehen würde!«

George sah Molly an. »Ich habe keine Angst vor ihm. Nicht mal mit fünfzehn habe ich mich vor ihm gefürchtet.«

Molly lächelte. »Da warst du wohl der einzige Junge im Dorf. Ich werde ihm die Stirn bieten, und zwar gleich, wenn ich aus London zurückkomme. Ich habe bloß Angst, wie er mit meiner Mutter umspringen wird, wenn ich nicht mehr da bin.«

»Wir werden alle auf sie aufpassen«, versicherte George mit einer Aufrichtigkeit, die Molly rührend fand. »Ich spreche ein paar Leute darauf an und schicke meine Spürnasen los. Er wird Hilfe im Laden brauchen, und ich denke, die Frau, die manchmal bei euch aushilft, wird gern regelmäßig kommen.«

Molly nickte. Ihre Mutter hatte schon mehrmals erwähnt, dass Hilda Swainswick angeboten hatte, öfter einzuspringen. Hilda wäre eine Bereicherung für den Laden: Sie war fleißig und zuverlässig und hatte Mary sehr gern, und außerdem hatte sie einen Ehemann, der nicht dulden würde, dass seine Frau von Jack schikaniert wurde.

»Es ist nicht deine Aufgabe, dir um meine Eltern Sorgen zu machen«, sagte sie. »Aber ich bin froh über dein Angebot. So, jetzt muss ich aber los. Morgen früh um acht?«

George sprang auf, war mit zwei Schritten bei ihr und nahm ihre Hände. »Pass gut auf dich auf, ja?«

Einer spontanen Regung folgend, beugte Molly sich vor und küsste ihn, und auf einmal hielt er sie in seinen Armen und küsste sie zurück.

»Huch! Entschuldigt die Störung«, sagte seine Mutter, die plötzlich in der Tür stand. Die beiden fuhren schuldbewusst auseinander und wurden über und über rot. Mrs. Walsh war anscheinend so überrascht, die zwei jungen Leute bei einem Kuss zu ertappen, dass es ihr die Sprache verschlug, und Molly und George standen stumm da und genierten sich.

»Ich muss gehen«, brachte Molly schließlich heraus und wandte sich zur Tür. »Bis morgen, George.«

Heute am Bahnhof hatte er sie nicht geküsst, aber bei der Erinnerung an den Kuss vom Vortag liefen Molly wohlige kleine Schauer über den Rücken. Zum Kuckuck, warum hatte George sie nicht schon vor zwei, drei Jahren so geküsst? Warum ausgerechnet jetzt, da sie im Begriff war, Sawbridge zu verlassen?

Molly blieb stehen und betrachtete das *Bramaer Guest House*, Sussex Gardens 32. Es unterschied sich in nichts von all den anderen Gebäuden der einstmals eleganten Häuserzeile: drei Stockwerke, ein paar Stufen, die zu einer eindrucksvollen Eingangstür führten, und der dringende Wunsch nach einem neuen Anstrich.

Es war eine lange Fahrt gewesen; sie war müde, ihre Glieder waren steif vom langen Sitzen, und ihr Gesicht fühlte sich an, als wäre es mit einer Schmutzschicht überzogen. Aber verängstigt war sie nicht. Georges Wegbeschreibung zu folgen war kein Problem gewesen, und obwohl London ziemlich einschüchternd wirkte mit den unzähligen Autos und Bussen und mehr Menschen, als sie je auf einem Haufen gesehen hatte, war es nicht so beängstigend, wie Molly befürchtet hatte. Sie fand es eher spannend.

Die Tür der Pension wurde von einer älteren Frau mit eisgrauem Haar, dicken Brillengläsern und einer weißen Spitzenschürze über einem marineblauen Kleid geöffnet. »Sie müssen Miss Heywood sein«, sagte sie mit einem breiten Lächeln. »Treten Sie ein, meine Liebe. Nach der langen Zugfahrt freuen Sie sich bestimmt auf eine Tasse Tee.«

Molly wusste sofort, warum George so gern in dieser Pension abstieg. Sie war blitzsauber und gemütlich, und Miss Grady, die Besitzerin, war nett und fürsorglich. Mollys Zimmer befand sich im ersten Stock und ging nach hinten hinaus. Es hatte ein Doppelbett, auf dem eine fröhliche, rot bedruckte Tagesdecke lag, einen Frisiertisch und einen kleinen Schrank, und vom Fenster blickte man auf ummauerte Gärten.

Das gemeinsame Badezimmer und die Toilette befanden sich beide im vorderen Teil des Hauses, aber in Mollys Zimmer gab es immerhin ein Waschbecken.

Bei einer Tasse Tee und einem Stück Obstkuchen plauderte Molly angeregt mit Miss Grady und erzählte ihr von ihrem Bewerbungsgespräch, das am nächsten Tag stattfinden sollte. Miss Grady bot Molly an, ihr eine warme Mahlzeit zu kochen, aber Molly lehnte dankend ab, so verlockend der Gedanke auch war, kein Lokal aufsuchen zu müssen. Einerseits hatte sie das Gefühl, sich vor einer Herausforderung zu drücken, wenn sie auf Miss Gradys Angebot einging, andererseits wäre es ein Jammer, an einem so schönen Sommerabend im Haus zu bleiben.

Es war kurz nach zehn, als Molly am Abend in die Pension zurückkehrte. Sie hatte in einem Café Spiegeleier mit Bratkartoffeln gegessen und zum Nachtisch Apfelkuchen mit Vanillecreme bekommen. Anschließend hatte sie noch einen langen Spaziergang gemacht und Schaufenster betrachtet. Ihr Besuch im Café war keineswegs erschreckend gewesen, obwohl es ihr ein bisschen komisch vorkam, allein zu essen. Auch die Furcht, bestohlen zu werden, hatte sich verflüchtigt. Sie hatte ihre Handtasche gut festgehalten, sich aber in keiner Weise bedroht gefühlt. Als sie zu Bett ging, war sie sehr zufrieden mit sich, weil sie einige ihrer Ängste überwunden hatte.

Das Vorstellungsgespräch bei *Bourne & Hollingsworth* fand in einem eichengetäfelten Raum im obersten Stockwerk des Gebäudes statt, dem sogenannten Sitzungssaal. In Filmen stand in solchen Räumen ein riesiger ovaler, auf Hochglanz polierter Tisch, an dem etliche Männer saßen, aber in diesem hier gab es nur einen ganz normalen rechteckigen Tisch, dahinter die drei Personen, die das Gespräch leiteten, und davor ein einzelner Stuhl für sie.

»Ihnen ist sicher klar, dass zwischen der Position einer Angestellten in einem erstklassigen Modehaus und einer Verkäuferin, die Speck schneidet und Tee und Zucker abwiegt, Welten liegen«, sagte einer von Mollys Gesprächspartnern, eine Frau mit scharfgeschnittenen Gesichtszügen und einer Hakennase. Sie saß zwischen zwei Männern in mittleren Jahren, trug ein sehr schickes schwarzes Kostüm und hatte das dunkelbraune Haar zu einem Knoten geschlungen. Ihr Akzent war das, was Mollys Mutter als »BBC«-Englisch bezeichnen würde. Jedes einzelne Wort wurde klar und deutlich betont. Sämtliche Fragen, die sie Molly gestellt hatte, waren eine Beleidigung für Mollys Intelligenz, aber sie hatte dennoch höflich geantwortet.

»Natürlich kenne ich den Unterschied zwischen einem Modehaus und einem Lebensmittelgeschäft«, erwiderte Molly, deren Geduld allmählich erschöpft war. Bestimmt fand die Frau mit den harten Zügen Mollys selbst geschneidertes blau-weißes Kleid mit der passenden Jacke und den kleinen weißen Hut entsetzlich, und vermutlich missfiel ihr auch Mollys leicht verschliffener West-Country-Akzent. Am besten sagte sie einfach, was sie zu sagen hatte, und brachte es hinter sich. »Aber selbst wenn sich die Produkte stark voneinander unterscheiden, sollte die Kundenbetreuung dieselbe sein. Ich bin dazu erzogen worden, jeden Kunden mit Respekt zu behandeln und auf seine Wünsche einzugehen.«

Zu Mollys Überraschung klatschte der fülligere der beiden Männer kurz in die Hände und spähte zu der Frau, als wollte er ihre Reaktion sehen. »Da haben Sie völlig recht, Miss Heywood. Der Dienst am Kunden steht an erster Stelle, aber Sie sollten auch reges Interesse an Mode haben.«

»Ich lese regelmäßig Modemagazine«, erklärte Molly. »Ich interessiere mich wirklich dafür und hoffe, dass Sie mir die Chance geben, mein Können unter Beweis zu stellen.«

»Würden Sie bitte draußen warten, Miss Heywood? Wir rufen Sie dann wieder herein«, sagte die Frau mit der Hakennase.

Molly schlich bedrückt hinaus und setzte sich zu den anderen fünf Mädchen, die draußen warteten. Trotz der herablassenden Bemerkungen der Hakennase hatte sie das Gefühl, einen recht guten Eindruck gemacht zu haben, und die Männer waren offenbar von ihrem guten Abschlusszeugnis beeindruckt. Aber die anderen Mädchen, die hier saßen, wirkten so viel schicker, hübscher und selbstbewusster als sie selbst. Sie war nur eine Landpomeranze in selbst genähten Kleidern. Es war eine große Versuchung, einfach zu gehen und die Demütigung einer Absage zu vermeiden.

Ein Mädchen nach dem anderen ging in den Saal, aber sie nahmen wohl einen anderen Ausgang, da keine von ihnen zurückkam. Schließlich, als Molly als Einzige zurückgeblieben war, rief die Hakennase sie wieder hinein.

»Nun, Miss Heywood«, richtete einer der Männer das Wort an sie, »wir haben beschlossen, Ihnen hier bei *Bourne & Hollingsworth* eine Stellung anzubieten und möchten, dass Sie bei Miss Maloney, einer unserer Verkäuferinnen, am Montag dem siebzehnten um acht Uhr fünfundvierzig mit Ihrer Einarbeitung beginnen.«

Molly blieb vor Überraschung der Mund offen stehen, aber sie fasste sich rasch wieder. »Vielen, vielen Dank. Ich hoffe, ich werde Ihr Vertrauen rechtfertigen«, sagte sie mit so viel Würde, wie sie aufbringen konnte.

Die Hakennase lächelte dünn. »Das hoffen wir auch und ebenso, dass Sie die Ausdauer haben, auch bei Hochbetrieb den Kunden gegenüber freundlich und aufmerksam zu bleiben. Ihr Zimmer im Warwickshire House, unserem Wohnheim in der Gower Street, wird ab Samstag den fünfzehnten frei. Es ist für unsere Neuen immer günstiger, ein, zwei Tage vor Arbeitsantritt einzuziehen, außerdem kann Miss Weatherby, die Heimleiterin, Ihnen dann am Wochenende erklären, welche Vorschriften dort gelten.«

Molly schwirrte der Kopf, als sie das Geschäft verließ und den Weg zur nächsten U-Bahn-Station einschlug. Sie würde als Anfangsgehalt sechzehn Shilling die Woche plus Kost und Logis erhalten, ihr Zimmer mit einem anderen Mädchen teilen und ein schwarzes Kleid als Arbeitskleidung bekommen. Alles andere, was man ihr gesagt hatte – freie Tage, Kommissionen, Wäscherei –, war zum einen Ohr hinein- und zum anderen wieder hinausgegangen.

Da sie in Sawbridge als einzigen Verdienst gelegentlich eine Halfcrown von ihrem Vater bekommen hatte, fühlte sie sich bei der Vorstellung, sechzehn Shilling pro Woche zu verdienen, geradezu reich. Noch dazu würde sie auf alles, was sie im Geschäft kaufte, Angestelltenrabatt bekommen.

Aber am aufregendsten fand sie, dass sie, Molly Heywood, ausgewählt worden war. Die anderen Mädchen waren schick zurechtgemacht gewesen und hatten ein sehr selbstsicheres Auftreten gehabt, aber man hatte sich für sie entschieden!

Ihr neu gefundenes Selbstvertrauen half ihr durch die U-Bahn, ohne auch nur einmal in die falsche Richtung zu gehen. Aber als sie in Whitechapel ausstieg, musste sie einen Moment stehen bleiben, um ihr inneres Gleichgewicht wiederzufinden, denn es war, als wäre sie in einem stinkenden, überfüllten Höllenloch gelandet.

Nichts hatte sie auf diesen Schmutz und dieses Chaos vorbereitet. Das Geschiebe auf der Whitechapel Road erinnerte sie an einen gigantischen Ameisenhügel; es wimmelte von Menschen, und auf den Straßen drängten sich Pferdefuhrwerke und Autos neben Bussen und Lastwagen.

Direkt gegenüber befand sich ein Krankenhaus, ein weitläufiges, von Ruß überzogenes Gebäude, und noch während Molly es anstarrte, brausten zwei Rettungswagen mit schrillem Geklingel in die Einfahrt. Verstärkt wurde der allgemeine Tumult durch einen Markt, der sich direkt entlang der Straße erstreckte. Das Gebrüll der Händler, die lauthals ihre Waren anpriesen, gellte Molly in den Ohren, aber vor allem von dem Geruch wurde ihr übel. Er weckte in ihr den Wunsch, auf dem Absatz kehrtzumachen und in die U-Bahn zu flüchten: eine betäubende Mischung aus Pferdeäpfeln, Abwässern, menschlichen Ausdünstungen, verfaultem Gemüse und Müll.

Es war ein warmer, sonniger Tag, und es hatte schon eine ganze Weile nicht geregnet. Vielleicht war der Gestank deshalb so stark. Aber die Menschen hier sahen einfach furchtbar armselig aus: uralte Männer und Frauen, die gekrümmt am Stock gingen und praktisch Lumpen am Leib trugen, und junge Mütter, die wackelige Kinderwagen schoben, in denen nicht nur ein Baby lag, sondern oft noch ein, zwei Kleinkinder neben einem großen Sack Wäsche hockten. Wo Molly auch hinschaute, alle Kinder sahen blass und dünn aus.

Es war furchtbar. Sie fühlte sich allein schon von der Menge der Menschen bedroht, und alles hier war furchtbar schmutzig und verkommen. Sie musste Constance besuchen, weil sie erwartet wurde, aber sobald das überstanden war, würde sie diesen schrecklichen Ort fluchtartig verlassen.

Sie fragte einen Mann, der vor der U-Bahn Zeitungen verkaufte, nach dem Weg zur Myrdle Street, wo Constance wohnte.

»Klingst nach Landluft, Schätzchen«, sagte er. »Kommst du aus Bristol?«

»Aus der Nähe«, sagte sie. Es überraschte sie, dass er überhaupt Interesse an ihr zeigte. »Waren Sie schon mal dort?«

»Nee, noch nie«, sagte er. »Aber ich hatte in der Armee einen Kumpel von dort, und der hat sich genauso angehört wie du. Bist wohl hier, um dir Arbeit zu suchen, was?«

Nach einer kurzen Unterhaltung mit dem Mann folgte Molly seiner Wegbeschreibung zur Myrdle Street und musste feststellen, dass die Whitechapel Road im Vergleich zu den Nebenstraßen, durch die sie jetzt ging, geradezu eine Nobeladresse war. Viele Lücken klafften in den langen Zeilen von Reihenhäusern; die Gebäude, die noch standen, wurden von dicken Balken gestützt, und die mit Unkraut überwucherten Bombentrichter dienten ganzen Scharen magerer, blasser Kinder als Spielplatz.

Molly betrachtete die Häuser, die von den Bomben verschont geblieben waren, und erschauerte, weil sie sich lebhaft vorstellen konnte, wie düster und dürftig sie innen waren. Vor einigen Häusern hockten alte Leute auf den Treppenstufen, ein Anblick, bei dem ihr schwer ums Herz wurde, auch wenn sie selbst nicht wusste, warum.

Die Myrdle Street unterschied sich kaum von den anderen Straßen, die sie durchquert hatte, aber hier spielten ungefähr zwölf Mädchen, indem sie über ein langes Seil hüpften, das von zwei anderen geschwungen wurde. Molly blieb einen Moment stehen, um ihnen zuzuschauen, und dabei fiel ihr auf, dass die Mädchen Turnschuhe aus dünnem Stoff trugen, zum Teil an den Zehen ausgeschnitten, um mehr Platz zu schaffen, und Kleider, die so fadenscheinig und zerschlissen aussahen, als würden sie die nächste Wäsche nicht überstehen. Auf einmal wurde ihr bewusst, dass sie zwar einen schrecklichen Vater, aber wenigstens immer genug zu essen und anständige Kleidung gehabt hatte. Bis heute war ihr nicht klar gewesen, was wirkliche Armut bedeutete.

Die Tür von Haus Nummer 22 in der Myrdle Street stand offen. Molly klopfte an, trat, als keine Antwort kam, in den engen Flur und rief nach Constance.

»Ich bin hier hinten!«, ertönte eine schwache Stimme. »Kommen Sie doch bitte herein!«

Molly folgte der Stimme nervös zu einer weiteren offenen Tür am Ende des Ganges, die in einen ziemlich dunklen Raum mit einer Spüle unter dem Fenster führte. Constance saß im Rollstuhl.

»Tut mir leid, das Aufstehen fällt mir ziemlich schwer«, sagte sie. »Sie sind sicher Miss Heywood, nicht wahr?«

Constance war sehr klein und schmal. Sie trug ein graues Baumwollkleid; ein grauer Baumwollschleier lag auf ihrem Haar. Molly vermutete, dass sie einem religiösen Orden angehörte und Mitte sechzig war, vielleicht ein bisschen älter.

»Ja, die bin ich, aber nennen Sie mich doch bitte Molly. Vielen Dank, dass Sie sich die Zeit nehmen, mich zu empfangen.«

»Es ist mir ein Vergnügen. Kommen Sie, ziehen Sie sich den Sessel da heran und setzen Sie sich. Sagen Sie, haben Sie die Stellung bekommen?«

»Ja«, antwortete Molly, während sie den Sessel näher an Constance heranschob. »Entschuldigen Sie bitte, dass ich den Brief nur mit ›Constance‹ adressiert habe, aber ich kannte Ihren vollen Namen ja leider nicht.«

»Hier in der Gegend kennt mich jeder als Schwester Constance«, sagte die alte Dame. »Ich bin eine Ordensschwester der Church Army. Im Gegensatz zu den katholischen Nonnen leben wir nicht in Klöstern, sondern in den Gemeinden, in die man uns schickt. Das hier ist jetzt seit über zwanzig Jahren meine Gemeinde, aber seit ich im Rollstuhl sitze, beschränkt sich meine Arbeit vor allem aufs Zuhören.«

»Ich habe es schon immer sehr wichtig gefunden, wenn jemand richtig gut zuhören kann«, sagte Molly. »Wollen Sie mir nicht erzählen, wie Sie Cassie kennengelernt haben?«

»Sie zog ins Nachbarhaus, als Petal erst ein paar Monate alt war«, sagte Constance. »Damals saß ich noch nicht im Rollstuhl, und eines Tages gingen wir auf der Straße zufällig nebeneinander. Ich fragte sie, ob sie nicht zu dem Treffen junger Mütter in der Kirche kommen wollte.«

»Und? Ist sie hingegangen?« Molly erinnerte sich, dass Cassie ausgesprochen kirchenfeindlich eingestellt gewesen war.

Constance schüttelte den Kopf. »Nein, sie meinte, sie wäre kein ›Vereinsmeier‹, aber wir plauderten ein bisschen im Gehen, und als ich merkte, dass sie unverheiratet war, fragte ich sie, ob sie nicht manchmal etwas einsam wäre.«

»Ich wette, sie hat gesagt, dass sie nicht einmal die Bedeutung dieses Wortes kennt«, bemerkte Molly.

»So ungefähr. Sie meinte, allein zu sein wäre manchmal besser, als ständig andere Menschen um sich herum zu haben. Ich stimmte ihr zu, und dann erzählte ich ihr, wie ich bete, wenn ich allein bin, und wie sehr mir das hilft, mit mir ins Reine zu kommen.«

»Sie hat wahrscheinlich Schreikrämpfe bekommen, oder?«, meinte Molly leichthin.

»Keineswegs! Obwohl sie behauptete, Agnostikerin zu sein, war sie ein sehr spiritueller Mensch. Sie hatte begriffen, was Meditation bedeutet, und sehr viel über alle möglichen Religionen gelesen. Aber lassen wir das einstweilen, Molly. Können Sie mir mehr über Cassies Tod erzählen? Ihr Brief hat mich zutiefst erschüttert, und irgendwie konnte ich es auch gar nicht begreifen, ehrlich gesagt. Warum sollte irgendjemand Cassie töten?«

»Das habe ich mich auch schon gefragt«, sagte Molly und berichtete alles, was sie wusste, angefangen mit dem Tag, an dem sie ihre Freundin tot aufgefunden hatte. »Bei der gerichtlichen Untersuchung hieß es, die Verletzungen an ihren Armen und am Hals würden auf einen Kampf hindeuten. Dann ist sie anscheinend entweder auf die Kamineinfassung gefallen oder wurde gestoßen und schlug mit dem Kopf so hart auf, dass sie einen Schädelbruch erlitt.«

Molly hielt inne. Offensichtlich lag Constance Cassies Schicksal genauso sehr am Herzen wie ihr selbst, und allein das war Rechtfertigung genug, weiter nach Antworten zu suchen.

»Ich verstehe allerdings nicht«, fuhr sie fort, »warum die Polizei die Suche nach Petal eingestellt hat. Ich sehe ja ein, wie schwierig die Ermittlungen in dem Mordfall sind, aber man hätte nicht aufhören dürfen, ein sechsjähriges Kind zu suchen. Bestimmt würde es ganz anders aussehen, wenn sie die Tochter eines Arztes oder Lehrers wäre, also aus gutbürgerlichem Haus. Der Gedanke, dass Petal weniger wichtig scheint, bloß weil sie ein Mischlingskind ist und ihre Mutter nicht verheiratet war, ist mir unerträglich. Ich hasse so etwas!«

Constance streckte eine Hand aus und tätschelte Mollys Knie. »Nein, hassen dürfen Sie nicht, Kind. Wir können Menschen wegen ihrer Borniertheit und Vorurteile vielleicht bemitleiden und ihnen durch unser Beispiel zeigen, was richtig und was falsch ist, aber Hass macht unsere Seele krank und hilft keinem.«

Molly lächelte schwach. Ihr gefiel alles an dieser Frau: Ihre milden blauen Augen, die so verständnisvoll blickten, die Gefasstheit, mit der sie es hinnahm, dass sie im Rollstuhl saß, nachdem sie den größten Teil ihres Lebens darauf verwendet hatte, den Armen zu helfen. »Ich bin in der Hoffnung zu Ihnen gekommen, Sie könnten mir mehr über Cassie erzählen – irgendetwas, was ein bisschen Licht auf die Sache wirft. Ich möchte wie ein Detektiv vorgehen und Petal finden.«

»Das scheint mir eine sehr gute Idee zu sein.« Constance lächelte. »Obwohl ich fürchte, dass ich Ihnen kaum etwas sagen kann, was Ihnen weiterhilft. Cassie neigte nicht zu Vertraulichkeiten.«

»Aber Sie hat Ihnen doch sicher erzählt, woher sie kam und wer Petals Vater ist?«

»Nein. Lassen Sie mich Ihnen etwas erklären, Molly. Die Menschen, die nicht im East End geboren sind und irgendwann hierherziehen, tun das aus den verschiedensten Gründen«, sagte Constance ernst. »Menschen wie ich und Krankenschwestern, Ärzte und Fürsorgebeamte sind hier, um der Gemeinde zu dienen. Manche halten es für romantisch oder heroisch, bei den Armen zu arbeiten, und verschwinden bald wieder, wenn sie merken, dass es weder das eine noch das andere ist. Andere, wie ich, lernen die Menschen hier lieben und bleiben. Viele Neuankömmlinge sind Einwanderer, die dort wohnen wollen, wo sich schon Freunde und Verwandte niedergelassen haben. Wenn Sie sich umschauen, werden Ihnen Menschen der verschiedensten Herkunft auffallen: Juden, Araber, Afrikaner, Inder und viele andere mehr. Andere wiederum landen hier, weil sie zu arm sind, um woanders zu leben. Und dann gibt es noch diejenigen, die vor irgendetwas weglaufen und feststellen, dass man hier gut untertauchen kann. Aber ich bezweifle, dass diese Menschen wirklich gern im East End leben. Hier herrscht ein raues Klima.«

»Glauben Sie, Cassie ist vor etwas weggelaufen?«

»Ja. Aber ich glaube nicht, dass sie vor der Polizei auf der Flucht war. Wenn sie einem Polizisten auf Streife begegnet ist, hat sie sich nicht etwa still und heimlich aus dem Staub gemacht, sondern munter mit ihm geplaudert.«

»Das heißt dann wohl, sie ist vor Petals Vater geflohen?«

Constance seufzte. »Diese Vermutung liegt nahe, aber meiner Erfahrung nach sprechen sich Frauen über so etwas gern mit einer neuen Freundin aus, wenn sie erst einmal das Gefühl haben, in Sicherheit zu sein. Und das hat Cassie nie getan. Sie hat Petals Vater nie erwähnt, nicht einmal ansatzweise. Ich bin zu dem Schluss gekommen, dass es ihre Eltern waren, vor denen sie davongelaufen ist.«

»Daran habe ich auch schon gedacht«, gestand Molly. »Aber da ihr Vater im Krieg gefallen ist, kann es sich eigentlich nur um ihre Mutter handeln, oder?«

»Wahrscheinlich. Einiges an ihr wies allerdings darauf hin, dass sie eine behütete Kindheit hatte. Sie hat sehr kultiviert gesprochen, war gebildet und hatte ausgezeichnete Manieren. Ich würde meinen, sie wurde von einem Kindermädchen oder einer Haushälterin aufgezogen.«

»Wie kommen Sie darauf?«

»Im Grunde durch den Mangel an Informationen über ihre Mutter. Wir erwähnen alle irgendwann einmal unsere Mütter, und sei es auch nur beiläufig. Als ich Cassie einmal fragte, ob sie eine Waise wäre, wirkte sie geradezu schockiert. ›Ich habe eine Mutter‹, sagte sie. ›Sie passt bloß nicht in mein Leben.‹ Ich fand diese Bemerkung sehr seltsam.«

»Ja, das stimmt.« Molly runzelte die Stirn. »Es klingt, als hätte sie sich bewusst aus dieser Bindung gelöst.«

Constance nickte. »Mhm. Ich dachte, dass ihre Mutter vielleicht sehr hässlich zu ihr war, als Petal zur Welt kam – schließlich ist eine ledige Mutter mit einem Mischlingskind für manche Leute immer noch schwer zu verdauen, insbesondere für Menschen aus der Oberschicht. Doch wenn es so war und Cassie aus ihrem Elternhaus geworfen wurde, hätte sie eigentlich verbittert sein müssen. Und das war sie nicht.«

»Nein, auf mich hat sie auch nie verbittert gewirkt«, stimmte Molly zu. »Hat sie denn nie erzählt, wo sie aufgewachsen ist? Oder was sie gemacht hat, bevor Petal zur Welt kam?«

Constance schüttelte den Kopf. »Sie hat nur einmal erwähnt, dass sie früher gern geritten ist. Für mich klang es so, als wäre sie mit Pferden aufgewachsen, nicht nur gelegentlich auf dem Pferd von Freunden oder Nachbarn gesessen. Ich glaube nicht, dass sie je für ihren Lebensunterhalt gearbeitet hat – ein weiterer Hinweis auf einen wohlhabenden familiären Hintergrund. Diese Art Mädchen geht nicht arbeiten.«

»Aber wovon hat sie gelebt, als sie hier war?«

»Ich glaube, sie muss Ersparnisse gehabt haben. Oder sie hat Schmuck oder andere Sachen verkauft, um sich über Wasser zu halten. Sie hat sehr sparsam gelebt. Sie war sich nicht zu schade, Obst oder Gemüse einzusammeln, das auf dem Markt liegengeblieben war. Apropos essen: Trinken wir doch eine Tasse Tee und essen ein Stück Kuchen!«

Molly machte Tee und nahm auf Constance' Bitte hin einen Obstkuchen aus einer Dose und das beste Porzellan von der Anrichte.

Auch Constance lebte eindeutig sehr bescheiden. Das eine Zimmer, aus dem ihre Wohnung bestand, war denkbar schlicht möbliert: ein Bett, auf dem eine dunkelblaue Tagesdecke lag, zwei Lehnsessel vor dem Kamin, eine Anrichte, ein Tisch und zwei Stühle, dazu Regale voller Bücher und zwei hübsche Aquarelle mit idyllischen Dorfansichten. Es gab auch etliche religiöse Bilder, aber sie waren nicht gerahmt, sondern mit Heftzwecken an der Wand befestigt. Das Zimmer war sauber und ordentlich, aber an den Wänden waren feuchte Flecken zu sehen, und ein leicht muffiger Geruch hing in der Luft. Constance erzählte, dass sie das Glück hätte, zwei gute Freundinnen zu haben, die regelmäßig kamen, um ihr beim Waschen und Anziehen zu helfen und sauber zu machen. Molly fand, es musste ein trauriges und einsames Leben sein, wenn man den ganzen Tag im Rollstuhl saß und meistens allein war. Aber Constance wirkte nicht unglücklich.

»Kommen Sie manchmal hinaus?«, erkundigte sich Molly, während sie darauf wartete, dass das Wasser kochte. »Ich meine, gibt es jemanden, der Sie gelegentlich im Rollstuhl spazieren fährt?«

»Oh ja! Glauben Sie bloß nicht, ich würde hier wie eine Einsiedlerin leben. Fast jeden Tag schaut jemand vorbei und dreht eine Runde mit mir. Reverend Adams, der Pastor von St. Swithin, bringt mich jeden Sonntag zur Kirche, und danach esse ich bei ihm zu Mittag. Die Menschen sind sehr freundlich. Dieser Kuchen ist zum Beispiel das Geschenk eines Gemeindemitglieds. Ich habe oft Besuch. Kaum ein Tag vergeht, an dem nicht jemand bei mir ist.«

Constance fragte Molly nach ihrer Familie und ihrem Leben, und Molly hatte Mühe, das Gespräch wieder auf Cassie zu bringen. Sie erfuhr, dass ihre Freundin drei Jahre lang hier gelebt hatte und nur weggezogen war, weil sie wollte, dass Petal auf eine gute Schule ging.

»Die Schulen hier in der Gegend sind überfüllt und für gute Lehrer nicht sehr verlockend«, erklärte Constance. »Die Regierung hat anscheinend vergessen, dass wir hier am meisten unter dem Blitzkrieg zu leiden hatten, und mit dem Bau neuer Häuser und den Aufräumarbeiten bei den Bombentrichtern geht es nur schleppend voran. Manche Familien teilen sich einen einzigen Raum mit einer anderen Familie. Viele Kinder haben nicht einmal ein Bett oder müssen es sich mit all ihren Geschwistern teilen. Die meisten Leute haben in ihren Häusern kein Badezimmer, und es kommt häufig vor, dass Babys von Ratten gebissen werden. Und ich würde sagen, mindestens ein Viertel der Kinder ist unterernährt. Ständig bekommen wir zu hören, dass England durch die Kriegskosten praktisch bankrott ist, aber das Geld für eine pompöse Krönung war vorhanden. Verstehen Sie mich nicht falsch, ich liebe und verehre die königliche Familie, aber wenn ich etwas zu sagen hätte, kämen die normalen Familien zuerst dran.«

»Na ja, immerhin haben wir jetzt den staatlichen Gesundheitsdienst«, warf Molly ein, die ziemlich verblüfft war, dass jemand wie Constance die Krönung kritisierte.

»Ja, und freie medizinische Versorgung ist eine wunderbare Sache«, sagte Constance mit einem Lächeln. »Aber die Gesundheit der Menschen würde sich durch anständige Unterkünfte erheblich verbessern. Noch immer sterben zu viele Kleinkinder an Krankheiten, die sich vermeiden ließen.«

Das kam Molly bekannt vor. Cassie hatte häufig ganz ähnliche Bemerkungen gemacht, und irgendwie schien es zu bestätigen, wie gut sie Constance gekannt hatte. »Wann haben Sie zum letzten Mal etwas von Cassie gehört?«, fragte sie.

Constance runzelte die Stirn, als wollte sie sich die Situation vergegenwärtigen. »Das war Ende 1950, denke ich. Um die Zeit habe ich vermutlich meinen letzten Brief von ihr bekommen. Sie schrieb mir, in Bristol gefiele es ihr nicht besonders gut, aber die Umgebung wäre sehr schön und sie wolle sich dort in der Gegend einen Wohnort suchen. Ich war ein bisschen verletzt, weil ich danach nie wieder etwas von ihr gehört habe. Sie hatte schon gemeint, sie wäre nicht gut im Aufrechterhalten von Kontakten, aber ich hatte mir wohl eingebildet, ich wäre eine Ausnahme.«

»Nach allem, was sie mir erzählt hat, waren Sie das auch, und vielleicht hat sie Ihnen nur deshalb nicht geschrieben, weil sie befürchtete, derjenige, vor dem sie weglief, könnte bei Ihnen aufkreuzen. Das wäre ein sehr guter Grund gewesen, ihren Aufenthaltsort zu verheimlichen.«

Constance verzog den Mund zu einem schwachen Lächeln. »Das klingt zwar abenteuerlich, aber vielleicht haben Sie recht, Molly. Denn tatsächlich war einmal ein Mann hier, um sich nach Cassie zu erkundigen. Bei mir war er nicht, aber er hat ein paar Leute in unserer Straße befragt. Sie hielten ihn für einen Privatdetektiv.«

»Wirklich?«, rief Molly. »Und was haben sie ihm gesagt?«

»Sie konnten ihm nichts sagen, weil sie ja nichts wussten. Ich war die Einzige, die wusste, dass Cassie nach Bristol gezogen war, und ich hatte mit niemandem darüber gesprochen. Aber die Leute hier in der Gegend erzählen ohnehin nichts weiter. Nicht, wenn es um jemanden geht, den sie gern haben, und Cassie hatten sie gern. Sie passte hierher, Molly. Die Frauen mochten sie, weil sie offen und direkt war. Außerdem half sie ihnen beim Verfassen von Briefen, wenn sie es selbst nicht konnten, und den Kindern beim Lesenlernen. Sie konnte aus nichts ein tolles Kostüm zaubern und war sehr geschickt beim Malen und Anstreichen. Sehr viele Menschen haben sie vermisst, als sie wegzog, und diejenigen, denen ich von ihrem Tod erzählt habe, sind sehr traurig.«

»Klingt so, als wären die Menschen hier längst nicht so engstirnig wie bei mir daheim.« Molly seufzte. »Sie hatte nur wenige Freunde in unserem Dorf. Das ist einer der Gründe, warum ich nach London ziehen will.«

Constance zog eine Augenbraue hoch. »Hoffentlich müssen Sie nicht die Feststellung machen, dass Ihre Kolleginnen bei *Bourne & Hollingsworth* noch engstirniger sind als Ihre Nachbarn daheim«, sagte sie. »Ich habe einige Mädchen gekannt, die in den großen Londoner Kaufhäusern gearbeitet haben, und für die meisten war es nicht so, wie sie es sich ausgemalt hatten. Aber Sie werden bestimmt schnell aufsteigen.«

»Sagen Sie doch nicht so was!«, rief Molly bestürzt. »Ich dachte, es würde Spaß machen!«

»Durchaus möglich«, beruhigte Constance sie. »Ich lebe nun schon so lange im East End, dass ich mir ein Leben, in dem man nicht offen seine Meinung sagen oder auch ein bisschen anders sein darf, gar nicht mehr vorstellen kann. Ich kann nur eines sagen, Molly: Wenn es Ihnen nicht gefällt, kommen Sie einfach wieder her. Ich könnte Ihnen sicher helfen, eine Arbeit und eine Unterkunft zu finden.«

Molly glaubte nicht, dass es dazu kommen würde. Aber noch bevor sie etwas erwidern konnte, kam eine Frau herein, die Constance mit »Schwester« anredete. Die Frau, die sich als Sheila vorstellte, war ungefähr Ende dreißig, trug eine geblümte Kittelschürze und hatte ein Tuch über die Lockenwickler auf ihrem Kopf gebunden.

»Das ist Molly, die Freundin von Cassie, von der ich dir erzählt habe«, sagte Constance. »Sie will Detektiv spielen und Petal finden.«

Sheila fixierte Molly mit einem durchdringenden Blick. »Üble Sache«, sagte sie. »Wir hier ha'm Cassie und ihre Kleine echt gern gehabt. War ein schlimmer Schock, zu hören, dass sie tot ist. Ich wette, das Ganze hat was mit 'ner Erbschaft zu tun. Sie hat sich verkrochen, aber vielleicht war sie nicht weit genug weg, und die ha'm sie doch aufgespürt.«

»Was meinen Sie, woher sie ursprünglich kam?«, fragte Molly.

»Sussex, würd' ich sagen. Sie hat erzählt, wie sie mit ihrem Pferd durch die Downs geritten ist, und vom Meer hat sie auch geredet. Stand in dem Notizbuch, das sie hiergelassen hat, nich' was über Hastings und die Marschen, Schwester?«

Molly setzte sich kerzengerade auf. »Notizbuch?«

»Man könnte es wohl eher Aufzeichnungen nennen. Im Grunde eine Reihe kleiner Gedichte«, sagte Constance. »Sie finden es in der Anrichte. Ich habe keine Ahnung, warum sie es bei mir gelassen hat.«

»Meinen Sie damit, sie hat es zufällig hier liegen lassen? Oder wollte sie, dass Sie darauf aufpassen?«

Constance runzelte die Stirn. »Das weiß ich wirklich nicht. Sie ließ es eines Abends hier, und als ich sie ein paar Tage später darauf ansprach, meinte sie bloß, ich könne es ruhig behalten. Daraus schloss ich, dass es nicht weiter wichtig war.«

»Darf ich es mitnehmen, um es zu lesen?«

»Natürlich. Sie sind ihr im Alter deutlich näher als ich und finden vielleicht eher etwas von Bedeutung darin. Ich kann mit Gedichten, die sich nicht reimen, nicht sehr viel anfangen.«

Constance zeigte auf die Anrichte und sagte, Molly würde es unter einer Keksdose finden.

Das Notizbuch war mit braunem Leder bezogen und ließ sich mit einem Gummiband verschließen. Molly schlug die erste Seite auf und las laut:

In Fletchers Kiste,
da liegt 'ne Liste
mit all den Sachen,
die er nur träumt, statt sie zu machen.

Klamotten und Werkzeug und Mutters Juwelen,
die liegen im Koffer, die kann keiner stehlen.

Sheila prustete los. »Komisches Zeug, was? Aber es reimt sich.«

Auch Molly lachte. »Es ist wirklich komisch, aber mir gefällt es. Irgendwie ist es typisch Cassie! Aber mehr fällt mir dazu leider auch nicht ein.«

»Hat sie Ihnen erzählt, dass sie gern Gedichte schreibt?«, fragte Constance.

»Sie hat es einmal erwähnt. Sie hatte ein Tagebuch – es sah so ähnlich aus wie dieses Notizbuch –, in dem sie ihre Gedanken festhielt. Nach ihrem Tod war es unauffindbar.«

»Tja, wahrscheinlich hat's der Typ, der sie kaltgemacht hat, mitgehen lassen«, meinte Sheila. »Sagen Sie mal, Molly, war sie denn glücklich und zufrieden in Somerset?«

»Ich denke schon, ja. Die Leute im Dorf waren nicht besonders nett zu ihr, aber das schien ihr nicht viel auszumachen. Solange niemand gemein zu Petal war, war für sie alles in Ordnung.«

»Gab es einen Mann in ihrem Leben?«

Molly war unschlüssig, was sie darauf antworten sollte. Wenn sie die Wahrheit sagte, war Constance mit Sicherheit schockiert.

»Ich glaube, sie hatte ein paar Verehrer«, sagte sie zögernd. »Aber als Mörder kommt keiner von ihnen in Frage, und ich habe sie nie persönlich kennengelernt.«

»Klingt so, als ob sie sich nicht groß verändert hätte«, bemerkte Sheila mit einem Lächeln. »War immer ziemlich verschwiegen, was das angeht, aber ich hab gewusst, dass ein paar Kerle um sie rumscharwenzelt sind.«

»Ach, Sheila, du musst aber auch alles ein bisschen spannender machen«, sagte Constance schmunzelnd.

Molly unterhielt sich noch ein Weilchen mit den beiden Frauen, aber da sie den Eindruck hatte, dass Sheila bestimmte Gründe für ihren Besuch hatte, verabschiedete sie sich bald.

»Melden Sie sich bitte, wenn Sie in London wohnen«, bat Constance sie. »Wenn ich irgendetwas über Cassie erfahre, gebe ich es gern an Sie weiter.«

»Und lassen Sie sich bloß nicht von diesen eingebildeten

Tanten bei Ihrem neuen Job ärgern«, fügte Sheila hinzu. »Denken Sie dran, dass Sie hier bei uns gute Kumpel haben.«

Als Molly die Myrdle Street hinunter zur Whitechapel Road ging, fand sie die Gegend längst nicht mehr so bedrückend wie vorher. Falls die beiden Frauen, die sie heute kennengelernt hatte, typisch für die Bewohner dieses Viertels waren, konnte sie allmählich verstehen, warum sich Cassie hier wohlgefühlt hatte.

KAPITEL 7

Molly hatte ihren kurzen Aufenthalt in London in vollen Zügen genossen. Die großen Geschäfte, der Hyde Park, Piccadilly – die Zeit war viel zu schnell verflogen.

Sobald sie am Bahnhof Paddington in ihren Zug stieg, überkam sie die Angst. Ihr war klar, dass ihr Vater einen Tobsuchtsanfall bekommen würde, weil sie ohne seine Erlaubnis gefahren war. Und wenn er erst erfuhr, dass sie wieder nach London zurückkehren würde, um dort zu arbeiten, würde er noch wütender werden, denn das bedeutete ja, dass er die wichtigste Arbeitskraft in seinem Laden verlor.

Molly versuchte sich abzulenken, indem sie Cassies Gedichte-Tagebuch las. Aber das meiste darin verwirrte sie nur noch mehr. Zum Teil war es ein Tagebuch, zum Teil handelte es sich um Einblicke in Cassies Gefühlsleben. Eine Seite, die Molly aufs Geratewohl aufgeschlagen hatte, lautete: »*Habe heute den Bus genommen; so viele trübe Gesichter. Familiensorgen? Geldprobleme? Ein liebloses Leben? Ich frage mich, wie ich auf andere wirke. Kann man mir meine Sorgen vom Gesicht ablesen?*«

Ein seltsamer Eintrag, aber er passte perfekt, fand Molly, als sie sich umblickte. Hier im Zugabteil fielen ihr viele trübe Gesichter auf, und sie fragte sich unwillkürlich, ob man auch ihr die Angst vor ihrer Heimkehr vom Gesicht ablesen konnte.

Da George ihr gesagt hatte, er könne sie bei ihrer Rückkehr nicht abholen, nahm sie den Bus und nickte während der Fahrt irgendwann ein. Erst als sie sich Sawbridge näherten, wachte sie auf. Es war fast sieben Uhr abends; der Laden hatte schon zu.

Ängstlich trat sie durch die Seitentür ein. Oben hörte sie den Fernseher laufen. Vielleicht war ihr Vater zu gefesselt von dem Programm, um es wegen einer Auseinandersetzung mit seiner Tochter zu verpassen? Als sie die Treppe hinaufstieg, musste sie sich zwingen, daran zu denken, dass sie dieses Mal nicht klein beigeben würde. Sie würde für sich einstehen und ihm zeigen, dass er ihr keine Angst mehr machen konnte.

Als sie den Treppenabsatz erreicht hatte, kam ihr Vater aus dem Wohnzimmer und starrte sie feindselig an. Wie üblich hatte er seine graue Flanellhose mit den Hosenträgern, ein weißes Hemd und eine Strickweste an. Im Laden trug er immer eine Krawatte, aber die hatte er abgenommen. Und wie üblich roch er stark nach Pfeifentabak.

»Na, junge Dame, wo hast du dich denn rumgetrieben?«, knurrte er.

»Ich war in London bei einem Bewerbungsgespräch«, antwortete sie, wobei sie sich bemühte, nicht vor Furcht zu zittern, sondern so selbstbewusst wie möglich zu klingen. »Und ich habe die Stelle bekommen. Nächsten Montag fange ich an, aber ich ziehe schon am Samstag ins Wohnheim.«

»Nichts da«, sagte er bissig. »Hier lebst du, und hier arbeitest du auch. Ich lasse nicht zu, dass du dich in London rumtreibst. Da handelst du dir bloß Ärger ein.«

»Es tut mir leid, Dad, aber es ist bereits alles abgemacht«, erwiderte sie so mutig sie nur konnte. »Ich will einen richtigen Beruf und ein eigenes Leben. Ich bin fünfundzwanzig – alt genug, um meine Zukunft selbst in die Hand zu nehmen. Freilich hatte ich gehofft, dass du mir zumindest deinen Segen gibst.«

»Meinen Segen? Das Einzige, was du von mir kriegst, ist eine

Ohrfeige! Wenn du dieses Haus verlässt, dann für immer!«, brüllte er Molly an.

Sein gerötetes Gesicht sagte ihr, dass er sie gleich schlagen würde, aber obwohl ihr das Angst machte, war ihre Empörung so groß, dass sie ihr die Kraft verlieh, um ihm Paroli zu bieten.

»Weshalb sollte ich zurückkommen?«, erwiderte sie. »Du hast mich doch mein ganzes Leben lang nur klein gehalten und ausgenutzt. Ich will dich nie wiedersehen!«

Sie wich nicht rechtzeitig aus; seine Faust krachte in ihre Wange, und zwar so heftig, dass Molly an die Küchentür prallte.

»Jack!«, rief ihre Mutter, die aus dem Wohnzimmer gelaufen kam. »Hast du denn gar nichts dazugelernt? Wieso kannst du nicht einfach zugeben, dass du deine Tochter vermissen wirst? Du hast schon Emily vertrieben, und jetzt wird auch Molly nie wieder zu uns kommen!«

Molly richtete sich auf. Ihre Wange brannte, und sie hatte das Gefühl, dass sie morgen früh ein blaues Auge haben würde. Nicht gerade die beste Art, ihre neue Stelle zu feiern.

»Diesmal kommst du nicht ungeschoren davon«, sagte sie und blickte ihm herausfordernd in die Augen. »Ich gehe jetzt zur Polizei und zeige dich wegen Körperverletzung an. Mal sehen, wie es dir gefällt, verhaftet zu werden!«

Jack tat einen Schritt auf sie zu, als wollte er sie packen, aber ihre Mutter fasste ihn am Arm und hielt ihn zurück. »Nein, Jack! Mach es nicht noch schlimmer! Sonst gehe ich mit ihr zur Wachstube.«

Er gab ein knurrendes Geräusch von sich, dann drehte er sich um, ging ins Wohnzimmer und schlug die Tür hinter sich zu.

»Komm mit, Liebling«, sagte Mary und zog ihre Tochter in die Küche. Sie benetzte ein Geschirrtuch mit kaltem Wasser und hielt es an Mollys Wange. »Er meint es ja nicht so«, verteidigte sie ihren Mann. »Er ist nur aufgebracht, weil du weggehen willst.«

»Wann hörst du endlich auf, ihn zu verteidigen?«, fragte Molly und schob das feuchte Tuch weg. »Er ist ein brutaler Despot, und ich mag gar nicht daran denken, was er mit dir macht, wenn ich fort bin. Ich gehe jetzt zur Polizei, damit sie zumindest ein Auge auf dich hat. Aber wenn du nur ein bisschen Verstand hast, dann verlässt du ihn, Mom. Sonst bringt er dich eines Tages noch um.«

»Ich habe mein Ehegelübde vor Gott abgelegt, und ›In guten wie in schlechten Tagen‹ hat auch dazugehört«, erwiderte Mary ruhig. »Es bricht mir das Herz, wenn ich daran denke, dass er dich und Emily fortgetrieben hat, aber ich muss bleiben. Ich bin seine Frau.«

Molly schüttelte verzweifelt den Kopf. Sie hatte alles, was es dazu zu sagen gab, schon dutzende Male gesagt, und wusste, dass ihre Mutter niemals ihre selbst auferlegte Pflicht aufgeben würde. Aber bevor sie nach London ging, würde sie ihren Vater anzeigen. Sie musste sich irgendwie zur Wehr setzen.

»Dann packe ich jetzt meinen Koffer und gehe. Ich werde George fragen, ob ich heute Nacht bei seinen Eltern schlafen kann, und bis Samstag wohne ich in der Pension in Paddington«, sagte Molly. »Meine Adresse und die Telefonnummer vom Wohnheim lasse ich dir hier. Du weißt, dass ich immer für dich da bin und dich treffen werde, wo du willst. Aber in dieses Haus komme ich nicht zurück, solange er lebt.«

Mary legte ihre Arme um sie und hielt sie ganz fest an sich gedrückt, während sie leicht vor und zurück wippte. Molly, die wusste, dass ihre Mutter still weinte, hätte nur zu gern eingelenkt und ihrer Mutter versichert, sie würde die Stelle in London nicht annehmen, sondern hier bei ihr bleiben. Aber sosehr sie ihre Mutter auch liebte, sie konnte jetzt nicht nachgeben, sonst würde sie ein Leben lang unter der Knute ihres Vaters stehen.

»Ich muss jetzt gehen, Mum«, sagte sie und löste sich sanft aus den Armen ihrer Mutter. »Wenn du irgendetwas brauchst, ruf George an. Toll, dass ich meinen neuen Job mit einem Veilchen beginne, aber das werde ich in Erinnerung behalten, falls ich jemals anfange zu denken, dass Dad doch nicht so übel war.«

Zwei Tage später, am Samstagabend um sechs, traf Molly im Wohnheim von *Bourne & Hollingsworth* in der Gower Street ein. Sie hatte sich ein spartanisch eingerichtetes Haus, fast wie ein Gefängnis, ausgemalt, mit kahlen Holzböden, winzigen, ungemütlichen Schlafkammern und einem düsteren Speisesaal, ein bisschen so wie die Armenhäuser in den Romanen von Charles Dickens. Aber zu ihrer freudigen Überraschung hatte die Realität nichts mit ihren pessimistischen Vorstellungen gemein. Tatsächlich hätte man das Wohnheim, das mit dicken Teppichen, einem Treppenaufgang aus poliertem Mahagoni und freundlicher Beleuchtung aufwarten konnte, für ein schickes Hotel halten können.

Miss Weatherby, die Hausmutter, eine mollige Frau in den Fünfzigern, bereitete Molly einen herzlichen Empfang.

»Du liebe Zeit! Was ist denn mit deinem Gesicht passiert?«, fragte sie besorgt.

»Ich bin neulich die Treppe hinuntergefallen und gegen den Treppenpfosten geknallt«, log Molly. »Es sieht schlimmer aus, als es ist.«

Miss Weatherby berührte die geschundene Wange sanft mit den Fingerspitzen. »Ich habe ein wenig Arnika, das hilft bei Schwellungen. Am besten mache ich dir eine Kompresse, bevor ich dir dein Zimmer zeige. Du teilst es dir mit Dilys Porter. Sie ist in deinem Alter, aber schon ein Jahr hier, sie kann dir alles zeigen. Das Abendessen wird bald serviert, also beeilen wir uns lieber. Wir sehen uns dann morgen um zehn Uhr wieder, da erkläre ich dir die Regeln hier und beantworte alle deine Fragen.«

Fünfzehn Minuten später betrat Molly, einen in eine Tinktur getauchten Wattebausch an die Wange gepresst, ihr Zimmer und lernte Dilys kennen, mit der sie hier gemeinsam wohnen würde. Dilys Porter war eine kleine Blondine aus Cardiff, die sehr offen und freundlich wirkte. Auch sie bemitleidete Molly wegen ihrer Wange und versprach Miss Weatherby, gut auf ihre Mitbewohnerin aufzupassen.

Auch das Zimmer war viel hübscher, als Molly es sich vorgestellt hatte: zwei Betten, zwei Kommoden, ein gemeinsamer Schrank und zwei bequeme Sessel. Die Badezimmer lagen weiter den Flur hinunter. Der Ausblick aus dem Fenster war nicht aufregend, da man nur auf einen Lichthof im Herzen des Gebäudes blickte, aber das störte sie nicht.

»Pack deine Sachen lieber erst nach dem Essen aus«, schlug Dilys vor. »Ich geh heute Abend nicht weg, da können wir uns besser kennenlernen, und ich kann dir auch gleich die anderen vorstellen.«

Der Speisesaal war eine weitere angenehme Überraschung. Es war ein großer, langgestreckter Raum, und alle Tische waren mit Silberbesteck und Gläsern gedeckt, genau wie in einem guten Restaurant. Es gab sogar Bedienung. Molly konnte es kaum glauben.

»Nicht schlecht, was?«, kicherte Dilys, als sie das überraschte Gesicht ihrer neuen Freundin sah. »Hunderte von Leuten arbeiten für die Firma, und die findet, wir müssen gut behandelt und gefüttert werden. Viele finden, das hier ist eher ein Hotel als ein Wohnheim für Angestellte. Wir haben's auch ganz lustig hier – wir Mädchen, wenn wir abends die Stadt unsicher machen, meine ich. Ich hätte mir das nie so toll vorgestellt. Früher hab ich in einer Apotheke in Cardiff gearbeitet – immer nur hustende alte Leute, die ständig über alles meckern, und dann abends in der Kälte wieder nach Hause. Als ich hierhergekommen bin, dachte ich, ich bin im Paradies gelandet. Ich sag dir, Molly, mich wird in Cardiff so schnell keiner mehr sehen.«

Molly hatte ihren Vater bei der Polizei angezeigt, und man hatte ihm eine offizielle Verwarnung erteilt. Wenn er sie noch einmal tätlich angriff, würde er verhaftet werden. Zwei Nächte war sie bei George und seiner Familie geblieben, und tagsüber waren sie gemeinsam zu Molly nach Hause gefahren, um ihre restlichen Sachen zu holen. Heute Morgen hatte George sie zum Bahnhof gebracht.

Aber an diesem Abend verbannte Molly bei einem herrlichen Abendessen, das aus Steak-und-Nieren-Pastete und Milchreis bestand, alle Gedanken an ihren Vater und ihr Zuhause aus ihrem Kopf. Sie lernte ein paar von den anderen Mädchen kennen und erfuhr von ihnen etwas mehr über ihre Arbeit. Anscheinend mussten die Mädchen sich im Geschäft ganz schön zusammenreißen, denn die leitenden Angestellten hatten Adleraugen, und niemand konnte es sich erlauben zu faulenzen. Einige beschwerten sich, wie schrecklich es war, den ganzen Tag auf den Beinen zu sein und jedem Kunden – auch dem unhöflichsten – freundlich zu begegnen. Und dass es an manchen Tagen furchtbar langweilig war.

»Du musst immer beschäftigt aussehen«, riet ihr Dilys. »Kleider ordnen, Pullover und Blusen falten, die Glasflächen polieren. Wag es ja nicht, mit Kollegen zu plaudern, sonst bist du die längste Zeit hier gewesen.«

Molly hatte nicht das Gefühl, dass ihr das schwerfallen würde; immerhin hatte sie im Laden ihres Vaters praktisch alles selbstständig erledigt. Aber was in der Arbeitszeit auch anfallen würde, zumindest die Abende und freien Tage klangen lustig.

Manchmal gingen die Mädchen gemeinsam tanzen. Einmal die Woche durften sie bis Mitternacht fortbleiben, an den anderen Abenden mussten sie um halb elf in den Betten liegen.

Wegen ihrer geschwollenen Wange arbeitete Molly in den ersten drei Tagen im Lager. Die Angestellten riefen an, wenn sie etwas brauchten, und Molly und die anderen im Depot sahen nach, ob der gewünschte Artikel lagernd war, und schickten ihn dann in die entsprechende Abteilung. Wahrscheinlich würde sich diese Arbeit noch als nützlich erweisen, dachte Molly, weil sie auf diese Weise mitbekam, welche Abteilungen ausgelastet waren, welche Abteilungsleiter unangenehm und welche freundlich waren. Genau wie das Personal aus der Küche und der Hauswirtschaft hatten die meisten Arbeiter im Depot das Gefühl, vom Verkaufspersonal herablassend behandelt zu werden. Die Firma war wie eine Pyramide aufgebaut: an der Spitze die Abteilungsleiter, dann die leitenden Angestellten und die jüngeren Verkäuferinnen und schließlich ganz unten die Hilfsarbeiter, die die gelieferte Ware von den Lastwagen abluden. Die Büroangestellten waren ähnlich organisiert; sie hatten kaum Kontakt zum Verkaufspersonal.

An ihrem vierten Arbeitstag war die Schwellung so weit zurückgegangen, dass Molly in die Kurzwarenabteilung geschickt wurde. Dilys bemitleidete sie, weil fast alle Mädchen diese Abteilung hassten. Dort wurden nur kleine Verkäufe von Knöpfen, Bändern, Garnrollen und Reißverschlüssen getätigt, und die Verkäuferinnen wurden von den Kunden stets mit Fragen gelöchert. Aber Molly gefiel es. Sie hatte sich ihre Kleider immer selbst genäht, und sie hatte gern etwas zu tun. Wenn sie gerade niemanden bediente, öffnete sie Schubladen und Schachteln, um mehr über das Sortiment zu erfahren.

Miss Bruce, die Abteilungsleiterin, war eine echte Pedantin, die überzeugt war, niemand könne je so viel über Kurzwaren wissen wie sie. Aber nachdem Molly jahrelang unter einem Tyrannen wie ihrem Vater gearbeitet hatte, fiel es ihr nicht schwer, mit Miss Bruce auszukommen.

Ein weiterer Vorteil war, dass die anderen Mädchen nicht das Gefühl hatten, Molly wäre bei der Wahl der Abteilung bevorzugt worden. Anscheinend hatte Miss Maloney, die Direktrice im Bereich Damenoberbekleidung, Favoritinnen unter den Angestellten, denen sie die besten Posten zuschanzte. Diese Glücklichen wurden von den Übrigen mit großem Argwohn betrachtet.

Trotz allem waren es die Abende, die Molly am besten gefielen. Nicht unbedingt, um mit den anderen auszugehen, sondern um gemütlich beim Abendessen zusammenzusitzen und über den Tag zu plaudern – das liebte sie besonders. Manchmal kamen noch ein, zwei Mädchen zu ihr und Dilys aufs Zimmer und tratschten vergnügt über Make-up, Herrenbekanntschaften und Mode. Molly war zu jung gewesen, als Emily von daheim weggegangen war, um solche Gespräche mit ihrer Schwester zu führen, aber sie hatte gern das Zimmer mit ihr geteilt. Mit Dilys kam die Behaglichkeit der kleinen Gespräche im Dunkeln zurück.

In ihrer zweiten Nacht im Wohnheim, als sie und Dilys vor dem Schlafengehen noch einen Becher Kakao schlürften, hatte Molly ihrer neuen Freundin von Cassie und Petal erzählt.

»Du lieber Himmel!«, rief Dilys und versteckte ihr Gesicht hinter ihren Händen. »Jemand finden, der ermordet wurde – wenn ich nur daran denke! Ich hab geglaubt, so was passiert nur im Film. Hast du dir die Lunge aus dem Hals geschrien?«

»Ich denke schon, aber das hatte nicht viel Sinn, wenn man bedenkt, wo das Haus steht. Da hätte mich keiner gehört. Aber ich musste mich hinter ein paar Büschen übergeben.«

Sie erzählte weiter, dass Petal immer noch verschwunden war, und sie es sich zur Aufgabe gemacht hatte, das kleine Mädchen zu finden. Molly holte die beiden einzigen Fotografien der beiden hervor, die sie besaß. Eines zeigte Cassie auf dem Pfarrfest vom vergangenen Jahr, das andere war eine Schulfotografie von Petal. Cassie hatte ihr das Bild zu Ostern geschenkt.

Dilys sah sich die Bilder lange an. »Petal ist eine ganz Süße«, bemerkte sie. »Ich hoffe, es geht ihr gut, wo auch immer sie jetzt ist. Und diese Cassie war ja echt eine flotte Biene – erinnert mich an Ava Gardner.«

Molly lächelte. »Ja, sie hat ihr wirklich ein bisschen ähnlich gesehen, besonders im engen Pulli und Bleistiftrock. Aber die meiste Zeit hat sie weite Kleider und Gummistiefel getragen. Auf dem Foto sehen ihre Haare dunkel aus, aber eigentlich hatte sie rotes Haar. Sie hat es gefärbt; wie es vorher aussah, weiß ich gar nicht. Eigentlich weiß ich fast nichts über sie – nicht wo sie herkam oder sonst irgendwas. Aber ich habe ein Notizbuch mit Aufzeichnungen von ihr, vielleicht finde ich dort Anhaltspunkte.«

Dilys stellte ihr noch viele Fragen, und selbst nachdem sie das Licht abgeschaltet hatten, drang ihre Stimme durch die Dunkelheit an Mollys Ohr: »Hast du keine Angst, dass Cassies Mörder dir auch was antut, wenn du zu tief in ihrer Vergangenheit gräbst?«

Mollys erster Monat war so schnell vergangen, dass sie es selbst kaum glauben konnte. Es war schön, ihrer Mutter ehrlich berichten zu können, dass sie ihre neue Stelle liebte, im Wohnheim viele Freundinnen gefunden hatte und glücklicher war als je zuvor in ihrem Leben. Sie schrieb auch an George, aber ihm erzählte sie mehr über die Filme, die sie im Kino gesehen hatte, als über die Samstagabende im *Empire* am Leicester Square.

Das *Empire* war wunderbar – das Orchester, die gedämpfte

Beleuchtung, die glitzernden Kugeln, die von der Decke baumelten, und die schicken jungen Männer, die so ganz anders waren als die derben Burschen daheim. Einige, die sich einbildeten, ein Tanz und ein Drink reichten, um sich Freiheiten herausnehmen zu dürfen, waren vielleicht etwas zu aufdringlich, aber die Mädchen von der Arbeitsstelle passten aufeinander auf. Sie blieben immer zusammen, außer, eine sagte ausdrücklich, dass sie mit einem jungen Mann allein nach draußen oder nach Hause gehen wollte.

An ihrem ersten Abend tanzte Molly mit einem Mann namens Harry, und schon in der darauffolgenden Woche sah sie ihn wieder. Er lud sie auf einen Drink ein, und sie verabredeten sich. Sehr aufgeregt und in ihrem neuen rosa Kleid, das sie beim Ausverkauf ergattert hatte, traf sie ihn am folgenden Montag wie verabredet an der U-Bahnstation Oxford Circus. Zu ihrer Bestürzung musste sie feststellen, dass er bereits angetrunken war. Er nuschelte und musste sich an sie lehnen, um sich auf den Beinen halten zu können. Molly hatte gerade ihren ersten Piccolo ausgetrunken, als er schon zwei Bier und einen Whisky zum Nachspülen hinuntergekippt hatte. Da ihr in diesem Moment klar war, dass der Abend nur noch schlimmer werden konnte, verließ sie eilig die Bar, als Harry gerade auf der Toilette war.

Dilys war noch auf, als sie ins Zimmer kam. »Huch! Was'n los? Ist er nicht aufgekreuzt?«, fragte sie.

Als Molly ihr erzählt hatte, was passiert war, musste Dilys lachen. »Mit so einem war ich auch mal aus. Sturzbesoffen war der Kerl. Als er mich heimgebracht hat – oder besser gesagt, als er neben mir nach Hause getorkelt ist –, hat er gekotzt, und zwar voll auf meinen Mantel.«

Molly verzog das Gesicht. »Igitt! Ich hoffe, du hast ihn in den Rinnstein gestoßen!«

»Nee, ich war blöd genug, mir Sorgen um ihn zu machen«, gab Dilys zu. »Aber als er dann versucht hat, mich zu küssen, hat's mir gereicht. Das war so eklig! Da bin ich abgehauen.«

Während Molly in ihr Nachthemd schlüpfte, erzählte Dilys von anderen enttäuschenden Rendezvous. Molly hörte ihr immer gern zu; ihr melodischer Waliser Akzent war einfach herrlich. »Ein Kerl hatte keine müde Mark, da mussten wir zu Fuß durch den Regen laufen. Ein anderer kam in seinem Arbeitskittel, wo ich mich doch extra zum Tanzen hergerichtet hatte! Dann gab's welche, die sich Geld von mir borgen wollten, und solche, die nur in den Park zum Knutschen wollten. Ich sag's dir, Molly, so was kann ein Mädchen schon zur Verzweiflung treiben.«

»Ich weiß, das ist jetzt ein bisschen persönlich«, begann Molly zögerlich, »aber hast du schon mal mit einem Mann ...«

»Na, du bist mir ja eine!«, rief Dilys empört. »Nein, ich warte, bis ich verheiratet bin, so wie sich's gehört! Was würde mein alter Dad sagen, wenn ich einen Braten in der Röhre hätte, bevor ich den Ring am Finger hab! Und was ist mit dir?«

»Ich will auch warten«, antwortete Molly. »Aber ich habe auch noch nicht viele Männer getroffen, für die ich etwas empfunden habe. Einen hat es mal gegeben, aber der war ein echter Mistkerl. Dann habe ich einen Schriftsteller namens Simon kennengelernt und dachte, er ist perfekt. Gut aussehend, aus gutem Hause – für den hab ich eine Zeit lang ganz schön geschwärmt. Aber irgendwann kam raus, dass er verheiratet ist, also war es nur gut, dass er sich nie für mich interessiert hat. Und dann ist da noch George, ein Polizist von daheim. Mit dem bin ich zusammen zur Schule gegangen. Aber jetzt, wo ich in London bin, scheint alles dort mehr und mehr in den Hintergrund zu rücken.«

Dilys nickte zustimmend. Ihr ging es genauso. »Zuerst hatte

ich Heimweh, aber das ist schnell vergangen. Nach der Krönungszeremonie bin ich für ein paar Tage nach Hause, weil ich unbedingt mal wieder daheim sein wollte. Aber alle meine alten Freunde waren so festgefahren in ihren Ansichten, und Cardiff kam mir plötzlich unheimlich klein vor.«

Lange nachdem Dilys eingeschlafen war, lag Molly noch wach und wunderte sich, dass sie sich schon nach nur einem Monat nicht mehr vorstellen konnte, irgendwo anders als in London zu leben. Sie liebte die Hektik und den Betrieb, die schönen Parks, die alten Häuser und selbst das vage Gefühl der Gefahr, das sie in manchen zwielichtigen Seitenstraßen in Soho überkam. Hier hatte sie das Gefühl, alles sein und alles tun zu können.

Daheim hatte sie im Laden von den Kunden immer nur gehört, welche Wehwehchen sie plagten, was ihre Kinder trieben und was sie zum Abendessen kochen wollten. Der Dorfklatsch beschränkte sich auf triviale Anekdoten: dass ein Nachbar etwas Geborgtes nicht zurückgab, sich jemand im Wartezimmer beim Arzt vorgedrängt hatte oder der Hund von zwei Straßen weiter nie aufhörte zu bellen. Die Kunden von *Bourne & Hollingsworth* waren oft ebenso redselig, aber sie erzählten lustige Geschichten, zum Beispiel, dass sie einen Freund zum Lunch treffen wollten oder nach London gekommen waren, um etwas für einen speziellen Anlass zu besorgen. Vielleicht waren diese Leute genauso langweilig wie die Leute auf dem Dorf, wenn sie erst mal wieder zu Hause waren, aber hier in London befanden sie sich in einer Stadt, die Langeweile und Mittelmäßigkeit unmöglich machte. London war Anlass genug, die besten Sachen anzuziehen, vergnügt zu lächeln und frohen Herzens Geld auszugeben, anstatt ihm nachzutrauern.

George hatte ihr bis jetzt jede Woche geschrieben. In seinem ersten Brief hatte er erwähnt, dass Simon das Dorf verlassen hatte und zu seiner Frau zurückgekehrt war. Molly wurde das Gefühl nicht los, dass er es genoss, ihr das mitzuteilen, und sah sich in ihrer Vermutung bestätigt, dass die Leute in Somerset ziemlich kleinkariert waren.

Aber ob kleinkariert oder nicht, sie musste zugeben, dass George gut auf ihre Mutter achtgab. Anscheinend hatte ihm Mrs. Swainswick, die neue Aushilfe im Laden, erzählt, Mollys Vater wäre seit ihrer Abreise nicht mehr ganz so griesgrämig und ihre Mutter weniger nervös.

»Vielleicht«, hatte George gemeint, »ist er jetzt glücklicher, weil er die Aufmerksamkeit deiner Mutter ganz für sich hat.«

Molly war es gleichgültig, weshalb ihr Vater umgänglicher war. Hauptsache, ihre Mutter musste nicht unter ihm leiden.

An ihrem zweiten freien Tag fuhr Molly nach Whitechapel und besuchte am Vormittag Constance. Von ihr hörte sie, wo Cassie am liebsten ihre Zeit verbracht hatte: in der Bibliothek, im Victoria Park in Bethnal Green, auf dem Markt und in den städtischen Bädern. Molly hatte es ziemlich schockiert, dass Menschen, die kein eigenes Badezimmer hatten – also praktisch alle –, in öffentliche Badeanstalten gehen mussten. Vor allem aus Neugier suchte sie noch am selben Nachmittag eine solche Einrichtung auf.

Am Schalter saß eine massige Frau mit hochrotem Gesicht. Molly zog die Fotografie von Cassie aus der Tasche und zeigte sie ihr. »Haben Sie diese Frau schon einmal gesehen?«, fragte sie.

Die ältere Frau warf einen kurzen Blick auf das Bild. »Schon'n Dutzend Mal, Kleine. Warum willste das wissen?«

So kurz wie möglich erklärte Molly, was Cassie und Petal zugestoßen war. »Die Polizei unternimmt kaum etwas, um den Mörder oder Petal zu finden, also versuche ich, alles über ihre

Vergangenheit herauszufinden, was irgendwie weiterhelfen könnte.«

Die Frau war entsetzt, dass Cassie ermordet worden war, und wurde gleich um einiges herzlicher. »Das war 'ne ganz Nette«, erzählte sie Molly. »Und was Niedlicheres als ihr kleines Gör ist mir auch noch nicht begegnet. Wer würde so einem Herzchen was antun?«

Leider konnte sie Molly nicht mehr über Cassie und ihre Tochter erzählen, aber sie unterhielten sich eine Weile, und schließlich fragte Molly, ob sie sich umschauen dürfte, um zu verstehen, wie es in einem öffentlichen Bad zuging.

»Du zahlst Eintritt, ich geb dir Handtuch und Seife und sag, welches Bad grad frei is«, erklärte die Frau, während sie Molly einen langen Korridor entlangführte, von dem kleine Badezimmer abgingen. »Von außen dreh ich dann das warme Wasser auf. Ist 'ne bestimmte Menge, das kalte musst du selbst einstellen. Ich sag den Mädels immer: Lasst eure Schlüpfer nich am Boden liegen, sonst geht ihr nachher mit nassem Po nach Hause.«

Molly kicherte. Alles sah so steril aus: weiße Fliesen, grelle Lichter, Betonboden, vor den Wannen Holzbretter und an den Wänden nur ein paar Haken, um Handtücher und Kleidung aufzuhängen. Aber wenn man kein eigenes Bad hatte, musste man sich damit wohl begnügen.

»Is nich so übel«, sagte die Bademeisterin, als hätte sie Mollys Gedanken gelesen. »Man kann mit seinen Freundinnen schwatzen und außerdem auch waschen und bügeln. Und im Winter isses hier drinnen mollig warm. Du bist wohl so'n Glückspilz, der daheim ein eigenes Bad und ein richtiges Klo hat, was?«

»Ja«, gab Molly zu, beschämt, dass man ihr ihre Gefühle ansah. »Hat sich Cassie hier wohlgefühlt? Oder war sie wie ich an ein Bad daheim gewöhnt?«

Die Bademeisterin lehnte sich an eine Tür und zog eine Zigarette aus ihrer Schürzentasche. Sie ließ sich Zeit beim Anzünden und betrachtete Molly dabei ernsthaft. »Ich würd' mal sagen, die Kleine hatte keinen blassen Schimmer, wie die Leute hier bei uns leben. Als sie zum ersten Mal hier war, hat sie 'nen Mordsschreck gekriegt«, sagte sie schließlich, während sie Rauchwölkchen paffte. »Hatte ihre Petal in 'nem Wägelchen dabei und kam gar nich damit zurande, ob sie zuerst die Kleine oder sich selber waschen soll. Hat's aber schnell auf die Reihe gekriegt. Nachdem sie drei, vier Mal hier war, hat sie's genauso gemacht wie alle anderen und noch dazu gelacht und Witze gerissen, eben das Beste draus gemacht.«

»Hat sie je erzählt, warum sie nach Whitechapel gezogen ist?«, fragte Molly.

»Warum kommt schon irgendwer her?« Die Frau zuckte mit den Schultern. »Weil's billig ist. Weil man hier abtauchen kann. Jedenfalls nicht, weil man *gern* in den Slums haust.«

Auch in der Bücherei erinnerte man sich noch an Cassie, und die Chefbibliothekarin hatte sogar in der Zeitung von ihrem Tod gelesen. »Ich konnte es kaum glauben«, sagte sie. »So eine gescheite, wohlerzogene junge Frau. Aber ich habe mir ja schon meinen Teil gedacht, als ich zum ersten Mal ihr Mischlingsbaby gesehen habe. Das hätte ich nun wirklich nicht von jemandem gedacht, der Jane Austen liest! Sie muss wohl mit den falschen Leuten in Berührung gekommen sein.«

Molly musste den Drang unterdrücken, der Bibliothekarin zu sagen, was für eine borniertes Zicke sie war. Aber das wäre nicht gerade klug; schließlich wollte sie etwas über Cassie erfahren. Allerdings konnte die Frau ihr ohnehin nur sagen, dass Cassie mindestens vier Bücher die Woche ausgeliehen hatte und oft gekommen war, um Zeitung zu lesen.

Molly nahm sich vor, in der nächsten Woche in Whitechapel in Cafés und Geschäften nach Cassie zu fragen, aber als sie ein paar Mädchen im Wohnheim erzählte, wo sie den Tag verbracht hatte, waren die anderen ehrlich entsetzt. Anscheinend glaubte jeder bei *Bourne & Hollingsworth*, das East-End sei ein gefährlicher und verseuchter Bezirk. Das schreckte Molly ein wenig ab, und so vergingen drei Wochen, bevor sie wieder einen Fuß in die Gegend setzte.

Wenigstens Dilys hielt Mollys Mission, Petal zu finden, für lobenswert. Oft las Molly ihr aus Cassies Notizen vor, wenn sie abends im Bett lagen, und sprach mit ihr über den Inhalt. In den Aufzeichnungen wurden unter anderem Hastings und ein Ort namens Rye erwähnt.

»Hör dir das mal an, Dilys«, sagte sie eines Abends. »*Der Wind wütet über der Marsch, und die Bäume beugen sich seiner Majestät. Die Schafe hier drängen sich dicht zusammen, und die wenigen Blumen sind winzig und gebeugt, wie viele der Menschen, die hier leben. Nur der wagemutige Stechginster trotzt dem Wind und sträubt sein duftendes gelbes Stachelkleid.*‹ Was hältst du davon?«, fragte sie ihre Freundin.

»Wenn ich das in der Schule abgegeben hätte, hätte vielleicht ausnahmsweise mal nicht ›*Gib dir mehr Mühe*‹ unter meiner Arbeit gestanden«, meinte Dilys grinsend.

»Glaubst du nicht, dass Cassie die einsame, sturmgebeugte Marsch als eine Art Gleichnis für die Tristesse ihres eigenen Lebens verwendet hat? Dass der Wind ihren Hoffnungen und Träumen Zerstörung bringt und sie der Ginster ist, der sich dagegen wehrt?«

»Du klingst wie meine Englischlehrerin, wenn sie versucht hat, uns Shakespeare zu erklären. Hab's schon damals nicht kapiert, und Cassies Zeug versteh ich auch nicht.« Dilys kicherte. »Aber es gefällt mir, wenn du daraus vorliest, und deine Ideen dazu gefallen mir auch. Wer, glaubst du, ist der Jemand, der ihre Träume zerstört?«

»Ich weiß nicht. Ihre Mutter vielleicht oder andere Verwandte?«

Molly fragte sich, ob Cassies Mutter geistesgestört gewesen war. Sie erinnerte sich, wie Cassie zusammengezuckt war, als sie ihr einmal von ihrem Vater erzählte. Ob sie Ähnliches erlebt hatte? Vielleicht war auch Cassies Vater ein brutaler Schläger gewesen, bevor er in den Krieg ziehen musste, und ihre Mutter hatte sie nie verteidigt. Vielleicht hatte Cassie deshalb nie von ihren Eltern gesprochen.

»Es ist wie eine Geisteskrankheit«, hatte Cassie einmal über Gewalttätigkeit gesagt. »In deinem Vater brodelt ein Zorn, den er nicht ausleben kann. Vielleicht ist ihm vor Jahren einmal etwas Schlimmes passiert, das immer noch an ihm nagt, und wenn es überkocht, dann greift er dich an.«

Molly hatte ihr erzählt, wie ihr Vater überfallen, beraubt und dann selbst beschuldigt worden war.

»Ich kann dir nur raten, nicht dein Mitleid an ihn zu verschwenden«, hatte Cassie darauf mit einem Kopfschütteln geantwortet. »Jeder von uns hat sein Kreuz zu tragen. Das ist nun mal die Last deines Vaters, und er hat zugelassen, dass sie sein Leben ruiniert. Dabei hat er noch Glück gehabt, denn er wurde für unschuldig erklärt und hat eine Entschädigung erhalten. Nicht viele Menschen haben so ein Glück. Ich glaube, er ist das Kreuz, das *du* zu tragen hast, Molly. Du kannst das Elend, das er geschaffen hat, ein Leben lang mit dir herumschleppen, oder du schüttelst es ab und gehst deinen eigenen Weg. Auch deine Mutter hat ihren Weg gewählt, und das musst du akzeptieren.«

In einem von Cassies Gedichten ging es um eine Kreuzigung, und darum war Molly das Gespräch über das Kreuz, das jeder Mensch zu tragen hat, wieder in Erinnerung gekommen. Sie fragte sich, ob es in dem Gedicht um das angenehme Leben ging, das Cassie hatte aufgeben müssen, um Petal behalten zu können. Aber Petal war keine Dornenkrone, sie war Cassies ganze Freude, ihr Lebensinhalt gewesen.

Molly freute sich für Simon, dass er zu seiner Frau zurückgefunden hatte und hoffentlich mit ihr glücklich wurde, aber sie war enttäuscht, dass er nicht mehr in Sawbridge wohnte und sie ihm Cassies Tagebuch nicht zeigen konnte. Als Literat hätte er vielleicht einen Sinn darin erkennen können, der Molly entging. Aber er war fort; wieder hatte sich eine Tür geschlossen. Und so herzlich George sie auch zu sich einladen mochte, damit sie ihre Mutter besuchen konnte, bestand doch immer noch die Gefahr, dass ihr Vater einen Wutanfall bekam, wenn er davon erfuhr.

George gab ihr Rätsel auf. Bevor sie nach London gefahren war, hatte er ihr einen Abschiedskuss gegeben – einen leidenschaftlichen, keinen freundschaftlichen Kuss. In seinen Briefen hatte er indirekt angedeutet, dass er nicht wusste, was sie für ihn empfand. Aber was sollte sie ihm antworten, wenn er seine eigenen Gefühle für sich behielt?

Molly hatte darüber mit Rose gesprochen, einem Mädchen aus der Strumpfwarenabteilung, mit dem sie sich angefreundet hatte. Rose ging es ganz ähnlich mit einem jungen Mann, den sie in Birmingham zurückgelassen hatte.

»Ich denke, wir müssen uns klarmachen, was wir wollen«, sagte Rose. »Robert ist ein netter Kerl, meine Familie kann ihn gut leiden, und als ich noch zu Hause bei Co-op gearbeitet habe, dachte ich auch immer, er wäre der Richtige. Aber seit ich hier bin und gesehen habe, was das Leben alles zu bieten hat, will ich nicht mehr mit einem Maurer in einem Zweizimmer-Loch hausen, egal, wie nett er ist. Ich möchte ein Leben in der großen Welt – schöne Kleider, ein Haus in einem schicken

Vorort und genug Geld, um hin und wieder mal fein essen zu gehen.«

»Also, wenn George um mich geworben hätte, als ich noch zu Hause gelebt habe, wäre ich als Frau eines Polizisten sicher wunschlos glücklich gewesen«, wandte Molly ein, die es ein wenig unangenehm berührte, dass Rose sich auf einmal für zu gut hielt. »Aber das hat er nicht getan, und nicht einmal jetzt sagt er, dass er mich liebt.«

»Vergiss ihn einfach. Du brauchst doch keinen lahmen Polizisten in einem noch lahmeren Kaff. Wir finden schon noch unseren Märchenprinzen im *Empire*«, meinte Rose mit einem breiten Grinsen. »Der muss aber ein paar Bedingungen erfüllen: richtiger Beruf, höflich, gutes Aussehen, schicke Anzüge, ein Auto, reiche Eltern.«

»Wenn sie all das haben, wollen sie bestimmt auch ein Mädchen – aber nicht als Ehefrau«, sagte Molly. »Als kleine Angestellte bei *Bourne & Hollingsworth* sind wir ja nicht gerade ein großartiger Fang.«

»Da sprichst du nur für dich«, grinste Rose. »Und ich wäre auch bereit, etwas weiter zu gehen, wenn es der Mann wert ist.«

Molly lachte, weil sie einfach nicht glauben konnte, dass Rose so etwas vor ihrer Hochzeitsnacht wagen würde. Wie die meisten Mädchen hier wollte auch Molly etwas erleben, aber in aller Unschuld: mit einem Mann Tee trinken gehen oder von ihm ins Kino oder ins Theater ausgeführt werden, mehr aber nicht. Molly hatte von einem Mädchen gehört, das die Firma verlassen musste, weil es schwanger geworden war. Die Verachtung und Gleichgültigkeit, mit der die Geschichte erzählt wurde, machten sie ein wenig betroffen. Sicher waren einige der anderen Mädchen auch schon in Situationen gewesen, in denen sie versucht gewesen waren, ihre Tugend aufs Spiel zu setzen, oder etwa nicht?

Tatsächlich musste Molly sich eingestehen, dass sie sich nicht mehr zurückhalten würde, wenn sie sich richtig in einen Mann verliebte und sich sicher war, dass er ihre Gefühle erwiderte und sie ihm vertrauen konnte. Außerdem erinnerte sie sich an einige Bräute in Sawbridge, die schwanger vor dem Altar gestanden hatten. Ihre Ehen waren alle glücklich geworden.

Und dann waren da natürlich noch Cassies Ideen zum Thema Sex. Sie hatte nie verheimlicht, dass sie Spaß an Sex hatte, und wenn sie über ihre Beziehungen mit Männern sprach, hatte Molly oft das Gefühl gehabt, Cassie sei die ehrlichste und anständigste Person, die sie kannte.

Eins von Cassies Gedichten handelte von Heuchelei: »*Ich schäme mich für die, die mit den Stimmen anderer sprechen, obwohl sie wissen, dass es nicht ihre eigene Wahrheit ist.*«

Molly war sich sicher, dass Cassie keine Frau gebilligt hätte, die einen Mann anhand einer kühl kalkulierten Liste von wünschenswerten Eigenschaften suchte. Sie hätte gesagt, dass nur Güte, Leidenschaft, Treue und Ehre von Bedeutung wären. Aber vielleicht sagten Rose und andere Mädchen solche Dinge ja auch nur, um sich interessant zu machen.

Dilys war begeistert von Soho; die Stripclubs, Jazzkneipen, Spielhöllen, die Schwarzhändler und die leichten Mädchen – diese fremde Welt faszinierte sie. Eines Abends, etwa sechs Wochen nachdem Molly bei *Bourne & Hollingsworth* angefangen hatte, redete Dilys ihr ein, dass es an der Zeit wäre, einen Jazzclub aufzusuchen.

»Wieso nicht?«, fragte sie. »Soho ist gleich um die Ecke. Stell dir doch mal vor, wie wir uns fühlen, wenn wir irgendwann alt sind und uns nicht getraut haben, es auszuprobieren.«

Theoretisch hatte Molly gegen den Plan nichts einzuwenden, aber sie sah vor ihren Augen die Warnungen, die im Gemeinschaftsraum hingen und den Angestellten einschärften, sich von diesem gefährlichen Viertel fernzuhalten.

»Na gut«, gab sie schließlich nach, um keine Spielverderberin zu sein. »Machen wir es am Samstag, dann können wir bis zwölf wegbleiben.«

Sie trugen beide neue Kleider für ihr großes Abenteuer: Dilys ein Kleid aus türkisblauer Schantung-Seide im Prinzess-Schnitt mit einem hohen Kragen, der ihr Gesicht einrahmte, und einem weiten Rock, den sie beide sehr modern fanden; Molly ein cremefarbenes Etuikleid mit Dreiviertel-Ärmeln und herzförmigem Ausschnitt. Es war das verführerischste, anschmiegsamste Kleid, das sie je getragen hatte. Obwohl es draußen etwas frisch war, hatten sie auf Jacken verzichtet, damit ihre neuen Kleider richtig zur Geltung kamen.

Zuerst tranken sie sich in einem Pub ein wenig Mut an, dann machten sie sich auf den Weg zum *Blue Moon* in der Wardour Street.

Sie waren zu früh da, und der Anblick des Clubs war recht enttäuschend. Ohne Gäste sah das Kellerlokal mit seinen nackten Wänden und dem klebrigen Boden trist aus, und auch der Gestank von abgestandenem Alkohol und kaltem Rauch machte sich unangenehm bemerkbar. Außerdem war es sehr dunkel; es gab nur wenige matte Lichter hier und da an den Wänden und Kerzen auf den Tischen. Immerhin spielte das Jazz-Quartett, und eine Kellnerin in einem sehr kurzen schwarzen Satinkleidchen knallte ihnen zwei Gläser Rotwein auf den Tisch, wobei sie missmutig sagte: »Die gehen aufs Haus.«

Der Wein schmeckte grausam, aber sie tranken ihn trotzdem, und als Dilys sich umsah, grinsten ihnen zwei Herren an einem Tisch in der Nähe zu und hoben die Gläser in ihre Richtung.

»Die sind ja alt genug, um unsere Väter zu sein!«, sagte Molly entsetzt.

Obwohl beide schicke dunkle Anzüge trugen, hatten sie schütteres Haar und die schlaffe Kinnpartie von Männern um die fünfzig, die zu viel trinken.

»Solange sie uns ein paar Drinks spendieren, ist es doch egal, wie alt sie sind«, wandte Dilys ein. »Wir sind endlich in einem Nachtclub in Soho! Wir müssen sie ja nicht heiraten.«

Molly mochte Jazz – im *Pied Horse* hatte manchmal eine Jazzband gespielt –, aber die Musiker hier waren viel besser, und als auch noch eine Sängerin auf die Bühne kam und »Frankie und Johnny« sang, wurde es noch schöner. Zur selben Zeit kamen die zwei Männer an ihren Tisch.

»Der Wein, den sie den Mädchen hier servieren, ist lausig. Sollen wir euch einen Drink bestellen, der euch schmeckt?«

»Oh, danke«, lächelte Dilys und klimperte dabei mit den Wimpern. »Der Wein ist wirklich mies, und wir hätten *sooo* gerne einen Piccolo.«

Der Größere der beiden, der sich als Mike vorstellte, winkte der Kellnerin und bestellte zwei Piccolos für die Mädchen und zwei Whiskys für sich und seinen Freund.

»Das ist mein Kumpel Ernie«, stellte er seinen Begleiter vor. »Wir sind geschäftlich in der Metropole, da haben wir gern ein bisschen nette Gesellschaft – wir verstehen uns doch?«

Es war eigentlich keine Frage, sondern eine Feststellung, und die beiden Männer hatten sich bei ihnen niedergelassen, bevor sie antworten konnten. »Also«, grinste Mike. »Wie heißt ihr zwei Hübschen, und wo kommt ihr her?«

Aus der Nähe betrachtet sahen die beiden noch unattraktiver aus; sie hatten schlechte Zähne und Schmerbäuche, und ihre Finger waren gelblich verfärbt vom Nikotin. Nach ihrem Akzent zu urteilen kamen beide aus Birmingham; Molly fühlte sich ziemlich unbehaglich.

»Ich heiße Molly und komme aus Somerset; das hier ist Dilys

aus Cardiff«, antwortete sie. »Wir arbeiten beide als Schwestern im Middlesex-Krankenhaus. Ich bin Geburtshelferin, und Dilys arbeitet im Kinderflügel.«

Dilys musste sich auf die Lippen beißen, um nicht laut loszulachen. Sie hatten auf dem Hinweg ausgemacht, einen anderen Beruf und Wohnort anzugeben, damit niemand sie zu *Bourne & Hollingsworth* zurückverfolgen konnte.

»Oh, wir stehen auf Krankenschwestern«, sagte Ernie mit einem Lächeln, das seine braunen Zähne vollends entblößte. »Wohnt ihr in der Nähe vom Krankenhaus?«

»Das verraten wir nicht«, sagte Dilys mit einem aufreizenden Lächeln. »Meine Oma hat mir immer gesagt: ›Erzähl bloß keinem Mann, wo du wohnst, wenn du in der Stadt bist!‹«

Als die Drinks kamen, begann der Club sich langsam zu füllen. Die Mädchen kippten hastig ihren Piccolo, und sofort wurde die zweite Runde spendiert. Ihre neuen Freunde hatten die Stühle näher gerückt, und Mike versuchte die ganze Zeit, seine Hand auf die von Molly zu legen. Sie wollte nur die Musik hören, vielleicht ein wenig tanzen, aber es sah ganz so aus, als müssten sie den Rest des Abends mit diesen zwei alten Knackern verbringen. Inzwischen waren auch alle anderen Tische besetzt, sodass sie nicht einmal den Platz wechseln konnten.

Molly trank ihr zweites Glas aus und fühlte sich etwas schwindlig. Die Musik war zu laut für Gespräche, und sie sah, dass auch Dilys sich mit Ernie unwohl fühlte. Trotzdem fand sie den Club sehr aufregend mit all den eleganten Damen in Abendkleidern und perfekt frisiertem Haar und den Herren, die alle weltgewandt und mondän wirkten. Aber etwas war seltsam: Sie sah, dass noch andere Mädchen ohne Partner kamen, aber sie blieben nie lange allein, immer gesellte sich bald ein Mann zu ihnen. An ihrer Körpersprache glaubte sie zu erkennen, dass die Leute sich nicht kannten.

Als sie mit ihrem dritten Drink kämpfte, merkte Molly, dass sie betrunken war, und sie stellte fest, dass es Dilys nicht besser ging. Mike und Ernie tanzten mit ihnen, aber Mikes enger Griff um ihre Taille gefiel ihr überhaupt nicht.

»Ich muss mir kurz die Nase pudern«, sagte sie und zwinkerte Dilys zu, damit sie mitkam.

»Holt uns doch noch einen Drink, Jungs«, sagte Dilys und tätschelte Ernie mit einer Geste, die mit viel gutem Willen als liebreizend bezeichnet werden konnte, die Wange. »Wir sind gleich wieder da.«

»Wir müssen hier raus, die Kerle sind furchtbar«, sagte Molly, sobald sie auf der Toilette waren. »Außerdem ist es schon halb zwölf, wir müssen sowieso los.«

»Ich bin viel zu betrunken, um noch laufen zu können«, nuschelte Dilys. »Ich hoffe bloß, dass uns die Hausmutter nicht erwischt. Die hält nichts von Frauen, die einen zwitschern.«

»Na los«, sagte Molly und öffnete die Tür einen Spalt, um zu sehen, ob die beiden Männer sie beobachteten. Sie konnte Mikes Kopf erkennen, aber es sah so aus, als betrachtete er die Sängerin. Sie mussten also nur an der Wand entlang zum Ausgang schleichen, am besten hinter dem Rücken anderer Gäste, damit sie unsichtbar blieben.

Mit eingezogenen Köpfen huschten sie zur Tür. Die Situation war so absurd, dass sie kicherten wie zwei Schulmädchen. Sie erreichten den Ausgang und die Treppe, die auf die Straße führte, und eilten gerade die letzte Stufe hinauf, als sie Mike von unten rufen hörten: »Wartet, Mädels, wir bringen euch in einem Taxi nach Hause!«

»Lauf!«, befahl Molly. Sie nahm Dilys bei der Hand, und gemeinsam stolperten sie die Straße entlang, so schnell es ihre hohen Absätze und ihr Alkoholpegel erlaubten. Erst nachdem sie zwei Straßenecken weiter wurden sie langsamer.

»Ich hab Seitenstechen«, keuchte Dilys und beugte sich vornüber. »Mein Gott, wir haben echt ein Händchen für Kavaliere!«

Sie lachten, bis sie am Wohnheim angekommen waren. »Immerhin eine billige Nacht«, sagte Molly, als sie es auf ihr Zimmer geschafft hatten, ohne der Hausmutter begegnet zu sein. »Außer im Pub mussten wir für nichts selbst bezahlen. Aber ich glaube, die anderen Mädchen in dem Club waren – du weißt schon.«

»Was?«, fragte Dilys.

»Na ja, Bordsteinschwalben«, erwiderte Molly und erklärte, was sie bei den anderen Frauen beobachtet hatte.

»Also, wenn wir das nächste Mal losziehen, brauchen wir nette männliche Begleitung«, kicherte Dilys. »Ich frage mich, wie viel Mike und Ernie bereit gewesen wären, für uns zu zahlen?«

»Selbst wenn sie mir tausend Pfund geboten hätten, hätte ich abgelehnt«, sagte Molly. »Hast du Mikes Zähne gesehen?«

»Och, ich glaub nicht, dass es seine Zähne wären, die er gebraucht hätte«, sagte Dilys. Sie kicherten immer noch, nachdem sie das Licht ausgemacht hatten.

An die Nacht in Soho und die Begegnung mit Mike und Ernie mussten die Mädchen noch oft denken und über ihr Abenteuer lachen, aber es gab auch andere unvergessliche Nächte im *Empire,* in seriöseren Jazzclubs und Pubs. Sie erfuhren auch, dass die Damen in den Clubs Animiermädchen waren, die bezahlt wurden, um den männlichen Gästen Gesellschaft zu leisten. Mike und Ernie mussten sie für solche Mädchen gehalten haben.

Dilys füllte die Lücke, die Cassie in Mollys Leben hinterlassen hatte, zwar nicht ganz, aber in vieler Hinsicht war sie eine noch angenehmere Freundin, weil sie keine Geheimnisse vor

Molly hatte. Die beiden teilten alles, passten aufeinander auf und genossen es, miteinander Zeit zu verbringen.

Molly hatte noch ein paar Mal Constance in Whitechapel besucht und sich dabei in der Nachbarschaft nach Cassie und Petal umgehört. Aber auch die wenigen Leute, die sich noch an die beiden erinnerten, konnten Molly nichts erzählen, was Licht auf Cassies Vergangenheit geworfen hätte. Es erschien Molly unmöglich, wie jemand mit so vielen Menschen und deren Leben in Berührung kommen konnte wie Cassie, ohne etwas von sich selbst preiszugeben.

Aus dem Notizbuch glaubte Molly zu entnehmen, dass Cassie entweder von der Küste in West Sussex stammte oder dort zumindest lange Zeit ihres Lebens verbracht hatte. Sie wollte einen Ausflug dorthin unternehmen, aber im Geschäft herrschte immer mehr Betrieb, weil die Leute langsam anfingen, Weihnachtsgeschenke zu kaufen und sich mit Winterkleidung einzudecken. Vor Neujahr würde sie ihren Plan nicht in die Tat umsetzen können.

Es war frustrierend, dass sie bei der Suche nach Petal keinen Schritt weiterkam, aber wenigstens daheim in Sawbridge war alles in Ordnung.

Ihre Mutter schrieb ihr wöchentlich und berichtete, dass das Zusammenleben mit Jack seit Mollys Abreise wesentlich leichter geworden war. Er betätigte sich mehr im Laden, hatte die Wände gestrichen und sogar einen modernen neuen Linoleumboden verlegt. Bei einem Telefongespräch meinte ihre Mutter, Jack wäre wohl immer auf Emily und Molly eifersüchtig gewesen, weil sie zwischen ihm und seiner Frau standen, und deshalb war er jetzt zufrieden.

Auch George schrieb häufig. Er erzählte nicht nur Dorfklatsch, sondern bestätigte auch, was ihre Mutter sagte, nämlich dass Jack weniger mürrisch und manchmal sogar richtig vergnügt war. Auch ihre Mutter wirkte recht glücklich, berichtete George, und ging nachmittags manchmal zu den Treffen der *Mothers' Union* oder Freundinnen besuchen. Er betonte jedes Mal, wie sehr er Molly vermisste, und lud sie wiederholt ein, auf ein Wochenende nach Hause zu kommen.

Für Dilys stand fest, dass er in Molly verliebt war, aber Molly hielt das für blanken Unsinn, denn das hätte er ihr doch sicher gesagt, oder? Allerdings musste sie manchmal in schlaflosen Nächten an George und seine Küsse denken und fragte sich, ob sie ein paar ermutigende Worte in ihren nächsten Brief einfließen lassen sollte. Aber sie wollte auf keinen Fall bei ihm den Eindruck erwecken, sie hätte bloß Heimweh und würde sich an ihn klammern. Außerdem konnte aus ihnen ja ohnehin nichts werden, schließlich war sie in London, er in Somerset.

Eines Abends Mitte November, als Dilys und Molly gerade zu Bett gehen wollten, platzte Dilys damit heraus, dass sie Molly vor jemandem warnen müsse.

Mollys dreimonatige Probezeit war vorbei, und sie war von den Kurzwaren in die Handschuhabteilung versetzt worden. Da der Herbst sich deutlich bemerkbar machte, hatte sie dort immer sehr viel zu tun.

»Vor wem denn?«, kicherte Molly. »Etwa vor Stan aus dem Lager? Der guckt immer so komisch.«

»Nee, der ist völlig harmlos«, antwortete Dilys. »Ich spreche von Miss Stow. Die kann echt fies sein.« Ruth Stow, Verkaufsleiterin der Handschuhabteilung, war eine unscheinbare Frau Mitte dreißig und stammte aus Shropshire. Sie arbeitete seit ihrem siebzehnten Lebensjahr bei *Bourne & Hollingsworth* und behandelte neue Angestellte meist von oben herab.

»Was denn, hab ich einen Handschuh ins falsche Fach gelegt?«, grinste Molly, weil sie wusste, dass es nichts gab, was Miss Stow mehr aufregte.

»Hast du nicht – das ist ja das Problem. Sie glaubt, du bist scharf auf ihren Posten.«

Molly schlug die Bettdecke zurück und kuschelte sich ins Bett. »Das ist doch albern. Ich will in die Modeabteilung. Wie kommt sie auf die Idee?«

»Weil dich die Kunden so oft loben, glaube ich«, meinte Dilys. »Miss Stow weiß zwar gut Bescheid, aber sie ist nun mal so steif wie ein alter Besen. Die Leute wollen lieber jemand Nettes, der sich ein bisschen für sie interessiert.«

Molly, die sich nicht vorstellen konnte, wie sie die ältere Angestellte vor den Kopf gestoßen haben sollte, runzelte die Stirn. Sie hatte sich immer bemüht, freundlich zu Miss Stow zu sein und mit ihr zu plaudern, nicht nur bei der Arbeit, sondern auch im Wohnheim. Aber Miss Stows Haltung war abweisend geblieben, und Molly hatte gedacht, es sei ihr einfach nicht möglich, mit einem Neuling auf gutem Fuß zu stehen.

»Und es geht nicht nur um die Kundschaft«, fuhr Dilys fort. »Du bist bei den meisten hier beliebt, auch bei leitenden Angestellten.«

»Was, ich?«, fragte Molly.

Dilys musste lachen. »Ja, sehr beliebt sogar. Du musst doch bemerkt haben, dass die Mädchen dich immer dabeihaben wollen oder sich zu dir an den Tisch setzen. Außerdem glaube ich, dass ein paar der Jungs auf dich stehen, besonders Tony aus der Herrenbekleidung.«

Jetzt war es an Molly zu lachen. Ihr war tatsächlich aufgefallen, wie oft Tony mit den Hasenzähnen sie anstarrte, aber sie hätte nie gedacht, es könnte ein Zeichen von Beliebtheit sein, wenn sich Kolleginnen zu ihr an den Tisch setzten. Eher hatte sie angenommen, dass es einfach keine anderen freien Plätze mehr gab. »Ich zieh immer die lahmsten Burschen an«, sagte sie. »Tony ist ein lieber Kerl, aber mein Fall ist er nicht. Und was mache ich jetzt wegen Ruth? Soll ich sie darauf ansprechen?«

»Ich fürchte, der Schuss würde nach hinten losgehen«, meinte Dilys. »Mach einfach weiter wie bisher und kümmere dich gar nicht um sie. Wahrscheinlich sieht sie sowieso bald ein, dass du keine Bedrohung für sie bist.«

»Woher weißt du das eigentlich alles?«, fragte Molly.

Dilys zögerte.

»Los, spuck's schon aus!«, drängte Molly sie. »Ich werde denjenigen, von dem du das hast, auch bestimmt nicht darauf ansprechen.«

»Na gut. Es war Mr. Hardcraft«, sagte Dilys widerstrebend.

Molly hatte die Geschichte bis jetzt als einen Scherz abgetan, aber in diesem Moment wurde ihr klar, dass Dilys nicht bloß harmlosen Klatsch weitererzählte. Mr. Hardcraft war der Ladenaufseher, und als solcher achtete er darauf, dass es keinen Ärger gab, sei es nun Diebstahl oder irgendetwas anderes, was den Betrieb stören könnte.

»Also, der hat dir doch ganz sicher nicht einfach erzählt, dass Miss Stow mich auf dem Kieker hat. Er muss dir Fragen gestellt haben. Erzähl mir, wie das abgelaufen ist!«, bestürmte Molly ihre Freundin.

»Immer schön langsam, jetzt reg dich bloß nicht auf. Er hat mich nur gefragt, mit wem du hier befreundet bist und welche Leute du abends so triffst.«

»Was hat denn das damit zu tun?«, fragte Molly vollends verblüfft.

»Das weiß ich nicht. Ich hab ihm jedenfalls gesagt, dass du abends immer mit uns unterwegs bist. Als er dann gefragt hat, was du an deinen freien Tagen machst, hab ich geantwortet, dass du manchmal nach Whitechapel fährst, um dort eine Freundin zu besuchen. Hätte ich das lieber nicht erzählen sollen?«

»Nein, das war schon richtig. Außerdem bist du ja nicht die Einzige, die davon weiß. Besser, er weiß es von dir als von jemand anderem. Denkst du, Miss Stow hat ihm erzählt, dass ich schlechten Umgang habe?«, fragte Molly. Sie wusste, dass man dafür gekündigt werden konnte.

»Kann sein. Wenn man dich fragt, musst du auf jeden Fall sagen, dass deine Freundin bei der Church Army ist – das ist auf keinen Fall schlechter Umgang. Aber vergiss das Ganze einfach, Molly. Jeder weiß, dass die Stow aasig wird, wenn ihr jemand die Show stiehlt.«

»In Zukunft werde ich besonders nett zu ihr sein«, sagte Molly lachend, »und ihr die ganze Zeit in den Ohren liegen, wie gern ich in die Modeabteilung möchte, dann fühlt sie sich bestimmt nicht mehr bedroht.«

KAPITEL 8

In der Woche vor Weihnachten drängten sich die Menschen in der Oxford und Regent Street von morgens neun Uhr, bis am Abend die Geschäfte schlossen. Und selbst danach bummelten sie noch auf den Straßen, um die Weihnachtsbeleuchtung und die festlich geschmückten Auslagen zu bewundern.

Molly kannte den Rummel um die Weihnachtszeit nur zu gut. Im Laden ihres Vaters war es ihr oft so vorgekommen, als ob die Kunden Angst hätten, in den zwei Tagen zu verhungern, die das Geschäft geschlossen hatte.

Bourne & Hollingsworth allerdings war so überfüllt, wie nicht einmal sie es sich hätte vorstellen können, und sie war fassungslos, wie viel Geld die Leute ausgaben. Ihre Schwester und sie hatten zu Weihnachten immer nur je ein Geschenk von ihren Eltern und einen gefüllten Strumpf vom Weihnachtsmann bekommen. Der Strumpf war meist mit billigen Stiften, Ausmalbüchern, ein paar Nüssen und Süßigkeiten gefüllt gewesen. Aber die Käufer in London hatten lange Listen, die sie abarbeiteten, und der Preis schien für sie kaum eine Rolle zu spielen.

Jeder männliche Kunde wollte Rat, welches Paar Handschuhe er für seine Frau, Schwester oder Mutter kaufen sollte, aber die meisten wussten nicht einmal, welche Größe sie brauchten. Die Damen gingen im Großen und Ganzen zielstrebiger vor und bevorzugten praktische Handschuhe, nicht die eleganten Modelle aus rotem Wildleder oder weißem Ziegenleder. Aber alle schienen vom Geist der Weihnacht beseelt zu sein und blieben geduldig und heiter, selbst wenn sie wegen des großen Ansturms oft lange warten mussten.

Molly war aufgeregt wie ein Schulkind gewesen, als Ende November die legendäre Beleuchtung in der Oxford Street und der Regent Street angeschaltet wurde. Schon immer hatte sie diese Lichter sehen wollen. Da in ihrem Heimatort die einzige Festbeleuchtung aus den kleinen Glühbirnen am Weihnachtsbaum im Rathaus bestand, erschienen ihr die Lichter der Stadt wie ein Blick ins Märchenland.

Zu ihrer Begeisterung wurden auch bei *Bourne & Hollingsworth* Beleuchtungen angebracht und Dekorationen aufgestellt. Mit jedem Tag, mit dem Weihnachten näher rückte, wuchs die allgemeine Spannung; die Leute lachten und strahlten, wenn sie Geschenke aussuchten und sich schöne Kleider für die Feiertage kauften. Molly wurde es jedes Mal warm ums Herz, wenn ihr ein Kunde frohe Weihnachten wünschte, und als die Heilsarmee draußen anfing, Weihnachtslieder zu singen, spürte sie einen dicken Kloß im Hals.

Von Dilys überredet, hatte Molly es gewagt, sich für die Weihnachtsfeier der Angestellten von *Bourne & Hollingsworth* ein Kleid zu kaufen, das daheim in Sawbridge für einen Skandal gesorgt hätte. Es war aus roter Schantung-Seide und hatte einen tiefen Ausschnitt, einen weit schwingenden Rock und einen breiten Gürtel, der die Taille betonte. Ihr Vater hätte gesagt, sie sähe darin wie ein Flittchen aus, aber mittlerweile kümmerte sie seine Meinung nicht mehr.

Die Weihnachtsfeier sollte am 23. Dezember stattfinden, weil viele der Angestellten über die Feiertage nach Hause fuhren. Da Heiligabend in diesem Jahr auf einen Freitag fiel, nutzten viele die Möglichkeit, drei Tage Urlaub zu machen. Molly und Dilys blieben beide im Wohnheim. Wenn jemand wissen wollte, warum, antworteten sie, dass ihnen die lange Zugfahrt nach einem anstrengenden Arbeitstag zu viel wäre. Aber das war nicht der wahre Grund, warum sie in London blieben.

In den letzten vier Monaten hatten sie sich so gut angefreundet, dass Molly Dilys von ihrem brutalen Vater erzählt hatte. Dilys ihrerseits hatte ihr anvertraut, dass ihr Vater ein Trinker und ihr Zuhause in Cardiff eine Bruchbude war. Dass sie zugeben konnten, aus schlechten Verhältnissen zu stammen, während viele der anderen Mädchen mit ihrem herrlichen Leben daheim prahlten, war eine Erleichterung für beide und verband sie noch enger.

Nachdem sie einander eingestanden hatten, dass ihre Weihnachtsfeste bisher stets furchtbar gewesen waren, hatten sie beschlossen, dass es dieses Jahr anders werden sollte. Sie hatten Papiergirlanden in ihrem Zimmer aufgehängt, für die jeweils andere einen Strumpf mit billigem Kleinkram gefüllt und sich beide neue Kleider gekauft. In London würden sie mehr erleben, als zu Hause je möglich gewesen wäre.

Wenn das Kaufhaus an Heiligabend seine Pforten schloss, war es Tradition, dass jeder, der im Warwickshire House blieb, zum Trafalgar Square ging, um dort den Weihnachtssängern zu lauschen, die sich um den riesigen Christbaum scharten. Auf dem Rückweg wurde in jedem Pub, an dem es vorbeiging, Halt für einen Drink gemacht.

Das Weihnachtsessen wurde von den wenigen Küchenangestellten gekocht, die noch da waren, und danach wurden den ganzen Abend lang Gesellschaftsspiele gespielt. Am Zweiten Feiertag hatte das *Empire* offen. Das versprach ein schöner Abend zu werden, denn vor zwei Wochen hatten Molly und Dilys zwei nette junge Männer aus Notting Hill kennengelernt, die ihnen sehr gut gefielen und mit denen sie sich dort für den Feiertag verabredet hatten. Dilys meinte trübsinnig, die beiden hätten sie inzwischen bestimmt längst vergessen, aber

Molly hatte das Gefühl, dass die zwei interessiert waren, und war überzeugt, sie im *Empire* anzutreffen.

Molly dachte gerade an die große Weihnachtsfeier für das Personal von *Bourne & Hollingsworth* und wie sie wohl in ihrem neuen Kleid aussehen würde, als Dilys an ihren Verkaufstisch trat. »Psst«, flüsterte sie, um Mollys Aufmerksamkeit zu erregen, und tat dann so, als studiere sie die Preise für ein Paar Handschuhe.

Molly schlüpfte näher, zog eine Schublade unter dem Verkaufsstand hervor und machte sich daran zu schaffen. »Was ist los?«, fragte sie etwas nervös, weil sie Angst hatte, wegen Tratschen Ärger zu bekommen.

»Ich hab gerade Miss Stow mit Mr. Hardcraft auf den Lift warten sehen. Ich hätte mir ja nichts dabei gedacht, aber sie haben die Köpfe zusammengesteckt und leise getuschelt und sich dann noch nach dir umgedreht, bevor sie eingestiegen sind.«

»Na und?«, fragte Molly. »Wahrscheinlich wollten sie nur sichergehen, dass keine Schlange von Kunden auf Bedienung wartet.«

»Vielleicht, aber es ist mir einfach komisch vorgekommen, und ich dachte, ich warne dich lieber. Jetzt muss ich aber los.«

Molly lächelte ihrer Freundin nach, während diese zur Kantine eilte. Die gute Dilys las einfach zu viele Krimis und witterte deshalb überall Komplotte. Tatsächlich war Miss Stow in den letzten Wochen umgänglicher geworden, bestimmt weil sie endlich erkannt hatte, dass Molly zuverlässig und ordentlich war, die Kunden höflich behandelte und es keineswegs auf ihren Posten abgesehen hatte.

Am Nachmittag wurde das Geschäft erst richtig voll. Am Tag zuvor hatten die Schulen geschlossen, und nun kamen Hunderte Mütter mit ihren Kindern ins West End, um die Festbeleuchtung zu bestaunen. Da es aber heftig zu regnen anfing, suchten die meisten Leute in den Geschäften Zuflucht, und viele der Kinder führten sich furchtbar auf, rannten hin und her und grabschten alles an.

»Wo zum Teufel steckt Miss Stow?«, wollte Julie Drysdale, die andere Verkäuferin in der Handschuhabteilung, wissen. »Schau dir bloß an, was diese Bälger mit unserer Theke angerichtet haben!« Sie zeigte auf die unzähligen Fingerabdrücke auf der Glasoberfläche.

»Das hätten sie auch getan, wenn Miss Stow hier gewesen wäre«, meinte Molly und trat auf eine modisch gekleidete Dame zu, die einen eleganten, breitkrempigen roten Hut trug.

»Ein wunderschöner Hut«, sagte sie zu der Dame. »Wir haben hier ein Paar Handschuhe, die perfekt dazu passen würden.«

»Das glaube ich Ihnen gerne, aber ich suche nach einem praktischen Paar aus Wolle für meine Schwester in Nordschottland«, lächelte die Kundin.

Molly schloss gerade den Verkauf ab, als Mr. Douglas, der Sicherheitsbeauftragte, zu ihr trat. Sie hatte ihn noch nie im Verkaufsbereich gesehen; gewöhnlich saß er immer in seinem Kämmerchen neben dem Personaleingang. Er war dafür verantwortlich, dass niemand etwas von der Ware mitgehen ließ. Auch die Einkäufe, die die Angestellten machten, mussten von ihm kontrolliert werden, um sicherzugehen, dass nicht nachträglich noch ein Produkt hinzugefügt worden war.

Molly verabschiedete sich von der Kundin und wünschte ihr ein frohes Fest, dann wandte sie sich an Mr. Douglas. »Ein Paar Handschuhe für Ihre Frau?«, fragte sie mit einem breiten Lächeln. »Ich hoffe, Sie kennen Ihre Größe!«

»Nein, Miss Heywood, ich bin hier, um Sie mitzunehmen«, sagte er. »Man möchte Sie sprechen.«

Molly starrte ihn an. Die Angestellten konnten wegen vieler Dinge ins Personalbüro gerufen werden, aber meist wurde ihnen der Grund am Telefon oder von den Abteilungsleitern mitgeteilt. Sie hatte noch nie davon gehört, dass Mr. Douglas jemanden dorthin eskortiert hätte.

»Nach Ihnen«, sagte er etwas schärfer.

Molly war reichlich mulmig zumute, als sie mit ihm in den Lift stieg. Die ganze Zeit überlegte sie, was sie falsch gemacht haben konnte, aber außer dass sie am letzten Freitag fünf Minuten zu spät gekommen war, fiel ihr nichts ein. Aber würde man sie wirklich wegen so einer Bagatelle zu einem solchen Zeitpunkt aus der Arbeit reißen?

Auf Mr. Douglas' Klopfen hin sagte eine Stimme im Personalbüro: »Herein.« Mr. Douglas trat allerdings nicht ein, sondern steckte nur seinen Kopf ins Zimmer, um zu verkünden, dass er Miss Heywood gebracht hatte.

»Gehen Sie hinein«, wies er Molly an. Sein Gesicht war abweisend und kalt.

Molly trat in das Büro und sah sich der »Hakennase« gegenüber – der Frau, die das Einstellungsgespräch mit ihr geführt hatte. Inzwischen kannte sie sie als Miss Jackson, eine der Firmendirektorinnen, aber abgesehen davon, dass sie sie manchmal im Korridor gesehen hatte, war sie nicht weiter in Kontakt mit ihr gekommen.

»Miss Heywood«, begann Miss Jackson, ohne Molly aufzufordern, Platz zu nehmen. »Sie werden beschuldigt, Kunden Waren zuzustecken, die nicht bezahlt wurden. Da ich mir sicher bin, dass Sie alle fünf Sinne beisammen haben, muss ich annehmen, dass kein Versehen Ihrerseits vorliegt und es sich bei den Empfängern um Ihre Freunde und Verwandten handelt.«

»Entschuldigen Sie«, sagte Molly stirnrunzelnd, die überhaupt nicht verstand, was vorging. »Das muss ein Irrtum sein. So etwas habe ich nie getan.«

»Es gibt zwei Zeugen, die Sie unabhängig voneinander dabei beobachtet haben.«

Molly spürte, wie ihr Herz laut gegen ihre Rippen schlug. Ihr war sofort klar, dass es sich bei diesen Zeugen um Miss Stow und Mr. Hardcraft handeln musste, aber warum die beiden so etwas behaupteten, konnte sie sich beim besten Willen nicht erklären.

»Sie müssen sich täuschen. Ich habe noch nie in meinem Leben etwas gestohlen. Sie bezichtigen mich doch des Diebstahls, nicht wahr?«

»Natürlich. Jeder Artikel, der aus dem Geschäft entfernt wird, ohne bezahlt worden zu sein, wird als gestohlen betrachtet. Eine gerissene Art des Diebstahls, da die entwendeten Artikel nicht bei Ihnen gefunden werden konnten.«

»Warum haben diese Zeugen dann nicht den Sicherheitsdienst verständigt, als sie mich dabei beobachtet haben?«, fragte Molly. Der Schock, für eine Diebin gehalten zu werden, ließ ihre Stimme zittern, und Tränen brannten unter ihren Augenlidern.

»Da immer die Unschuldsvermutung gilt, wollte man Ihnen beim ersten Mal noch eine Chance geben. Aber natürlich standen Sie von da an unter Beobachtung – und Sie haben sich weiterhin strafbar gemacht.«

»Das ist nicht wahr!«, sagte Molly empört. »Wer auch immer Ihnen das erzählt hat, der Betreffende lügt. Lassen Sie diese Zeugen herkommen, damit sie es mir ins Gesicht sagen! Ich habe keine Freunde oder Verwandten in London, denen ich irgendetwas geben könnte. Die einzigen Bekannten, die ich habe, sind die Angestellten hier.«

»Da habe ich etwas anderes gehört«, sagte die Hakennase. Ihre dunklen Augen waren hart wie Stahl. »Sie haben doch Freunde in Whitechapel, nicht wahr?«

Molly war fassungslos. »Ich kenne dort eine Frau, und die ist Schwester bei der Church Army«, erwiderte sie zornig. »Sie ist eine gebrechliche alte Dame, die im Rollstuhl sitzt. Sie kann nicht gehen, und noch viel weniger kann sie im West End einkaufen, damit ich ihr Diebesgut anvertraue!«

»Also wirklich! Erwarten Sie ernsthaft, dass ich glaube, Sie haben keine anderen Freunde?«

»Ich habe Freunde in Somerset.« Molly merkte, dass ihre Stimme vor Aufregung lauter wurde, und versuchte sich zusammenzureißen. »In London kenne ich nur Leute, die hier arbeiten und im Warwickshire House wohnen.«

»Beherrschen Sie sich, Miss Heywood. Und leugnen Sie nicht, was leitende Angestellte und Vertrauenspersonen über Sie zu berichten haben. Ich möchte, dass Sie jetzt zum Warwickshire House fahren, Ihre Sachen packen und dann gehen. Sie können sich glücklich schätzen, dass ich nicht die Polizei hinzuziehe.«

»Sie rufen die Polizei nicht, weil Sie keine Beweise für den Diebstahl haben«, sagte Molly. Am liebsten hätte sie geschrien und mit den Füßen gestampft, weil das alles so ungerecht war, aber das lag nicht in ihrer Natur. »Alles, was Sie haben, ist das Wort einer gemeinen alten Jungfer, die mich nicht leiden kann. Ich nehme an, dass sie Mr. Hardcraft beeinflusst hat, damit er ihr die Geschichte abnimmt.«

Miss Jackson lehnte sich in ihrem Sessel zurück und faltete die Hände. Nachdenklich betrachtete sie Molly von Kopf bis Fuß. »Gehen Sie jetzt, ohne Krawall zu schlagen, oder ich rufe die Polizei«, sagte sie schließlich nach ein paar Sekunden. »Dann wird nicht nur jeder sehen, wie Sie in einem Polizeiwagen abgeführt werden, Sie werden vermutlich auch eine Verurteilung und einen Eintrag ins Vorstrafenregister bekommen. Seien Sie dankbar, dass ich so gnädig mit Ihnen verfahre.«

Sie erhob sich und nahm einen braunen Umschlag von ihrem Schreibtisch, den sie Molly reichte. »Ihr Lohn bis zum Ende dieser Woche. Ich will Sie in unserem Geschäft nicht mehr sehen.«

»Ich habe das nicht getan«, flehte Molly, die ihre Tränen nicht länger zurückhalten konnte. »Bitte, glauben Sie mir das doch, Miss Jackson. Ich verspreche Ihnen bei allem, was mir heilig ist, dass ich niemals etwas aus dem Geschäft weitergegeben oder für mich selbst behalten habe. Ich liebe meine Arbeit hier. Ich würde meine Stelle nie durch so etwas gefährden!«

»Gehen Sie jetzt«, sagte die ältere Frau, und ihre Stimme war so kalt wie ein Morgen im Januar. »Mr. Douglas wird Sie vom Firmengelände begleiten.«

KAPITEL 9

Molly zupfte Mr. Douglas am Ärmel, als er sie durch den Personalausgang nach draußen führte und in Richtung Wohnheim ging.

»Ich habe das nicht getan«, beteuerte sie. »Wie kann man mir Arbeit und Unterkunft nehmen, ohne den geringsten Beweis für meine Schuld zu haben?«

Er wischte ihre Hand von seinem Arm und sah sie kalt an. »Wenn der Ladenaufseher und die Abteilungsleiterin bezeugen, dass Sie gestohlen haben, reicht mir das als Beweis. Ich habe es fast jeden Tag mit Dieben zu tun; sie leugnen immer ihre Schuld. Los, kommen Sie schon. Ich muss dabei sein, wenn Sie Ihre Sachen packen, und Sie aus dem Wohnheim begleiten.«

»Aber ich weiß nicht, wohin ich soll«, sagte Molly. Die Tränen, die sie bisher unterdrückt hatte, kullerten über ihre Wangen.

»Heulen nützt auch nichts«, sagte er schroff. »Sie haben Ihren Lohn erhalten. Fahren Sie zu Ihrer Familie.«

Zwanzig Minuten später beobachtete Mr. Douglas mit verschränkten Armen und unbewegter Miene, wie sie ihren Koffer packte. Sie fand sein Verhalten umso unbegreiflicher, als er bisher immer sehr nett zu ihr gewesen war. Wie oft hatten sie früher munter miteinander geplaudert! Nicht zu fassen, dass er sich auf einmal so gegen sie stellte.

Was sollte sie tun? Nach Hause konnte sie auf keinen Fall, nachdem sie stolz verkündet hatte, sie würde erst zurückkehren, wenn ihr Vater nicht mehr lebte. Bei George und seiner Familie einfach ungebeten zu Weihnachten aufzutauchen kam ebenso wenig in Frage, und da die Walshs kein Telefon hatten, konnte sie nicht einmal anrufen und ihm ein bisschen auf den Zahn fühlen. Und selbst wenn in Sawbridge eine gute Fee lebte, die sie mit offenen Armen empfangen würde, irgendwann würde Molly zugeben müssen, dass sie ihren Job verloren hatte. Der Grund für ihre Entlassung würde schnell herauskommen und noch schneller im Dorf die Runde machen. Und niemand würde ihr glauben, dass sie nichts Unrechtes getan hatte.

Als alles im Koffer verstaut war, drehte sie sich zu Mr. Douglas um. »Darf ich bitte eine Nachricht für Dilys hinterlassen?«, bat sie ihn.

»Auf keinen Fall«, sagte er schneidend. »Die Firmenleitung hält nichts von Dieben, die sich mit Angestellten verbrüdern wollen. Nehmen Sie Ihren Koffer und verschwinden Sie!«

»Aber Dilys wird sich Sorgen machen, wenn ich weg bin und sie nicht einmal weiß, warum«, wandte sie schüchtern ein.

»Sie wird den Grund schon noch erfahren. Das gesamte Personal wird darüber ins Bild gesetzt – unter anderem als Ermahnung, ehrlich zu bleiben.«

Molly schlug vor Verzweiflung die Hände vors Gesicht, als sie daran dachte, dass all die Mädchen, die sie kennen und schätzen gelernt hatte, sie nun für eine Diebin halten würden. Wie hatte das nur passieren können? Sie hatte doch nichts falsch gemacht!

Auf einmal regte sich tief in ihr Zorn. »Was ist mit dem Grundsatz: Unschuldig bis zum Nachweis der Schuld?«, fuhr sie den Sicherheitsbeauftragten an. »Wenn Miss Stow und Mr. Hardcraft mich wirklich dabei beobachtet hätten, wie ich jemandem etwas zustecke, warum haben sie die betreffende Person dann nicht festgehalten?« Ihre Stimme hob sich vor Empörung, und sie machte einen Schritt auf Mr. Douglas zu, um ihren Worten Nachdruck zu verleihen.

»Es gibt nicht einmal eine Beschreibung dieser Person«, fuhr sie fort. »Nicht einmal, ob es ein Mann oder eine Frau war. Aber natürlich konnten die beiden keine Beschreibung liefern, weil so eine Person gar nicht existiert. Das Ganze ist reine Erfindung, und noch dazu eine Riesengemeinheit. Wer auf so etwas kommt, hat selber Dreck am Stecken. Wer weiß, vielleicht räumen die zwei ja den halben Laden leer. Haben Sie daran schon mal gedacht?«

Falls ihre Worte Eindruck auf ihn machten, ließ er es sich nicht anmerken. Sein Gesicht war kalt und hart wie Granit. »Los, gehen wir«, sagte er, legte eine Hand auf ihren Rücken und schob sie zur Tür.

Molly warf einen letzten Blick auf das Zimmer, in dem sie so glücklich gewesen war: Dilys' leicht mitgenommenes Plakat des Films *Vom Winde verweht* und das Foto von Frank Sinatra, das jeden Abend einen Gute-Nacht-Kuss von ihr bekam. Die Papierketten, die sie gemeinsam gebastelt und aufgehängt hatten, die beiden prall gefüllten Weihnachtsstrümpfe, die an den Schrankgriffen baumelten.

All die Gespräche, die hier stattgefunden hatten, ein paar Tränen, aber viel mehr Lachen. Jetzt würde Dilys das Weihnachtsfest allein verbringen und ihre beste Freundin für eine Diebin halten.

Mr. Douglas schloss die Tür des Wohnheims in dem Moment hinter ihr, als sie über die Schwelle getreten war. Der kalte Wind schlug ihr ins Gesicht und traf sie mit derselben Wucht wie die Erkenntnis, wie aussichtslos ihre Lage war. Morgen war Heiligabend; sie hatte weder Arbeit noch ein Dach über dem Kopf. Schlimmer noch war allerdings, dass es ohne Empfehlungsschreiben von *Bourne & Hollingsworth* schwierig werden würde, nach den Feiertagen eine neue Stelle zu finden.

Molly wäre gern noch ein Weilchen in der Nähe des Wohnheims geblieben, um Dilys abzufangen und ihr zu erzählen, was passiert war. Aber die Angestellten trudelten in immer größeren Gruppen ein, und wenn sie bereits wussten, was Molly angeblich getan hatte, würden sie wahrscheinlich genauso unfreundlich zu ihr sein wie Mr. Douglas. Vielleicht glaubte Dilys die Geschichte sogar. Schließlich war sie es gewesen, die Molly gewarnt hatte, dass irgendetwas im Busch war.

Molly schlug den Weg Richtung Euston Station ein, um zu vermeiden, dass sie jemandem aus dem Kaufhaus begegnete. Ihr Koffer war viel schwerer als bei ihrer Ankunft in London, weil sie sich so viele neue Sachen und Schuhe gekauft hatte. Das Gewicht des Koffers und das Bedürfnis, sich irgendwohin zu setzen und in Ruhe über alles nachzudenken, bewogen sie, in ein Café zu gehen und sich eine Tasse Tee zu bestellen.

Als sie ihren Tee und ein Stück Kuchen bekam, zählte sie erst einmal ihr Geld einschließlich des Lohns, den sie heute erhalten hatte. Ihre Barschaft betrug insgesamt drei Pfund, vier Schilling und Sixpence. Das war alles, was sie hatte.

Falls bei Miss Grady im *Braemar House* etwas frei war, könnte sie sich für ungefähr fünf Nächte ein Zimmer leisten. Vielleicht hatte sie Glück und fand in einem der Restaurants rund um Paddington Station einen Job als Kellnerin.

Und wenn nicht? Wenn ihr Geld erst einmal verbraucht war, stand sie völlig mittellos da, wie die Männer, die unten am Themseufer auf den Parkbänken schliefen.

Als sie ein wenig später von einer Telefonzelle aus im *Braemar House* anrief, war Miss Grady selbst am Apparat.

»Tut mir schrecklich leid, Miss Heywood«, antwortete sie auf Mollys Frage nach einem Zimmer. »Ich bin bis unters Dach belegt. Zu Weihnachten kommen so viele Leute nach London, um Verwandte zu besuchen, dass bei mir um diese Zeit immer Hochbetrieb ist. Wollen Sie denn nicht nach Hause fahren?«

Miss Gradys Stimme klang leicht verhalten, als hätte sie den Verdacht, Molly wäre in Schwierigkeiten, und wollte nicht hineingezogen werden. Molly erwiderte nur, sie hätte ihren Job aufgegeben und würde nach Neujahr einen neuen antreten. Noch während sie es sagte, fragte sie sich, wie viele Lügen sie in den nächsten Tagen notgedrungen noch aussprechen würde.

Miss Grady nannte ihr kein anderes Hotel, und Molly wagte es nicht, danach zu fragen.

Nun da die Büros und Geschäfte schlossen, leerten sich die Straßen um Euston Station allmählich. Molly versuchte es bei zwei Pensionen in der Nähe des Bahnhofs, aber sie waren genauso ausgebucht wie *Braemar House*.

Sie ging zur Tottenham Court Road zurück, weil sie sich dort, wo noch viele Leute unterwegs waren, sicherer fühlte.

Seit ihrem ersten Arbeitstag in London hatte sie ihre Angst vor der Großstadt vollständig abgelegt, aber jetzt kehrte die Beklommenheit zurück. Auf einmal sahen all die Menschen, die sich rücksichtslos durch die Menge drängten, kalt und abweisend aus. Ihr Koffer war schwer, sie fror, sie hatte Hunger, und am liebsten wäre sie in Tränen ausgebrochen.

Als sie die Ecke Tottenham Court Road und Oxford Street erreichte, schaute sie nach rechts und stellte fest, dass es auf der Oxford Street immer noch von Menschen wimmelte, die in die Stadt gekommen waren, um die Weihnachtsbeleuchtung zu sehen. Sie wirkten nicht so mürrisch und aggressiv wie die Leute, die ihr rund um Euston Station aufgefallen waren, aber ihre strahlenden Gesichter machten ihr ihre eigene verzweifelte Lage noch eindringlicher bewusst.

Hier waren Ehepaare, die Arm in Arm schlenderten, auf ihren Gesichtern ein Ausdruck, der verriet, dass Weihnachten für sie wieder so schön werden würde wie vor dem Krieg, weil viele Lebensmittel, unter anderem auch Süßigkeiten, nicht mehr rationiert wurden. Liebespärchen gingen Hand in Hand und lächelten einander zärtlich an; alte Leute, die vielleicht fürchteten, die Lichter zum letzten Mal zu sehen, kuschelten sich zum Schutz gegen die Kälte eng aneinander. Und dann all die Familien mit Kindern! Manche Kinder hingen völlig erschöpft auf den Schultern ihrer Väter, während andere vor Aufregung auf und ab hüpften. Alle starrten die festlichen Lichter ehrfürchtig an.

Sie erinnerte sich, wie aufgeregt Emily und sie als Kinder in der Vorweihnachtszeit immer gewesen waren. Sie fädelten Papierketten auf, nähten Nadelbüchlein oder bastelten Kalender als Weihnachtsgeschenke. Wenn ihre Eltern mit ihnen nach London gefahren wären, um die Festbeleuchtung anzuschauen, wären sie vor Entzücken außer sich gewesen.

Wo sie auch hinsah, überall herrschte genau diese freudige Erregung, doch für sie, die nicht einmal ein Bett hatte, in dem sie schlafen konnte, war der Anblick unerträglich. Außerstande, es auch nur einen Augenblick länger zu sehen, wandte sie sich um und ging Richtung Soho.

Als sie noch neu in London war, hatten die Leute ihr wahre Schauergeschichten über Soho erzählt, das angeblich ein anrüchiges Viertel war, wo nur Verbrecher und Prostituierte lebten. Aber nach allem, was Molly Zeitungen und Fremdenführern entnommen hatte, gab es dort auch die schicksten Restaurants und Nachtclubs von London. Dilys und sie waren gern dort herumgebummelt, und obwohl sie in manchen Ecken, zum Teil wegen der verkommenen alten Gemäuer und der üblen Gerüche, ein gewisses bedrohliches Element wahrzunehmen glaubten, hatten sie im Großen und Ganzen den Eindruck gehabt, dass Soho einfach ein Schmelztiegel von Menschen aller erdenklichen Schichten und Nationalitäten war. Sie hatten elegante und vornehme Damen im Abendkleid mit ihren ebenso elegant gekleideten männlichen Begleitern auf den schmutzigen Bürgersteigen Seite an Seite mit Obdachlosen, Gören mit Rotznasen und jenen etwas ruppig wirkenden Frauen in Schürzen und Kopftüchern gesehen, die Mollys Mutter als »Fischweiber« bezeichnete. Falls hier Prostituierte arbeiteten, trugen sie draußen auf der Straße jedenfalls nicht die kurzen, engen Röcke und knappen Pullis, die Molly bei solchen Frauen erwartete. Dilys hatte gewitzelt, vielleicht wären Straßenmädchen wie Vampire und müssten bis Mitternacht warten, bevor sie sich hinauswagen durften.

Molly hatte jetzt wirklich Hunger; seit dem Stück Kuchen am Vormittag hatte sie nichts mehr zu sich genommen. Die Füße taten ihr weh, und an einer Ferse schien sich eine Blase zu bilden. Ihre Arme schmerzten vom Schleppen des Koffers, und ihr war eiskalt. Sie hätte es ausgehalten, wenn sie irgendwohin unterwegs gewesen wäre, wo ein warmes Zimmer und ein Bett für die Nacht auf sie warteten, aber als ihr klar wurde, dass es für sie in Wirklichkeit nur eine Parkbank gab, fing sie an zu weinen.

Sie fuhr sich mit dem Ärmel ihres Mantels über die Augen und versuchte die Tränen zu unterdrücken, aber es half nichts, sie war einfach zu verzweifelt, um sich zu beherrschen. Müde stellte sie den Koffer ab, starrte in ein Schaufenster mit alten Büchern und ließ die Tränen fließen.

»Ist dieser Buchladen so deprimierend, dass er Sie zum Weinen bringt?«

Molly fuhr herum, als sie die Stimme hörte. Sie gehörte einem Mann um die dreißig; er war stämmig, hatte ein auffallend rosiges Gesicht und den Ansatz einer Stirnglatze. Er musterte sie besorgt.

»Was in aller Welt bringt Sie derart zum Weinen?«, erkundigte er sich.

»Ich bin müde, hungrig und halb erfroren«, schniefte sie. »Und ich weiß nicht, wo ich hin soll.«

»Wirklich?« Er betrachtete sie einen Moment lang forschend, als wäre er nicht sicher, ob er ihr glauben sollte. Dann lächelte er. »Wie wär's, wenn wir das bei einer guten Mahlzeit in einem Lokal klären? Dann können Sie mir alles genau erzählen.«

Ihre Mutter hatte ihr Hunderte Male eingeschärft, nicht mit Fremden zu sprechen, aber da sie heute herausgefunden hatte, dass auch Menschen, die man kannte, schlecht sein konnten, schien dieser Rat überholt. »Das ist sehr nett von Ihnen«, sagte sie mit dünner Stimme und tupfte sich mit ihrem feuchten Taschentuch die Augen.

»Ich heiße Seb«, stellte er sich vor. »Das ist die Abkürzung für Sebastian, aber außer meiner Großmutter nennt mich niemand so. Und Sie sind …?«

»Molly.« Sie schenkte ihm ein wässriges Lächeln. »Molly Heywood.«

»Na dann, Molly Heywood«, sagte er, während er sich bückte, um ihren Koffer aufzuheben. »Gleich da vorn gibt es richtig gute Fisch und Chips, und während Sie essen, können Sie mir all Ihre Sorgen anvertrauen.«

Als Molly fünf Minuten später in der gemütlichen Nische des Fish-and-Chips-Lokals saß, fühlte sie sich schon etwas hoffnungsvoller. In dem Lokal war es warm, gleich würde eine Mahlzeit vor ihr stehen, und ihr Tee war so, wie sie ihn mochte: stark und sehr süß. Auch Seb gefiel ihr. Er wirkte offen und ehrlich, hatte eine angenehme Stimme und konnte gut zuhören.

»Na, und warum hat man Sie gefeuert?«, fragte er.

Als Molly ihm erklärte, was passiert war und wie gedemütigt sie sich fühlte, begannen die Tränen wieder zu fließen. »Gott ist mein Zeuge, dass ich niemals jemandem heimlich Ware zugesteckt habe. Abgesehen von den Angestellten bei *Bourne & Hollingsworth* kenne ich niemanden in London, wem hätte ich also etwas geben sollen?«

»Schlimm«, meinte er und drückte ihr tröstend die Hand. »Aber ein Freund von mir ist Personalchef. Ich könnte mich bei ihm mal über die rechtliche Lage schlaumachen. Ich bin sicher, für eine fristlose Kündigung muss man auf frischer Tat ertappt werden. Vielleicht steht Ihnen eine Entschädigung zu, oder Sie bekommen wenigstens Ihren Job zurück.«

Er klang so zuversichtlich und überzeugend, dass sich Mollys Lebensgeister hoben. Jetzt wurden auch die Fisch und Chips serviert, und sie langte hungrig zu.

»Können Sie mir vielleicht eine billige Pension empfehlen, in der ich ein paar Nächte bleiben kann?«, fragte sie ihn und erzählte ihm von *Braemar House* und den anderen Hotels, die alle ausgebucht waren.

»Ich kann Ihnen etwas viel Besseres bieten«, erwiderte er. »Ich kenne ein paar Mädchen, die nicht weit von hier zusammen in einer Wohnung leben. Sie sind alle ungefähr in Ihrem Alter und nehmen Sie sicher gern eine Weile auf. Vielleicht würden sie Ihnen sogar helfen, einen neuen Job zu finden, wenn Sie nicht an Ihren alten Arbeitsplatz zurückkehren können.«

»Was! Das würden Sie wirklich für mich tun?«, staunte sie.

Er lächelte und tätschelte ihre Hand. »Einer holden Maid in Nöten konnte ich noch nie widerstehen. Und Ihnen hat man wirklich übel mitgespielt.«

Als Molly den Rest ihrer Mahlzeit verputzte, hatte sie das Gefühl, alles würde gut. Wenn sie gleich nach den Feiertagen einen neuen Job fand und in der Lage war, Miete zu zahlen, könnte sie vielleicht auf Dauer bei diesen Bekannten von Seb bleiben.

Obwohl die Greek Street nur mäßig beleuchtet war, war Mollys erster Gedanke, als Seb auf die Wohnung über einem Friseursalon zeigte, dass sie dort erst mal die Fenster putzen würde, falls sie länger dort bliebe. Sogar im Dunkeln war zu erkennen, wie verdreckt die Scheiben waren.

Neben dem Friseursalon stand eine Tür offen und gab den Blick auf eine mit Abfall übersäte Holztreppe und abgeblätterte Farbe an den Wänden preis.

»Sieht ein bisschen schäbig aus, ich weiß«, sagte Seb, »aber der Vermieter ist zu knauserig, um das Haus ein wenig aufzumöbeln. Er behauptet, dafür wäre die Miete zu niedrig.«

»Seit dem Krieg ist in London alles ein bisschen heruntergekommen«, sagte sie. »Mittlerweile habe ich mich daran gewöhnt.«

Er ging mit ihr an drei, vier geschlossenen Türen zwei Stockwerke hinauf und klopfte an eine reichlich mitgenommene Tür im Vorderteil des Hauses. Eine dunkelhaarige Frau um die vierzig machte ihnen auf. Sie trug einen fadenscheinigen rosa Morgenmantel und hatte Lockenwickler im Haar.

»Hallo, Seb. Was führt dich her? Wenn ich gewusst hätte, dass du kommst, hätt ich Kuchen gebacken«, begrüßte sie ihn. Ihr Akzent war astreines Cockney, und ihr Lächeln war strahlend und breit.

»Ich habe diese junge Dame weinend auf der Straße gefunden. Sie hat ihren Job verloren und weiß nicht, wohin«, sagte er und wandte sich zu Molly um. »Das ist meine Freundin Dora, und da ich weiß, wie nett sie ist, war ich mir sicher, dass sie Ihnen für ein paar Nächte ein Bett überlässt.«

»Ach, du armes Ding!«, rief Dora, trat näher und sah Molly aus ihren dunklen Augen teilnahmsvoll an. »Nur herein mit dir! Zufällig hab ich ein Bett frei, weil Jackie über Weihnachten nach Hause gefahren ist.«

»Ich möchte nicht lästig fallen«, sagte Molly, der angesichts dieser unerwarteten Hilfsbereitschaft ein Kloß in die Kehle stieg. »Ich könnte Ihnen ein bisschen für den Aufenthalt bezahlen.«

»Kommt nicht in Frage«, wehrte Dora ab. »Na, komm schon rein! Die Bude ist ziemlich unordentlich, aber dafür schön warm.«

Dora goss Molly ein Glas Sherry ein, damit ihr warm wurde und sie gut schlafen konnte, wie sie sagte. Molly machte sich nicht viel aus Sherry, aber da sie nicht unhöflich sein wollte, nippte sie an dem Glas, während sie sich ein bisschen umschaute.

Dora hatte recht, hier herrschte wirklich totales Chaos. Es war wie bei *Paddy's Market* – überall Klamotten, Schminke und schmutziges Geschirr. Das Doppelbett war nicht einmal gemacht, was Dora anscheinend peinlich war, da sie hastig die rosa Tagesdecke darüber zog und glattstrich.

»An manchen Tagen kommt man einfach nicht in die Gänge«, schmunzelte sie. »Du bist bestimmt furchtbar ordentlich, was, Molly?«

»Nein, gar nicht«, antwortete Molly diplomatisch, was nicht unbedingt der Wahrheit entsprach. Sie hatte von Kindheit an ordentlich sein müssen; nichts brachte ihren Vater mehr in Rage als Schlamperei und Durcheinander.

Die Wärme, die der Gasofen verströmte, machte Molly schläfrig. Dora und Seb redeten über den Lärm, der von einem Nachtclub in der Nähe kam; die beiden behaupteten, dort würde bis vier Uhr morgens Musik gespielt.

»Und du, Mädchen, bist reif fürs Bett«, meinte Dora und tippte an Mollys Schulter, um sie aufzuwecken. »Ich bring dich gleich rauf. Alles erst mal überschlafen, das hilft immer. Morgen schaut es längst nicht mehr so schlimm aus.«

KAPITEL 10

»Die war so müde, dass sie sich nicht mal die Klamotten ausgezogen hat. Ist einfach aufs Bett geplumpst, und weg war sie«, berichtete Dora, als sie zurückkam.

»Die K.-o.-Tropfen haben also gewirkt?« Seb grinste. »Ich hab gesehen, wie sie das Gesicht verzogen hat, als du ihr den Sherry gegeben hast, und dachte schon, sie trinkt das Zeug nicht.«

»Brave Mädchen, die keinen Platz zum Pennen haben, schlucken aus Dankbarkeit alles, egal, wie scheußlich es schmeckt«, sagte Dora grinsend. »Vielen Dank auch, Seb. Mit der Figur und den schönen Augen – und dazu noch eine Haut wie Milch und Honig! – ist sie genau die Richtige für meine anspruchsvolleren Kunden. Ich muss sie gar nicht fragen, ob sie noch Jungfrau ist, das sieht man ihr einfach an, und ich glaube auch nicht, dass sie viel Mumm in den Knochen hat.«

»Sie hat mir erzählt, dass sie wegen ihres Vaters nicht nach Hause kann. Wahrscheinlich hat er sie verprügelt.«

»Tja, wenn sie mitspielt, wird sie von mir oder den Kerlen keine Dresche beziehen«, sagte Dora. »Ich ruf gleich mal Randolph an, um ihm zu sagen, dass ich ein Weihnachtsgeschenk für ihn habe.«

»Du willst ihn noch heute Nacht auf sie loslassen?«, fragte Seb bestürzt. Er hatte Dora im Lauf der letzten Jahre einige Mädchen geliefert, aber das waren alles abgebrühte kleine Flittchen gewesen. Molly war anders.

Er verstand, warum Dora ein Herz aus Stein hatte. Ihre eigene Mutter hatte zugelassen, dass ihr Freund Dora vergewaltigte, als sie erst sieben Jahre alt war. Von diesem Tag an bis zu dem Zeitpunkt, als sie mit vierzehn weglief, war sie wie ein Spielzeug von einem Mann zum anderen weitergereicht worden. Sie hatte Seb erzählt, dass sie damals beschlossen hatte, in Zukunft alle Männer für das, was sie wollten, teuer bezahlen zu lassen.

Es hieß, sie hätte draußen in Richtung Epping ein tolles Haus mit allen Schikanen. Aber sie hielt sich kaum dort auf; meistens schlief sie hier in der Greek Street in derselben verkommenen Umgebung wie ihre »Hausgäste«, wie sie die Mädchen gern nannte. Sie selbst war nicht aktiv, weil sie es nicht nötig hatte – sie kassierte die Hälfte dessen, was die Mädchen einnahmen. Keine von ihnen schaffte es, sie zu betrügen, weil Dora alle Tricks kannte.

»Deshalb habe ich ihr die Tropfen gegeben.« Dora zuckte die Achseln. »Wenn es nicht heute passiert, merkt sie, wo sie gelandet ist, und rennt weg. Das wäre eine schöne Verschwendung!«

»Du bist ein echtes Herzchen, Dora«, gab Seb zurück. Dora zahlte ihm immer eine anständige Summe für die Mädchen, die er aufgabelte, und normalerweise hatte er nicht die geringsten Bedenken. Er handelte nach dem Motto: »Wenn ich die Mädels nicht auflese, macht es ein anderer.« Aber in diesem Fall fühlte er sich nicht wohl bei der Sache.

»Bei der Dosis, die ich ihr verpasst habe, kriegt die doch kaum was mit. Und nach dem ersten Mal läuft es dann wie geschmiert.«

Seb war nicht überzeugt. In der kurzen Zeit, die er Molly kannte, hatte er den Eindruck gewonnen, dass es sich bei ihr um ein aufgewecktes Mädchen mit sehr viel angeborener Würde handelte. Er sah einfach nicht vor sich, wie sie es pro Nacht mit zehn oder mehr Männern aufnahm, so wie die anderen Mädchen bei Dora. Aber er hatte sie des Geldes wegen hergebracht, und jetzt war es zu spät, einen Rückzieher zu machen. Am besten ging er jetzt nach Hause zu seiner Frau und seinen Söhnen.

»Wenn ich dann meinen Anteil haben könnte – ich mache mich lieber auf den Heimweg.« Er stand auf und knöpfte seinen Mantel zu. »Ich habe meiner Frau versprochen, gegen zehn zu Hause zu sein, und es ist schon um einiges später.«

Dora schloss eine kleine Tür in der Anrichte auf, zog eine Geldkassette heraus und reichte ihm zwanzig Pfund. »Wenn sie hält, was sie verspricht, kriegst du Neujahr dasselbe noch mal«, sagte sie. »Frohe Weihnachten, Seb.«

Molly wurde schlagartig wach, als das Licht anging. In der Tür stand ein Mann in marineblauem Mantel und betrachtete sie. Er war ungefähr fünfzig, sehr dick, mit ungesund geröteter Gesichtsfarbe und schütterem grauem Haar. Als sie seinen Gesichtsausdruck sah, lief es ihr kalt über den Rücken.

»Was wollen Sie?«, fragte sie.

»Dich, Süße«, antwortete er, trat ins Zimmer und schloss die Tür hinter sich.

Sie schlief noch halb, erkannte aber in einer plötzlichen Eingebung, was er vorhatte, und gleichzeitig auch, womit die anderen Mädchen im Haus ihr Geld verdienten. Sie konnte selbst nicht begreifen, warum sie nicht gleich daran gedacht hatte, als Seb sie hierherbrachte.

»So eine bin ich nicht, also raus mit Ihnen!«, zischte sie ihn an. »Sonst schreie ich, bis das ganze Haus wach wird!«

»Ich hab's gern, wenn sich die Weiber ein bisschen zieren«, sagte er und beugte sich vor, um die Bettdecke wegzuziehen. »Dora sagt, du wärst wahrscheinlich eine richtige kleine Wildkatze.«

Molly war benommen, und ihre Arme und Beine fühlten sich bleischwer an, aber sie wusste, dass sie sich zusammenreißen musste, wenn sie mit diesem Kerl fertigwerden wollte. »Wenn Sie mich auch nur mit einem Finger berühren, wird es Ihnen leidtun«, warnte sie ihn.

»Was willst du denn machen, Süße?«, fragte er mit öliger Stimme, während er mit einer Hand ihre Brust packte und mit der anderen die Decken beiseiteschob, um ihr unter den Rock zu greifen. »Schreien hilft dir gar nichts – daran sind die hier gewöhnt.«

Etwas an der Art, wie er sprach, erinnerte sie an ihren Vater und an die Schläge, die sie von ihm bekommen hatte. Ihn hatte es auch nicht gekümmert, wenn sie schrie.

Aber sie hatte gelernt, sich ihm gegenüber zu behaupten, und sie war ihm entkommen. Sie würde sich nicht gefallen lassen, dass ein Fremder irgendwelche Schweinereien mit ihr anstellte, ohne ihm den Kampf seines Lebens zu bieten.

Sie holte aus und kratzte ihm mit den Fingernägeln das Gesicht blutig. Aber er zuckte nicht einmal zusammen, sondern schlug ihr so brutal ins Gesicht, dass sie auf die Matratze fiel.

Der Schlag brannte, und sie hatte furchtbare Angst, aber sie legte nicht einmal eine Hand an ihre glühende Wange, geschweige denn, dass sie zu weinen anfing. Sie wollte vor diesem Ekel keine Schwäche zeigen.

Molly dachte fieberhaft nach. Sie brauchte irgendetwas, das sie als Waffe benutzen konnte. Hastig schaute sie sich in dem Zimmer um, konnte aber nichts entdecken außer einer massiven Holzstange, die in einer Ecke lehnte und vermutlich dazu diente, das Oberlicht zu öffnen. Die Stange war ein bisschen unhandlich, aber mangels einer besseren Alternative würde sie sich damit behelfen müssen. Im Moment konnte sie allerdings ohnehin nichts machen, weil der Mann sie mit beiden Händen an den Schultern packte und aufs Bett drückte. Sie konnte nur auf eine günstige Gelegenheit hoffen.

»Auf mein Wort, du bist ja wirklich ein nettes kleines Weihnachtsgeschenk«, sagte er, warf sich auf sie und versuchte, sie zu küssen.

Er stank aus dem Mund, nicht nur nach Alkohol und Zigaretten, sondern nach Abwasserkanal. Sie wandte das Gesicht ab und zwang sich, nicht zu zappeln, weil sie das Gefühl hatte, bessere Chancen zu haben, wenn er glaubte, er hätte sie kleingekriegt.

»Tun Sie mir nicht weh«, wimmerte sie, während sie daran dachte, dass er sie loslassen musste, um seine Hose aufzuknöpfen oder ihr Kleid hochzuschieben.

»Beim ersten Mal tut's immer ein bisschen weh«, sagte er, und es klang, als würde ihm diese Vorstellung ausgesprochen gut gefallen. »Los, zeig mir deine kleine Jungfrauenmuschi.«

Molly wurde schlecht von seinem Atem und bei der Vorstellung, von diesem Mann berührt zu werden. Aber wenn sie ihm entkommen wollte, musste sie erst einmal mitspielen.

»Ich hab wirklich Angst. Aber ich möchte lieber meine Sachen ausziehen, sonst sind sie morgen ganz zerknüllt«, wisperte sie.

»Ich ziehe dich aus«, sagte er. Er rutschte von ihr hinunter, drehte sich auf die Seite und stützte sich auf seinen Ellbogen, um ihre Strickjacke und Bluse aufzuknöpfen.

Als der letzte Knopf offen war, schob er seine Hand unter ihr Oberteil und versuchte ihre Brust aus dem BH zu zerren.

»Aua!«, rief sie. »Sie sind so grob!«

Wie sie gehofft hatte, zog er seine Hand zurück. »Na schön, dann zieh dir den Rest eben selber aus.«

Sie setzte sich auf und tat so, als würde sie ihre Jacke ausziehen. Der Mann schien sich ein bisschen zu entspannen. Molly hielt die eine Seite ihrer Strickjacke lang genug hoch, um zu verhindern, dass er sah, wie sie ihre Beine unter der Decke hervorzog und über die Bettkante schwang. Dann schlug sie mit einer schnellen Bewegung die Decke zurück und sprang auf.

Der Mann starrte sie erstaunt an und lachte. »Du stehst also auf Spielchen, was?«, sagte er. »Ich werde dir den Po versohlen, wenn ich dich erwische, und das wird nicht allzu lange dauern, du kleines Dummchen.«

Er erhob sich und schob sich um das Bett herum immer näher an sie heran.

Molly wartete, bis er fast bei ihr war, bevor sie aufs Bett sprang. Er lief hastig zurück, weil er annahm, dass sie zur Tür wollte. Aber sowie er bei ihr war, sprang sie wieder auf der anderen Seite hinunter, und er versuchte erneut, sie zu fangen.

Molly wiederholte das Ganze noch zwei Mal, als wäre es ein Spiel. Das Gesicht des Mannes rötete sich immer stärker, und er schnaufte vor Anstrengung.

»Fang mich doch, Dicker!«, rief sie und hopste auf dem Bett auf und ab, dass die Federn ächzten. Er machte einen Satz, um sie zu packen, aber diesmal sprang sie auf der Seite hinunter, wo die Holzstange lehnte, und schnappte sie sich.

Sie musste ihn gleich mit dem ersten Schlag außer Gefecht setzen, damit er ihr nichts tun konnte. Das hieß, sie musste richtig fest zuschlagen. Sie wusste, dass sie kräftig war; das viele Radfahren und das ständige Heben schwerer Kisten daheim in Somerset hatten sich bezahlt gemacht. Sie drehte sich zu ihm um, hob die Stange hoch und hieb sie ihm mit aller Kraft, die sie aufbrachte, auf den Schädel.

Als die Holzstange auf seinen Kopf traf, gab es ein schreckliches Geräusch, so, als würde Porzellan zerbrechen, und der Mann sackte vornüber aufs Bett. Blut drang aus seinem Hinterkopf und lief als dünnes rotes Rinnsal über seinen Nacken.

Molly keuchte vor Schreck auf. Hatte sie ihn etwa getötet?

Das war zwar ein furchtbarer Gedanke – so weit hatte sie sicher nicht gehen wollen –, aber sie konnte auf keinen Fall hierbleiben und abwarten, ob er noch am Leben war.

Blitzschnell huschte sie zu der Ecke, wo ihre Schuhe, Mantel, Koffer und Handtasche immer noch auf dem Fußboden standen, und schlüpfte in ihren Mantel. Dann klemmte sie sich ihre Schuhe unter den Arm, nahm Handtasche und Koffer und lief ins Treppenhaus.

Am liebsten wäre sie hinuntergerast, so schnell sie konnte, aber sie unterdrückte die Regung und schlich auf leisen Sohlen nach unten, damit niemand sie hörte und aufhielt.

Hinter den meisten Türen, an denen sie vorbeikam, waren Geräusche zu hören – Grunzen, quietschende Bettfedern und gelegentlich ein Stöhnen oder Quieken –, die sie daran erinnerten, was ihr in diesem Haus bevorgestanden hätte, aber hinter Doras Tür herrschte Stille.

Mollys Herz hämmerte vor Angst laut in ihrer Brust, und ihre Beine waren wie aus Gummi und drohten jeden Moment unter ihr nachzugeben, aber schließlich langte sie unten an und lief auf die Straße hinaus.

Erst jetzt, als ihr der kalte Wind ins Gesicht peitschte, dämmerte ihr, dass man sie betäubt hatte. Sie hatte sich nach dem Sherry ganz komisch gefühlt, und sie erinnerte sich, wie Dora ihr die Treppe hinaufhelfen musste, weil sie so wackelig auf den Beinen war, als hätte sie zu viel getrunken. Aber ein einziges Glas Sherry hätte nie diese Wirkung haben können.

Wie naiv von ihr, zu glauben, zwei wildfremde Menschen wie Dora und Seb würden ihr aus reiner Herzensgüte helfen! Dora hatte sie eindeutig betäubt, um sie gefügig zu machen, und bestimmt hatte der Mann, den sie gerade k.o. geschlagen hatte, Dora Geld für Molly gegeben. Bei dem Gedanken wurde ihr ganz übel.

Sie hatte keine Ahnung, wie spät es war – es musste einiges nach Mitternacht sein –, aber auf der Greek Street waren immer noch viele Leute unterwegs, und aus diversen Lokalen kam Musik. Jetzt war ihr klar, warum es hieß, Soho wäre ein gefährliches Pflaster. Ein Mädchen, das hier mitten in der Nacht allein mit einem Koffer herumspazierte, schrie doch förmlich heraus, dass es kein Dach über dem Kopf hatte. Molly fürchtete sich. In jedem Hauseingang glaubte sie, jemanden lauern zu sehen, der es auf sie abgesehen hatte.

Tränen brannten unter ihren Augenlidern, aber sie verbiss sie sich, weil ihr einfiel, dass Seb sie angesprochen hatte, als sie weinte. Mit festen Schritten marschierte sie die Straße hinunter. Sie musste unbedingt aus Soho heraus.

Mehrere Männer sprachen sie im Vorbeigehen an. Einer wollte wissen, wie viel sie nahm, der nächste fragte, ob sie ein Bett für die Nacht bräuchte, und die anderen sagten Sachen, die sie nicht verstand. Aber nach dem Ton zu urteilen, in dem sie es sagten, und an der Art, wie sie Molly dabei ansahen, waren es keine netten Dinge. Molly ängstigte sich immer mehr, so sehr, dass sie kaum noch Luft bekam.

Endlich gelangte sie zu einer Kreuzung und entdeckte auf der anderen Straßenseite das blaue Licht einer Polizeiwache. Sie eilte darauf zu und hoffte gegen jedes bessere Wissen, der diensthabende Polizist wäre so nett wie George und hätte Verständnis für ihre Notlage.

Erst als Molly die Wachstube betrat, bemerkte sie, dass es sich um das Revier Bow Street handelte, und erinnerte sich daran, wie ihre Lehrerin der Klasse von den Bow Street Runners, den ersten Polizisten in London, erzählt hatte.

Ein Sergeant Simmons, ein älterer Mann mit schlaffen Hängebacken, ging mit ihr in einen kleinen Verhörraum. Er brachte ihr eine Tasse Tee, bedauerte sie wegen ihrer geschwollenen

Wange und wirkte durchaus mitfühlend, als sie schilderte, was ihr passiert war.

Aber als sie erzählte, wie sie aus dem Haus in der Greek Street weggelaufen war, musterte er sie mit einem strengen Blick. »Sie haben dem Mann eins über den Schädel gezogen und das Haus verlassen, ohne sich zu vergewissern, ob er noch lebt?«

Bis zu diesem Moment hatte Molly geglaubt, der Sergeant hätte volles Verständnis für sie, aber jetzt klang er so, als hielte er sie für eine potenzielle Mörderin. Sie hätte vor Erbitterung schreien können.

»Ja, hätte ich vielleicht warten sollen, bis er wieder zu sich kommt?«, entgegnete sie aufgebracht. »Er hat bekommen, was er verdient! Hören Sie, diese Dora hat mich betäubt, und dieser Sebastian muss gewusst haben, was sie mit mir vorhatte. Mein einziger Fehler war zu glauben, diese Leute wären so nett, mich für eine Nacht aufzunehmen.«

»Wo ist das passiert?«, fragte er kurz.

»In der Greek Street. Ich habe mir die Hausnummer nicht gemerkt, aber unter der Wohnung war ein Friseur. Die Frau hieß Dora und der Mann, der mich dorthin gebracht hat, Seb, eine Abkürzung für Sebastian.«

»Dora, sagten Sie? Eine üppige Brünette um die vierzig?«

»Ja, genau«, sagte Molly. »Können Sie nicht gleich hinfahren und sie und den fetten Mann festnehmen?«

»Falls Sie den Kerl nicht umgebracht haben, dürfte er längst über alle Berge sein«, sagte der Sergeant müde. »Und es steht nur Ihr Wort gegen das von Dora, dass Sie jemals dort waren. Sie wird es natürlich leugnen.«

Molly konnte ihre Tränen nicht länger zurückhalten. Sie konnte es einfach nicht fassen, dass man ihr zum zweiten Mal an einem Tag keinen Glauben schenkte.

»Na, na, nun weinen Sie mal nicht«, sagte der Polizist etwas milder. »Ich verstehe ja, dass Sie einen schlimmen Tag hatten und große Angst ausgestanden haben. Aber das ist noch lange nicht das Ende der Welt.«

»Ein schlimmer Tag?«, gab sie zornig zurück. »Ich werde des Diebstahls beschuldigt und mir nichts, dir nichts auf die Straße gesetzt und dann noch von dem einzigen Menschen, der nett zu mir ist, in ein Bordell verfrachtet. Ich glaube, Sie würden auch weinen, wenn Ihnen das alles an einem Tag passiert.«

»Ja, das mag wohl sein, Miss Heywood.« Er seufzte. »Aber wir haben zwei Uhr morgens, und ich weiß wirklich nicht, was ich mit Ihnen machen soll. Alles, was ich Ihnen zu dieser nächtlichen Stunde anbieten kann, ist ein Bett in einer Zelle. Die Zellen sind nicht sehr schön, und da unten sitzen auch ein paar Betrunkene, aber es ist immer noch besser, als sich draußen in der Kälte herumzutreiben.«

»Oh, danke! Ich würde sogar hier auf dem Fußboden schlafen«, sagte sie erleichtert.

»Das geht leider nicht. Ich schicke gleich einen Beamten, nur um sicherzugehen, dass der Mann, den Sie k.o. geschlagen haben, nicht im Sterben liegt. Und wenn wir schon dabei sind, werden wir Dora gleich gehörig die Leviten lesen. Morgen früh fällt Ihnen vielleicht jemand ein, an den Sie sich um Hilfe wenden können.«

»So jemanden gibt es nicht.« Molly trocknete ihre Augen und putzte sich die Nase.

»Na, dann muss ich wohl selbst ein bisschen meinen Grips anstrengen«, sagte er freundlich und lächelte sie an. »Vielleicht hat eine der Kirchen hier in der Nähe Kontakt zu Leuten, die Mädchen in Ihrer Lage weiterhelfen. So, und jetzt besorgen wir ein paar Decken und sehen zu, dass wir es Ihnen in der Zelle gemütlich machen.«

Als Molly eine Stunde später auf einer schmalen Pritsche unter einer Decke lag, die nach Erbrochenem und Schweißfüßen roch, musste sie wieder weinen, diesmal vor Verzweiflung. Weiter unten den Gang hinunter grölte und sang ein Betrunkener, und ein anderer Mann brüllte ihm immer wieder zu, er solle gefälligst die Klappe halten.

Anscheinend blieb ihr nichts anderes übrig, als nach Hause zu fahren und vor ihrem Vater zu Kreuze zu kriechen. War seine Gemeinheit schlimmer, als ziellos durch die Straßen zu irren und kein Dach über dem Kopf zu haben? Waren seine Hiebe schlimmer als eine versuchte Vergewaltigung oder die Beschuldigung, eine Diebin zu sein? Er würde sicher nicht glauben, dass sie etwas hatte mitgehen lassen; schließlich hatte sie auch ihn nie bestohlen. Aber sie würde sich immer wieder und wieder sein »Ich hab dir ja gesagt, dass du in London nicht klarkommst« anhören müssen. Wie er das genießen würde!

Molly schrak aus dem Schlaf, als jemand sie an der Schulter rüttelte. Vor ihr stand der Sergeant. »Kommen Sie mit rauf, damit wir uns kurz unterhalten können«, sagte er. »Meine Schicht ist gleich vorbei, und für eine junge Dame sind diese Zellen nicht der richtige Ort, wenn die anderen Insassen aufwachen.«

Er führte sie in dasselbe kleine Zimmer, in dem sie schon in der Nacht gesessen hatten. »Setzen Sie sich«, forderte er sie auf. »Ich hole Ihnen eine Tasse Tee.«

»Ist Ihnen inzwischen vielleicht doch jemand eingefallen, zu dem Sie gehen könnten?«, fragte er, als er zurückkam, und stellte einen Becher Tee und einen Teller mit Ingwerplätzchen vor sie auf den Tisch. »Irgendwen müssen Sie in London doch kennen.«

Molly wollte ihm gerade mitteilen, dass sie beschlossen hatte, nach Hause zu fahren, als ihr plötzlich Constance einfiel.

»Na ja, ich kenne in Whitechapel eine Dame von der Church

Army«, sagte sie vorsichtig. »Allerdings nicht sehr gut. Aber sie ist nett, und vielleicht hat sie nützliche Kontakte.«

Der Sergeant nickt. »Die Damen von der Church Army sind schwer in Ordnung«, sagte er. »Wissen Sie, Miss Heywood, ich glaube nicht, dass Sie etwas gestohlen haben, und ich denke, Ihre Bekannte in Whitechapel wird das genauso sehen wie ich. Die Sache mit Dora muss ein schlimmer Schock für Sie gewesen sein. Ich habe ein paar Männer zu ihr geschickt, um ihr Bescheid zu sagen. Der dicke Mann war, wie nicht anders zu erwarten, verschwunden, und Dora behauptete, es wären keine Fremden in ihrem Haus gewesen. Aber oben im Zimmer lag noch die Fensterstange auf dem Bett, und auf dem Holz und auch auf dem Bett waren Blutspuren. Dora erzählte etwas von einem Streit zwischen zwei Mädchen. Sie weiß genauso gut wie wir, dass wir ohne den Dicken keine Handhabe gegen sie haben.«

»Verstößt das, was sie tut, nicht gegen das Gesetz?«, fragte Molly.

»Auf der Straße auf Kundenfang zu gehen, das ist strafbar.« Er zuckte die Achseln. »Ebenso wie Einkünfte aus gewerbsmäßiger Unzucht zu beziehen, und genau das macht sie. Aber das können wir ihr nicht nachweisen, und wir können auch nicht gegen solche Sachen vorgehen, wenn sie sich in Privatwohnungen abspielen.«

Das kam Molly ziemlich verrückt vor, aber genauso absurd war es wohl, ohne jeden Beweis wegen Diebstahls gefeuert zu werden.

»Darf ich noch ein bisschen hierbleiben?«, bat sie. »Ich kann nicht gut um sieben oder acht Uhr morgens bei jemandem an die Tür klopfen.«

»Nein, das verstehe ich«, antwortete er. »Wie gesagt, meine Schicht ist gleich vorbei, aber ich bringe Sie nach oben in unsere Kantine, damit Sie ein Frühstück kriegen. Und dann wird Sie einer unserer Männer zu dieser Dame nach Whitechapel fahren. Wenn sie Sie nicht aufnehmen kann, bringt er Sie zu jemandem, auf den wir in Fällen wie Ihrem gelegentlich zurückgreifen. Na, wie hört sich das an?«

Molly ging das Herz über vor Dankbarkeit, und Tränen stiegen ihr in die Augen. Eine solche Güte hatte sie nicht erwartet. »Vielen, vielen Dank«, brachte sie heraus und senkte den Kopf, damit er ihre Tränen nicht sah.

Ein paar Stunden später, nach einem ordentlichen Frühstück, bestehend aus Eiern mit Speck und Würstchen und zwei großen Bechern Tee, lieferte Constable Stanley Molly vor Constance' Tür in der Myrdle Street ab. Stanley, ein großer, massiger Mann um die fünfzig, hatte ein freundliches, zerfurchtes Gesicht und versuchte sie auf der Fahrt nach Whitechapel fortwährend mit fürchterlichen Witzen zum Lachen zu bringen.

Mollys Mutter behauptete, Männer, die pausenlos Witze erzählten, wollten damit nur überspielen, dass sie kein richtiges Gespräch führen konnten, und in diesem Fall lag sie vermutlich richtig, denn Molly erfuhr absolut nichts Persönliches über PC Stanley.

Als sie vor dem Haus stehenblieben, verkündete Constable Stanley, er würde vorgehen und mit Constance reden. »Der Sergeant will es so haben, weil es die Dinge quasi erleichtert, wenn ich ihr erzähle, dass Sie letzte Nacht wirklich in großer Gefahr waren und wir überzeugt sind, dass Sie nichts gestohlen haben. Und falls sie Ihnen nicht helfen kann, fällt es ihr bestimmt leichter, mir das zu sagen, wenn Sie nicht dabei sind.«

Molly beobachtete, wie PC Stanley im Haus verschwand. Hoffentlich nervt er Constance nicht mit seinen müden Witzen, dachte sie besorgt. Es gefiel ihr gar nicht, die alte Dame in eine Lage zu bringen, in der sie sich verpflichtet fühlen musste,

Molly zu helfen. Das war nicht fair. Genauso wenig gefiel ihr der Gedanke, länger als ein, zwei Tage in dieser scheußlichen, verkommenen Umgebung zu bleiben.

PC Stanley erschien im Hauseingang und winkte sie zu sich. Molly stieg aus, nahm ihren Koffer und ging zögernd auf den Polizisten zu.

»Schon gut, sie nimmt Sie gerne auf«, sagte er. »Sie hat gesagt, dass sie Sie sehr gern hat, und sie war schockiert über das, was Ihnen passiert ist. Na los, gehen Sie ruhig rein, dann kann ich zum Revier zurückfahren.«

Molly bedankte sich bei ihm und bat ihn, in ihrem Namen auch dem Sergeant für seine Hilfsbereitschaft zu danken. Erst als der Polizist abfuhr, betrat sie Constance' Wohnung.

»Sie Ärmste«, rief die alte Dame, sowie sie Molly sah. »Kommen Sie, setzen Sie sich zu mir ans Feuer und erzählen Sie mir alles.«

Constance saß in ihrem Rollstuhl am Kamin. Sie erhob sich nicht, um Molly zu umarmen, hielt ihr nicht einmal tröstend die Hand hin, aber allein die Art, wie sie sprach, gab Molly das Gefühl, jemand hätte sie gerade in eine weiche, warme Decke gehüllt. Auf einmal kümmerte es sie nicht mehr, wie heruntergekommen Whitechapel war oder wie sie damit zurechtkommen würde, kein eigenes Bad und nur eine Außentoilette zu haben. Sie fühlte sich sicher und geborgen.

Ihre früheren Besuche hatten alle unter einem ganz anderen Blickwinkel stattgefunden. Molly war eher so etwas wie eine entfernte Verwandte gewesen, die ihre Pflicht erfüllte, indem sie eine alte Dame besuchte und gerade lange genug blieb, um nicht unhöflich zu erscheinen. Aber als sie um ein Uhr morgens in der Weihnachtsnacht Constance nach der Mitternachtsmesse in ihrem Rollstuhl nach Hause schob, hatte Molly das Gefühl, dass ihr das Schicksal wieder freundlich zulächelte. Das hier war nicht nur ein vorübergehender Zufluchtsort, den sie so bald wie möglich wieder verlassen wollte. Sie fand, dass ihre Entscheidung, ins East End zu ziehen, sich als wahrer Glücksfall erweisen könnte.

Tagsüber waren ständig Leute gekommen, um nach Constance zu sehen. Sie brachten etwas zu essen mit, fragten, ob Constance zum Weihnachtsschmaus zu ihnen kommen wollte, oder blieben einfach nur auf einen kurzen Schwatz. Es waren sehr nette Menschen. Sie mochten bitterarm sein und oft auch laut und derb, aber sie waren gütig und warmherzig.

Constance war nicht gänzlich an den Rollstuhl gefesselt. Sie war mit ihrem Stock mobil genug, um die Toilette aufzusuchen, sich zu waschen und anzuziehen und Tee zu kochen. Aber sie war gebrechlich, und ihre Nachbarn wollten ihr offensichtlich zeigen, wie sehr sie an ihr hingen, indem sie ihr so viel wie möglich an Arbeit abnahmen.

In Molly sahen sie nicht etwa einen Eindringling, sondern Gesellschaft für ihre Freundin, und als sie erfuhren, was das junge Mädchen am Vortag erlebt hatte, zeigten alle großes Mitgefühl. Außerdem waren sie ziemlich beeindruckt, dass sie mit dem dicken Mann in der Greek Street kurzen Prozess gemacht hatte.

Molly hatte den Tag nicht nur damit verbracht, mit den Nachbarn Bekanntschaft zu schließen, sondern auch einen kleinen Weihnachtsbaum geschmückt, den jemand mitgebracht hatte. Sie hatte außerdem geholfen, Geschenke für diverse Kinder einzupacken, die Constance am Herzen lagen, in einer Ecke des Zimmers ein schmales Klappbett für sich aufgestellt und ihre Kleidung in einem Wäscheschrank verstaut.

Molly war auch daheim eng mit der Kirche verbunden gewesen. Sie hatte nicht nur regelmäßig die Gottesdienste besucht, sondern auch im Kirchenchor gesungen und im Altarraum für

Blumenschmuck gesorgt, aber bei einer Mitternachtsmesse war sie noch nie gewesen. Als Constance sie einlud, sie zu begleiten, stimmte sie aus reiner Höflichkeit zu, obwohl sie lieber zu Bett gegangen wäre. Zu ihrer Überraschung gab ihr der Gottesdienst Mut und Zuversicht. Die Weihnachtslieder, die Kerzen und Blumen trugen natürlich dazu bei, aber es war mehr als das: Sie fühlte sich, als wäre ihr eine Last von den Schultern genommen worden. Irgendwie würde sie nach den Feiertagen schon den richtigen Weg finden.

Als sie wieder daheim waren, kochte sie Kakao für Constance und sich.

»Alles wird gut«, sagte Constance, als Molly sich später in ihr Bett legte. »Daran dürfen Sie nicht zweifeln, Liebes. Fürs Erste bleiben Sie hier bei mir und erholen sich ein bisschen. Neujahr ist ein guter Zeitpunkt, um Pläne zu schmieden.«

»Es war furchtbar aufdringlich von mir, einfach hier aufzutauchen«, gestand Molly mit schamrotem Gesicht. »Aber mir ist sonst niemand eingefallen.«

»Das alles ist kein Zufall«, sagte Constance. »Dass Sie meine Adresse in Cassies Notizbuch gefunden haben und das Gefühl hatten, Sie müssten herkommen – das war vorherbestimmt. Der Allmächtige hat etwas mit uns im Sinn. Wir müssen einfach warten, bis Er uns zu erkennen gibt, was wir als Nächstes tun sollen.«

Wenn Molly so etwas früher von jemandem gehört hätte, hätte sie darüber gewitzelt. Aber Constance sprach über Gott, als wäre er ihr bester Freund, der alles in Ordnung bringen konnte. Und allmählich glaubte Molly auch daran.

KAPITEL 11

Schon Mitte Januar hatte sich Mollys Leben auf einen neuen Rhythmus eingependelt. Man konnte nicht behaupten, dass es in dem alten, zugigen Haus ohne Bad und inmitten all der Armut und des Elends sonderlich komfortabel war, aber sie war erstaunlich glücklich.

Constance' Überzeugung »Der Herr wird es schon richten« hatte auf sie abgefärbt. Als sie drei Tage nach Weihnachten auf der Whitechapel Road an *Pat's Café* vorbeiging, fiel ihr in der Auslage ein Schild mit der Aufschrift »Aushilfe gesucht« auf. Sie ging sofort hinein.

Pat Heady, die das Café führte, war eine Frau Anfang fünfzig, nachlässig gekleidet und ungepflegt und oft recht ruppig zu ihren Gästen. Das Café wirkte genauso schmuddelig wie seine Besitzerin.

»Wieso willst du denn hier arbeiten?«, hatte Pat Molly gefragt und sie dabei mit größtem Argwohn beäugt.

Molly war drauf und dran, auf dem Absatz kehrtzumachen und hinauszugehen. Aber sie brauchte einen Job, und so schmutzig Pat und ihr Café auch sein mochten, es war keine drei Minuten von Constance' Haus entfernt, und irgendwie musste sie einfach Geld verdienen.

»Weil ich Arbeit suche«, antwortete sie also und verkniff sich die Bemerkung, dass jemand wirklich verzweifelt sein musste, um für Pat zu arbeiten.

»Ich zahle bloß Sixpence die Stunde, und es ist harte Arbeit.«

»Abgemacht.« Molly hatte nicht das Gefühl, dass sie wählerisch sein durfte.

»Mensch Meier!« Pats Augenbrauen schossen erstaunt in die Höhe. »Hätte gedacht, ein feines Frauenzimmer wie du sticht sich lieber 'ne Gabel ins Auge, als hier zu schuften.«

»Verzweifelte Zeiten erfordern verzweifelte Maßnahmen«, gab Molly grinsend zurück. Irgendwie gefiel es ihr, als »feines Frauenzimmer« bezeichnet zu werden, und sie beschloss, es George in ihrem nächsten Brief zu erzählen. »Wann soll ich anfangen, und von wann bis wann ist die Arbeitszeit?«

»Wenn du willst, kannst du gleich morgen antreten. Ich brauche dich von zehn bis zwei, aber wenn du was draufhast, verlängere ich vielleicht auf von neun bis drei«, erwiderte Pat. »Geht hauptsächlich drum, was in der Pfanne zu brutzeln.«

Molly stellte fest, dass die Bratpfanne zur Hälfte mit Schmalz gefüllt war, in dem vier Eier herumschwammen, und dachte bei sich, dass sie die Qualität des Essens eindeutig verbessern würde, indem sie sehr viel weniger Fett verwendete. Aber das behielt sie für sich. »Dann also bis morgen früh um zehn. Mein Name ist übrigens Molly Heywood.«

Daheim erwartete Constance sie mit einem freudigen Lächeln.

»Der Vermieter war gerade hier. Er hat gesagt, du kannst die kleine Abstellkammer oben im ersten Stock haben, wenn du sie sauber machst und frisch ausmalst«, verkündete sie strahlend. »Er will nicht mal Geld dafür, weil der Raum zu klein zum Vermieten ist.«

»Das ist ja großartig!«, rief Molly. »Und ich habe gerade eben Arbeit gefunden. Ich schaue mir die Kammer schnell an, bevor es dunkel wird, dann mache ich uns Tee und erzähle dir alles über meinen neuen Job.«

Das Zimmer war kaum größer als ein Wandschrank und verfügte weder über Licht noch Heizung, aber Molly fand, wenn sie es gründlich reinigte, könnte es ganz nett werden.

Constance freute sich sehr, dass Molly eine Stelle bekommen hatte. »Pat könnte ein paar Lektionen in puncto Hygiene brauchen«, meinte sie. »Aber das Café ist nicht weit von hier – was in den Wintermonaten von Vorteil ist –, und für dich ist es eine Chance, wieder auf die Beine zu kommen. So, und jetzt überlegen wir uns, wie wir dein neues Zimmer ein bisschen gemütlicher machen können!«

Pat erwartete von Molly nicht mehr als die Fähigkeit, Speisen wie Eier mit Speck, Würstchen und Pommes oder Käsetoast zuzubereiten, abzuwaschen und die Registrierkasse zu betätigen. Der Job unterschied sich in jeder Hinsicht von ihrer Tätigkeit bei *Bourne & Hollingsworth*. Die Kundschaft bestand fast nur aus Männern, entweder Markthändlern oder Handwerkern. Sie waren raubeinig und laut, und manche hatten Tischmanieren wie ein Schwein, aber sie mochten Molly, die Arbeitszeit verging wie im Flug, und sie brauchte keine fünf Minuten für den Heimweg.

Sie hatte bis Sonntag gewartet, um ihr Zimmerchen kräftig zu schrubben und zu scheuern und die Wände mit einem frischen weißen Anstrich zu versehen. Danach quetschte sie das Klappbett und eine schmale Kommode von Constance hinein und befestigte ein paar Haken an der Tür, um dort ihre Sachen aufzuhängen. Auf dem Markt hatte sie ein kleines Stück billige Baumwolle gekauft, aus dem sie eine Gardine für das winzige Fenster nähte, und Constance grub für das Bett eine knallrote Decke aus, die den Raum gleich viel fröhlicher machte.

»Die stammt aus einem Rettungswagen«, erklärte Constance. »Man hat rote Decken genommen, damit man das Blut nicht sieht. Ein Sanitäter hat sie mir im Krieg gegeben, als ich ausgebombt war, und ich habe nie daran gedacht, sie zurückzugeben.«

Das Zimmer war natürlich furchtbar kalt, aber Molly legte abends ein paar Wärmflaschen ins Bett und schlief herrlich. Sie war froh, dass ihre Freundin ihre Privatsphäre wiederhatte; zu zweit in einem Zimmer zu wohnen und zu schlafen, das war alles andere als ideal.

In ihrer ersten Nacht in der kleinen Kammer dachte sie daran, dass Cassie gleich nebenan gelebt hatte, nur durch eine Wand von diesem Raum getrennt. Molly wurde das Gefühl nicht los, dass es nicht der Zufall, sondern Vorsehung gewesen war, die sie hierhergeführt hatte, und dass sie richtig handelte, wenn sie weiter nach der Wahrheit forschte. Eines Tages würde alles ans Licht kommen. Sie hoffte inständig, irgendwann Menschen kennenzulernen, die mehr über Cassie wussten oder vielleicht ahnten, wer Petal mitgenommen hatte.

Sie stellte die Bilder von Cassie und Petal im Café auf die Theke, und jedes Mal, wenn ein neuer Kunde hereinkam, fragte sie, ob er die beiden vielleicht kannte. Die meisten hatten Cassie nie gesehen, aber ein paar jüngere Männer hatten sie gekannt und gut leiden können. Sie alle waren schockiert über die Nachricht von dem Mord und entsetzt, weil Petal immer noch nicht gefunden worden war.

Eine Sache gefiel Molly im East End besonders gut: Diesen Menschen lagen Kinder wirklich am Herzen, nicht nur ihre eigenen, sondern alle. Und im Allgemeinen interessierte sich niemand dafür, ob die Mutter verheiratet war und welche Hautfarbe ein Kind hatte. Aber schließlich war das East End von jeher ein Schmelztiegel verschiedenster Hautfarben, Kulturen und Religionen gewesen. Hier lebten Russen, Polen, Chinesen, Juden, Inder, Afrikaner und Menschen aus Westindien Seite an Seite. Viele von ihnen waren als Seeleute gekommen und irgendwann geblieben. Sie hatten die üblen rassistischen Reden eines Oswald Mosley und seiner Schwarzhemden gehört, die in den Dreißigerjahren versuchten, die Massen aufzuhetzen, aber im Großen und Ganzen verschlossen sie Augen und Ohren davor. Und im Blitzkrieg hatten sie zusammengehalten und einander geholfen. Allmählich begriff Molly, warum Cassie so lange hier geblieben war, und erkannte auch, wie sehr sie unter der Borniertheit der Bewohner von Sawbridge gelitten haben musste.

Eines Sonntags Ende Januar hatte es zu schneien begonnen, während sie beim Gottesdienst waren, und als sie aus der Kirche kamen, lag eine dicke weiße Schneeschicht auf dem Boden. Molly hatte Mühe, Constance' Rollstuhl zu schieben. Ted Barlow, ein Nachbar aus der Myrdle Street, kam herbeigeeilt, um ihnen zu helfen, und mit viel Gelächter, weil Ted und Molly immer wieder ausrutschten, bugsierten sie Constance und ihren Rollstuhl nach Hause.

Molly hatte eine halbe Lammschulter auf kleiner Flamme schmoren lassen, und es duftete köstlich, als sie hereinkamen. Das Feuer im Kamin wurde geschürt und verbreitete bald wohlige Wärme.

»Ich denke, der Schnee wird sich eine Weile halten«, bemerkte Constance, als sie zum Fenster hinausschaute. »Irgendwie ein Segen, nicht wahr? Alles, was hässlich ist, bleibt verborgen.«

»Aber kein Segen für die Menschen, die zu arm sind, um sich Kohlen zu kaufen«, sagte Molly nachdenklich. Seit sie hier lebte, war ihr eindringlich bewusst geworden, was Armut tatsächlich bedeutete. Daheim in Somerset war es nicht so auffällig, weil die Leute ihr eigenes Gemüse zogen und sich Hühner hielten. Sie mochten kaum mehr Kleidung besitzen, als sie am Leib trugen, aber sie litten wenigstens keinen Hunger. Hier in der Gegend hatte Molly viele Menschen gesehen, die wirklich hungerten; sie waren ausgezehrt und hohläugig und schwer gebeugt von der Last, einen Tag nach dem anderen ohne Aussicht auf Verbesserung zu überstehen. Kaum ein Tag verging, an dem sie nicht in der Zeitung las, es wäre schon wieder ein alter Mensch tot in seiner Wohnung aufgefunden worden, gestorben an Kälte oder Unterernährung. Es belastete sie, und sie wünschte, sie könnte irgendwie helfen.

»Wie recht du hast, meine Liebe.« Constance stieß einen tiefen Seufzer aus. »Im strengen Winter von 1947 haben die Leute ihre Möbel verbrannt, um es warm zu haben. Dächer und Fenster waren durch Bombenschäden zerstört, und es gab weder Handwerker noch Material, um das alles zu reparieren. Ich habe von Familien gehört, die sich wegen der bittern Kälte zusammen in ein Bett quetschten, sobald sie nach Hause kamen. Ich hatte das Glück, von der Kirche Kohle zu bekommen, und ich habe Leute, von denen ich wusste, wie schlecht sie dran waren, eingeladen, abends hierher zu mir zu kommen.«

»Du warst im Krieg bestimmt ein Fels in der Brandung«, sagte Molly. Constance dachte immer zuerst an andere, nicht an sich selbst, und hätte einem notleidenden Mitmenschen bereitwillig ihr letztes Stück Brot gegeben. Vermutlich war das der Grund, warum die Menschen in der Nachbarschaft nun, da Constance selbst Hilfe brauchte, so viel für sie taten.

»Im Krieg hat jeder getan, was er konnte. Ich war nichts Besonderes«, meinte Constance achselzuckend. »Aber auch wenn du es für noch so schlimm hältst, Molly, es geht langsam bergauf. Es gibt wieder genug Arbeit, die Bombentrichter werden beseitigt und neue Häuser gebaut. Und das neue staatliche Gesundheitssystem ist fabelhaft. Ich habe mich oft gefragt, wie viele Menschen früher im East End sterben mussten, weil sie das Geld für den Arzt nicht erübrigen konnten.«

»Aber das ist ja furchtbar!«, rief Molly.

Constance nickte. »Wie auch immer, wir sollten in die Zukunft blicken und nicht in der Vergangenheit verweilen. Ich denke, nach dem Essen setzen wir uns gemütlich ans Feuer und überlegen, was du tun könntest.«

Es war fast schon dunkel, als sie zu Ende gegessen hatten. Molly stand auf, zündete das Gaslicht an und legte Kohlen nach.

Als sie aufblickte, war Constance gerade dabei, die letzten Reste Milchreis aus der Schüssel zu kratzen. Sie lachte, als sie merkte, dass Molly sie beobachtete.

»Du bist eine so hervorragende Köchin, dass es schwer ist, nicht alles bis auf den letzten Krümel zu verputzen«, sagte sie anerkennend. »Das Lamm war köstlich, die Röstkartoffeln perfekt. Meine lieben Freunde hier im Viertel sind zwar die Güte selbst, aber ihr kulinarisches Können ist eher begrenzt. Hat dir deine Mutter beigebracht, so gut zu kochen?«

»Ja, wenigstens die Grundbegriffe«, antwortete Molly. »Aber wir hatten in der Schule eine sehr gute Hauswirtschaftslehrerin, die uns ständig zuredete, Kochbücher aus der Bücherei auszuleihen und ruhig ein bisschen zu experimentieren.«

»Die Arbeit in Pats Café lässt dir nicht viel Spielraum für Kreativität oder Experimente«, schmunzelte Constance.

»Das macht nichts.« Molly lächelte. »Ich kann das Angebot ein bisschen verbessern, indem ich den Leuten keine Speisen serviere, die geradezu im Fett schwimmen. Das ist aber auch schon alles. Ich habe vorgeschlagen, selbst gemachte Suppen oder Eintöpfe zu servieren, und Pat hat gesagt, sie will darüber nachdenken, aber ich glaube nicht, dass sie sich darauf einlässt.«

Constance lachte. Genau wie alle anderen in der Gegend wusste auch sie, dass Pat träge und gegen jede Veränderung war. Der einzige Grund, warum so viele Leute in ihrem Café aßen, war die günstige Lage – und die Tatsache, dass sie gelegentlich jemanden einstellte, der gut kochen konnte, wie zum Beispiel Molly.

»Vielleicht lohnt es sich nicht, deine Zeit damit zu verschwenden, ihr gut zuzureden«, sagte sie. »Schließlich ist der Job nur eine Übergangslösung. Hast du dir schon Gedanken über eine andere Stellung oder einen anderen Beruf gemacht?«

»Ich glaube, ich würde mich für die Arbeit in einem Hotel eignen«, sagte Molly nach kurzem Zögern. »In einem kleinen Hotel, wo ich verschiedene Sachen machen kann – am Empfang, in der Küche, an der Bar. Am liebsten irgendwo am Meer, vielleicht in Sussex oder Kent.«

»Wesentlich schöner als das East End«, bemerkte Constance lächelnd. »Du würdest mir natürlich fehlen, aber ich würde mich für dich freuen, wenn du etwas machst, was dir wirklich liegt und auch Zukunft hat. Ich war richtig froh, dass du in letzter Zeit nicht mehr so viel über Cassandra und Petal gesprochen hast. Etwas Derartiges zu verarbeiten erfordert viel Zeit, aber es ist nicht gut, in deinem Alter zu viel darüber zu brüten.«

Molly zögerte, bevor sie darauf etwas erwiderte. Sie hatte Cassandra und Petal Constance gegenüber vielleicht nicht mehr so oft erwähnt, aber in Gedanken war sie ständig bei ihnen gewesen. »Ich spreche nicht über sie, weil ich alles gesagt habe, was es zu sagen gibt«, antwortete sie schließlich. »Aber ich habe sie nicht vergessen und schon gar nicht den Plan aufgegeben, Petal zu finden. Ich zeige ihre Fotos jeden Tag den Leuten, die zu uns kommen, und frage, ob sie Cassie gekannt haben. Eigentlich ist das der Hauptgrund, warum ich an ein Hotel in Kent oder Sussex gedacht habe. In vielen Gedichten von Cassie werden Orte aus dieser Gegend erwähnt, und deshalb glaube ich, dass sie vielleicht von dort stammt. Hier habe ich nichts über sie herausbekommen, aber wenn ich irgendwie in Erfahrung bringen kann, wo sie früher gelebt hat, gelingt es mir vielleicht, ihre Familie aufzuspüren.«

Constance machte ein besorgtes Gesicht, und Molly spürte sofort, dass sie im Begriff war, etwas zu sagen, was sie nicht hören wollte. »Die Idee mit einem Hotel halte ich für gut. Aber ich bin mir nicht sicher, ob du wirklich versuchen solltest, Verwandte von Cassie zu finden. Wir haben beide das Gefühl, dass sie vor irgendetwas oder jemandem weggelaufen ist. Hältst du es für klug, in ihrer Vergangenheit zu stochern?«

»Immerhin steht das Leben eines Kindes auf dem Spiel«, gab Molly hitzig zurück. Es überraschte sie, dass Constance es nicht genauso sah wie sie. »Womöglich wissen Cassies Angehörige nicht einmal, dass sie tot ist und Petal vermisst wird. Wahrscheinlich will ich einfach jemanden finden, der sich das genauso zu Herzen nimmt wie ich.«

»Und es ist gut, dass du so empfindest. Ich wollte damit auch keineswegs sagen, dass du die beiden vergessen sollst«, erwiderte Constance mit leichtem Tadel. »Aber als du zum ersten Mal hier warst, hatte ich das Gefühl, dass du Cassie zum Mittelpunkt deines Lebens machst, weil sich in deinem eigenen so wenig ereignet. Das schien durchaus verständlich – du hast keinen Freund und einen schwierigen Vater, und anscheinend interessiert sich nicht einmal deine Schwester mehr für dich. Und Cassie hat dein Leben genauso bereichert wie meins, als sie noch hier lebte. Ich weiß genau, welche Lücke sie hinterlassen hat.«

Molly nickte, brachte aber kein Wort heraus, weil sie Angst hatte, in Tränen auszubrechen.

»Ich hatte gehofft, du würdest bei *Bourne & Hollingsworth* dein Glück machen und dort gute Freunde finden«, fuhr Constance fort. »Es tut mir unendlich leid, dass sich diese Hoffnung nicht erfüllt hat.« Sie machte eine Pause, lächelte und nahm

Mollys Hand. »Dieser Ort ist nicht das, was du gewöhnt bist, das weiß ich, und der Himmel möge verhüten, dass du das Gefühl hast, du müsstest hierbleiben und dich um mich alte Frau kümmern. Aber ich muss dir sagen, dass dich jeder, der dich kennengelernt hat, sehr gern hat. Ich glaube, du hast der Welt sehr viel zu geben, weil du gütig, rücksichtsvoll und sehr warmherzig und noch dazu intelligent und tapfer bist. Ich sage dir das, weil ich glaube, du weißt gar nicht, was für ein guter Mensch du bist. Die Idee, in einem Hotel zu arbeiten, finde ich ausgezeichnet; du bringst alle Voraussetzungen mit und eignest dich perfekt dafür. Aber ich wünsche mir, dass du dir ein Hotel suchst, das dir gefällt, in einem Ort, wo du gern leben würdest, nicht irgendetwas, wo du Petal zu finden hoffst.«

Molly würgte den Kloß hinunter, der ihr die Kehle zuschnürte. Noch nie hatte jemand etwas so Nettes über sie gesagt, und sie wusste, dass Constance es ernst meinte. »Danke«, sagte sie. »Ich werde mir alles zu Herzen nehmen, was du mir gesagt hast, aber ich muss einfach versuchen, Cassies Familie zu finden, und sei es nur, damit sie sich dafür einsetzt, dass die Polizei den Fall wieder aufnimmt und Petal sucht. Cassie würde das wollen, das sagt mir eine innere Stimme.«

Constance seufzte und nickte dann. »Ja, wahrscheinlich hast du recht. Aber an erster Stelle sollte dennoch dein eigenes Leben stehen. Sag mal, hast du eigentlich schon deiner Mutter oder deinem Freund, dem Polizisten, geschrieben? Du solltest ihnen unbedingt mitteilen, wo du jetzt wohnst, sonst bekommen sie jeden Brief, den sie ans Wohnheim richten, mit dem Vermerk ›Adressat unbekannt verzogen‹ zurück und machen sich bestimmt große Sorgen.«

Molly wurde rot. Daran hatte sie gar nicht gedacht. »Ich weiß nicht, was ich ihnen schreiben soll. Sie glauben bestimmt nicht, dass ich gestohlen habe, aber ...« Sie brach ab, weil sie nicht zugeben wollte, dass sie in Wirklichkeit fürchtete, alle würden entsetzt sein, wenn sie erfuhren, dass Molly in Whitechapel lebte. Womöglich kam George sogar her, um sie zu retten! Das wäre einfach schrecklich.

Constance warf ihr einen wissenden Blick zu, als wüsste sie, was Molly quälte, und Molly errötete erneut. »Du brauchst ja nicht ins Detail zu gehen. Sie sollen nur wissen, dass du gesund und munter bist. Deine arme Mutter sorgt sich bestimmt schon zu Tode.«

Ein wenig später warf Constance einen Blick zu dem Tisch, an dem Molly saß und an ihre Mutter schrieb. Die gefurchte Stirn des Mädchens verriet ihr, dass ihr diese Aufgabe nicht leichtfiel. Constance hegte nicht den geringsten Zweifel, dass Molly niemals etwas gestohlen hatte, und das Unrecht, das dem jungen Mädchen geschehen war, nagte an ihr. Bestimmt würde es Mollys Mutter, die ihre Tochter besser kannte als jeder andere, genauso gehen.

Obwohl Constance selbst keine Kinder hatte, war ihr klar, dass das Leid eines Kindes von der Mutter genauso schmerzlich empfunden wurde. Mrs. Heywood musste ihr ganzes Leben darunter gelitten haben, wie ihr Mann seine Töchter behandelte. Manch einer würde fragen, warum sie ihn nicht verlassen hatte. Das war leicht gesagt, aber für eine Frau mit zwei Kindern und ohne eigenes Einkommen praktisch unmöglich. Außerdem war Mrs. Heywood wahrscheinlich der Überzeugung gewesen, es wäre für ihre Kinder besser, mit Vater aufzuwachsen. Vielleicht hatte sie sogar geglaubt, er würde sich ändern. Wie viele Ehefrauen von häuslichen Despoten hatten sich schon an diese Hoffnung geklammert!

Was Mollys Freund, den Polizisten anging, hatte sie das Gefühl, dass Molly ihn sehr gern hatte und er genauso empfand.

Immerhin hatte er ihr geholfen, nach London zu kommen, und schrieb ihr jede Woche. Constance' Meinung nach lag es nur an Mollys Minderwertigkeitskomplexen, dass sie den jungen Mann nicht ein bisschen mehr ermutigte.

Constance lächelte in sich hinein. Da saß sie nun in ihrem Rollstuhl, eine gebrechliche alte Frau, die nie geheiratet hatte, und bildete sich ein, alle Antworten in puncto Liebe und Ehe zu haben. Aber zu ihrer Verteidigung ließ sich anführen, dass sie im Laufe der letzten fünfzig Jahre in die Geheimnisse sehr vieler Menschen eingeweiht worden war. Sie war eine aufmerksame Beobachterin und hielt sich für eine gute Menschenkennerin.

Vor Kurzem hatte sie an die junge Dilys, Mollys Kollegin bei *Bourne & Hollingsworth*, geschrieben, und ihr mitgeteilt, dass sie nicht einen Augenblick geglaubt habe, Molly könnte krumme Geschäfte gemacht haben. Mit am schlimmsten wäre für Molly gewesen, schrieb sie weiter, dass sie kurzerhand aus dem Wohnheim geworfen wäre, ohne eine erklärende Nachricht für Dilys hinterlassen zu können, an der ihr sehr viel lag. Sie bat Dilys, Molly zu schreiben oder anzurufen, falls ihr etwas an ihrer Freundin lag, und schloss ihren Brief mit den Worten, dass wahre Freunde selten und kostbar wären und man solche Freundschaften pflegen sollte.

Wenn Dilys in Mollys Leben zurückkehrte, würden die Wunden, die die heimtückische Miss Stow geschlagen hatte, besser heilen, und Molly würde vielleicht begreifen, dass sie es wert war, geschätzt und geliebt zu werden. Aber Constance konnte noch mehr tun, nämlich ihre Kontakte nutzen, um Molly bei der Gestaltung ihrer Zukunft zu helfen. Morgen, wenn Molly bei der Arbeit war, wollte Constance jemanden anrufen, den sie gut kannte. Vielleicht hatte man dort eine freie Stelle für ihre junge Freundin!

Der Februar war sogar noch kälter als der Januar. Der Schnee verwandelte sich in schmutzig grauen Matsch, gefror wieder und türmte sich seitlich der Straßen in dicken, schwarzen Eisblöcken. Sämtliche Bürgersteige waren gefährlich glatt. Molly hörte jeden Tag erschreckende Geschichten von Leuten, in deren Wohnungen Wasserrohre und Toilettenspülungen eingefroren waren. Dem Geruch der Leute, die ins Café kamen, war anzumerken, dass Körperhygiene nicht mehr an erster Stelle stand. Auch sie selbst, die sonst immer so reinlich war, fand es zu kalt, um sich täglich in der Waschküche auszuziehen und von Kopf bis Fuß zu waschen. Sie ging jeden Donnerstag mit Constance in eines der städtischen Bäder, aber obwohl es ein Genuss war, sich in einem schönen warmen Bad zu aalen, war es auf dem Heimweg immer so kalt, dass sie manchmal lieber auf diese Ausflüge verzichtet hätte.

Constance erzählte ihr häufig, wie es während des Blitzkriegs zugegangen war. Einmal hätte sie drei Wochen lang nur Gesicht und Hände waschen können, weil sie ausgebombt war und in Notunterkünften schlief, berichtete sie. »So ist es vielen von uns ergangen.« Sie lachte. »Manche Menschen, die in einem Luftschutzbunker übernachtet hatten, standen am nächsten Morgen vor den Trümmern ihres Zuhauses. Sie hatten alles verloren, gingen aber trotzdem zur Arbeit, als wäre nichts geschehen. Ich habe Frauen gesehen, die sich in öffentlichen Toiletten von oben bis unten gewaschen haben, weil sie keine andere Möglichkeit hatten.«

»In Bristol sind die Leute nachts aufs Land gefahren, weil sie solche Angst vor den Bomben hatten«, sagte Molly.

»Das hat es hier in London auch gegeben«, nickte Constance. »Nicht alle waren so tapfer, wie man uns glauben machen möchte. Ich habe Frauen getroffen, die vor Angst fast den Verstand verloren hatten. Ich habe in den Bunkern Gebete gesprochen, wenn die Bombenangriffe ganz schlimm waren. Die meisten fanden es tröstlich, aber einige haben mich auch niedergeschrien und behauptet, es gäbe keinen Gott.«

»Warst du damals schon in der Church Army?«

»Ja, aber ich weiß nicht, ob ich dir erzählt habe, dass ich Krankenschwester war, als ich der Church Army beitrat. Ich war zweiundzwanzig, als 1905 mein Verlobter Ronald an einer Lungenentzündung starb. Wir wollten heiraten, aber er starb ein paar Wochen, bevor das Aufgebot bestellt werden sollte. Das war der Grund, warum ich mich für eine Ausbildung in der Krankenpflege entschieden habe. Ich dachte, mich um Kranke und Verletzte zu kümmern würde mich selbst heilen. Vielleicht war es so. Gerade die Männer, die im Krieg grauenhafte Verwundungen erlitten hatten, brachten mich dazu, in die Kirche zu gehen und für sie zu beten.«

»Ich glaube, mich hätte es dazu gebracht, nicht mehr an Gott zu glauben«, gestand Molly.

Constance lächelte ihr trockenes Lächeln, als wollte sie sagen, diese Bemerkung habe sie schon oft gehört. »Ich kann nur für mich selbst sprechen. Und so seltsam es klingen mag, ich hatte manchmal das Gefühl, eine unsichtbare Hand würde mich in Richtung Gott drängen. Wenn ich katholisch gewesen wäre, wäre ich wahrscheinlich in ein Kloster eingetreten, aber da ich Anglikanerin bin, wurde es die Church Army. Die Mitglieder dieser Vereinigung haben schon immer in Elendsvierteln gewirkt, und ich wurde hierhergeschickt.«

»Um die Menschen dazu zu bringen, in die Kirche zu gehen?«

»Um ihnen die Liebe Gottes, wie ich sie empfinde, näherzubringen. Einige der Menschen, die ich im Lauf der Jahre kennengelernt habe, waren völlig am Ende und so tief gesunken, wie es sich nur denken lässt. Ob sie ein Alkoholproblem haben oder kriminell geworden sind, an einer schweren Krankheit leiden oder einfach nur furchtbar arm sind und ganz allein dastehen – wenn ich ihnen begreiflich machen kann, dass Gott auch sie liebt und ihr Leben ihm wichtig ist, macht ihnen das häufig Mut und gibt ihnen die innere Stärke, ihre Lage zu verbessern.«

»Aber du predigst den Leuten nie«, sagte Molly, die ein bisschen verwirrt von dieser Form religiöser Tätigkeit war. »Na ja, wenigstens nicht denen, die ich kennengelernt habe.«

»Die einfachste Art, eine Botschaft zu übermitteln, ist, ein Beispiel zu geben.« Constance zuckte die Achseln. »Sie wissen, dass ich nicht mehr besitze als sie, aber sie sehen auch, dass ich mich mit dem Wenigen zufriedengebe. Im Lauf der Jahre habe ich der Hälfte der Bewohner von Whitechapel in schweren Zeiten beigestanden. Einige wurden im Krieg ausgebombt oder hatten einen Ehemann, der schwer verwundet aus dem Krieg heimkehrte. Manche verloren ein Kind oder hatten gesundheitliche Probleme. Die Menschen haben mit den unterschiedlichsten Problemen zu kämpfen, aber meistens kommen sie allein dadurch besser zurecht, dass sie mit jemandem darüber sprechen können. Ich gebe ihnen meine Zuwendung und Zeit, und ich gebe ihnen Gott.«

Molly dachte insgeheim, dass es wohl eher Constance' Bereitwilligkeit zum Zuhören und Helfen war, die half, aber wenn ihr Glaube sie dazu motivierte, hatte vielleicht auch Gott etwas damit zu tun.

Einen Tag später bekam Molly einen Brief. Sie hob ihn zusammen mit ein paar Schreiben an Constance von der Fußmatte auf und betrachtete die Handschrift, die ihr fremd war, eine Weile, bevor sie ihn öffnete.

Als sie einen kurzen Blick auf den Inhalt warf, stieß sie einen kleinen Freudenschrei aus und lief zu Constance. »Der ist von meiner Freundin Dilys«, rief sie aufgeregt. »Wie in aller Welt ist sie zu dieser Adresse gekommen?«

»Lies ihn doch erst mal«, riet Constance und lenkte ihren Rollstuhl zum Herd, weil gerade der Teekessel kochte.

Liebe Molly, stand da. *Ich war ja so froh und erleichtert, als ich den Brief von Deiner Freundin bekam. Natürlich hast Du nichts geklaut, das hat sich diese gemeine Miss Stow ausgedacht, das war mir von Anfang an klar. Aber ich hatte keine Ahnung, wie ich Dich finden soll, und ich war total traurig, weil Du mir so gefehlt hat, und ich hatte Angst, Du bist wieder daheim und musst mit Deinem Dad klarkommen.*
Ich hab an Heiligabend die ganze Zeit geheult. All die Pläne, die wir hatten, unsere Weihnachtsstrümpfe, die Typen, mit denen wir uns im Empire *treffen wollten. Das war echt deprimierend. Ich hab mein neues Kleid noch gar nicht angehabt!*
Die anderen Mädchen glauben auch nicht, dass Du was angestellt hast, und finden es ganz schlimm, was man mit Dir gemacht hat. Hoffentlich fühlst Du Dich jetzt ein bisschen besser!
Bei mir ist eine Neue eingezogen. Sie heißt Janice und ist die langweiligste Person, die ich je kennengelernt habe. Dauernd sitzt sie rum und strickt, genau wie Madame Defarge in Dickens' Geschichte aus zwei Städten. Und der Pullover, den sie strickt, ist braun! Nur komplette Langweiler tragen so was! Manchmal würde ich sie am liebsten überreden, abends mit mir auszugehen, und sie dann vor die U-Bahn schubsen.
Ich rufe Dich Donnerstagabend an, und dann machen wir aus, wo und wann wir uns mal treffen können. Ich will nie die Verbindung zu Dir verlieren! Ich stelle mir immer vor, dass wir noch als alte Frauen dick befreundet sind. Sag Constance Danke von mir, weil sie mir geschrieben hat. Sie ist ein Engel!
Alles Liebe,
Deine Freundin Dylis

»Ach, Constance«, seufzte Molly, als sie den Brief sinken ließ, und wischte sich eine verirrte Träne aus dem Auge. »Vielen, vielen Dank, dass du ihr geschrieben hast! Sie glaubt auch nicht, dass ich etwas gestohlen habe.«

»Wer würde das schon von dir glauben?« Constance lächelte und schenkte Tee ein. »Na, wann seht ihr zwei euch denn?«

»Sie will Donnerstag anrufen.« Mollys Augen glänzten. »Ich bin schon ganz aufgeregt!«

Genau am Donnerstag betrat Charles Sanderson Pats Café. Der Mann mochte ein verschmutztes Gesicht haben und über und über mit Ziegelstaub bedeckt sein, aber er hatte die freundlichsten braunen Augen, die Molly je gesehen hatte, und ein Lächeln, mit dem er ganz Whitechapel hätte erhellen können.

»Nanu, was treibt denn so eine hübsche kleine Maus in dieser Kaschemme?«, fragte er, während er sich an die Theke lehnte und ihr direkt in die Augen schaute. Molly ertappte sich dabei, dass sie den Mund auf- und zumachte wie ein Fisch, der nach Luft schnappt.

»Wollen Sie wirklich ein Sandwich mit Eiern *und* Speck?«, fragte sie, weil ihr keine klügere Antwort einfiel.

»Allerdings. Ist das ein West-Country-Akzent, den ich da höre?«

Er sah sie so eindringlich an, dass sie kein Wort herausbrachte, also nickte sie nur.

»Ich bin da mal hingefahren, aber es war geschlossen«, sagte er.

»Freche Cockneys haben bei uns keinen Zutritt«, gab sie zurück.

Er lachte, und um seine schönen braunen Augen bildeten sich winzige Fältchen. »Und was führt ein Mädel aus dem schönen West Country in die Großstadt?«, fragte er und lehnte sich so weit über die Theke, als wollte er die Arme nach ihr ausstrecken und sie festhalten.

»Das ist eine lange und langweilige Geschichte«, erwiderte sie. »Sagen wir einfach mal, ich hatte nicht damit gerechnet, Speck-und-Ei-Brote zu machen, um meinen Lebensunterhalt zu verdienen.«

Sie drehte sich zum Herd um, legte den Speck in die Pfanne und bestrich das Brot mit Butter. »Tee?«, fragte sie über die Schulter.

Gerade waren zwei andere Männer hereingekommen, und er warf ihnen einen kurzen Blick zu. »Ich würde gern noch länger plaudern«, sagte er. »Wann wird's hier denn ruhiger?«

»Um drei, wenn ich nach Hause gehe«, sagte sie.

»Na schön, bis dann also.« Er zwinkerte ihr zu.

Er beobachtete schweigend, wie Molly sein Sandwich belegte, den beiden anderen Männern Würstchen und Pommes servierte, für alle Tee einschenkte und die Registrierkasse bediente.

»Ausgesprochen tüchtig«, stellte er fest, als sie ihm sein Sandwich reichte. »Und noch dazu sehr hübsch.«

Molly musste lachen. Er hatte ein unwiderstehlich freches Grinsen, und seine Stimme war tief und melodisch. »Und das von einem Mann, der mit Ziegelstaub überzogen ist!«

Plötzlich kamen acht, neun Leute auf einmal herein, und er war gezwungen, sein Sandwich zu nehmen und sich irgendwohin zu setzen. Molly hatte zu viel zu tun, um auch nur einen Blick in seine Richtung zu werfen, und als sie endlich einen Moment Zeit hatte, um die Tische abzuräumen, war er nicht mehr da.

Als sie das Café verließ, war weit und breit nichts von ihm zu sehen, und obwohl sie ein bisschen enttäuscht war, überraschte es sie nicht weiter. Es kam oft vor, dass Männer ihr Komplimente machten – vor allem wohl, um vor ihren Kumpeln anzugeben, dachte Molly –, und zwei oder drei hatten sogar mit ihr ausgehen wollen. Aber wie dem auch sei, heute Abend erwartete sie Dilys' Anruf, und das war mehr als genug Aufregung für einen Tag.

Sie bog gerade in die Myrdle Street ein, als sie hinter sich schnelle Schritte hörte, und als sie sich umdrehte, war es der Mann aus dem Café. Er hatte sich das Gesicht gewaschen und war außer Atem.

»Bin nicht früher weggekommen«, japste er. »Ein Glück, dass ich Sie noch erwischt hab.«

Mollys Herz machte einen Satz. Er war kein Schönling wie im Film, aber er hatte ein wirklich nettes Gesicht, und es schmeichelte ihr, dass er genug Interesse an ihr hatte, um ihr auf der Straße nachzulaufen.

»Arbeiten Sie auf einer Baustelle in der Nähe?«, fragte sie.

»Ja. Wir haben den Bombentrichter gleich beim Café um die Ecke ausgeräumt und fangen nächste Woche mit dem Fundament für einen neuen Wohnblock an.«

Molly freute sich insgeheim, dass er noch einige Zeit in der Gegend zu tun hatte. »Wohnen Sie in der Nähe?«, fragte sie.

»Bethnal Green«, antwortete er. »Aber was bringt Sie hierher? Für Whitechapel sind Sie viel zu fein.«

Molly kicherte. »Ich bin genauso wie viele andere Leute, die hier landen – ich wusste nicht, wo ich sonst hin sollte.«

»Lassen Sie hören«, forderte er sie auf, während er ihre Hand nahm und unter seinen Arm zog.

Sie gingen gemeinsam weiter. »Ich bin praktisch daheim, und ich kann Sie nicht mitnehmen, weil ich bei einer älteren Dame von der Church Army wohne«, erklärte sie. »Außerdem weiß ich nicht mal Ihren Namen!«

»Charley«, sagte er prompt. »Charles Sanderson aus Bethnal

Green, siebenundzwanzig Jahre alt. Ich habe noch alle meine eigenen Zähne im Mund und war zum Glück zu jung, um im Krieg eingezogen zu werden, aber ich habe danach meinen Wehrdienst geleistet und bin nach Deutschland geschickt worden.«

»Der komprimierte Lebenslauf gefällt mir, aber Sie können trotzdem nicht mitkommen.« Molly grinste ihn an. »Ich bin Molly Heywood, Kaufmannstochter aus Sussex. Ich habe bei *Bourne & Hollingsworth* gearbeitet, bin aber wegen etwas, was ich nicht getan habe, gefeuert worden. Deshalb bin ich jetzt hier.«

»Die haben behauptet, Sie hätten geklaut, was?«

Molly erklärte ihm kurz, was vorgefallen war. »Ich habe das wirklich nicht getan, das schwöre ich bei Gott.«

»Glaub ich sofort. Es wär mir aber auch egal, wenn's anders wäre«, sagte er. »Diese Nobelläden sind doch alles Ausbeuter und behandeln ihre Angestellten wie Leibeigene.«

»Mir hat es dort eigentlich sehr gut gefallen, und ich habe auch gern im Wohnheim gewohnt. Weil Constance der einzige Mensch war, den ich in London kannte, habe ich mich an sie gewandt. Das war Heiligabend, und mittlerweile haben wir Ende Februar. Jetzt hoffe ich, einen Job in einem Hotel in Sussex oder Kent zu finden.«

Sie blieb vor Haus Nr. 92 stehen. »Da wären wir«, sagte sie.

»Hätten Sie vielleicht Lust, heute Abend mit mir ins Kino zu gehen?«, fragte er. »Da läuft gerade *Die feurige Isabella*. Mögen Sie John Gregson?«

»Ja, sehr sogar, und ich würde auch gern den Film sehen, aber heute geht's nicht«, sagte sie. Abgesehen davon, dass Dilys anrufen wollte, konnte sie sich ruhig ein bisschen unnahbar geben, fand sie. Außerdem wollte sie erst Constance von ihm erzählen.

»Morgen vielleicht? Wenn Sie wirklich vorhaben, Whitechapel den Rücken zu kehren, bleibt mir ja nicht mehr viel Zeit, es Ihnen auszureden.«

Sie schaute in seine warmen braunen Augen, und ihr Herz schlug einen Purzelbaum.

»Ausreden lasse ich es mir sicher nicht, aber morgen Abend geht in Ordnung«, sagte sie und fragte sich, ob man ihr wohl ansah, wie sie sich gerade fühlte.

»Na, warten wir's ab«, bemerkte er mit einem breiten Grinsen. »Ich hol Sie um sieben ab.«

Molly sah ihm nach, als er davonschlenderte. Er war groß, bestimmt über eins achtzig und hatte breite Schultern und schmale Hüften. Sein braunes Haar hätte einen Schnitt vertragen können, und die Wetterjacke, die er trug, war ziemlich abgetragen, aber irgendwie hatte er Stil. Ihr gefiel die Art, wie er sich bewegte, mit geradem Rücken, hocherhobenem Kopf und schwungvollen Schritten. Als er sich umdrehte und ihr zuwinkte, wurde sie rot, weil er jetzt wusste, dass sie ihn beobachtet hatte. Sie winkte trotzdem zurück. Ein leichtes Prickeln freudiger Erregung regte sich in ihr.

»Und der arme George daheim in Sawbridge hat ausgedient?«, meinte Constance und zog fragend die Augenbrauen hoch.

Molly hatte ihrer Freundin sofort alles über Charley erzählt, und wie üblich schien Constance ihre Gedanken zu lesen und in die Zukunft zu blicken.

»Hätte nicht schon vor Jahren etwas passieren müssen, wenn George und ich füreinander bestimmt wären?«

»Ja, wahrscheinlich«, sagte Constance. »Aber sei vorsichtig mit diesem Charley. Die Burschen in London sind wesentlich dreister als die auf dem Land. Gib ihnen den kleinen Finger, und sie nehmen die ganze Hand! Aber wenn er dich überreden kann hierzubleiben, werde ich ihm ewig dankbar sein.«

Dilys rief Punkt halb sieben an. »Ach, Molly, ich hab dich ja so vermisst!«, rief sie, und Molly musste lächeln, als sie den melodischen walisischen Akzent hörte.

»Ich wette, ich habe dich noch viel mehr vermisst«, gab sie zurück. »Ich hatte mich schon damit abgefunden, dich nie wiederzusehen. Und weil ich Angst hatte, sie überprüfen deine Post, habe ich mich nicht getraut, dir zu schreiben. Wahrscheinlich war Miss Jackson früher bei der Gestapo. Constance hat mir nicht erzählt, dass sie dir geschrieben hat, und dein Brief war eine ganz tolle Überraschung.«

Sie plauderten noch eine ganze Weile. Dilys berichtete ihr den neuesten Klatsch aus dem Wohnheim, und Molly erzählte von ihrer Arbeit im Café.

»Suchst du immer noch nach Petal?«, fragte Dilys.

»Ja. Ich frage überall herum in der Hoffnung, irgendwelche Hinweise auf die Person zu finden, die sie entführt hat. Hier erinnern sich viele Leute an sie und Cassie. Sie hatten die beiden wirklich gern und würden mir bestimmt sagen, wenn sie etwas wüssten, aber sie wissen rein gar nichts. Ich glaube aber, dass Cassie aus Kent oder Sussex kam, und zwar von der Küste. Ich will versuchen, irgendwo da unten Arbeit zu finden, dann kann ich weitersuchen und spüre vielleicht Angehörige von ihr auf.«

»Du bist wirklich eine treue Freundin«, meinte Dilys. »Die meisten Leute hätten längst aufgegeben.«

»Ich kann nicht aufgeben. Ich sehe ständig Petals süßes kleines Gesicht vor mir und muss daran denken, wie sehr Cassie sie geliebt hat. Und ich finde, es ist meine Pflicht, das Rätsel aufzuklären.«

»Erlaubt dir dein Pflichtgefühl, mich am Samstag zu sehen?«, fragte Dilys. »Gehen wir tanzen? Ins *Empire*? Wir könnten uns gegen acht vor dem Lokal treffen.«

Molly fing an zu lachen.

»Was ist so komisch?«, wollte Dilys wissen.

»Du, ich, der Plan, im *Empire* tanzen zu gehen. Ich bin so froh, dass du angerufen hast! Ist das nicht Grund genug zum Lachen?«

KAPITEL 12

Zwei Wochen nach ihrer ersten Begegnung mit Charley wachte Molly morgens auf und stellte fest, dass ihr Zimmer in trübes graues Licht getaucht war. Sie stöhnte. Es hatte über Nacht also wieder mal geschneit! Ihr graute vor dem Moment des Aufstehens, und sie kuschelte sich tief in ihre Decken.

Mittlerweile war es März geworden, und sie hatte sich allmählich schon auf den Frühling eingestellt. Aber der Winter wollte anscheinend noch einmal zeigen, was er konnte, bevor er endgültig den Rückzug antrat. Molly hatte die Kälte und die sonnenlosen Tage so satt, das Husten und Niesen von allen Seiten, den Anblick der kleinen Kinder mit den wunden roten Nasen. Es nahm ihr alle Lebensfreude.

Eigentlich sollte sie in Hochstimmung sein, denn erst gestern hatte Constance ihr erzählt, dass Freunde von ihr, die an der Südküste in Rye ein kleines Hotel besaßen, gern ein Vorstellungsgespräch mit ihr führen würden. Wenn sie die Stelle bekam, könnte sie in Wärme und Behaglichkeit leben, und im Frühling würde sie in einem wunderschönen Teil Englands leben und den Slums von Whitechapel Lebewohl sagen.

Aber sie war nicht in Hochstimmung. Sie war verunsichert.

Nicht wegen des Jobs – der klang perfekt. Gesucht wurde eine Allround-Hilfskraft, Barfrau, Empfangsdame und Zimmermädchen, kurz und gut, ideale Voraussetzungen, um wertvolle Erfahrungen zu sammeln. Außerdem wäre es schön, andere Menschen kennenzulernen, die nicht so niedergedrückt und arm waren wie die Leute hier im East End.

Nur hatte die Sache gleich zwei Haken. Einer war Charley. Molly wollte nicht von ihm wegziehen. Der andere war Dilys. Sie hatte ihre Freundin eben erst wiedergefunden und wollte auch sie nicht verlieren. Diese zwei Menschen bedeuteten ihr sehr viel. Dilys würde ihr regelmäßig schreiben und vielleicht sogar einmal Urlaub in Rye machen, das wusste sie, aber Charley könnte das Interesse verlieren, wenn er Molly nicht mehr so oft zu sehen bekam.

Dilys und sie hatten sich an dem Abend, als sie ins *Empire* am Leicester Square gingen, glänzend amüsiert. Einander wiederzusehen wirkte wie ein Zaubertrank, der sie in zwei kichernde Schulmädchen verwandelte. Sie schwatzten, als hätten sie einen Monat in Einzelhaft verbracht, tanzten mit jedem, der sie aufforderte, flüchteten aber nach jedem Tanz, um wieder die Köpfe zusammenzustecken. Sie hatten sich so viel zu erzählen, dass es ihnen so vorkam, als würde die Zeit dafür nie reichen.

Als sie sich am Ende des Abends voneinander verabschiedeten, meinte Dilys: »Einmal, als wir einen über den Durst getrunken hatten, hast du gesagt, wir werden immer noch befreundet sein, wenn wir mal alt und grau sind. Und ich glaube, das stimmt. Auch wenn wir jede den Richtigen finden, heiraten und einen Haufen Kinder kriegen, werden wir in Verbindung bleiben. Und wenn wir sechzig sind, werden wir uns angucken und beide finden, dass wir uns kein bisschen verändert haben, und ich wette, wir werden noch genauso kichern wie heute Abend.«

Molly sah es genauso. Vielleicht würden sie eines Tages getrennte Wege gehen, aber das unsichtbare Band zwischen ihnen würde immer bestehen bleiben.

Bei Männern sah es anders aus; da hieß es, alles oder nichts. Seit ihrer ersten Verabredung mit Charley, als er mit ihr ins Kino gegangen war, sah sie ihn fast jeden Tag, meistens nach der Arbeit auf einen Drink im Pub oder eine Tasse Tee im Café. Aber sie hätte auch bei Wind und Wetter an einer Straßenecke ausgeharrt, wenn es bedeutet hätte, ihn sehen zu können. Er war gescheit, rücksichtsvoll, lustig und großzügig – also alles, was sie sich je von einem Freund erträumt hatte –, und er ließ ihr Herz schneller schlagen.

Wahrscheinlich war es ganz gut, dass die Kälte sie daran hinderte, irgendwohin zu gehen, wo sie allein sein konnten, denn schon ein einziger Kuss von ihm entflammte sie. Sie war sich ziemlich sicher, dass sie aufs Ganze gehen würde, wenn sie irgendwo ein warmes, behagliches Plätzchen für sich hätten.

Mit am nettesten an Charley war allerdings, dass er sich wie ein Gentleman benahm. Seine Eltern, die in Bethnal Green lebten, waren nach seinem eigenen Eingeständnis »ein bisschen ruppig«. Er war bei Kriegsbeginn nach Sussex evakuiert worden, und die Leute, bei denen er einquartiert wurde, waren »feine Pinkel« gewesen, wie er es nannte.

»Ich hab meinen Augen nicht getraut, als ich ihr Haus zum ersten Mal sah«, sagte er, und seine Augen leuchteten, als würde er diesen magischen Moment noch einmal erleben. »Ein Mordsding – allein an der Vorderfront zwanzig Fenster! Sie haben mich genommen, weil sie Hilfe im Garten und bei ihren Pferden brauchten, und ich war der älteste und kräftigste Junge unter den Evakuierten.«

»Waren sie nett zu dir?«, fragte sie.

»Eher fair als nett. Gefühle wurden nicht zur Schau gestellt, und so was wie Kuscheln gab's schon gar nicht. Aber ich glaube, sie hatten mich gern. Ich bekam viel besseres Essen als daheim und hatte ein eigenes Bett, in dem ich schlafen konnte – zu Hause musste ich es mit zwei Brüdern teilen. Aber am besten war für mich zu lernen, wie Leute mit Geld und einer gehobenen gesellschaftlichen Stellung leben und sich benehmen. Ich hab das alles förmlich aufgesogen und mir geschworen, eines Tages genauso zu leben.«

»Und wie war es, wieder nach Hause zu kommen?«

»Furchtbar.« Er schnitt ein Gesicht. »Überall Bombentrichter, ganze Häuserzeilen, die ausradiert waren. Mum und Dad waren praktisch Fremde, und sie hatten das Gefühl, dass ich auf sie hinunterschaue und zu ›hochgestochen‹ rede.«

»Wahrscheinlich hat es sie belastet, dass jemand anders dir Dinge geben konnte, die du von ihnen nicht bekommen hast«, meinte sie verständnisvoll.

Er schnaubte verächtlich. »Von wegen. Die waren vor allem sauer, weil ich ein, zwei Sachen gelernt hatte, als ich weg war, unter anderem, dass ihnen das Saufen wichtiger war als ihre Kinder. Sie wussten genau, dass ich nicht treu und brav meinen Lohn daheim abliefern würde, wenn ich erst mal Arbeit hatte. Warum sollte ich – nur damit sie noch mehr trinken konnten?«

Er machte eine Pause, um Molly durchs Haar zu fahren, und lächelte sie an. »Das klingt jetzt hart, aber falls du sie je kennenlernst, wirst du verstehen, was ich meine. Wie auch immer, ich fand ein paar Jobs und machte bei Aufräumarbeiten mit, während ich darauf wartete, zum Heer eingezogen zu werden. Ich war schon ein paar Jahre über das wehrpflichtige Alter hinaus, aber weil mich die Familie in Sussex nicht verlieren wollte, haben sie ihre Beziehungen spielen lassen, damit ich bei ihnen bleiben konnte. Aber als ich erst mal wieder in London war, wusste ich, dass ich wahrscheinlich bald eingezogen würde. Und so war es dann auch. Aber eigentlich war das nach der Evakuierung das Zweitbeste, was mir passiert ist. Ich habe den Führerschein gemacht und nicht nur gelernt, Autos und Laster zu fahren, sondern auch Kräne und andere Maschinen zu bedienen. Als ich draußen war, habe ich sofort eine Stelle bei *Wates* bekommen.«

Molly wusste, dass *Wates* eines der größten Bauunternehmen in London war. Die Firma hatte überall im East End Aufträge für die Räumung von Bombentrichtern und die anschließende Errichtung von Wohnhäusern und anderen Gebäuden. Einer von Charleys Kollegen hatte ihr erzählt, dass er sich nach oben gearbeitet und es zum Vorarbeiter gebracht hatte. Außerdem war ihr an der Haltung der Männer, die unter seiner Leitung arbeiteten, aufgefallen, dass sie ihn respektierten und seinen Ehrgeiz, es im Leben zu etwas zu bringen, bewunderten.

Zu Charleys langfristiger Planung gehörte es, Bauingenieur zu werden, und aus diesem Grund besuchte er zwei Mal in der Woche die Abendschule. Seinen Ehrgeiz und seine Ausdauer musste er dem Einfluss der Leute verdanken, bei denen er im Krieg einquartiert worden war. Nur wenige Männer, die tagsüber so hart arbeiteten wie er, würden daran denken, abends noch mal die Schulbank zu drücken, statt mit ihren Freunden im Pub abzuhängen.

Molly fand das alles sehr lobenswert, und es gefiel ihr, dass Charley es auch mit ihr sehr ernst zu meinen schien. Aber Männer erwarteten nach wie vor, dass Frauen sich ihnen und ihrer Lebensplanung anpassten, und deshalb würde er wahrscheinlich nicht sonderlich begeistert sein, wenn sie ihm erzählte, dass sie sich demnächst einen Tag freinehmen wollte, um nach Rye zu fahren und dort ein Vorstellungsgespräch zu führen.

Bestimmt würde er fragen, warum sie von Whitechapel und Constance wegwollte, obwohl sie sich hier wohlfühlte und einen Job hatte, der ihr Spaß machte. So ehrgeizig er selbst auch war, würde er trotzdem kaum begreifen, dass auch eine Frau den Wunsch haben könnte, Karriere zu machen.

Molly musste dieses Bewerbungsgespräch führen, allein schon, um Constance nicht vor den Kopf zu stoßen, nachdem diese sich die Mühe gemacht hatte, alles in die Wege zu leiten.

Und wenn es nicht irgendein Haar in der Suppe gab, musste Molly die Stelle auch annehmen, nicht nur Constance zuliebe, sondern weil sie mehr vom Leben erwartete, als bei Pat Speck und Eier zu braten.

Aber wie konnte sie Charley verlassen, wenn sie bei seinem Anblick weiche Knie bekam und ihr Herz zu bersten drohte? Und darauf würde es letzten Endes hinauslaufen, denn sie konnte sich nicht vorstellen, dass er einmal in der Woche nach Rye fahren würde, um sie zu sehen.

Als Molly sich später am Morgen auf den Weg zum Café machte, wurde die Tristesse des eisigen Winds und der dünnen Schneeschicht noch dadurch gekrönt, dass sie ausrutschte und hinfiel. Sie landete so hart auf dem Boden, dass sie glaubte, sie hätte sich ein Bein gebrochen. Sie musste weinen, so weh tat es. Ein Mann, der gerade vorbeikam, half ihr auf und bedauerte sie von ganzem Herzen. Zu ihrer Erleichterung waren nur ihre Knie aufgeschürft und ihre Strümpfe zerrissen.

Pat hingegen zeigte kein Mitleid. Sie war eine Frau um die sechzig, mit harten Zügen und eisgrauem Haar, über dem sie stets einen wie einen Turban geschlungenen Schal trug. Ihr fehlten mehrere Zähne, die verbliebenen Exemplare waren schmutzig wie alte Grabsteine, und zwischen ihren Lippen hing ständig eine Zigarette. Molly hatte mehr als einmal erlebt, wie ihr die Asche auf ein frisch zubereitetes Frühstück fiel.

»Wie oft hab ich dir gesagt, zieh Socken über deine Schuhe, wenn's draußen glatt ist!«, fuhr sie Molly an. »Brauchst mir gar nichts vorzuheulen, bloß weil du hingeknallt bist!«

Molly biss die Zähne zusammen. Sie war stark versucht, der Frau zu sagen, sie könne den Laden bald wieder allein schmeißen, wenn sie den Job in Rye bekam, aber das wäre ein Fehler gewesen. Pat konnte ziemlich bösartig werden.

Der Tag erschien Molly sehr lang. Ihr taten die Knie weh; die Gäste beschwerten sich über alles und jeden, und die Luft im Lokal war vom Qualm der Zigaretten zum Schneiden dick. Als es endlich drei Uhr war, teilte Pat ihr mit, dass sie ihr für den nächsten Tag keinen Lohn zahlen würde.

Molly hatte nichts anderes erwartet, aber als sie daran dachte, wie oft sie unbezahlte Überstunden gemacht hatte, wenn im Café viel los war, ärgerte sie sich doch.

Sie verbiss sich die Tränen und eilte hinaus. Sie war enttäuscht, weil Charley nicht gekommen war, und fürchtete, er könnte sich Sorgen machen, wenn er sie morgen nicht im Café anträf.

Als sie vorsichtig die Myrdle Street hinunterging und allen vereisten Stellen auswich, fiel ihr ein Stück weiter vorn ein Krankenwagen auf. Instinktiv wusste sie, dass er wegen Constance gekommen war.

Ihre aufgeschürften Knie und das Glatteis waren vergessen, und ohne jede Vorsicht legte sie das letzte Stück im Laufschritt zurück. Sie erreichte das Haus in dem Moment, als die Sanitäter Constance auf einer Trage hinausbrachten.

»Was ist denn passiert?«, fragte sie entsetzt.

Iris, die einen Stock weiter oben wohnte, legte eine Hand auf Mollys Schulter. »Sie glauben, dass sie einen Schlaganfall gehabt hat, Schätzchen. Ich hab ein lautes Wummern gehört und bin gleich runtergelaufen, und da lag sie der Länge nach auf dem Boden.«

»Sind Sie eine Verwandte?«, fragte einer der Sanitäter.

»Nein, aber ich wohne bei ihr«, antwortete Molly. »Darf ich bitte mitfahren?«

»Na klar doch«, sagte er. »Rein mit Ihnen!«

Es tröstete Molly nicht wirklich, dass der Sanitäter, der hinten im Wagen bei ihr saß, ihr versicherte, seiner Meinung nach wäre es nur ein leichter Schlaganfall, einer von der Sorte, bei denen sich die Leute vollständig erholten. Constance war kreidebleich, ihr Mund war grotesk verzerrt, und obwohl sie wieder bei Bewusstsein war, schien sie weder Molly noch ihre Umgebung wahrzunehmen.

Das London Hospital lag gleich an der Whitechapel Road, nur wenige Minuten entfernt, aber es schien eine Ewigkeit zu dauern, bis sie endlich dort waren. Molly hielt Constance' Hand fest in ihren beiden Händen und redete leise mit ihr in der Hoffnung, ihre Stimme würde ihre Freundin in die Wirklichkeit zurückholen.

Aber sie erhielt keine Antwort, und als die Sanitäter Constance erst einmal ins Krankenhaus hineingeschoben hatten, übernahm das medizinische Personal alles Weitere, und Molly erhielt die Anweisung, sich zu setzen und zu warten, bis ihre Freundin untersucht worden war.

Sie waren gegen vier Uhr nachmittags im Krankenhaus eingetroffen. Um halb neun am Abend wartete Molly immer noch. Jedes Mal wenn sie sich nach Constance' Befinden erkundigte, erhielt sie die knappe Auskunft, sie wäre »stabil« und man würde ihr Bescheid geben, wenn die Patientin in der Lage sei, Besucher zu empfangen.

Molly konnte sehen, wie viel das Personal zu tun hatte. Alle paar Minuten brachte ein Krankenwagen einen neuen Patienten; manche Leute kamen mit einem kranken Kind in den Armen hereingestürzt, andere schleppten sich mit den unterschiedlichsten Verletzungen herein. Den größten Teil der Zeit ging es zu wie in einem Irrenhaus. Die Leute schrien, um sich Gehör zu verschaffen, Kinder und Babys brüllten, und einige Erwachsene rasteten aus, weil dringlichere Fälle vorgezogen wurden.

Molly hatte den Überblick verloren, wie oft sie von einer Krankenschwester gehört hatte, Notfälle müssten zuerst untersucht werden. Diese Erklärung stellte nicht jeden zufrieden. Ein Mann, der anscheinend sturzbbetrunken war und nach seinem blutbeschmierten Gesicht zu urteilen eine Schlägerei hinter sich hatte, schleuderte einen Stuhl an die Wand, weil er längere Zeit warten musste. Er wurde von der Polizei abgeführt, und Molly fragte sich, ob es auf der Wachstube wohl einen Polizeiarzt gab, der ihn wieder zusammenflickte.

Sie hörte die Eltern des kleinen Jungen, den der Krankenwagen mit Blaulicht und Sirene gebracht hatte, laut weinen, und bedauerte sie von ganzem Herzen, aber sie brachte nicht einmal ein paar teilnahmsvolle Worte heraus, weil sie ständig daran denken musste, dass Constance sterben könnte. Und selbst wenn sie überlebte, war sie vielleicht gelähmt oder konnte nicht mehr sprechen, und das war Mollys Meinung nach genauso schlimm. Der Gedanke an den Tod erinnerte sie an Cassie und daran, dass sie immer noch nicht genug getan hatte, um Petal zu finden.

Es war gerade neun Uhr, als zu ihrer Überraschung Charley auftauchte. Sein Mantel war mit Schnee bestäubt, und der unruhige Blick, mit dem er sich umsah, sagte ihr, dass er nach ihr Ausschau hielt. Sie lief zu ihm, und er drückte sie fest an sich.

»Ich hab das mit deiner Freundin eben erst erfahren«, sagte er. »Ich war um fünf im Café, und Pat meinte, du wärst nicht so sonnig wie sonst gewesen. Weil ich zur Abendschule musste, konnte ich nicht gleich in der Myrdle Street vorbeischauen, aber danach bin ich sofort hin, und die Frau von oben hat mir erzählt, was passiert ist. Wie geht es Constance?«

Molly erklärte, dass sie immer noch wartete. »Ich rede mir schon die ganze Zeit ein, dass es umso besser ist, je länger es dauert«, sagte sie. »Aber ich weiß nicht, ob das stimmt. Hat Pat das mit dem sonnigen Gemüt wirklich gesagt?«

»Na ja, eigentlich hat sie gesagt, du wärst den ganzen Tag beschissen drauf gewesen, aber sie ist ja wirklich keine besonders nette oder mitfühlende Person. Aber du bist ja schon stundenlang hier – hast du irgendwas gegessen?«, fragte er.

Molly schüttelte bedrückt den Kopf. »Ich wollte sie nicht allein lassen«, sagte sie.

»Gleich gegenüber ist eine Fisch-und-Chips-Bude. Ich sage einer der Krankenschwestern, dass wir kurz weg sind und gleich zurückkommen.«

Molly war schon wieder etwas zuversichtlicher, als sie ins Krankenhaus zurückkehrten, auch wenn sie selbst nicht wusste, ob es daran lag, dass sich Charley geduldig ihre Befürchtungen angehört hatte, oder ob das Essen und die Tasse Tee ihre Wirkung taten. Als sie wieder im Wartezimmer saßen, platzte sie mit ihrem Vorstellungsgespräch vom nächsten Tag heraus. »Das ist jetzt natürlich gestorben, aber wenn es Constance morgen besser geht und sie mitbekommt, dass ich nicht nach Rye gefahren bin, ist sie bestimmt enttäuscht.«

Charley machte ein nachdenkliches Gesicht. »Wenn du morgen nicht hinfährst, bekommt jemand anders den Job«, sagte er schließlich. »Und vielleicht denkst du dann immer, du hättest die größte Chance deines Lebens verpasst.«

Das hatte sie nicht von ihm erwartet, und jetzt wusste sie nicht, was sie darauf erwidern sollte.

Er nahm ihre Hand in seine, zog sie an seine Lippen und küsste sie sanft. »Wenn ich ganz ehrlich bin, wäre es mir am liebsten, du würdest dort bleiben, wo du jetzt bist, nämlich gleich um die Ecke in Pats Café. Aber für diese Arbeit bist du viel zu schade, und du gehörst auch nicht nach Whitechapel.«

Sie glühte vor Freude und wollte ihn gerade fragen, wie und wann sie einander sehen würden, wenn sie aus London wegzog, als eine junge Krankenschwester zu ihnen trat. »Die Oberschwester hat mich gebeten, Sie zu holen«, sagte sie.

»Es geht ihr schon besser, oder?«, fragte Molly.

Die Schwester tat, als hätte sie nichts gehört. Molly warf einen fragenden Blick auf Charley. »Kann ich mitkommen?«, fragte er.

»Ja, natürlich«, antwortete die Schwester und bewies damit, dass mit ihrem Gehör alles in Ordnung war. »Die Oberschwester möchte allerdings kurz mit Ihnen sprechen, bevor Sie die Patientin sehen.«

In Mollys Kopf schrillten sämtliche Alarmglocken, als sie, dicht gefolgt von Charley, hinter der Schwester herhastete.

Die junge Frau führte sie in das kleine Büro der Oberschwester, durch dessen Fenster man in den Krankensaal blickte. Bei fast allen Betten waren die Vorhänge zugezogen, und von Constance war nichts zu sehen.

Diese Schwester war ganz anders als die, die Dienst gehabt hatte, als Molly am Nachmittag ins Krankenhaus kam. Schwester Jenner war älter, vielleicht Mitte fünfzig, und ein bisschen stämmig. Ihr gütiges rundes Gesicht verströmte Wärme und Mitgefühl.

»Schwester Constance hat sich ein wenig erholt«, sagte sie. »Es gibt Grund zu vorsichtigem Optimismus. Sie weiß, wo sie sich momentan befindet, und sie hat es geschafft, nach Ihnen zu fragen, Miss Heywood.«

Molly strahlte die Schwester an. »Gott sei Dank! Ich glaube, sie hat mich gar nicht erkannt, als wir sie hergebracht haben.«

»Es ist ein Fortschritt, auch wenn Sie merken werden, dass das Sprechvermögen durch den Schlaganfall stark beeinträchtigt ist. Und dass ist wohl Ihr junger Bekannter?«, fragte sie und sah Charley an.

Molly stellte Charley vor.

»Schwester Constance hat Miss Heywood offensichtlich sehr gern«, sagte Schwester Jenner zu ihm, »und es hilft ihr sicherlich zu wissen, dass ihre junge Freundin nicht ganz allein ist, solange sie im Krankenhaus liegt. Ich fürchte nämlich, das könnte eine ganze Weile dauern. Bekommen Sie keinen Schreck, weil sie so angegriffen aussieht, und machen Sie sich keine Sorgen, wenn sie plötzlich einschläft. Außerdem möchte ich Sie bitten, nicht länger als zehn Minuten zu bleiben. Sie braucht sehr viel Ruhe.«

Sie führte die beiden zur letzten Nische im Krankensaal. Als sie den Vorhang zurückzog, musste Molly sich auf die Lippen beißen, um nicht laut aufzuschreien, so elend sah Constance aus. Mit der Blässe hatte sie gerechnet, nicht aber damit, dass das Gesicht derart eingefallen wirkte und Kiefer- und Wangenknochen wie bei einem Totenschädel hervorstanden.

»Molly«, murmelte Constance. »Komm näher. Hab keine Angst.«

»Vor dir könnte ich nie Angst haben«, sagte Molly, während sie näher ans Bett trat und Constance' Hand nahm. »Aber du hast mir heute einen ganz schönen Schreck eingejagt. Das ist Charley, von dem ich dir schon erzählt habe. Er wollte dich auch besuchen kommen.«

Die Worte der Oberschwester hatten Molly Hoffnung gemacht. Während der endlosen Wartezeit hatte sie ständig daran denken müssen, wie schrecklich es wäre, Constance zu verlieren. Sie war es, die ihr geholfen hatte, als Molly völlig verzweifelt war; sie hatte sie in ihrem Zuhause aufgenommen und ihr Essen mit ihr geteilt, war ihre Freundin geworden und hatte ihr das Gefühl gegeben, geliebt zu werden. Sie hoffte, auf irgendeine Weise ausdrücken zu können, wie dankbar sie dafür war.

Charley ging auf die andere Seite des Betts und nahm Constance' andere Hand.

»Ich wäre Ihnen lieber unter erfreulicheren Umständen zum ersten Mal begegnet«, sagte er. »Aber ich hoffe, ich kann Sie einmal besuchen, wenn Sie wieder daheim sind. Molly spricht in den höchsten Tönen von Ihnen.«

Es schien, als wollte Constance Charley anlächeln, aber es wurde eher eine Grimasse daraus. »Wie schön, dem Mann, von dem Molly so oft spricht, endlich ein Gesicht geben zu können«, brachte sie mühsam heraus. »Sie hat mir erzählt, dass Sie ein Gentleman sind. Ich kann mich also hoffentlich darauf verlassen, dass Sie sich an meiner Stelle ein bisschen um sie kümmern?«

»Was für eine Frage, Schwester Constance«, sagte er und beugte sich vor, um ihre Hand zu küssen. »Das mache ich doch gern. Aber Sie müssen Molly sagen, dass sie morgen unbedingt zu diesem Vorstellungsgespräch fahren soll und den Job auch annehmen muss, wenn er ihr angeboten wird. Sie wissen auch, dass Whitechapel nichts für Molly ist, oder?«

Constance' blassblaue Augen ruhten auf seinem Gesicht. »Ja, Charley, das weiß ich. Aber unsere Molly neigt dazu, sich zu viele Gedanken darüber zu machen, was für andere gut ist. Das müssen wir ihr noch austreiben.«

»Hast du das gehört?« Charley sah Molly an. »Schwester Constance möchte, dass du nach Rye fährst.«

Die alte Dame wandte den Kopf zu Molly. »Ja, das stimmt. Du wirst mir fehlen, aber ich wünsche mir ein schönes Leben für dich.«

Plötzlich fielen ihr die Augen zu, und Molly erschrak so sehr, dass sie nach der Schwester klingelte. Die kam herbeigeeilt, lächelte aber, als sie Constance sah. »Sie ist nur eingenickt.« Die Schwester wandte sich an Molly und Charley. »Reden ermüdet sie, aber sie wird sich daran erinnern, dass Sie hier waren. Ihr Freund Reverend Adams wartet schon darauf, sie zu besuchen, Sie können jetzt also ruhig nach Hause gehen und morgen wiederkommen.«

Es war elf Uhr, als Charley Molly nach Hause in die Myrdle Street brachte. »Kommst du noch mit rein?«, fragte sie ihn.

Er legte seine Arme um sie und hielt sie fest. »Sosehr ich es mir wünsche, das wäre um diese Zeit nicht angebracht. Und vergiss nicht, was sie gesagt hat: Du fährst morgen zu diesem Gespräch.«

Molly lächelte schwach. »Sie wird sehr viel mehr Hilfe als bisher brauchen, wenn sie aus dem Krankenhaus kommt. Ich fühle mich ziemlich mies bei dem Gedanken, sie ausgerechnet jetzt im Stich zu lassen.«

»Sie hat hier in der Gegend Dutzende Freunde, die ihr bestimmt alle gern helfen werden, und wenn sie allein nicht zurechtkommt, wird die Kirche ein Pflegeheim für sie finden. Na schön, ich komme dann morgen Abend gegen sieben vorbei, um zu hören, wie es dir in Rye ergangen ist. Mach einfach einen Schritt nach dem anderen, Molly. Wenn man nicht zu viel nachdenkt, ergibt sich manches ganz von selbst.« Er legte einen Finger unter ihr Kinn, hob ihr Gesicht leicht an und küsste sie. »Und jetzt geh zu Bett und versuch ein bisschen zu schlafen.«

Charley schlenderte gedankenverloren die Myrdle Street zur Whitechapel Road hinauf. Würde Molly morgen nach Rye fahren? Oder würde ein irregeleitetes Pflichtgefühl sie bewegen hierzubleiben?

Er wusste, dass das East End dazu neigte, Menschen aufzusaugen und zu behalten. Schwester Constance war dafür ein gutes Beispiel. Molly könnte leicht denselben Weg einschlagen und ihr Leben damit verbringen, Menschen zu retten, ob es nun Trinker, Nutten, Kriminelle oder die Ärmsten der Armen waren. Sie hatte ein paar Bemerkungen über ihren Vater fallen lassen, die darauf hinwiesen, dass der Mann ein brutaler Tyrann war, der seine Tochter möglicherweise auf Opferbereitschaft gedrillt hatte. Falls dem so war, war es ihr vielleicht zur zweiten Natur geworden, sich verpflichtet zu fühlen, jenen zu helfen, die Hilfe am nötigsten brauchten.

Sie ließ zu, dass sie im Café von Pat wie eine Sklavin behandelt wurde, und er spürte, dass Molly sich jetzt schon überlegte, wie sie Constance betreuen könnte, wenn die Freundin aus dem Krankenhaus entlassen wurde. Das durfte er nicht zulassen; sie verdiente weit mehr als das, was sie jetzt hatte, und eine Stelle in einem anständigen Hotel könnte ihr Durchbruch sein. Wenn sie all die besonderen Fähigkeiten, die sie besaß, vereinte, um jedem Hotelgast das Gefühl zu geben, er wäre die wichtigste Person in der Welt, würde sie im Handumdrehen eine steile Karriere machen.

KAPITEL 13

Molly war ein wenig beklommen zumute, als sie das Hotel *George* in Augenschein nahm. Es war ein schöner, alter Gasthof, vermutlich aus dem 18. Jahrhundert. Die Vorderfront war mit geometrisch gemusterten Fliesen verkleidet. Molly fragte sich, was die Muster darstellen sollten, und beschloss, danach zu fragen. Sicher hatte das Gebäude eine interessante Geschichte; vielleicht spukte es dort sogar! Aber nicht das war es, was ihr Angst machte. Sie war überzeugt, nicht gut genug zu sein, um in einem so vornehmen Haus zu arbeiten.

Rye, eine Kleinstadt, die noch über ihre mittelalterlichen Festungswälle verfügte, duckte sich inmitten windzerzauster Marschen auf einem Hügel. Die Menschen im West Country behaupteten, die schönsten Städte und Dörfer Englands gäbe es bei ihnen, aber für Molly war Rye die hübscheste, malerischste kleine Stadt, die sie je gesehen hatte. Sie übertraf alles, was das West Country zu bieten hatte. Als sie vom Bahnhof über das Kopfsteinpflaster der schmalen Straßen mit ihren schmucken kleinen Häusern lief, fühlte sie sich ein paar Jahrhunderte in die Vergangenheit zurückversetzt. Die Sonne war herausgekommen, und obwohl es nach wie vor eiskalt und windig war, fielen ihr beim Aussteigen vor allem die klare Luft und die Ruhe auf. Sie hatte sich so sehr an Londons Abgase, den Verkehrslärm und die üblen Gerüche gewöhnt, dass sie fast vergessen hatte, was frische Luft und Stille waren. Natürlich gab es am Bahnhof und auf der Hauptstraße auch Verkehr, aber verglichen mit der Whitechapel Road ging es hier ruhig und ländlich zu.

Schon jetzt, ohne Genaueres über den Job zu wissen, wünschte sie sich, hier zu leben. Sie konnte gut verstehen, warum Cassie diese Stadt in ihren Aufzeichnungen so oft erwähnt hatte.

Bevor sie eintrat, holte Molly tief Luft. Hoffentlich bat man sie nicht, ihren tiefblauen Mantel abzulegen, der mit der dazu passenden Mütze sehr schick aussah und ihr auch gut stand, wie sie wusste. Leider sah das schwarze Etuikleid, das sie darunter trug, ziemlich billig aus – kein Wunder, denn es hatte wirklich nicht viel gekostet. Sie hatte es auf dem Markt erstanden, und es wirkte bei Weitem nicht so elegant, wie sie gehofft hatte.

Entschlossen trat sie an die Rezeption und sagte zu der rothaarigen Frau, die dahinter saß: »Ich habe einen Termin bei Mrs. Bridgenorth. Mein Name ist Molly Heywood.«

Wie sie es bei einem so alten Gebäude erwartet hatte, hing ein leicht muffiger Geruch in der Luft, und der gemusterte Teppichboden hatte schon bessere Tage gesehen, aber insgesamt wirkte das Hotel freundlich und anheimelnd, fast so, als würde man nach Hause kommen. Bei diesem Gedanken musste sie leise lachen. Schließlich hatte sie es nie besonders toll gefunden, in ihr eigenes Zuhause zurückzukehren.

Die Empfangsdame telefonierte kurz und wandte sich dann lächelnd an Molly. »Mrs. Bridgenorth hat mich gebeten, Sie in die Bibliothek zu führen und Ihnen Kaffee zu bringen. Sie wird gleich bei Ihnen sein.«

Die Bibliothek war ein kleiner, von Bücherregalen gesäumter Raum, der durch das prasselnde Feuer im Kamin sehr gemütlich wirkte. Der Platz reichte gerade für ein Sofa, zwei Sessel und ein paar kleine Beistelltische. Alles, einschließlich der Bücher, sah reichlich alt und mitgenommen aus, aber an einem kalten Wintertag, dachte Molly, war es sicher genau der richtige Ort, um sich zurückzuziehen und wohlzufühlen.

Die Empfangsdame kam mit einem Tablett zurück, auf dem Kaffee, heiße Milch und ein Teller mit Schinkenbroten standen. »Mrs. Bridgenorth meinte, Sie wären vielleicht hungrig, nachdem Sie so früh aufstehen mussten, um den Zug zu erwischen«, sagte sie. »Greifen Sie ruhig zu! Sie kommt gleich.«

Die Sorge um ihr Wohlbefinden rührte Molly. Sie hatte tatsächlich Hunger, und es war schön, sich in einem so warmen Zimmer aufzuhalten. Seit sie in Whitechapel lebte, hatte sie es nicht mehr richtig warm gehabt.

Mrs. Bridgenorth kam ungefähr zehn Minuten später. Sie war eine stattliche Frau in den Vierzigern mit gewelltem blondem Haar und trug einen karierten Faltenrock, ein blaues Twinset und eine Perlenkette.

»Freut mich, Sie kennenzulernen, Molly«, sagte sie und hielt ihr lächelnd die Hand hin. »Schwester Constance hält offenbar große Stücke auf Sie – sie konnte gar nicht genug lobende Worte finden. Wie kommt sie denn bei dieser schlimmen Kälte zurecht?«

Als sie sich beide hingesetzt hatten, erklärte Molly, dass Constance einen Schlaganfall erlitten hatte. »Sie sah gestern Abend sehr elend aus«, sagte sie. »Eigentlich wollte ich gar nicht herkommen, aber sie hat darauf bestanden.«

»Du meine Güte«, sagte Mrs. Bridgenorth betroffen. »Ich muss zusehen, dass ich morgen zu ihr fahre. Sie ist so ein Schatz, und wir sind befreundet, seit ich ein kleines Mädchen war. Sie hat es Ihnen vielleicht erzählt; sie hat einen Sommer in dem Hotel in Bournemouth verbracht, das meine Eltern führten, um sich um mich zu kümmern. Sie war einfach toll – freundlich, aufmerksam und immer fröhlich. Wir hätten uns nie träumen lassen, dass sie sich dafür entscheiden würde, ihr Leben der Church Army zu weihen. Wir dachten, sie würde heiraten und ein halbes Dutzend Kinder kriegen.«

»Wirklich schlimm, dass ihr Verlobter gefallen ist«, sagte Molly. »Seither widmet sie ihr ganzes Leben anderen Menschen – sie ist eine wahre Heilige. Ich mache mir große Sorgen, wie sie nach dem Schlaganfall zurechtkommen wird, aber da sie in Whitechapel von allen geliebt und verehrt wird, werden ihre Freunde und Nachbarn ihr sicher helfen, denke ich.«

»Seltsamerweise befürchtet Constance, Sie könnten in dieselbe Falle tappen wie sie selbst«, bemerkte Mrs. Bridgenorth. »Sie hat gesagt – und ich zitiere jetzt wörtlich: ›Evelyn, das Mädchen ist wie eine jüngere Ausgabe meiner selbst. Wenn ich ihr nicht einen Schubs in die richtige Richtung gebe, wird sie noch so enden wie ich.‹«

Man sah Molly offenbar an, wie bestürzt sie war, denn Mrs. Bridgenorth brach in Lachen aus. »Genau das hat sie gesagt, Molly. Jetzt denken Sie vielleicht noch, es wäre nicht so schlimm, wie Constance zu leben, aber ihr war immer bewusst, dass sie auf ein gemütliches Zuhause, einen Mann und Kinder verzichtet hat, und das wünscht sie Ihnen nicht.«

Dann begann Mrs. Bridgenorth, über das Hotel und die Aufgaben zu sprechen, die Molly zu übernehmen hätte, falls sie die Stelle annahm.

»Mein Plan wäre, Sie zunächst einmal mit allen Bereichen des Hotels vertraut zu machen, damit Sie vollständig begreifen, wie hier alles funktioniert. Das heißt, Sie würden eine Woche im Speisesaal beim Frühstück bedienen und den Rest des Vormittags die Zimmer aufräumen und sauber machen. Am Abend könnten Sie vielleicht an der Bar arbeiten. Eine weitere Woche könnten Sie in der Küche bei der Zubereitung von Frühstück, Mittag- und Abendessen helfen, und die nächste am Empfang arbeiten und dabei lernen, Hochzeitsempfänge und private Feiern zu organisieren. Wie hört sich das für Sie an? Constance hat mir erzählt, dass Sie das Lebensmittelgeschäft Ihrer« Eltern praktisch im Alleingang geführt haben, und ich glaube kaum, dass Sie hier große Schwierigkeiten hätten.«

»Es klingt ganz wundervoll«, antwortete Molly.

»Im Winter geht es bei uns eher ruhig zu, da haben wir meistens nur den einen oder anderen Geschäftsmann im Haus, aber zu Ostern kommt dann alles langsam wieder in Gang. Und danach sind wir fast immer bis Ende September ausgebucht. Aber im Restaurant ist das ganze Jahr über viel los, vor allem an den Wochenenden, und dann haben wir hier im Haus auch viele Hochzeitsempfänge. Ich zeige Ihnen gleich unseren Ballsaal; er ist wirklich traumhaft schön.«

Zwei Stunden später saß Molly im Zug nach Ashford, wo sie nach London umsteigen musste. Man hatte ihr die Stelle tatsächlich angeboten! Sie war schrecklich aufgeregt und hatte Mrs. Bridgenorth versichert, sie würde liebend gern in Rye arbeiten. In acht Tagen, am 27. März, sollte sie kommen und gleich am nächsten Tag mit der Arbeit anfangen.

Als Anfangsgehalt würde sie drei Pfund pro Woche bekommen, was ihr erstaunlich üppig vorkam. Und das Zimmer im Dachgeschoss, das man ihr zugewiesen hatte, war wunderhübsch. Es war zwar klein, hatte aber alles, was sie brauchte, und das Bett fühlte sich sehr bequem an. Wie Mrs. Bridgenorth ihr erklärt hatte, würde ihre Arbeitszeit davon abhängen, in welchem Bereich sie gerade tätig war. So würde sie beispielsweise in einer Woche jeden Nachmittag und dazu noch einen ganzen Tag nach Vereinbarung frei haben, in der darauffolgenden Woche hingegen vielleicht nur tagsüber arbeiten. Außerdem stand ihr jeden Monat ein dienstfreier Sonntag zu.

Abgesehen von John Masters, dem Küchenchef, stammten alle Angestellten aus Rye und wohnten außerhalb des Hotels. Der Koch bewohnte ein paar Räume unten bei der Küche, und auch die Besitzer lebten im Hotel. Mrs. Bridgenorth hatte auf eine Tür im ersten Stock gezeigt und gesagt, dort ginge es zu ihrer Wohnung, Molly aber nicht hineingebeten.

Wenn sich nicht die Frage gestellt hätte, ob und wann sie Charley nach ihrem Umzug wiedersehen würde, wäre Molly vor Begeisterung auf und ab gehüpft. Lag Charley genug an ihr, um jedes Mal, wenn sie sonntags frei hatte, eine Fahrt von hundertfünfzig Meilen auf sich zu nehmen? Und würde es sich lohnen, an ihrem freien Tag unter der Woche nach London zu fahren, nur um ihn für einige wenige Stunden nach der Arbeit zu sehen? Die Züge von Ashford nach Rye verkehrten nicht gerade häufig, und wenn sie den letzten verpasste, müsste sie die ganze Nacht auf dem Bahnhof verbringen.

Molly fuhr direkt vom Bahnhof Charing Cross zum London Hospital, um Constance zu sehen und von ihrem erfolgreichen Bewerbungsgespräch zu berichten.

Da man ihr schon am Vorabend mitgeteilt hatte, dass Constance auf eine andere Station verlegt würde, ging sie direkt zum Informationsschalter. Einer der beiden Angestellten schaute im Register nach, sah dann leicht nervös zu Molly und meint, er müsse erst mit der Oberschwester reden.

Als Schwester Jenner mit ihm zurückkam, wusste Molly sofort, dass etwas Schlimmes passiert war.

»Würden Sie bitte mitkommen, Miss Heywood?«, sagte die Oberschwester, bevor Molly auch nur den Mund aufmachen konnte. Sie führte Molly in einen kleinen Raum und bat sie, Platz zu nehmen.

»Es tut mir sehr leid, Miss Heywood«, begann sie, »aber Schwester Constance ist heute Morgen um zehn Uhr verstorben. Ich dachte, Reverend Adams hätte Sie bereits verständigt.«

»Ich bin heute früh aus dem Haus gegangen, um einen Zug

zu erwischen, und jetzt vom Bahnhof direkt hierhergekommen«, sagte Molly.

»Ach, du meine Güte! Wissen Sie, da Reverend Adams Telefon hat, konnten wir ihn heute Morgen, als wir den Eindruck hatten, dass sich ihr Zustand verschlechtert, gleich anrufen. Er kam sofort her und war bei ihr, als sie starb.«

Molly brachte einen Moment lang kein Wort heraus, so groß war der Schock. »A-a-aber ich dachte, es ging ihr schon besser!«

»Das dachten wir auch.« Schwester Jenner nahm Mollys Hand und hielt sie tröstend in ihren beiden Händen. »Aber es lässt sich nicht immer absehen, welche Folgen ein Schlaganfall haben kann, und Schwester Constance war vorher schon geschwächt. Wie es scheint, war die tatsächliche Todessache ein Herzanfall.«

»Und ich war bei einem Vorstellungsgespräch«, brach es aus Molly heraus. Tränen liefen über ihr Gesicht. »Sie wollte unbedingt, dass ich hinfahre, aber jetzt wünschte ich, ich wäre hiergeblieben!«

»Es hätte sie nur noch mehr aufgeregt, wenn Sie den Termin verpasst hätten«, sagte die Schwester begütigend. »Sie hat mir gestern Abend erzählt, wie sehr sie Sie mag, und auch, wie gut Ihr junger Bekannter ihr gefällt. Sie hätten Schwester Constance doch sicher nicht gewünscht, mit Schmerzen und einer schweren Behinderung zu leben? Jetzt hat sie keine Schmerzen mehr zu fürchten und auch kein Leben, in dem ihr jede Würde genommen wird. Der Pfarrer hielt ihre Hand und betete für sie, als ihre Zeit gekommen war. Freuen Sie sich, dass sie so gegangen ist, wie sie es sich gewünscht hätte.«

Molly wusste, dass die Schwester recht hatte, aber trotzdem fühlte sie sich, als hätte sie einen Tritt in die Magengrube bekommen.

Als Molly wenig später in Constance' Zimmer in der Myrdle Street saß, hatte sie das Gefühl, ihr müsste das Herz brechen. Der Raum war so spartanisch, auch wenn sie es nie so gesehen hatte, als Constance noch hier war. Jetzt, ganz allein in diesem karg möblierten Zimmer ohne jeden Komfort, wurde ihr bewusst, dass ihre Freundin auf alle Annehmlichkeiten verzichtet hatte, indem sie ihr Leben der Wohltätigkeit widmete.

Charley kam später am Tag vorbei und war entsetzt, als Molly ihm mit roten, verweinten Augen die Tür aufmachte.

»Das tut mir schrecklich leid«, sagte er, als sie damit herausplatzte, dass Constance tot war. »Und es ist wirklich traurig, dass du keine Gelegenheit mehr hattest, ihr von deinem Vorstellungsgespräch zu erzählen. Komm, lass mich rein und erzähl mir davon.«

Es schien nicht richtig, ihn in Constance' Zimmer zu bitten, aber was blieb ihr schon anderes übrig. Jedenfalls ließ Molly die Tür offenstehen, damit die anderen Mieter im Haus nicht auf die Idee kamen, sie könnte sich irgendwelche Freiheiten herausnehmen. Sie berichtete kurz, wie ihr Besuch in Rye verlaufen war und wie gut ihr die Stadt gefiel, kam aber schon bald auf Constance zurück.

»Schau dich doch nur um«, sagte sie mit einer Armbewegung, die den ganzen Raum umschloss. »Hier drin gibt es nichts von Wert, nicht einmal ein Radio. Constance saß lieber im Mantel da, als dass sie mehr Kohlen in den Ofen getan hätte, aber wenn Besuch kam, heizte sie kräftig ein und bot Kekse an, die sie geschenkt bekommen hatte. Sie hat immer nur für andere gelebt.«

Charley drückte sie tröstend an sich und stimmte ihr zu, dass man einen so selbstlosen Menschen wie Constance mit der Lupe suchen konnte.

»Und wie soll ich dich überhaupt noch sehen, wenn ich die Stelle in Rye annehme?«, schluchzte sie.

»Wir werden dasselbe machen, was die Leute im Krieg gemacht haben, und einander schreiben«, sagte er. »Außerdem kann ich dich im Hotel anrufen, denke ich, und vielleicht kaufe ich mir ein Auto und besuche dich so oft wie möglich. Und später, wenn ich den Kurs an der Abendschule abgeschlossen habe, kann ich möglicherweise da unten für meine Firma arbeiten. *Wates* hat sowohl in Hastings, als auch in Ashford Projekte in Planung.«

Mollys Stimmung hob sich ein wenig, als sie das hörte. Offenbar sah Charley ihre Beziehung als etwas Dauerhaftes an. Und so sehr sie sich wünschte, in seiner Nähe zu bleiben, war ihr die Vorstellung, ohne Constance in diesem kalten, deprimierenden Haus zu leben, unerträglich. Auch was die Arbeit bei Pat anging, konnte sie es kaum erwarten zu kündigen.

»Wenigstens etwas, worauf ich mich freuen kann«, sagte sie. Dann erinnerte sie sich, in Zeitschriften gelesen zu haben, dass Männer es nicht schätzten, in die Enge getrieben zu werden, und bemühte sich, ein bisschen positiver zu klingen. »Tut mir leid, dass ich so trübselig bin, aber Constance zu verlieren war ein echter Schock. Ich muss jetzt nach vorn schauen, nicht zurück.«

»Dann fährst du also schon am nächsten Samstag?«, fragte er und zog eine Augenbraue hoch. »Was hältst du davon, wenn ich mir einen Wagen leihe und dich nach Rye bringe?«

»Das wäre wirklich toll!«, rief Molly. Hoffentlich behielt sie ihre Gefühle im Griff, wenn er sie dort absetzte, dachte sie. »Ich kann es kaum erwarten, dir zu zeigen, wie hübsch Rye ist.«

Kurz danach machte sich Charley auf den Heimweg. Molly ging zuerst nach oben, um Iris Bescheid zu sagen, und dann zu Bett. Ihr Zimmerchen schien noch kälter als sonst, als sie sich in ihre Decken kuschelte und weinte.

Iris hatte mit Reverend Adams gesprochen, und wie es schien, hatte er schon alles für die Beerdigung, die am nächsten Donnerstag stattfinden sollte, in die Wege geleitet. Er rechnete mit über hundert Trauergästen und hatte die Damen von der Kirche gebeten, nach dem Begräbnis im Gemeindesaal alles für eine kleine Trauerfeier vorzubereiten. Iris war genauso betroffen wie Molly, und das mit weit mehr Grund, da sie Constance seit vielen Jahren gekannt hatte. Molly rief auch Mrs. Bridgenorth an, um ihr die traurige Nachricht zu übermitteln. Sie war tief erschüttert, versprach, mit ihrem Mann zur Beerdigung zu kommen, und bedauerte Molly von ganzem Herzen.

In den Tagen vor der Beerdigung arbeitete Molly bei Pat und verbrachte die Abende damit, gemeinsam mit Iris Constance' Habseligkeiten durchzusehen. Sie hatte nur wenig und nichts von Wert besessen, aber sie legten kleine Ziergegenstände, Bücher und dergleichen beiseite, um sie als Andenken an Menschen zu verteilen, die Constance besonders gern gehabt hatte.

Trotz der tiefen Trauer um ihre Freundin empfand Molly die Beerdigung als tröstlich. Das hatte sie nicht im Geringsten erwartet. Die Sonne schien hell vom Himmel, und Molly hatte den Eindruck, dass sich die Hälfte der Einwohnerschaft von Whitechapel in die Kirche drängte. Jeder hatte nur Gutes über Constance zu sagen.

Reverend Adams sprach über ihr Mitgefühl, ihre Großzügigkeit und ihr Verständnis. »Wahres Verständnis für andere zu haben, zu wissen, warum Menschen sich so und nicht anders verhalten, und sie dennoch nicht zu verurteilen, ist eine seltene Gabe. Ich glaube, Gott verleiht diese Gabe nur Menschen, von denen er weiß, dass sie sie gut nutzen werden. Und er hätte keine Bessere finden können als Schwester Constance. Aus den kurzen Gesprächen, die ich in den letzten Tagen mit vielen von euch geführt habe, weiß ich, dass ihr alle eine eigene kleine Geschichte über Schwester Constance kennt – und über das Gute, das sie für euch getan hat. Wenn ihr daran denkt und mit anderen darüber sprecht, weint nicht um sie, denn das würde sie nicht wollen. Seid einfach froh, dass ihr sie gekannt habt, und versucht, euch die Güte, die sie auszeichnete, selbst zu eigen zu machen.«

Molly senkte während der Gebete den Kopf, aber sie betete nicht, sondern dachte über das nach, was der Pfarrer gesagt hatte. Constance hatte sie, praktisch eine Fremde, in ihrem Zuhause aufgenommen und das Wenige, was sie besaß, mit ihr geteilt. Molly schwor sich, alles zu tun, damit ihre Freundin stolz auf sie wäre, weil das die beste Möglichkeit war, ihr zu danken.

Später im Gemeindesaal sprach Reverend Adams Molly an. »Viele Menschen werden Sie hier vermissen, Molly, wenn Sie uns verlassen. Aber Sie nehmen die guten Wünsche von uns allen für Ihre Zukunft mit, und ich weiß, dass Schwester Constance über Sie wachen wird. Rye ist eine reizende kleine Stadt, und Sie werden sich dort bestimmt sehr wohlfühlen.«

Am Samstagnachmittag gab Charley Molly vor dem Hotel *George* einen Abschiedskuss. »Schau nicht so traurig«, ermahnte er sie. »Du wirst hier schnell neue Freunde finden, und wenn du das nächste Mal nach Whitechapel kommst, wirst du dich fragen, wie du es dort je aushalten konntest, darauf wette ich.«

Er hatte sich das Auto eines Freundes geliehen, um sie nach Rye zu fahren, und nachdem er Mr. und Mrs. Bridgenorth kennengelernt hatte, war er überzeugt, sein Mädchen in guten Händen zu lassen. Die beiden waren sehr nett und schienen begriffen zu haben, dass zufriedene Angestellte eine freundliche Atmosphäre schufen, in die jeder Gast immer wieder gern zurückkehren würde. Ihnen war klar, welch ein Schlag es für

Molly war, Constance so plötzlich verloren zu haben, und bestimmt würden sie besonders nett zu ihr sein.

Auch ihn hatten sie herzlich willkommen geheißen und zusammen mit Molly eingeladen, mit ihnen zu Mittag zu essen. Charley hatte halb erwartet, die Tür gewiesen zu bekommen, sobald er Mollys Koffer ins Haus gebracht hatte, aber stattdessen war er mehr als freundlich aufgenommen worden.

Molly und er hatten vor dem Mittagessen noch einen kleinen Bummel durch die alte Stadt gemacht und sich schließlich wegen des bitterkalten Windes in eine Teestube geflüchtet.

Charley wusste, dass Constance' Beerdigung für Molly nicht leicht gewesen war. Sie hatte ihm anvertraut, dass sie das Gefühl gehabt hatte, nicht wirklich dazuzugehören; schließlich war sie ganz neu in der Gemeinde, und viele Trauergäste hatten ihre Freundin vierzig Jahre und länger gekannt. Außerdem hatte sie mitansehen müssen, wie Constance' Zimmer ausgeräumt wurde, und als Zuflucht nur noch ihre winzige, kalte Kammer gehabt.

Reverend Adams schien der Einzige zu sein, der ahnte, wie Molly zumute war. Er hatte ihr die Bibel gegeben, die Constance in ihrer Schulzeit geschenkt bekommen hatte. Wann immer sie traurig war oder sich einsam fühlte, sollte sie aufs Geratewohl eine Seite aufschlagen und lesen, riet er ihr. Mit Sicherheit würde sie in den Worten eine Botschaft von Constance finden.

Charley war keiner, der viel über Gott nachdachte, und hatte seit seiner Schulzeit keine Bibel mehr aufgeschlagen, aber er spürte, dass die Geste des Pfarrers Molly ein bisschen getröstet hatte. Jetzt musste er nach London zurückfahren, und es belastete ihn, dass sie so todunglücklich aussah.

»Ich will gar nicht traurig und verloren aussehen«, erwiderte sie und rang sich ein Lächeln ab. »Ich glaube, ich mache mir im

Moment bloß Sorgen, ich könnte versagen und gefeuert werden.«

»Du weißt genau, dass das nicht passieren wird«, sagte er. »Und so leid es mir tut, ich muss jetzt los. Die Scheinwerfer an dem Wagen sind nicht besonders gut, deshalb muss ich ziemlich langsam durch die Marschen fahren, wenn ich nicht in einem Graben landen will. Die Heizung funktioniert auch nicht!«

Molly warf ihre Arme um ihn, und er atmete den zarten Duft ihres Parfüms ein. Er hätte ihr gern gesagt, wie sehr er sie liebte, fand aber, dafür wäre es noch zu früh.

»Schreib mir«, sagte er stattdessen. »Und lass dich nicht von dem Barkeeper oder dem Koch auf Abwege locken!«

Dann stieg er in den Wagen, rollte den Hügel hinunter, bis der Motor ansprang, und winkte ihr mit einer Hand zu.

Als er kurz vor der Ecke noch einmal in den Rückspiegel schaute, stand Molly trotz des kalten Windes immer noch vor dem *George* und winkte.

»Ich liebe dich, Molly Heywood«, sagte er laut. »Und über kurz oder lang werde ich dich heiraten und dafür sorgen, dass du nie wieder ein trauriges Gesicht machst.«

KAPITEL 14

»Schon fertig mit den Zimmern?«, rief Mrs. Bridgenorth Molly zu, die gerade mit dem Teppichkehrer und einem Korb voller Reinigungsmittel die Treppe hinuntergeeilt kam.

»Ja, alles erledigt«, antwortete Molly. »In Zimmer sechs hat jemand irgendein klebriges Zeug auf dem Teppich verschüttet, aber ich hab's rausbekommen. Weiß der Himmel, was das war, aber gerochen hat es wie Hustensaft.«

»Es erstaunt mich immer wieder aufs Neue, was die Leute in ihren Zimmern verschütten, zurücklassen oder auch einfach mitgehen lassen«, bemerkte Mrs. Bridgenorth lachend. »Sie sind so fix, Molly. Zuerst dachte ich schon, Sie würden die Zimmer nicht gründlich genug sauber machen, aber ich habe ein paar Stichproben gemacht, und alles war perfekt. Bravo!«

Molly glühte vor Stolz. Sie war jetzt die dritte Woche im *George*, und es gefiel ihr immer besser. Für ihre Arbeit als Zimmermädchen hatte sie ein rosa und weiß gestreiftes Kleid, ein spitzenbesetztes Stirnband aus dem gleichen Stoff und eine Schürze bekommen, und es machte ihr großen Spaß, sich für ihre Tätigkeit zu »verkleiden«. Wenn sie an der Bar oder der Rezeption arbeitete, trug sie ein schwarzes Kleid mit Kragen und Manschetten aus weißer Spitze, und wenn sie bei Tisch servierte, kam noch ein duftiges weißes Schürzchen hinzu. Beide Kleider passten perfekt und sahen sehr hübsch aus, vor allem das gestreifte.

Alles an ihrer neuen Arbeit war wundervoll. Dank dem alten Albert, der jeden Morgen in aller Frühe kam, um die Kamine zu reinigen und in sämtlichen Haupträumen Feuer zu machen, war es überall im Hotel angenehm warm. In den Gästezimmern waren in die alten offenen Kamine elektrische Heizkörper eingepasst worden, und sogar in ihrer Dachkammer stand ein kleiner Heizstrahler. Auch das Essen war gut, so ziemlich das Leckerste, was sie je gegessen hatte.

Am besten gefiel es ihr, beim Frühstück zu bedienen, weil die Gäste dann gern mit ihr plauderten und erzählten, woher sie kamen und was sie unternehmen wollten. Mittags zu servieren schätzte sie weit weniger, da einige Leute ziemlich unhöflich werden konnten. Abends an der Bar zu arbeiten, machte auch Spaß, obwohl Ernest, der Erste Barkeeper, ein bisschen eingebildet war. Er erzählte ihr, er wäre einmal Chefbarkeeper im Hotel *Savoy* in London gewesen und habe den Job nur aufgegeben, weil seine damalige Verlobte hier in Rye Lehrerin an der Volksschule war und sie unbedingt heiraten wollten.

Die Arbeit an der Rezeption war interessant, weil sie Gelegenheit hatte, neue Gäste kennenzulernen, und ihnen bei allen offenen Fragen helfen konnte. Auch das Organisieren von Hochzeitsempfängen oder privaten Feiern erforderte einiges an Aufwand, weil nicht nur kalte Büfetts oder Speisen à la carte vorbereitet, sondern auch für Musik und Blumenschmuck gesorgt werden musste. Molly hatte das Gefühl, dass das einmal ihr bevorzugtes Betätigungsfeld werden würde, aber bevor sie das allein bewältigte, hatte sie noch manches zu lernen.

Am nächsten Sonntag hatte sie frei, und Charley wollte sie besuchen kommen. Der Frühling war endlich da, und falls es nicht anfing, in Strömen zu gießen, wollte Molly alles für ein Picknick einpacken und mit Charley nach Camber Castle fahren.

Cassie hatte Camber Castle in ihren Notizen mehrfach erwähnt. Sie hatte vermerkt, es wäre von Heinrich VIII. als Verteidigungsanlage für einen seiner Cinque Ports erbaut worden; man munkelte aber auch, Anne Boleyn wäre dort eingesperrt gewesen, als der König ihrer müde wurde. Mrs. Bridgenorth meinte, dass sie das bezweifelte, die Leute sich aber nun mal gern interessante Geschichten über solche Orte ausdachten. Heute war die Burg eine Ruine und wurde nur noch von Schafen bevölkert, die innerhalb der alten Mauern Schutz vor dem Wind suchten. Molly war in der vergangenen Woche an ihrem freien Tag quer über die Marsch dorthin spaziert. Sie hatte im Schatten der Burgmauern ihre belegten Brote verzehrt und war dann auf die Überreste der einstigen Wälle geklettert, um von dort die Aussicht auf die Umgebung zu genießen.

Es war ein wunderschöner Frühlingstag gewesen. Überall im Marschland blühte der Ginster, und der betörende Duft seiner zartgelben Blüten hing in der Luft. Molly freute sich über die Schafe mit den schwarzen Gesichtern – eine erstklassige Züchtung, die weltweit als Romney-Marsch-Schafe bekannt waren – und die vielen kleinen Lämmer, die schon zu sehen waren. An jenem Tag entdeckte sie Zwillingslämmchen, die erst wenige Minuten zuvor zur Welt gekommen sein konnten, so klein und unbeholfen und absolut hinreißend waren sie.

Als Molly oben auf dem Burgwall hockte und den Schreien der Möwen und Brachvögel lauschte, wurde ihr klar, dass sie wahrhaft glücklich war, vielleicht so glücklich wie nie zuvor in ihrem Leben. Allmählich verarbeitete sie den Tod von Constance und fand sogar ein wenig Trost in dem Gedanken, dass ihrer Freundin jedes weitere Leid erspart geblieben war. Sie grübelte auch nicht mehr über die Ungerechtigkeit ihrer Entlassung bei *Bourne & Hollingsworth* nach. Dilys war wieder Teil ihres Lebens – erst gestern hatte sie einen Brief von ihr bekommen –, und ihr neuer Job gefiel ihr ausnehmend gut. Und als Krönung all dessen gab es Charley, der nie versäumte, sie wie versprochen freitagabends um sechs Uhr anzurufen. Auch von ihm hatte sie bisher drei Briefe bekommen.

Wenn nicht die Trauer um Cassie und mehr noch ihre Sorge um Petal gewesen wäre, hätte Molly ihr Leben als vollkommen empfunden. Aber selbst Mr. und Mrs. Bridgenorth schienen zu verstehen, wie sehr ihr das Schicksal des kleinen Mädchens am Herzen lag.

Sie hatte beabsichtigt, einen günstigen Augenblick abzuwarten, um den beiden vom tragischen Tod ihrer Freundin und dem ungewissen Schicksal der kleinen Tochter zu erzählen und sie eventuell um Hilfe zu bitten, aber schließlich ergab es sich bei einem Gespräch mit Mr. Bridgenorth wie von selbst, dass sie auf das Thema zu sprechen kam.

Molly war an jenem Morgen gebeten worden, ein Tablett mit Kaffee und gebuttertem Toast in Mr. Bridgenorths Büro zu bringen, wo er gerade über den Abrechnungen saß.

»Hallo, Molly«, begrüßte er sie, als sie hereinkam. »Na, haben Sie sich schon bei uns eingewöhnt?«

Er war ein schlanker, hochgewachsener Mann mit sehr hageren Gesichtszügen und keineswegs unattraktiv, aber da sie gehört hatte, er wäre im Umgang mit Menschen eher steif und unzugänglich, überraschte es sie, dass er sie so munter begrüßte.

Trudy, eine der Putzfrauen, die schon seit Jahren hier arbeitete, hatte ihr fast alles über das Hotelpersonal erzählt. Anscheinend war Mr. Bridgenorth Buchhalter gewesen, und als er Evelyn heiratete, hatte er sich einverstanden erklärt, die geschäftliche Seite des Betriebs zu übernehmen, solange sich seine Frau um alles andere kümmerte.

»Ja, sehr gut, danke, Sir«, hatte Molly geantwortet, als sie das Tablett auf seinen Schreibtisch stellte. »Ich finde alles hochinteressant, und noch dazu ist es für mich ein wahrer Genuss, in einem so gemütlichen und komfortablen Haus arbeiten zu können.«

»Das kann ich mir vorstellen«, sagte er. »Meine Frau und ich haben Constance ein paar Mal in Whitechapel besucht, und wir waren beide von dem Elend in diesem Viertel tief erschüttert. Wie haben Sie Constance kennengelernt?«

»Ich fand ihre Adresse in einem Buch meiner Freundin Cassie, die bei uns daheim in Somerset ermordet wurde. Ich schrieb Constance, weil die beiden offensichtlich gut befreundet waren«, erklärte sie.

»Du meine Güte!«, hatte Mr. Bridgenorth verwundert ausgerufen. »Ich hatte ja keine Ahnung, dass Ihre Beziehung einen so dramatischen Ursprung hatte. Fahren Sie doch bitte fort. Erzählen Sie mir die ganze Geschichte!«

Molly, die wusste, dass sie sich wieder an die Arbeit machen musste, gab ihm eine Kurzfassung der Geschehnisse.

»Und man hat weder den Mörder noch das kleine Mädchen gefunden?«, fragte er, als sie fertig war.

»Nein«, sagte Molly. »Ehrlich gesagt, ich glaube, Cassie kam hier aus der Gegend. Sie hat eine Art Tagebuch geführt, und darin kommen Rye und die Marschen ziemlich häufig vor. Ich habe mir vorgenommen, ein bisschen herumzufragen und ihr Foto ein paar Leuten zu zeigen. Vielleicht findet sich irgendein Anhaltspunkt, den ich der Polizei weitergeben kann.«

»Meine Güte, ist das spannend«, rief er und lächelte dann. »Wenn auch ziemlich beklemmend. Sie haben also Fotos? Dürfte ich sie vielleicht einmal sehen? Man weiß ja nie, vielleicht hat Ihre Freundin sogar mal hier gearbeitet.«

»Ich kann sie gleich holen«, sagte Molly eifrig.

Sie holte die Bilder aus ihrem Zimmer, aber leider erkannte Mr. Bridgenorth Cassie nicht. Auf jeden Fall lobte er sie für ihre Entschlossenheit, Cassies Familie aufzuspüren, und nannte ihr ein paar Plätze in der Stadt, wo man sich vielleicht an sie erinnern würde.

Dass er sowohl an dem Fall wie auch an ihrer Rolle darin Interesse hatte, machte ihn Molly ausgesprochen sympathisch. Sie konnte nicht verstehen, warum die anderen Angestellten Mr. Bridgenorth überheblich oder reserviert fanden.

Molly hatte zwei Mal mit ihrer Mutter telefoniert, seit sie im *George* arbeitete, und zwar immer abends, wenn ihr Vater im Pub war. Die Anrufe dauerten nicht lange, weil Ferngespräche teuer waren und ihre Mutter kein Talent zum Plaudern hatte. Ihr Redefluss versiegte nach wenigen Minuten, und Molly musste sie mit Fragen bestürmen, um das Gespräch in Gang zu halten. Dennoch spürte sie, wie erleichtert ihre Mutter war, dass Molly von London weg und in einen schönen Landesteil gezogen war und dass sie sich an ihrem neuen Arbeitsplatz so wohlfühlte.

Cassie hatte Molly oft gefragt, warum ihre Schwester Emily sich nie wieder bei ihnen gemeldet hatte. Damals hatte Molly nicht wirklich zugeben wollen, wie unglaublich gemein und brutal ihr Vater sein konnte, und deshalb auch keine befriedigende Erklärung dafür abgeben können, warum Emily alle Brücken hinter sich abgebrochen hatte.

Erst jetzt begann Molly, die Gefühle ihrer Schwester zu verstehen und nachzuvollziehen. Sie war nicht böse auf ihre Mutter, aber sie empfand die Telefongespräche mir ihr fast als belastend, weil sie sie ständig daran erinnerten, wie grausam ihr Vater war und wie wenig sich ihre Mutter dagegen wehrte. Und da ihre Mutter auch dazu neigte, Klagen unausgesprochen im Raum stehen zu lassen, entstand immer wieder ein längeres, befangenes Schweigen, und Molly wusste nie, womit sie diese Pausen füllen sollte. Wenn sie nicht irgendwann einmal nach

Hause zurückkehrte und sich mit ihren Eltern auseinandersetzte, konnte sie nie auf eine Aussöhnung hoffen. Aber würde ein normaler Mensch so etwas bei jemandem wie ihrem Vater, der ihr nicht einmal auf halbem Weg entgegenkam, überhaupt versuchen?

Auf die Frage, wie der Laden lief, antwortete ihre Mutter lediglich: »Geht so.« Sie sprach nie von neuen Produkten, die sie verkauften, oder ob jemand versäumt hatte, seine monatliche Rechnung zu begleichen. Molly konnte nur hoffen, dass ihr Vater mit seiner mürrischen Art keine Kunden vergraulte und dass er seine Frau nicht schlug.

Das Einzige, worüber sich ihre Mutter bereitwillig ausließ, war George: wie nett er war, wie oft er kam, wenn es kalt war, um zu fragen, ob er Kohlen aus dem Keller holen sollte, oder um einfach nach ihr zu schauen. Aber selbst das klang manchmal wie ein Vorwurf, als wollte ihre Mutter andeuten, Molly habe ihn sich durch die Finger schlüpfen lassen, statt ihn zu ermutigen.

Molly hatte ihrer Mutter mindestens ein Dutzend Mal gesagt, dass George und sie nur gute Freunde wären, mehr nicht. Sie hatte leise Gewissensbisse, weil sie ihm nie erzählt hatte, warum sie nicht mehr bei *Bourne & Hollingsworth* arbeitete; bestimmt begriff er es genauso wenig wie ihre Mutter. Aber sie brachte es nicht über sich, es einem von beiden zu gestehen, weil sie sich immer noch zutiefst schämte, als Diebin abgestempelt worden zu sein. Auch konnte sie nicht versprechen, bald einmal zu Besuch zu kommen. Die Entfernung war zu groß, daheim konnte sie nicht wohnen, und Georges Angebot, bei ihm und seiner Familie zu übernachten, konnte sie nun, da sie mit Charley ging, wirklich nicht mehr annehmen.

Das mit Charley würde sie George sagen müssen, aber sie wusste nicht, wie sie es anstellen sollte. Wenn George sich selbst nur als guten Freund sah, wäre es weiter kein Problem, aber sie hatte den leisen Verdacht, dass ihre Beziehung für ihn sehr viel mehr als nur Freundschaft war, und sie wollte ihn auf keinen Fall verletzen oder eifersüchtig machen. Cassie wäre angesichts dieses Dilemmas in schallendes Gelächter ausgebrochen. Molly konnte fast hören, wie ihre Freundin sie schalt, weil sie ständig befürchtete, anderen wehzutun. Sicher hätte sie sie darauf hingewiesen, dass derartige Ängste das Leben nur unnötig kompliziert machten.

Als Molly erneut Cassies Aufzeichnungen durchging, fiel ihr auf, dass ihre Freundin von Rye sprach, als wäre es ein Ort, an dem sie sehr gern war, aber nicht ständig lebte. Ein Eintrag lautete: »*Habe morgens den Bus nach Rye genommen.*« Für Molly hieß das, dass Cassie aus einem abgelegenen Dorf mit begrenzter Verkehrsanbindung gekommen war. Sie studierte einen Busfahrplan und eine Landkarte der Umgebung und stellte fest, dass zwischen Hastings und Rye ebenso wie auf der Strecke nach Tenterden regelmäßig Busse fuhren. Möglicherweise stammte Cassie aus einem Ort irgendwo im Marschland zwischen Rye und Hythe, und da sie weder das Meer noch Strände erwähnte, musste der Ort im Binnenland liegen wie zum Beispiel die winzigen Dörfer Brookland, Old Romney oder Ivychurch.

Nachmittags versuchte Molly immer wieder an anderen Orten etwas über ihre Freundin zu erfahren, indem sie Leute nach ihr fragte und das Foto herumzeigte. Sie war schon in der Bücherei, beim Arzt und in einer Zahnklinik gewesen, leider ohne Erfolg. Niemand kannte Cassie.

Aber jetzt war es Frühling geworden, und Molly freute sich darauf, an ihren freien Nachmittagen die Umgebung zu erkunden. Am besten mit dem Fahrrad, da das Land flach wie ein Brett war, so weit das Auge reichte. Albert, der alte Mann, der sich im Hotel um die Kaminfeuer kümmerte, hatte ihr gesagt, dass in dem Schuppen im Hinterhof einige Damenfahrräder standen. Eigentlich waren sie für die Gäste vorgesehen, aber sie brauchte nur zu fragen, ob sie eines ausleihen konnte.

Es gab nur einen, der glaubte, er könnte Cassie schon einmal gesehen haben, und das war Ernest.

Er hatte das Foto eine Weile mit zusammengekniffenen Augen betrachtete. »Ihr Gesicht kommt mir bekannt vor«, sagte er nachdenklich, »aber jemanden mit dem Namen Cassandra oder Cassie habe ich nie kennengelernt. Möglich, dass sie vor fünf Jahren, als ich hier anfing, gelegentlich als Gast hier war. So lange müsste es bestimmt her sein.«

»Sie ist tot.« Molly erzählte ihm rasch, was Cassie und Petal zugestoßen war. »Ich will versuchen, ihre Familie zu finden. Wenn sie aus dieser Gegend kam, müsste sich doch irgendjemand an ein dunkelhäutiges Baby erinnern.«

Ernest gab ihr Recht und versprach ihr, seine Frau zu fragen, die als Lehrerin zu sehr vielen Leuten aus Rye und Umgebung Kontakt hatte. »Normalerweise vergisst sie nie jemanden«, sagte er mit einem stolzen Lächeln. »Manchmal gehen wir aus und treffen jemanden, den sie vor zwanzig Jahren unterrichtet hat. Sie erinnert sich immer an ihre ehemaligen Schüler, nicht nur an die Namen, sondern auch an die Fächer, in denen sie gut waren.«

»Dann kann sie mir ja vielleicht wirklich helfen«, sagte Molly. »Solche Kenntnisse sind von unschätzbarem Wert.«

Aber im Moment erschien es ihr wichtiger, Charley zu sehen, als weiter nach Cassie zu fragen. Sie spürte am Ton seiner Briefe, dass es ihm wirklich ernst mit ihr war, auch wenn er es noch nie direkt ausgesprochen hatte. Auch ihr war es ernst. Charley war abends, bevor ihr die Augen zufielen, ihr letzter Gedanke und morgens ihr erster. Sie wünschte sich, im *George* würde ein

Mädchen in ihrem Alter arbeiten, jemand, mit dem sie über solche Sachen reden konnte, aber alle weiblichen Angestellten waren ungefähr Mitte dreißig oder älter und verheiratete Frauen mit Kindern, und obwohl alle sehr nett und freundlich waren, konnte sie sich kaum mit ihnen über Herzensangelegenheiten austauschen.

In Frauenzeitschriften und Filmen wurde Liebe immer wie eine Art Krankheit dargestellt, bei der das Opfer kaum noch essen oder schlafen oder überhaupt normal funktionieren konnte. Molly hingegen schlief wie ein Murmeltier, futterte wie ein Scheunendrescher, weil das Essen im *George* so gut war, und fühlte sich aktiver denn je. Zugegeben, in Gedanken war sie sehr oft bei Charley, und er fehlte ihr wirklich. Aber war das Liebe? Oder nur eine Verliebtheit, die bald abklingen würde?

»Sie sehen ja heute besonders hübsch aus, Molly«, stellte Mr. Bridgenorth am Samstagmorgen fest. »Ihr junger Freund kommt wohl zu Besuch, was?«

Molly, die gerade vom Frühstück kam, war direkt in ihn hineingelaufen.

»Vielen Dank, Sir«, sagte sie und strahlte ihn an. Sie hatte sich am Vorabend die Haare gewaschen, geflochten und über Nacht trocknen lassen, sodass sie sich jetzt sanft wellten, und sie trug ein neues türkis-weißes Kleid mit weitem Rock und Dreiviertelärmeln. »Ja, Charley will mit mir einen Ausflug machen. Wir wollen picknicken. Draußen ist es so schön, vielleicht können wir sogar ein bisschen im Wasser planschen. Kann ich irgendwas für Sie tun? Wollten Sie mir noch etwas sagen?«

»Ja, Molly. Ich wollte Ihnen mitteilen, dass ich unsere Akten durchgesehen habe, um zu überprüfen, ob je eine Cassandra March hier gearbeitet hat. Leider nein. Das heißt, falls das ihr richtiger Name war.« Mr. Bridgenorth schwieg. »Aber dann ist mir plötzlich eingefallen, dass ich irgendwann mal in der Bar Gerede über eine unverheiratete junge Frau mit einem dunkelhäutigen Baby gehört hatte. Ich denke, das muss 1948 gewesen sein, sicher bin ich mir aber nicht. Ich kann mich nur noch erinnern, dass irgendetwas an der Sache reichlich mysteriös war, weil außer der Haushälterin niemand das Kind gesehen hatte.«

»Eine Haushälterin! Dann muss die Familie reich gewesen sein!«, rief Molly.

»Relativ wohlhabend, würde ich sagen«, gab Mr. Bridgenorth zurück. »Vermutlich eine Familie mit einem ansehnlichen Haus und einer Angestellten. Die Haushälterin könnte auch eine Verwandte gewesen sein. Wenn ich mich recht entsinne, hieß es, dass es in der Familie gewisse psychische Probleme gab.«

»Cassie hatte keine psychischen Probleme«, erwiderte Molly mit einem Hauch Entrüstung. »Sie war so ziemlich der gescheiteste Mensch, dem ich je begegnet bin.«

»So etwas wird praktisch von jedem behauptet, der draußen in den Marschen lebt. Das kommt vom ständigen Wind, sagt man.«

»Wie konnte eigentlich irgendjemand wissen, ob das Baby schwarz war oder ob es überhaupt ein Baby gab, wenn niemand es gesehen hatte?«

»Da bin ich überfragt.« Mr. Bridgenorth zuckte die Achseln. »Aber nach meiner Erfahrung steckt in jedem Klatsch ein Körnchen Wahrheit. Vielleicht hat die Haushälterin getratscht. Wie auch immer, ob es nun stimmt oder nicht, der Name dieses Mädchens war ganz sicher nicht Cassandra, sondern etwas ganz Normales – Carol oder Susan oder so. Und der Name der Familie war Coleman.«

»Na, das ist doch immerhin ein Anfang«, sagte Molly, die endlich neue Hoffnung schöpfte.

Mr. Bridgenorth wirkte eher skeptisch. »Wer weiß«, meinte er. »Sehen Sie, ich habe mit Ernest darüber gesprochen, und er hat nach einem Gespräch mit seiner Frau ein bisschen mehr über die Familie herausgefunden. Der Großvater war Arzt, und seine Tochter heiratete einen gewissen Reginald Coleman, angeblich gegen den Willen ihrer Eltern. Wie dem auch sei, Coleman ging in den Krieg und kehrte nicht mehr zurück. Laut Ernest wurde er als vermisst, vermutlich tot gemeldet, aber es wurde getuschelt, Coleman wäre desertiert, weil er in Frankreich eine Geliebte hatte.«

»Du meine Güte!«, stieß Molly hervor. »Und wo hat diese Familie gelebt?«

»Ein paar Meilen von Brookland entfernt. Es liegt ziemlich abgeschieden; weit und breit ist kein anderes Haus in der Nähe.«

»Aber warum hat niemand hier in der Gegend reagiert, als die Bilder von Cassie und Petal in den Zeitungen erschienen und um Informationen gebeten wurde?«, fragte Molly. »Wenn sie Ernest schon bekannt vorkam, müssten sie doch andere Leute auch wiedererkannt haben, oder?«

»Es könnte an der Entfernung liegen, meinen Sie nicht?«, sagte er. »Wenn hier unten auf der Straße eine Leiche läge, würden alle darüber reden, wie der Betreffende aussah und welche Personen vermisst werden. Aber ein Mädchen, das man irgendwo im West Country, hundertfünfzig Meilen von hier, tot auffindet, wird nicht so stark beachtet. In die Tageszeitung wird eine Portion Fish and Chips eingewickelt, danach ist sie Schnee von gestern.«

»So ist es wohl.« Molly seufzte. »Vielen Dank für all die Informationen. Ich werde gründlich darüber nachdenken, was als Nächstes zu tun ist.«

Mr. Bridgenorth lächelte. »Fürs Erste sollten Sie das Ganze

vergessen und sich einen schönen Tag mit Ihrem Bekannten machen. Ich muss jetzt wieder an die Arbeit.«

Ungefähr eine Stunde später, als Molly gerade in der Küche die Sachen für ihr Picknick einpackte, steckte Trudy, eine der Reinigungskräfte, den Kopf zur Tür herein. »Dein Kerl steht unten an der Rezeption. Ein umwerfendes Lächeln hat der!«

Mollys Herz schlug vor Aufregung schneller, und sie lief aus der Küche, um Charley zu begrüßen.

Trudy hatte recht, Charleys Lächeln war wirklich umwerfend, und es schien noch strahlender und inniger, als sie es in Erinnerung hatte. »Toll siehst du aus«, sagte er und zog sie stürmisch an sich.

Molly, die wusste, dass Trudy und Anne, die Empfangsdame, sie nicht aus den Augen ließen, wurde über und über rot. »Nicht hier«, wisperte sie. »Ich habe ein Picknick für uns vorbereitet.« Sie hob den Korb hoch, den sie auf den Boden gestellt hatte, kurz bevor Charley sie umarmte.

»Du siehst selber zum Anbeißen aus«, sagte er, während er mit einer Hand nach dem Korb, mit der anderen nach Mollys Hand griff und sie nach draußen führte. »Tut mir leid, dass ich nicht mit etwas Besserem aufwarten kann.« Er zeigte auf einen kleinen blauen Lieferwagen mit der Aufschrift JACK SPOT GARAGE. »Ich wäre gern mit einem Rolls Royce vorgefahren, aber seltsamerweise hatte keiner meiner Kumpel einen übrig.«

Molly lachte. Ihr hätte es nicht einmal etwas ausgemacht, wenn Charley mit einem Pferdefuhrwerk aufgetaucht wäre.

Sie dirigierte ihn vom Hotel den Hügel hinunter zur Hauptstraße und von dort nach Rye Harbour und erzählte ihm unterwegs von den Gerüchten über ein Mädchen mit einem dunkelhäutigen Baby, die Mr. Bridgenorth vor einigen Jahren aufgeschnappt hatte.

Charley nahm die Neuigkeit nicht sehr enthusiastisch auf. »Ich kann mir nicht helfen, aber ich glaube, es wäre besser, das alles auf sich beruhen zu lassen«, sagte er. »Wahrscheinlich ist es gar nicht die Familie deiner Freundin, und falls sie es doch ist und Cassie wegen eines schlimmen Zerwürfnisses ihr Zuhause verlassen hat, wirst du nur alte Wunden aufreißen.«

»Aber wenn es doch ihre Familie ist, muss ich ihnen von Petal erzählen, damit sie bei der Polizei Druck machen, die Suche zu intensivieren.«

»Tja, aber sei bloß vorsichtig. Wenn sie das Baby nicht wollten, als es klein war, interessiert es sie jetzt wahrscheinlich auch nicht, was aus der Kleinen geworden ist. Und manche Familien schätzen es nicht, wenn sich Außenstehende in ihre Angelegenheiten einmischen«, sagte er.

Molly war erstaunt und ein bisschen verletzt. Sie hatte erwartet, dass Charley hundertprozentig hinter ihr stehen würde. »Wir müssen den Wagen hier stehen lassen und den Rest zu Fuß gehen«, sagte sie mit einer gewissen Schärfe, als sie in Rye Harbour ankamen. Charley warf ihr einen Blick von der Seite zu und parkte den Wagen.

»Ich wollte dich nicht verletzen«, sagte er. »Eigentlich habe ich bloß Angst, dass du dir die Finger verbrennst. Komm, gib mir einen Kuss, damit alles wieder gut ist.«

Molly, die es nicht schaffte, ihm länger böse zu sein, ließ sich bereitwillig von ihm in die Arme ziehen. Der Kuss war so zärtlich und leidenschaftlich zugleich, dass ihr Herz schneller schlug und alles ringsum zu verblassen schien.

»Wenn wir noch länger in diesem Wagen bleiben, kann ich für nichts garantieren«, murmelte er ungefähr zwanzig Minuten später, während er ihren Nacken mit Küssen übersäte. »Steigen wir lieber aus!«

Es war ein traumhafter Tag, warm und sonnig mit einem

Hauch von Wind, und die Art, wie Charley zu ihr war – das stets bereite Lächeln, die zärtlichen Liebkosungen, das Interesse an ihrem Alltag –, gab ihr das Gefühl, für ihn etwas ganz Besonderes zu sein. Sie verspeisten ihr Picknick auf einer Böschung in den Ruinen von Camber Castle und lachten über alles und nichts.

Auch das Küssen und Schmusen war herrlich. Ihre Körper schienen so sehr miteinander zu verschmelzen, als wären sie eine Person. »Ich finde es schrecklich, dass ich dich nicht jeden Tag sehen kann«, raunte Charley ihr ins Ohr. »Ich habe die ganze Woche an nichts anderes gedacht, als dich heute zu sehen.«

»Mir ist es genauso gegangen«, gestand sie. »Und jetzt, wo du hier bist, möchte ich dich nie mehr weglassen.«

»Es bleibt ja nicht immer so«, sagte er. »Wenn ich erst mal mein Examen habe, finde ich bestimmt Arbeit in Ashford. Ich habe in der Firma schon angedeutet, wie lieb mir das wäre.«

»Dann könnten wir uns trotzdem nicht ständig sehen«, erinnerte sie ihn. »Ich muss ziemlich oft abends und am Wochenende arbeiten.«

»Tja, dann müssen wir wohl heiraten«, meinte er.

Molly wusste nicht, ob er es ernst meinte oder nur Spaß gemacht hatte. Da er keine Miene verzog und auch nicht näher darauf einging, traute sie sich nicht, ihn zu fragen, und wechselte das Thema.

Später spazierten sie nach Winchelsea Beach und von dort nach Winchelsea, ein hübsches kleines Dorf, das genau wie Rye oben auf einem Hügel lag. Sie schlenderten herum und bewunderten die schönen alten Häuser, bevor sie in einer Teestube Tee tranken und Kuchen aßen.

»Hier unten ist alles so weit und offen«, meinte Charley, als sie nach Rye Harbour zurückgingen, um den Wagen zu holen. »In London fühlt man sich immer total eingesperrt. Meine Vorstellung vom Paradies wäre ein kleines Cottage ohne direkte Nachbarn und drei oder vier Kinder, die in einer sicheren Umgebung aufwachsen können.«

»Das klingt auch für mich sehr schön«, sagte Molly.

Er drehte sich zu ihr um, legte einen Finger unter ihr Kinn und hob ihr Gesicht leicht an. »Dann machen wir es eben einfach wahr! Willst du mich heiraten, Molly?«

Sie geriet ein wenig aus der Fassung. Irgendwie schien in seiner Vorstellung vom Paradies – so gut sie ihr auch gefiel – eine Frau fast nebensächlich zu sein.

»Sollte man einem Mädchen, dem man einen Heiratsantrag macht, nicht erst einmal sagen, dass man es liebt?«, fragte sie.

Er sah sie erstaunt an. »Das versteht sich doch von selbst!«

»Nicht unbedingt. Ich würde es zum Beispiel gern hören.«

»Na klar liebe ich dich. Ich glaube, ich hab mich in dem Moment in dich verliebt, als ich dich in Pats Café zum ersten Mal sah.«

Seine Worte gefielen ihr, nicht aber der Ton, in dem er sie aussprach. Es klang irgendwie unaufrichtig.

Das Thema Heirat wurde nicht mehr erwähnt, und als Charley sich verabschiedete und abfuhr, war Molly ziemlich verwirrt. Sie hatte erwartet, er würde mindestens bis zehn Uhr bleiben, aber er wollte schon um halb neun aufbrechen, und sie wurde den Verdacht nicht los, dass ihn in London etwas Besseres erwartete als ein Samstagabend mit ihr im Pub. Und dann noch dieser seltsame Heiratsantrag ...

Charley war nicht darauf zurückgekommen. Sie hatten in seinem Wagen geschmust, und die Dinge waren ganz schön in Fahrt gekommen, aber er hatte trotzdem nicht »Ich liebe dich« zu ihr gesagt oder sie gefragt, ob sie ihn liebte.

Warum nicht?

Molly verfügte über keinerlei Erfahrungen aus erster Hand, aber in Büchern und Filmen klangen die Männer aufrichtig und ernsthaft, wenn es um Liebe ging. Als Charley sagte, er müsse fahren, weil er am nächsten Tag sehr früh zur Arbeit musste, hatte es sich nach einer Ausrede angehört. Vielleicht musste er ja tatsächlich am Sonntag arbeiten, aber warum hatte er es nicht erwähnt, als er Freitagabend mit ihr telefonierte?

Sie war sehr niedergeschlagen. Der Tag war wunderschön gewesen, und bis zu dem Moment, als Charley sagte, er müsse sich jetzt leider auf den Rückweg machen, schien er genauso glücklich zu sein wie sie. Aber wenn sie darüber nachdachte, hatte er noch nie über sein eigenes Leben gesprochen, weder heute noch sonst irgendwann. Er erzählte von seinen Kollegen oder seiner Arbeit, aber persönliche Informationen gab er nicht preis.

Molly betrat das Hotel durch die Hintertür, weil es dort weniger wahrscheinlich war, jemandem zu begegnen, und sie Angst hatte, in Tränen auszubrechen, wenn jemand sie fragte, wie ihr Tag gewesen sei. Zum Glück gelang es ihr, unbemerkt die Hintertreppe hinaufzuhuschen und in ihr Zimmer zu schlüpfen, wo sie sich sofort auf ihr Bett fallen ließ und weinte.

Irgendetwas stimmte nicht mit Charley, auch wenn sie nicht wusste, was es war. Jedenfalls war er nicht wie die meisten Männer bloß auf Sex aus. Er hätte sie heute leicht herumkriegen können, hatte es aber nicht einmal versucht.

Und dann die Art, wie er auf ihre Nachforschungen nach Cassies Familie reagiert hatte. Vielleicht wollte er sie tatsächlich nur schützen, aber sie hatte den Eindruck, dass mehr dahintersteckte. Hatte er etwas zu verbergen und wollte deshalb nicht, dass Molly in irgendeiner Weise Aufsehen erregte?

Er konnte unmöglich verheiratet sein – kein Mann würde

einem Mädchen einen Heiratsantrag machen, wenn er bereits eine Ehefrau hatte. Oder etwa doch?

So unwahrscheinlich es auch klang, ihr fiel keine andere Erklärung für sein Verhalten ein. Doch dann dachte sie an das strahlende Lächeln, mit dem er sie heute Morgen begrüßt hatte, und an seinen zärtlichen Abschiedskuss und schämte sich, weil sie an ihm zweifelte. War womöglich sie es, die ein Problem hatte?

KAPITEL 15

Einige Tage nach Charleys Besuch lieh sich Molly eines der Hotel-Fahrräder aus und fuhr in Richtung Brookland. Sie hatte beim Frühstück bedient und die Zimmer saubergemacht; jetzt hatte sie frei bis sieben Uhr abends, wenn die Betten aufgeschlagen werden mussten. Der Tag war sonnig und warm, sie trug Shorts und Bluse und radelte entschlossen los.

Am Vortag hatte sie ein Brief von Charley erreicht, in dem er sich entschuldigte, weil er so früh gefahren war. Er habe ihr vorher nichts sagen wollen, um ihnen nicht den Tag zu verderben. Außerdem entschuldigte er sich für seinen Heiratsantrag. Es wäre ihm einfach so herausgerutscht, schrieb er, und obwohl er sie wirklich heiraten wollte, wäre es noch zu früh, an so etwas zu denken. »*Kannst du mir verzeihen?*«, schloss der Brief.

Molly wusste nicht recht, was sie damit anfangen sollte. Es gefiel ihr nicht, dass Charley so lahm klang, andererseits hatte er natürlich recht, es war zu früh, um ans Heiraten zu denken. Aber heute wollte sie sich all das aus dem Kopf schlagen.

Draußen in der frischen Luft zu sein, auf dem Rad zu sitzen und an Obstgärten voller Apfel- und Birnbäume vorbeizusausen, Lämmer auf den Wiesen herumtollen zu sehen und die Sonne warm auf Gesicht, Armen und Beinen zu fühlen, machte sie glücklich. Wie ihre Mutter zu sagen pflegte: »Es kommt, wie es kommt.« Diese Binsenweisheit hatte sie früher eher banal gefunden, aber heute schien sie zutreffend.

In Brookland hielt sie beim Postamt an, um sich nach dem Weg zum Haus der Familie Coleman zu erkundigen.

»Da werden Sie vor verschlossener Tür stehen«, sagte die Postmeisterin. »Die macht keinem auf.«

Da die Frau ein gütiges, mütterliches Gesicht hatte, konnte Molly sich nicht vorstellen, dass sie die Auskunft aus böser Absicht verweigerte.

»Warum denn nicht?«, fragte sie.

Die Frau tippte mit einem Finger an ihre Schläfe, wie es die Leute gern machten, wenn sie andeuten wollten, bei jemandem wäre eine Schraube locker. »So ist sie schon seit Jahren. Kann mich gar nicht erinnern, wann sie zum letzten Mal im Dorf war oder Besuch hatte.«

»Hat sie eine Tochter?«

Die Frau sah sie überrascht an. »Ja, hat sie, aber die ist schon vor Jahren weg von hier.«

Molly holte Cassies Foto aus ihrem Rucksack. »Ist sie das?«

Die ältere Frau studierte das Foto eingehend. »Bin mir nicht sicher«, sagte sie schließlich. »Sie hat ein bisschen was von Sylvia, aber beschwören könnt ich nicht, dass sie es ist.«

»Sylvia?«, wiederholte Molly. »So heißt die Tochter?«

»Ganz recht.« Die Frau betrachtete immer noch das Bild. »Sie erinnert mich wirklich an Sylvia, aber irgendwas stimmt nicht.«

»Das Haar vielleicht?«, fragte Molly. »Hier auf dem Schwarzweißbild sieht es ganz dunkel aus, aber in Wirklichkeit war es rot gefärbt. War es vielleicht viel heller?«

»Ja, das könnte es sein. Sylvia hatte schöne Haare – goldblond wie Butter.«

Molly wusste zwar nicht, welche Farbe Cassies Haare von Natur aus gehabt hatten, hatte aber trotzdem das Gefühl, endlich weiterzukommen. »Können Sie mir sagen, wie lange es her ist, seit Sylvia von hier weggegangen ist? Wissen Sie, ich versuche die Familie des Mädchens auf dem Foto zu finden und will nicht bei den falschen Leuten landen.«

Die Frau zog ihre rundlichen Backen ein. »Muss jetzt an die sechs Jahre her sein, obwohl keiner wirklich was weiß – wegen Miss Gribble nämlich.«

»Wer ist Miss Gribble?«

»Die Haushälterin. Die Kinder hier glauben, sie sei eine Hexe, und garstig ist sie bestimmt und noch dazu verschlossen wie 'ne Auster. Man erzählt sich, sie sei der Grund, warum Reg nach dem Krieg nicht heimgekommen und Christabel verrückt geworden ist.«

Mollys Spannung stieg. »Hören Sie, das Mädchen auf dem Foto war meine Freundin, und ich kannte sie als Cassandra oder Cassie. Sie wurde am Krönungstag ermordet, und zur gleichen Zeit ist ihre kleine Tochter spurlos verschwunden. Die Polizei scheint den Fall zu den Akten gelegt zu haben, aber ich dachte, ich könnte wenigstens versuchen, ihre Familie zu finden. Können Sie mir vielleicht sagen, ob das Mädchen, das Sie als Sylvia kannten, ein dunkelhäutiges Baby hatte?«

Die Postmeisterin zögerte, und ihr Gesichtsausdruck spiegelte ihren inneren Zwiespalt wider. Wahrscheinlich war ihr plötzlich klargeworden, wie indiskret sie gewesen war.

»Keine Sorge, Sie können es mir ruhig sagen«, beteuerte Molly. »Bestimmt hat die Familie es als Schande empfunden und alles getan, um die Sache zu vertuschen. Aber das ist jetzt nicht mehr von Bedeutung: Ein Kind ist verschwunden, vielleicht sogar tot. Jetzt sollte jeder sagen, was er weiß.«

»Im Grunde weiß ich überhaupt nichts.« Die Frau zuckte die Achseln. »Es wurde getuschelt, dass Sylvia ein dunkles Baby hatte, aber ich dachte, das ist Klatsch, weil Sylvia immer ein bisschen wild war und ihre Familie ziemlich komisch. Wirklich geglaubt hab ich das nie. Wo hätte Sylvia hier denn einen Schwarzen kennenlernen sollen? Außerdem hat niemand das Baby je gesehen, also hat's wahrscheinlich auch keins gegeben.«

»Falls Sylvia und Cassie ein und dieselbe Person waren, wovon ich überzeugt bin, dann gab es tatsächlich ein Kind. Ein kleines Mädchen. Sie hieß Petal und war entzückend, hübsch und blitzgescheit und der ganze Stolz ihrer Mutter. Vielleicht will ihre Großmutter immer noch nichts von der Kleinen wissen und schickt mich zum Teufel, aber sie sollte auf jeden Fall erfahren, dass ihre Tochter tot ist und ihre Enkelin vermisst wird.«

»Da ist was dran. So gesehen sollte sie es wirklich wissen.« Die Postmeisterin sah völlig verunsichert aus. Sie rang nervös die Hände, und auf ihren Wangen waren hektische rote Flecken erschienen. »Ich gebe Ihnen die Adresse, aber vielleicht ist es besser, Sie schreiben Christabel Coleman erst mal, statt einfach dort aufzukreuzen. Sie wird Ihnen sowieso nicht aufmachen.«

»Gut«, sagte Molly, obwohl sie fest entschlossen war, direkt dorthin zu fahren. »Ich bin Ihnen wirklich dankbar für Ihre Hilfe, und ich werde auch niemandem verraten, dass ich die Auskunft von Ihnen habe.«

Die Adresse der Colemans in der Hosentasche, fuhr sie langsam weiter und grübelte über alles nach, was sie soeben erfahren hatte. Sie wollte daran glauben, dass sie Cassies richtigen Namen herausgefunden und ihr Zuhause und ihre Familie entdeckt hatte, aber in Wirklichkeit hatte sie keinerlei Beweise, dass es sich bei Sylvia Coleman tatsächlich um Cassandra Marsh handelte. Was sie jetzt tun sollte, war, schnurstracks zur Polizei gehen und alles Weitere den zuständigen Behörden überlassen. Sie konnte fast hören, wie George ihr predigte, so etwas wäre keine Aufgabe für Amateure.

Aber die Polizei ließ sich womöglich ewig Zeit, bevor sie aktiv wurde, und Molly brannte darauf, die Wahrheit zu erfahren. Außerdem war sie inzwischen ziemlich neugierig auf die verrückte Christabel Coleman und die furchteinflößende Miss Gribble.

Wie es schien, hatte Cassie gute Gründe gehabt, nicht über ihre Familie zu sprechen. Wer würde schon gern zugeben, dass die eigene Mutter geistesgestört war? Aber selbst wenn bei Cassies Mutter die eine oder andere Schraube locker war, sollte sie trotzdem erfahren, was ihrer Tochter zugestoßen war. So seltsam sie auch sein mochte, würde sie etwa nicht wollen, dass das verschwundene Kind ihrer Tochter gefunden wurde?

Mulberry House war ungefähr drei Meilen vom Postamt entfernt, aber Molly brauchte eine Weile, um es zu finden, da die Postmeisterin ihr keine Wegbeschreibung gegeben hatte. Der Eingang befand sich an einem schmalen Weg, und das Haus selbst verbarg sich hinter einer Wand dichter immergrüner Bäume. Durch reinen Zufall fiel Molly das verblasste Schild neben dem breiten, verrosteten Schmiedeeisentor auf. Sie stieg sofort vom Rad und spähte durch die Gitterstangen.

Das Haus lag ein paar hundert Meter von der Straße zurückgesetzt am Ende einer von Unkraut überwucherten Auffahrt. Das Gebäude war recht malerisch – mattroter Backstein, Sprossenfenster und elegante hohe Schornsteine – und musste Mollys Einschätzung nach über zweihundert Jahre alt sein. Der größte Teil der Fassade war einschließlich einiger Fenster mit Efeu bewachsen und wirkte wie die Auffahrt vernachlässigt.

Es war nicht zu übersehen, dass an dem Haus seit Jahren nichts mehr gemacht worden war. Was früher einmal eine Rasenfläche gewesen sein mochte, war heute eher eine Wiese mit struppigen Grasbüscheln, unter denen die wenigen Narzissen, die irgendwie überlebt hatten, erstickten. Gewaltige Rhododendronbüsche hatten sich ungehindert ausgebreitet und andere Pflanzen und Sträucher erwürgt, die früher vielleicht einmal die

Rasenkanten gesäumt hatten. Die Rhododendren standen kurz vor der Blüte, und Molly erinnerte sich, wie begeistert Cassie gewesen war, als sie ein paar von diesen Sträuchern in den Wäldern hinter ihrem Cottage entdeckt hatte. Damals hatte Molly geglaubt, ihre Freundin wäre lediglich eine Pflanzenliebhaberin, aber jetzt schien klar, dass sie sich deshalb so gefreut hatte, weil die Rhododendren eine Erinnerung an das Zuhause ihrer Kindheit gewesen waren.

Molly drückte vorsichtig auf die Klinke. Das Tor war unverschlossen. Dann fand sie, dass Shorts und Bluse kaum der richtige Aufzug waren, um einer Frau die Nachricht vom Tod ihrer Tochter zu überbringen, und beschloss, am nächsten Tag wiederzukommen, wenn sie dem Anlass entsprechend gekleidet war.

Aber sie blieb noch eine Weile am Tor stehen, betrachtete das Haus und versuchte sich Cassie dort vorzustellen. Schwer war es nicht. Das Haus war genauso ungewöhnlich wie Cassie, und ihre Freundin hatte immer so gewirkt, als hätte sie bessere Zeiten erlebt. Sie kannte die Namen von Pflanzen und Bäumen und konnte auf eine Art und Weise über Komponisten, Schriftsteller und Maler sprechen, die normale Menschen nicht beherrschten. Molly wünschte, Cassie hätte ihr etwas über ihren Vater erzählt, der in Frankreich verschollen war. Hatte sie den Dorfklatsch gehört, dass er da drüben eine andere Frau hatte? Brachte sie die Unterstellung, er könnte desertiert sein, in Rage?

Auf Molly machte das Haus einen deprimierenden Eindruck. Vielleicht lag es nur an dem vernachlässigten Äußeren und den wenigen, nicht sehr erfreulichen Informationen, die sie über die Bewohner erhalten hatte, aber sie konnte sich beim besten Willen nicht vorstellen, dass je ein Kind fröhlich durch diesen Garten getollt war oder schallendes Gelächter das Haus erfüllt hatte.

Wenn sie Mrs. Coleman die Nachricht überbrachte, würde die Stimmung im Haus noch bedrückender werden. Sie mochte ihrer Tochter die Tür gewiesen haben, als diese ein uneheliches Kind erwartete, aber keine Mutter, so hartherzig sie auch sein mochte, konnte völlig immun gegen den Schmerz sein, den der Tod des eigenen Kinds auslöste.

Am Abend, nachdem sie die Gästebetten aufgeschlagen und eine Weile in der Küche ausgeholfen hatte, schrieb Molly an Charley und gab ihm eine geschönte Version der heutigen Ereignisse. Da er es bestimmt nicht gutheißen würde, wenn sie allein zu Mrs. Coleman ging, um sie über den Tod ihrer Tochter zu informieren, deutete sie an, sie würde alles, was sie wusste, an die Polizei weiterleiten.

Die Erwähnung der Polizei bewog sie, auch George zu schreiben, weil er Cassie gekannt hatte und genauso frustriert gewesen war wie sie, als die Suche nach Petal eingestellt wurde.

»Ich hoffe, das Gespräch mit ihrer Mutter und dieser anscheinend ziemlich fürchterlichen Haushälterin führt dazu, dass Petals Verschwinden gründlicher untersucht wird«, schrieb sie. *»Wenn ich bei ihnen auf keinerlei Interesse stoße, wende ich mich persönlich an die Polizei. Ich gebe dir Bescheid, wenn ich mehr weiß.«*

Und schließlich wandte sie sich für den Fall, dass sie vor verschlossenen Türen stehen würde, schriftlich an Mrs. Coleman. Sie erzählte ihr von ihrer Freundschaft mit Cassie, die ihrer festen Überzeugung nach Sylvia Coleman war, von dem Mord am Krönungstag und von Petals Verschwinden.

Sie fasste sich kurz, hielt sich ausschließlich an die Tatsachen und bat Mrs. Coleman lediglich, als Petals Großmutter bei der Polizei auf weitere Nachforschungen zu bestehen.

Als Molly am nächsten Morgen das Frühstück servierte, regnete es, aber einer der Gäste meinte, laut Wetterbericht sollten die Schauer gegen Mittag abklingen. Molly war gerade mit den Zimmern fertig, als sie zu ihrer Freude feststellte, dass der Regen aufgehört hatte. Eilig flitzte sie davon, um sich rasch umzuziehen.

Sie entschied sich für einen blaukarierten Faltenrock, der schwer genug war, um beim Radfahren nicht vom Wind hochgeweht zu werden, dazu ein blaues Twinset und ein blaues Band, mit dem sie ihre Haare zusammenfasste. Bevor sie ging, warf sie einen Blick in den Spiegel. Sie war zwar ziemlich nervös, aber wenigstens mit ihrem Aussehen konnte sie zufrieden sein. Ihre Wangen, die in London blass geworden waren, glänzten rosig, ihr Haar schimmerte, und die Sonne der letzten Tage hatte das warme Braun mit hellen Strähnchen durchzogen.

»Bestimmt geht alles gut«, sagte sie laut. »So seltsam werden die schon nicht sein. Die Leute reden viel, wenn der Tag lang ist.«

Als Molly am Haus der Colemans eintraf, stieß sie das schwere Tor auf und schob ihr Rad die Einfahrt hinauf. Sie hatte das Gefühl, beobachtet zu werden, konnte aber niemanden an den Fenstern sehen. Sie lehnte ihr Rad an die niedrige Steinmauer, die ein mit Unkraut durchsetztes Rosenbeet umgab, ging zur Eingangstür und klingelte.

Sie hörte die Klingel im Haus laut genug schrillen, um einen Schwerhörigen zu wecken, aber niemand kam. Molly klingelte erneut, diesmal länger. Wieder regte sich nichts. Sie versuchte es insgesamt fünfmal, und als immer noch keine Reaktion erfolgte, ging sie seitlich am Haus vorbei, um nachzuschauen, ob es noch einen anderen Eingang gab.

Als sie durch eines der Fenster einen flüchtigen Blick auf eine weißhaarige Frau erhaschte, klopfte sie an die Scheibe und rief laut »Hallo!«. Die Frau reagierte nicht, also ging Molly weiter, bis sie zur Küchentür kam. Sie stand offen, und Molly klopfte energisch an.

Ihre anerzogene Scheu, unaufgefordert das Haus anderer Leute zu betreten, hinderte sie, einfach hineinzugehen, deshalb blieb sie stehen und rief mehrmals »Hallo? Hallo?«. Noch immer ließ sich niemand blicken.

Aus der offenen Tür wehte ihr ein unangenehmer Fischgeruch entgegen. Auf dem Herd stand eine Kasserolle, und Molly nahm an, dass hier Katzenfutter gekocht wurde. Zumindest hoffte sie das, denn für den menschlichen Verzehr roch es viel zu abstoßend.

Die Küche ähnelte vielen anderen, die sie daheim in Landhäusern gesehen hatte: In der Mitte ein Tisch mit blank gescheuerter Oberfläche, an den Wänden gestrichene Regale und Hängeschränke. Hier wirkte allerdings alles stark vernachlässigt, schmutzig und unordentlich, und an Wänden und Möbeln blätterte die Farbe ab.

Molly entdeckte neben der Spüle eine kleine Handglocke aus Messing. Ob Mrs. Coleman und diese Miss Gribble die vielleicht hören konnten, auch wenn sie möglicherweise so gut wie taub waren?

Sie nahm all ihren Mut zusammen, ging hinein, griff nach der Glocke und bimmelte laut.

Beim zweiten Bimmeln, das wirklich sehr durchdringend gewesen war, tauchte die weißhaarige Frau auf, die sie durch das Fenster gesehen hatte.

»Wenn niemand zur Tür kommt, heißt das, dass Besucher nicht erwünscht sind«, blaffte sie Molly an.

Molly war nervös, aber entschlossen, sich nicht verschrecken zu lassen. Das hier war bestimmt Miss Gribble, nicht Mrs.

Coleman. Sie musste ungefähr sechzig sein; ihr Gesicht war wettergegerbt und von tiefen Furchen durchzogen, aber mit den muskulösen Oberarmen, die aus der verwaschenen Bluse herausschauten, und den breiten Schultern wirkte sie ziemlich kräftig. Insgesamt eine furchteinflößende Erscheinung, fand Molly, und der finstere Blick, mit dem sie sie durchbohrte, war geradezu beängstigend.

»Tut mir leid, wenn ich störe, aber ich muss Mrs. Coleman etwas sehr Wichtiges fragen«, sagte sie, wobei es sie Mühe kostete, mit fester Stimme zu sprechen. »Sonst wäre ich nie so unverfroren gewesen, einfach hereinzukommen. Wären Sie vielleicht so freundlich, sie zu holen, damit ich es hinter mich bringen kann?«

»Sie können mit mir sprechen. Mrs. Coleman fühlt sich nicht wohl«, sagte die Frau.

»Nein, tut mir leid, ich muss sie persönlich sprechen«, widersprach Molly. »Es geht um ihre Tochter.«

»Von der wollen wir nichts wissen«, gab Miss Gribble schroff zurück und richtete sich kerzengerade auf, als wollte sie Molly mit ihrer Körpergröße einschüchtern.

»Das weiß ich, und die Gründe dafür gehen mich auch nichts an. Aber ich gehe erst, wenn ich mit Mrs. Coleman gesprochen habe.«

Die Küchentür öffnete sich langsam, und eine andere Frau kam herein. Mit ihrem wirren schmutzig blonden Haar wirkte sie sehr ungepflegt, und das formlose braune Kleid schmeichelte ihr nicht, aber dennoch konnte Molly in ihren Zügen Cassies Gesicht wiedererkennen, und das erschütterte sie. Die gleichen kornblumenblauen Augen, das spitze Kinn und der Ausdruck von Verachtung, den Cassie so oft Leuten zugeworfen hatte, die gemein zu ihr waren.

»Was fällt Ihnen ein, einfach in mein Haus einzudringen und

zu verlangen, mit mir zu reden?«, fragte die Frau. »Wer sind Sie überhaupt?«

Ihr Ton war so schneidend, dass Molly sich auf einmal fast freute, eine schlechte Nachricht zu überbringen. Sie zog Cassies Foto aus ihrer Rocktasche.

»Mein Name ist Molly Heywood, und ich bin hier, um Sie zu bitten, sich dieses Bild anzuschauen und mir zu sagen, ob das Ihre Tochter Sylvia ist.«

Allein an der Art, wie sich der Gesichtsausdruck der Frau veränderte, als sie einen Blick auf das Foto warf, wusste Molly sofort, dass Sylvia und Cassie ein und dieselbe Person waren. Jähes Erkennen zeichnete sich ab, unterlegt mit leiser Furcht, vielleicht bösen Vorahnungen, als wüsste die Frau bereits, dass sich eine Tragödie ereignet hatte.

»Sie ist es, nicht wahr, Mrs. Coleman?«, fragte Molly. »Ich kannte sie als Cassie. Sie war meine beste Freundin.«

Jetzt wirkte die Frau verwirrt. Hilfesuchend schaute sie die andere an.

»Es tut mir sehr leid, aber ich habe schlechte Nachrichten zu überbringen«, fuhr Molly fort, die sich wünschte, sie wäre überall, nur nicht in dieser schäbigen Küche bei diesen seltsamen Frauen. »Sylvia ist letztes Jahr ermordet worden, und ihre Tochter Petal – Ihre Enkelin – ist entführt worden, vermutlich von dem Mörder. Ich hätte mich gern länger mit Ihnen darüber unterhalten, aber da das nicht möglich scheint, werde ich mich direkt an die Polizei wenden.«

»Polizei? Warum denn?«, fragte Mrs. Coleman. Jetzt klang ihre Stimme nicht mehr so schroff, dachte Molly, sondern erschrocken.

»Weil es sich um Ermittlungen in einem Mordfall handelt. Die Polizei hat nach Angehörigen gesucht, und da ich Sie nun gefunden habe, wird man sicher mit Ihnen reden wollen.«

Sie sah die Betroffenheit in den blauen Augen, die denen von Cassie so ähnlich waren, und wollte gerade etwas sagen, als sie einen kräftigen Schlag auf den Hinterkopf bekam. Sie taumelte und sah beide Frauen doppelt, bevor ihr schwarz vor Augen wurde.

KAPITEL 16

Evelyn Bridgenorth steckte ihren Kopf zur Hotelbar herein. Nur sechs, sieben Leute waren anwesend, und Ernest polierte gerade Gläser. Wie immer sah er in Smoking und Fliege, das dunkle Haar mit Brillantine geglättet, sehr schick aus. Er arbeitete nun, abgesehen von den sechs Jahren Militärdienst, schon seit fünfzehn Jahren im *George*, und Evelyn fragte sich oft, wie sie zurechtkommen sollten, wenn er einmal in Pension ginge oder eine andere Stelle annähm. Er war ein erstklassiger Barkeeper und absolut zuverlässig.

»Sagen Sie, Ernest, haben Sie Molly heute Abend schon gesehen?«, fragte sie ihn.

Er hielt einen Moment inne. »Nein. Warum? Ist sie nicht da?«

»Nein. Komisch, normalerweise isst sie um diese Zeit immer einen Happen in der Küche, bevor sie nach oben geht, um die Betten aufzuschlagen.«

»Vielleicht hat sie sich am Nachmittag mit einer Freundin getroffen und beim Tratschen die Zeit vergessen. Bestimmt kommt sie gleich – sie ist doch sehr gewissenhaft«, sagte er.

»Ja, ich weiß. Und es ist auch nicht weiter schlimm, wenn sie die Betten nicht gleich macht. Ich wollte bloß mit ihr über die Hochzeit der Beauchamps nächste Woche reden; es geht um ein paar kleine Details, die wir noch abklären müssen.«

»Sie ist mit dem Rad weg und wird wohl kaum im Dunkeln fahren wollen«, meinte Ernest. »Natürlich kann es auch sein, dass sie einen Platten hat und zu Fuß nach Hause gehen muss.«

»O Gott, hoffentlich nicht!«, rief Mrs. Bridgenorth entsetzt.

Als Molly gegen neun Uhr immer noch nicht da war, obwohl es mittlerweile dunkel geworden war, begann Mrs. Bridgenorth sich ernsthaft Sorgen zu machen. Sie ging zu ihrem Mann, der in seinem Büro gerade Papierkram erledigte, und erzählte ihm, dass Molly nicht zu ihrer Abendschicht erschienen war. »Sie ist nicht der Typ, der die Arbeit vergisst, Ted«, sagte sie. »Und wenn heute Nachmittag irgendetwas Unerwartetes passiert wäre, hätte sie sich eine Telefonzelle gesucht und uns angerufen.«

Ted legte seinen Füller hin und drehte sich auf seinem Stuhl zu seiner Frau um. »Was ist mit ihrem Freund?«, fragte er. »Könnte er aufgetaucht und mit ihr irgendwohin gefahren sein?«

»Das bezweifle ich, sie hat sich nämlich eins von unseren Rädern geliehen. Und ich habe sie ein paar Minuten, bevor sie ging, noch gesehen. Sie war sehr schlicht gekleidet und hatte nicht einmal Lippenstift aufgetragen, also hatte sie bestimmt keine Verabredung, schon gar nicht mit ihrem Charley.«

»Hat sie irgendjemandem erzählt, wohin sie will?«

»Nur, dass sie auf dem Fahrrad ein bisschen die Umgebung erkunden wollte. Ich habe ihr erst neulich erzählt, wie angenehm sich die Strecke nach Lydd fährt, weil die Gegend so flach ist. Aber in Lydd gibt es nicht unbedingt viel, was einen länger festhalten könnte.«

»Dort ist das Militärcamp«, erinnerte Ted sie. »Vielleicht hat ein Soldat sie abgeschleppt.«

»Komm schon, Ted, sie ist nicht die Sorte Mädchen, die sich von einem Soldaten oder irgendeinem anderen Mann abschleppen lässt. Sie ist viel zu verschossen in Charley.«

»Nur die Ruhe, Schatz«, beschwichtigte er sie. »Es kommt schließlich nicht zum ersten Mal vor, dass eins unserer Mädchen nicht zur Abendschicht antritt.«

»Nein, natürlich nicht«, fuhr sie ihn an. »Aber all die anderen Mädchen hatten ihre Familien in der Nähe oder sind abgeschwirrt, weil sie mit irgendwem Krach hatten. Molly kennt hier in der Gegend keine Menschenseele, und sie hat sich auch mit niemandem gestritten. Was meinst du, soll ich die Polizei verständigen?«

Ted, dem erst jetzt klar wurde, welche Sorgen seine Frau sich machte, stand auf und nahm sie in die Arme. »Was willst du ihnen sagen, Evelyn? Sie ist sechsundzwanzig, nicht fünfzehn. Und eine Person gilt erst dann als vermisst, wenn sie achtundvierzig Stunden oder länger verschwunden ist. Lass es einstweilen gut sein. Bestimmt taucht sie über kurz oder lang mit einer absolut schlüssigen Erklärung für ihre Verspätung auf. Du wirst schon sehen.«

Evelyn war bereit, noch einen Tag zu warten, aber als sie an der schmalen Treppe vorbeiging, die zu den Dachkammern führte, lief sie einer spontanen Regung folgend hinauf, um nachzuschauen, ob irgendetwas in Mollys Zimmer einen Hinweis auf ihren Verbleib lieferte.

Mollys Zimmer war sehr sauber und ordentlich, aber auf der Schreibunterlage des kleinen Tischs, der unter dem Fenster stand, lagen Briefumschläge und ein kleines Notizbuch, als wäre Molly vor Kurzem damit beschäftigt gewesen, Briefe zu schreiben.

Evelyn zögerte, bevor sie das Büchlein aufschlug, weil es ihr schrecklich indiskret vorkam. Aber sie fühlte sich nicht mehr ganz so schuldig, als sie feststellte, dass Molly erst Tagebuch führte, seit sie hier im Hotel arbeitete, und es nur benutzte, um ihre wöchentlichen Pflichten im Haus und ihre freien Tage einzutragen. Ganz hinten im Kalender hatte Molly einige Adressen notiert.

Die meisten waren in ihrem Heimatort in Somerset. Evelyn

stach der Name George Walsh ins Auge, und sie erinnerte sich vage, gehört zu haben, wie Molly Trudy von einem George erzählte, einem Schulfreund, der jetzt Polizist war.

Dann gab es noch ein paar Adressen in Whitechapel und Bethnal Green, unter anderem die von Charley Sanderson. Wenn Molly seine Telefonnummer notiert hätte, wäre Evelyn stark versucht gewesen, ihn anzurufen, aber leider stand keine dabei. Natürlich waren auch Adresse und Telefonnummer von Mr. und Mrs. Heywood eingetragen, aber so sehr sich Evelyn auch sorgte, sie konnte Mollys Eltern jetzt unmöglich anrufen. Die beiden würden einen Heidenschreck bekommen.

Dann bemerkte sie den Namen Dilys Porter und erinnerte sich, dass Molly sie einmal nach dem Preis einer Übernachtung im *George* gefragt hatte, weil sie ihre Freundin Dilys gern einladen wollte. Evelyn hatte gemeint, wenn Dilys bei ihr im Zimmer schlafen könnte, würde es natürlich gar nichts kosten, und Molly hatte gestrahlt wie ein Weihnachtsbaum.

Widerstrebend legte sie den Kalender zurück. Ihr gesunder Menschenverstand sagte ihr, dass sie überreagierte und einfach warten sollte, ob Molly nicht doch noch kam, bevor sie jemanden anrief.

Aber Molly sollte an diesem Abend nicht zurückkommen.

Als sie zu sich kam, lag sie auf einem Steinboden und hatte heftige Schmerzen am Hinterkopf. Sie betastete ihn vorsichtig und fühlte unter ihrer Hand eine dicke Beule, wusste aber weder, wie das passiert war, noch, wo sie war.

Sie blieb eine Weile still liegen und versuchte sich zu erinnern, aber das Einzige, was ihr noch einfiel, war, dass sie an Obstgärten vorbeigefahren war und rosa-weiße Blüten bewundert hatte. Hatte sie einen Unfall mit dem Fahrrad gehabt? Aber falls es so war, wo befand sie sich jetzt? In dem Raum war es dunkel wie in einem Keller, und es roch modrig. Alles, was sie sehen konnte, war ein kleines Fenster hoch oben in der Wand. Müsste sie nicht irgendwo an der Landstraße oder in einem Haus liegen, wenn sie tatsächlich vom Rad gefallen wäre?

Als sie versuchte sich aufzurichten, streiften ihre Hände ihren Faltenrock, und das löste die Erinnerung daran aus, wie sie vor einem Spiegel gestanden und überprüft hatte, ob sie erwachsen und seriös aussah.

Und dann fiel ihr auf einmal alles wieder ein. Sie war ein zweites Mal nach Mulberry House gefahren, um Cassies Mutter zu sprechen. Miss Gribble war unfreundlich und abweisend gewesen, und Christabel Coleman hatte nicht mit ihr reden wollen.

Sie hatte eine schattenhafte Erinnerung an einen Schlag auf den Hinterkopf, und dann war sie anscheinend bewusstlos geworden, da sie keine Ahnung hatte, wie sie aus der Küche gekommen war. Und wo war sie jetzt?

Da sie sich erinnern konnte, als letztes Mrs. Colemans Gesicht gesehen zu haben, musste es wohl Miss Gribble gewesen sein, die sie niedergeschlagen hatte. Aber warum?

Es war, als würde man ein Buch lesen und auf einmal feststellen, dass ein paar Seiten fehlten. Sie konnte sich an die beiden Frauen und auch an die Küche erinnern, alles andere blieb im Dunkeln.

Aber ob sie sich nun erinnerte oder nicht, Tatsache war, dass sie in Gefahr schwebte. Niemand schlug aus Versehen jemanden nieder und verfrachtete ihn in einen Keller. Diese beiden Frauen waren entweder gemeingefährliche Irre oder wollten sie zum Schweigen bringen. Vielleicht auch beides.

Sie rappelte sich hoch und wäre beinahe der Länge nach hingeschlagen, so schwindelig war ihr – vermutlich eine Folge des Schlages. Sie stand still, bis ihr besser war, und tastete sich dann zur Tür vor, die, wie nicht anders zu erwarten, abgeschlossen war. Molly drehte sich um, lehnte sich an die Tür und begutachtete ihr Gefängnis. Wie sollte sie hier herauskommen?

Spärliches Tageslicht fiel durch das kleine vergitterte Fenster hoch oben in der Außenwand, genug, um etliche leere Kartons für das Lagern von Äpfeln, ein paar Holzkisten in einer Ecke des Raums und eine Werkbank an der Wand zu ihrer Linken auszumachen. Als das Schwindelgefühl nachließ, schob sich Molly an die Werkbank heran in der Hoffnung, dort einen Schraubenzieher oder irgendein anderes Werkzeug zu finden. Aber da war nichts, nur eine dicke Staubschicht, die verriet, wie selten dieser Raum benutzt wurde.

Außerdem war es hier unten kalt und feucht, aber wenn die zwei Frauen es fertigbrachten, jemanden mit einer Kopfverletzung in diesem Keller einzusperren, würden sie kaum einen Gedanken an das weitere Wohlergehen ihres Opfers verschwenden.

Molly spürte, wie sie allmählich hysterisch wurde; das Verlangen, zu schreien und an die Tür zu schlagen, war geradezu überwältigend. Aber sie versuchte, sich zu beherrschen und gut nachzudenken. Warum hatten die Frauen sie angegriffen und eingesperrt?

Möglicherweise waren sie so übergeschnappt, dass sie dasselbe mit jedem machten, der es wagte, unaufgefordert ihr Haus zu betreten, aber das erschien Molly eher unwahrscheinlich. Schreien, drohen oder eine Waffe schwenken würde ausreichen, um einen unerwünschten Besucher in die Flucht zu schlagen. Also musste es etwas mit Sylvia beziehungsweise Cassie zu tun haben. Aber wie konnte Mollys Mitteilung, Cassie wäre tot, eine derartige Reaktion auslösen?

Christabel besaß anscheinend keine wie auch immer gearteten mütterlichen Gefühle, wenn sie es als unverzeihliche

Schande empfand, dass ihre Tochter ein uneheliches und noch dazu dunkelhäutiges Baby zur Welt gebracht hatte, und sie deshalb aus dem Haus warf. Aber hätte die Nachricht vom Tod ihrer Tochter und Petals Verschwinden nicht trotzdem Schuldgefühle, Reue oder Scham auslösen sollen statt Aggressionen gegen den Überbringer der Botschaft?

Natürlich war es möglich, dass Miss Gribble in Panik geraten war und aus Angst vor einem Skandal rein instinktiv zugeschlagen hatte. Und dann hatten die beiden Frauen Molly in den Keller geschleppt, um in Ruhe zu überlegen, was sie mit ihr machen sollten.

Molly beschloss, fürs Erste von dieser Annahme auszugehen, stellte sich vor die Tür und fing an dagegenzuhämmern.

»Lassen Sie mich raus!«, rief sie. »Ich weiß, dass Sie mir nicht wehtun wollten, aber ich muss zu meiner Arbeit zurück, sonst ruft man dort die Polizei. Lassen Sie mich einfach raus, dann vergesse ich alles, was hier passiert ist.«

Am liebsten hätte sie herausgeschrien, dass sie sofort einen Arzt holen würde, um die beiden untersuchen und in die Irrenanstalt sperren zu lassen, sobald sie draußen war, aber das wäre wohl kaum hilfreich gewesen.

Niemand antwortete, und als Molly ein Ohr an die Tür presste, war nichts zu hören. Natürlich bestand die Möglichkeit, dass dieser Raum nur einer von mehreren im Keller war und so dicke Wände hatte, dass kein Laut nach oben drang.

Sie zog einen Schuh aus und hieb ihn mit aller Kraft gegen die Tür, ungefähr fünf Minuten lang. Dann schrie sie dasselbe heraus wie vorher, bevor sie wieder mit dem Schuh die Tür bearbeitete.

Nachdem sie nach diesem Muster ungefähr zwanzig Mal vorgegangen war, tat ihr der Arm genauso weh wie ihre Kehle, und ihr unbeschuhter Fuß war auf dem Steinboden zu Eis erstarrt.

Sie zog den Schuh wieder an, griff sich eine der Holzkisten und schlug damit auf die Tür ein, bis ihr die Kiste in den Händen zerfiel. Noch immer kam niemand.

Es standen noch etliche Kisten herum, aber Molly tat der Kopf weh, und sie war völlig erschöpft. Kraftlos sank sie auf den Boden und schluchzte.

Sie hatte keinem gesagt, wo sie hin wollte, also würde auch niemand wissen, wo man nach ihr suchen sollte. In ihrem Brief an George stand, dass sie einen Hinweis auf Cassies Mutter, die in Brookland lebte, bekommen hatte und sie besuchen wollte, aber das würde ihn nicht weiter beunruhigen, solange er nicht erfuhr, dass sie von ihrem Ausflug nicht zurückgekommen war. Und wer hätte ihm das sagen sollen?

Wenn sie nicht auftauchte, würde Mrs. Bridgenorth irgendwann die Polizei alarmieren. Man würde Charley befragen, und wenn er aussagte, dass Molly beabsichtigt hatte, Cassies Mutter zu finden, und überzeugt war, dass sie in einem Dorf in der Nähe lebte, könnte die Polizei auf Mulberry House kommen.

Aber wie lange würde das dauern? Im besten Fall einige Tage. Der Gedanke, auch nur eine Nacht an einem so kalten, feuchten Ort ohne Wasser, Essen oder eine Decke zu verbringen, war grauenhaft.

Die Kälte des Bodens drang durch ihren Rock, und das Licht, das durch das kleine Fenster fiel, verblasste. Sie musste sich etwas einfallen lassen, bevor es total dunkel wurde.

Molly sprang auf und lief zur Werkbank. Die Oberfläche war aus Holz und zum Sitzen oder Liegen um einiges wärmer als der Fußboden. Sie schob die Apfelkisten beiseite und entdeckte ein Stück Stoff. Damit wischte sie den Staub von der Bank und suchte dabei fieberhaft nach irgendetwas, Säcken oder Lumpen, das sie ein bisschen warm halten könnte, fand aber nichts.

Dann stöberte sie im restlichen Keller herum in der Hoffnung, etwas Brauchbares zu entdecken, aber außer Spinnweben gab es hier nichts.

Als sie eine Kiste hochhob, um erneut an die Tür zu schlagen, fiel etwas leise klirrend auf den Boden. Weil das Licht so schlecht war, konnte sie nicht erkennen, was es war, aber sie tastete den Boden so lange mit einer Hand ab, bis sie darauf stieß.

Es war eine Haarspange – einfach ein kleiner roter Kreis mit Metallschließe. Sie kam ihr bekannt vor, aber das mochte daran liegen, dass sie als Kind selbst solche Spangen getragen hatte.

Molly schnappte sich eine Kiste und fing wieder an zu schreien und an die Tür zu hämmern. Es brachte zwar nichts, aber immerhin wurde ihr ein bisschen warm dabei. Das sollte sie auch mitten in der Nacht machen, dachte sie. Mit etwas Glück störte es die beiden Frauen so sehr, dass sie nach unten kamen.

Sobald es draußen dunkel wurde, war es um ihre Ruhe geschehen. Sie musste dringend auf die Toilette, sie war hungrig und durstig und völlig durchgefroren. Und sehr verängstigt. Als sie sich zusammengekrümmt auf die Werkbank legte, kam ihr der Gedanke, dass jemand, der einen anderen Menschen bewusstlos schlug und in einen Keller sperrte, vermutlich durchaus imstande wäre, ihn dort verrotten zu lassen. Im Vergleich dazu erschien ihr ihre Angst vor Spinnen albern, aber sie sah ständig vor sich, wie im Dunkeln welche auf sie zukrochen.

Sie konnte die Ziffern ihrer Armbanduhr nicht mehr erkennen, aber es konnte nicht viel später als neun Uhr abends sein, weil es noch nicht sehr lange dunkel war. Wie gern wäre sie eingeschlafen, aber dafür war es zu kalt.

Molly dachte an Constance und ihren Glauben an die Kraft des Gebets.

»Nicht ein Spatz kann aus dem Nest fallen, ohne dass Er es weiß«, pflegte sie zu sagen.

»Wenn du an Spatzen denkst, warum nicht an mich?«, fragte Molly Gott. »Ich habe nichts Böses getan, ich wollte nur etwas in Ordnung bringen, also hilf mir bitte. Mach, dass jemand herausfindet, wo ich bin.«

Und auf einmal, fast als hätte Gott sie gehört, fiel ihr ein, warum ihr die rote Haarspange bekannt vorkam. Petal hatte immer zwei davon im Haar getragen, eine rechts, eine links.

Es mochte natürlich reiner Zufall sein, dass eine Spange wie die von Petal hier herumlag. Aber das glaubte Molly nicht. Sie wusste einfach, dass Petal hier gewesen war.

Gegen vier Uhr morgens, als Molly zitterte und fror und vor Kälte zu sterben glaubte, lag Evelyn Bridgenorth wach in ihrem Bett und sorgte sich. In der Hoffnung, Molly würde noch auftauchen oder anrufen, war sie bis nach Mitternacht aufgeblieben, und hatte erst, als alle Gäste in ihren Betten lagen, die Haustür abgeschlossen und war selbst zu Bett gegangen.

Ted schlief, und sie wollte ihn nicht stören, indem sie Licht machte und las. Also lag sie einfach da und wartete darauf, vom Schlaf übermannt zu werden, aber er wollte sich einfach nicht einstellen. Zu viele angstvolle Gedanken rasten durch ihren Kopf.

Sie hörte die Kirchturmuhr vier schlagen und fragte sich, wie sie ihre Arbeit bewältigen sollte, wenn sie kein Auge zutat. Sollte Molly am nächsten Morgen fröhlich hereingeschneit kommen, würde sie ihr gehörig die Meinung sagen, weil sie ihr solche Angst eingejagt hatte!

Um zehn Uhr am nächsten Vormittag rief Evelyn bei der Polizei an, um Molly als vermisst zu melden.

»Es ist nichts Ungewöhnliches, wenn junge Frauen einfach mal blaumachen«, sagte der Sergeant, der ihre Aussage, wie zuverlässig und gewissenhaft Molly war, offenbar nicht zur

Kenntnis genommen hatte. »Wahrscheinlich ist ein Mann im Spiel. Er hat sie überredet, alles stehen und liegen zu lassen, und wenn sie zurückkommt, bindet sie Ihnen irgendeine faustdicke Lüge auf.«

»Miss Heywood ist auf dem Rad weggefahren. Sie hat weder Kleidung noch Waschutensilien dabei, nicht einmal einen Mantel«, bemerkte Evelyn spitz.

»Och, wir haben es schon mit einigen Frauen zu tun gehabt, die verschwunden sind, obwohl sie angeblich bloß einen Liter Milch kaufen wollten und nur ihre Kittelschürze anhatten. Schwer zu sagen, was im Kopf einer Frau vorgeht.«

Evelyn war stark versucht, ihm zu sagen, dass ihr selbst gerade der Gedanke durch den Kopf ging, zur Polizeiwache zu fahren und ihm eins mit der Bratpfanne überzuziehen. »Ich wünsche, dass Sie der Sache nachgehen«, sagte sie mit zusammengebissenen Zähnen.

»Wissen Sie was, Mrs. Bridgenorth, weil Sie es sind, werde ich mal sehen, was ich machen kann, wenn das Mädel in zwei Tagen immer noch nicht zurück ist.«

»Glauben Sie, Mollys Verschwinden hat vielleicht etwas damit zu tun, dass sie die Familie ihrer Freundin suchen wollte?«, fragte Ernest Mrs. Bridgenorth am selben Abend, als er die Bar aufmachte. »Sie hat die Idee nicht aufgegeben, und ich weiß, dass sie in der halben Stadt herumgefragt hat.«

»Ja, Ted hat mir davon erzählt. Aber ich kann keine Verbindung zwischen dieser Suche und ihrem Verschwinden erkennen. Schließlich wurde ihre Freundin in Somerset getötet.«

»Mag sein, aber die Familie des toten Mädchens lebt irgendwo hier in der Gegend. Vielleicht ist Molly über irgendetwas gestolpert, das diese Leute lieber unter Verschluss halten wollten«, meinte er. »Was wollen Sie jetzt tun?«

»Ich werde mich an die Polizei wenden.«

»Aber ich dachte, die wollen nichts unternehmen.«

»Ich meine nicht die Polizei hier in Rye – das ist ein Haufen beschränkter Idioten. Wenn sie heute Abend nicht wieder da ist, rufe ich Mollys Freund, den Polizisten in Somerset an und höre mir an, was er zu sagen hat. Und mit ihrer Freundin Dilys will ich auch sprechen. Vielleicht weiß die ja mehr.«

Zum zweiten Mal war es Nacht geworden, und Molly war darüber hinaus, zu weinen. Die vergangene Nacht war lang und qualvoll gewesen, und die Stunden bei Tageslicht, die folgten, waren fast genauso schlimm. Immer wieder hatte sie an die Tür getrommelt und laut geschrien, aber ohne Erfolg. Jetzt war sie so hungrig und durstig, dass sie an kaum etwas anderes als an Essen und Trinken denken konnte, und die Kälte machte es ihr unmöglich, einzuschlafen und ihre Notlage ein paar Stunden lang zu vergessen.

Sie wusste mit absoluter Gewissheit, dass man sie hier unten sterben lassen wollte. Vielleicht hatten die beiden Frauen gedacht, sie wäre bereits tot, als sie Molly nach unten schleppten. Die Tatsache, dass sich keine von ihnen blicken ließ, um nach ihr zu sehen, bewies, dass sie genau das wollten: ihren Tod.

Aber so elend ihr auch zumute war, Mollys Verstand funktionierte noch, und sie fand, nur jemand, der etwas wirklich Schlimmes zu verbergen hatte, würde so aggressiv reagieren wie diese beiden Frauen. Sie war mittlerweile überzeugt, dass sie es waren, die Cassie überfallen und Petal mitgenommen hatten.

Als sie um Mulberry House herumging, war Molly im Grunde nicht viel mehr als der verwahrloste Garten aufgefallen, aber sie war sicher, aus dem Augenwinkel ein schwarzes Auto erspäht zu haben, einen alten Austin oder etwas in der Art. Die beiden

Frauen könnten herausgefunden haben, wo Cassie lebte, und nach Somerset gefahren sein.

Sie fragte sich, was zu dem Angriff auf Cassie geführt haben mochte. Würde eine Mutter die lange Fahrt nicht nur aus Liebe machen, aus dem Wunsch heraus, wieder mit ihrer Tochter vereint zu sein? Vielleicht hatte Cassie nicht verzeihen können, dass ihre Mutter sie im Stich gelassen hatte, als Petal zur Welt kam, und die beiden zum Teufel geschickt. Oder es war zu einem Streit gekommen, weil Cassie ihnen ein paar unangenehme Wahrheiten serviert und eine der Frauen sie daraufhin so brutal geschlagen hatte, dass sie mit dem Kopf auf die Kamineinfassung prallte. Und dann, als ihnen klar wurde, dass Cassie tot war, hatten sie Petal mitgenommen, damit sie niemandem erzählen konnte, was passiert war.

Was hatten sie mit dem Kind gemacht? Das war im Moment die vorrangige Frage.

Wenn man bedachte, wie diese Frauen lebten, wie irrational und unberechenbar sie waren, dann war nicht auszuschließen, dass sie Petal getötet hatten. Das Haus lag einsam und abgeschieden in den Weiten des Marschlands; sie konnten den kleinen Körper irgendwo verscharrt haben, wo niemand ihn je finden würde. Das würde auch ihre Panik bei Mollys Erscheinen erklären.

Aber es bestand auch die Möglichkeit, dass Petal hier im Haus war und wie sie selbst irgendwo gefangen gehalten wurde.

Diese Vorstellung war fast noch schlimmer als der Gedanke an den eigenen Tod. Petal war vor über zehn Monaten verschwunden, und Molly fand es unerträglich, sich ihre Angst und Verzweiflung auszumalen. Vielleicht wäre es sogar besser, wenn sie gleich getötet worden wäre. Dennoch klammerte sich Molly an die Hoffnung, die Kleine könnte noch am Leben sein, noch dazu ganz in ihrer Nähe.

Eines Abends, als sie im *George* an der Bar arbeitete, hatte ein älterer Herr mit unverkennbarem Oberschicht-Akzent angefangen, mit ihr zu plaudern. Er stammte aus Rye, war Offizier im Ersten Weltkrieg gewesen und nach seiner Entlassung aus dem Militärdienst auf die Universität gegangen, um Jura zu studieren. Jetzt war er Anwalt im Ruhestand. Er war ein interessanter Mann, sehr intelligent und offenbar ein guter Menschenkenner. Unter anderem sprach er an jenem Abend auch über den hohen Anteil psychisch labiler Menschen, die in den Marschen lebten und mit denen er durch seinen Beruf mehrfach in Berührung gekommen war.

»Als ich ein Junge war, belegte man die Leute aus der Marsch gewöhnlich mit Adjektiven wie ›schrullig‹, oder sogar ›verblödet‹«, hatte er gesagt. »Da gab es eigenartige alte Frauen, die wir für Hexen hielten, Männer, die Selbstgespräche führten, wunderliche Käuze, die an Markttagen in die Stadt kamen und in ihrer eigenen Welt zu leben schienen. Es hieß, der Wind, der ständig über die Marschen weht und das Innenohr beeinträchtigt, wäre der Grund für diese Eigenheiten. An abgelegenen Orten im Marschland leben immer noch sehr seltsame Leute, ganze Familien. Sie sind nicht unbedingt schlechte Menschen, aber auf jeden Fall verschroben und ein bisschen aus der Zeit gefallen.«

Molly hatte sich darüber amüsiert, und sie hatte am Markttag einige Leute in der Stadt gesehen, auf die seine Beschreibung zu passen schien. Vielleicht war auch Christabel Colemans merkwürdiges Wesen zumindest teilweise darauf zurückzuführen. Wer weiß, ob Cassie nicht auch so geworden wäre, wenn sie Sussex nicht verlassen hätte, dachte Molly.

Sowie die ersten Strahlen des Morgenlichts durch das kleine Fenster sickerten, rutschte Molly von der Werkbank. Sie fühlte sich furchtbar steif und durchgefroren; alles tat ihr weh. Während der Nacht war sie gelegentlich kurz eingenickt, nur um jäh aus dem Schlaf zu schrecken und noch mehr zu frieren als vorher.

Sie hielt sich an der Tischkante der Werkbank fest und versuchte ein paar Turnübungen, um ihre verkrampften Glieder zu lockern. Hunger und Durst ließen ihren Körper auf Sparflamme fahren, um das bisschen Energie, das ihr geblieben war, zu erhalten, und deshalb fühlte sie sich so geschwächt. Aber ihr war klar, dass sie sich mehr Mühe geben musste, von hier zu entkommen, sonst würde sie in diesem Keller sterben.

Zuerst wollte sie versuchen, die Werkbank unter das kleine Fenster zu ziehen. Obwohl sie wusste, dass sie sich nie durch die Gitterstäbe zwängen könnte, würde vielleicht irgendjemand sie schreien hören, wenn sie das Glas einschlug.

Die Werkbank schien eine Tonne zu wiegen, aber es gelang ihr, sie Zentimeter für Zentimeter näher an das Fenster heranzuzerren und zu schieben. Als sie nahe genug dran war, kletterte Molly hinauf. Das Fenster war immer noch über ihrem Kopf, sodass sie nicht hinausschauen konnte, aber sie nahm ihren Schuh und drosch so fest sie konnte auf die Scheibe ein, bis sie zerbrach. Sie stieß die Scherben hinaus und rüttelte dann gegen jede Hoffnung an den Gitterstäben. Leider saßen sie bombenfest in der steinernen Einfassung des Fensters, nicht im Holzrahmen. Erst jetzt fiel ihr ein, dass es ohne die Glasscheibe im Keller noch kälter werden und möglicherweise hineinregnen würde. Aber auch eine schwache Hoffnung war besser als nichts, und ohne die Glasscheibe wäre sie vielleicht in der Lage, den Postboten oder Milchmann zu hören und ein Mordsgetöse zu veranstalten.

Als Nächstes suchte sie die Holzkisten nach Schrauben oder Nägeln ab, mit denen sie versuchen könnte, das Türschloss zu knacken. Aber sie konnte sich vor Schwäche kaum noch auf den Beinen halten, alles fing an, sich um sie zu drehen, und sie war gezwungen, sich wieder hinzulegen und ein bisschen auszuruhen.

Während sie dalag, ging ihr durch den Kopf, dass die meisten Menschen, die davon redeten, wie hungrig sie wären, die Bedeutung des Worts gar nicht kannten. Echter Hunger war etwas, was an den Eingeweiden fraß; man konnte an nichts anderes mehr denken. Und wenn es noch schlimmer wurde, dachte sie, sehnte man sich irgendwann nach dem Tod.

KAPITEL 17

George Walsh legte den Hörer auf, nachdem er mit Mrs. Bridgenorth gesprochen hatte, und überlegte, was jetzt zu tun war.

Als er am Vortag Mollys Brief bekommen hatte, hatte er beim Lesen nur ein wenig geschmunzelt. Seiner Meinung nach hatte sie sich einen Bären aufbinden lassen, ein Märchen wie das, das man sich im Dorf über Enoch Flowers erzählte. Es hieß, seine Liebste sei in eine Dreschmaschine gestürzt und er habe ihre beiden abgetrennten Beine aufgehoben und mitsamt dem restlichen Körper die High Street hinuntergetragen.

Das war natürlich Unsinn, Enochs Liebste war 1920 an der Spanischen Grippe gestorben. Aber aus irgendeinem Grund war diese haarsträubende Geschichte immer noch im Umlauf. Manche Leute behaupteten sogar, Enoch habe Cassie Stone Cottage nur überlassen, weil sie ihn an seine Liebste erinnerte.

George wusste, wie besessen Molly von der Idee war, Cassies Tod und Petals Verschwinden aufzuklären, daher überraschte es ihn nicht sonderlich, dass sie bereit war, die Geschichte von der verrückten Witwe und ihrer bösen Haushälterin zu schlucken, die zusammen in den einsamen Marschen hausten.

Aber jetzt, da er wusste, dass Molly verschwunden war, war er nicht mehr geneigt, ihren Brief mit einem nachsichtigen Lächeln abzutun. Mrs. Bridgenorth war eine weltgewandte Frau, die sicher nicht leicht in Panik geriet, dennoch hatte er echte Angst in ihrer Stimme gehört.

Das einzig Richtige in dieser Situation war, zur Wache zu gehen und dem Sergeant alles zu sagen, was er wusste, vor allem, dass Molly mittlerweile seit achtundvierzig Stunden vermisst wurde. Das war George klar.

Sergeant Bailey war genau wie George der Meinung, dass die Suche nach Petal viel zu rasch beendet worden und nicht gründlich genug gewesen war. Trotzdem würde es ihm gar nicht gefallen, dass Molly weitere Informationen über Cassie nicht an die Polizei weitergeleitet hatte.

Und selbst wenn Sergeant Bailey sich sofort an einen seiner Vorgesetzten wandte und verlangte, in Brookland eine Suchaktion nach Molly zu starten, würden weitere vierundzwanzig Stunden, wenn nicht mehr vergehen, bis die Angelegenheit bei der Polizei in Rye landete.

Mrs. Bridgenorth hatte bereits bei sämtlichen Krankenhäusern in der Umgebung nachgefragt, um zu überprüfen, ob Molly einen Unfall gehabt hatte. Außerdem hatte sie im Wohnheim von *Bourne & Hollingsworth* für Mollys Freundin Dilys eine Nachricht mit der Bitte hinterlassen, sich zu melden, falls sie etwas von Molly hörte.

George wusste, dass Molly ganz bestimmt im Hotel angerufen hätte, wenn unvorhergesehene Ereignisse sie daran gehindert hätten, am selben Tag zurückzukommen. Man konnte also mit gutem Grund davon ausgehen, dass sie in Schwierigkeiten steckte. Und falls der örtliche Klatsch über Christabel Coleman und ihre Haushälterin der Wahrheit entsprach, wäre es tatsächlich möglich, dass diese zwei Frauen Cassie getötet und Petal entführt hatten.

Aber ob Sergeant Bailey und die anderen Polizeibeamten das auch so sehen würden, war zweifelhaft. Viel eher würden sie die Dinge verzögern, indem sie alles erst einmal lang und breit mit der Polizei in Rye besprachen. Molly könnte tot sein, bevor sie aktiv wurden, und deshalb fand George, die einzige Lösung wäre, selbst sofort nach Rye zu fahren und sie zu suchen.

Er hatte sich gerade drei Tage Urlaub genommen und in dieser Zeit eigentlich das Dach des Gartenschuppens ausbessern wollen. Aber das konnte warten. Er würde Sergeant Bailey schriftlich mitteilen, was er wusste, und seine Mutter bitten, den Brief zur Wache zu bringen. Bis der Sergeant ihn las, wäre George fast schon in Rye.

Hastig schnappte er sich einen Bogen Briefpapier, schrieb alles auf, was ihm bekannt war, und fügte hinzu, er habe Angst, die beiden Frauen könnten Molly gefangen halten, weil sie befürchten mussten, das Mädchen würde ihnen die Polizei ins Haus schicken. Dann entschuldigte er sich dafür, dass er Hals über Kopf nach Sussex fuhr, wies aber darauf hin, dass er Molly fast sein ganzes Leben lang kenne und im Übrigen Urlaub habe.

Seine Mutter war sehr beunruhigt, als er ihr den Brief gab und ihr in knappen Worten den Inhalt mitteilte.

Janet Walsh war eine typische Frau vom Land: schlicht, stark, arbeitsam und nüchtern. Sie hatte Molly Heywood schon immer gern gehabt; ein, zwei Mal hatte sie sogar zugegeben, dass sie immer gehofft hatte, George würde das Mädchen eines Tages heiraten. Natürlich war ihr durchaus bewusst, dass Georges Vorgesetzte nicht gerade begeistert sein würden, wenn ihr Sohn, der schließlich nur ein einfacher Constable war, lospreschte, um auf eigene Faust ein Mädchen zu retten, mit dem er zur Schule gegangen war und das er in Gefahr wähnte. Wenn Molly denn überhaupt in Gefahr war. Schließlich könnte sie genauso gut mit irgendeinem charmanten Herzensbrecher durchgebrannt sein.

»Also wirklich, mein Junge, das ist doch Unsinn«, sagte sie kopfschüttelnd. »Warum überlässt du die Sache nicht der Polizei unten in Rye?«

»Weil ich in dem Moment, als ihre Chefin mir von Mollys Verschwinden erzählte, gespürt habe, dass etwas Schlimmes passiert ist. Ich habe drei Tage Urlaub, Mum, und was ich damit mache, ist meine Angelegenheit. Ich könnte nicht damit leben, wenn Molly umkommt, während ich zu Hause gesessen und Däumchen gedreht habe.«

»Warum sollte sie umkommen, George? Übertreibst du nicht ein bisschen?«

»Cassie ist ermordet worden, hast du das vergessen?«, gab er zurück. »Und Petal ist verschwunden, weiß der Himmel, wohin. Wenn diese zwei Frauen etwas damit zu tun haben, wird es ihnen gar nicht gefallen, dass Molly bei ihnen aufgetaucht ist, oder?«

»Nein, wohl kaum.« Mrs. Walsh seufzte. »Aber jetzt hast du mir noch mehr Grund zur Sorge gegeben.«

»Wenn du Sergeant Bailey die Nachricht ein, zwei Stunden nach meiner Abfahrt gibst, dann wird er sicher die Polizei vor Ort verständigen. Und jetzt sei so lieb und mach mir ein paar belegte Brote und eine Thermoskanne mit Tee. Es ist eine lange Fahrt.«

»Du denkst doch wohl nicht daran, die ganze Strecke mit deinem Motorrad zu fahren, oder?« Die Stimme seiner Mutter hob sich vor Schreck. »Ich dachte, du nimmst den Zug!«

»Mit dem Motorrad geht es viel schneller«, sagte er. »Es gibt keine direkte Zugverbindung nach Rye.«

Er sammelte ein paar Sachen zusammen, die er brauchen würde – eine Landkarte, Wäsche zum Wechseln und eine Zahnbürste, ein Brecheisen, einen Schraubenzieher und einen Bolzenschneider –, verstaute alles in der Gepäcktasche seines Motorrads und lief wieder ins Haus, um in seine Lederkluft zu schlüpfen.

Als er wieder nach unten kam, wartete seine Mutter in der Diele schon auf ihn. Sie drückte ihm eine Dose mit Broten und eine kleine Thermoskanne in die Hand.

»Fahr vorsichtig, mein Junge«, ermahnte sie ihn. »Und ruf an, wenn sich die Möglichkeit ergibt. Ich bete dafür, dass du Molly unversehrt findest.«

»Vielleicht solltest du mit ihrer Mutter sprechen«, sagte George zögernd, während er seinen Sturzhelm aufsetzte. »Sie sollte vorbereitet sein, falls es zum Schlimmsten kommt.«

»Die arme Frau«, seufzte Mrs. Walsh. »Der Mann ein elender Mistkerl, beide Töchter auf und davon, und jetzt auch noch das! Daran wird sie kaputtgehen.«

»Ich bin sicher, du bringst es ihr behutsam bei«, sagte George. Er sah, wie sich seine Mutter auf die Unterlippe biss, und wusste, dass sie den Tränen nahe war. »Komm, mach dir keine Sorgen um mich. Ich bin erwachsen.«

Sie schüttelte den Kopf und lächelte schwach. »Für mich nicht«, sagte sie und tätschelte seine Wange. »Aber du bist tapfer und ritterlich, und das macht mich stolz.«

Es war halb zwölf, als George Sawbridge verließ, und schon eine Stunde später fuhr er über die Hochebene von Salisbury in Richtung Südküste. Die lange Fahrt mit dem Motorrad war keine Strapaze für ihn; unter erfreulicheren Umständen hätte er sie sogar genossen. Zum Glück hatte der Nieselregen, der in Sawbridge fiel, kurz hinter Bath aufgehört, und jetzt kam sogar die Sonne heraus.

»Ich bin unterwegs, Molly«, murmelte er. »Halt durch und mach nichts Unüberlegtes.«

Das erste Tageslicht fiel kaum in den Keller, als Molly sich auch schon daranmachte, die Kisten nach Nägeln zu untersuchen. In über drei Stunden gelang es ihr nicht, mehr als drei Stück herauszuziehen, und sie waren alle ziemlich kurz. Aber dann entdeckte sie einen Nagel mit einem wesentlich dickeren Kopf, der darauf hindeutete, dass es sich um ein längeres Exemplar handeln könnte. Und mit Hilfe der anderen Nägel mühte sie sich ab, diesen hier herauszubekommen.

In der Nacht hatte es stark geregnet, und Molly hatte sich auf der Werkbank so weit wie möglich nach oben gereckt und gestreckt und ihren Schuh hinausgehalten, um ein wenig Regenwasser aufzufangen. Auf diese Weise kam ungefähr ein halber Becher zusammen, und nichts hatte je besser geschmeckt, auch wenn das Wasser einen Beigeschmack nach Leder hatte. Dann wurde aus dem Regen ein leichtes Nieseln, und sie konnte ihren Arm nicht lange genug ins Freie halten, um mehr als ein paar Tropfen zu ergattern.

Aber es war immerhin etwas. Die kleine Menge Wasser hatte bewirkt, dass es ihr ein bisschen besser ging. Sie glaubte nicht, dass sie sonst in der Lage gewesen wäre, die Nägel aus den Kisten zu ziehen.

Mittlerweile waren ihre Finger wund, und sie hatte sich mehrere Splitter eingezogen, aber als sie endlich den entscheidenden Nagel herauszog und feststellte, dass er fünf Zentimeter lang und ziemlich dick war, jubilierte sie innerlich.

Im Film sah es immer ganz einfach aus, ein Schloss zu knacken, aber in Wirklichkeit ging es nicht so leicht. Molly schob den Nagel hierhin und dorthin, aber nichts rührte sich. Nach einer Stunde Plackerei hatte sie genug; ihr war schwindlig, und sie hatte Magenkrämpfe. In einem Anfall von Verbitterung schob sie ein keilförmiges Stück Holz aus einer der Kisten ins Schloss und stieß es mit ihrem Schuh hinein. Zu ihrer Überraschung hörte sie ein sattes Klicken.

Sie konnte kaum glauben, dass es ihr tatsächlich gelungen war, die Tür aufzubekommen, und als sie eine Hand auf die Klinke legte, war sie überzeugt, dass sich nicht das Geringste tun würde. Aber zu ihrer Freude ließ sich die Klinke problemlos hinunterdrücken. Die Tür war offen!

Ihr Instinkt drängte sie, sofort hinauszustürzen, aber sie zwang sich, ein paar Mal tief durchzuatmen, ihren Schuh wieder anzuziehen, obwohl er klitschnass war, und kurz zu überlegen.

Es musste gegen Mittag sein. Die beiden Frauen hielten sich mit Sicherheit im Haus auf, und sie hatte keine Ahnung, wie der Grundriss aussah, nicht einmal, ob sich die Eingangstür rechts oder links von ihr befand. Sie wusste, dass man in den meisten Häusern durch eine Tür in der Diele oder Küche in den Keller gelangte, und diese Tür war höchstwahrscheinlich auch abgeschlossen.

Als sie vorsichtig hinausspähte, stellte sie fest, dass ein wenig Licht in den Kellerflur fiel, weil bei den anderen drei Räumen die Türen offen standen. Das Kellerabteil gegenüber hatte genauso wie ihres ein kleines Gitterfenster und war offenbar eine Art Vorratskammer für Eingemachtes. Es wäre sehr verlockend gewesen, sich schnell ein Glas eingelegte Pflaumen oder Stachelbeeren zu schnappen, aber noch wichtiger war jetzt, aus diesem Haus zu entkommen.

In den anderen Räumen fand sich nichts außer einigen alten Möbelstücken, und Molly lief schnell zu den steinernen Stufen am Ende des Gangs weiter. Leise huschte sie hinauf, blieb stehen und spitzte die Ohren, bevor sie versuchte, die Tür zu öffnen.

Rechts von ihr waren das Geräusch von laufendem Wasser und das Klappern von Geschirr zu hören. Dort musste sich also die Küche befinden, und irgendjemand war da drinnen, vielleicht sogar alle beide Frauen.

Das bedeutete, dass sich die Haustür links von ihr befand. Aber da die Leute auf dem Land nur selten die Vordertür benutzten und sie normalerweise abschlossen und verriegelten, konnte sie auf diesen Ausweg keine allzu großen Hoffnungen setzen. Selbst wenn der Schlüssel im Schloss steckte, ließ er sich durch mangelnden Gebrauch möglicherweise nur schwer drehen, und sie würde bei dem Versuch, die Tür aufzuschließen, nur wertvolle Zeit verschwenden.

Angestrengt lauschte sie weiter und wollte gerade aufgeben, als jemand sprach. Es war Miss Gribble. »Der Rest vom Eintopf muss aufgegessen werden.«

»Den wird sie nicht anrühren«, erwiderte Christabel Coleman.

»Dann bleibt sie eben hungrig«, gab Miss Gribble scharf zurück.

Molly kauerte sich auf die Treppe und presste ein Ohr ans Schlüsselloch. Sie war so hungrig, dass sie glaubte, sie würde auch gekochte Katze essen, aber das Gespräch, das sie gerade belauscht hatte, ließ sie ihren Hunger vergessen. Für sie war es der Beweis, dass Petal nicht nur am Leben, sondern tatsächlich hier im Haus war.

Sie zwang sich, stillzuhalten und nachzudenken. Vielleicht meinten die beiden gar nicht Petal; die Person, die den Eintopf nicht essen würde, könnte eine Verwandte oder Bekannte sein. Nur nichts überstürzen, ermahnte sie sich. Sie brauchte einen Plan.

Aber bei dem Gedanken, die kleine Petal könnte am Leben und noch dazu hier in diesem Haus sein, raste ihr Puls.

Wenn sie durch diese Tür kam, bestand eine gute Chance auf Entkommen; bestimmt lief sie viel schneller als die beiden älteren Frauen, auch wenn sie erschöpft und ausgehungert war.

Mit Petal zu fliehen wäre nicht so leicht. Zuerst einmal musste sie das Kind finden und dann irgendwie unbemerkt aus dem Haus kommen. Die beiden Frauen würden nicht kampflos aufgeben; sie mussten wissen, dass ihnen eine lange Haftstrafe drohte, wenn Molly entkam und die Polizei alarmierte.

Sie hatte bereits einen Schlag auf den Schädel bekommen und wusste, wie kräftig Miss Gribble zuschlagen konnte.

Es gab also nur zwei Möglichkeiten: allein fliehen und Hilfe holen oder zusammen mit Petal versuchen, die beiden Frauen auszutricksen und abzuhängen.

Die erste Lösung schien die vernünftigere zu sein, aber wenn die beiden Frauen merkten, dass Molly weg war, schnappten sie sich vielleicht Petal und flohen. Sie kannten die Marschen gut und konnten sich vermutlich eine ganze Weile dort versteckt halten. Und was würde dann aus Petal?

Ihr Herz sagte ihr, dass sie Petal finden und mitnehmen musste. Wenn die Kleine hier im Haus war, hatte sie genug mitgemacht. Sie hatte es verdient, von einem Menschen gerettet zu werden, der sie liebte.

Behutsam drehte Molly den Türknopf, obwohl sie keine Sekunde glaubte, die Tür würde aufgehen. Aber so war es! Vermutlich hatten die beiden Frauen vergessen abzuschließen oder vielleicht auch gedacht, dass Molly, wenn sie nicht schon tot war, ohnehin nicht aus dem Kellerabteil entkommen könnte.

»Tja, ich habe Neuigkeiten für euch«, murmelte sie, während sie die Tür nur einen Spalt weit öffnete. Sie erkannte, dass sie in der Diele war, einem düsteren Raum mit einer altersschwarzen lackierten Wandvertäfelung und darüber einer dunkelgrünen Tapete. Der Kellertür gegenüber stand ein sichelförmiger Mahagonitisch mit einem riesigen, ausgesprochen hässlichen Messingadler, der auf einem künstlichen Holzscheit kauerte.

Molly konnte von der Küche nur die Tür und einen kleinen Ausschnitt sehen, aber sie konnte beide Frauen hören. Anscheinend hackte die eine etwas auf einem Holzbrett klein, während die andere hin und her ging. Als Molly die Tür ein bisschen weiter aufschob, konnte sie sehen, dass Miss Gribble Gemüse zerkleinerte und Christabel unruhig auf und ab lief.

Sie zog die Tür sofort wieder bis auf einen winzigen Spalt zu, denn wenn eine der beiden zufällig in ihre Richtung schaute, würde sie sehen, dass sie offen war.

»Um Himmels willen, Christabel, hör endlich auf, ständig hin und her zu laufen«, rief Miss Gribble erzürnt. »Was ist denn heute bloß in dich gefahren, möchte ich wissen!«

»Sie spricht nicht mit mir. Sie duckt sich weg«, brach es aus Christabel heraus.

»Ich habe dir von Anfang an gesagt, dass ein Kind in ihrem Alter zu viel von der Mutter in Erinnerung behält«, sagte Miss Gribble ungeduldig. »Außerdem glaube ich, dass sie geistig zurückgeblieben ist.«

Molly knirschte vor Wut mit den Zähnen, als sie diese Beleidigung hörte, und konnte sich nur mit Müh und Not beherrschen, nicht in die Küche zu stürzen und auf die beiden Frauen loszugehen.

»Komm mit in den Garten. Es ist ein schöner Tag, und du kannst dich auf die Schaukel setzen. Das beruhigt dich doch immer«, sagte Miss Gribble.

Mollys Augen weiteten sich, so fassungslos war sie. Die beiden hatten ein Kind entführt, und jetzt schlug die eine der anderen vor, ein bisschen zu schaukeln, um ruhiger zu werden? Waren diese Frauen denn völlig irre?

Aber ob irre oder nicht, es war die Gelegenheit, auf die Molly gehofft hatte. Sie lauschte, bis die Schritte der Frauen allmählich verklangen, und öffnete die Kellertür weit genug, um beobachten zu können, wie die beiden durch die Hintertür in den Garten hinausgingen.

Erst jetzt betrat sie die Diele, schloss die Kellertür hinter sich und wandte sich nach rechts zur Vorderseite des Hauses und zur Treppe, die genau in der Mitte und der Eingangstür gegenüberlag. Sie war aus dunklem Eichenholz, breit und imposant, und auf den Stufen lag ein schmaler, verschlissener Läufer, der mit Messingnägeln im Holz fixiert war.

Wie der Wind sauste Molly die Treppe hinauf. Bei den Schlafzimmern im ersten Stock hielt sie sich gar nicht erst auf, weil sie davon ausging, dass sie Petal in eine der Dachkammern gesteckt hatten.

Die schmale Treppe, die zum Dachboden führte, war aus blankem Holz, das an einigen Stellen mit Essensresten bekleckert war. Ein Blick aus einem der hinteren Fenster zeigte Molly, dass Christabel auf einer Schaukel saß, die an einer großen Eiche befestigt war, und von Miss Gribble angestoßen wurde.

So schnell sie konnte, rannte Molly die letzten paar Stufen hinauf. »Petal!«, rief sie.

Hier oben gab es vier Türen, aber sie nahm an, dass Petal in einem der beiden nach hinten gelegenen Zimmer sein würde. Aus einer der beiden Kammern hörte sie ein Scharren, so leise, als würde eine Maus über die Dielen huschen. Die Tür war abgeschlossen, und es steckte kein Schlüssel im Schloss.

»Petal«, wisperte sie nahe an der Tür. »Deine Tante Molly ist hier, um dich zu holen. Aber die Tür ist abgeschlossen, ich muss sie eintreten. Geh ein Stück zurück, ja?«

Die einzige Antwort war ein leises Wimmern.

Molly verschwendete keinen Gedanken daran, ob sie sich verletzen könnte, sondern trat ein paar Schritte zurück, nahm Anlauf und warf sich mit ihrer Schulter gegen das obere Feld der Türfüllung. Sie krachte, und Molly versuchte es gleich noch mal. Dieses Mal gab das Holz nach, und Petal stand vor ihr, dünn und sehr schmutzig, die Augen verschwollen vom Weinen, in einem Kleid, das ihr ein paar Nummern zu groß war und fast bis auf den Boden hing.

Sie starrte Molly benommen und ungläubig an.

»Du musst dich hochhangeln und durch die Öffnung kriechen«, sagte Molly zu ihr. »Komm, mach schnell! Sie sind draußen im Garten, aber vielleicht haben sie gehört, wie ich die Tür eingetreten habe.«

Schnell und geschmeidig wie eine Katze schlüpfte das Kind durch die Öffnung, fiel Molly um den Hals und schlang beide Arme um sie.

»Reden können wir später«, flüsterte Molly, während sie Petals Scheitel küsste und versuchte, nicht vor lauter Freude zu weinen. »Erst mal müssen wir schnell und ganz, ganz leise sein. Schaffst du das?«

Petal, die zu überwältigt schien, um ein Wort herauszubringen, nickte stumm.

Molly hob Petal hoch, hob sie auf ihre Hüfte und schlich die Treppe hinunter. In der Diele konnte sie sehen, dass die Vordertür wie erwartet abgeschlossen und verriegelt war. Das Risiko, dass sie sich zu lange mit dem Schloss abplagen mussten und erwischt wurden, war zu groß.

Bei ihrem kurzen Blick in den Garten hatte sie gesehen, dass die Schaukel ungefähr fünfundzwanzig Meter von der Küchentür entfernt hing, und wenn sie sich richtig erinnerte, standen Büsche zwischen Haus und Garten, die Petal und sie vor Blicken abschirmen würden. Molly hoffte inständig, dass ihnen genug Zeit blieb, um das Haus herum- und die Auffahrt hinunterzulaufen und dann wegzurennen.

Sie waren gerade in der Diele, als zu ihrem Entsetzen Miss Gribble auftauchte. Molly gefror das Blut in den Adern, als sie den schweren Schürhaken sah, den die Frau in der Hand hielt. Nach ihrer grimmigen Miene zu schließen hatte sie etwas gehört, und sie würde sicher nicht davor zurückschrecken, ihre Waffe einzusetzen.

Molly zitterte vor Angst. Für sie bestand kein Zweifel, dass diese Frau Petal und sie selbst ohne zu zögern töten würde.

Miss Gribble holte mit dem Schürhaken weit aus. Petal schrie auf und klammerte sich noch fester an Molly. »Ich hätte gleich am Anfang kurzen Prozess mit Ihnen machen sollen, aber jetzt sind Sie dran und das Balg auch!«, knurrte die Frau. Ihre Zähne waren groß und gelb wie die eines wilden Tieres.

»Bitte, lassen Sie uns gehen«, flehte Molly. Nichts, was sie sagte, würde irgendeine Wirkung zeigen, das war ihr klar, aber sie hoffte, die Frau würde sie für fügsam und dumm genug halten, sich von ihr wieder in den Keller treiben zu lassen.

Der massive Messingadler würde eine gute Waffe abgeben, wenn Molly irgendwie an ihn herankommen konnte, und selbst wenn Christabel auftauchte, könnte Petal wahrscheinlich einfach an ihr vorbeilaufen, weil die Frau eindeutig unterbelichtet war. »Ich habe ganz vielen Leuten erzählt, wohin ich fahre, die Polizei wird also bald hier sein«, fuhr sie fort, um Zeit zu gewinnen. »Aber wenn Sie uns jetzt gehen lassen, werde ich einfach behaupten, ich hätte Petal draußen auf der Straße gefunden.«

»Sparen Sie sich Ihren Atem, lange werden Sie ihn nämlich nicht mehr haben!«, brüllte die Frau sie an. Sie sah aus wie eine Besessene; ihre Augen rollten hin und her, Speichel tropfte aus ihrem Mund. Drohend hob sie den Schürhaken, als wollte sie ihn im nächsten Moment auf Mollys Schädel sausen lassen.

Molly hielt ihre Lippen dicht an Petals Ohr. »Renn sofort los, wenn ich dich absetze. Und hol Hilfe!«, wisperte sie.

Petal gab einen Laut von sich, als hätte sie verstanden, und als Molly einen Satz zur Seite machte, um dem Schürhaken auszuweichen, ließ sie Petal auf den Boden rutschen.

Der Schürhaken zischte mit einem bösartigen Pfeifton um Haaresbreite an Mollys Schulter vorbei, aber Miss Gribble holte unbeirrt erneut aus und stieß gleichzeitig mit der anderen Hand die Kellertür auf.

»Rein mit Ihnen!«, kreischte die Irre.

»Bitte, bitte nicht!«, schrie Molly. »Da drinnen ist es so dunkel, und es wimmelt von Spinnen und Ratten!«

Petal drückte sich erschrocken an sie, aber Molly konnte ihr jetzt unmöglich erklären, dass ihre Hysterie nur gespielt war. »Bitte nicht, das ertrage ich nicht!«, schrie sie und klammerte sich an den sichelförmigen Tisch.

Petal flitzte davon wie ein Hase und rannte durch die Küche und zur Hintertür hinaus. Miss Gribble schwenkte den Schürhaken, zögerte aber, als wäre sie unschlüssig, ob sie das Kind einfangen oder sich um Molly kümmern sollte. Genau in diesem Moment packte Molly den Messingadler, der eine Tonne zu wiegen schien, und schleuderte ihn der Frau mit voller Wucht ins Gesicht.

Die Wirkung war mehr als dramatisch. Ein lautes Knirschen ertönte, Miss Gribbles Nase platzte auf wie eine überreife Tomate, und sie selbst rutschte an der Wand hinunter wie ein Betrunkener am Samstagabend.

Molly gönnte ihr nur einen kurzen Blick, bevor sie zur Hintertür rannte. Doch gerade als sie über die Schwelle trat, stand Christabel Coleman vor ihr. In ihren Händen hielt sie eine Axt.

KAPITEL 18

Gegen vier Uhr traf George in Hastings ein. Er war steif von der langen Fahrt, und es schien Stunden her zu sein, seit er den letzten Tropfen Tee aus der Thermoskanne getrunken hatte. Er blieb direkt am Wasser stehen, um einen Blick auf seine Straßenkarte zu werfen, und stellte erfreut fest, dass Brookland nur noch eine halbe Stunde Fahrt entfernt war.

In Gedanken war er die ganze Zeit ununterbrochen bei Molly gewesen. Ständig fielen ihm kleine Vorfälle ein, wie damals, als sie ungefähr sechs waren und er draußen beim Spielen hinfiel und sich böse das Knie aufschnitt. Molly hatte die Wunde in einem Bach ausgewaschen und den Stoffgürtel ihres Kleids wie einen Verband darum gewickelt. Schon immer war sie eine Helferin in der Not gewesen.

Manchmal hatte sie ihn überredet, mit ihr »Vater-Mutter-Kind« zu spielen, und er erinnerte sich, wie oft sie ihn gescholten hatte, wenn er beim Hereinkommen nicht sagte: »Warum steht das Essen nicht auf dem Tisch?« Natürlich hatte er damals nicht geahnt, wie schwierig und fordernd ihr Vater war, ganz anders als sein eigener Dad, ein fröhlicher, gutherziger Mann, der immer Zeit für seine Kinder gehabt hatte.

Später, als er ein bisschen älter war und wusste, was für ein Tyrann Mr. Heywood war, hatte er seine Mutter gefragt, ob Molly nicht zu ihnen ziehen könnte.

»Ich würd sie sofort nehmen. So ein nettes Mädchen«, hatte seine Mutter geantwortet. »Aber man kann ein Kind nicht einfach von daheim wegholen, nur weil der Vater mürrisch und unfreundlich ist. Ich kann nur hoffen, dass du einmal wie dein Vater wirst, wenn du selbst Kinder hast, und nicht wie dieses Ekel.«

Seine Mutter erzählte ihm, wie viel Mühe sie sich gegeben hatte, sich mit Mary Heywood anzufreunden, als sie und ihre Familie ins Dorf zogen. Mary wäre eine reizende, gütige Frau gewesen, sagte Georges Mutter, aber wenn Jack in der Nähe war, wurde sie zum verschreckten Mäuschen. Trotzdem hatte Mary in Sawbridge gute Freundinnen gefunden. Sie kümmerten sich um sie und kamen sie besuchen, wenn Jack nicht da war. Jeder lobte ihre Güte und Großzügigkeit; immer wieder hatte sie Kunden, die gerade schwere Zeiten durchmachten, heimlich ein paar Extrascheiben Speck oder ein kleines Stück Käse zugesteckt. Sie gab die Sachen ihrer Töchter an diejenigen weiter, die sich mehr schlecht als recht durchschlugen, und es gab im Dorf praktisch keine junge Mutter, in deren Kinderwagen nicht eine hübsche selbst gehäkelte Babydecke von Mary lag.

Seit Molly nach London gegangen war, fanden manche Leute, Mary wirke geistesabwesend und in sich gekehrt, aber George hatte diese Beobachtung nicht gemacht, und er war oft im Geschäft gewesen, um zu sehen, wie es ihr ging. Er hatte den Eindruck, dass sie jetzt zufriedener wirkte als vorher, häufig zu Treffen der Mothers' Union ging oder Freundinnen besuchte.

Sie hatte ihm selbst gesagt, sie wolle nicht, dass Molly zurückkam. »Sie muss ihren eigenen Weg finden und soll sich meinetwegen keine Gedanken machen«, sagte sie. »Außerdem ist mit Jack ein bisschen besser auszukommen, seit sie weg ist. Du kannst also ruhig aufhören, nach mir zu sehen!«

Das hatte er natürlich nicht getan; er achtete bloß darauf, auch etwas zu kaufen, wenn er bei ihr im Laden war.

Brookland war leicht zu finden, da die Marsch flach wie ein Pfannkuchen war und die alte Kirche mit ihrem eigenartigen dreiteiligen Holzturm, der ihn an ein Stapelspielzeug für Kinder erinnerte, wie ein Leuchtfeuer emporragte. George fragte einen Mann, der gerade seinen Hund ausführte, ob er wüsste, wo Mrs. Coleman und ihre Haushälterin lebten.

»Die werden Ihnen nicht aufmachen«, sagte der Mann. »Total meschugge, die beiden.«

»Tatsächlich?«, sagte George. »Nun, ich bin von der Polizei, also werden sie mir wohl oder übel aufmachen müssen.«

Der Mann mit Hund zuckte die Achseln und beschrieb ihm den Weg nach Mulberry House. Es stellte sich heraus, dass George schon an dem Haus vorbeigefahren war, also wendete er seine Maschine und brauste zurück. Er war noch nicht weit gekommen, als ein kleines Mädchen aus einem Seitenweg auf ihn zugerannt kam und beide Arme schwenkte.

George bremste, weil nicht zu übersehen war, dass die Kleine außer sich war, und als er näher kam, stellte er zu seiner Betroffenheit fest, dass es Petal war.

Er hielt an und sprang vom Motorrad.

»Petal, Süße«, sagte er. »Ich bin's, George, der Polizist von daheim in Sawbridge. Ich bin hergekommen, um dich und Molly zu suchen.«

»Sie ist da drin!« Das Kind zeigte auf die hohe Steinmauer neben der Straße. »Sie ist gekommen, um mich mitzunehmen, und sie hat gesagt, ich soll ganz schnell Hilfe holen, aber auf einmal war die böse alte Dame da.«

George registrierte, wie schmutzig und vernachlässigt das Kind aussah, das viel zu große Kleid und die nackten Füße. So gern er Molly sofort zu Hilfe geeilt wäre, er konnte Petal nicht schutzlos hier stehen lassen.

»Setz dich hinter mich und halt dich gut fest«, sagte er, während er wieder auf sein Motorrad stieg. »Weiter vorn ist ein Laden, da bringe ich dich jetzt hin und bitte die Leute, die Polizei zu rufen. Kannst du noch ein bisschen länger ein tapferes kleines Mädchen sein?«

Sie nickte und kletterte stumm auf den Sitz. George blickte auf die dünnen braunen Ärmchen, die seine Mitte umklammerten, und spürte, wie es ihm die Kehle zuschnürte.

Es dauerte nur ein paar Minuten, dem überraschten Kaufmann seinen Dienstausweis vor die Nase zu halten und ihn aufzufordern, 999 zu wählen und zu erklären, dass PC George Walsh ein vermisstes Kind namens Petal bei ihm abgesetzt habe und jetzt sofort nach Mulberry House fahren werde. Er müsse Molly Heywood helfen, die dort gefangen gehalten wurde, erklärte er dem Ladenbesitzer. Vielleicht würde auch ein Krankenwagen benötigt.

George raste zum Haus zurück, ließ sein Motorrad beim Tor stehen und rannte ums Haus herum zur Hintertür.

Dort, auf dem gepflasterten Bereich bei der Hintertür, fand er Molly. Sie lag in einer Blutlache, und nicht weit von ihr kauerte eine wimmernde Frau, den Kopf auf die Knie gelegt. Neben ihr lag eine Axt.

George kniete sich neben Molly und stellte fest, dass ihr Puls noch zu fühlen war, wenn auch sehr schwach. Das Blut stammte von einer Wunde auf ihrem Scheitel. Wegen der Haare konnte er nicht erkennen, wie tief sie war.

»Jetzt bist du in Sicherheit, Molly«, sagte er zu der Bewusstlosen. »Ich bin's, George, Petal ist gut aufgehoben, und du kommst im Handumdrehen ins Krankenhaus.«

Als er dasaß und auf Verstärkung wartete, hörte er aus dem Haus ein Geräusch, und als er nachschauen ging, fand er eine zweite Frau, die in sich zusammengesunken auf dem Boden hockte. Sie war älter als die erste, und ihr Gesicht war eine einzige blutige Masse. Sie war bei Bewusstsein, aber anscheinend geistig völlig verwirrt. Sie gab nur klagende Laute von sich und antwortete nicht, als er sie nach ihrem Namen fragte.

Die Frau draußen im Garten schien unverletzt zu sein, aber sie saß immer noch geduckt da und wiegte sich hin und her. George nahm sicherheitshalber die Axt an sich. Er vermutete, dass Molly mit dem großen Messingvogel, der in der Diele auf dem Fußboden lag, nach der anderen Frau geworfen hatte, um fliehen zu können, und von der jüngeren mit der Axt attackiert worden war, als sie aus der Küchentür kam.

Das Warten auf Verstärkung schien eine Ewigkeit zu dauern. George setzte sich neben Molly und ermutigte sie, durchzuhalten, bis Hilfe kam. Nach allem, was er von dem Haus und dem Geisteszustand der zwei Bewohnerinnen mitbekommen hatte, drehte sich ihm bei dem Gedanken, dass Petal monatelang hier festgehalten worden war, der Magen um. Wie war es möglich, dass niemand sie je gesehen hatte?

Aber was alles überwog, sogar seine Angst um Molly und Petal, war sein Stolz auf Molly. Sie hatte geschworen, Petal zu finden, und sie hatte es geschafft. Sie hatte nicht locker gelassen, hatte sich sogar Arbeit hier in der Gegend gesucht, weil sie überzeugt war, dass Cassie hier gelebt hatte – was er selbst für vollkommen abwegig gehalten hatte. So konnte man sich täuschen. Vielleicht sollte Molly ja Polizistin werden!

Und dann hörte er endlich das Heulen von Sirenen.

»Da sind sie, Molly«, sagte er. »Bald bist du im Krankenhaus, und ich lasse dich ganz bestimmt nicht allein.«

George spürte die Feindseligkeit des Inspektors, noch bevor dieser den Mund aufmachte. Er war ein Mann in mittleren Jahren mit einem militärisch korrekt gestutzten Schnurrbart und stellte sich als DI Pople vor.

»Man hat uns aus Somerset über diese Angelegenheit informiert. Warum hielten Sie es für nötig hierherzukommen?«

Der Mann war so dumm und überheblich, dass George innerlich mit den Zähnen knirschte.

Die Sanitäter waren gerade dabei, Molly in den Krankenwagen zu legen, und George wollte ihnen auf dem Motorrad nachfahren. Er hatte bereits darum gebeten, Petal unterwegs in dem Laden abholen zu dürfen.

»Ein Glück, dass ich es für nötig hielt, sonst wäre Miss Heywood jetzt vielleicht schon tot. Wenn Sie mich entschuldigen würden, ich fahre mit ins Krankenhaus.«

»Nichts da. Sie kommen schön mit mir und klären mich über die Hintergründe auf«, sagte DI Pople brüsk. Inzwischen waren zwei weitere Streifenwagen eingetroffen. Man hatte der jüngeren Frau Handschellen angelegt und sie zu einem der Wagen geführt, während sich zwei Polizisten, die auf einen zweiten Krankenwagen warteten, bemühten, etwas Vernünftiges aus der verletzten älteren Frau herauszubekommen.

»Tut mir leid, Sir, aber meine erste Pflicht gilt meiner Freundin, die schwer verletzt ist, und dem kleinen Mädchen, für dessen Rettung vor diesen beiden Irren sie ihr Leben aufs Spiel gesetzt hat«, sagte George. »Ich melde mich, sobald ich weiß, dass Molly durchkommt.«

Es war Mitternacht, als George endlich Gewissheit hatte, dass Molly über den Berg war. Der Arzt im Krankenhaus von Hastings, der es ihm mitteilte, war schon etwas älter, hatte aber strahlend blaue Augen und ein warmes Lächeln. »Sie wird noch eine Weile Kopfschmerzen haben, und es wird sie bestimmt nicht freuen, wie viele Haare wir wegrasieren mussten, um die Wunde zu nähen, aber wenn sie erst mal richtig ausgeschlafen hat, wird sie sich schon viel besser fühlen. Sie hat nicht aufgrund der Kopfwunde das Bewusstsein verloren, sondern durch Dehydrierung und Unterernährung. Das arme Mädchen muss einiges durchgemacht haben.«

»Und Petal?«

»Sie spricht kein Wort, aber das ist für ein Kind nach einem so langen, schrecklichen Erlebnis nicht ungewöhnlich. Immerhin hat sie nach einem gründlichen Bad eine ordentliche Portion Rührei und drei Gläser Milch verputzt und dann so lange getobt, bis sie zu Miss Heywood durfte.«

»Sie lassen sie bei Molly im Zimmer?«, fragte George.

»Natürlich. Wir haben ein kleines Bett für Petal in ihr Zimmer gestellt. Nach allem, was sie erlebt hat, ist sie bei jemandem, dem sie vertraut, am besten aufgehoben. Wenn ich es richtig verstanden habe, verdankt sie Miss Heywood ihr Leben.«

»Wie ist ihre körperliche Verfassung?«, wollte George wissen.

Der Arzt runzelte die Stirn. »Sie ist stark unterernährt – ihr Gewicht ist das einer Vierjährigen –, und sie hat einen Ausschlag, vermutlich eine Allergie auf etwas, was sie in diesem Haus bekommen hat, sowie etliche blaue Flecken, die auf Misshandlung hindeuten. Aber ich bin zuversichtlich, dass sie nach noch mehr Essen, einer guten Nachtruhe und liebevoller Pflege allmählich aus sich herausgehen wird, wenn sie morgen neben Miss Heywood aufwacht. Und wo bleiben Sie über Nacht, junger Mann? Sie sind doch mit dem Motorrad von Somerset hierhergekommen, stimmt's?«

»Das ist richtig, Sir«, sagte George. »Ich kann in dem Hotel in Rye übernachten, in dem Molly arbeitet. Mr. und Mrs. Bridgenorth sind fix und fertig vor lauter Aufregung, deshalb fahre ich lieber gleich los, um ihnen die gute Nachricht zu überbringen. Aber ich komme morgen zurück. Wann sind die Besuchszeiten?«

»Für Sie den ganzen Tag. Miss Heywood liegt natürlich in

einem Einzelzimmer. Dadurch war es auch einfacher, Petal bei ihr unterzubringen.«

»Ich nehme an, Petal wird der Fürsorge übergeben?«, fragte George, der immer noch feuchte Augen bekam, wenn er an die dünnen Ärmchen dachte, die sich an ihn geklammert hatten. »Sie sagt ›Tante‹ zu Molly, aber leider ist sie nicht mit ihr verwandt. Sie war nur die beste Freundin von Petals Mutter.«

»Darüber wollen wir uns einstweilen noch nicht den Kopf zerbrechen. Erst einmal müssen die beiden wieder auf die Beine kommen. Auch Sie sind sozusagen der Held des Tages, und ich bin sicher, Sie sind hundemüde. Wir sehen uns morgen.«

George verbrachte die Nacht in Mollys Zimmer im Hotel. Er war total erledigt, aber er zwang sich, lange genug wach zu bleiben, um ihren Duft an der Bettwäsche wahrzunehmen, die Ordnung und das weibliche Flair zu registrieren, die so sehr zu ihr gehörten und die er an ihr so liebte.

Bevor er zu Bett ging, hatte er Mr. und Mrs. Bridgenorth alles berichtet, was er wusste, und Mr. Bridgenorth hatte gemeint, er würde gleich am nächsten Morgen zu Charley fahren, weil auch er erfahren musste, was passiert war.

Es war für George ein ziemlicher Schlag zu hören, dass Molly einen Freund hatte, von dem er nichts wusste. Aber um nicht das Gesicht zu verlieren, tat er so, als wüsste er Bescheid, und nickte wissend.

»Wir haben so sehr gehofft, er würde anrufen«, sagte Mrs. Bridgenorth. »Wir haben ihm ein Telegramm geschickt. Wahrscheinlich ist er nicht zu Hause, sonst hätte er bestimmt geantwortet.«

George ging sofort, nachdem er gefrühstückt hatte, zum Polizeirevier von Rye. DI Pople war noch nicht da, aber Sergeant

Wayfield, ein hochgewachsener, hagerer Mann mit einem Gesicht wie ein Bluthund, wartete darauf, seine Aussage aufzunehmen.

»Viel gibt es da im Grunde nicht zu erzählen«, sagte George zu ihm. »Ich war unterwegs nach Mulberry House, als Petal ganz aufgelöst auf die Straße gelaufen kam.« Er berichtete alles Weitere und schloss damit, wie er dem Krankenwagen nach Hastings gefolgt war.

»Wie ist Miss Heywood denn darauf gekommen, dass das Kind in Mulberry House festgehalten wird? Und warum hat sie nicht erst mit uns gesprochen und ist stattdessen auf eigene Faust losgezogen?«

George musste weiter ausholen bis zu dem Tag im vergangenen Juni, als Molly ihre Freundin Cassie tot aufgefunden hatte und deren Tochter spurlos verschwunden war. »Sie hatte das Gefühl, dass die Polizei nicht genug unternimmt«, erklärte er. »Und ich muss zugeben, dass es ganz danach aussah. Wie auch immer, Molly setzte sich in den Kopf, Petal zu finden. Über die kleinen Hinweise, die sie allmählich zusammentrug, hat sie mit niemandem gesprochen, nicht einmal mit mir. Soweit ich weiß, hat eine Dame von der Church Army Molly die Stelle im *George* verschafft, aber ich denke, Molly muss schon vorher entdeckt haben, dass Cassie hier aus der Gegend stammte. Na ja, jedenfalls hat Molly mir ein paar Tage vor ihrem Verschwinden geschrieben. Sie glaubte, Cassies Mutter aufgespürt zu haben, eine Frau namens Christabel Coleman, deren Tochter Sylvia im selben Alter war wie Cassie und angeblich ein dunkelhäutiges Baby hatte. Und sie wollte am nächsten Morgen gleich zu dieser Mrs. Coleman fahren.«

»Und wie haben Sie erfahren, dass Miss Heywood vermisst wird?«

»Mrs. Bridgenorth rief mich an; sie hatte meine Nummer aus

Mollys Notizbuch. Hier hatte sie anscheinend niemand ernst genommen, als sie Miss Heywood als vermisst melden wollte, und ich glaube, sie rief aus schierer Verzweiflung bei mir an. Da ich gerade Urlaub hatte, habe ich meine Mutter gebeten, Sie zu informieren, und bin sofort losgefahren.«

»Wollen Sie vielleicht andeuten, Sie hätten uns nicht zugetraut, sofort aktiv zu werden?«

George sah Sergeant Wayfield in die Augen. »Hätten Sie an meiner Stelle nicht dasselbe getan?«

Der Sergeant kratzte sich am Kopf. »Nun, es war eine reichlich eigenwillige Aktion Ihrerseits. Sie hätten die Situation dramatisch verschlimmern oder sich selbst in Gefahr bringen können. Zum Glück war Miss Heywood sehr erfinderisch. Wir haben den Kellerraum gefunden, in dem man sie eingesperrt hat. Das Kind wurde in einer Dachkammer festgehalten.«

»Die ganze Zeit?«, fragte George entsetzt.

»Das werden wir erst dann mit Sicherheit wissen, wenn sie bereit ist zu reden oder wenn eine der beiden Frauen den Mund aufmacht. In dem Haus befindet sich eine alte Arztpraxis mit jeder Menge Medikamenten und Arzneimitteln, es ist also möglich, dass sie dem Kind irgendwas gegeben haben, um es ruhigzustellen. Wir haben auch ein Laufgeschirr für Kleinkinder gefunden und glauben, dass sie das Mädchen daran manchmal im Garten herumgeführt haben. Sie bekam nur gelegentlich etwas zu essen, und nach ihrem Untergewicht zu urteilen viel zu wenig. Was Baden oder Haarewaschen angeht, so scheint das seit Wochen nicht mehr passiert zu sein.«

»Aber diese Frau ist ihre Großmutter!«, rief George erzürnt. »Wie konnte sie das Kind so behandeln? Und wie lange wollte sie das durchziehen?«

Der Sergeant schüttelte den Kopf. »Mrs. Coleman wurde umgehend in eine Nervenklinik gebracht. Sie wird von einem

Psychiater untersucht, und danach sehen wir vielleicht klarer. Vielleicht gibt Miss Gribble uns ein paar Antworten; sie scheint Mrs. Coleman sehr ergeben zu sein. Sie ist ein ziemlicher Drachen, aber anscheinend nicht geistesgestört. Ihre Verletzungen sind oberflächlich, und sie kommt noch heute ins Holloway-Gefängnis, wo sie in Untersuchungshaft bleibt, bis wir das volle Ausmaß ihrer Verbrechen ermittelt haben.«

»Dann würde ich jetzt gern zu Molly und Petal fahren, wenn Sie nichts dagegen haben. Ich bleibe noch eine Nacht in Rye; falls Sie mich brauchen, finden Sie mich im *George*.«

»Moment mal! Haben Sie zufällig die Adresse dieser Dame von der Church Army? Vielleicht brauchen wir sie als Leumundszeugin.«

»Sie ist letzten Winter gestorben«, sagte George. »Kurz bevor Molly ihre Stelle im *George* antrat. Aber falls Sie Leumundszeugen brauchen, es gibt in Sawbridge Dutzende Personen, die mit Freuden bezeugen werden, was für ein guter, anständiger Mensch Molly ist.«

»Na dann, schönen Dank«, sagte Sergeant Wayfield. »Richten Sie Miss Heywood bitte Genesungswünsche aus.«

»Dann kann ich ihr ja auch gleich dafür danken, dass sie Ihren Job für Sie gemacht hat, oder?« George konnte sich diese Spitze einfach nicht verkneifen.

Wayfield musterte ihn von oben bis unten und verzog den Mund zu einem unfreundlichen Lächeln. »Wenn sie mit diesem Foto hergekommen wäre und uns erklärt hätte, dass die Mutter des Mädchens ihrer Meinung nach hier in der Gegend gelebt haben muss, wären wir der Sache nachgegangen. Tatsächlich haben wir bereits die Geburtsurkunde des Mädchens gefunden, und ihr Name ist nicht Petal March, sondern Pamela Coleman. Es war eine Hausgeburt, und da die Mutter unverheiratet war, steht nur ›Vater unbekannt‹ da.«

George beschloss zu verschwinden, solange er die Nase vorn hatte, und verabschiedete sich. Die Polizei hier schien es ihm krummzunehmen, dass er unbefugt ihr Territorium betreten hatte. Keiner schien daran zu denken, dass Molly und Petal beide tot sein könnten, wenn er nicht sofort gehandelt hätte.

KAPITEL 19

Ted Bridgenorth fuhr bei Charley Sandersons Adresse vor und stöhnte innerlich, als er sah, wie heruntergekommen die Gegend war. Das Haus war eines von vielen schäbigen dreistöckigen Reihenhäusern, die sich die Straße entlangzogen. Auf der anderen Straßenseite konnte das wuchernde Unkraut in den vielen Trümmergrundstücken, die die Bombenangriffe hinterlassen hatten, nur teilweise den Blick auf all den Abfall verdecken, der sich darunter türmte.

Es war ein schöner Tag; viele Leute hatten sich Stühle nach draußen gestellt und saßen vor ihren Haustüren, und auf der Straße spielten Dutzende Kinder. Ein paar von ihnen umstellten Teds Auto, als er vorfuhr, und obwohl sie es nur zu bewundern schienen, wünschte er sich trotzdem, er wäre an einem Schultag statt an einem Samstag gekommen. Womöglich ließen diese Gören ihm die Luft aus den Reifen, während er mit Charley sprach!

Er klopfte an die Tür von Nummer zwölf.

»Da is keiner. Zu wem wolln'se denn?«, ließ sich eine schrille Frauenstimme von der Straße vernehmen.

»Zu Charley Sanderson«, gab Ted zurück. »Kennen Sie ihn?«

»Klar, ich mach ja seine Wäsche.« Eine Rothaarige löste sich aus der Gruppe ihrer Freunde und kam auf ihn zugeschlendert. Sie war eine attraktive, kurvenreiche junge Frau, die ihn ein wenig an Rita Hayworth erinnerte.

»Sind Sie mit ihm zusammen?«, fragte Ted. Er hoffte inständig, dass Charley sich nichts mit anderen Frauen hatte zuschulden kommen lassen, aber er war nicht der Typ Mann, der deswegen einen anderen anschwärzen würde.

»Nee, keine Chance«, lachte sie.

»Das ist gut, ich bin nämlich hier, um ihm zu sagen, dass Molly im Krankenhaus ist. Ich habe ihm ein Telegramm geschickt, aber er hat es wohl nicht bekommen, denn er hat sich nicht gemeldet. Wissen Sie, wo ich ihn finden kann?«

Sie trat näher an ihn heran. »Ein Notfall?«, flüsterte sie.

»Nun ja, Molly ist etwas wirklich Schreckliches passiert, und sie braucht ihn jetzt an ihrer Seite.« Ted fand die Frau ein wenig seltsam, aber eigentlich kannte er Londoner Mädchen von ihrem Schlag ja kaum.

»Dann schaun'se besser in der Balaclava Street vorbei«, sagte sie. »Nummer fünf, nur 'n paar Straßen weiter. Charley hängt wahrscheinlich bei seinem Kumpel Alan rum.«

Sie beschrieb ihm den Weg, und als er schon ins Auto gestiegen war, beugte sie sich zum Seitenfenster vor. »Is' diese Molly seine Schwester?«, fragte sie.

»Nein, seine Freundin«, antwortete Ted.

Zu seiner Überraschung brach die Frau in schallendes Gelächter aus.

Ein wenig verblüfft von ihrer Reaktion, fuhr Ted los und fand die Balaclava Street ohne Probleme. Sie sah fast genauso aus wie die Straße, aus der er kam, nur dass die Reihenhäuser hier bloß zwei Stockwerke besaßen.

Er klopfte an der Tür von Nummer fünf und wollte es gerade noch einmal versuchen, als ein hübscher blonder Mann ihm öffnete, der nichts als eine Hose anhatte.

»Was kann ich für Sie tun?«, fragte er.

Seine gezierte Sprechweise brachte Ted völlig aus der Fassung. Wenn das hier Alan war, verstand er, warum die Frau vorhin lauthals losgeprustet hatte.

»Sind Sie Alan?«, fragte er.

»Ja. Wer will das wissen?«

»Man hat mir gesagt, Charley Sanderson wäre Ihr Freund. Ist er hier?«, fragte Ted. »Ich habe ihm etwas Wichtiges mitzuteilen.«

»Charley!«, rief Alan, ohne den Blick von Ted abzuwenden. »Da will jemand mit dir sprechen.«

Ted hörte Schritte die Treppe herunterkommen. Als der Mann in der Diele war, knöpfte er sich gerade das Hemd zu. Genau wie Alan war auch er barfuß.

»Ich habe Ihnen ein Telegramm geschickt«, sagte Ted verhalten. Er war so schockiert, dass er nur noch in sein Auto steigen und wegfahren wollte. »Sie haben nicht geantwortet.«

Charley sah ihn einen Augenblick verdutzt an, dann schien er nervös zu werden. »Ach, ich konnte Sie einen Moment lang gar nicht einordnen«, sagte er und strahlte Ted mit seinem breiten, sonnigen Lächeln an. »Mr. Bridgenorth aus dem *George* in Rye, stimmt's? Ich war nicht zu Hause, deshalb habe ich das Telegramm gar nicht zu Gesicht bekommen. Molly ist doch hoffentlich nichts zugestoßen, oder?«

»Leider doch.« Ted berichtete in aller Kürze, was geschehen war. »Heute Morgen haben wir gehört, dass sie sich vollständig erholen wird, aber ich bin mir sicher, ein Brief oder ein Anruf von Ihnen würde ihr guttun.«

Charley riss die Augen vor Entsetzen weit auf. »Natürlich! Es tut mir so leid, dass ich das Telegramm nicht bekommen habe, sonst wäre ich sofort hingefahren. Was für eine furchtbare Geschichte!«

Der junge blonde Mann stand dicht hinter Charley, und auch seinem Gesicht war anzusehen, wie nervös er war.

Ted hatte schon Homosexuelle kennengelernt, seit er in der Hotelbranche tätig war, und im Grunde hatte er nicht einmal eine besonders ausgeprägte Meinung zu dem Thema. Jeder nach seinem Geschmack, lautete sein Motto, solange man ihn selbst in Ruhe ließ. Aber das hier war anders. Sowohl er als auch seine Frau hatten den Eindruck gewonnen, dass Charley und Molly sich aufrichtig liebten. Molly würde am Boden zerstört sein, wenn sie erfuhr, dass ihr Freund Männer vorzog.

»Ich muss jetzt los«, sagte Ted, der es kaum erwarten konnte wegzufahren. »Im Hotel ist gerade viel los, und meine Frau und ich wollen Molly heute Nachmittag noch besuchen.«

Er bemerkte, wie Charley Alan einen Blick zuwarf. Er hätte nicht schuldbewusster aussehen können, wenn er in flagranti erwischt worden wäre. Als Ted sich in den Wagen setzte, hechtete Charley zu ihm und beugte sich zum Fenster hinab, genau wie vorhin die Rothaarige.

»Ich weiß, was Sie denken, aber so ist es nicht«, sagte er.

»Ach, wirklich?« Ted zog fragend eine Augenbraue hoch. »Sie glauben wohl, ich bin von gestern?«

Charley lief scharlachrot an. »Alan und ich sind Freunde, mehr nicht«, behauptete er mit leicht schriller Stimme. »Ich liebe Molly und will sie heiraten.«

»Ich zweifle ja gar nicht daran, dass sie Ihnen genauso am Herzen liegt wie mir und meiner Frau«, sagte Ted. »Aber ich habe gesehen, was zwischen Ihnen und Alan läuft. Eine Ehe mit einer Frau, die man nicht begehrt, ist von vornherein zum Scheitern verurteilt.«

»Sie haben doch keine Ahnung, was Molly und ich füreinander empfinden«, erwiderte Charley wütend. »Ich sollte Ihnen den Schädel einschlagen, weil Sie mich für eine Schwuchtel halten.«

»Beruhigen Sie sich, Charley«, sagte Ted mit fester Stimme. »Ich weiß es, und Sie wissen es auch. Es hat keinen Sinn, es abzustreiten. Ihre Präferenzen interessieren mich nicht, Molly hingegen liegt mir sehr am Herzen. Sie müssen jetzt anständig handeln und das Mädchen so behutsam wie möglich vom Haken lassen.«

Er wartete nicht auf eine Antwort, sondern fuhr eilig davon. Ihm war leicht übel. Nicht wegen Charleys Versuch, ihn zu überzeugen, sondern weil Charley offenbar versuchte, der öffentlichen Diskriminierung zu entgehen, indem er sich der Welt als glücklich verheirateter Mann präsentierte. So eine Ehe konnte nur ein Albtraum werden, besonders für Molly.

Aber was sollte er tun? Es ihr sagen oder schweigen und darauf hoffen, dass Charley das Richtige tun würde? Evelyn wäre vermutlich naiv genug zu glauben, dass eine gute Ehe Charley »heilen« könnte, aber Ted wusste, dass das nie passieren würde. Als Buchhalter hatte er zwei Klienten mit denselben Neigungen wie Charley gehabt. Beide hatten geheiratet, beide hatten sich wahrscheinlich sogar selbst vorgemacht, es würde funktionieren. Aber keiner von ihnen hatte »Heilung« gefunden: Der eine wurde von der Polizei erwischt und kam ins Gefängnis, der andere hatte Selbstmord begangen, weil er so unglücklich war. Ted mochte sich gar nicht vorstellen, was die beiden Ehefrauen durchgemacht hatten.

Jeder intelligente, mitfühlende Mensch musste erkennen, dass das Gesetz gegen Homosexualität abgeschafft werden sollte. Aber solange es noch in Kraft war, würde Ted seine Angestellte beschützen. Sie hatte etwas Besseres verdient als einen Feigling, der sein dunkles Geheimnis unter dem dünnen Deckmantel der Ehe verstecken wollte.

Denn ironischerweise gab es in Mollys Leben schon einen Mann, der sie wirklich liebte, jemand, mit dem sie aufgewachsen war, der alles über sie wusste und sie glücklich machen würde. Ted war sich sicher, dass auch sie ihn lieben könnte, wenn er ihr nur seine Gefühle gestand.

»Jetzt liegt's an dir, George«, sagte er laut. »Jetzt liegt's an dir.«

Am Sonntagnachmittag erzählte Molly der Schwester, dass sie das Gefühl hatte, fast schon wieder die Alte zu sein. Essen, Trinken und viel Schlaf hatten sie aufgebaut, und obwohl ihr Kopf dort, wo die Axt sie getroffen hatte, immer noch wehtat und vermutlich noch länger schmerzen würde, ließ es sich ertragen.

»Ich kann mir fast einbilden, dass alles nur ein Traum war. Na ja, zumindest, bis ich in den Spiegel schaue und den kahlen Fleck auf meinem Kopf sehe.«

Die Krankenschwester lachte. »Und die Kleine wird Sie wohl auch daran erinnern«, bemerkte sie und nickte in Richtung Petal, die zusammengerollt in einem Kinderbett neben Mollys Bett lag.

Molly lächelte. Petal sah in dem roten Pyjama bezaubernd aus; in einer Hand hielt sie den Teddybären, den Ted und Evelyn ihr geschenkt hatten.

»Es ist komisch«, sagte Molly. »Wenn man sich richtig satt gegessen hat, vergisst man fast, wie es sich anfühlt, furchtbaren Hunger zu leiden.«

»Ich glaube, dasselbe gilt für Geburtswehen«, witzelte die Schwester. »Denken Sie dran, wenn's bei Ihnen so weit ist.«

Molly musste lachen. Sie fand, es gab hundert gute Gründe, glücklich zu sein. Sie hatte endlich Petal gefunden, sie hatte ihren Charley und eine Arbeit bei Leuten, denen sie am Herzen lag. Noch dazu hatte Mrs. Bridgenorth im Warwickshire House eine Nachricht für Dilys hinterlassen, und ihre Freundin hatte am Vorabend im Krankenhaus angerufen. Sie hatte Molly liebe Grüße ausrichten lassen und wollte am Mittwoch, ihrem freien Tag, nach Rye kommen. Auch von Mollys Eltern war ein Telegramm eingetroffen, und fast kam es ihr so vor, als würde ihr Vater sich genauso um sie sorgen wie ihre Mutter.

Petal war natürlich noch nicht über das Erlebte hinweg. Welches Kind könnte eine derart furchtbare, lange Gefangenschaft auch schnell verarbeiten? Sie schlief unruhig, hatte Albträume und fürchtete sich, wenn jemand das Zimmer betrat. Manchmal starrte sie blicklos vor sich hin; wer konnte schon sagen, was ihr durch den Kopf ging?

Aber wenn schon mit sonst niemandem, sprach sie wenigstens mit Molly und erzählte ihr von der Autofahrt von Sawbridge nach Brookland. Christabel, so sagte sie, hatte die ganze Zeit von einer Frau namens Sylvia geredet, die bald zu ihnen kommen würde, und dass sie alle gemeinsam in dem Haus leben würden, in dem diese Sylvia aufgewachsen war.

»Aber das war gelogen«, sagte Petal empört. »Sie hat meine Mummy Sylvia genannt, und sie hat gesagt, Sylvia kommt zu uns. Miss Gribble hat mir die Wahrheit erzählt. Sie hat gesagt, Mummy ist tot, weil sie eins auf den Kopf bekommen hat, und wenn ich nicht tue, was sie sagt, haut sie mich auch. Sie haben mir furchtbares Essen gegeben, und wenn ich es nicht runterbekommen habe, hat Miss Gribble es am nächsten Tag, wenn es schon ganz kalt war, wieder gebracht und mich gezwungen, es zu essen. Und dann noch mal am übernächsten Tag, wenn es schon verdorben war. Sie hat gesagt, ich bin ein verwöhntes Gör und sie würde mir beibringen, wie sich brave Mädchen benehmen, auch wenn sie mich schlagen muss, damit ich es lerne.«

Molly wurde ganz schlecht bei dem Gedanken, dass diese Tortur für Petal nicht nur ein paar Tage, sondern Monate angedauert hatte. Petal musste Furchtbares ausgestanden haben, allein und von allen verlassen in einer Dachkammer eingesperrt, stets angstvoll auf näher kommende Schritte lauschend.

Wenigstens hatte sie nicht miterleben müssen, was in Stone Cottage passiert war. Aber sie fing an zu weinen, als sie Molly erzählte, wie die beiden Frauen ihr vorgemacht hatten, sie würden mit ihr auf das Dorffest gehen, und dann einfach immer weitergefahren waren.

»Sie hat mir eine Ohrfeige gegeben«, schluchzte sie. »Nur weil ich gesagt habe, ich will zu meiner Mummy. Ich weiß nicht, warum sie so gemein zu mir waren. Ich hatte solche Angst.«

Petal hatte keine Ahnung, wie die beiden Frauen sie und ihre Mutter aufgespürt oder warum sie sie mitgenommen hatten. Sie erzählte, Christabel habe mit ihr im Wagen gewartet, während Miss Gribble mit Cassie sprach. Gott sei Dank hatte sie nicht gesehen, wie ihre Mutter mit eingeschlagenem Schädel am Boden lag. Das war ein Anblick, den auch ein Erwachsener nicht leicht verkraften konnte.

Im Krankenhaus stellte man fest, dass Petals schmächtiger Körper mit blauen Flecken übersät war; ein beredtes Zeugnis der grausamen Behandlung, die sie in Mulberry House erfahren hatte. Anscheinend hatte Miss Gribble sie an den meisten Tagen in den Garten gelassen, aber immer mit einem Laufgeschirr für Kleinkinder und später an einem Seil, damit sie nicht fliehen konnte. Die ersten paar Male hatte Petal laut gebrüllt, um die Aufmerksamkeit von Passanten auf sich zu ziehen, aber die Prügel, die sie dafür bekommen hatte, hatten sie schnell davon abgebracht.

Am seltsamsten erschien Molly, dass Petal kaum etwas von Christabel gesehen hatte; tatsächlich hatte sie die Frau so selten zu Gesicht bekommen, dass sie sie für eine weitere Gefangene hielt und Mitleid mit der »jüngeren Dame« hatte, wie sie sie nannte. Es war klar, dass Christabel zwar Petal nach Mulberry House gebracht, sich aber nicht an der grausamen Behandlung des kleinen Mädchens beteiligt hatte.

Molly wusste nicht, ob irgendein Kind, sei es auch noch so robust, etwas Derartiges erleben konnte, ohne eine schwere seelische Störung davonzutragen. Im Moment tröstete es Petal, sich zu ihr ins Bett zu kuscheln und sich Geschichten erzählen zu lassen.

Wie es mit der Kleinen weitergehen sollte, stand in den Sternen. Eine Fürsorgebeamtin hatte Molly bereits überdeutlich zu verstehen gegeben, dass das Jugendamt die Entscheidung über Petals Zukunft fällen würde. Molly fürchtete, man würde wenig Wert darauf legen, Petal den weiteren Kontakt zur besten Freundin ihrer Mutter zu ermöglichen. Auch fragte sie sich, ob sich irgendjemand Petals Interessen genügend zu Herzen nehmen würde, um aus ihr wieder das fröhliche, ausgeglichene Kind zu machen, das sie vor all diesen tragischen Ereignissen gewesen war. Allein der Gedanke daran machte Molly unglücklich.

Molly lag zurückgelehnt in ihrem Bett und gab sich gerade einem angenehmen Tagtraum hin, in dem sie und Charley nach ihrer Heirat das Sorgerecht für Petal zugesprochen bekamen, als die Tür aufging und Charley persönlich eintrat. Er trug einen dunkelgrauen Anzug und eine gestreifte Krawatte und sah sehr schick aus.

Molly konnte die Tränen nicht zurückhalten.

»Tut mir leid«, sagte sie, während sie sich über die Augen wischte. »Aber weißt du, es war nur der Gedanke an dich, der mich das alles hat überstehen lassen. Ich hatte solche Angst, dass ich dich nie wiedersehe.«

Sie erwartete, dass er sie jetzt in die Arme nehmen und ihr versichern würde, dass ihr nie wieder jemand solche Angst einjagen würde, aber er tat nichts dergleichen. Er stand einfach mit verschränkten Armen neben dem Bett und sah aus, als fühlte er sich sehr unwohl.

»Du findest es doch nicht komisch, dass George mich gerettet hat, oder?«, fragte sie, weil ihr einfiel, dass er vielleicht deshalb so unterkühlt war. »Ich kenne ihn schon, seit ich fünf Jahre alt war, und habe ihm nur geschrieben, dass ich einen Hinweis auf Cassies Familie gefunden habe, weil er an dem Fall gearbeitet hat, als Petal verschwunden ist.«

»Warum sollte ich es komisch finden, dass du mit ihm in Verbindung geblieben bist?«, fragte er, aber seine Augen blieben kalt, und sein vertrautes strahlendes Lächeln blieb aus.

»Na ja, du kommst mir irgendwie anders vor als sonst«, versuchte sie zu erklären. »Aber das bin ich selbst mit meinem kahlen Kopf und Petal an meiner Seite ja auch nicht. Sag hallo zu Onkel Charley«, sagte sie zu dem Kind, das am Bettende saß und malte.

»Ich bin nicht ihr Onkel«, sagte Charley.

»Ich bin auch nicht ihre Tante, aber ich hoffe, dass sie uns als solche sehen wird und bei uns bleibt, wenn wir verheiratet sind.«

Charley antwortete nicht, und sein brütendes Schweigen wirkte wie eine kalte Dusche auf Molly. Sie verstand nicht, warum er sich so verhielt, und war zutiefst verletzt.

»Wieso gehst du nicht mal kurz aus dem Zimmer und kommst als der Charley zurück, den ich kenne?«, schlug sie in der Hoffnung vor, damit das Eis zu brechen.

»Ich glaube nicht, dass ich das jetzt noch könnte«, erwiderte er.

»Was, hinausgehen und wieder reinkommen?«

»Nein, ich meine heiraten«, sagte er. »Ich habe dir das vorgeschlagen, ohne darüber nachzudenken. Es war eine dumme Idee. Ich bin viel zu viel unterwegs, um sesshaft zu werden.«

»Aber du hast doch gesagt, du könntest Arbeit in Ashford oder Hastings kriegen«, sagte Molly verwirrt.

»Ja, ich weiß. Das habe ich mir auch nicht richtig überlegt. Es würde nicht funktionieren.«

Sie starrte ihn an. Ihr kam der Gedanke, dass der Mann vor ihr einfach nicht der nette, liebenswerte Charley sein konnte, den sie kannte, sondern ein Betrüger, der nur so aussah wie er. Ihr Charley hätte sie in die Arme genommen, hätte alles wissen wollen, was ihr zugestoßen war. Er hätte ihr bestimmt nicht gesagt, dass er es sich anders überlegt hatte.

»Willst du mir etwa sagen, dass es aus ist?«, fragte sie ungläubig.

Seine Augen wichen ihrem Blick aus, sein Mund war zu einer dünnen Linie zusammengepresst, und plötzlich wusste sie, dass er genau das sagen wollte.

»Ja, so ist es wohl«, murmelte er und ließ den Kopf hängen. »Es geht einfach nicht, wenn du hier bist und ich in London.«

Sie wollte losheulen, ihm sagen, dass sie ihn liebte und dass er im Begriff war, einen Fehler zu machen. Aber sie durfte sich nicht so gehen lassen. Es würde Petal erschrecken, vielleicht würde die Kleine sogar denken, dass sie schuld war. Außerdem hatte Molly zu viel Stolz, um zu betteln.

»Geh jetzt, Charley«, sagte sie mit fester Stimme. »Ich dachte, das mit uns wäre etwas Besonderes, aber anscheinend habe ich mich getäuscht. Wie dumm von mir.«

»Es tut mir leid, Molly«, sagte er gepresst. »Ich war nie der, für den du mich gehalten hast. Es ist besser so.«

Er ging schnell hinaus. Molly lehnte sich in die Kissen zurück und versuchte Petal anzulächeln. »Männer!«, sagte sie. »Sieht so aus, als wär ich gerade noch mal davongekommen.«

Petal rutschte das Bett hinauf und schmiegte sich an Mollys Seite. »Du hast doch immer noch Onkel George, und der ist viel netter als dieser Mann.«

George kam später vorbei, um auf Wiedersehen zu sagen, da er am nächsten Morgen abfahren würde.

»Du hast ja geweint«, rief er, als er Mollys verschwollene Augen sah. »Tut dir der Kopf weh?«

Ja, sie hatte geweint. Nachdem Petal mit der Krankenschwester losgezogen war, um ihr mit dem Teewagen zu helfen, hatte Molly ihren Schmerz und ihre Enttäuschung nicht mehr zurückhalten können.

»Nein, meinem Kopf geht es gut – ein bisschen angeschlagen, aber sonst in Ordnung. Es geht um Petal. Ich kann den Gedanken nicht ertragen, dass sie in ein Kinderheim gesteckt wird.«

»Ich auch nicht«, stimmte er ihr zu. »Das ist einfach nicht richtig nach allem, was sie durchgemacht hat. Nette Pflegeeltern wären da schon besser. Ich hab mir schon überlegt, ob ich mich mal in Sawbridge umhören soll, wenn ich zurück bin. Morgen wird in allen Zeitungen stehen, dass sie gefunden wurde, und die Leute im Dorf werden sich echt freuen, das zu hören.«

Molly lächelte ihn schwach an. Er meinte es ernst, wie bei allem, was er sagte oder tat. Und er hatte recht, Pflegeeltern in Sawbridge wären ideal. So könnte Petal ihre alten Freunde und Lehrer wiedersehen, und sie würde dort herzlich aufgenommen werden, was vielleicht nicht überall der Fall wäre.

»Ich werde es der Frau von der Fürsorge vorschlagen«, sagte sie. »Und ich werde ihr deine Telefonnummer geben.«

»Ist das alles, was dich so aus der Fassung gebracht hat?«, fragte er, nahm ihre Hand und begann mit ihren Fingern zu spielen. »Hat Charley dich besucht?«

»Ich hätte ihn in meinen Briefen erwähnen sollen«, sagte sie. Ihr wurde klar, dass Ted und Evelyn Bridgenorth George von ihrem Freund erzählt haben mussten. Sie konnte nur hoffen, dass sie nicht erwähnt hatten, wie ernst es Molly gewesen war.

»Ich habe nichts erzählt, weil ich so ein Gefühl hatte, es würde nicht halten, und so war es auch. Er hat mir gerade gesagt, dass es ein Fehler war zu glauben, wir hätten eine gemeinsame Zukunft. Angeblich, weil er zu weit weg wohnt und arbeitet. Oder vielleicht gefällt ihm auch einfach mein Kahlkopf nicht. Egal, es ist jedenfalls vorbei.«

Er betrachtete sie einen Moment lang verwundert.

»Das tut mir wirklich leid, Molly«, sagte er. »Du hast mir zwar nichts davon geschrieben, aber nach allem, was die Bridgenorths erzählt haben, hatte ich den Eindruck, dass dieser Mann dir sehr wichtig war. Ich kann nur sagen, dass er ein Idiot sein muss, wenn er nicht erkennt, was für einen Schatz er gefunden hat.«

»Ich glaube, ich wollte in ihm etwas sehen, was eigentlich gar nicht da war«, sagte sie bedrückt. »Er hätte aber einen besseren Zeitpunkt wählen können, finde ich, zumindest bis ich aus dem Krankenhaus raus bin. Er hat mich nicht einmal gefragt, was in Mulberry House passiert ist.«

George setzte sich auf das Bett und nahm sie in die Arme. Er roch herrlich, nach frischer Luft und duftender Seife. Sie wünschte, er würde sie ewig so halten, auch wenn sie sich dabei wieder ein bisschen weinerlich fühlte.

»Willst du für ein paar Tage nach Hause kommen?«, schlug er nach einer Weile vor. »Meine Mum nimmt dich gern auf, und du könntest deine Mutter wiedersehen. Ich hab sie heute Morgen angerufen, um ihr zu berichten, wie es dir geht. Ich soll dir alles Liebe ausrichten; sie will dich unbedingt sehen.«

»Das klingt schön, aber das müsste ich erst mal mit den Bridgenorths besprechen. Bald fängt die Urlaubssaison an, und da geht's rund.«

»Wart's ab, sie werden dir sicher zureden, Urlaub zu nehmen«, meinte er. »Sie haben dich wirklich gern, Molly. Gestern haben sie mir erzählt, dass du die perfekte Angestellte bist – anpassungsfähig, freundlich und zu hundert Prozent verlässlich. Sie glauben, mit ein bisschen mehr Erfahrung könntest du das Hotel selbst übernehmen. Heitert dich das auf?«

»*Du* heiterst mich auf, George«, erwiderte sie und küsste ihn auf die Wange. »Du bist der beste aller Freunde.«

George wandte den Kopf ihr zu und wollte sie gerade auf den Mund küssen, als Petal ins Zimmer gerannt kam und sich auf ihn stürzte. Er drehte sich zu der Kleinen um und hob sie hoch.

»Ich hab der Schwester erzählt, dass ich auf einem Motorrad gefahren bin«, sagte Petal aufgeregt. »Darf ich bald wieder mitfahren?«

Molly lächelte. Heute wirkte Petal fast wie ein ganz normales Kind, aber diese glückliche Phase konnte natürlich genauso schnell vorbei sein, wie sie gekommen war. Trotzdem war es schön zu sehen, dass sie genug Vertrauen gefasst hatte, um sich auf Georges Schoß wohlzufühlen. Er konnte einfach gut mit Kindern umgehen. Wenn sie darüber nachdachte, konnte er eigentlich mit jedem gut umgehen.

»Das kann ich nicht versprechen, weil ich morgen nach Hause fahren und wieder ein Polizist sein muss«, sagte er und strich Petal so sanft übers Haar, dass Molly erneut die Tränen kamen. »Aber ich hoffe, dass ich dich ganz bald mal wieder auf eine Ausfahrt mitnehmen kann.«

Als George wenig später gehen musste, beugte er sich über Molly und küsste sie auf die Lippen, gerade lange genug, dass sie ein Flattern in der Magengrube verspürte. »Pass auf dich auf, und wenn du eine Auszeit brauchst und heimwillst, ruf mich einfach an.«

»Ich habe dir nie gesagt, wie toll es von dir war, die ganze weite Tour zu machen, um mich zu retten«, sagte sie. »Ich danke dir von ganzem Herzen.«

»Du hast dich auch alleine ganz gut geschlagen«, lächelte er. »Hast Schlösser geknackt, Miss Gribble verprügelt und Petal gerettet. Warte nur, bis ich das den Jungs auf der Wache erzähle!«

»Ich wünschte …« Molly sprach nicht weiter, weil sie Angst hatte, das auszusprechen, was ihr durch den Kopf ging.

»Du wünschst was?«, fragte er.

»Wünsche darf man nicht verraten. Und du musst jetzt schleunigst hier raus, sonst jagen dich die Schwestern noch fort. Die Besuchszeit ist vorbei.«

Er war erst zehn Minuten fort, als eine Krankenschwester zu Molly ins Zimmer kam, um ihr mitzuteilen, dass im Schwesternzimmer ein Anruf auf sie wartete. Molly, die sich fragte, ob es vielleicht ihre Mutter war, beeilte sich, dorthin zu kommen, aber am anderen Ende der Leitung war Evelyn Bridgenorth.

»Ich wollte dir nur sagen, dass ich beim Jugendamt angefragt habe, ob Petal bei uns bleiben kann, bis sich ein richtiges Zuhause für sie gefunden hat«, sagte sie.

»Und sie haben zugestimmt?«, fragte Molly, die ganz fassungslos über die Güte ihrer Arbeitgeber war.

»Nun ja, es ist noch nichts schriftlich fixiert, aber prinzipiell sind sie einverstanden. Allen ist klar, dass Petal einen schweren Rückfall erleiden könnte, wenn sie bei Fremden untergebracht wird. Und obwohl ein Hotel nicht das perfekte Zuhause für sie ist, neigt man wohl zu der Meinung, dass deine enge Beziehung zu ihr das wettmachen wird.«

»Das ist die beste Neuigkeit, die ich seit Langem gehört habe!«, japste Molly. »Aber sind Sie sicher, dass Sie das möchten? Es ist eine große Aufgabe.«

»Wir sind selbstsüchtig genug, davon auszugehen, dass du die meiste Arbeit mit ihr haben wirst«, erwiderte Evelyn mit einem Lachen in der Stimme. »Wenn es ihr gut genug geht, wird sie natürlich wieder zur Schule gehen. Aber zu den Essenszeiten, nach der Schule und an den Wochenenden wird sie dich brauchen. Wir werden es schon schaffen, dass deine Pflichten im Hotel nicht darunter leiden. Wie hört sich das an?«

»Toll«, sagte Molly, die sich fühlte, als könnte sie vor Freude einen Salto schlagen. »Ich war verrückt vor Sorge, wohin man Petal schicken würde. Sie wird überglücklich sein. Und ich erst!«

»Und sie verdient es, glücklich zu sein. Natürlich kann das nicht für immer so gehen, aber zumindest, bis sie stabiler ist und man die richtigen Pflegeeltern für sie gefunden hat.«

»Eine der Krankenschwestern hat mir vorhin gesagt, dass wir beide vielleicht morgen entlassen werden. Wissen wir es dann schon sicher?«

»Ja, mach dir keine Sorgen. Ruf einfach an, dann holt Ted euch ab. Wir zwei müssen auch noch Kleidung und Spielzeug für Petal besorgen. Darauf freue ich mich schon.«

»Und ich freue mich schon, bald zurück im *George* zu sein«, sagte Molly.

»Nicht halb so sehr, wie wir uns darauf freuen, dich wieder bei uns zu haben«, erwiderte Evelyn. »Alle Angestellten und Gäste haben sich ständig nach dir erkundigt. Du bist eine richtige Berühmtheit geworden!«

KAPITEL 20

»Miss Gribble«, fuhr DI Pople die Frau an, die ihm gegenübersaß. Sie hatte die Augen geschlossen, als wollte sie sich von allem abschotten. »Sie scheinen keine Vorstellung davon zu haben, wie prekär Ihre Lage ist. Ihnen wird Mord, Entführung, Freiheitsberaubung und Misshandlung eines Kindes sowie Freiheitsberaubung und schwere Körperverletzung einer jungen Frau zur Last gelegt. Sie könnten dafür hängen. Aber was Sie auch getan haben, ich möchte wissen, warum. Nur wenn Sie mit mir kooperieren, besteht eine geringe Chance, dass die Geschworenen vor Gericht zu Ihren Gunsten entscheiden.«

Sie öffnete die Augen. »Ich hatte nie vor, jemanden zu töten«, sagte sie stumpf. »Ich habe versucht, alles in Ordnung zu bringen.«

»Ich kann mir zwar nicht vorstellen, inwiefern Ihre Handlungen etwas in Ordnung hätten bringen sollen«, erwiderte Pople, »aber wenn Sie alles von Anfang an berichten und mir erklären, wie es damals war, als Petal geboren wurde und Mrs. Coleman noch zurechnungsfähig war, dann kann ich Sie vielleicht besser verstehen.«

Miss Gribble war nach ihrer Verhaftung in Mulberry House eine Woche lang in einem Privatzimmer im Krankenhaus behandelt worden. Ihre Gesichtsverletzungen waren nicht ernst, aber sie hatte das Bewusstsein verloren, und da sie an Angina pectoris litt, hatte man es für das Beste gehalten, sie im Krankenhaus zu behalten. Allerdings hatte die ganze Zeit über ein Polizist vor ihrer Tür Wache gestanden.

Im Krankenhaus hatte sie sich geweigert zu sprechen; weder wollte sie etwas erklären noch abstreiten, gar nichts. Nicht einmal mit dem Personal hatte sie geredet. Nach ihrer Entlassung hatte man sie mit einem Anwalt aufs Polizeirevier gebracht, aber auch dort hatte sie eisernes Schweigen gewahrt. Schließlich war sie wegen Mord und Entführung angezeigt und in Haft genommen worden. Aufgrund der Schwere der Verbrechen, die man ihr vorwarf, hatte man sie im Holloway-Gefängnis in London untergebracht, und hier besuchte Inspektor Pople sie nun schon zum dritten Mal. Heute schien sie zum ersten Mal etwas zugänglicher; genug, um ihn hoffen zu lassen.

»Wenn ich das richtig verstanden habe, waren Sie mehr als vierzig Jahre lang Christabel Colemans Haushälterin, Gefährtin und Freundin«, versuchte er es mit einer neuen Taktik. »Ich kann mir gut vorstellen, dass Sie während der Zeit eine starke Bindung zu ihr aufgebaut haben. Sie waren bei ihr, als ihr Vater im Ersten Weltkrieg fiel, als ihre Tochter geboren wurde, und auch später, als ihr Mann vermisst gemeldet wurde, sind Sie in Mulberry House geblieben und haben sich um sie gekümmert. Ich würde sagen, Sie waren für Mrs. Coleman Vater, Mutter, Schwester und Freundin zugleich. Stimmt das?«

»Ja. Christabel ist mein Ein und Alles«, erwiderte Miss Gribble und senkte dabei den Blick, als wäre es das erste Mal, dass sie jemandem dieses Geständnis machte.

»Und Sie würden alles für sie tun?«

Miss Gribble nickte.

»Aber wenn man Sie verurteilt, werden Sie ihr nicht mehr beistehen können«, fuhr er fort. »Mrs. Coleman wird in eine Anstalt eingewiesen werden. Niemand wird sich darum scheren, wenn sie vernachlässigt oder verletzt wird oder Hunger leiden muss.«

Miss Gribbles Kopf fuhr in die Höhe, und plötzlich loderte

Feuer in ihren Augen. »Sie gehört nicht in ein Heim; sie hat nichts getan. Ohne mich kommt sie dort nie zurecht!«

»Soll das heißen, Sie haben ohne Mrs. Colemans Wissen ihre Tochter Sylvia aufgespürt? Und sie getötet und Petal entführt? Wollen Sie mir weismachen, Christabel Coleman hatte keine Ahnung, dass Sie ihre Enkeltochter in einer Dachkammer gefangen hielten und grausam misshandelten?«

Miss Gribble presste ihre Lippen fest zusammen. Offensichtlich hatte sie genug Verstand, um zu erkennen, dass sie die Schuld allein auf sich nehmen musste, wenn sie Christabel schützen wollte.

»Wenn der Psychiater Mrs. Coleman für zurechnungsfähig erklärt, wird sie zusammen mit Ihnen vor Gericht stehen, und selbst wenn Sie beide der Schlinge entgehen, werden Sie den Rest Ihrer Tage in einem Gefängnis zubringen. Man wird Sie trennen. Sie werden sie nicht beschützen können.«

Miss Gribble schlang die Arme um sich und begann vor und zurück zu wippen. Sie war eine ungeschlachte Frau, und ihr weißes Haar, das im Nacken zu einem strammen Knoten zusammengefasst war, betonte ihren aschgrauen Teint. In den medizinischen Unterlagen hatte Pople gelesen, dass sie siebenundsechzig Jahre alt war, aber sie sah kräftig aus, und ihre Arme waren muskulös.

»Was soll ich tun?«, brach es plötzlich aus ihr hervor. Die Aggressivität, die sie vorher ausgestrahlt hatte, war verschwunden. »Christabel trifft keine Schuld, sie ist wie ein Kind. Sie hat mir vertraut. Was Sie mir auch antun, sie wird darunter leiden.«

»Erzählen Sie mir, was passiert ist, dann sorge ich persönlich dafür, dass sie die Hilfe bekommt, die sie braucht«, versprach der Inspektor. »Sagen Sie mir, wieso Sylvia mit dem Baby weggelaufen ist und wie Sie sie finden konnten. Es kann nicht leicht gewesen sein; sie hatte ja einen anderen Namen angenommen.«

»Sie ist fort von daheim, weil ich versucht habe, ihr ihre Wildheit auszutreiben.«

»Ich verstehe«, sagte Pople. Er konnte sich gut vorstellen, wie sie Sylvia das Leben zur Hölle gemacht hatte, weil sie ein uneheliches Kind von einem Schwarzen bekommen hatte. »Aber weshalb haben Sie sie gesucht? Die Probleme seit Petals Geburt hatten sich ja inzwischen nicht in Luft aufgelöst.«

»Christabel wollte sie sehen. Ich habe versucht, sie davon abzubringen, aber das ist mir nicht gelungen. Also habe ich einen Privatdetektiv angeheuert, um Sylvia zu finden.«

»Hat er lange dafür gebraucht?«

Miss Gribble verzog das Gesicht. »Ja, der Kerl hat es immer wieder hinausgezögert, um mehr Geld aus uns herauszupressen. Er hieß Frank Wilson; ein pensionierter Polizist, der in Ashford gelebt hat. Kurz nachdem er mir seinen Bericht gegeben hat, ist er gestorben. Das war im April 1953. Ich dachte mir, Sylvia wäre inzwischen bestimmt wieder umgezogen, aber wir haben es trotzdem versucht.«

»Sie sind gefahren?«

»Ja, Christabel kann nicht Auto fahren. Ich habe es gelernt, nachdem ihr Mann vermisst gemeldet wurde.«

»Wieso am Krönungstag?«

»Ich wusste, dass die Straßen leer sein würden. Aber es war weiter weg, als ich erwartet hatte.«

»Und Ihr Plan? Wollten Sie einfach Sylvia und ihr Kind sehen oder sie nach Mulberry House mitnehmen?«

»Wir wollten sie nur treffen, vielleicht ein paar Tage in der Gegend verbringen. Ich habe es nie für möglich gehalten, dass Sylvia mit uns kommt; sie war von jeher eigensinnig, schon als Kind. Aber Christabel war sich ganz sicher, dass ihre Tochter mit uns zurückkommt. Die ganze Fahrt über hat sie nur davon gesprochen, Sylvias Zimmer umzugestalten und das Kind bei uns zur Schule zu schicken. Ich habe sie gewarnt, dass Sylvia kaum mit uns gehen würde, aber sie wollte nicht auf mich hören.«

»Wann sind Sie bei Sylvia angekommen?«

»Erst mittags. Wir sind im Morgengrauen aufgebrochen, weil wir den Weg nicht genau kannten. Mr. Wilson hatte uns eine Wegbeschreibung gegeben. Das war auch gut so, das Haus war nicht leicht zu finden.«

»Also hatte sich der Detektiv, dieser Wilson, Stone Cottage schon näher angeschaut?«

»Davon hat er nichts gesagt, aber er muss dort gewesen sein; seine Karte war mit der Hand gezeichnet.«

»Gut, Sie sind also beim Cottage angekommen. Erzählen Sie mir genau, was dann passiert ist. Wie hat Sylvia reagiert, als sie Sie gesehen hat?«

Miss Gribble saß mit fast geschlossenen Augen da, und Inspektor Pople fürchtete schon, dass ihr Mitteilungsbedürfnis versiegt war. Er fasste sich in Geduld, obwohl er versucht war, die Frau erneut anzuschnauzen. Er hatte nicht den ganzen Tag Zeit.

»Es goss in Strömen«, sagte sie ganz plötzlich. Ihre Augen waren immer noch fast geschlossen, als sähe sie vor sich, was an diesem Tag geschehen war, als würde sie es erneut durchleben.

Sie und Christabel waren an einem steilen, verschlammten Weg angelangt, der so stark von Sträuchern überwuchert war, dass er fast wie ein Tunnel wirkte. Wegen des tiefen Schlamms zögerte sie weiterzufahren.

»Ist das auch wirklich der richtige Weg, Gribby?«, hatte Christabel gefragt. Den liebevollen Spitznamen »Gribby« hatte sie sich als Kind ausgedacht. Als Erwachsene hatte sie sie in Gesellschaft anderer stets mit Miss Gribble oder Maud angesprochen, aber wenn sie zu zweit waren, sagte sie immer Gribby.

»Wilson hat einen Meilenstein auf dem Hügel neben der Straße erwähnt, und den haben wir gesehen«, antwortete Miss Gribble.

»Aber was ist, wenn wir mit den Rädern im Schlamm stecken bleiben?«

Obwohl ihr dieser Gedanke schon selbst gekommen war, verärgerte die Frage Miss Gribble, und sie fuhr los. »Das werden wir nicht, keine Sorge«, antwortete sie.

Christabel machte sich über alles Sorgen. Ob es zu heiß war oder zu kalt, ob sie Blau tragen sollte oder Grün, ob das Auto anspringen würde oder ein Reifen gewechselt werden musste. Sie konnte nichts tun und nirgendwohin gehen, ohne ständig die Bestätigung zu bekommen, dass alles in Ordnung war.

Gribby hatte ihr an diesem Morgen versichert, sie wäre in ihrem blau bedruckten Kleid und der gleichfalls blauen Jacke bei kaltem wie auch bei warmem Wetter perfekt angezogen, das Auto würde tadellos fahren, und falls sie eine Reifenpanne hätten, würde Gribby wissen, was zu tun war. Mit so viel Regen und Schlamm hatte sie nicht gerechnet, aber das würde sie Christabel gegenüber nicht zugeben.

»Was für ein kurioser Ort«, bemerkte Christabel, als sie das dichte Buschwerk hinter sich ließen und Stone Cottage zwischen Bäume gekuschelt vor ihnen lag. »Wie malerisch! Ach, sieh an, Sylvia pflanzt jetzt also Blumen! Früher hat sie sich nie für den Garten interessiert.«

Gribby wendete den Wagen und stellte ihn auf einem Platz mit steinigem Untergrund ab, wo die Räder nicht im Matsch steckenbleiben konnten. Sie wollte den Besuch so schnell wie möglich hinter sich bringen. Christabel sollte sehen, dass Sylvia mit dem Kind zurechtkam und glücklich war, dann konnten sie wieder fahren.

Als sie aus dem Auto stiegen und ihre Regenschirme aufspannten, öffnete sich die Seitentür, und Sylvia stand da.

Sie sah ganz anders aus als früher. Ihr blondes Haar war rot gefärbt. Anscheinend hatten sie sie beim Frisieren gestört, denn die eine Hälfte ihrer Mähne war gelockt, in der anderen hingen noch Dutzende Lockenwickler. Sie trug ein einfaches geblümtes Kleid und ging barfuß. Die vergangenen sechs Jahre hatten ihr Gesicht reifen lassen; sie besaß ein Selbstbewusstsein, das sich bemerkbar machte, noch bevor sie sprach.

»Was habt ihr hier zu suchen?«, rief sie ihnen zu. »Wenn ihr Ärger machen wollt, könnt ihr gleich wieder fahren.«

»Ach, Sylvia, sei doch nicht so feindselig!«, rief Christabel zurück. »Ich habe dich vermisst und wollte Pamela unbedingt wiedersehen.«

»Sie heißt jetzt Petal, wie du sicher weißt, wenn ihr mich bis hierher verfolgt habt. Kommt raus aus dem Regen, aber ich sage euch gleich, ich bin nicht auf Gäste eingestellt, und am Nachmittag gehen wir im Dorf feiern.«

Christabel versuchte Sylvia zu umarmen, als sie ins Haus gingen, aber ihre Tochter wich vor ihr zurück. »Diese verlogene Gefühlsduselei kannst du dir abschminken«, sagte Sylvia mit funkelnden Augen. »Du, Gribble, warst abscheulich zu mir und gemein zu Petal. Und du, liebste Mama, warst eine Katastrophe als Mutter. Sagt, was ihr zu sagen habt, dann könnt ihr wieder verschwinden. Ich will nichts mit euch zu tun haben, und etwas von euch annehmen will ich schon gar nicht.«

Christabel gab einen Laut von sich, der halb Schluchzer, halb Ausdruck von Empörung war. »Ich will Pamela sehen!«

»Hier gibt es kein Kind, das Pamela heißt«, zischte Sylvia sie an. »Ich bin auch nicht mehr Sylvia, sondern Cassandra.«

»Darf ich dann Petal sehen?«, fragte Christabel.

»Nur ganz kurz, und wenn du ihr Angst machst, werfe ich euch hinaus«, warnte Sylvia sie. »Petal, Liebling«, rief sie zur Treppe hinauf. »Hier sind ein paar Leute, die dich kennenlernen wollen.«

Miss Gribble empfand nichts als Abneigung, als das Kind die Treppe herunterkam. Das kleine Mädchen lächelte strahlend. Das dicht gelockte Haar war mit einer roten Schleife zu einer Art Dutt zusammengefasst, und die Kleine trug eine kurze rote Hose und eine rot-weiß gestreifte Bluse. Aber es war Christabels Reaktion, die sie mehr als alles andere aufbrachte.

»Nein, wie hübsch sie ist!«, rief sie begeistert. »Komm her, du süßes Ding, du!«

»Ich gehe heute Nachmittag als Britannia auf den Kostümball«, verkündete das Kind. »Mummy hat mein Kostüm selbst gemacht. Willst du sehen, wie ich darin aussehe?«

»Ja, sehr gerne«, sagte Christabel eifrig. »Weißt du, ich wollte dich schon so lange treffen.«

»Das reicht«, sagte Sylvia warnend und stellte sich zwischen ihre Tochter und Christabel. »Vor sechs Jahren hast du alle Rechte auf sie aufgegeben.«

»Ich muss dich unter vier Augen sprechen«, sagte Miss Gribble leise zu Sylvia. Sie fand, die junge Frau sollte wissen, dass sie Christabel nur die Möglichkeit hatte geben wollen, das Kind zu sehen. Aber das konnte sie vor Christabel nicht aussprechen. »Wo können wir ungestört reden?«

»Nicht im Haus, dafür ist es zu klein«, erwiderte Sylvia.

»Können sich Christabel und Petal dann kurz ins Auto setzen?«, fragte Miss Gribble. »Es gibt da etwas, was ich dir sagen muss, aber vor dem Kind geht das nicht. Bitte! Es dauert auch nicht lange.«

Sylvia wirkte ablehnend, nickte aber. »Na gut. Petal liebt Autos, und solange meine Mutter nur nach der Schule und Ähnlichem fragt, soll es mir recht sein.«

Sie ging zu Petal und strich ihr über die Wange. »Liebling, willst du mit der Dame ein paar Minuten im Auto sitzen, damit ich mit ihrer Freundin reden kann?«

Petal nickte und nahm bereitwillig Christabels Hand. Sie kicherte, als Christabel den Regenschirm über sie beide breitete und mit ihr zum Auto lief.

Sobald sie gegangen waren, wandte sich Sylvia an Miss Gribble. »Also, was gibt's?«, fragte sie. »Falls du glaubst, ich komme mit euch zurück, dann hast du dich getäuscht. Die Schwelle von Mulberry House überquere ich freiwillig nie wieder.«

Miss Gribble spürte, wie Zorn in ihr aufstieg, wie immer, wenn Sylvia sich ihr oder ihrer Mutter gegenüber respektlos benahm. Sie war ein dickköpfiges Kind gewesen, das sich stets gegen jede Form von Autorität aufgelehnt hatte. Als sie älter wurde, hatte sie begonnen, ihre Mutter für ihre Schwäche zu verachten, und versucht, sie Miss Gribble zu entfremden.

Doch Miss Gribble unterdrückte ihren Ärger, weil sie wusste, dass Sylvia ihrem Vorschlag nie zustimmen würde, wenn sie sie unter Druck setzte. »Es geht um die Verfassung deiner Mutter«, sagte sie. »Sie denkt nur an dich und das Kind – sie fragt ständig nach euch und weint manchmal stundenlang. Ich befürchte, sie erleidet einen kompletten Nervenzusammenbruch, wenn du ihr nicht ein wenig Kontakt erlaubst. Ich sage nicht, dass du nach Hause zurückkommen sollst, aber du könntest irgendwo in der Nähe wohnen, damit sie euch ab und zu besuchen kann.«

»Selbst wenn ich mir einen Umzug leisten könnte, wieso sollte ich auch nur im Traum daran denken, mit einer Frau zu verkehren, die zugelassen hat, dass du mich misshandelst und manipulierst?«, fuhr Sylvia sie an. »Es ist mir egal, ob sie einen Nervenzusammenbruch hat. Es ist die Aufgabe einer Mutter, ihr Kind zu beschützen, und das hat sie nicht getan, weil es bequemer war, sich dir zu fügen, du verdammtes Biest! Du warst unmenschlich zu mir, und ich werde nicht zulassen, dass du Petal dasselbe antust. Als Kind habe ich dich gehasst, und jetzt, da ich alt genug bin, dein Verhalten rational zu beurteilen, hasse ich dich noch mehr.«

Maud Gribble verlor immer die Selbstbeherrschung, wenn jemand ihren Unwillen erregte. Darum hielt sie zu den meisten Menschen Abstand. Meistens beschränkte sie sich darauf, andere zu beschimpfen oder mit Sachen zu bewerfen; jede Form von körperlicher Gewalt hatte sie unter Kontrolle. Aber Sylvias Worte hatten einen Nerv getroffen, und sie konnte sich nicht mehr zurückhalten.

Sie sprang auf Sylvia zu, packte sie an beiden Oberarmen und schüttelte sie hin und her wie eine leblose Puppe. Das hatte sie bestimmt Hunderte Male getan, als Sylvia aufwuchs. Aber diesmal konnte sie nicht aufhören. Sylvias Kopf schwang zur Seite, und Miss Gribble ließ ihre Arme los, packte ihren Kopf mit beiden Händen und schleuderte ihn nach hinten.

Das furchtbare Knirschen sagte ihr, dass Sylvias Kopf nicht gegen die Wand, sondern auf die steinerne Kaminfassung geprallt war. Sie ließ die junge Frau los. Sylvia fiel wie ein Sack Kartoffeln zu Boden und blieb reglos dort liegen.

Miss Gribble fühlte, wie Panik sie überwältigte. Sie warf rasch einen Blick aus dem Fenster und sah Christabel und Petal vergnügt im Wagen plaudern. Sie waren zwar nicht hergekommen, um Petal mitzunehmen, aber bestimmt würde es Christabel sehr glücklich machen, das Kind bei sich zu haben.

»Also sind wir mit ihr weggefahren«, beendete Miss Gribble ihre Geschichte. »Ich habe ein paar Sachen für das Kind mitgenommen und auch Sylvias Tagebuch, weil ich dachte, darin steht vielleicht etwas über die Kleine, was wir wissen sollten. Dann bin ich zum Auto gegangen und habe gesagt, dass wir mit Petal zum Dorffest fahren und dass ihre Mom nachkommt, wenn sie fertig frisiert ist.«

Inspektor Pople konnte kaum fassen, wie anschaulich Miss Gribble die Szene beschrieben hatte. Es hatte sich fast angehört wie ein Krimi aus dem Radio. Er zweifelte nicht daran, dass sie die Wahrheit gesagt hatte. Sie war völlig verrückt und schien außerstande, sich eine Vorstellung vom Ausmaß ihres Verbrechens zu machen.

Er war ziemlich mitgenommen von Miss Gribbles Schilderung, riss sich aber zusammen und setzte das Verhör fort: »Sagen Sie mir, hatte Mrs. Coleman eine Ahnung von dem, was Sie getan hatten?«

»Nein, sie hat nur gefragt, warum sie sich nicht von Sylvia verabschieden konnte, das war alles. Petal wurde unruhig, als wir nicht vor dem Gemeindesaal hielten, aber ich meinte, es sei noch zu früh für das Fest. Später habe ich ihr erzählt, ihre Mutter würde mit der Bahn nachkommen.«

Inspektor Pople schluckte. »Wie hat sie darauf reagiert?«

»Sie hat angefangen zu weinen und einen Aufstand gemacht, weil sie ihr Kostüm nicht dabeihatte. Ich musste ihr einen Klaps geben.«

»Sie haben also einfach die Mutter getötet und das Kind mitgenommen?« Pople war erschüttert.

»Ich wollte Sylvia nicht töten, und das Kind wollte ich schon gar nicht. Aber was sollte ich tun? Ich konnte das Mädchen ja nicht dort lassen.«

»Wann haben Sie Mrs. Coleman erzählt, dass Sie ihre Tochter getötet haben?«

»Gar nicht. Ich habe ihr erzählt, Sylvia hätte Probleme, über die Runden zu kommen, und könnte wegen Petal keine richtige

Arbeit finden. Christabel hat geglaubt, sie würde uns besuchen kommen, sobald sie eine gute Stelle gefunden hatte.«

Inspektor Pople schüttelte ungläubig den Kopf. Es war ihm unbegreiflich, wie Christabel Coleman dieses Märchen schlucken konnte. Aber offensichtlich war sie seit frühester Jugend darauf gedrillt worden, Miss Gribble zu gehorchen.

»Und wie haben Sie erklärt, dass Petal bei Ihnen im Haus eingesperrt werden musste?«

Miss Gribble warf ihm einen mitleidigen Blick zu. »Natürlich wegen ihrer Hautfarbe.«

»Wie lange wollten Sie das Mädchen denn gefangen halten? Was war mit der Schule oder Arztbesuchen? Mrs. Coleman kann doch nicht verrückt genug sein, um diese Dinge nicht zu bedenken?«

»Ich habe Ihnen doch gesagt, dass sie gelernt hat, wichtige Entscheidungen mir zu überlassen.«

»Und welche Entscheidung hatten Sie für die Zukunft des Mädchens getroffen?«

»Mir war längst klar, dass mir nichts anderes übrig bleiben würde, als das Kind zu töten.«

KAPITEL 21

»Ich hasse den September«, seufzte Molly, als sie aus dem Fenster des Ballsaals auf die regennasse Straße blickte. »Ein Vorgeschmack auf all die tristen Wintermonate.«

Evelyn, die ein paar Tische weiter hinten die Sitzarrangements einer Hochzeitsgesellschaft plante, lachte. »Ach, du trübe Tasse«, sagte sie. »Wir haben hier oft noch bis Oktober herrliches Wetter. Du mäkelst bloß herum, weil es bisher so schön war und Petal jetzt zur Schule geht und du sie vermisst.«

Molly drehte sich zu ihrer Chefin um. »Vielleicht. Ich fühle mich wirklich ein bisschen verlassen ohne sie, aber das ist nicht alles.«

Sich um Petal zu kümmern hatte Molly erfüllt wie nichts zuvor in ihrem Leben. Von dem Augenblick an, da sie die Kleine morgens aufweckte, bis sie ihr abends einen Gutenachtkuss gab, war sie glücklich. Sie konnte sich selbst nicht erklären, warum es so war. Vielleicht weil sie jemanden brauchte, den sie umsorgen konnte, oder weil sie einen Ersatz für ihre eigene Familie suchte. Auf jeden Fall liebte sie es, mit Petal an den Strand zu gehen, ihr vorzulesen, mit ihr zu spielen – einfach alles, was sie mit ihr unternahm.

»Verstehen Sie mich nicht falsch, ich finde es toll, dass sie sich so gut eingelebt hat und dass ihre Albträume aufgehört haben, aber ...«, sie sprach nicht weiter, weil es ihr zu peinlich war fortzufahren.

»Aber was?«, fragte Evelyn.

Molly trat von einem Fuß auf den anderen.

»Nun sag schon«, drängte Evelyn sie. »Nach allem, was du durchgestanden hast, kannst du doch sicher erzählen, was dich bedrückt.«

»Es gibt einfach Sachen, dir mir nicht aus dem Kopf gehen. Zum Beispiel, wieso hat Charley mich abserviert? Habe ich etwas Falsches gesagt oder getan? Im einen Augenblick redet er von unserer Heirat, und dann – Zack! – überlegt er es sich auf einmal anders. Das ergibt doch keinen Sinn! Und dann ist da George. Als er hier war, hatte ich das Gefühl, dass er mehr sein will als nur ein guter Freund, aber in seinen Briefen lässt er davon nichts durchblicken. Und meine Eltern haben sich Sorgen um mich gemacht, als ich im Krankenhaus gelegen habe, aber seither haben sie nichts mehr von sich hören lassen. Und natürlich die Verhandlung von Miss Gribble und Mrs. Coleman. Wann wird sie stattfinden? Was für Fragen werden sie mir dort stellen?«

»Das klingt ganz so, als würdest du in einem Wartesaal sitzen, ohne zu wissen, wie lange du noch zu warten hast«, meinte Evelyn.

»Ein bisschen.«

Evelyn dachte einen Moment lang nach. »Was George angeht, so denkt er vielleicht, dass du immer noch in Charley verliebt bist und ihn nur als guten Freund siehst. Ich schlage vor, du fährst nach Hause und zeigst ihm ganz deutlich, dass du interessiert bist. Während du da bist, könntest du auch versuchen, dich mit deinem Vater auszusöhnen, indem du ihm und deiner Mutter klarmachst, dass du bereit bist, ihnen entgegenzukommen. Was die Gerichtsverhandlung angeht, da kannst du nichts tun. Die findet erst statt, wenn die Polizei genug Beweismaterial gesammelt hat.«

»Sie wissen also auch nicht, wieso Charley sich von mir getrennt hat?«

»Warum musst du den Grund wissen? Das bringt doch alles nichts mehr.«

»Dann könnte ich vielleicht verhindern, dass ich denselben Fehler bei einem anderen Mann noch einmal mache.«

Evelyn runzelte die Stirn. »Der Fehler lag nicht bei dir, sondern bei ihm.«

Molly sah ihre Chefin scharf an. Seit Petal im *George* lebte, hatte sie ihre Arbeitgeber besser kennengelernt und merkte inzwischen recht gut, wenn Evelyn etwas verbergen wollte. Sie vermied dann jeden Augenkontakt, genau wie jetzt.

»Das haben Sie mir schon einmal gesagt, genau wie Mr. Bridgenorth«, sagte sie scharf. »Wenn Sie etwas wissen, sollten Sie es mir sagen.«

Evelyn lachte ein trillerndes, nervöses Lachen, als fühlte sie sich ertappt.

»Ach, Molly. Früher hattest du vor deinem eigenen Schatten Angst, und heute hast du genug Selbstvertrauen, mich zurechtzuweisen. Das freut mich – du warst am Anfang wirklich ein bisschen zu lammfromm. Ich mag die neue Molly, die sich durchsetzen kann.«

Molly hatte nicht vor, sich von ein paar Schmeicheleien ablenken zu lassen. »Dann sagen Sie mir doch bitte, was für einen Fehler Charley gemacht hat!«

Evelyn zögerte und kaute unsicher auf ihrer Unterlippe herum.

»Na los!«, drängte Molly.

»Er ist homosexuell«, platzte es aus Evelyn raus. »Wir wollten es dir nicht sagen, aber es ist nicht gut, wenn du dir selbst die Schuld gibst.«

Mollys Augen wurden kugelrund vor Überraschung. Sie war wie vor den Kopf geschlagen. »Bestimmt nicht! Das kann ich nicht glauben. Wieso sagen Sie das?«

Evelyn erzählte ihr, was Ted in Whitechapel erlebt und gesehen hatte. Sie war sehr behutsam, aber sie machte Molly klar, dass es sich nicht um ein Missverständnis gehandelt hatte. »Es gab keinen Zweifel«, sagte sie. »Es tut mir furchtbar leid, Molly. Das ist nicht leicht zu verdauen, besonders, da du ihn so sehr gemocht hast.«

Molly war sehr blass geworden. Ihre Augen waren weit aufgerissen und glasig. Nervös fuhr sie sich mit den Fingern durchs Haar, als suchte sie fieberhaft einen Grund, warum das alles nicht wahr sein konnte.

Evelyn wartete geduldig ab. Sie hätte das Mädchen gern in die Arme genommen, aber das wäre genauso, als wollte man ein gebrochenes Bein mit einem Pflaster heilen.

»Ich kann es nicht glauben! Sie müssen sich täuschen!«, rief Molly mit Tränen in den Augen. »Aber ich weiß, Sie und Ihr Mann würden so etwas nicht sagen, wenn Sie sich nicht sicher wären.« Sie hielt inne und atmete tief durch, um sich zu beruhigen. »Armer Charley!«, brach es schließlich aus ihr hervor. »Wie furchtbar für ihn! Er kann ja nichts dafür, wie er geboren wurde, nicht wahr? Ich bin mir sicher, er wusste nicht, was er tun oder an wen er sich wenden sollte.«

Evelyn war berührt, dass Molly Mitgefühl für den Mann empfinden konnte, der sie so tief verletzt hatte. »Das ist sehr verständnisvoll von dir«, sagte sie. »Ich glaube, ich wäre ganz schön sauer geworden und hätte mich gefragt, warum mir der Kerl etwas vom Heiraten vorgeschwätzt hat. Aber du musst immer daran denken, dass er letzten Endes das Richtige getan hat, weil er dich von ganzem Herzen gernhatte. Ted und ich haben in der Hotelbranche schon einige solche Männer kennengelernt. Sie müssen natürlich ihre Neigungen verstecken, solange die Gesetze so sind, wie sie sind. Aber die meisten sind echte Gentlemen.«

Molly begann ein paar Servietten zu falten. Sie sah sehr nachdenklich drein. Evelyn beugte sich wieder über ihre Tischordnung, schielte aber immer wieder zu Molly hinüber, aus Angst, dass sie plötzlich zusammenbrechen könnte, wenn ihr die Nachricht in ihrer vollen Wucht bewusst wurde. Aber zu ihrer Überraschung blickte Molly plötzlich mit strahlenden Augen auf.

»Es war also besser so«, sagte sie. »Wie schrecklich, wenn wir geheiratet hätten und es wäre alles nur Schein gewesen! Daran darf ich gar nicht denken.«

»Nein, und das solltest du auch nicht. Ich bin mir sicher, dass Charley sich genauso elend fühlt wie du«, versicherte Evelyn ihr.

»Ich fühle mich eigentlich gar nicht elend, nur ziemlich dämlich«, sagte Molly. »Bei Männern habe ich wirklich kein gutes Händchen. Werde ich mich bei George auch so unsäglich blamieren?«

Evelyn schmunzelte. »Wohl kaum. Der Junge ist bis über beide Ohren in dich verliebt.«

»Aber was ist mit der Entfernung?«, fragte Molly.

»Du machst dir viel zu viele Gedanken«, lachte Evelyn. »Fahr über ein Wochenende nach Hause und warte ab, wie sich alles entwickelt, dann hast du immer noch genug Zeit, dir eine Lösung einfallen zu lassen.«

Molly starrte tief in Gedanken versunken vor sich hin. »Natürlich werden wir beide als Zeugen bei Miss Gribbles Verhandlung auftreten. Vielleicht könnte ich erst mal sehen, wie es in London mit uns funktioniert. Das wäre leichter als daheim in Sawbridge.«

»Gute Idee«, stimmte Evelyn ihr zu. Sie war froh, dass Molly zum ersten Mal eine optimistischere Einstellung zu ihrer Situation mit George zeigte. »London kann sehr romantisch sein, besonders bei Nacht. Spaziergänge an der Themse, ein kleines italienisches Restaurant, der St. James's Park im Mondlicht ... Ted und ich haben dort ein paar sehr schöne Stunden verlebt.«

Molly lächelte. »Ich weiß nicht, ob das Old Bailey so romantisch ist, zumal uns die Anwälte wahrscheinlich die Hölle heißmachen werden.«

»Wohl wahr, aber denk doch mal an die Erleichterung, wenn alles vorbei ist«, seufzte Evelyn. »Das wird eine Nacht voller Romantik und Zukunftspläne. Ich habe es langsam satt, dass die Leute an der Bar ständig über den Fall reden, mich mit Fragen bombardieren und ihre Meinungen kundtun, die meistens völlig falsch sind. Für dich muss es noch viel schlimmer sein, Molly.«

»Es ist ärgerlich, wenn die Leute mich auf der Straße oder vor der Schule ansprechen, sogar wenn Petal dabei ist«, sagte Molly voller Empörung. »Kaum zu glauben, dass die meisten nicht genug Grips haben, sich zu fragen, ob sie so etwas hören sollte. Aber ich denke, sobald die Verhandlung vorbei ist, wird das alles schnell vergessen sein.«

»Ich glaube, die Polizei wartet nur noch auf die Aussage von Christabel Coleman. Einer der Polizisten hier im Ort hat mir erzählt, dass sie einen hysterischen Anfall bekam, als man ihr sagte, dass Miss Gribble ihre Tochter getötet hat. Seither war sie nicht vernehmungsfähig. Aber man braucht sie, um einige offene Fragen zu klären.«

»Wie konnte sie das nicht wissen? Wie konnte sie nicht merken, was Miss Gribble Petal angetan hat? Herrgott, sie waren alle im selben Haus! Die Frau hat sie doch nicht mehr alle!«

»Vielleicht. Vielleicht ist es aber auch das Ergebnis jahrelanger Konditionierung, bis sie völlig abhängig von ihrer Haushälterin war.«

»Glauben Sie, dass sie dieses entsetzliche Weib hängen werden?«

Evelyn zuckte mit den Schultern. »Verdient hätte sie es – sie ist zweifellos ein abgrundtief schlechter Mensch –, aber heutzutage sind so viele Leute gegen die Todesstrafe, dass sie vielleicht mit lebenslänglich davonkommt.«

»Ich frage mich, was aus Christabel wird, und ich wünschte, sie würde ihren Anteil an der Geschichte erzählen. Cassie hätte sich bestimmt nicht gewünscht, dass ihre Mutter den Rest ihres Lebens in einer geschlossenen Anstalt verbringt.«

Etwa zur selben Zeit, als Molly und Evelyn sich über Christabel Coleman unterhielten, warteten Inspektor Pople und sein Sergeant, Brian Wayfield, in einem kleinen Zimmer im Hellingly Hospital in der Nähe von Hailsham, East Sussex, darauf, Christabel Coleman zu sehen. Christabels Pflegerin hatte berichtet, ihre Patientin sei ruhiger geworden und habe begonnen, über Miss Gribble zu sprechen; deshalb waren sie gekommen.

Beide Polizisten kannten andere Nervenkliniken und hatten diese düsteren Anstalten in schlechter Erinnerung, aber Hellingly war erst 1906 errichtet worden; ein stattliches Gebäude, das nicht nur eine eigene Bahnstation, einen Frisiersalon und einen schönen Park aufweisen konnte, sondern auch den Ruf hatte, sich gut um seine Patienten zu kümmern.

Das Zimmer, in dem sie warteten, lag im Erdgeschoss; durch das große Fenster konnte man die Gärten sehen. Es war in freundlichen blassblauen Tönen gehalten und mit dunkelblauen Sesseln und Sofas ausgestattet. Wenn sie nicht gesehen hätten, wie draußen ein paar Patienten hin und her wanderten und dabei vor sich hin murmelten, wären sich die beiden Polizisten vorgekommen wie in einer teuren Privatklinik.

Christabel wurde von einer rundlichen Krankenschwester

hereingeführt. »Wenn Sie etwas brauchen, ich warte draußen«, sagte die Schwester zu ihrer Patientin. »Aber heute geht es Ihnen gut, nicht wahr, Mrs. Coleman?«

Christabel nickte zustimmend. Sie sah recht hübsch aus. Ihre hellen Haare waren gut gepflegt und lockten sich um ihr Gesicht; sie trug ein wenig Lippenstift, einen blassgrauen Faltenrock und einen hellrosa Pullover. Wie eine Verrückte sah sie nicht aus; sie wirkte nur etwas nervös, als sie sich in einem der Armsessel niederließ und die Hände im Schoß faltete.

»Man hat mir gesagt, ich müsste mit Ihnen über den Tag reden, an dem wir Petal mitgenommen haben«, sagte sie und blickte Inspektor Pople unverwandt aus ihren blauen Augen an. »Ich hoffe nur, Sie glauben mir, dass ich wirklich nicht wusste, dass Gribby, ich meine, Maud – nein, tut mir leid, Miss Gribble – Sylvia getötet hat.«

Inspektor Pople war überrascht, sie geistig so klar vorzufinden. Nach allem, was er gehört hatte, hatte er sie für leicht debil gehalten und angenommen, nur deshalb hätte Miss Gribble sie so leicht manipulieren können.

»Sie können Miss Gribble so nennen, wie es Ihnen am leichtesten fällt. Und ja, wir glauben tatsächlich, dass Sie keine Ahnung von der Ermordung Ihrer Tochter Sylvia hatten«, sagte er. »Aber sind Sie nicht misstrauisch geworden, als Sie nach Mulberry House zurückkamen und Miss Gribble Petal in einer Dachkammer einsperrte?«

»Sie hat gesagt, die Leute würden reden, wenn sie ein schwarzes Kind sehen, und als ich Petal besucht habe, um mit ihr zu spielen und ihr vorzulesen, ist Gribby böse auf mich geworden.«

»Aber sicherlich hätten Sie darauf bestehen können, dass Petal anständig behandelt wird, oder? Und wieso haben Sie sich nicht gefragt, warum Sylvia nicht bei Ihnen aufkreuzte?«

»Nun ja, das ist ja das Seltsame. Um die Zeit herum habe

ich mich gar nicht wohlgefühlt. Ständig war mir schwindelig. Gribby hat gesagt, ich sei krank und müsse ins Bett, um mich zu erholen. Ich konnte auch wirklich zeitweise kaum aufstehen, alles war so verschwommen und unwirklich. Aber seitdem ich hier im Krankenhaus bin, geht es mir allmählich besser, also denke ich, sie muss mir irgendwelche Mittel gegeben haben.«

Die Ärzte hatten Inspektor Pople bereits gesagt, dass die Untersuchungen Spuren von Narkotika in Christabel Colemans Blut ergeben hatten. Wahrscheinlich hatte sie aufgrund der Entzugserscheinungen so verwirrt gewirkt, denn sie hatte die Betäubungsmittel über einen langen Zeitraum hinweg bekommen. In Mulberry House hatte Pople die ehemalige Arztpraxis von Christabels Vater betreten, einen altmodischen Raum, der ihn direkt in die Zeit von Königin Victoria zurückversetzte, mit einem massiven Mahagonitisch und Regalen voller medizinischer Fachwerke und Reihen von Medikamenten. In den Schubladen und Schränken hatten sie zahllose Flaschen und Pillen gefunden. Pople hielt es für mehr als wahrscheinlich, dass Miss Gribble schon als junge Frau rasch dahintergekommen war, wie man diese Mittel einsetzen konnte.

Inspektor Pople betrachtete Christabel eingehend. In jüngeren Jahren musste sie einmal ausgesprochen hübsch gewesen sein. Wie tragisch, dass ihre Unfähigkeit, für sich selbst einzustehen, ihr Leben so zerrüttet hatte.

»Mrs. Coleman, mir scheint«, sagte er behutsam, »dass Sie Miss Gribble erlaubt haben, Ihr gesamtes Leben zu steuern. Was hat denn Ihr Ehemann dazu gesagt, als er noch am Leben war?«

»Reg konnte sie gar nicht leiden«, gab Christabel zu. »Er hat sie immer die schwarze Witwe genannt. Sie wollte mich auch davon abbringen, ihn zu heiraten, hat angedeutet, dass er sich mit anderen Frauen traf. Sie wissen, dass mein Vater Arzt war?

Nun, er und meine Mutter mochten und vertrauten Reg, also habe ich nicht auf Gribby gehört, und wir haben schließlich doch geheiratet. Im Jahr darauf, das war 1926, ist Sylvia zur Welt gekommen, und wir waren alle sehr glücklich. Reg war damals immer streng zu Gribby; sie sollte wissen, wo ihr Platz als Haushälterin ist. Sie hat mir nur manchmal mit Sylvia ausgeholfen, aber nicht oft. Dann starb Vater und kurz darauf auch meine Mutter, und da habe ich mich vielleicht zu sehr auf sie verlassen. Und als Reg dann eingezogen wurde, hat sie einfach alles in die Hand genommen. Sie hat mit mir und Sylvia gegessen, kam mit uns in den Salon; sie war wie eine Mutter.«

»Sie müssen am Boden zerstört gewesen sein, als Ihr Mann als vermisst gemeldet wurde. Da haben Sie wohl noch mehr von Ihren Pflichten Miss Gribble überlassen?«

»Nun ja«, sagte sie achselzuckend. »Ich war außer mir. Ich habe so viel geweint, habe mich so verlassen gefühlt. Aber Gribby hat sich um mich gekümmert. Rückblickend denke ich, dass sie mir damals vielleicht auch schon Beruhigungsmittel gegeben hat, denn alles war so furchtbar unklar und verschwommen. Eines Nachts war ich mir sogar ganz sicher, dass Reg wieder da war – er kam in mein Schlafzimmer, hat mich geküsst und umarmt. Er sagte, er sei bei Dünkirchen vom Rest seiner Truppe abgeschnitten worden. Ich weiß noch, dass er in die Küche wollte, um sich etwas zu Essen zu holen. Aber am nächsten Morgen war er nicht da. Gribby meinte, ich hätte das alles nur geträumt.«

Inspektor Pople warf Sergeant Wayfield einen vielsagenden Blick zu. Die beiden Männer entschuldigten sich für einen Moment und traten aus dem Zimmer, um sich zu beratschlagen.

»Wäre es möglich, dass Reg Coleman aus dem Krieg zurückgekehrt ist und von Miss Gribble ermordet wurde?«, fragte Pople.

»Nun ja, er wurde als vermisst gemeldet und für tot erklärt, aber wenn er wirklich von seiner Einheit getrennt wurde, hätte er es allein nach Hause schaffen können.«

»Im Krieg ist es oft genug passiert, dass Männer vermisst wurden und nie wieder aufgetaucht sind, tot oder lebendig. Allerdings hieß es in einem Bericht, Coleman wäre einige Zeit, nachdem der Rest seiner Einheit zurück war, in Folkestone gesichtet worden. Aber da er danach nie mehr gesehen wurde, hielt man es für eine Falschmeldung.«

»Wieso hätte die Gribble ihn töten sollen?«

»Um Christabel für sich zu haben? Aus Angst, dass Reg sie rauswerfen würde? Immerhin wissen wir, dass sie zu einem Mord fähig ist.«

»Wir können uns aber doch nicht auf das Wort einer Irren verlassen!«

»Sie ist nicht irre. Was an ein Wunder grenzt, wenn man bedenkt, dass Miss Gribble Christabel Colemans Essen regelmäßig mit irgendwelchen Narkotika versetzt hat. Daran hätten wir gleich denken sollen, als wir die vollen Medizinschränke vorgefunden haben. Einer Frau wie dieser Gribble wäre es doch ein Vergnügen, mit den verschiedenen Nebenwirkungen herumzuexperimentieren. Aber letztlich hält uns nichts davon ab, den Garten von Mulberry House einmal gründlich umzugraben. Gehen wir zurück zu Mrs. Coleman; um alles Weitere kümmern wir uns später.«

»Ist alles in Ordnung?«, fragte Christabel freundlich. »Sie halten mich bestimmt für komplett verrückt, weil ich mir eingebildet habe, Reg wäre zurückgekommen.«

»Ganz und gar nicht. Aber kommen wir nun zu dem Zeitpunkt von Petals Geburt. Es muss ein großer Schock für Sie gewesen sein, ein uneheliches Kind in der Familie zu haben, nicht wahr?«

Sie nickte und ließ den Kopf hängen.

»Kennen Sie den Vater des Kindes?«

»Darüber kann ich nicht sprechen. Es ist zu schmerzlich«, sagte sie mit vor Aufregung erhobener Stimme.

»Die Schande? Das Gerede der Leute?«, fragte Pople. »Das kann ich mir vorstellen. Dann war es für Sie und Miss Gribble doch sicher eine Erleichterung, als Sylvia mit dem Kind weggegangen ist?«

Wieder nickte sie stumm.

»Wenn Sie so froh waren, dass Sylvia fort war, wieso wollten Sie sie dann sechs Jahre später wiedersehen?«

»Ich war nicht froh, dass sie fort war, ich war furchtbar traurig. Es wurde immer schlimmer und schlimmer. Gribby fand, ich soll mich zusammenreißen, aber ich konnte nicht anders. Ich hatte Angst, ich würde durchdrehen. Nur der Gedanke an Sylvia und das Kind und das Wissen, dass es den beiden gut ging, konnte mir helfen.«

Inspektor Pople befragte sie noch zu der Reise nach Somerset. Ihre Darstellung der Ereignisse stimmte mit Miss Gribbles Aussage überein.

»Aber haben Sie sich nicht gewundert, dass Sylvia sich nicht von Petal verabschiedet hat?«

»Es hat so stark geregnet, und Gribby hat gesagt, sie wollte im Haus bleiben. Sie hat gesagt, wir würden Petal zu der Feier fahren, und Sylvia würde nachkommen.«

»Waren Sie erschrocken, als Miss Gribble aus dem Dorf wegfuhr?«

»Ja, natürlich! Petal hat angefangen zu brüllen, weil sie zu der Feier und zu ihrer Mutter wollte. Gribby hat angehalten und ihr eine Ohrfeige gegeben. Mir hat sie zugeflüstert, dass Stone Cottage kein Zuhause für ein Kind wäre und Sylvia nicht über die Runden käme und sie deshalb vorgeschlagen hätte, dass wir

Petal zu uns nehmen. Dann könnte sich Sylvia in London eine Arbeit suchen und uns an den Wochenenden besuchen. Sie hat gesagt, Sylvia wäre erleichtert über den Vorschlag gewesen, weil sie sich mit dem Kind so mühsam durchschlug. Sie hatten nicht einmal elektrischen Strom oder ein Klo!«

»Sie haben sich also gefreut?«

»Nun ... ja. Ich hatte ja gesehen, wie heruntergekommen das Haus war. Und als Petal sich im Auto an mich schmiegte, hat es sich einfach richtig angefühlt.«

»Wann haben Sie herausgefunden, dass Sylvia tot war?«

»Gar nicht. Später, als Petal im Bett war, hat Gribby mir erzählt, dass Sylvia auf den Strich ginge, um sich über Wasser zu halten, dass sie gemein und berechnend geworden sei. Außerdem hat sie behauptet, Sylvia hätte fünfzig Pfund für Petal verlangt und auch bekommen.«

»Und Sie haben geglaubt, Ihre eigene Tochter wäre zu so etwas fähig?«

Christabel zuckte mit den Schultern und machte eine erklärende Handbewegung. »Ich hatte sie sechs Jahre lang nicht gesehen und nichts von ihr gehört. Sie hat in einer üblen Bude gehaust, und ich habe Gribby geglaubt, was sie über ihre Lebensumstände erzählte. Ich dachte, Sylvia würde nur das Beste für Petal wollen.«

»Wann haben Sie begonnen, daran zu zweifeln?«

Christabel rang die Hände und sah verängstigt drein. »Schon ein paar Tage, nachdem wir zu Hause waren. Gribby war so streng zu Petal! Da ist mir wieder eingefallen, wie es mit ihr und Sylvia war. Irgendwann habe ich mich gefragt, warum Sylvia riskieren sollte, dass Petal so schlecht behandelt wird. Und dann hatte ich deswegen einen furchtbaren Streit mit Gribby. Ich habe ihr gesagt, dass Petal richtig mit uns leben und zur Schule gehen sollte. Danach habe ich begonnen, mich so schlecht zu fühlen; ich habe kaum noch etwas mitbekommen und kann mich auch nur an wenig erinnern.«

»War Ihnen klar, dass Molly Heywood in Ihr Haus gekommen war und dort von Miss Gribble gefangen gehalten wurde?«

»Nein, davon hatte ich keine Ahnung. Als ich hierherkam, hatte ich eine schemenhafte Vision von einer Axt, die ich in der Hand hielt, und einem Mädchen, das im Garten lag, aber es war wie damals bei Reg – unwirklich. Selbst jetzt, wo ich weiß, dass ich Miss Heywood mit der Axt verletzt habe und dass sie Petal aus dem Haus geholt hat, erscheint es mir immer noch wie eine Geschichte, die jemand anderem passiert ist.«

Inspektor Pople nickte. Er hatte das Gefühl, dass Christabel Coleman eine ehrliche Frau war. Naiv, zu vertrauensselig und schwach, aber genauso ein Opfer wie Molly und Petal.

»Miss Gribble *hat* Sylvia getötet. Sie hat zugegeben, dass Sylvia sie so wütend gemacht hat, dass sie sie angegriffen hat. Wir sind auch ziemlich sicher, dass sie vorhatte, Molly Heywood zu töten; sie hat sogar selbst zugegeben, dass letztendlich auch Petal sterben sollte. Unserer Meinung nach wäre es möglich, dass sie auch Ihren Mann ermordet hat, als er aus Frankreich zurückkam. Wir hätten deshalb gerne Ihre Erlaubnis, Ihren Garten aufzugraben.«

Inspektor Pople beobachtete Mrs. Colemans Gesicht, auf dem sich Entsetzen, Fassungslosigkeit und schließlich Zorn widerspiegelten.

Dann schloss sie kurz die Augen und atmete tief durch. »Tun Sie das. Und wenn Sie meinen Reg dort finden, werde ich mir wünschen, es wäre Gribbys Kopf gewesen, den ich mit der Axt erwischt habe.«

KAPITEL 22

»Mensch, tut das gut, dich zu sehen, Molly!«, stieß Dilys atemlos hervor, als sie im Bahnhof von Rye auf dem Bahnsteig stand, und warf beide Arme um ihre Freundin. »Ich will unbedingt wissen, was die Polizei mit diesen zwei Irren macht und ob Charley kapiert hat, dass du das Beste bist, was ihm je passiert ist, und auf den Pfad der Tugend zurückkehrt.«

Dilys hatte Molly besucht, gleich nachdem diese aus dem Krankenhaus entlassen worden war. Damals hatte Molly noch sehr unter Charleys Zurückweisung gelitten und sich Sorgen um Petals weiteres Geschick gemacht. Sie hatte sich sehr elend gefühlt, deshalb war der Besuch nicht ganz so ausgefallen, wie es sich die beiden Mädchen erhofft hatten.

»Ich freue mich unheimlich, dass du noch einmal hergekommen bist«, sagte Molly, während sie mit einer Hand nach der Reisetasche ihrer Freundin griff und sich mit der anderen bei ihr einhängte. »Es gibt so viel zu berichten, und letztes Mal war ich noch gar nicht richtig ich selbst.«

»Mann, Rye ist echt hübsch!«, rief Dilys, als sie in eine der zahlreichen engen Gassen mit Kopfsteinpflaster und winzigen alten Häuschen bogen, die zur Kirche hinaufführten. »Niemand hat mir je erzählt, dass es außerhalb von Wales so schön sein kann. Ich muss die frohe Kunde unbedingt verbreiten!«

Molly kicherte. Sie wusste, dass Dilys Spaß machte, aber auch daheim in Sawbridge schienen die Leute zu glauben, dass es nirgendwo in England so schön war wie im West Country. »Ich habe heute den Rest des Tages frei«, verkündete sie. »Was würdest du gern machen? Durch die Stadt bummeln? Nach Camber Sands radeln? Mit dem Bus nach Hastings fahren? Ich muss nicht mal Petal von der Schule abholen, das übernimmt heute Mrs. Bridgenorth.«

»Ist Petal denn nicht alt genug, um allein nach Hause zu gehen?«, fragte Dilys erstaunt.

»Ja, schon, sie ist vor Kurzem sieben geworden, aber nach allem, was sie hinter sich hat, wollen wir nicht, dass irgendein gemeines Kind hässlich zu ihr ist. Petal ist manchmal immer noch traurig und verängstigt, deshalb passen wir besonders gut auf sie auf.«

»Arme Kleine. Ein Wunder, dass sie das Ganze halbwegs gut überstanden hat. Apropos gut, ich habe eine Überraschung für dich.«

»Du ziehst nach Rye?«

Dilys lachte. »Nein, mit mir hat es nichts zu tun. Miss Stow ist dabei erwischt worden, wie sie einer Freundin heimlich Waren zugesteckt hat.«

Molly blieb wie angewurzelt stehen. »Im Ernst? Sie hat mich beschuldigt und in Wirklichkeit selber lange Finger gemacht?«

»Genau! Sie ist neulich in die Taschenabteilung versetzt worden. Als zur Übergabe bei den Handschuhen Inventur gemacht wurde, fehlte einiges an Waren, aber alle dachten, die Sachen wären von Kunden geklaut worden – schließlich sind die Dinger ziemlich klein und leicht zu verstecken. Aber dann hat Mr. Hardcraft sie und ihre Freundin auf frischer Tat ertappt. Miss Stow hatte eine billige Plastiktasche in die Registrierkasse eingetippt, aber eine teure aus Leder eingepackt. Anscheinend macht sie das schon eine ganze Weile so.«

»Und das Miststück hat mich angeschwärzt!« Mollys Wangen röteten sich vor Zorn. »Schließlich bin ich einen Tag vor Weihnachten gefeuert worden. Es war die Hölle!«

»Ich weiß. Bei *Bourne & Hollingsworth* wird kaum über etwas anderes geredet. Außer Miss Jackson und Mr. Hardcraft hat ja sowieso nie jemand geglaubt, dass du so was gemacht hättest. Aber warte, es kommt noch besser: Sie haben ihr Zimmer durchsucht und alle möglichen Sachen gefunden, die sie hat mitgehen lassen. Sie hat das Zeug in ihren Hüfthalter gesteckt, um durch die Kontrollen zu kommen.«

»Ich wette, die denken nicht mal im Traum dran, sich bei mir zu entschuldigen«, sagte Molly bitter. Sie würde nie vergessen, wie beschämend und demütigend es gewesen war, auf diese Art vor die Tür gesetzt zu werden.

»Da könntest du falsch liegen«, grinste Dilys. »Weißt du, viele Leute haben in der Zeitung darüber gelesen, wie du Petal gerettet hast, und als vor zwei Tagen das mit Miss Stow rauskam, waren alle deinetwegen ganz schön in Aufruhr. Die müssen irgendwas für dich tun. Schließlich könntest du damit an die Presse gehen.«

»Das mache ich bestimmt nicht. Schlimm genug, dass ich überhaupt beschuldigt worden bin. Jetzt muss nicht auch noch Hinz und Kunz erfahren, dass man mich für eine Diebin gehalten hat.«

»Ich hätte dich schrecklich gern angerufen, um dir alles brühwarm zu berichten.« Dilys Augen funkelten. »Aber weil ich dein Gesicht sehen wollte, wenn du es hörst, habe ich noch gewartet.«

»Und was sagt dir mein Gesicht?«

»Vorhin sah es so aus, als ob du Miss Stow am liebsten abmurksen würdest, aber jetzt siehst du nur ein bisschen komisch aus.«

»Meinem Dad ist etwas ganz Ähnliches passiert«, gestand Molly. »Er wurde beschuldigt, aus dem Laden, in dem er beschäftigt war, Sachen gestohlen zu haben. Er und Mum haben danach schwere Zeiten durchgemacht. Er ist nie darüber hinweggekommen, und ich glaube, das hat aus ihm einen so mürrischen und reizbaren Griesgram gemacht.«

»Na, das hat die Sache mit Miss Stow aus dir ganz sicher nicht gemacht«, entgegnete Dilys. »Genau genommen würdest du ohne diese blöde Ziege immer noch bei *Bourne & Hollingsworth* arbeiten. Du hättest Charley nicht kennengelernt und die Stelle im *George* nicht angenommen und auch Petal nicht gerettet.«

»Lass mich nicht vergessen, ihr zum Dank Blumen zu schicken«, bemerkte Molly sarkastisch. »Statt laut Juhu zu schreien, wenn man sie ins Holloway-Gefängnis verfrachtet.«

Dilys lachte. »Ach, vergiss es einfach. Lass uns nach Camber Sands radeln, ja? Ich habe mir einen neuen Badeanzug gekauft, in dem ich wie eine Schönheitskönigin aussehe. Ich glaube, es ist warm genug, um mit praktisch nichts am Leib herumzuflanieren und von ein paar Burschen angequatscht zu werden.«

»Gute Idee«, stimmte Molly zu. Das könnte wirklich Spaß machen, fand sie, und Spaß hatte sie in letzter Zeit nicht besonders viel gehabt. »Und heute Abend machen wir zwei Hübschen Rye unsicher!«

Die beiden Mädchen konnten nicht wissen, dass am selben Tag, als Dilys nach Rye kam, die Polizei anfing, den Garten von Mulberry House umzustechen.

Als DI Pople zwei Tage später dort vorfuhr, war seine Stimmung gedrückt. Seit zwei Tagen goss es ununterbrochen in Strömen, und der Garten war ein einziger Sumpf. Es sah aus, als wäre eine Familie von Riesenmaulwürfen am Werk gewesen; überall türmten sich kleine Erdhügel, zwischen denen in großen Pfützen das Wasser stand. Poples Männer hatten versucht, jedes Loch, das sie gruben, mit der Erde aus einem vorher ausgehobenen zu füllen, aber das hatte nicht ganz geklappt. Die Bäume und Sträucher, die noch aus der Zeit vor dem Krieg stammten, waren unangetastet geblieben, aber der Garten war trotzdem völlig verwüstet, und die Arbeit war noch längst nicht beendet.

DI Pople stieg aus dem Auto und schlüpfte noch in der gekiesten Auffahrt in seine Gummistiefel. Er hatte mit Beschwerden über die Sinnlosigkeit dieser Aktion gerechnet, und noch bevor er seinen Südwester aufgesetzt und seinen Regenmantel zugeknöpft hatte, kam schon die erste.

»Hier hat seit einer Ewigkeit keiner mehr tiefer gegraben als dreißig Zentimeter«, bemerkte ein stämmiger Constable, der für diesen Einsatz aus Hastings abgestellt worden war.

»Dranbleiben!«, brüllte Pople und begutachtete in der Hoffnung auf einen Geistesblitz das Grundstück.

Seine Männer hatten bisher unter extrem unangenehmen Bedingungen gute Arbeit geleistet, aber falls bei der Suche nichts herauskam, wäre wegen der Kosten für diese Aktion der Teufel los. Also schaute Pople sich beim Gehen sorgfältig um und überlegte, wo er selbst eine Leiche verstecken würde. Einen toten Mann zu schleppen war für eine Frau keine leichte Aufgabe, noch dazu, wenn sie schnell sein musste, um nicht entdeckt zu werden. Außerdem müsste es eine Stelle sein, wo nicht zu einem späteren Zeitpunkt rein zufällig die Erde aufgegraben wurde.

Die Leiche in einem Nebengebäude oder Schuppen zu verstecken, während sie ein Grab aushob, war wohl die wahrscheinlichste Möglichkeit. Die Schlacht bei Dünkirchen, wo Reg Coleman zum letzten Mal gesehen worden war, hatte im Juni stattgefunden, und ein Leichnam, der zu dieser Jahreszeit irgendwo länger herumlag, würde über kurz oder lang zu riechen anfangen.

Als er um das Haus herumging, fiel ihm in einem Anbau ein komplett eingerichteter Waschraum auf. Die Geräte wirkten zwar alle ein bisschen antiquiert, waren aber im Krieg mit Sicherheit noch benutzt worden.

Außerdem befanden sich auf dem Grundstück ein altes Treibhaus, ein Gartenschuppen und ein leerer Hühnerstall. Rechts vom Haus war die Garage, und nicht weit davon entfernt stand mit dem Rücken zur Gartenmauer ein Pavillon.

Pople ließ seinen Blick zwischen den einzelnen Gebäuden hin und her wandern. Das Treibhaus kam nicht in Frage, da man alles, was drinnen passierte, durch die Glasscheiben sehen konnte. Der Gartenschuppen war knapp einen Meter fünfzig lang, zu kurz, um einen ausgewachsenen Mann auf den Boden zu legen. Während des Kriegs waren die Menschen dringend auf ihre Hühner angewiesen gewesen, und es schien wenig wahrscheinlich, dass Miss Gribble die Tiere aufgescheucht hätte, indem sie einen Toten im Stall deponierte.

Er schlenderte zu dem Pavillon, um ihn genau unter die Lupe zu nehmen. Das Dach war anständig gedeckt, und die Wände waren in den letzten drei bis vier Jahren frisch in Hellblau gestrichen worden. Die Korbmöbel im Haus stammten vermutlich aus der Vorkriegszeit, aber die Kissen waren sauber und jüngeren Datums. Auf einem Regal lagen Bücher, auf dem Tisch ein paar Puzzlespiele, alles Anzeichen, dass sich die Bewohner von Mulberry House früher gern hier aufgehalten hatten. Aber nach den dicken Spinnweben zu urteilen, wurde es seit Jahren nicht mehr benutzt.

Es schien ein günstiger Platz, um eine Leiche zu verstecken, nicht weit vom Haus und nicht einsehbar, da eine große Eiche seitlich vom Haus jede Aussicht versperrte. Jetzt fielen ihm auch ein paar seltsam angeordnete Steine vor der Tür auf, keine Betonplatten, sondern einfach Steine, die im Gras lagen und im Laufe der Jahre fest in den Boden getreten worden waren. Dass jemand Trittsteine legte, leuchtete ihm ein, aber es schien merkwürdig, ein Rechteck aus ihnen zu formen.

»Hierher!«, rief er zwein seiner Männer zu. »Ich habe den starken Verdacht, dass wir unter diesen Steinen fündig werden.«

Eine Plane, unter der gearbeitet werden sollte, wurde aufgestellt, und schon beim ersten Spatenstich nach Entfernen der Steine stellten die Männer fest, dass es sich an dieser Stelle viel leichter graben ließ als irgendwo sonst im Garten. DI Pople konnte ihre wachsende Spannung genauso deutlich spüren wie seine eigene.

»Die war wohl professionelle Totengräberin«, spaßte einer der Männer, als sie immer tiefer und tiefer gruben.

Wenige Minuten nach dieser Bemerkung stieß sein Spaten auf etwas. »Sieht nach einer Decke aus, die um irgendwas rumgewickelt ist«, rief er aus der mittlerweile über einen Meter tiefen Grube heraus. »Gebt mir mal eine kleine Schaufel, damit ich die Erde abkratzen kann.«

Anderthalb Stunden später war ein vollständiges Skelett freigelegt worden. Noch immer waren Fetzen einer khakifarbenen Uniform zu erkennen, die an den Knochen hingen und nicht verrottet waren, außerdem Messingknöpfe, eine Gürtelschließe und ein Paar Stiefel.

»Das ist zweifellos Reg Coleman«, sagte DI Pople, als er im Schutz der Plane das Skelett betrachtete. »Wie mag sie ihn wohl umgebracht haben? Will jemand eine Wette darauf abschließen? Messer, Pistole, Gift?«

Eine Weile wurde über die verschiedenen Möglichkeiten spekuliert.

»Bestimmt war er heilfroh, Dünkirchen in einem Stück überlebt zu haben«, erhob sich die Stimme eines der Polizisten über das allgemeine Geraune. »Armes Schwein, freut sich wie ein Schneekönig, mit heiler Haut davongekommen zu sein, und dann macht ihn die Haushälterin alle. So was nennt man wohl Ironie des Schicksals.«

»Da fragt man sich doch glatt, ob hier nicht noch mehr Leichen verbuddelt sind«, warf ein anderer ein.

»Allerdings«, murmelte DI Pople. »Allerdings.«

Drei Tage später fuhr DI Pople, bewaffnet mit dem Bericht des Gerichtsmediziners, noch einmal ins Hellingly Hospital, um Colemans Witwe aufzusuchen. Er hatte Sergeant Wayfield als Zeugen mitgenommen, da er hoffte, wenn er sie mit Beweisen konfrontierte, würde Christabel Coleman begreifen, wie gemeingefährlich ihre geliebte Miss Gribble war. Und vielleicht würde sie dann Dinge preisgeben, die sie bisher aus irregeleiteter Loyalität für sich behalten hatte.

Christabel wirkte noch ruhiger als bei seinem letzten Besuch. Ihre Augen waren klar, ihr Lächeln warm, und sie schien irgendwie zu strahlen.

»Es geht mir schon viel, viel besser«, erklärte sie. »Ich glaube, das liegt daran, dass ich endlich erkannt habe, wie falsch es war, mein Leben von Miss Gribble diktieren zu lassen.«

DI Pople dachte, sie würde sich vielleicht nicht mehr ganz so ausgeglichen fühlen, wenn er sie über die jüngsten Entwicklungen informierte, aber so leid es ihm auch tat, er musste ein bisschen Druck machen.

»Leider muss ich Ihnen mitteilen, dass wir im Garten von Mulberry House die Leiche Ihres Gatten gefunden haben«, sagte er. Er hätte es ihr gern schonender beigebracht, aber wie er es auch anlegte, ein Schock war es auf jeden Fall. »Er wurde durch einen Messerstich in die Brust getötet, und für uns besteht kein Zweifel, dass Miss Gribble die Tat ausgeführt hat.«

Christabels Strahlen erlosch wie die Sonne, die hinter einer Wolke verschwindet. Sie presste beide Hände auf ihren Mund, und ihre Augen füllten sich mit Tränen. »Sie hat meinen Reg umgebracht?«

»Ich fürchte, so ist es«, antwortete Pople. »Sie hat ihn vor dem Gartenhaus vergraben.«

Jetzt stieß Christabel einen Schrei aus, einen leisen, klagenden Laut, der verriet, wie sehr sie sich von der Frau verraten fühlte, die vorgegeben hatte, sie zu lieben. DI Pople stand auf und legte einen Arm um ihre Schultern, und der Sergeant bat die Krankenschwester, die draußen wartete, Tee zu bringen.

»Ich hatte ja nicht die leiseste Ahnung«, sagte Christabel und fuhr sich über die Augen. »Und am schlimmsten ist, dass ich den Gerüchten im Dorf Glauben geschenkt habe, er wäre wegen einer anderen Frau desertiert. Wie schrecklich, dass ich so etwas von ihm geglaubt habe, statt um ihn zu trauern!«

»An Ihrer Stelle würde ich mich fragen, wer dieses Gerücht in die Welt gesetzt hat«, meinte DI Pople.

Christabel starrte ihn entsetzt an. »Sie glauben, sie war es?«

Pople zuckte die Achseln. »Ich halte es für sehr wahrscheinlich. Diese Geschichte hat Sie erfolgreich davon abgehalten, sich nach den näheren Umständen seines Verschwindens zu erkundigen.«

»Mein Gott, wie dumm ich doch war!« Christabel Coleman schlug die Hände vor dem Gesicht zusammen. »Ich habe mich von ihr beherrschen lassen, weil ich ihr blind vertraut habe. Warum habe ich nicht begriffen, was sie tat? Sie hat sogar Sylvia gegen mich aufgebracht.«

»Ich glaube, dafür sollten Sie sich nicht die Schuld geben«, beruhigte er sie, weil er befürchtete, sie mit seinen Enthüllungen zu sehr zu belasten. »Welche Mutter würde es nicht aufregen, wenn ihre unverheiratete Tochter schwanger wird?«

Sie warf ihm einen gereizten Blick zu. »Für einen Polizisten sind Sie reichlich begriffsstutzig«, sagte sie. »Nicht Sylvia wurde schwanger, sondern ich. Pamela – oder vielmehr Petal – ist *mein* Kind.«

Nach all den unerwarteten und oft unglaublichen Geschichten, die er sich im Laufe der Jahre hatte anhören müssen, hätte DI Pople es nicht für möglich gehalten, dass ihn etwas derart schockieren könnte wie die Aussage dieser sanften Frau.

»Sie ist Ihr Kind?«, wiederholte er fassungslos. »Aber wie? Ich meine, wer …« Er brach ab, weil ihm nicht einmal annähernd die richtigen Worte einfielen, um sie zu fragen, wie sie den Vater des Kindes überhaupt hatte kennenlernen können.

»Meine Güte, Sie sind ja richtig schockiert«, sagte sie mit einem unfrohen kurzen Lachen. »Die Dame aus dem Herrenhaus, die eine Affäre mit einem Schwarzen hat! Nun, genauso ist es, und zu Ihrer Information, er war ein guter Mann. Ich habe ihn gegen Ende des Kriegs in Ashford kennengelernt. Er war von der amerikanischen Luftwaffe, attraktiv und charmant, und er brachte mich zum Lachen. Und seit Reg verschwunden war, hatte ich ja kaum noch Grund zum Lachen. Ich befand mich in einer Art Niemandsland, weder offiziell anerkannte Witwe noch verlassene Ehefrau. Eine Freundin aus Ashford redete mir zu, mit ihr auf eine Tanzveranstaltung zu gehen, und dort bin ich ihm begegnet.«

»Wie war sein Name?«, fragte DI Pople, der versuchte, seinen Schock zu überwinden, indem er das Verhör fortsetzte.

»Benjamin Hargreaves«, sagte sie, ohne zu zögern. »Wir trafen uns alle vierzehn Tage in Ashford, einfach nur um zu reden. Ein Liebespaar wurden wir erst 1946, kurz bevor er nach Amerika zurück musste. Er bedeutete mir sehr viel, aber uns war beiden bewusst, wie stark die Vorurteile gegen Schwarze war, die Beziehungen mit Weißen eingehen. Und umgekehrt.

Er kam aus dem Süden, aus der Nähe von Atlanta, und er sagte, wenn er mich mitnähme, würde ich ein elendes Leben führen. Außerdem musste ich ja auch an Sylvia denken, die damals knapp zwanzig war, und natürlich auch an Gribby, der ich so viel zu schulden glaubte. Ich konnte es ihr nicht sagen.«

»Sie wusste also nichts davon?«

»Nein. Sie kam erst dahinter, als Benjamin schon längst weg war. Ich war im sechsten Monat, und allmählich sah man es mir an. Selbst da sagte ich ihr nicht, wer der Vater war, und schon gar nicht, dass er ein Schwarzer war. Sie drehte ohnehin völlig durch. Wenn die Schwangerschaft nicht schon so weit fortgeschritten gewesen wäre, hätte sie mich zu einer Abtreibung gezwungen, glaube ich. Die arme Sylvia geriet zwischen die Fronten. Sie hörte zu, wie Gribby darüber redete, was die Leute von mir sagen würden, und meinte, das wäre egal, wir könnten das Baby gemeinsam aufziehen.«

»Klingt so, als wäre sie ein guter und anständiger Mensch gewesen«, warf Pople ein.

»Das war sie auch. Um sie vorzubereiten, vertraute ich ihr sogar an, dass das Baby schwarz sein würde. Das war der Moment, in dem sie vorschlug, wir sollten das Kind als ihres ausgeben. Das Gerede der Leute wäre ihr völlig egal. So war sie immer – sie scherte sich keinen Deut um das, was sie als engstirnige Vorurteile bezeichnete. Sie schlug sogar vor, wir sollten uns von Gribby trennen, das Haus verkaufen und nach London ziehen. Ich kann Ihnen sagen, ich war stark versucht, das zu tun. Aber ich konnte das Haus nicht verkaufen, weil Reg als vermisst galt, und es hätte eine Bombe erfordert, um Gribby loszuwerden.«

»Sie waren also damit einverstanden, dass Sylvia das Kind als ihr eigenes ausgeben wollte?«

»Ja, wenn auch eher zögernd. Aber sobald Gribby Wind davon bekam, unterstützte sie den Plan. Es war wahrscheinlich das erste Mal, dass sich Sylvia und Gribby in irgendeinem Punkt einig waren. Ich sehnte mich nach Ruhe und Frieden und dachte, alles würde gut gehen, wenn das Baby erst einmal da wäre. Ich blieb im Haus, damit mich niemand sehen konnte, und wartete.«

»Wollen Sie damit sagen, dass Sie Petal zu Hause geboren haben, ohne Arzt oder Hebamme?«

»Ja. Wissen Sie, es war ja nicht mein erstes Kind. Ich kannte mich aus, und Gribby auch. Es war eine schnelle, leichte Geburt, und die Kleine war wunderhübsch.«

»Und wie reagierte Miss Gribble?«

Wieder füllten sich Christabels Augen mit Tränen. »Sie bekam einen Tobsuchtsanfall, weil das Baby schwarz war, belegte mich mit wüsten Schimpfnamen und schrie Zeter und Mordio. Es war schrecklich, und nachdem ich jetzt weiß, wozu sie imstande ist, glaube ich, sie hätte das Baby getötet, wenn Sylvia nicht gewesen wäre. Aber Sylvia hielt zu mir. So jung sie auch war, sie hat gekämpft wie eine Löwin, und sie hat Gribby nie mit Petal allein gelassen. Letzten Endes ist Sylvia deshalb mit Petal weggelaufen. Sie war dem Druck nicht länger gewachsen, und sie sagte zu mir, Petal hätte etwas Besseres verdient, als ständig miesgemacht zu werden. Sie fand es erbärmlich von mir, dass ich Gribby erlaubte, so uneingeschränkt über uns alle zu herrschen.«

»Haben Sie Petals Geburt auf dem Standesamt eintragen lassen?«, fragte DI Pople. Er empfand allmählich größte Hochachtung für Sylvia und auch Mitleid mit Christabel.

»Das hat Sylvia als ihre angebliche Mutter gemacht. Sie schlüpfte aus dem Haus und lief zum Bus, ehe Gribby sie daran hindern konnte. Sylvia ließ das Baby als Pamela Coleman eintragen, und natürlich stand ›Vater unbekannt‹ auf der Geburtsurkunde. Ich nehme an, Sylvia taufte sie in Petal March um, als sie mit ihr weglief und ihren eigenen Namen in Cassandra March änderte.«

DI Pople hatte das Gefühl, jetzt alles von Christabel Coleman zu wissen, was er brauchte. Natürlich musste ihre Aussage noch zu Protokoll genommen und von ihr unterschrieben werden, und er würde versuchen, Miss Gribble das Geständnis über den Mord an Reg Coleman zu entlocken. Er hatte Christabel verschwiegen, dass sie mehrfach auf ihn eingestochen hatte, fast wie in Raserei. Manche Dinge blieben besser ungesagt.

Er hatte jedoch das Gefühl, er sollte die junge Molly Heywood ermutigen, Christabel zu besuchen. Sie musste mehr über die Mutter ihrer Freundin erfahren, und Christabel sollte mehr über ihre beiden Töchter wissen.

Er selbst fühlte sich völlig ausgelaugt. In seiner Laufbahn als Kriminalbeamter hatte er es bisher nur mit fünf Morden zu tun gehabt, und bei allen hatte es sich um relativ eindeutige Fälle gehandelt. Dieser hier war die Hölle, nicht nur wegen der Komplexität des Falles, sondern vor allem wegen dieser Psychopathin, die eine ganze Familie manipuliert und zerstört hatte.

Wenn Miss Gribble Reg Coleman nicht getötet hätte, dann hätte er sie vermutlich vor die Tür gesetzt und mit seiner Frau und Tochter ein glückliches Leben führen können. Stattdessen war Christabel buchstäblich zur Gefangenen im eigenen Haus geworden, während Sylvia gezwungen war, die Verantwortung für ihre Halbschwester zu übernehmen und sich zu verstecken. Auch ihr Leben war beeinträchtigt und letzten Endes ausgelöscht worden.

Und was die arme Petal anging: Kein Gericht würde sie je ihrer leiblichen Mutter zusprechen, aber was sollte aus ihr werden? Im Moment war sie bei Molly Heywood und den Bridgenorths gut aufgehoben, aber das war nur eine Lösung auf Zeit. War sie dazu verurteilt, den Rest ihrer Kindheit hin und her geschoben zu werden, gequält von Erinnerungen an die grausame Person, die sie entführt und eingesperrt hatte?

Molly war überrascht, als DI Pople sie im *George* aufsuchte. In den Lokalnachrichten war am Vorabend bekanntgegeben worden, dass im Garten von Mulberry House eine männliche Leiche gefunden worden war, bei der es sich um Reginald Coleman handelte. Sie war bis ins Mark erschüttert und fragte sich, wie ein so schlechter Mensch wie Miss Gribble es hatte schaffen können, trotz ihrer Verbrechen ungeschoren davonzukommen.

Als sie Petal zur Schule brachte, fiel ihr auf, wie sie angestarrt wurden. Kleine Gruppen von Frauen steckten die Köpfe zusammen und tuschelten, verstummten aber sofort, als sie näher kamen. Niemand wagte es, ihr Fragen zu stellen – zum Glück, dachte Molly, da sie auch nicht mehr wusste als die anderen. Aber es war eine unangenehme Erfahrung, und sie hoffte inständig, niemand würde versuchen, Petal darauf anzusprechen.

Da diese letzte Entwicklung nichts mit ihr zu tun hatte, war sie nicht auf einen Besuch der Polizei gefasst und ging wie üblich ihren Pflichten im Hotel nach, bis sie nach unten gerufen wurde, weil DI Pople mit ihr sprechen wollte.

Sie saßen in dem kleinen Büro hinter der Rezeption, und er erzählte ihr, wie Reg Colemans Leiche gefunden worden war und er anschließend Christabel besucht hatte, um ihr die Neuigkeit mitzuteilen.

»Erst da hat sie mir erzählt, dass Petal ihre und nicht Sylvias Tochter ist«, sagte er. Molly starrte ihn fassungslos an. Er fügte hinzu: »Ihr Gesicht spiegelt exakt wider, was ich angesichts dieser Neuigkeit empfunden habe.«

»Du meine Güte!«, rief Molly. »Das hätte ich nun wirklich nicht erwartet.«

Er erzählte ihr noch ein bisschen mehr und fragte dann,

ob sie sich vielleicht mit dem Gedanken anfreunden könnte, Christabel in der Nervenheilanstalt in Hellingly zu besuchen. »Sie müssen das natürlich nicht tun, aber ich glaube, Sie würden beide davon profitieren. Mrs. Coleman sollte wirklich ein bisschen über das Leben von Sylvia und Petal erfahren. Jetzt können Sie natürlich sagen, das hätte sie nicht verdient, und nachdem sie Ihnen eins mit der Axt übergezogen hat, könnte ich Ihnen das nicht einmal verübeln. Aber mir ist aufgefallen, dass Sie ein sehr mitfühlender Mensch sind. Und ich denke, wenn Sie mit ihr reden, wird Ihnen das helfen zu verstehen, wie all das passieren konnte. Meiner Meinung nach ist sie genauso ein Opfer von Miss Gribble wie Reginald Coleman, Sylvia, Petal und Sie selbst. Sie ist nicht geistesgestört, sie wurde mit Medikamenten ruhiggestellt, und seit sie die nicht mehr nimmt, ist sie durchaus vernünftig – und völlig entsetzt über die Rolle, die sie in dieser Tragödie gespielt hat.«

Molly dachte einen Moment lang nach. »Sie bildet sich hoffentlich nicht ein, sie kriegt Petal zurück, wenn sie sich mit mir gut stellt?«

»Sie weiß nicht einmal, dass ich Sie darum bitte, Sie zu besuchen. Außerdem würde ihr kein Richter der Welt Petal überlassen, nicht einmal, wenn sie zu einer Heiligen geworden wäre. Sie ist einfach eine Frau, der man übel mitgespielt hat. Ich bin sicher, Sie haben Verständnis dafür, wie so etwas geschehen kann.«

Ob George dem Inspektor etwas über ihr Familienleben erzählt hatte?, fragte Molly sich.

»Na schön, dann fahre ich an meinem nächsten freien Tag hin«, sagte sie. »Schaden wird es mir ja wohl nicht? Ich kann ihr auf jeden Fall klarmachen, was für eine gute Mutter Cassie der kleinen Petal war. Nachdem ich jetzt mehr über die Hintergründe weiß, sollte eigentlich Cassie heiliggesprochen werden, finde ich!« Sie musste lachen und erklärte DI Pople, wie furchtbar Cassie diesen Ausspruch finden würde.

»Wann sehen Sie George wieder?«, erkundigte sich der Inspektor. »Der junge Mann hat wirklich Mumm, er gefällt mir.«

Molly zuckte die Achseln. »Er ist nicht mein fester Freund, falls Sie das denken. Wir sind bloß alte Schulfreunde.«

DI Pople zog eine Augenbraue hoch. »Ich habe den Eindruck, dass er in Ihnen weit mehr als das sieht. Falls er sich eine Versetzung wünscht, nehme ich ihn liebend gern in meinem Team auf.«

Molly lächelte schwach. Wenn doch nur einer von all den Leuten, die glaubten, George und sie wären füreinander bestimmt, dem Burschen einen kleinen Schubs geben könnte!

KAPITEL 23

»Man hat mir gesagt, dass Sie es waren, die ich mit der Axt verletzt habe«, sagte Christabel, als Molly in ihr kleines Zimmer in Hellingly geführt wurde.

Molly, die insgeheim dachte, das wäre die merkwürdigste Begrüßung, die sie je gehört hatte, nickte bestätigend.

»Es tut mir schrecklich leid«, fügte Christabel nach einem Moment hinzu, als wäre ihr erst verspätet eingefallen, dass eine Entschuldigung angebracht war. »Meine einzige Erklärung ist, dass ich einfach nicht ich selbst war.«

»Ist schon gut«, meinte Molly und hielt der älteren Frau die Hand hin. »Ich hatte Cassie – Ihre Tochter Sylvia – sehr gern. Mein Name ist Molly Heywood.«

In Mulberry House hatte Molly nur einen flüchtigen Blick auf Christabel Coleman erhaschen können und dabei den Eindruck gewonnen, sie sähe Cassie ähnlich. Jetzt hatte sie mehr Zeit, um die Frau gründlich zu betrachten, und darüber war sie froh.

Christabel Coleman und ihre Tochter hatten ungefähr dieselbe Größe und Statur – circa einsdreiundsechzig und schlank gebaut –, aber Cassies Gesicht hatte Charakter gehabt, während das von Christabel Schwäche zeigte. Cassie hatte gern das Kinn vorgestreckt, als wollte sie der Welt zeigen, aus welchem Holz sie geschnitzt war. Und sie hatte insgesamt ziemlich sexy gewirkt. Aber als Molly jetzt ihre Mutter studierte, fiel ihr auf, dass Cassie ihren zarten Knochenbau, die himmelblauen Augen und den breiten Mund geerbt hatte. Cassie war allein durch ihr rot gefärbtes Haar und ihren ungewöhnlichen Modestil aufgefallen; Christabel trug ihr mausbraunes Haar in einem straffen Nackenknoten, der ihrem blassen Gesicht nicht schmeichelte.

Molly hatte gehört, dass Christabel sechsundvierzig war, aber durch die tiefen Falten um Augen und Mund wirkte sie älter. Das beigefarbene Hemdblusenkleid, das sie trug, stand ihr nicht besonders, aber vermutlich war es nicht ihr eigenes, sondern von der Klinik zur Verfügung gestellt.

»DI Pople meint, es wäre für uns beide gut, miteinander zu reden«, fuhr Molly fort. »Und ich glaube, er hat recht. Cassie hat Sie nie erwähnt. Stattdessen hat sie über Bücher, Gedichte, Malerei und Musik gesprochen. War sie schon immer so?«

Christabel lächelte schwach. »Ja. Sie hat alles gelesen, was ihr in die Finger kam, und fuhr ständig zur Bücherei in Rye, seitdem sie alt genug war, um allein Bus zu fahren. Ich glaube, in den Marschen aufzuwachsen begünstigt künstlerische Neigungen. Das liegt wohl an der wilden Landschaft und dem Wetter. Als Mädchen bin ich auch stundenlang spazieren gegangen und habe über alles, was ich sah, Gedichte geschrieben, genau wie Sylvia.«

»Sie war eher eine Einzelgängerin, obwohl ich immer das Gefühl hatte, dass es keine freie Entscheidung, sondern eher eine Notwendigkeit war. Würden Sie mir da zustimmen?«

»Ich denke schon. Sehen Sie, Sylvia war erst dreizehn, als der Krieg ausbrach, und wenn das nicht gewesen wäre, hätte sie auf die Universität gehen können. Vielleicht wäre sie Lehrerin geworden; sie hat immer gesagt, dass sie das gern machen würde.«

»Für Petal war sie jedenfalls eine gute Lehrerin«, sagte Molly. »Die Kleine konnte fließend lesen, bevor sie zur Schule kam, und sie liebt Geschichten. Ihre Lehrerin an der Schule in Rye hat mir gesagt, dass sie sehr aufgeweckt und wissbegierig ist.«

»Sie lebt jetzt bei Ihnen im *George*, nicht wahr? Wie geht es ihr? Obwohl ich das Gefühl habe, nach allem, was sie – teilweise durch meine Schuld! – mitgemacht hat, darf ich nicht einmal danach fragen.«

Molly bekam allmählich eine bessere Meinung von der Frau, von der sie geglaubt hatte, sie würde sie hassen und verachten. Christabel wirkte sehr aufrichtig, genau wie Cassie. Vielleicht war sie ein schwacher Charakter und hatte sich unterdrücken und manipulieren lassen, aber im Grunde ihres Herzens war sie kein schlechter Mensch.

»Sie ist stiller als früher. Sie beobachtet die Leute, als müsste sie sich erst ein Bild von ihnen machen, ehe sie etwas sagt. Nachts hat sie gelegentlich immer noch Albträume und manchmal Wutanfälle, für die wir im Grunde keine Erklärung finden. Ich denke, die Ursachen sind unterdrückter Zorn und Frustration, weil sie nicht versteht, warum all das passiert ist. Leider kann weder ich noch sonst jemand ihr das erklären; sie ist noch zu jung, um es zu erfassen.«

Christabel stiegen Tränen in die Augen, aber sie wischte sie weg, als hätte sie entschieden, dass sie kein Recht hatte, um ein Kind zu weinen, das ihretwegen so viel gelitten hatte.

»Wollen Sie mir nicht ein bisschen von ihr und Sylvia oder Cassie, wie Sie sie nennen, erzählen? Wie ihr Leben war, bevor Miss Gribble und ich in Sawbridge auftauchten, meine ich.«

Die unverhüllte Sehnsucht in ihren Augen rührte Molly. »Das tue ich gern, wenn Sie mir versprechen, über Cassie zu sprechen – wie es war, bevor sie mit Petal ausriss. Wie sie reagiert hat, als Sie ihr gestanden, dass Sie ein Kind erwarten, wie Sie mit ihr darüber gesprochen haben, und wie es dazu kam, dass sie weglief. Verstehen Sie, Sie mögen zwar Petals leibliche Mutter sein, aber ich bin die einzige Verbindung zu ihrem Leben mit Cassie. Wenn Sie mir erzählen, wie alles war, kann ich mich irgendwann einmal mit Petal hinsetzen und ihr die Geschichte erklären.«

Christabel nickte. »Sie sind eine bemerkenswerte junge Frau«, sagte sie schließlich. »Ich kann verstehen, warum meine Tochter Sie zur Freundin hatte. Wenn die Toten uns sehen können, ist sie bestimmt sehr stolz auf Sie und dankbar, weil Petal in Ihrer Obhut ist.«

Molly errötete. Sie hatte geglaubt, die Schwäche dieser Frau würde sie anwidern, aber sie war ganz und gar nicht die Verrückte, die sie erwartet hatte.

»Na schön, wo soll ich anfangen? Cassie hat unser Dorf quasi im Sturm genommen. Nicht nur, dass sie enge Röcke und Pullis trug, sie dachte nicht mal im Traum dran, sich dafür zu entschuldigen, dass sie eine ledige Mutter war. Und sie strahlte immer so was wie ›Wehe, jemand kommt mir dumm!‹ aus. Trotzdem hat sie es geschafft, einen Bauern aus der Umgebung, den noch nie jemand bezirzt hat, um den Finger zu wickeln und ihn dazu zu bringen, ihr Stone Cottage zu überlassen.«

»Gab es im Dorf gehässige Bemerkungen wegen Petals Hautfarbe?«

»Ich will Ihnen nichts vormachen: Hinter Cassies Rücken wurden sehr hässliche Bemerkungen gemacht. Mit am gemeinsten war mein Vater. Aber zu Petal waren die meisten Leute nett. Sie ist ja auch ein zauberhaftes Kind, ein richtiger kleiner Sonnenschein! Und noch dazu war sie so etwas wie eine Attraktion. Einige der Dorfbewohner hatten noch nie im Leben einen Schwarzen gesehen, und diejenigen, die welche kannten, hatten bloß Erinnerungen an die GIs, die in Somerset stationiert waren und keinen besonders guten Eindruck hinterlassen haben, wie Sie vielleicht noch wissen. Aber wie gesagt, die kleine Petal ist ein richtiger Charmebolzen und musste nie wirklich unter Vorurteilen leiden. Ihre Lehrerin hatte sie sehr gern, und die anderen Kinder haben ohne Weiteres mit ihr gespielt. Ich glaube, sie haben gar nicht darauf geachtet, dass sie eine andere Hautfarbe hat als sie selbst.«

»Da fällt mir ein Stein vom Herzen.« Christabel seufzte. »Benjamin – das war ihr Vater – hat mir von all den verletzenden Dingen erzählt, die er zu hören bekommen hatte. In seiner Heimat Amerika ist die Einstellung der Weißen zu Farbigen einfach furchtbar.«

»Cassie marschierte mit hocherhobenem Kopf durchs Leben und ließ sich durch nichts aus der Fassung bringen. Bestimmt hätte sie Petal beigebracht, es genauso zu machen. Dafür habe ich sie wirklich bewundert – und für ihre Intelligenz. Ich war schrecklich gern mit ihr zusammen, sie wusste ungeheuer viel. Bevor ich sie kennenlernte, lebte sie im Londoner East End, und nach ihrem Tod wohnte ich dort eine Weile bei einer entzückenden alten Dame, mit der sie befreundet war. Jeder, der Cassie kannte, hatte nur Gutes über sie zu sagen.«

Christabel lächelte beglückt. »Wie hat sie eigentlich gelebt? Ich meine, *wovon* hat sie gelebt? Hatte sie einen Job?«

»Woher sie ihr Geld bekam, war mir immer ein bisschen ein Rätsel«, gestand Molly. »Sie war sehr genügsam. In Somerset zog sie Gemüse und nähte aus alten Kleidern neue, und einmal pro Woche fuhr sie mit dem Bus nach Bristol, angeblich um dort putzen zu gehen. Vielleicht steckte auch ein Mann dahinter; sie hat es nie gesagt.«

»Hat sie denn überhaupt über Männerbekanntschaften gesprochen?«

»Ja, aber ich habe nie einen ihrer Bekannten kennengelernt. Sie mochte Männer; im Allgemeinen hat sie sich in ihrer Gesellschaft wohler gefühlt als in der von Frauen. In dieser Beziehung war sie ihrer Zeit weit voraus.«

»Sie hat mit ihnen geschlafen, meinen Sie?«

Molly wurde rot.

»Sie können es ruhig laut aussprechen, schließlich bin ich selbst eine gefallene Frau«, bemerkte Christabel mit einem leisen Lachen. »Ich habe Reg vergöttert, und wir sind eine ganze Weile vor unserer Heirat ›zur Sache gekommen‹, wie es meine Mutter nannte. Bei unserer Hochzeit war ich knapp achtzehn – und schwanger. Es war schlimm für mich, als Reg in den Krieg zog. Wir waren einander alles gewesen – beste Freunde und Liebende –, und er fehlte mir sehr.« Sie machte eine Pause, als riefe sie sich diese Zeit in Erinnerung. »Wir hatten nie vor, unser gesamtes Eheleben bei meinen Eltern in Mulberry House zu verbringen«, fuhr sie nach einer Weile fort. »Aber Sylvia kam zur Welt, und dann kam die Wirtschaftskrise der Dreißiger. Reg war Zimmermann, allein wären wir nicht über die Runden gekommen.«

»Ihr Vater war Arzt?«

»Ja, so wie vor ihm mein Großvater. Die Praxis hatte sich schon immer in Mulberry House befunden. Als ich ein kleines Mädchen war, machte mein Vater seine Hausbesuche noch mit der Pferdekutsche. Meine Eltern haben mich relativ spät bekommen, und da ich ihr einziges Kind war, fühlte ich mich quasi verpflichtet, bei ihnen zu bleiben. Und natürlich waren sie ganz vernarrt in Sylvia. Dann starben sie beide im Abstand von einem Jahr, 1935 und 1936, und das Haus fiel an mich. Reg und ich wollten es mit Kindern füllen und dort glücklich sein bis an unser Lebensende.«

»Aber Sie hatten eine böse Hexe im Haus. Miss Gribble.«

Christabel vergrub ihr Gesicht in den Händen, als wäre der Gedanke an diese Frau zu viel für sie. »Reg hat mir ständig zugesetzt, sie zu entlassen«, sagte sie nach kurzem Schweigen. »Er behauptete, es wäre ihm unheimlich, wie sie uns auf Schritt und Tritt belauert. Er hatte natürlich recht, aber sie war mein ganzes Leben da gewesen. Wo hätte sie hingehen sollen? In ihrem Alter hätte sie keine Arbeit mehr gefunden. Dann kam der Krieg, und Reg wurde eingezogen und ging nach Frankreich, und ich war froh, sie bei mir zu haben. Für eine Frau mit Kind war das Haus viel zu groß. Aber ich schweife ab. Sie wollten mehr über Sylvia erfahren.«

»Ich finde das alles sehr interessant«, sagte Molly, »und zu einem anderen Zeitpunkt würde ich sehr gern hören, wie Sie die Kriegszeit überstanden haben. Aber jetzt erzählen Sie mir bitte, wie Sylvia reagiert hat, als Sie schwanger wurden.«

»Ich habe es ihr anvertraut, noch bevor Gribby es wusste, und sie schwören lassen, es nicht weiterzuerzählen. Sylvia war immer sehr reif für ihr Alter; ich musste nie näher ins Detail gehen, sie begriff auch ohne viele Worte. Sie freute sich darauf, einen kleinen Bruder oder eine Schwester zu bekommen, aber sie hatte auch Angst.«

»Wovor?«

Christabel zuckte die Achseln. »Hauptsächlich vor dem Gerede der Leute. Und auch vor Gribby – wir wussten beide, dass sie alles andere als begeistert sein würde. Seit Reg vermisst wurde, war sie immer herrschsüchtiger geworden und riss alles an sich, als wäre es ihr Haus. Ich hätte das verhindern müssen, aber ich trauerte um Reg, und es war leichter, die Dinge einfach hinzunehmen, als Widerstand zu leisten. Und irgendwann, als ich mindestens im sechsten Monat war, fiel es ihr auf.«

Christabel lehnte sich in ihrem Sessel zurück, schloss die Augen und sprach, als würde sie jenen Tag erneut durchleben.

»Wir waren gerade mit der großen Wäsche beschäftigt. Gribby holte die Sachen mit einer Stange aus dem Waschkessel und hievte sie ins Spülbecken, und ich spülte sie aus. Sylvia stand an der Mangel und wartete darauf, von mir die ausgewrungenen Wäschestücke zu bekommen. Es war Anfang

Januar, ein eiskalter, windiger Tag, und als ich mich aus Versehen mit Wasser bespritzte, schrie ich auf, weil es so kalt war. Gribby drehte sich zu mir um, und weil meine Kleidung total durchnässt war und an mir klebte, sah sie meinen gewölbten Bauch. ›Du kleines Flittchen!‹, sagte sie und gab mir eine schallende Ohrfeige. ›Wenn du das noch mal machst, ziehe ich dir eins über!‹, schrie Sylvia und schwenkte angriffslustig die Kupferstange in der Hand. Ich kann mich noch erinnern, dass sie über ihrem dunkelgrünen Pulli einen rot geblümten Kittel trug. Ihr Gesicht war gerötet vom Dampf in der Waschküche, und ihr Haar hatte sich zu krausen Löckchen geringelt. ›Erheb noch einmal die Hand gegen meine Mutter, und du liegst auf der Nase, ehe du weißt, wie dir geschieht‹, knurrte sie. Mein Gesicht brannte, und mir war kalt in meinen nassen Sachen, aber ich war unheimlich stolz, eine Tochter zu haben, die sich so mutig für mich einsetzte. ›Ja, sie bekommt ein Baby‹, fuhr Sylvia fort und stieß mit der Stange in Gribbys Richtung. ›Und wir werden es zusammen aufziehen. Wenn dir das nicht passt, da ist die Tür‹, sagte sie und zeigte mit der Stange auf die Hintertür. ›Geh dir eine Arbeit und ein neues Zuhause suchen, aber denk dran, dass keine andere Familie sich deine ständigen Einmischungen und deine Herrschsucht gefallen lassen wird.‹

›Wie kannst du so mit mir reden, nachdem ich mein ganzes Leben dir und deiner Familie geopfert habe?‹, greinte Gribby. ›Ich mache mir doch bloß Sorgen, was die Leute im Dorf über deine Mutter sagen werden. Das erträgt sie nicht! Außerdem mische ich mich nie ein, und herrschsüchtig bin ich auch nicht. Ich verstehe nicht, wie du so etwas sagen kannst!‹

›Anders kennst du es doch gar nicht!‹, rief Sylvia. ›Erst hast du meine Großeltern schikaniert, dann meine Mutter. Aber bei mir läuft das nicht. Ich lasse mir das nicht gefallen.‹ Und sie hat es sich nicht gefallen lassen.«

Christabel schlug die Augen auf. Ihr schien gar nicht bewusst zu sein, dass sie in die Vergangenheit zurückgekehrt war und die Szene noch einmal erlebt hatte. »Als meine Kleine zur Welt kam und Gribby sah, wie dunkel ihre Haut war, betrachtete sie mich mit größtem Abscheu und warf mir schreckliche Dinge an den Kopf, die ich unmöglich wiederholen kann. Aber Sylvia schickte sie einfach aus dem Zimmer und kümmerte sich um alles Weitere. Damals habe ich nicht groß darüber nachgedacht, aber später wurde mir klar, dass sie Gribby nie auch nur eine Sekunde mit dem Baby allein gelassen hat.«

»Sie glauben, sie hatte Angst, Gribby könnte das Kind ersticken oder ihm etwas anderes antun?«

»Ja, davon bin ich überzeugt. Ich hatte Probleme mit dem Stillen, und Sylvia meinte, wir sollten das Baby lieber an das Fläschchen gewöhnen, dann könnte sie die nächtlichen Fütterungen übernehmen, damit ich wieder zu Kräften kam.«

»War das schon mit dem Hintergedanken, irgendwann mit Petal wegzugehen?«

»Nein, das kann ich mir nicht vorstellen. Sie wollte bloß das Baby nachts in ihrem Zimmer haben. Ich glaube, sie befürchtete, Gribby könnte in mein Zimmer kommen und irgendetwas anstellen, während ich schlief. Sylvia schloss ihre Tür immer ab. Das weiß ich, weil ich einmal nachts versucht habe hineinzugehen.«

»Sylvia hat sich also von Anfang an um Petal gekümmert?«

»Oh ja. Noch bevor Petal zur Welt kam, hat sie gesagt, wir würden die Kleine als ihr Kind ausgeben, damit ich nicht ins Gerede komme. Und da Sylvia nie halbe Sachen machte, war sie bestimmt der Meinung, wenn sie sich als Mutter ausgab, müsste sie sich auch wie eine verhalten.«

»DI Pople hat mir gesagt, dass sie Petals Geburt auf dem Standesamt registrieren ließ. Hatte sie Ihnen etwas davon gesagt?«

»Ja. Sie konnte das Baby nicht mitnehmen, und ich musste ihr versprechen, es den ganzen Tag nicht eine Sekunde aus den Augen zu lassen. Außerdem sollte ich Gribby nicht verraten, was sie vorhatte. Ich weiß eigentlich gar nicht, warum.«

»Vielleicht hatte sie da schon die Absicht, Mulberry House zu verlassen, und wollte verhindern, dass Gribby ihr die Geburtsurkunde wegnimmt.«

»Möglich.« Christabel zuckte die Achseln. »Wissen Sie, damals hätte ich es nie für möglich gehalten, dass Gribby jemandem etwas antun könnte – na ja, abgesehen von einer kräftigen Ohrfeige dann und wann. Aber Sylvia zweifelte nicht daran. Ein paar Tage, bevor sie ging, sagte sie zu mir: ›Pamela ist hier nicht sicher. Ich habe gesehen, wie Gribby sie anschaut. Sie hasst das Kind.‹ Ich hielt diese Behauptung für stark übertrieben, aber sie schüttelte nur den Kopf und meinte, ich wäre für Gribbys Fehler schon immer blind gewesen.«

»Hat sie Ihnen denn erzählt, dass sie mit Petal auf und davon wollte?«

»Ja, einen Tag davor. Gribby war draußen beim Wagen, und Sylvia badete gerade das Baby. ›Ich gehe morgen mit Pamela weg‹, sagte sie. ›Versuch nicht, mich aufzuhalten, Mutter, es ist am besten so. Sie ist jetzt standesamtlich als mein Kind eingetragen, du kannst also sowieso nichts machen. Wenn du Gribby den Marschbefehl erteilst, bleibe ich hier, aber ich weiß, dass du das nicht kannst. Sie hat dich zu fest im Griff.‹«

»Wo wollte sie hin? Hatte sie Geld?«

»Sie wollte mir nicht sagen, wohin sie wollte, aber sie hatte ein Postsparbuch mit etwas Geld, das meine Eltern ihr hinterlassen hatten. Sie versprach, sich bei mir zu melden, sobald sie einen festen Wohnsitz hätte, und sagte, wenn Gribby weg wäre, würde sie zurückkommen.«

»Und hat sie sich gemeldet?«

»Ja, sie rief mich manchmal aus einer Telefonzelle an. Wenn Gribby an den Apparat ging, legte sie sofort wieder auf. Sie rief an, um mir zu sagen, dass die Kleine einen Zahn bekommen hatte oder feste Nahrung essen konnte, solche Sachen eben, aber über ihren Aufenthaltsort sprach sie nie. Und immer dieselbe Frage: Hatte ich Gribby aus dem Haus bekommen? Natürlich nicht. Ich konnte es nicht, sie war zu stark für mich.«

»Constance, die Dame von der Church Army, mit der sie sich in Whitechapel angefreundet hat, sagte, sie hätte das Gefühl gehabt, dass Cassie auf irgendetwas wartete – vielleicht auf die Nachricht, dass Sie sich Gribby vom Hals geschafft hatten?«

»Das halte ich für sehr wahrscheinlich. Damals ging es mir von Tag zu Tag schlechter. Schuldgefühle, Kummer und Angst sind eine starke Mischung, und ich habe den Verdacht, dass Gribby mir Medikamente gab, um mich ruhigzustellen, weil all meine Erinnerungen vage und verzerrt sind. Zu der Zeit, als Pamela ungefähr drei war, fing Gribby an, davon zu reden, wir sollten einen Privatdetektiv engagieren, der sie suchte. Immer wieder sagte sie, wie leid es ihr täte, dass sie wegen der Kleinen so unausstehlich gewesen war, dass es nur am Schock gelegen hätte und sie es unbedingt wiedergutmachen wollte. Sie sprach sogar davon, ein Kinderzimmer für Pamela einzurichten, und wie schön es wäre, wieder ein kleines Kind im Haus zu haben.«

»Hat der Detektiv sie gefunden?«

»Nein. Wir hatten mehrere hintereinander, aber keiner hatte Erfolg. Sie waren wohl nicht besonders gut, fürchte ich, nahmen einfach mein Geld und drehten Däumchen. Den letzten Anruf von Sylvia erhielt ich an Pamelas viertem Geburtstag. Sie meinte, es hätte keinen Sinn mehr, mich anzurufen, weil sich nie etwas ändern würde. Sie müsse an Pamelas Zukunft denken. Sie sei es leid, auf einem Bahnsteig zu stehen und auf einen Zug zu warten, der niemals kommen würde.«

Molly konnte fast hören, wie Cassie diese letzte Bemerkung machte. »Das muss kurz vor ihrem Umzug nach Somerset gewesen sein.«

Jetzt fing Christabel an zu weinen. »Wenn ich nur mutiger gewesen wäre«, schluchzte sie. »Wir hätten zusammen ein so schönes Leben haben können. Wir hätten nicht da draußen in der Marsch bleiben müssen. Wir hätten das Haus verkaufen und woanders hinziehen können. Jetzt habe ich meine beiden Töchter verloren und muss ins Gefängnis. Weil ich keine Courage hatte.«

Molly empfand tiefes Mitleid mit dieser unglücklichen Frau. Ihr fielen beim besten Willen keine tröstenden Worte ein, deshalb stand sie auf, ging zu ihr und nahm sie in die Arme.

»Ich werde auch oft böse auf meine Mutter, weil sie sich nicht von meinem Vater trennt, der ein schrecklicher Tyrann ist«, sagte sie leise. »Ich habe ihr vorgeschlagen, mit mir in eine kleine Wohnung in Bristol zu ziehen, aber sie will ihn nicht verlassen. Ich weiß also ganz genau, wie Cassie zumute gewesen sein muss. Aber ich war auch lange Zeit zu schwach, um mein Elternhaus zu verlassen, obwohl mich mein Vater ausgenutzt und misshandelt hat. Und daher verstehe ich auch, wie es für Sie gewesen sein muss.«

»Sie sind ein wirklich liebes Mädchen«, murmelte Christabel an Mollys Brust. »Ich hoffe sehr, dass die kleine Petal, was auch für ihre Zukunft entschieden wird, immer mit Ihnen in Verbindung bleibt.«

»Sollte ich bei der Gerichtsverhandlung in den Zeugenstand kommen, werde ich dasselbe sagen, was Cassie gesagt hätte: Sie waren schwach, aber das ist weder ein Verbrechen noch eine Sünde. Und sollte ich einen Platz in Petals Leben behalten, was ich inständig hoffe, dann werde ich dafür sorgen, dass auch Sie daran teilhaben können.«

KAPITEL 24

Der Zug nach London war gerammelt voll mit Leuten, die Weihnachtseinkäufe machen wollten. Molly hatte sich für die Fahrt ein Buch mitgenommen, aber sie war so nervös, dass sie sich nicht konzentrieren konnte und stattdessen voller unruhiger Gedanken aus dem Fenster starrte.

Miss Gribbles Mordprozess sollte morgen, am 6. Dezember, im Old Bailey stattfinden. George wollte sie heute am Bahnhof Charing Cross abholen, um sie zu dem Hotel zu bringen, in dem sie beide für die Dauer der Verhandlung wohnen würden.

Sie wusste nicht, ob die Gerichtsverhandlung oder das Wiedersehen mit George schuld an ihrer Nervosität war. Beides machte ihr Angst, wenn auch auf ganz unterschiedliche Art und Weise. Vor Gericht brauchte sie nur vor sehr vielen Zuschauern wahrheitsgemäß einige Fragen zu beantworten. Bei George würde es keine Beobachter geben, aber seit dem Tag, an dem er sie gerettet hatte, war er ihr kaum aus dem Kopf gegangen. Sie hatte das Gefühl, es könnte Liebe sein. Er hatte sich ihr gegenüber jedoch nie eindeutig erklärt, und jetzt, da sie in den nächsten Tagen viel Zeit miteinander verbringen würden, konnte es nicht schaden, die Dinge ein wenig voranzutreiben, fand sie. Aber wie schrecklich peinlich wäre es, wenn sie einen Annäherungsversuch machte und George nicht darauf einginge!

Sie hatte das Gefühl, dass sie füreinander bestimmt waren, und bei seinem letzten Telefongespräch mit ihr hatte George etwas Ähnliches angedeutet. »Wir zwei haben irgendwie schon immer zusammengehört«, hatte er gesagt. »Wir haben uns am ersten Schultag an der Hand gehalten. Wir konnten immer über alles miteinander reden. Du warst ja auch meine Tanzstundendame.«

Sie hatte im Scherz gemeint, das wäre wohl kaum eine Basis für eine gemeinsame Zukunft, aber als sie den Hörer auflegte, tat es ihr leid, dass sie ihm nicht einfach zugestimmt hatte.

Es war sehr kalt. Sie trug unter ihrem neuen roten Mantel mit Hahnentrittmuster einen schmalen Wollrock und ein Twinset. In letzter Zeit, seit die Kälte eingesetzt hatte, war sie dazu übergegangen, Hosen zu tragen, wenn sie außerhalb des Hotels zu tun hatte, aber Mrs. Bridgenorth war der Meinung gewesen, für London wären Hosen nicht schick genug, und daher hatte Molly sich damit abgefunden, an Po und Beinen zu frieren. Wenigstens waren ihre Füße warm; sie steckten in pelzgefütterten Stiefeln.

Als sie aus dem Fenster schaute und draußen auf den matschigen Feldern Schafe sah, die sich wärmesuchend aneinanderkuschelten, lächelte sie, weil sie an das Lied »Gilly, Gilly, Ossenfeffer, Katzenellen Bogen by the Sea« von Max Bygraves denken musste, mit dem Petal sie heute Morgen geweckt hatte.

Es war ein ziemlich albernes Lied, aber Petal liebte es. Sie konnte gut singen, so gut, dass sie an Heiligabend bei der Weihnachtsmesse in der Kirche St. Mary the Virgin die erste Strophe von »Mitten im bleichen Winter« allein vortragen durfte.

Molly war sicher, dass ihr vor Stolz die Tränen kommen würden, wenn sie Petal singen hörte.

Die Frage, wie es mit dem Kind weitergehen sollte, lag ihr schwer auf dem Herzen und ließ andere Sorgen – ob sie George wirklich etwas bedeutete oder bei ihrer Zeugenaussage vor lauter Aufregung ins Stammeln geraten würde – banal erscheinen. Mr. und Mrs. Bridgenorth hatten Petal sehr lieb, sahen ihren Aufenthalt im Hotel aber immer noch als vorübergehende Lösung, bis sich etwas Passenderes fand. Bis jetzt hatte sich nichts ergeben, aber Molly bekam vor lauter Angst, man könnte ihr das Kind wegnehmen, regelmäßig Zustände, wenn die Beamtin von der Fürsorge vorbeischaute.

Christabel sollte bei Miss Gribbles Prozess als Zeugin aussagen, aber der Staatsanwalt hatte Molly versichert, dass keine Anklagepunkte gegen sie erhoben würden. Alle Verhöre hatten zweifelsfrei erwiesen, dass sie nichts von der Ermordung ihres Ehemanns gewusst hatte und dass die späteren Verbrechen – Cassies Ermordung und Petals Entführung – ohne ihr Wissen oder Zutun geschehen waren.

»Sie ist für ihre Labilität schon hart genug gestraft worden«, hatte der Staatsanwalt mitfühlend bemerkt. »Ihr Ehemann und die ältere Tochter ermordet, die jüngere Tochter unerreichbar. Sie wird in ihrem Haus draußen in der Marsch ein einsames und trauriges Dasein fristen. Und auch wenn sie es verkauft und von dort wegzieht, wird die Trauer sie begleiten.«

Molly war ganz seiner Meinung. Auch sie bedrückte diese Vorstellung. Nicht zum ersten Mal fragte sie sich, was Cassie von alldem gehalten hätte. Wahrscheinlich, dachte Molly, wäre sie sehr böse, dass nach allem, was sie getan hatte, um Petal zu schützen, die Zukunft ihrer kleinen Schwester immer noch ungewiss war.

Als Molly in Charing Cross aus dem Zug stieg, drängte sich George durch die Menge und drückte sie liebevoll an sich. »Ich dachte schon, der heutige Tag kommt nie«, rief er. »Der Sergeant wollte wissen, warum ich so aufgeregt bin – schließlich war ich schon bei einigen Gerichtsverhandlungen dabei. Er hat wohl vergessen, dass du für mich schon immer etwas ganz Besonderes warst!«

Molly erglühte. »Du für mich auch«, gab sie zurück. »Kein

Wunder, wenn die Londoner denken, die Leute aus Somerset hätten eine lange Leitung!«

Er nahm ihren Koffer und lotste sie zur U-Bahn-Station, um mit ihr zu dem Hotel am Russell Square zu fahren. »Der Sergeant hat es mir empfohlen. Er hat dort ein paar Mal übernachtet, wenn er dienstlich nach London musste. Ich war überrascht, wie hübsch es ist. Dein Zimmer ist gleich neben meinem, und das Bad ist direkt gegenüber.«

Ob die Nähe ihrer Zimmer bedeutete, dass George einen Vorstoß wagen würde?, fragte Molly sich. Sie kam zu dem Schluss, dass es ihr gefallen würde.

Das Hotel war wirklich hübsch, nicht luxuriös, aber mit dem auf Hochglanz polierten Parkettboden und den glänzenden Messingbeschlägen sehr ansprechend. Außerdem war es schön warm, und Mollys Zimmer war sauber und gemütlich.

Sie und George gingen abends aus, um irgendwo einen Happen zu essen, aber es war so kalt, dass sie gleich in das erste Lokal fielen, das sie entdeckten, ein kleines Café mit eher begrenzter Auswahl.

»Würstchen und Pommes, Spiegelei und Pommes, Schinken und Pommes, Fisch und Pommes«, las George vor. »Wer keine Pommes mag, hat hier echt ein Problem, was?«

»Ein Glück, dass ich sie heiß und innig liebe«, sagte Molly. »Mein Vater hat nie erlaubt, dass sie bei uns auf den Tisch kamen. Er fand, Kartoffeln so zuzubereiten wäre pure Verschwendung. Ich habe nie verstanden, wie er das meint – außer, man sieht es so, weil man bei Pommes frites einfach kräftiger zulangt als bei schlichten Salzkartoffeln.«

»Er ist ein alter Dickschädel«, bemerkte George. »Ich war gestern vor der Abfahrt noch bei euch im Laden und habe ihm höflichkeitshalber erzählt, dass ich zu der Gerichtsverhandlung nach London fahre. Es war natürlich *das* Thema im Dorf, weil die Lokalzeitungen in dem Moment, als Reginald Colemans Leiche gefunden wurde, noch mal alles über Cassies Tod und Petals Verschwinden durchgekaut haben. Dich haben sie als wahre Heldin dargestellt, weil du Petal aus Miss Gribbles Klauen befreit hast.«

In diesem Moment kam die Kellnerin, und sie bestellten für jeden eine Portion Würstchen und Pommes und eine Kanne Tee.

»Und was hat mein Vater gesagt?«, fragte Molly, nachdem die Kellnerin gegangen war.

»›Reine Verschwendung von Steuergeldern, dieser Person den Prozess zu machen‹, sagte er auf seine übliche patzige Art. ›Die sollte man einfach aufknüpfen. Keine Ahnung, was du dabei verloren hast. Du solltest lieber hierbleiben und herausfinden, wer meine Kohlen klaut.‹«

Molly lachte, weil sich George genauso angehört hatte wie ihr Vater. »Und wer hat seine Kohlen geklaut?«

»Niemand. Deine Mutter legt einfach mehr in den Ofen, weil es so kalt ist. Das hat sie mir selbst gesagt. Wenn dein Vater in den Pub geht, läuft sie in den Keller und füllt die Kohlenschütte auf.«

»In ihrem Alter sollte sie wirklich keine schweren Kohlenschütten schleppen!«, rief Molly. »Er hat schon vor vier Jahren davon geredet, eine Gasheizung einbauen zu lassen. Weißt du, warum er es sich anders überlegt hat?«

»Wegen der Kosten?«

»Nein, weil ein paar Frauen im Laden darüber geredet haben, wie viel Arbeit man sich ohne Kohleöfen spart – kaum Staub, keine Asche, die ausgeräumt, kein Feuer, das angemacht werden muss. Weil er Angst hatte, Mum würde dann nur noch auf dem Sofa sitzen und lesen, gab er den Plan sofort auf.«

»Das darf doch nicht wahr sein!«

»Ehrenwort. Er hat behauptet, eine Gasheizung wäre teurer als Kohleöfen, aber das ist einfach nicht wahr. Aber ich komme vom Thema ab ... hat er sich nach mir erkundigt?«

»Nein, aber als ich ihn fragte, ob ich dir etwas von ihm ausrichten soll, sagte er: ›Nee, warum?‹ Ich machte ihn darauf aufmerksam, dass es für die meisten Menschen sehr belastend ist, in einem Prozess auszusagen. Und rate mal, was er gesagt hat!«

»Dass ich meine Nase nicht in anderer Leute Angelegenheiten hätte stecken sollen?«

George schnitt ein Gesicht. »Du kennst ihn wirklich gut. Es ist mir ein Rätsel, wie du ihn all die Jahre ertragen konntest. Er ist durch und durch verbittert.«

»Ich habe oft daran gedacht, von daheim wegzugehen, aber Mum war das Problem. Ich dachte, er würde sie noch schlechter behandeln, wenn ich weg wäre. Geht es ihr gut, George?«

George beugte sich vor und legte einen Finger unter ihr Kinn. »Ja, Molly. Aus irgendeinem Grund ist er jetzt viel netter zu ihr, das hat sie mir jedenfalls erzählt. Sie glaubt, dass er eifersüchtig auf deine Schwester und dich war, weil er deine Mutter ganz für sich allein haben wollte.«

»Ist ja reizend!« Molly lachte.

»Seit ich bei der Polizei bin, sind mir eine ganze Menge Männer wie dein Dad untergekommen.« George lächelte. »Sie schlagen wild um sich, weil sie sich minderwertig fühlen, und machen andere herunter, um sich selbst stärker und größer vorzukommen. Tief im Inneren sind sie unsicher und feige, und am schlimmsten ist, dass sie nicht erkennen, was sie haben. Nimm deinen Dad: Er hat eine hübsche Frau, zwei Töchter, auf die er mit Recht stolz sein könnte – vor allem auf dich! – und ein gutgehendes Geschäft. Obwohl es an ein Wunder grenzt, dass er überhaupt noch Kunden hat, so grob und unhöflich wie er ist.«

»Ich wünschte, ich könnte heimfahren und Mum besuchen, aber das ist nicht so leicht. Sie regt sich bestimmt auf, wenn ich mich nicht mit ihm aussöhne und bei ihnen bleibe, aber das könnte ich einfach nicht.«

»Du könntest jederzeit bei uns wohnen und dir in der Gegend eine Arbeit suchen. Das würde deine Mutter sicher freuen.«

In diesem Moment kam die Kellnerin mit ihrer Bestellung und verschaffte Molly etwas Zeit, um sich zu überlegen, wie sie diskret andeuten könnte, dass sie sich von ihm mehr wünschte als nur Freundschaft.

»Und würde es dich auch freuen? Wenn ich bei euch im Gästezimmer wohne, meine ich?«

Molly war bewusst, dass die Frage nicht so verführerisch herausgekommen war, wie sie beabsichtigt hatte, aber angesichts der langen Zeit, die sie einander kannten, hätte sie erwartet, dass er wenigstens lachen würde. Stattdessen wurde er über und über rot und schien sich sehr unbehaglich in seiner Haut zu fühlen.

Sie fühlte sich gedemütigt und ärgerte sich gleichzeitig, weil er sich der Situation nicht gewachsen zeigte, indem er einen Scherz machte oder ein bisschen blödelte, damit sie sich nicht wie ein Volltrottel vorkam.

Damit war der Abend verdorben. George wechselte das Thema, indem er sich nach Petal erkundigte, und Molly gab sich größte Mühe, fröhlich und lebhaft zu klingen, obwohl sie sich innerlich ganz hohl fühlte. Dann erzählte George ihr von zwei Bauern aus dem Nachbarort, die eine erbitterte Fehde ausfochten. Angefangen hatte es damit, dass einer der beiden seinen preisgekrönten Hütehund tot – offensichtlich vergiftet – auffand und so überzeugt davon war, der andere hätte ihm das aus Neid angetan, dass er sich rächte, indem er dessen Heuschober in Brand steckte.

Normalerweise hätte Molly unbedingt die ganze Geschichte hören wollen, aber jetzt wünschte sie sich nur, George wäre wieder so wie vorhin auf dem Bahnhof, als er sie stürmisch umarmt hatte. Sie wollte seine Augen leuchten sehen und von ihm hören, wie toll sie war und wie sehr er sich darüber freute, ein paar Tage mit ihr in London zu verbringen. Deshalb brachte sie kaum Interesse für seine Geschichte auf, im Gegenteil, sie gähnte und sah wiederholt auf ihre Uhr.

Auf dem Heimweg zum Hotel redeten sie kaum miteinander, und obwohl George vor ihrer Zimmertür zögerte, mit den Füßen scharrte und ausgesprochen verlegen wirkte, wünschte er ihr nur eine gute Nacht und riet ihr, sich wegen der Gerichtsverhandlung nicht allzu sehr aufzuregen, da sie wahrscheinlich erst in ein, zwei Tagen in den Zeugenstand gerufen würde.

Trotz des verpatzten Abends schlief Molly tief und fest und wachte frisch und munter auf. Nach einem ausgiebigen warmen Frühstück beschlossen George und sie, zu Fuß zum Gerichtsgebäude zu gehen, da es nicht weit entfernt war und sie den Rest des Tages ohnehin meistens sitzen würden. Da Molly nie jemandem lange böse sein konnte, plauderte sie ganz normal mit ihm, als wäre der gestrige Abend sehr angenehm verlaufen.

George trug Uniform, weil er als Zeuge offiziell im Dienst war, und sah richtig schneidig aus. »Wenn die Zeugen ihre Aussagen gemacht haben, können sie im Gerichtssaal bleiben und den Rest der Verhandlung verfolgen«, erklärte er Molly im Gehen. »Es ist ziemlich interessant, die Verteidiger und Staatsanwälte zu beobachten. Manchmal kommen sie einem vor wie Schauspieler auf einer Bühne, nur dass sie nicht vor Zuschauern, sondern vor den Geschworenen auftreten. Aber ich fürchte, ich kann nicht lange genug bleiben, um die Schlussplädoyers und die Urteilsverkündung zu hören.«

»Ach, wie schade«, sagte Molly. »Ich dachte, wir wären ungefähr eine Woche hier.«

Sie sagte absichtlich nicht »zusammen«, weil sie befürchtete, es könnte zu vertraulich klingen.

»Leider werden Polizisten gewöhnlich gleich zu Anfang in den Zeugenstand gerufen. Dieser Fall ist ein bisschen komplizierter als andere, weil Miss Gribble in dem Anklagepunkt Entführung auf nichtschuldig plädiert, mit der Begründung, als leibliche Mutter hätte Christabel das Recht gehabt, Petal von Cassie wegzuholen. Außerdem behauptet sie, dass sie Cassie nicht angerührt hat. Cassie wäre einfach gestolpert und unglücklich gefallen. Auch den Mord an Reg Coleman bestreitet sie, aber wie sie die Geschichte aufrechterhalten will, nachdem man seine Leiche im Garten gefunden hat, ist mir ein Rätsel.«

»Sie könnte natürlich behaupten, irgendjemand anders hätte ihn getötet und dort vergraben. Wie soll man ihr nach all den Jahren beweisen, dass sie es war?«

»Ich schätze, die Forensiker haben noch ein Ass im Ärmel, und wenn die Geschworenen erfahren, dass sie Petal monatelang in der Dachkammer eingesperrt hat und dich im Keller verhungern lassen wollte, nehmen sie ihr bestimmt nicht ab, dass sie Reg nicht erstochen und vergraben hat. Schließlich hatte nur sie Motiv und Gelegenheit.«

»Was auch passiert, für Christabel wird es heute schlimm«, meinte Molly. »Ich möchte um keinen Preis in ihrer Haut stecken. Miss Gribble ist für sie fast so etwas wie eine Mutter oder ältere Schwester gewesen, und sie muss sie früher einmal sehr gern gehabt haben.«

»Hoffentlich ist ihr inzwischen klar, wie furchtbar diese Person an ihr gehandelt hat. Die Erkenntnis, dass Miss Gribble ihr ihr ganzes Leben gestohlen hat, wird ihr sicher helfen, wahrheitsgetreu auszusagen.«

»Seltsam, dass eine so schwache Frau eine Tochter wie Cassie bekommen konnte«, sagte Molly. »Cassie hat mir immer wieder eingeschärft, wie wichtig es ist, für sich selbst einzustehen und auf seine Rechte zu pochen. Früher dachte ich, ich wäre auch schwach, so wie meine Mum.«

»Du ähnelst ihr nur darin, dass dir das Wohl anderer am Herzen liegt«, sagte George und fasste sie an der Hand, als sie eine stark befahrene Straße überquerten. »Das ist keine Schwäche. Und du darfst nicht vergessen, dass Frauen aus der Generation deiner Mutter von klein auf eingebläut wurde, dass eine gute Ehefrau ihren Mann nie kritisiert oder sich ihm widersetzt.«

»Wenn man einen anständigen Mann hat wie deinen Dad, ist das wohl auch in Ordnung, denke ich.«

»Sag das bloß nie meinem Vater! Bei uns daheim ist meine Mum der Boss. Sie versteht sich bloß gut darauf, es meinen Dad nicht merken zu lassen. Sie war es sogar, die den Heiratsantrag gemacht hat!«

Molly kicherte. »Ehrlich?«

»Ja, kein Witz. Anscheinend hatte er schon monatelang Andeutungen gemacht, ist aber nie mit der Sprache rausgerückt. Er traute sich einfach nicht, ihr zu sagen, dass er sie liebt. Irgendwann wurde sie sauer und sagte, dass sie jetzt genug hätte, dass sie ihn liebte und heiraten wollte, und wenn er anderer Meinung wäre, sollte er es zugeben und sich dann schleunigst verziehen.«

»Wie mutig von ihr! Die meisten Frauen würden denken, dass ein Mann nichts Ernstes mit ihnen im Sinn hat, wenn er nie über seine Gefühle spricht, oder dass er eine ziemliche Flasche ist.«

George fuhr herum und starrte sie an. Molly spürte, wie sie rot wurde, und hoffte, halbwegs nonchalant zu erscheinen, indem sie unverwandt geradeaus schaute.

Keiner von ihnen wurde am ersten Verhandlungstag aufgerufen; sie saßen bloß herum und warteten. Anfangs machte es Molly noch Spaß, Leute kommen und gehen zu sehen und sich zu fragen, wer sie wohl waren und in was für ein Verbrechen sie verwickelt waren. Aber das nutzte sich bald ab, und irgendwann fing sie an zu frieren und sich zu langweilen. Obwohl George da war und sie ab und zu miteinander plauderten, schlich die Zeit dahin.

Ihre Gedanken schweiften ab, und sie musste daran denken, wie sehr sie sich seit ihrem ersten Besuch in London und dem Vorstellungsgespräch bei *Bourne & Hollingsworth* verändert hatte. Damals hatte sie Angst gehabt, allein in ein Café zu gehen, sich mit der U-Bahn zu verfahren und von allen als Trampel vom Land angesehen zu werden. Wie viel war seither geschehen! *Bourne & Hollingsworth* hatten sie gefeuert, in Soho wäre sie beinahe vergewaltigt worden, sie hatte im East End gelebt und schließlich die Stelle im *George* gefunden. Und sie hatte geschafft, was sie sich vorgenommen hatte: Petal zu finden und Cassies Mörder zu fangen.

Einiges war schrecklich gewesen, anderes wiederum sehr schön. In Dilys hatte sie eine Freundin fürs Leben gefunden, und Ted und Evelyn waren eine Art Ersatzfamilie für sie geworden. Cassie und Constance verdankte sie, dass sie ihren Horizont erweitert und erkannt hatte, dass sie kein Schwächling war. London hatte ihre Entwicklung abgerundet und war ein Ort, den sie immer wieder gern besuchen würde, auch wenn sie froh war, nicht mehr hier leben und arbeiten zu müssen.

Sie sah fast vor sich, wie Cassie lächelnd auf sie hinabblickte. Bestimmt würde ihre Freundin finden, dass sie triumphiert hatte, nicht nur, weil sie Petal befreit, sondern weil sie sich selbst davor bewahrt hatte, ein geducktes kleines Mäuschen wie ihre Mutter zu werden.

An diesem Abend gingen George und sie ins Kino. George hätte sich gern *Die Faust im Nacken* mit Marlon Brando angeschaut, aber Molly bestand auf *Carmen Jones* mit Dorothy Dandridge, und nach kurzem Zögern gab George nach.

Molly war, wie sie nicht anders erwartet hatte, begeistert, vor allem von der Musik, und musste vor Ergriffenheit ein paar Mal weinen. Als sie das Kino verließen, gestand George, dass auch ihm fast die Tränen gekommen wären und der Film ihm sehr gut gefallen hätte. Aber am nächsten Abend wollte er trotzdem mit ihr *Die Faust im Nacken* anschauen.

Er hatte im Kino nicht ihre Hand gehalten oder gar den Arm um sie gelegt, aber als sie wieder im Hotel waren, gab er ihr vor ihrer Zimmertür einen Gute-Nacht-Kuss. Es war ein wundervoller Kuss, langsam und sinnlich und sehr erregend, aber George löste sich bald von ihr und lächelte sie an. »Ab ins Bett mit dir! Ich wünschte, ich könnte mitkommen, aber ich musste deiner Mum versprechen, die Situation nicht auszunutzen.«

»Ich glaube, ich bin alt genug, um zu entscheiden, ob ich einen Mann in mein Zimmer lasse oder nicht«, meinte sie lächelnd.

»Stimmt, aber ein Versprechen ist ein Versprechen, und außerdem müssen wir morgen einen klaren Kopf haben«, sagte er. »Aber ich darf vielleicht sagen, dass ich nichts lieber tun würde, als die Nacht mit dir zu verbringen.«

Molly schloss hinter sich die Tür und stand einen Moment benommen da. Endlich hatte er gestanden, dass er sie begehrte! Warum? Weil sie ihn mit ihrem Gerede über unentschlossene Männer unter Druck gesetzt hatte oder weil er es wirklich so meinte?

Sie waren am nächsten Morgen kaum im Gericht angekommen, als Mr. Barrington-Sloane, der Staatsanwalt, zu ihnen kam und Molly mitteilte, dass sie als Erste aufgerufen werden würde.

»Ich möchte den Geschworenen von Anfang an unmissverständlich darlegen, dass Miss Gribble ohne jeden Zweifel eine skrupellose und heimtückische Mörderin ist, die Christabel Coleman absolut beherrscht hat. Daher werde ich Sie zunächst auffordern, den Geschworenen etwas über Sylvia Coleman und Pamela zu erzählen und dann zu dem Tag überzugehen, an dem Sie Sylvia Coleman im Stone Cottage tot aufgefunden haben. Von dort möchte ich dazu überleiten, wie es kam, dass Sie von Miss Gribble gefangen gehalten wurden. Aber es besteht die Möglichkeit, dass der Richter diesen Punkt heute noch nicht erörtern will. Schauen wir mal, wie es läuft.«

Molly hatte das Gefühl, als schnürte sich vor Aufregung ihr Magen zusammen. Gestern, als sie nur herumgesessen und gewartet hatten, hatte George ihr von Strafverteidigern erzählt, die alles in Zweifel zogen, was die Zeugen aussagten. Er hatte sie beruhigt, dass ihr so etwas nicht passieren könnte, weil sie lediglich zu berichten hatte, was sie im Stone Cottage gesehen hatte, und das wären Tatsachen, an denen nichts zu drehen und zu deuteln war.

»Machen Sie nicht so ein ängstliches Gesicht«, sagte Barrington-Sloane. Er war sehr groß und dünn und wirkte mit seiner scharfen Hakennase selbst ein bisschen beängstigend. Wie er in seiner schwarzen Anwaltsrobe dastand und die halbmondförmige Brille auf der Nasenspitze jonglierte, erinnerte er Molly an eine Krähe. »Wird schon gut gehen«, fuhr er fort. »Schauen Sie den Richter offen und ehrlich an und reden Sie frisch von der Leber weg.«

Molly traute sich ganz und gar nicht zu, frisch von der Leber weg zu reden oder auch nur daran zu denken, Cassie und Petal immer bei ihren richtigen Namen zu nennen.

Zunächst lief alles sehr gut. Barrington-Sloane ermunterte sie, den Geschworenen einen allgemeinen Eindruck der Szene zu vermitteln, indem sie von der Feier anlässlich der Krönung erzählte, zu der Sylvia und Pamela nicht erschienen waren, und dann zu schildern, wie sie mit dem Rad zum Stone Cottage fuhr, um sie zu suchen, und die Entdeckung machte, dass Sylvia tot auf dem Boden lag und Pamela verschwunden war.

Der Verteidiger, ein kleiner, gedrungener Mann, sagte, er habe keine weiteren Fragen, deshalb forderte Barrington-Sloane Molly auf zu berichten, was geschehen war, als sie mit der Absicht, Christabel Coleman zu treffen, Mulberry House aufsuchte. Molly schilderte, wie sie von Miss Gribble angegriffen und bewusstlos geschlagen worden war und sich später, als sie wieder zu sich kam, in einem versperrten Kellerabteil wiederfand.

»Würden Sie dem Gericht bitte beschreiben, wie es Ihnen in dem Keller ging?«, fragte Barrington-Sloane sie.

»Es war sehr kalt«, antwortete sie. »Das Einzige, worauf man sitzen oder liegen konnte, war eine alte Werkbank. Wegen der Kälte konnte ich nicht schlafen, und ich hatte Hunger und Durst.«

»Sie waren zwei Tage eingesperrt«, sagte Barrington-Sloane. »Haben Sie erwartet, entweder von Miss Gribble herausgelassen oder von jemand anderem befreit zu werden?«

»Nein, ganz und gar nicht«, sagte Molly. »Ich habe geglaubt, ich würde in diesem Keller sterben, weil niemand wusste, wo ich war.«

»Aber nach Ihrer zweiten Nacht dort drinnen gelang es Ihnen, das Schloss zu knacken und zu fliehen«, sagte Barrington-Sloane. »Sind Sie aus dem Haus gelaufen, um Hilfe für das kleine Mädchen zu holen, das Sie dort gefangen glaubten?«

»Nein, ich blieb im Haus und machte mich auf die Suche

nach ihr«, sagte Molly. »Ich nahm an, dass sie in einem der oberen Räume eingesperrt war, und dort ging ich sie suchen.«

»Und als Sie sie fanden, traten Sie die Tür ein, um sie zu befreien, ist das richtig?«

»Ja, Sir.«

»Aber damit waren Ihre Schwierigkeiten nicht vorbei; Sie mussten zusammen mit dem Kind aus dem Haus gelangen. Sie haben das Mädchen, unterernährt, vernachlässigt und verängstigt, wie es war, nach unten getragen. Wie ging es weiter?«

»Miss Gribble stand unten in der Diele und hielt einen Schürhaken in der Hand«, sagte Molly. »Ich flüsterte Petal zu, sie sollte sofort weglaufen, wenn ich sie absetzte. Gott sei Dank lenkte das Miss Gribble einen Moment lang ab, und ich konnte einen schweren Messingadler packen und nach ihr werfen. Damit war sie außer Gefecht gesetzt.«

Barrington-Sloane erzählte den Rest der Geschichte, wobei er Molly bat zu bestätigen, dass Christabel Coleman sie mit einer Axt bewusstlos geschlagen hatte und sie und das Kind später mit einem Krankenwagen nach Hastings ins Krankenhaus gebracht worden waren.

Mr. Myers, der Verteidiger, spazierte eine Weile mit verschränkten Armen auf und ab, bevor er mit dem Kreuzverhör begann. Molly bebte innerlich, weil sie Angst hatte, er würde die Geschichte mit der fristlosen Entlassung bei *Bourne & Hollingsworth* oder irgendeinen anderen Vorfall aus ihrer Vergangenheit aufs Tapet bringen, der ihre Glaubwürdigkeit erschüttern könnte.

»Miss Heywood«, begann er mit einem spöttischen Lächeln, das ihre schlimmsten Befürchtungen zu bestätigen schien, »wir haben gehört, dass Sie sich nach dem Verschwinden der kleinen Pamela eifrig an der Suchaktion nach ihr beteiligt haben. Jetzt wüsste ich allerdings gern, warum Sie nicht ganz so eifrig waren, als Sie in Stone Cottage einen Brief fanden, der eindeutig eine Verbindung zu Sylvia Colemans Vergangenheit darstellte. Warum haben Sie diesen Brief nicht der Polizei übergeben?«

»Weil ich wusste, dass man ihm keine besondere Bedeutung beimessen würde«, antwortete sie. »Die Polizei hatte das Interesse an dem Fall verloren.«

»Verzeihen Sie die Frage, man hat mir nicht mitgeteilt, dass Sie Expertin für die Vorgehensweise der Polizei sind«, sagte er sarkastisch. »Statt also nun die Behörde zu informieren, die über ein riesiges Netzwerk verfügt, um Personen aufzuspüren, beschlossen Sie, selbst ein bisschen Detektiv zu spielen?«

»Ja, wahrscheinlich. Ich dachte, Schwester Constance, die Dame, von der der Brief kam, würde mit mir vielleicht offener sprechen als mit der Polizei.«

»Können Sie mir das Datum nennen, an dem Sie den Brief gefunden haben?«

»Nein, Sir, aber es muss im Juli oder so gewesen sein.«

»Im Juli oder so. Im Jahr 1953?«

»Ja, Sir«, antwortete Molly. Ihr war sehr unbehaglich zumute.

»Ist Ihnen nie der Gedanke gekommen, dass Sie die Leidenszeit des kleinen Mädchens, das gefangen gehalten wurde, verlängerten, indem Sie dieses Beweisstück zurückhielten? Oder, schlimmer noch, dass die Kleine in der Zwischenzeit hätte sterben können?«

»Schwester Constance konnte mir nicht weiterhelfen«, gab Molly zurück. »Selbst wenn ich den Brief der Polizei gegeben hätte, hätten sie Pamela durch Schwester Constance nicht finden können.«

»Tatsächlich?« Mr. Myers fixierte sie mit seinen kalten Fischaugen. »Trifft es nicht zu, dass Sie von Schwester Constance ein Notizbuch erhielten, das Miss Coleman gehört hatte?«

Jetzt wurde Molly richtig schlecht. »Ja, schon, aber da standen keine Adressen oder so drin, nur kurze Notizen, kleine Gedichte und Beschreibungen von Orten, die sie besucht hatte. Es war teilweise ziemlich schwer zu verstehen.«

»Und Sie waren nicht der Meinung, dass ein erfahrener Kriminalbeamter vielleicht besser imstande gewesen wäre, die schriftlichen Aufzeichnungen einer jungen Frau zu deuten, als Sie?«

»Wie gesagt, aufgrund der Art und Weise, wie die Polizei den Fall abgeschlossen hatte, war ich überzeugt, dass man mich einfach ignorieren würde.«

»Sie sind mit Constable George Walsh, der an den Ermittlungen beteiligt war, zur Schule gegangen. Sie sind so eng befreundet, dass er auf dem Motorrad von Somerset nach Rye fuhr, als er den Verdacht hatte, Sie könnten in Schwierigkeiten stecken. Wollen Sie etwa behaupten, auch er hätte Ihre Befürchtungen nicht ernst genommen?«

Molly wand sich innerlich. Sie konnte sich nicht über die Fragen des Verteidigers entrüsten, weil er recht hatte. Sie hätte den Brief der Polizei geben oder zumindest George mitteilen sollen, was sie vorhatte.

»Im Nachhinein ist mir klar, dass ich alle Informationen, die ich bekommen oder mir selbst zusammengereimt habe, an die Polizei hätte weitergeben müssen«, gab sie zu. »Aber ich hatte nicht wirklich erwartet, Petal – oder Pamela, um sie bei ihrem richtigen Namen zu nennen – in einem Dorf irgendwo im Marschland von Kent zu finden. Ich habe nur versucht, Angehörige meiner Freundin aufzuspüren.«

»Keine weiteren Fragen«, sagte der Verteidiger, und Molly durfte den Zeugenstand verlassen.

Um vier Uhr nachmittags wurde die Verhandlung vertagt. George hatte am Nachmittag noch seine Aussage gemacht, und am folgenden Morgen würden beide Seiten ihre Schlussplädoyers halten. Molly hatte seit ihrer Aussage kaum den Mund aufgemacht, und obwohl George beim Kreuzverhör des Verteidigers nicht im Gerichtssaal gewesen war, hatte er genug Verhandlungen erlebt, um zu erraten, warum sie so in sich gekehrt war.

Es war dunkel, als sie das Gerichtsgebäude verließen, und sehr kalt. George führte sie auf eine Tasse Tee in ein nahegelegenes Café.

»Du darfst das nicht persönlich nehmen«, sagte er, nachdem sie sich an einen Tisch gesetzt hatten, und drückte ihr tröstend die Hand. Am liebsten hätte er sie gleich nach Verlassen des Gerichtsgebäudes in die Arme genommen, aber das konnte er nicht, solange er in Uniform war. »So springen Verteidiger mit allen Zeugen der Anklage um. Sie müssen ihre Aussagen zerpflücken, damit ein vollständiges Bild entsteht und die Geschworenen gerecht über Schuld oder Unschuld urteilen können.«

Molly lächelte matt, aber er sah ihr an, wie gedemütigt sie sich fühlte. »Willst du darüber reden?«, fragte er. »Oder möchtest du das Ganze lieber vergessen?«

Sie erzählte ihm das Wesentliche und gab zu, dass der Verteidiger recht hatte. Sie hätte den Brief von Constance wirklich der Polizei übergeben sollen.

»Ja, wirklich schade, dass du ihn mir nicht gegeben hast«, meinte er. »Ich hätte der Londoner Polizei ganz schön Dampf gemacht, damit sie zu Constance gehen und mit ihr reden. Aber ich kann dich verstehen – die Ermittlungen waren wirklich nicht sehr gründlich. Ich habe schon erlebt, dass sich die Polizei bei einem Einbruch oder Verkehrsunfall mehr Mühe gibt.«

»Er hat gesagt, Petal wäre vielleicht viel früher gefunden worden, wenn ich diesen Brief nicht zurückgehalten hätte. Der

Gedanke, ich könnte ihr Leiden verlängert haben, ist mir unerträglich.«

George streckte eine Hand aus und wischte ihr mit dem Daumen eine Träne von der Wange. »Wenn du nicht gehandelt hättest, wäre Petal vielleicht nie gefunden worden«, sagte er. »Jetzt hör auf, dir Vorwürfe zu machen. Lass uns ins Hotel gehen, damit ich mich umziehen und du in etwas Wärmeres schlüpfen kannst, und dann bummeln wir durchs West End, schauen uns die Weihnachtsbeleuchtung an und gehen irgendwo schick essen.«

»Wolltest du nicht *Die Faust im Nacken* sehen?«, fragte sie.

»Noch viel lieber will ich dich wieder lächeln sehen«, erwiderte er.

KAPITEL 25

Molly wachte davon auf, dass jemand an die Tür des Nebenzimmers hämmerte.

»Mr. Walsh!«, rief eine Frau.

Sie spitzte die Ohren.

»Ein dringender Anruf für Sie«, setzte die Frau hinzu.

Molly knipste die Nachttischlampe an und schaute auf ihre Uhr. Es war sechs Uhr morgens.

In dem italienischen Restaurant in der Nähe der Oxford Street, in dem sie am Vorabend essen gewesen waren, hatte George gesagt, man würde ihn wahrscheinlich am nächsten Morgen nach Sawbridge zurückbeordern. »Ich wünschte, ich könnte bis zur Urteilsverkündung hierbleiben, aber anscheinend gönnt einem der DI bloß den Stress der Zeugenaussage und nicht die Freude an einem erfolgreichen Abschluss.«

Aber wenn das Georges Vorgesetzter war, der anrief, war er reichlich früh dran, fand Molly. Damit hätte er doch ruhig bis nach dem Frühstück warten können.

Als sie hörte, wie George aus seinem Zimmer kam und die Treppe hinunterging, schaltete sie das Licht wieder aus und kuschelte sich unter ihre Bettdecke.

Kurz darauf klopfte es wieder, diesmal an ihrer eigenen Tür. »Mach auf, Molly«, hörte sie George leise sagen. »Ich muss mit dir reden.«

Da sie annahm, dass er sich verabschieden wollte, stieg sie aus dem Bett und schlang die Daunendecke um sich, weil es eiskalt war. Sie fragte sich, ob sie tapfer genug war, allein zum Old

Bailey zu gehen und sich die Schlussplädoyers und das Urteil anzuhören.

Sie machte die Tür auf, und George kam herein. Er trug über seinem blau-weiß-gestreiften Pyjama ein Jackett, seine Haare standen kreuz und quer, und er war sehr blass.

»Um Himmels willen, was ist denn los?«, fragte sie. »Warum hat man dich so früh angerufen? Ein Notfall?«

Eine Minute lang sagte er gar nichts, starrte sie einfach nur an, als hätte es ihm die Sprache verschlagen.

»Du machst mir Angst, George. Was ist los?«

Er fuhr sich hektisch durchs Haar. »Ich muss es dir sagen, aber ich weiß nicht wie«, sagte er.

»Was musst du mir sagen? Geht es um Petal?«, fragte sie erschrocken und schlang die Bettdecke noch fester um sich. »Ist ihr etwas zugestoßen?«

Er trat näher. Sein Gesicht war verzerrt vor innerer Qual. »Nein, mit Petal hat es nichts zu tun. Es geht um deine Eltern.« Er hielt inne und legte beide Hände an seine Stirn, als wollte er sich zwingen, die Worte über die Lippen zu bringen. »Es tut mir so leid, Molly. Es gibt keine Möglichkeit, es dir schonend beizubringen. Gestern ist im Laden ein Feuer ausgebrochen. Sie sind beide tot.«

Ein paar Sekunden lang glaubte Molly, es wäre ein böser Traum. Aber George zog sie fest an sich, sein Tweedjackett scheuerte leicht an ihrer Wange, und sie konnte ihn schwer atmen hören, als er sein Gesicht an ihren Kopf lehnte.

»Ein Feuer?«, wiederholte sie. »Wie konnte das passieren?«

»Es fing hinten im Laden im Lagerraum an. Die Männer von der Feuerwehr glauben, dass dein Vater vergessen hat, den elektrischen Ofen in der Kammer auszumachen, und das Gerät stand zu nahe bei einem Pappkarton. Nachdem der erst mal Feuer gefangen hatte, war genug brennbares Material vorhanden, und die Treppe nach oben liegt genau über dem Lager.«

»Du meinst, sie waren da oben gefangen und sind bei lebendigem Leibe verbrannt?« Molly wich einen Schritt zurück und starrte ihn entsetzt an.

»Ich denke, sie sind an den Rauchgasen erstickt, lange bevor die Flammen sie erreichten«, versicherte George ihr. »Wahrscheinlich sind sie nicht mal aufgewacht.«

Molly trat ans Fenster und zog den Vorhang zurück. Eigentlich sollte sie weinen, dachte sie, aber sie fühlte sich seltsam losgelöst, als hätte George ihr von zwei Fremden erzählt. Draußen war es noch dunkel; alles, was sie vom Russell Square sah, war ein goldener Lichtkreis unter der Laterne vor dem Hotel. Aber sie konnte das Rattern und Klirren des Milchwagens hören, der seine morgendliche Runde drehte.

»Molly! Sprich mit mir!«, sagte George.

»Was gibt es dazu zu sagen?« Sie drehte sich zu ihm um. »Für so etwas gibt es keine Worte. Meistens habe ich meinen Vater gehasst, aber ich würde niemandem, nicht einmal meinem ärgsten Feind, einen solchen Tod wünschen. Und Mum! Was hat sie je verbrochen, um einen solchen Tod zu verdienen?«

»Ich weiß. Es ist grauenhaft«, stimmte er zu. »Ach, Molly, deine Mutter hatte so einen Tod bestimmt nicht verdient. Sie hätte im Kreise ihrer Enkelkinder alt werden sollen. Sie hätte erleben sollen, wie Emily und du Frieden mit eurem Vater schließt und er selbst sich zum Besseren verändert. Aber jetzt müssen wir uns anziehen und zusehen, dass wir einen Zug erwischen. Ich gehe gleich mal runter und besorge uns Tee.«

Als er das Zimmer verließ, warf Molly die Decke aufs Bett und fing an, sich anzuziehen. Sie war gerade in Hose und Pulli geschlüpft, als ihr das Ausmaß dessen, was passiert war, schlagartig bewusst wurde. Jetzt kamen auch die Tränen.

Mehr als fünfzehn Monate waren vergangen, seit sie Sawbridge verlassen hatte, und in dieser Zeit hatte sie ihre Eltern nicht ein einziges Mal gesehen. Sie hatte mit ihrer Mutter telefoniert und ihr Dutzende Briefe geschrieben, aber das war nicht dasselbe, wie sie zu sehen, die Arme um sie zu legen und ihre weichen Wangen zu küssen. Sie konnte gute Gründe anführen, warum sie nicht daheim gewesen war – Mangel an Zeit und Geld und natürlich die belastete Beziehung zu ihrem Vater. Aber jetzt hörte sich das alles nach billigen Ausreden an.

George kehrte mit einem Teetablett zurück. Als er Mollys Tränen sah, stellte er es ab, nahm sie in die Arme und wiegte sie sanft hin und her.

»Eine furchtbare Sache«, sagte er. »Ich kann mir kaum etwas Schlimmeres vorstellen, und mir fällt nichts ein, womit ich dich trösten könnte. Komm, trinken wir trotzdem unseren Tee. Ich schaue gleich mal nach, wann Züge nach Somerset gehen, und rufe für dich bei den Bridgenorths an.«

»Ich habe immer gedacht, wenn ich wieder nach Hause komme, dann mit stolzgeschwellter Brust, weil ich eine gute Arbeit und eine Zukunft habe«, murmelte Molly traurig. »Ich wollte es meinem Dad richtig unter die Nase reiben.«

»Du *hast* eine gute Arbeit und eine Zukunft«, sagte er. »Und mach bitte nicht den Fehler und gib dir die Schuld. Niemand hätte eine bessere Tochter sein können als du. Dein Vater war wirklich ein gemeiner Kerl, daran ändert auch sein Tod nichts. Aber natürlich trauerst du, um das, was vergangen ist, genauso wie um das, was hätte sein können. Deine Mutter war eine feine Frau; sehr viele Leute werden sie vermissen. Du hast jetzt sicher das Gefühl, ganz allein dazustehen, aber denk dran, dass du immer noch mich hast.«

Ein wenig getröstet von seiner ruhigen Art und seiner Güte, schmiegte sich Molly an ihn.

»So, und jetzt eine Tasse Tee«, befahl er und lotste sie zum Bett zurück, damit sie sich setzen konnte. »Ich packe inzwischen deine Sachen zusammen.«

Es war spät am Nachmittag, dunkel und kalt, als sie in Sawbridge eintrafen. In der High Street war Weihnachtsbeleuchtung aufgehängt worden, und die meisten Läden hatten ihre Schaufenster weihnachtlich geschmückt. Aber Heywoods Lebensmittelgeschäft, früher einmal der stattlichste Laden der Straße, war in völlige Dunkelheit getaucht. Die Straßenlampen gaben gerade genug Licht, um die geborstenen Scheiben, die verbrannten Fensterrahmen und die schwarz verfärbten Stellen zu sehen, wo die Flammen bis zum ersten Stock hinaufgezüngelt waren.

»Hinten sieht es noch viel schlimmer aus«, verkündete Jack Ollenshaw, ein Freund von George, der sie vom Bahnhof abgeholt hatte. »Aber daran willst du jetzt bestimmt nicht mal denken, Molly.«

Mrs. Marsh hielt Molly mehrere Minuten stumm in den Armen, bevor sie sie ins Wohnzimmer führte, ihr den Mantel abnahm und sie aufforderte, sich hinzusetzen.

Das Zimmer war hell und freundlich, und aus der Küche wehte der köstliche Duft eines Schmorbratens. »Du musst das hier jetzt als dein Zuhause betrachten, Liebes«, sagte Mrs. Walsh. »Mein Mann und ich fühlen von ganzem Herzen mit dir, und wenn wir irgendwas für dich tun können, brauchst du es nur zu sagen.«

»Danke, Mrs. Walsh, das ist wirklich sehr lieb von Ihnen. Ich bin so froh, dass ich zusammen mit George heimfahren konnte. Ganz allein wäre es furchtbar gewesen.«

»Du bekommst Georges Bett, und er kann sich bei Harry einquartieren«, sagte sie. »Ich weiß nicht, wie in solchen Fällen vorgegangen wird. Du warst nicht hier, also hat es wohl kaum Sinn, wenn die Polizei dir Fragen stellt, aber ich nehme an, du musst die Versicherungsgesellschaft verständigen. Wird es eine gerichtliche Untersuchung geben, George?«

»Ich denke schon«, sagte er und warf seiner Mutter einen strengen Blick zu, als wollte er sie davon abhalten, näher auf dieses Thema einzugehen. »Ich gehe gleich mal zum Revier, um Bescheid zu geben, dass wir da sind. Du kommst klar, Molly?«

Vier Tage später hätte Molly schreien können, wenn jemand sie fragte, ob sie »klarkäme«. Natürlich nicht! Wie sollte jemand damit klarkommen, dass die eigenen Eltern bei einem Brand ums Leben gekommen waren?

Sie war nicht nur böse auf die Leute, die ihr eine derart sinnlose Frage stellten, sondern auch auf ihren Vater. Ein Brandermittler hatte im Lagerraum eine Whiskyflasche gefunden. Sie war im Feuer geborsten, aber es gab Hinweise, dass die Flasche und ein Glas auf dem Tisch gestanden hatten. Der Pathologe hatte festgestellt, dass ihr Vater stark alkoholisiert gewesen war.

Obwohl Molly schon lange von daheim fort war, sah sie die Szene so deutlich vor sich, als wäre sie selbst dabei gewesen. Bestimmt hatte ihr Vater mürrisch seinen Whisky gekippt und sich dabei vor dem kleinen Heizstrahler gewärmt. Er hatte immer vorgegeben, abends im Lagerraum Papierkram zu erledigen, aber Molly wusste, dass er bloß dagesessen und sich betrunken hatte. Oben musste ihre Mutter zu Bett gehen, wenn die spärlich bemessene Kohle alle war und es zum Sitzen zu kalt wurde.

Im Polizeibericht hieß es, Mr. Heywood habe wahrscheinlich vergessen, das Heizgerät auszuschalten, als er nach oben ging. Möglicherweise hatte er es beim Hinausgehen versehentlich angestoßen und dabei näher an einen der vielen Pappkartons im Lager geschoben. Es musste ungefähr eine Stunde gedauert haben, bis der erste Karton nicht nur glühte, sondern in Flammen aufging, und danach gab es kein Halten mehr, weil in dem Raum etliche brennbare Waren standen, unter anderem auch Paraffin.

Für Molly war es ein kleiner Trost, dass ihre Eltern nicht verbrannt waren. Sie waren im Schlaf an den giftigen Rauchgasen gestorben; die geschlossene Schlafzimmertür hatte die Flammen abgehalten.

Geschäft, Treppenaufgang, Küche und Wohnzimmer waren völlig ausgebrannt, nur das Schlafzimmer der Heywoods und Mollys Zimmer waren aufgrund der geschlossenen Türen noch intakt, wenn auch stark durch Rauch und Qualm in Mitleidenschaft gezogen. Das ganze Haus war einsturzgefährdet und musste abgerissen werden.

George fand heraus, wo Mollys Schwester Emily lebte – Molly selbst hatte von ihr weder eine Adresse noch Telefonnummer –, und schickte ihr ein Telegramm mit der Bitte, bei ihm anzurufen. Emily meldete sich sofort telefonisch im Hause Walsh, aber obwohl sie über die Nachricht genauso schockiert und entsetzt war wie Molly und sich um ihre Schwester sorgte, lehnte sie es rundheraus ab, nach Hause zu kommen. Nicht einmal an der Beerdigung würde sie teilnehmen.

»Warum sollte ich?«, fragte sie kalt. »Ich habe Dad gehasst. Hast du vergessen, dass er mich rausgeworfen hat, nur weil ich mich mit Tim getroffen hatte? Er hat mir meine ganze Kindheit zur Hölle gemacht, und er hat Mum und dich daran gehindert, mit mir in Verbindung zu bleiben, nachdem ich fortgegangen war.«

»Ich weiß, aber komm doch bitte Mum und mir zuliebe her«, flehte Molly sie an.

»Nein. Mum hätte sich für mich einsetzen müssen. Seit über

einem Jahr hat sie mir nicht mehr geschrieben. Als ich sie gebeten habe, mit dir zu meiner Hochzeit zu kommen, hat sie nicht mal geantwortet.«

»Du hast Tim geheiratet?« Molly war schockiert. »Das wusste ich ja gar nicht. Mum hat mir gesagt, sie hätte nichts mehr von dir gehört. Ich gehe jede Wette ein, dass Dad die Briefe an sich genommen hat. Mein Gott, Emily, wenn ich das gewusst hätte, wäre ich natürlich gekommen, aber ich dachte, du willst von Mum und mir nichts mehr wissen.«

»Ich bin ganz sicher, dass Dad die Briefe abgefangen hat, aber das entschuldigt Mum nicht. Welche Mutter lässt eins ihrer Kinder im Stich?«

Molly war zu verstört, um das Gespräch fortzusetzen. George meinte, sie könne Emily nicht zwingen, zur Beerdigung zu kommen, und vielleicht wäre es besser, ihre Schwester bliebe weg, wenn sie derart verbittert war.

»Schreib ihr, wenn alles überstanden ist«, riet er ihr. »Vielleicht ist ja doch noch was zu retten.«

Molly wusste nicht, was sie ohne George getan hätte. Er war alles, was sie brauchte – Ratgeber, Vertrauter, Bruder, Freund und Liebster in einem. Er nahm sie in die Arme, wenn sie weinte, hörte zu, wenn sie reden wollte, ging kurzerhand mit ihr spazieren, wenn er das Gefühl hatte, dass ihr Bewegung und frische Luft guttun würden, und brachte sie zum Lachen, wenn sie es am wenigsten erwartete.

Seine Eltern und sein Bruder waren auch nett und teilnahmsvoll, aber auf eine sehr angenehme, unaufdringliche Art. Sie wimmelten neugierige Nachbarn oder Klatschbasen ab, denn als wäre das Feuer nicht genug gewesen, gab es auch noch die Gerichtsverhandlung, über die lang und breit in der Zeitung berichtet wurde.

Miss Gribble wurde des Mordes an Reg Coleman und Totschlags an Sylvia Coleman für schuldig befunden und zum Tod durch den Strang verurteilt. Aber der wahre Schock war für die Einheimischen die Tatsache, dass Petal in Wirklichkeit Cassies Schwester und nicht ihre Tochter war. Und sie waren beeindruckt, wie sie die ganze Zeit versucht hatte, das Kind zu schützen.

Auf einmal fanden all jene, die sonst die hässlichsten Dinge über Cassie gesagt hatten, nur Worte der Bewunderung für ihren Mut und ihre Selbstlosigkeit. Mrs. Walsh wurde ziemlich ärgerlich, weil sie der Meinung war, man hätte lieber zu Cassies Lebzeiten ein bisschen netter und toleranter sein sollen.

»Ich kann diese Leute nicht ausstehen«, giftete sie. »Sie machen andere mit ihren blinden Vorurteilen unglücklich, und wenn dann etwas passiert, wodurch sie ihre Meinung ändern, dann geben sie nicht ums liebe Leben zu, dass sie sich geirrt haben, oder sagen, dass es ihnen leidtut. So was bringt mich auf die Palme!«

Evelyn hatte zwei Mal angerufen, um ihr Beileid auszusprechen, Molly über Petal auf dem Laufenden zu halten und sie daran zu erinnern, dass sie nicht nur einen Job, sondern auch ein Zuhause hatte, das auf sie wartete. »Hier wird im Moment über nichts anderes geredet als über Miss Gribble und Christabel Coleman. Wenn die Leute nichts Näheres wissen, denken sie sich was aus. Ich hoffe, dass es damit nach der Hinrichtung wieder vorbei ist. Es ist nicht gut für Petal.«

Die Beerdigung von Mollys Eltern fand am 18. Dezember statt. Es regnete stark, und es war sehr kalt. Die Kirche war zum Bersten voll, und Molly fand ein wenig Trost darin, dass viele Menschen ihren Vater zwar nicht gemocht hatten, ihrer Mutter zuliebe aber trotzdem gekommen waren.

George hielt ihre Hand ganz fest, und selbst wenn sie bisher an seinen Gefühlen gezweifelt hatte, konnte sie jetzt die Liebe, die er für sie empfand, in seinen Augen lesen. Sie hatte den Choral »Liebe komm herab zur Erde, die du nicht von dieser Welt« gewählt, weil sie wusste, dass dies auch das Hochzeitslied ihrer Eltern gewesen war. Jetzt würde sie nie mehr erfahren, wie ihr Vater zu einem so hartherzigen Menschen geworden war, aber heute, diesen einen Tag lang, würde sie versuchen, ihn nicht so zu sehen, sondern daran zu denken, dass ihre Mutter ihn geliebt hatte.

Was ihre Mutter anging, konnte sich Molly nur an Gutes erinnern: Ein gebuttertes Milchbrötchen, frisch aus dem Ofen, und eine Tasse Tee, wenn sie an einem kalten Tag von der Schule heimkam. Picknicks im Wald, Busfahrten nach Weston-super-Mare in den Sommerferien und bei einem benachbarten Bauern Erdbeeren pflücken.

Mary mochte keine starke Persönlichkeit gewesen sein, aber dafür ungemein liebevoll, und als Molly sich jetzt in der Kirche umschaute, sah sie viele Freundinnen ihrer Mutter weinen.

Einige von ihnen hatten im Gemeindesaal Speisen und Getränke für eine kleine Trauerfeier nach der Beerdigung bereitgestellt. Die Kuchen und Törtchen waren alle selbst gebacken, zu Ehren von Mary Heywood hatten die Frauen ihre handbestickten Tischdecken hervorgeholt, und auch beim Porzellan handelte es sich um Festtagsgeschirr. Molly registrierte es sehr wohl; sie wusste, wie gerührt ihre Mutter gewesen wäre.

Einer nach dem anderen kamen die Trauergäste zu ihr, um sie tröstend in die Arme zu nehmen oder ihr eine nette kleine Anekdote über ihre Mutter zu erzählen. Jeder von ihnen sagte ihr, wie stolz Mary auf ihre Tochter Molly gewesen war und wie sehr sie Molly dafür bewunderten, dass sie Petal gerettet hatte.

Niemand fragte, warum Emily nicht da war, und auch zu ihrem Vater äußerte man sich nicht. Vielleicht würden die Leute in den nächsten Tagen zu Hause oder im Pub darüber reden, aber das kümmerte Molly nicht. Sie hatte ihre Eltern zur letzten Ruhe gebettet, und zumindest ihre Mutter war mit liebevollen Erinnerungen an ihre Güte und Wärme verabschiedet worden.

Enoch Flowers brachte sie sogar zum Lachen. Er hatte sich in einen Anzug gezwängt, der in seinen Augen ›piekfein‹ war, auch wenn er speckig glänzte, Stockflecken hatte und muffig roch. Er trat zu Molly, um ihr zu gratulieren, weil sie Cassies Mörderin der gerechten Strafe zugeführt und Petal befreit hatte. Jetzt, da Cassie wusste, dass sie eine so gute Freundin habe, würde sie in Frieden ruhen, meinte er. »Deine Ma war auch eine gute Seele«, sagte er. »Wie oft hat sie mir ein paar Scheiben Speck oder ein Stückchen Käse zugesteckt, wenn ihr Alter gerade nicht hingeschaut hat. Sie schien es immer zu wissen, wenn ich abgebrannt war. Aber dein Dad war ein elender Schuft, da kann's keine zwei Meinungen drüber geben. Ich bring's nicht fertig, dir was vorzuflunkern, nur damit es dir besser geht. Wäre nicht richtig. Aber wenn du das Geld von der Versicherung kassierst, geh ruhig zu seinem Grab und gieß einen Tropfen Whisky drauf, als Dankeschön, dass er dir erspart hat, für ihn zu sorgen, wenn er ein alter Knacker gewesen wäre wie ich.«

Eine Prise schwarzer Humor war genau die Aufmunterung, die sie brauchte, und sie drückte ihm einen dicken Kuss auf die zerfurchte Wange. »Mir gefällt es, wenn Leute sagen, was sie wirklich denken«, sagte sie. »Das hätte auch Cassie zum Lachen gebracht.«

»Du und der junge Walsh, ihr zwei solltet heiraten«, sagte er und schwenkte einen sehr schmutzigen Zeigefinger. »Klar wie Kloßbrühe, dass ihr zusammengehört. Und warum adoptiert ihr nicht die kleine Petal und gebt ihr ein schönes Zuhause? Du kriegst demnächst ein bisschen Kohle von der Versicherung, und du hast doch schon immer eine Schwäche für die Kleine gehabt, das weiß ich.«

George, der gerade zu ihnen kam, hörte, was Enoch sagte, und lächelte. Als der alte Mann davonschlurfte, nahm George Mollys Hand. »Manchmal sehen alte Leute die Dinge klarer als wir«, sagte er, immer noch lächelnd. »Und das Einzige, was ich mir zu Weihnachten wünsche, bist du, so viel steht fest.«

KAPITEL 26

Mai 1955

»Bereit?«, fragte Ted Bridgenorth, als er die Tür der Limousine öffnete und eine Hand ausstreckte, um Molly den Brautstrauß aus blassrosa Rosen abzunehmen.

»Willig und bereit«, lachte sie, während sie ihre Füße auf den Boden setzte und erst Rock und Schleppe glattstrich, bevor sie aufstand.

Es war ein wunderschöner Tag mit einem wolkenlos blauen Himmel. St. Barnaby's in Sawbridge war eine hübsche Kirche aus dem 11. Jahrhundert, und heute war sie noch hübscher als sonst, weil die Kirschbäume, die sie umgaben, voller winziger rosa Blüten waren. Zu beiden Seiten des Wegs, der zum überdachten Kirchhoftor führte, ragten inmitten eines Meers tiefblauer Vergissmeinnicht stolze weiße Tulpen empor.

Petal, die mit Evelyn Bridgenorth und Dilys am Tor wartete, hüpfte vor lauter Aufregung von einem Bein aufs andere, weil sie eine von Mollys Brautjungfern sein durfte. In dem himmelblauen Satinkleid, einen Kranz aus weißen Rosenknospen in den dunklen Locken, sah sie entzückend aus. Dilys' Kleid hatte dieselbe Farbe, aber im Gegensatz zu Petals hohem Stehkragen einen U-förmigen Ausschnitt.

»Ich halte deine Schleppe, bis wir am Kirchenportal sind«, bot Ted an und beugte sich vor, um die Stoffbahnen zu raffen. »Wir wollen ja nicht, dass sie auf dem Boden schleift und Blätter und Gott weiß was in die Kirche fegt.«

»Hoffentlich hat George keine kalten Füße bekommen und die Flucht ergriffen«, sagte Molly und lächelte, weil sie wusste, dass das völlig ausgeschlossen war.

Ted lachte. »Ich denke, dann wäre jetzt schon ein Suchtrupp unterwegs.«

»Du hast immer noch Zeit, es dir anders zu überlegen und George mir zu überlassen«, witzelte Dilys.

»Ich halte sehr viel davon, mit Freunden zu teilen«, gab Molly zurück, »aber so weit würde ich nicht gehen, nicht mal für dich. Aber sein Bruder Harry ist noch zu haben!«

Evelyn zupfte im Vestibül Mollys Schleppe zurecht und legte das Ende in Petals Hände. »Und vergiss nicht, die Schleppe loszulassen, wenn Molly vor dem Altar stehenbleibt, wo George auf sie wartet«, ermahnte sie die Kleine. »Onkel Ted, der Molly an den Bräutigam übergibt, stellt sich neben Harry, Georges Trauzeugen. Du nimmst den Brautstrauß, trittst ein paar Schritte in den Mittelgang zurück und bleibst dort mit Dilys stehen – schließlich bist du eine ganz besonders wichtige Person!«

Als Molly hörte, wie auf der Kirchenorgel die ersten Takte des Hochzeitsmarschs gespielt wurden, wandte sie den Kopf und warf Petal eine Kusshand zu. Evelyn huschte an ihr vorbei in die Kirche, und Ted bot ihr seinen Arm. »Gehen wir, Miss Heywood? Das sind deine letzten Schritte mit diesem Namen.«

Nichts hatte sich je so gut und richtig angefühlt, wie jetzt hier in dieser Kirche zu sein, die in ihrer Kindheit und Jugend eine so große Rolle gespielt hatte und wo George, der Junge, der sie am ersten Schultag an der Hand gehalten hatte, vor dem Altar auf sie wartete.

Er hatte ihr seinen Heiratsantrag an Heiligabend gemacht, als sie zur Mitternachtsmesse gingen, und zwar genauso, wie es sich gehört, indem er draußen vor der Kirche niederkniete.

Er hatte sogar einen Ring gekauft, einen kleinen, von winzigen Brillanten eingerahmten Saphir, der wie durch ein Wunder perfekt passte.

Den ganzen Gottesdienst hindurch hatte er immer wieder ihre Hand in seine genommen und sie angelächelt. Die Trauer um den Tod ihrer Eltern ließ sich nicht gänzlich auslöschen, rückte aber doch ein Stückchen weiter in die Ferne.

Es war ein schönes Weihnachtsfest, das beste, das Molly je erlebt hatte. Die Walshs waren eine fröhliche, warmherzige Familie, und ihnen lag sehr viel daran, Molly in ihr Familienleben einzubeziehen. Nach all den trostlosen Weihnachtsfesten daheim bei ihren eigenen Eltern, mit einem Vater, der an allem herumnörgelte, und einer Mutter, die nicht zu lachen wagte, war dieses Fest Balsam für ihre Seele.

Und jetzt würden sie endlich heiraten.

Als der Pfarrer den Bräutigam aufforderte, den Schleier der Braut zu lüften, stockte George der Atem, so hinreißend sah Molly aus. Für ihn war sie schon immer das hübscheste Mädchen in Sawbridge gewesen, aber heute war sie in ihrem elfenbeinfarbenen Satinkleid einfach strahlend schön. Ihre Haut schimmerte, ihr Haar war zu einem kleinen Dutt aufgesteckt, an dem der Schleier befestigt war, aber einige Löckchen hatten sich gelöst und fielen auf ihre rosigen Wangen. Und ihre schönen blauen Augen ruhten auf ihm, als wäre er ein Gott.

Die Kirche war brechend voll. Immerhin war es die Hochzeit, die sich alle, sogar die größten Zyniker im Ort, gewünscht hatten.

Früher am Tag hatte Georges Vater seine Meinung zu der bevorstehenden Eheschließung geäußert. »Sohn, wenn man mich gebeten hätte, eine Frau für dich zu suchen, wäre Molly meine erste und einzige Wahl gewesen. Sie hat Verstand, ein gutes Herz, unendlich viel Geduld und ein hübsches Gesicht. Ihr zwei gehört zusammen.«

George hatte zwar immer daran geglaubt, dass Molly die Richtige für ihn war, aber der Weg zu ihr war lang und steinig gewesen, und selbst nach ihrer Verlobung gab es Hindernisse zu überwinden.

Miss Gribble war am 2. Januar hingerichtet worden. Die Zeitungen stürzten sich auf dieses Ereignis und kauten noch einmal alles durch, was es über Miss Gribble, Christabel, Sylvia und Molly zu berichten gab, und dazu noch ein paar pikante Leckerbissen, die während der Gerichtsverhandlung zur Sprache gekommen waren.

Molly hatte schwer mit all den Erinnerungen zu kämpfen, die dadurch wieder wach wurden. Der Klatsch und Tratsch im Dorf war fast nicht zu ertragen. Manchmal konnte sie kaum das Haus verlassen, ohne darauf angesprochen zu werden, und oft wurden die Leute ärgerlich und ziemlich unfreundlich, wenn sie entgegnete, sie habe dazu nichts zu sagen.

Irgendwann wurde es so schlimm, dass sie beschloss, an ihren Arbeitsplatz in Rye zurückzukehren. Sie behauptete, sie müsse endlich wieder arbeiten, aber George wusste, dass sie es vor allem deshalb tat, weil sie Angst hatte, Petal könnte Ähnliches durchmachen wie sie.

Er hatte volles Verständnis dafür. Es war mehr als wahrscheinlich, dass Petal Dinge zu hören bekam, die sie verunsichern würden, und Molly konnte ihr einiges erklären. Ein weiterer Grund, Sawbridge zu verlassen, war der ausgebrannte Laden der Heywoods; jedes Mal, wenn Molly daran vorbeiging, war es eine deprimierende Erinnerung daran, wie ihre Eltern den Tod gefunden hatten.

George hatte seine Enttäuschung tapfer hinuntergeschluckt, Molly darin bestärkt, nach Rye zu fahren, und sich für die Prüfung zum Sergeant angemeldet – etwas, wovon er schon seit über einem Jahr redete. Da Molly nicht mehr im Haus war, hatte er keinen Grund mehr, sich vom Lernen für die Prüfung ablenken zu lassen, und alle vier Wochen fuhr er auf seinem Motorrad nach Rye, um sie zu besuchen.

Ein weiterer Punkt, der Cassie betraf, klärte sich in dieser Zeit auf – die Frage, warum sie jeden Donnerstag nach Bristol gefahren war und woher sie Geld bekommen hatte. Ein älterer Herr namens Thomas Woods rief kurz nach Miss Gribbles Hinrichtung im Polizeirevier von Sawbridge an.

»Ich hätte mich schon früher melden sollen«, sagte er zu dem diensthabenden Sergeant. »Ich unterließ es, weil ich fürchtete, meine Freundschaft mit Cassandra könnte falsch interpretiert werden. Ich bin nahezu blind, und sie kam durch die Vermittlung einer Bibliothekarin in Bristol zu mir ins Haus, um mir vorzulesen. Sie war ein wahrer Schatz. Sie hat mir nicht nur vorgelesen, sondern auch Briefe für mich geschrieben und ein bisschen im Haus saubergemacht und wurde eine gute Freundin, weil sie Bücher genauso sehr liebte wie ich. Ich habe sie gut bezahlt, weil ich sie sehr geschätzt habe. Ein Freund, der Miss Gribbles Prozess aufmerksam verfolgte, erzählte mir, der Verteidiger hätte angedeutet, dass Cassandras Einkommen aus moralisch fragwürdigen Quellen stammte. Als ich das erfuhr, wurde mir bewusst, dass ich einiges klarzustellen hatte. Keine Frau sollte zu Unrecht solcher Dinge bezichtigt werden, schon gar nicht eine so liebenswerte und intelligente Frau wie Cassandra.«

Dieses letzte Stückchen im Puzzle bedeutete Molly sehr viel. Es rundete das Bild ab, und alle ihre Fragen waren beantwortet. Auch war es gut, dass sie Petal davon erzählen konnte, und vielleicht würden sie Mr. Woods irgendwann einmal sogar besuchen.

Das letzte Geheimnis um Cassie mochte gelüftet sein, aber George befürchtete allmählich, die Situation, in der Molly und er sich befanden, würde sich nie ändern. Mittlerweile schien ihm jede Fahrt zu ihr länger zu dauern, jeder Abschied schwerer zu fallen als der vergangene. Aber dann änderte sich doch etwas. Er bestand seine Prüfung zum Sergeant und bekam kurz darauf einen Posten in Hastings angeboten, nur eine kurze Busfahrt von Rye entfernt.

Für Molly und ihn war die neue Stelle ein Geschenk des Himmels, und sie beschlossen, so bald wie möglich zu heiraten. Das Geld von der Versicherung für den Laden war ausgezahlt worden, und nachdem die Hälfte der Summe an Emily gegangen war, reichte Mollys Anteil für die Anzahlung auf ein Haus. George hatte genug Ersparnisse, um Möbel zu kaufen und die Hochzeit zu finanzieren. Ihre Flitterwochen wollten sie in Hastings verbringen und sich bei der Gelegenheit gleich nach einem passenden Haus umschauen.

Alles wurde in den drei Wochen vorbereitet, die es dauerte, das Aufgebot aushängen zu lassen. Molly ließ ihr Kleid und die Kleider der Brautjungfern in Rye anfertigen, und Janice, Georges Mutter, übernahm die Hochzeitstorte und die Blumenarrangements. George hatte den Eindruck, dass Molly wegen der Hochzeitsvorbereitungen wesentlich öfter mit Janice telefonierte als mit ihm.

Seine Eltern waren ein bisschen bekümmert, dass sich das junge Paar so weit von Somerset entfernt niederlassen würde, aber andererseits hatten sie immer gewusst, dass George kaum in so einem friedlichen Dorf bleiben konnte, wenn er eine Beförderung anstrebte. Außerdem waren sie der Meinung, dass es für Molly und ihn gut war, in eine Stadt zu ziehen, wo niemand sie kannte, um sich ihr eigenes Leben aufzubauen und neue Freundschaften zu schließen. Hastings lag nahe genug bei

Rye, um Ted und Evelyn besuchen zu können, aber gleichzeitig würden sie nicht das Gefühl haben, ständig unter Beobachtung zu stehen.

Und jetzt standen sie endlich hier in der Kirche, umringt von Freunden und Verwandten. Sonnenlicht strömte durch die Buntglasfenster und zauberte leuchtende Lichtkreise auf den alten Steinboden, und die Luft war geschwängert von Blumenduft.

Nachdem sie ihr Ehegelübde gesprochen hatten und George den Ring über Mollys Finger gestreift hatte, war er unsagbar glücklich. Und als der Pfarrer erklärte, jetzt wären sie Mann und Frau, hätte er am liebsten vor Freude laut jubiliert. Er konnte gar nicht aufhören zu lächeln, als er mit seiner frisch angetrauten Frau in die Sakristei ging, um sich ins Kirchenregister einzutragen. Harry und Dilys kamen als ihre Trauzeugen mit, Ted und Evelyn nahmen Petal an der Hand und folgten ihnen, und Mr. und Mrs. Walsh bildeten die Nachhut.

Petal hatte sich während der Trauung vorbildlich benommen, aber in dem Moment, als alle dem Pfarrer die Hand geschüttelt hatten und die Sakristei verlassen wollten, pflanzte sie sich vor der Gruppe mit fast trotziger Miene mitten in den Weg.

»So, jetzt ist George Mollys Mann. Und wie lange dauert es noch, bis ich bei den beiden wohnen und sie Mummy und Daddy nennen kann?«, fragte sie.

Ein allgemeines Lachen schien in der Luft zu liegen. Evelyn hielt sich die Hand vor den Mund, um es zu unterdrücken, aber alle anderen standen da und grinsten Petal an.

»Hatte ich nicht gesagt, wir sollten damit bis nachher warten?«, fragte Evelyn.

Molly sah verwirrt von Petal zu George.

»Wir haben die Erlaubnis vom Jugendamt bekommen«, gestand George. »Ted, Evelyn und ich wollten die große Neuigkeit beim Empfang bekanntgeben, aber wie es scheint, konnte Petal es nicht mehr erwarten.«

»Du meinst, sie ist jetzt unser kleines Mädchen?« Molly kreischte fast vor Begeisterung. »Und wird bei uns in Hastings leben?«

George nahm Petal auf einen Arm und legte den anderen um Molly. »Ja, sie ist unser kleines Mädchen und wird irgendwann einmal hoffentlich die große Schwester kommender Babys sein.«

»Deshalb schien sich also keiner von euch dafür zu interessieren, als ich überlegte, wie lange ich morgens wohl brauchen werde, um von Hastings nach Rye zu kommen!«, rief Molly mit gespielter Empörung. »Ihr habt gewusst, dass sich die Frage gar nicht stellen wird, weil ich bald etwas Besseres zu tun habe, als zu arbeiten!«

»Wir wollen nicht gänzlich ausschließen, dass du gelegentlich einspringst, wenn Not am Mann ist«, warf Ted mit einem breiten Grinsen ein. »Aber mit einem neuen Zuhause, das eingerichtet werden muss, und Petal, um die du dich kümmern musst, wirst du wohl keine Lust mehr haben, als Zimmermädchen zu arbeiten, fürchte ich.«

Molly fiel auf, dass Mrs. Walsh lachte. »Du hast das auch gewusst, stimmt's?«, fragte sie.

»Ja, George hat es uns vor einer Woche erzählt, und wir sind begeistert. Er hat die Leute vom Jugendamt bearbeitet, seit ihr euch verlobt habt. Aber jetzt sollten wir mal endlich rausgehen und uns mit Konfetti bewerfen lassen, bevor sämtliche Gäste hier hereinstürmen, um zu sehen, wo ihr bleibt.«

Molly küsste George. »Ich liebe dich, George Walsh. Ich habe dich schon vorher geliebt, aber jetzt liebe ich dich noch mehr. Petal ist das beste Hochzeitsgeschenk von allen.«

George öffnete die Tür, und der Organist, der die ganze Zeit leise gespielt hatte, erhöhte die Lautstärke, um allen Gästen das Kommen des Brautpaars anzukündigen.

Petal hob Mollys Schleppe auf und marschierte voller Stolz hinter den frisch Vermählten her.

Als Molly und George langsam den Mittelgang hinunterschritten, erhoben sich die Gäste und lächelten ihnen zu. Alle waren gekommen: Schulfreunde, Georges Kollegen, Kunden aus dem Laden, Nachbarn und befreundete Geschäftsleute.

»Es ist ein bisschen traurig, sie alle zurückzulassen«, wisperte Molly George zu.

»Nicht wirklich«, flüsterte er zurück. »Es wird uns guttun, einen ganz neuen Anfang zu machen.«

Die Community für alle, die Bücher lieben

Das Gefühl, wenn man ein Buch in einer einzigen Nacht verschlingt – teile es mit der Community

In der Lesejury kannst du

- ★ Bücher lesen und rezensieren, die noch nicht erschienen sind
- ★ Gemeinsam mit anderen buchbegeisterten Menschen in Leserunden diskutieren
- ★ Autoren persönlich kennenlernen
- ★ An exklusiven Gewinnspielen und Aktionen teilnehmen
- ★ Bonuspunkte sammeln und diese gegen tolle Prämien eintauschen

Jetzt kostenlos registrieren: www.lesejury.de
Folge uns auf Facebook:
www.facebook.com/lesejury